Die Reihe

Im Mittelpunkt der Reihe »Sehnsucht nach …« stehen Melvin Caine und seine Schwester Jackie sowie jene, die auf die ein oder andere Weise mit ihnen verbunden sind.

Jeder Band offenbart die Sehnsucht eines anderen Charakters und führt gleichzeitig die Geschichte chronologisch weiter.

Die Sehnsüchte der Protagonisten sind ihr Antrieb. Zum Beispiel Melvins Sehnsucht nach Ruhm im ersten Band oder Jackies Sehnsucht nach Liebe im zweiten. Dabei geraten die Protagonisten schon mal an den Rand eines Abgrunds und müssen alles geben, um sich und die Menschen, die ihnen etwas bedeuten, vor dem Absturz zu bewahren.

Taschenbuchausgabe 2023

Ava J. Thompson
Weißdornweg 14
46395 Bocholt

https://www.avathompson.de

https://www.facebook.com/avajthompson/

https://www.instagram.com/ava_thompson_autorin/

Ava J. Thompson

Sehnsucht nach Ruhm

Melvin

Band 1
der Familiensaga
Sehnsucht nach ...

Seine Emotionen werden zu Songs.
Die Musik bedeutet ihm alles.
Mehr als sein Zuhause.
Mehr als seine Familie.
Getrieben von Sehnsucht.
Der Sehnsucht nach Ruhm.
Melvin

Das Ende als Anfang

Sonnenschein. Strahlend blauer Postkartenhimmel. Weißer Sandstrand. Ich lag im Schatten einer Palme und roch das salzige Wasser. Mit geschlossenen Augen lauschte ich Vin. Abgesehen von seinem Gitarrenspiel und dem Rauschen der Wellen war es still.

Ein erleichtertes Lächeln breitete sich auf meinem Gesicht aus. Nicht hervorgerufen durch diesen traumhaften Ort, sondern weil Vin bei mir saß, denn das bedeutete, dass unsere Probleme miteinander der Vergangenheit angehörten.

Mir fiel gerade nicht ein, wie wir das geschafft hatten. Es zählte nur, dass mein Bruder an meiner Seite war. Ich blinzelte der Sonne entgegen. Vin hörte auf zu spielen. Ich musterte ihn. Er sah verdammt sexy aus in der Badehose, deren mintgrüne Farbe einen reizvollen Kontrast zur sonnengebräunten Haut bildete. Sein aschblondes Haar erschien im Sonnenlicht heller, dafür wirkten seine blauen Augen einen Stich dunkler. Kein Wunder, dass seine weiblichen Fans ihn anschmachteten. Vin stimmte einen weiteren Song an. Ich schloss meine Lider und wünschte mir, dass es für immer sein möge wie in diesem Augenblick.

Ein Pochen im Kopf störte die Idylle. Es hörte nicht auf und ich öffnete die Augen. Entsetzt erkannte ich, dass ich nicht am Strand lag. Auch Vin war nicht bei mir. Ich saß in einer Vorlesung an der Uni. Mir war zum Heulen zumute. Nicht wegen des dröhnenden Schädels und des allgemeinen Unwohlseins, sondern, weil mir klar wurde, dass es keine Versöhnung mit Vin gegeben hatte.

Mein Blick richtete sich auf die Tafel. Der Professor entwarf mit hastigen Bewegungen eine Skizze. Es kostete Mühe, mich zu konzentrieren. Unzählige Zwerge hämmerten im Schädel einen unregelmäßigen Takt und gönnten mir keine Pause. Im Bauch rumorte es. Meine Spucke zog sich zusammen. Ich versuchte, die Übelkeit hinunterzuschlucken. Auch das gelang mir nicht. Etwas Säuerliches stieg aus Richtung Magen auf. Krampfhaft presste ich eine Hand vor den Mund und verließ fluchtartig den Vorlesungssaal.

Mit Mühe und Not erreichte ich die Toilette. Nachdem die Reste von Scotch und Schampus ihren Weg durch die städtische Kanalisation genommen hatten, ging es mir nicht gut, doch zumindest besser. Ich betrachtete mein Gesicht im Spiegel. Das leuchtende Rot der Löwenmähne stach als einzige Farbe hervor. Dunkle Ränder zierten die Augen. Ich sah genauso erbärmlich aus, wie ich mich fühlte. Mir fehlte Nachtruhe. Nach kurzem Überlegen beschloss ich, nicht in die Vorlesung zurückzukehren. Ich verließ das Gebäude und schlurfte über den Campus zum Parkplatz. Nur nach Hause und etwas von dem versäumten Schlaf der letzten Zeit nachholen.

Langsam wurden mir die Partys zu viel. Nach den trostlosen Jahren meiner Jugend hatte ich mich am College in der Beachtung gesuhlt, die man mir schenkte. Dass ich viel mehr Geld zur Verfügung hatte als die anderen, spielte hier wahrscheinlich eine Rolle. Als die Runde machte, dass ich Melvin de Flames Schwester war, konnte ich mich vor angeblichen Freunden kaum retten.

Melvin mietete mir eine schöne Wohnung. Ein Apartment, in dem es sich angenehm leben ließ und das sich gleichzeitig prima als Partylocation eignete. Das gestaltete mein Dasein anstrengend und fürs Studium blieb wenig Zeit.

Oft wünschte ich mir einen normalen Bruder. Dafür hätte ich gern auf all den Luxus verzichtet, der mir ein sorgenfreies Leben bescherte.

Während ich auf den Wagen zusteuerte, kam es mir vor, als würde ich schwanken. *Hoffentlich kann ich mich einigermaßen aufs Fahren konzentrieren. Noch mehr Strafzettel wären ein Desaster.*

Der Weg nach Hause zog sich endlos.

Erleichtert sah ich das Gebäude näherkommen, in dem sich mein Apartment befand. Ich lenkte den Camaro in die Tiefgarage und stellte ihn auf den reservierten Parkplatz. Der Lift brachte mich in die siebte Etage. Vor der Tür suchte ich in den Abgründen der dunkelbraunen Armani-Handtasche nach dem Schlüssel.

Abgestandene Luft schlug mir entgegen, als ich ihn fand und die Wohnung aufschloss. Erneut meldete sich die Übelkeit. Dagegen ankämpfend sauste ich ins Badezimmer und kniete vor der Toilettenschüssel. Ich würgte Schleim hervor. Im Magen befand sich inzwischen nichts mehr, was hätte herauskommen können. Der unerträgliche Brechreiz ebbte nur langsam ab. Schweiß rann mir über die Stirn, obwohl ich gleichzeitig zitterte. Schließlich raffte ich mich auf, schwankte zum Waschbecken und befeuchtete mein Gesicht mit kaltem Wasser. *Ich sollte einen Gang runterschalten!*

Ich schlich ins Wohnzimmer und schob das Fenster nach oben, um frische Luft hereinzulassen. Auf dem Weg ins Schlafzimmer stolperte ich über Flaschen, die am Boden verstreut lagen.

Ich muss unbedingt Melvin anrufen. Eine Haushälterin wäre hilfreich.

Auf mich gestellt, sammelte ich die leeren Flaschen und Dosen zusammen. Es dauerte buchstäblich eine Ewigkeit, bis die Wohnung wieder einem Zuhause ähnelte. Erschöpft ließ ich mich auf das behagliche Sofa fallen und schloss die Augen für einen Moment.

Als ich erwachte, bewegte ich zaghaft meinen Kopf hin und her. Er schmerzte noch, doch lange nicht mehr so heftig wie am Vormittag. Durst ersetzte die Übelkeit. Ich trottete in die Küche und goss Orangensaft in ein Glas. In einer Schublade fand ich Vitamintabletten, fügte eine zum Saft hinzu und obendrein ein Aspirin zur Sicherheit. Diese Mischung sollte mich wieder auf die Beine bringen.

Zufrieden kehrte ich auf das Sofa zurück und streckte mich genüsslich aus. Mein Blick fiel auf das Telefon. Ich nahm es zu mir und wählte Melvins Privatnummer in New York. Ich ließ es einige Male klingeln. Als sich niemand meldete, legte ich wieder auf.

Komisch. Wo steckt Mrs. White? Ich könnte es in der Music Hall versuchen. Besser ich höre davor meinen Anrufbeantworter ab. Es lag Tage zurück, dass ich mir Zeit dazu genommen hatte. *Es wäre ungewöhnlich, aber vielleicht hat Melvin doch eine Mitteilung hinterlassen.*

Ich drückte den Knopf zum Abspielen der Nachrichten. Zuerst meldete sich Conrad und lud mich für Freitagabend zum Dinner ein. Ich überlegte, ob ich am Freitag etwas vorhatte, und zog gerade das Essen in Erwägung, als ich tatsächlich Melvin vernahm. »Hallo, Jackie! Ruf mich zurück, wenn du nach Hause kommst.«

Zwei unbedeutende Mitteilungen später, erklang erneut die Stimme meines Bruders. »Jackie, wo steckst du? Ich habe es gestern schon mal versucht. Bitte melde dich!«

»Hab ich ja, aber du hast nicht abgenommen.«

Das Band lief weiter und abermals kam eine Nachricht von Melvin. »Verdammt! Jackie! Echt jetzt? Was ist los? Ruf mich an! Bitte!«

Ich betätigte die Pausentaste. Die letzte Meldung berührte mich seltsam. Aufkommende Sorge schob ich zur Seite. Auch wenn es so geklungen hatte, wusste ich, dass Melvin de Flame niemanden brauchte. Ich drückte erneut auf ›Play‹ und hörte Conrad, der sich erkundigte, ob das Essen am Freitag in Ordnung gehe.

Schließlich ertönte eine mir unbekannte Stimme. »Ms. Caine, hier spricht Alan Brolin. Rufen Sie bitte dringend im New Yorker Büro an.«

Was hat Melvin, dass er mich formell über seinen Geschäftspartner zu einem Anruf auffordern lässt? Ist irgendetwas passiert? Quatsch! Er ist sicher nur stinkig, weil ich mich nicht zurückgemeldet habe.

Ich wählte die Nummer von Melvins Büro.

Nach dem zweiten Klingeln meldete sich eine weibliche Stimme. »Fabulous Music Hall, Büro von Mr. de Flame.« Sie klang, als hätte sie sich eine dicke Erkältung eingefangen.

»Mein Bruder erwartet meinen Rückruf. Jackie Caine hier.«

Es klickte in der Leitung.

»Jackie?«

Ich wunderte mich, als sich Mr. Brolin meldete. »Wissen Sie, wo Melvin steckt?«

»Ja.«

»Dann geben Sie ihn mir.«

»Er ist nicht hier.«

»Kommen Sie, Mr. Brolin, lassen Sie mich mit Melvin sprechen.«

»Das kann ich nicht.«

Was immer die beiden für ein Spiel spielten, es nervte. Eine passende Bemerkung fiel mir in meinem Zustand nicht ein, sodass eine Pause entstand.

»Melvin ist tot, Jackie.«

»Lassen Sie die Scherze! Ich weiß ja, dass ich mich längst hätte melden sollen, doch ich hab das Band eben erst abgehört.«

»Er hat bei Ihnen angerufen?«

»Ein paar Mal. Aber das wissen Sie, sonst würden Sie wohl kaum versuchen, mir ein schlechtes Gewissen einzureden. Mr. Brolin … Ich bin heute absolut nicht in der Verfassung für Melvins schwarzen Humor.« *Wobei mir neu wäre, dass er so etwas wie Witz besitzt.* »Also üben Sie Nachsicht und lassen mich mit meinem Bruder sprechen.«

»Jackie, es tut mir leid. Aber das ist kein perfider Scherz.«

Ich konnte es nicht länger verdrängen. Am Klang seiner Stimme erkannte ich, dass er die Wahrheit sagte. Ich nahm wahr, dass er weiterredete, hörte ihn jedoch nur noch wie durch eine dichte Nebelwand. Langsam ließ ich den Telefonhörer nach unten gleiten …

Kindheit und Jugend

Melvin

Mom hat tatsächlich verlangt, dass ich zum Frisör gehe. Ich soll anständig aussehen. Echt jetzt? Ich frage dich, was ist an meinen Haaren unanständig? Was kann an Haaren überhaupt unanständig sein?

Ich habe meinen ganzen Charme aufgeboten. Zum ersten Mal ließ er mich im Stich.

Dann habe ich es mit Widerworten probiert. Mom hat mich entsetzt angesehen. Ok, sowas ist sie von mir nicht gewohnt. War auch nie nötig gewesen.

Mir blieb nichts übrig, als klein beizugeben. Sie ist sogar mitgekommen und hat den Frisör bei seiner Arbeit überwacht, wie mich bei den Hausaufgaben.

Sag selbst, macht dich das glücklich? Ändert es irgendetwas, dass ich total bescheuert aussehe und mich nicht vor die Tür wage. Zumindest nicht ohne Mütze.

Verdammt nein! Nicht den geringsten Unterschied macht es. Ich würde mir Glatze scheren lassen, wäre es anders. Ist es aber nicht!

Es kommt noch schlimmer.

Sie hat mich in einen Anzug gestopft. Mit etwas gutem Willen könnte man behaupten, ich sehe aus wie ein kleiner Mafiosi. Weniger wohlwollend würde man mich für einen Nachwuchskellner halten.

Du fehlst mir so!

Ich vermisse unsere Ausflüge zum See.

Mir fehlt, wie du Jackie zum Lachen gebracht hast.

Und ich habe auch nicht vergessen, wie du mir das Leben gerettet hast, als ich in den Stimmbruch kam.

Ohne dich ist es so still im Haus.

Mach's gut Dad!

1

Am 77. Tag des Jahres 1956 passierte nichts Aufregendes, betrachtete man das Weltgeschehen. Für Elsa und Stephen Caine war dieser Samstag, der 17. März, ein bedeutender Tag. Und natürlich für Melvin. Denn da erblickte er das Licht der Welt.

Elsa hatte in einer Zeitschrift gelesen, dass Mary der beliebteste Name für Mädchen war und Michael für Jungs. Das Ehepaar diskutierte lange, bis sie jeweils einen Jungen- und einen Mädchennamen für ihr Wunschkind auswählten. Über eines einigten sie sich schnell, ihr Baby würde weder Mary noch Michael heißen.

Der Himmel weinte, als Melvin im General Hospital von Dansville im Bundesstaat New York den ersten Schrei tat. Auch Elsa weinte, zum einen aus purer Erleichterung darüber, dass die Schmerzen ihr nicht den Leib zerrissen hatten, zum großen Teil vergoss sie Tränen der Freude, weil sie ihren Sohn in den Armen halten durfte.

Sie schmiegte ihn an ihren Körper, damit nichts von seiner Wärme verloren ging. Mit den Fingerspitzen streichelte sie sanft über seine zarte Haut und betrachtete ihn. Die winzigen Händchen und Füßchen, die babyblauen Augen in dem leicht zerknitterten Gesicht und den wenigen Flaum auf dem Kopf, dessen Farbe sie an Stephens aschblondes Haar erinnerte. Der Kleine strampelte kräftig. Für Elsa sah er bildhübsch aus.

Sie atmete tief seinen reinen Geruch ein und erwartete mit aufgeregter Vorfreude den Besuch ihres Ehemannes.

Was wird Stephen sagen, wenn ich ihm seinen Sohn präsentiere? Die junge Mutter blickte zur Uhr an ihrem Handgelenk. In zwei Stunden konnte er bei ihr sein. Wieder glitt ihr Blick zu dem Baby und ein seliger Ausdruck trat auf ihr Gesicht. Das Bündel in ihrem Arm erschien ihr wie eine winzige Version ihres Gatten.

Im selben Jahr auf die Welt gekommen, hatten sie sich früh kennen gelernt. Für Elsa gab es nie einen anderen. Stephen war das Licht, das sie im Dunkeln heimfinden ließ und die Wärme, die verhinderte, dass ihr Körper fror. In traurigen Momenten gelang es ihm im Handumdrehen, sie wieder zum Lachen zu bringen. Verletzte sie sich, legte sich sein Blick wie eine heilende Salbe auf ihre Wunden und milderte den Schmerz.

Stephen sehnte derweil den Feierabend herbei. Als im Morgengrauen bei Elsa die Wehen einsetzten, hatte er sie ins Krankenhaus gebracht, bevor er zur Arbeit in die Autowerkstatt fuhr. Kurz spielte er mit dem Gedanken, sich für den Tag krankzumelden. Dann erinnerte er sich daran, dass sie das Geld brauchten.

Ihm kam in den Sinn, wie er Elsa am Anfang nicht ausstehen konnte. Wann immer er seinen Schulfreund besuchte, war dessen Schwester aufgetaucht und störte. Später als er bemerkte, wie sich das spindeldürre Mädel in ein richtiges Weib verwandelte, änderte sich seine Einstellung. Er suchte den Freund vor allem auf, um in ihrer Nähe zu sein. Ein heimlicher Kuss entflammte seine Gefühle. Ab da gehörte sie zu ihm.

Stephen gebrauchte weder viele Worte noch Gesten. Taten zählten. Er sah sich nach einem Job um und kam in der Werkstatt unter. Dort nahm er jede Überstunde mit und sparte das verdiente Geld. Elsa sprach vom Heiraten. Er führte sie erst zum Traualtar, als er genug zusammenhatte, um ein Häuschen zu kaufen. Es war nicht groß, aber auch kein Shotgun-Haus. Mit handwerklichem Geschick richtete er es her. Weitere vier Jahre vergingen, bis Elsa offenbarte, dass sie in Umständen sei. Stephen geriet außer sich vor Freude über die Nachricht, insgeheim hatte er nicht mehr daran geglaubt. Bei diesem Gedanken kehrte er in die Gegenwart zurück.

Endlich endete Stephens Schicht. Er wusch sich hastig, zog sich um und raste zum Krankenhaus. Wenig später sah er Melvin das erste Mal und konnte sein Glück kaum fassen. Er küsste seine Liebste. Sie reichte ihm den Jungen. Behutsam hielt der frischgebackene Vater das in eine Decke gehüllte Kind und schaute in das Gesicht seines Sohnes. »Du wirst es gut haben, kleiner Mann«, flüsterte er ihm ins Ohr.

Melvin wuchs unter den sorgenden Händen seiner Mutter heran. Egal, was der putzmuntere Junge anstellte, sie konnte ihm niemals ernsthaft böse sein. Wenn er sie mit diesem Melvin-typischen Blick anschaute, ging ihr das Herz auf.

»Mommy, ich möchte die grüne Hose.« Der Dreikäsehoch verschränkte die Arme vor seinem Körper.

»Die muss ich erst bügeln. Wir ziehen die braune an, die ist auch schön.«

Er rührte sich nicht und zog einen Schmollmund.

Stephen saß am Tisch. Er legte die Zeitung beiseite und beobachtete die Szene.

Elsa hielt dem Jungen die braune Hose hin. »Mel, bitte.«

»Mommy, ich mag die grüne lieber.«

»Wir kommen zu spät …«

»Nicht, wenn du gleich bügelst«, sagte Melvin.

Stephen schmunzelte, am Blick seiner Frau erkannte er, dass Melvin gewonnen hatte.

Er stand auf. Während Elsa das Bügelbrett holte, nahm er seinen Sohn in die Arme und wirbelte ihn herum, bis er vor Freude juchzte. Stephen setzte den Jungen ab. Bevor er an den Tisch zu seiner Zeitung zurückkehrte, drückte er seiner Frau einen Kuss auf die Wange. »Ich bewundere dein Einfühlungsvermögen.«

An dem Tag, an dem Melvin an der Grundschule von Dansville aufgenommen wurde, hätten seine Eltern stolzer nicht sein können. Gemeinsam fuhren sie ihren Sohn zur Schule und gaben ihm den neuen Schulranzen mit. Er enthielt neben einem Federmäppchen mit Stiften auch Hefte und alles, was er sonst benötigte.

Ab dem zweiten Schultag nahm Melvin den Bus. Elsa brachte ihn jeden Morgen zur Haltestelle und wartete, bis der gelbe Schulbus mit ihm davonfuhr. Am Nachmittag holte sie ihn wieder ab. Auf dem Heimweg hörte sie sich an, was ihr Junge erlebt hatte während des Tages. Zu Hause sahen sie gemeinsam die Hefte durch und später, als es Hausaufgaben gab, unterstützte Elsa ihren Sohn wenn notwendig und stellte sicher, dass er alles ordentlich erledigte.

Mit acht Jahren ebbte Melvins Fleiß ab. Statt Schularbeiten zu erledigen, traf er sich lieber mit Freunden, um mit ihnen seine Welt zu erkunden. An dem, was die Lehrer ihm beizubringen versuchten, zeigte er zum Leidwesen seiner Mutter nur noch geringes Interesse.

Melvin blickte aus dem Fenster, erfreute sich des Sonnenscheins und plante, nach dem Unterricht runter zum Mud Creek zu spazieren. *Vielleicht kann ich …*

»Melvin Caine, wo bist du wieder mit deinen Gedanken?« Die Stimme des Lehrers riss ihn aus seinen Träumen.

Melvin bemühte sich, aufmerksamer zu sein. Gelingen wollte es ihm nicht.

Zu Hause half sein ganzer Charme nichts, Mutter überwachte in Manier eines Tugendwächters, dass er seine Arbeit erledigte.

Die blöden Rechenaufgaben kapiere ich nicht. Melvin rutschte auf seinem Stuhl hin und her. *Sicher sind die anderen längst am Creek.* »Mom!«

»Erst die Aufgaben.«

Endlich genügten die Hausaufgaben ihrem Anspruch und er durfte nach draußen. Er rannte in Richtung Berrywood Lane zu der Stelle, wo der Creek sich gabelte. Dabei erinnerte er sich an die Drohung seiner Mom, ihm Nachhilfestunden erteilen zu lassen. Er hoffte, dass sie das nicht wahrmachen würde.

Auch in der folgenden Zeit betrachtete Melvin Unterricht als ein Übel, das sich nicht umgehen ließ. Das änderte sich erst in seinem vierten Grundschuljahr, als mit Ms. Parker eine neue Musiklehrerin an der Schule anfing.

»Melvin«, rief Ms. Parker eines Tages nach der Musikstunde, als er mit den anderen Jungs auf schnellstem Wege das Klassenzimmer verlassen wollte. »Möchtest du bei unserer diesjährigen Schulaufführung zu Weihnachten mitmachen?«

»Echt jetzt?«

»Du könntest zwei Weihnachtslieder singen«.

»Ja.« Sein Gesicht hellte sich auf wie der Himmel nach einem kräftigen Sommergewitter. Den Gesangsunterricht mochte er mehr als alle anderen Fächer zusammengenommen.

»Das ist schön. Dann frag bitte deine Mutter, ob es ihr recht ist.«

Von da an besuchte Melvin gern die Schule, zumindest an den Tagen, an denen Musik auf dem Stundenplan stand. Die beiden Songs, die er als Solist vortragen sollte, ›Have yourself a merry little Christmas‹ und ›Silent Night‹, begleiteten die Caines über viele Wochen. Melvin sang sie rauf und runter.

Weihnachten rückte näher und er hörte im Radio ›Blue Christmas‹ von Elvis.

»Dad, kaufst du uns einen Schallplattenspieler?«

»Wir haben doch ein Radio.«

»So selten, wie sie dort ›Blue Christmas‹ spielen, lerne ich das nie. Dad ... Bitte ...«

Als Stephen das tägliche Betteln seines Sohnes nicht länger ertrug, kaufte er einen gebrauchten Plattenspieler und die Single, die frisch am 9. November erschienen war.

Melvin hörte den Song, bis das Abspielgerät buchstäblich heiß lief. Er sang mit, lernte den Text und probierte schließlich, das Lied allein zu singen.

An einem Sonntagabend verlangte er von seinen Eltern, dass sie sich ins Wohnzimmer auf die Couch setzten. Dort performte er die drei Weihnachtslieder mit einer Ernsthaftigkeit, die seiner Mutter Tränen in die Augen trieb.

»Sehr gut, mein Junge«, sagte sein Vater.

»Ihr werdet sehen, eines Tages werde ich berühmt!«

Melvin war zuversichtlich, was die Probe der Weihnachtsaufführung am nächsten Tag anging. Trotzdem fiel es ihm schwer, an diesem Abend einzuschlafen, was daran lag, dass er nicht recht wusste, wie er es schaffen sollte, alle drei Lieder singen zu dürfen.

Als der letzte Ton von ›Silent Night‹ verhallte, sagte Ms. Parker: »Gut, Melvin. Dann ...«

Jetzt oder nie, dachte er und stimmte ›Blue Christmas‹ an. Ms. Parker gab ein Zeichen, wollte ihn damit unterbrechen. Er schaute demonstrativ in eine andere Richtung und sang weiter.

Nach der Probe nahm ihn die Lehrerin zur Seite. »Das war aber nicht abgesprochen.«

»Ich weiß.« Er setzte sein unschuldigstes Lächeln auf.

Als sich ein Schmunzeln auf das Gesicht der Lehrerin mogelte, wusste er, dass er gesiegt hatte.

»Melvin, du hast eine natürliche Begabung, die richtigen Töne zu treffen. Wenn du hart arbeitest, kann aus deinem Gesang mehr als nur ein Hobby werden.«

»Heißt das, ich werde ›Blue Christmas‹ singen?« Nur darum ging es ihm und deshalb gab er sein Bestes, möglichst herzig und unschuldig auszusehen.

»Ja, darfst du.«

2

Im Laufe der Vorwahlen zum Präsidentschaftskandidaten wurde am 5. Juni 1968 im Ambassador Hotel in Los Angeles dreimal auf Senator Robert Kennedy geschossen. In seinem Heimatstaat New York lag Elsa zu der Zeit erneut in den Wehen.

Der Senator erlag trotz vierstündiger Operation seinen Verletzungen am 6. Juni um 1:44 Uhr. Am selben Tag um 2:19 Uhr erblickte Jacqueline das Licht der Welt und trat in das Leben der Caines.

Obwohl winzig bei der Geburt, zierte den Kopf des Mädchens leuchtend rotes Haar. Jackie schrie mit kräftiger Stimme, hatte eine Menge zu erzählen. Elsa betrachtete ihre Tochter, wusste, dass es an ihr war, dieses Bündel Mensch zu beruhigen. In ihren Armen sollte sie die Kleine wiegen. Aber ihre Hände reagierten nicht. Sie sah das Neugeborene an und wandte sich ab. Schon die eigenen roten Haare waren ihr ein Graus.

Nach einer Weile trat eine Krankenschwester in das Zimmer. Das Kind schrie aus voller Kehle und Elsa gab vor, tief und fest zu schlafen. Die Schwester sah irritiert zu ihr und kümmerte sich um den Säugling.

Die erste Begegnung zwischen Mutter und Tochter stellte die Weichen.

Zu Hause fiel es Elsa schwer, ihren hausfraulichen Pflichten nachzukommen. Sie fühlte sich schlapp und lustlos, musste sich zwingen, das Notwendigste zu erledigen. Jackie weinte häufig und zerrte zusätzlich an den Nerven ihrer Mutter. Bisweilen legte sich Elsa wieder ins Bett, wenn Melvin in der Schule und Stephen bei der Arbeit waren. Das Baby lag in seinem Bettchen und brüllte. Elsa hielt sich die Ohren zu und verwünschte das Kind.

Monate vergingen, bevor sich Elsa langsam besser fühlte. Sie bemühte sich redlich und trotzdem gelang es ihr nicht, Jackie genauso zu lieben wie Melvin. Tief in ihrem Innern schämte sie sich dafür.

Stephen bemerkte, dass etwas anders war. Er arbeitete von früh bis spät, um die Familie zu ernähren. Mit Frauenkram kannte er sich nicht aus, hoffte, dass sich alles einrenken würde.

Doch die Zeit stand nicht auf Jackies Seite. Ihre Mutter gab ihr, was sie zum Leben brauchte, aber wenn sie abends in ihrem Bettchen lag, erzählte ihr Melvin Gutenachtgeschichten. Oft sang er ihr vor, bis sie einschlief.

Jackie vermisste nichts und wuchs zu einem aufgeweckten Kind heran. Ihr Bruder blieb ihre Bezugsperson und so war ›Vin‹ ihr erstes Wort.

Melvin strahlte übers ganze Gesicht, wuschelte durch ihre hellroten Löckchen und nannte sie erstmals ›Pumpkin‹.

3

Mittlerweile in der Pubertät verbrachte Melvin seine Freizeit gern mit Freunden. Seit der Weihnachtsaufführung ließ ihn auch die Musik nicht mehr los. Öfter zog er sich auf sein Zimmer zurück und sang die aktuellen Songs aus dem Radio nach. Abends im Bett blätterte er durch das Rolling-Stone Magazine und träumte davon, ein Rockstar zu sein.

Mit vierzehn musste Melvin die nur in seinen Träumen existierende Musikkarriere wieder an den Nagel hängen. Er krächzte wie ein Rabe und traf keinen einzigen Ton. Todunglücklich schloss er sich in seinem Zimmer ein und wollte niemandem sehen.

»Das ist der Stimmbruch und der geht bald vorbei«, trösteten Mutter und Vater abwechselnd. Melvin glaubte ihnen nicht. Für ihn war das Leben im Arsch!

Am Nachmittag lag er auf dem Bett, schaute auf die Poster von den Beatles, den Stones und Elvis an der Wand und gab sich seinem Seelenschmerz hin. Auf das Pochen an der Tür reagierte er nicht. Wozu auch? Ihm konnte keiner helfen.

Als ein weiteres Klopfen unbeantwortet blieb, trat sein Vater ein. In seiner Hand hielt er eine Gitarre.

Melvin sprang auf. »Dad …« Er fiel seinem Vater um den Hals. Schließlich hatte er ihm gerade das Leben gerettet. »Danke«, hauchte er. Wenn es mit dem Singen schon nicht mehr klappte, musste er nicht länger komplett auf seine geliebte Musik verzichten.

Mit Hilfe eines Übungsheftes, das Ms. Goodwin, Melvins Musiklehrerin an der Junior High, ihm besorgte, brachte er sich die Grundgriffe des Gitarrenspiels bei. Als die Lehrerin registrierte, wie beflissen er übte, vermittelte sie ihm einen Platz in einem Musik-Camp im Rahmen der Sommerschule.

Dort freundete sich Melvin mit Gary und John Wagner an. Der gleich alte Gary spielte Keyboard und sein zwei Jahre älterer Bruder John ebenfalls

Gitarre. Die Brüder wohnten auch in Dansville, aber erst im Camp lernten sich die drei richtig kennen.

Melvin überstand den Stimmbruch und fing wieder an zu singen, wobei er seine Songs mit der Gitarre untermalte. Sie wurde sein ständiger Begleiter, so wie Pumpkin. Wenn er mit den Wagner-Brüdern in der Garage neben dem Haus seiner Eltern musizierte, saß die knapp Dreijährige auf einem Ölfass und lauschte andächtig.

Sahen sich andere Jungs in seinem Alter langsam nach Mädchen um, gehörte Melvins Interesse ausschließlich der Musik. Dass er sich zu einem Mädchenschwarm entwickelt hatte, registrierte er. Um sein Image zu pflegen, verbrachte er viel Zeit vor dem Spiegel, besonders sorgfältig brachte er das schulterlange, aschblonde Haar in Form. Dabei übte er sein schelmisches Grinsen, das er gezielt einzusetzen wusste. Für ihn war das reine Spielerei. Nicht, dass er Mädchen nicht mochte. Seine Musik war ihm einfach wichtiger.

1971 gründeten Melvin und seine Freunde eine Band. Dass sie sich nicht auf einen Namen einigen konnten, tat dem Enthusiasmus keinen Abbruch. Sie übten nach dem Winter in Caines Garage bekannte Songs, wie ›Bridge over troubled water‹, den 1970er Nr. 1 Hit von Simon & Garfunkel oder ›Everything is beautiful‹ von Ray Stevens.

In den Sommerferien gesellte sich Brian Levinson zu ihnen. Brian, ein Jahr jünger als Melvin, wurde jeden Sommer zu seiner Tante nach Dansville geschickt, wo er die Ferien mit seinem gleichaltrigen Cousin verbrachte. Als Kind hatte er die freien Tage herbeigesehnt. Als Jugendlicher wäre er lieber bei seinen Freunden zu Hause in Pittsburgh geblieben, wo er Schlagzeug in einer Band seiner High School spielte.

Die Garagenband ohne Namen bot Brian einen Weg, den Sommer angenehm zu verbringen. Er überredete seine Eltern, ihm ein Schlagzeug zu besorgen, damit er bei der Band mitmachen konnte.

Begleitet wurde Brian von seinem Cousin. Der schleppte seine Freunde an, die wiederum ihre Kumpels mitbrachten. Auf diese Art wuchs der Fankreis der Jungs und sie mutierten zur Attraktion des Sommers für die Jugendlichen des Ortes.

Studierten sie neue Songs ein, hängten sie den Eingang der Garage mit Bettlaken zu, die Melvin aus der Wäschetruhe seiner Mutter stibitzte. An den Wochenenden putzten sie sich heraus und gaben ›Konzerte‹.

Die Mädchen fanden die Musiker bombig mit ihren schulterlangen Haaren und den modischen Klamotten bestehend aus Jeans mit Schlag und Hemden mit psychedelischen Mustern. Kaum verwunderlich, dass alle Bandmitglieder im Verlauf der Ferien erste Erfahrungen mit dem anderen Geschlecht sammelten. An Melvins Einstellung änderte dieser Sommer nichts, dennoch fand er es blöd, komplett zu verzichten. War das Repertoire erschöpft, zog er sich knutschend in irgendeine stille Ecke zurück. Oft spürte Pumpkin ihn auf und kreischte vor Entzücken.

Der Sommer 1971 gehörte zu den schönsten, die Melvin erlebte. An ihrem letzten Abend schworen die Bandmitglieder, dass sie sich in den nächsten Sommerferien wieder treffen und da weitermachen würden, wo sie jetzt aufhören mussten.

Das neue Schuljahr begann und Melvin fiel es schwer, sich an den Alltag zu gewöhnen. Der Indian-Summer färbte die Blätter leuchtend gelb und rot. Die Jungs träumten von einer großen Karriere in New York nach der High School. Sie fantasierten von Gigs in Clubs und Konzerten in bedeutenden Hallen. Melvin sah darin keine Spinnerei, für ihn stand unwiderruflich fest, dass er Musik machen würde, so lange er lebte.

Damit sein Sohn an die frische Luft kam, nahm ihn Stephen fast jeden Sonntag mit zum Angeln.

Für Melvin war es mitten in der Nacht, als sein Vater ihn weckte. Er murmelte etwas wie ›in Ruhe lassen‹ und ›weiterschlafen wollen‹, bevor er sich aus dem Bett schälte. So schwer es fiel, den Ausflug mit Dad ließ er sich nicht entgehen. Denn dann führten sie Männergespräche oder schwiegen sich an wie richtige Männer, ohne dass es komisch wurde.

Sie fuhren zum Conesus Lake nördlich von Dansville.

Gefühlt seit Stunden saßen sie am Ufer des schmalen, langgestreckten Sees und beobachteten ihre Angeln.

Melvin dachte an Pumpkin. »Dad, kann ich dich mal was fragen?«

Der Vater nickte.

»Warum mag Mom Jackie nicht?«

Stephen kratzte sich am Kinn. »Weißt du, Mel, ich glaube schon, dass Mom Jackie mag. Sie kann es nur nicht zeigen.«

»Warum?«

»Wenn ich das wüsste.«

»Hm …« Melvin dachte, sein Dad würde es ihm erklären.

»Aber Mel, wir beide zeigen es ihr. Nicht wahr?«

Melvin stimmte eifrig zu.

Am Ende des Angelausflugs tummelten sich ein paar Barsche im Eimer. Stephen tötete die Fische später in der Garage, nahm sie aus und schuppte sie. Dann brachte er sie zu Elsa in die Küche.

Melvin hatte sich in sein Zimmer zurückgezogen und bastelte an einem neuen Song. Jackie saß neben ihm auf dem Bett und hörte zu. Irgendwann roch es überall im Haus nach gebratenem Fisch.

Er nahm die Schwester bei der Hand. »Komm, lassen wir uns den Fisch schmecken, Pumpkin.«

Nach dem Essen half Melvin, die Küche aufzuräumen.

Jackie wollte auch helfen.

»Du lässt die Teller fallen«, sagte Elsa.

Melvin drückte seiner Schwester ein Geschirrtuch in die Hand und deutete auf das Besteck. »Damit kann nichts passieren«, sagte er, als er den strafenden Blick seiner Mutter sah.

Nachdem die Küche aufgeräumt und blitzeblank war, folgten sie dem Vater ins Wohnzimmer. Gemeinsam sahen sie sich die ›Jimmy Stewart Show‹ auf NBC an. Die Eltern saßen nebeneinander auf dem Sofa, Melvin mit Jackie auf dem Schoß in einem Sessel. Mitten in der sich anschließenden aktuellen Folge von ›Bonanza‹ schlief Jackie ein.

»Ich bringe sie ins Bett«, flüsterte Melvin.

»Wir sollten auch schlafen gehen«, sagte Stephen an Elsa gewandt. »Schließlich muss ich morgen wieder früh raus.«

4

Wäre das Schicksal weniger unbarmherzig, hätte es im Erwachsenenalter für Melvin und Jackie viele schöne Erinnerungen gegeben. Wie zum Beispiel die an jenen Sonntag am See und den gemeinsam verbrachten Fernsehabend.

Aber auf das Schicksal ließ sich nicht zählen. Erst erlaubte es, dass Jackie an Masern erkrankte. Dann, dass sich Stephen ansteckte. Wahrscheinlich passierte es an einem der Abende, als er seiner Tochter kalte Wickel um die Waden legte, um die Körpertemperatur zu senken.

Später wünschte sich Melvin oft, dass er die Verbote seiner Mutter ignoriert und sich anstelle des Vaters um die Schwester gekümmert hätte.

Als sich Jackie langsam von ihrer Erkrankung erholte, plagte Stephen hohes Fieber. Er erschien jeden Tag schwächer. Heftige Kopfschmerzen kamen hinzu. Der Arzt diagnostizierte eine Hirnhautentzündung. Medikamente brachten nicht die erhoffte Besserung. Stephen starb an einem sonnigen Morgen Anfang November.

Trauer legte sich wie ein Schleier über Elsa und ihre Kinder. Es gab keinen Truthahn an Thanksgiving und keinen Baum zu Weihnachten. Die Silvesterfeier fiel selbstredend aus.

Am Neujahrsmorgen 1972 fand Melvin seine Mutter weinend am Küchentisch. Sie schluchzte herzzerreißend.

»Mom.« Er fühlte sich hilflos.

Das Wimmern hörte nicht auf.

»Mom!« Er rüttelte an ihr.

Elsa sah ihn an. »Du siehst aus wie dein Vater.« Sie schluchzte auf und versank erneut in ihrer eigenen Welt.

Melvin kehrte nach oben zurück und setzte sich zu Jackie aufs Bett.

Sie begriff nicht in letzter Konsequenz, dass der Vater nicht wiederkommen würde. Dennoch spürte sie, dass etwas mächtig Schlimmes passiert war. Melvin schloss seine Schwester in die Arme, als sie zu weinen begann. So hielten sie einander fest und trauten sich für Stunden nicht aus dem Zimmer.

Am späten Nachmittag, es dämmerte bereits, stieg der Geruch von Essen nach oben. Auf leisen Sohlen schlich Melvin die Treppe hinunter und spähte in die Küche. Seine Mutter kochte. Er atmete auf.

Auch im Laufe der kommenden Wochen hielten Trauer und Schmerz Elsa fest umklammert. Melvin gewann den Eindruck, dass sie sich letztlich seinetwegen in ihr Schicksal fügte. Weshalb sonst drehte sich alles um ihn? Er war fünfzehn, kam zurecht. Ihre Fürsorge ging ihm auf die Nerven. *Sie soll sich besser um Jackie kümmern.*

In der ersten Zeit nach dem Tod seines Vaters traute sich Melvin nicht, die Gitarre hervorzuholen, obwohl ihm seine Musik in diesen schweren Stunden fehlte. Nur in Momenten, in denen die Schwermut seiner Mutter auf ihn und Jackie überzuschwappen drohte, griff er zum Instrument. Dann spielte er ganz sanft und zurückhaltend in seinem Zimmer für sich und Jackie.

Als der Schnee schmolz und der Duft der aus dem Winterschlaf erwachenden Natur in der Luft lag, hielt es Melvin nicht länger zu Hause. Er traf sich wieder mit seinen Freunden.

Das Schuljahr neigte sich seinem Ende entgegen und sie freuten sich auf die Ferien und die geplanten Garagenkonzerte ihrer Gruppe, die nun ›Caine's Garage Band‹ hieß. Pünktlich zu Ferienbeginn traf Brian in Dansville ein. Die Wiedersehensfreude trübte, dass er seine Freundin mitbrachte.

BB, wie sie alle nannten, trug den bürgerlichen Namen Brenda Blair. Sie ging auf die gleiche High School wie Brian, würde aber nach den Ferien ihr letztes Schuljahr beginnen. BB hatte Brian in ›dieses Kaff‹ begleitet, weil er ihr versprach, dass sie bei der Band als Sängerin mitmachen dürfe.

Gary und John fanden die Idee von Anfang an doof.

Melvin besaß keine Meinung dazu. Er ließ sich aber von Brian überreden, mit BB ›'cause I love you‹ einzustudieren - ein Duett von June Carter und Johnny Cash aus dem Jahre 1969.

Melvin und Brenda übten zwei ganze Tage in seinem Zimmer.

Der Samstag kam, an dem das erste Garagenkonzert des Sommers stattfinden sollte. Die Dorfjugend versammelte sich vor Caines Garage. Als sich das Garagentor öffnete, applaudierte das Publikum.

Melvin sang die gleichen Songs wie im Jahr davor und Brenda stieg bei vielen mit ein. Sie harmonierten musikalisch und was ihr Temperament anging.

Die Jugendlichen gerieten in Ekstase, wobei die weiblichen Zuhörer Melvin anschmachteten und die männlichen in der Nacht von BB träumen würden.

Es schien ein perfekter Abend. Aber das trügte. Das erste Konzert von ›Caine's Garage Band‹ sollte gleichzeitig ihr letztes sein. Schuld daran trugen nicht die Nachbarn, die sich über den Lärm beschwerten. Dies hätte sich regeln lassen. Das unlösbare Problem kam von anderer Seite.

Brian beobachtete Brenda und Melvin, derweil er das Schlagzeug bearbeitete. Seine Eifersucht kochte langsam aber stetig hoch.

›'cause I love you‹ sollte am Schluss das Highlight des Abends werden. Brenda und Melvin sangen, als ginge es um ihr Leben und jeder war sich sicher, dass zwischen ihnen etwas lief. Allen voran Brian. Der Song war noch nicht ganz zu Ende, als er aufsprang und Melvin am Kragen packte. »Du Arsch!«

Melvin hob abwehrend die Hände und setzte seinen unschuldigsten Blick auf. Schließlich war er frei von Schuld.

Damit provozierte er Brian erst richtig. Er schubste Melvin, den das so erstaunte, dass er sich nicht abfangen konnte und auf dem Hintern landete.

»Brian … wir haben …«, wagte Brenda einzuwenden.

Der Angesprochene ließ sie nicht ausreden. Er wandte sich zu ihr und zeigte mit dem Finger auf sie. »Du … du bist mal still.«

Melvin rappelte sich auf und unternahm einen neuen Versuch der Beschwichtigung. »Mann, da ist wirklich …«

In dem Moment spürte er einen Schlag. Er fasste sich kurz ans Kinn und stürmte auf Brian los. »Echt jetzt?!« Beide gingen zu Boden und balgten sich dort.

Schließlich erwachten Gary und John aus ihrer Schockstarre und trennten die Kampfhähne.

Das Publikum reagierte unterschiedlich. Während die Mädchen kreischten, schlugen sich die Jungs auf die eine oder andere Seite und feuerten ihren jeweiligen Favoriten an.

Als das Schauspiel endete, zerstreuten sich die Jugendlichen.

Brenda nahm ihre Tasche und stolzierte davon, ohne ein weiteres Wort an einen der Kontrahenten zu verschwenden. Melvin sah BB nie wieder, hörte später, dass sie am nächsten Morgen den ersten Bus genommen hatte, um Dansville hinter sich zu lassen und nach Pittsburgh zurückzukehren.

Brian schwor, dass Melvin für ihn nur noch Luft sei, und hielt sein Versprechen.

Gary und John blieben ihm als Freunde erhalten. Obwohl er in ihren Augen die Schuld trug, verband die gemeinsame Zeit. Caines Garage glich von da an verbrannter Erde. Stattdessen trafen sie sich kurze Zeit später im Lagerraum des Gemischtwarenladens, der den Eltern der Brüder gehörte. Aber erst nach Feierabend. Diese Bedingung stellte Mr. Wagner. In diesem Sommer blieb es dabei, dass die drei ihre Musik nur für sich spielten. Einzig Pumpkin durfte zuhören.

Ein Jahr später tat die Gruppe eine alte Scheune auf und riskierte es, erneut vor Publikum zu spielen. Aber nicht bevor sie sich schworen, zu dritt zu bleiben.

Als die Runde machte, dass ›Caine's Garage Band‹ wieder auftrat, dauerte es nicht lange, bis ihre Zuhörerschaft herbeiströmte. Das Repertoire des Trios bestand nicht mehr nur aus den angesagten Hits der letzten Jahre. Melvin hatte die Zeit genutzt, um eigene Songs zu schreiben. Diese ergänzten ihr Programm.

Nachts lag Melvin oft wach und sehnte sich nach Ruhm. *Wer zum Film möchte, geht nach Los Angeles und wer Musik machen will, versucht es in New York,* hatte er gehört und glaubte fest daran. Inzwischen siebzehn wäre er lieber heute als morgen aufgebrochen, auch wenn seine Freunde ihn wohl nicht begleiten konnten. John würde den Gemischtwarenladen der Eltern übernehmen und Gary fehlte es an der nötigen Entschlossenheit ohne seinen Bruder.

Melvins Blick wanderte zum Fenster. Regentropfen prasselten an die Scheibe. Ihr gleichmäßiger Klang ließ ihn in seine Traumwelt abtauchen. Er sah sich auf einer Bühne stehen, das Publikum jubelte und erhob sich zu stehenden Ovationen.

Im Frühsommer 1974 schloss Melvin mit Ach und Krach die High School ab. Nach einem letzten Sommer mit seinen Freunden gab es kein Halten mehr. Auch das Flehen seiner Mutter hielt ihn nicht auf. Jackies bitterliche Tränen änderten nichts. Melvin holte den Koffer vom Speicher und packte seine Kleidung zusammen. Die Zeit des Abschieds nahte.

Die Schwester schaute ihm wehmütig zu. Wenn er nicht hinsah, nahm die Sechsjährige etwas von seinen Sachen aus dem Koffer und trug sie zurück zum Schrank.

»Ach, Pumpkin.«

»Du darfst nicht weggehen, Vin.«

»Ich muss. Wenn du älter bist, wirst du es verstehen.«

»Niemals!« Sie rannte aus dem Zimmer.

Mit fünfhundert Dollar, die ihm seine Mutter als Startkapital zusteckte und seinem Gepäck machte sich Melvin bereit, der weiten Welt in Gestalt von New York gegenüberzutreten. Mit dabei war die Gitarre, die in ihrem Koffer steckte und über seiner Schulter hing.

Er hätte sich lieber zu Hause verabschiedet. Aber seine Mutter hatte darauf bestanden, ihn zur Bushaltestelle zu begleiten. So warteten sie gemeinsam auf den Autobus, der ihn nach Geneseo bringen würde, wo er in den Bus nach New York umsteigen musste. Knapp zehn Stunden würde die Fahrt insgesamt dauern.

Melvin stellte sein Gepäck ab und wandte sich an Jackie, die schluchzend neben ihm stand. »Hey, Pumpkin, nicht weinen.«

»Vin …«

Melvin holte sein Taschentuch hervor und tupfte ihr sanft die Tränen vom Gesicht. »Ich komm euch besuchen.« Er erhob sich wieder. »Mom, mach es mir doch nicht so schwer.« Er lächelte sie an und versuchte es mit all seinem Charme. Damit erreichte er, dass seine Mutter auch anfing zu weinen. Er schloss sie in den Arm.

Elsas Tränen sickerten in das neue Jackett. Sie hatte es ihm extra gekauft, meinte, seine abgewetzte Lederjacke eigne sich nicht für die Großstadt.

Der Bus bog um die Ecke und würde jeden Moment da sein. »Ich rufe dich an«, flüsterte Melvin.

»Erst verlässt mich dein Vater und nun auch noch du.« Elsa schluchzte.

»Es wird Zeit«, sagte Melvin entschuldigend, als der Bus sie erreichte. Er befreite sich behutsam aus der Umklammerung. Bevor er einstieg, wandte er sich abermals seiner Schwester zu. Mit einer liebevollen Handbewegung wischte er die Tränen aus ihrem Gesicht. »Bitte hör auf zu weinen, Pumpkin.«

»Nimm mich mit, Vin«, flüsterte Jackie.

Ihre Traurigkeit berührte Melvin. Aber er konnte sie weder mitnehmen, noch konnte er bleiben. »New York ist gar nicht weit weg und wir telefonieren oft.«

»Sei vorsichtig, versprich mir das«, sagte die Mutter, als er in den Bus stieg.

»Ich pass auf mich auf, Mom.«

Melvin suchte sich einen Platz und kaum, dass er saß, fuhr der Bus an. Er winkte seiner Mutter und Schwester ein letztes Mal zu, dann schloss er die Augen und seine Gedanken drehten sich um die Zukunft.

Die frühen Jahre

Melvin

Ich habe einen neuen Song im Kopf.

Songs zu schreiben, ist die einzige Möglichkeit, nicht zu verzweifeln.

Meine verdammten Finger sind so steif, dass ich keinen Ton aus der Gitarre heraushole, der richtig trifft. Elende Kälte. Wenn der Winter nicht bald vorüber ist, drehe ich durch.

Ich bin einsam. Ohne Familie. Ohne Freunde. Eine Frau im Hinterzimmer zu ficken, die mir nicht das Geringste bedeutet, kann das Gefühl des Alleinseins nicht verscheuchen.

Ich weiß, dass meine Ideen gut sind. Wieso sieht das niemand außer mir?

Ich überlege, zu Hause anzurufen, um wenigstens eine vertraute Stimme zu hören. Hab jedoch keine Sehnsucht nach Moms Gezeter.

Und da ist noch ein weiterer Grund, warum ich nicht anrufe und sie schon gar nicht besuche. Viel zu groß ist die Angst, dass ich ihrem Drängen nachgebe, oder es einfach nicht schaffe, wieder zurückzukehren. In diese Bruchbude. In dieses einsame Dasein.

Mein Magen knurrt. Schon wieder.

Auch jetzt habe ich nur eine Dose Suppe, die ich notdürftig im Wasserkocher erhitze.

Eine richtige Mahlzeit wäre das größte. Aber die kann ich mir nicht leisten.

Ich sehe zur Uhr. Noch eine Stunde. Dann muss ich mich aufmachen, damit ich rechtzeitig in der Bar aufschlage, um wie jeden Abend meine Songs zu spielen. Das sind die Stunden, in denen ich lebe.

Ich singe zwar in einer ollen Bar, aber wenn ich dort auf der Bühne stehe, stelle ich mir vor, wie es wäre, in der eigenen Music Hall.

Ich sehne mich so sehr danach, mit meiner Musik berühmt zu werden, dass ich die ganze andere Scheiße in Kauf nehme.

1

Melvin erwachte, als der Bus zum Stehen kam. Er rieb sich den Schlaf aus den Augen, schnappte seinen Koffer und die Gitarre und trat mit den anderen Fahrgästen ins Freie. Draußen blickte er sich mit vor Staunen geöffnetem Mund um. Yellow Cabs schlängelten sich über die Fahrbahn. Jemand hupte, wahrscheinlich weil es nicht zügig genug vorwärtsging. Wären in Dansville die Wege um diese Stunde längst verwaist, bevölkerten in New York zahlreiche Menschen die Straßen.

Bunte Leuchtreklame zog Melvins Aufmerksamkeit magisch an. Coca Cola warb für sein Getränk und er erfuhr, dass die Broadway-Show ›Die Katze auf dem heißen Blechdach‹ ab 22. September 1974 im ANTA-Theatre aufgeführt wurde. Über einem Laden, vor dem einige Leute standen, prangte in großen Lettern ›Howard Johnson's Famous Ice Cream‹. 24 Sorten wurden angepriesen. Die hätte Melvin gern probiert, aber im Moment suchte er sich besser eine Bleibe für die Nacht.

In einer ruhigen Seitenstraße fand er ein Hotel, das von außen kaum etwas hermachte. Sicher, dass er es sich leisten konnte, trat er ein und fragte nach einem Zimmer. Irrtum. Der Rezeptionist schenkte ihm ein mitleidiges Lächeln und meinte, dass er in dieser Gegend nichts Günstigeres finden würde. Er schlug vor, es in Brooklyn zu versuchen oder in Queens.

Melvin kannte sich nicht aus, hatte keine Ahnung, wie er nach Brooklyn kommen sollte. So schlenderte er weiter die Straße entlang. Gähnend überlegte er, wo er einen Platz zum Schlafen finden könnte.

Am Ende schlüpfte er in einen Hausflur, als jemand das Gebäude verließ und bevor die Tür ins Schloss fiel. Er setzte sich auf den Koffer und hielt den Gitarrenkoffer fest im Arm. Eine einigermaßen bequeme Position zu erreichen, wurde zu einer Herausforderung. Er lehnte sich an die Hauswand, froh, dass zumindest die Temperatur in einem angenehmen Bereich lag. Melvin döste weg, wurde aber kurz darauf wieder wach, weil er glaubte, etwas gehört zu haben. Er lauschte in die Nacht. Alles blieb still. Vielleicht hatte er nur geträumt.

Am Morgen fand er eine U-Bahn, die ihn nach Brooklyn brachte. Dort mietete er für ein paar Dollar ein Zimmer in einer heruntergekommenen Pension.

Melvin legte sich ins Bett und schlief sofort ein. Als er am Nachmittag aufwachte, knurrte sein Magen. Er verließ seine Bleibe und aß an einem Stand einen Hot Dog. Gestärkt begab er sich auf die Suche nach einem Job und einem längerfristigen Zuhause.

Melvin hatte Glück. Bereits zwei Tage später war er Mieter eines Apartments im Herzen Brooklyns. Es war keine richtige Wohnung, sondern nur ein Zimmer, möbliert mit einem alten Bett und einem Schrank, dessen linke Tür halb aus den Angeln hing. In einer Ecke war ein Waschbecken an der Wand befestigt, das kaltes Wasser spendete. Daneben stand ein wackliges Tischchen mit einem verkalkten Wasserkocher.

Melvin war zufrieden. Dass die Toilette eine halbe Treppe tiefer lag und er sie mit anderen Bewohnern des Mietblocks teilen musste, ebenso wie die Dusche, störte ihn in diesem Moment nicht. Seinen Traum im Kopf stellte er an die Unterkunft kaum Ansprüche.

Bei einem Blick aus dem verdreckten Fenster, das dem Sonnenlicht keine Chance bot, fiel ihm die von oben bis unten reichende Feuerleiter auf. Diese kannte er aus Filmen. Dort diente sie meist einem Einbrecher als Einstieg oder Fluchtweg.

Die Sache mit dem Job erwies sich als schwieriger. Dass für ihn nur eine Arbeit infrage kam, die etwas mit Musik zu tun hatte, erschwerte die Suche. Niemand wartete auf einen unbekannten Künstler aus Dansville.

Melvin lebte sparsam, ernährte sich von Konservendosen, die er in seinem Wasserkocher erhitzte. Trotzdem ging sein Geld langsam zur Neige. Erstmals stellte er sich die Frage, ob er sich das alles zu einfach vorgestellt hatte. Aufgeben kam jedenfalls nicht infrage. *Soll ich eine andere Arbeit annehmen?*

Er ergatterte einen Job als Tellerwäscher in einer Spelunke, in der er niemals freiwillig essen würde. Also eigentlich. Hätte er eine Wahl. Die bot sich ihm nicht und so war er froh, wenn von dem Gekochten am Ende des Abends eine Portion übrigblieb. Zum Millionär ließ ihn sein Tellerwäscher-Job nicht aufsteigen. Aber der Besitzer des Ladens hatte kein Problem damit, dass er die Gäste nach Küchenschluss mit seinen Songs unterhielt. Natürlich erst, nachdem der letzte Teller picobello im Regal stand.

Reichlich ein Jahr tingelte Melvin durch verschiedene Kneipen, bis er kurz vor Weihnachten 1975 in Barry's Midnight-Bar an der Jamaica Avenue hängenblieb. Zu dieser gehörte eine bescheidene Bühne, die offenbar seit Ewigkeiten niemand mehr nutzte. Er hatte sie sofort entdeckt, als er die Bar betrat, die mit einem Schild im Fenster eine Bedienung suchte.

Barry, ein untersetzter Mittfünfziger mit Halbglatze, hatte sich angewöhnt, seine männlichen Angestellten Ed und die weiblichen Teresa zu nennen, egal wie sie in Wirklichkeit hießen. Die meiste Zeit brauchte er jemanden für seinen Laden, da das Personal gewöhnlich nach ein paar Wochen weiterzog.

Melvin setzte seinen Charme ein und quatschte Barry solange voll, bis dieser ihm erlaubte, einen Abend lang die Bühne für sich und seine Musik zu beanspruchen. Ohne Bezahlung.

In besagter Nacht gab Melvin alles, spielte bekannte Coversongs, ergänzte sie um seine eigenen. Barry ließ sich nicht nehmen, selbst hinter dem Tresen zu stehen. Er beobachtete seine Gäste und es blieb ihm nicht verborgen, dass es dem jungen Mann gelang, das Kneipenpublikum mitzureißen.

»Und, habe ich den Job?«, fragte Melvin am Ende des Abends.

»Ich erwarte, dass du nebenbei Getränke an die Tische schleppst, wenn der Laden brummt.«

»Aber die meiste Zeit mache ich Musik.«

»Fünfzig Dollar die Woche. Mehr ist nicht drin.«

Melvin überschlug seine Unkosten. Zwanzig Mäuse für das Zimmer, zwei bis drei pro Tag fürs Essen. Blieben am Ende etwa zehn Bugs für den Fall unerwarteter Ausgaben. »Ok.«

Sie besiegelten die Absprache mit einem Händedruck.

Melvin sah zur Uhr, es war kurz nach zwei. Der letzte Besucher torkelte in Richtung Ausgang. Barry kam aus seinem schlichten Büro in den Gastraum. Normalerweise verließ er die Bar gegen Mitternacht. Weshalb es an jenem Abend anders war, wusste Melvin nicht. Er schaute dem Gast hinterher und hoffte, dass er nicht umkehren würde. Als dies nicht geschah, packte er seine Gitarre ein.

Barry verschloss die Tür und ließ die Jalousien auf der Straßenseite nach unten. »Teresa, mach das Licht aus, wenn du gehst und Ed, du denkst dran, dass du morgen ‘ne Stunde eher kommst.«

»Ja, ja, Boss«, rief Melvin. Er sah Barry die Bar durch die Hintertür verlassen, die zu den Müllcontainern führte und trat an den Tresen.

Claire, wie Teresa in Wirklichkeit hieß, polierte die letzten Gläser und stellte sie in das Regal.

»Machst du mir ein Bier?« Er ließ sich auf einen der Hocker fallen, als er sicher war, dass Barry nicht zurückkam.

»Eigentlich habe ich alles sauber.«

»Komm, nur ein Glas.« Er lehnte sich zu ihr rüber und sah sie aus seinen stahlblauen Augen bittend an.

»Ok.«

Melvin glaubte nicht, dass es an seinem Blick lag, eher daran, dass sie an diesem Abend schon zu viele sinnlose Diskussionen geführt hatte. »Hast du ‘ne Ahnung, was es mit dem Namenstick vom Alten auf sich hat?« Er trank einen Schluck. Ein wenig befremdete es ihn, im Job Ed zu sein.

Claire zuckte mit den Schultern. »Was weiß ich? Bestimmt ist er zu faul, sich ständig andere Namen zu merken.«

Melvin nickte nachdenklich. Er leerte sein Glas und hielt es Claire entgegen.

Wortlos zapfte sie ein neues Bier. Sie stellte das Getränk vor ihn hin und putzte den Tresen. Als sie aufsah, bemerkte sie seinen Blick auf ihren Ausschnitt. »Was glotzt du?«

»Ich schau nur …« Er grinste. Dachte nicht daran, seine Augen abzuwenden. Ihm mangelte es an Erfahrung mit dem weiblichen Geschlecht. War nie aufs Ganze gegangen in den lauen Nächten nach den Auftritten mit seiner Band. Knutschen gehörte damals zu einem erfolgreichen Abend, ein bisschen Fummeln machte ihn perfekt.

Nicht länger Leader einer Teenie-Band, sondern ein Mann, der eigenes Geld verdiente, veränderte seine Ansprüche. Einige Gläser Bier, im Laufe des Abends getrunken, um die Stimme zu ölen, hatten ihn zudem beschwipst und in Stimmung gebracht. Zum Greifen nah präsentierte Claire freizügig ihre Reize.

Melvin flirtete mit seinen Augen. Das war sein Metier. Er praktizierte es jeden Abend auf der Bühne. Claire schien es nicht zu bemerken. Er betrachtete ihr Gesicht, fand, dass es müde aussah. Möglicherweise kam es ihm nur so vor, weil sie ihm gut zehn Jahre voraushatte. Die dick aufgetragene Schminke übertünchte ihre verlebten Gesichtszüge kaum und die blonden Locken erinnerten automatisch an Wasserstoffperoxid.

Schön fand Melvin ihre Augen. Nicht die Farbe, die je nach Licht und Empfinden des Betrachters zwischen grau, grün und blau lag, es war ihr Ausdruck, in dem er Magie erkannte.

»Komm mit zu mir«, sagte er.

»Weshalb sollte ich das tun?«

»Ich würde gern …«

Sie lachte. »Bemüh dich nicht, was du vorhast, hab ich tausendmal erlebt.«

»Echt jetzt? Wir könnten nach hinten gehen.«

Jetzt sah Claire ihm in die Augen, schien zu überlegen. Sie streckte ihre Hand über den Tresen hinweg und streichelte seinen Arm. Er ergriff sie und führte sie zum Mund. »Komm mit nach hinten«, hauchte er, gab sie frei und rutschte vom Hocker.

Claire folgte Melvin in den Lagerraum der Bar, vollgestellt mit Kartons und Getränkekisten. Er sah sich um, suchte eine bequeme Ecke.

»Bei mir hätten wir ein Bett.« Er zog sie zu sich heran. Küsste sie.

Seine Hand wanderte in ihren Ausschnitt und legte sich auf eine der vollen, warmen Brüste. Die Lippen vereint, fand er den Weg unter ihren Rock. Sie stellte das Bein auf eine Bierkiste, damit er besser herankam. Als zwei seiner Finger in sie eindrangen, stöhnte sie lustvoll auf. Melvins Mund erreichte ihren Busen. Die Fülle faszinierte ihn. Für einen Moment glaubte er, in der weichen Masse zu versinken. Selbst auf die Gefahr hin saugte er sich fest.

Claire griff in seinen Schritt und als sie seine Männlichkeit massierte, jagte ein elektrisierendes Kribbeln von seinen Lenden aus durch den ganzen Körper. Mit hastigen Bewegungen öffnete er seine Hose und ließ sie zu Boden gleiten. Er war hart und sein einziger Gedanke richtete sich darauf, in sie einzudringen. Ein paar vorsichtige Stöße, um sich daran zu gewöhnen, in ihr zu sein. Gefolgt von wenigen schnellen, tiefen, die sie vollkommen ausfüllten.

Als die lustvolle Anspannung einer wohltuenden Entspannung wich, fragte er mit heiserer Stimme: »Tausend Mal erlebt?« *Ich habe es getan!* Er fühlte sich wie ein Held.

»Vielleicht. Vielleicht nicht.«

Er ließ sie gerade ausreden, bevor sein verschlingender Kuss erneut versuchte, sie davon zu überzeugen, dass er anders war.

Weihnachten 1975 fuhr Melvin für ein paar Tage zur Familie. Tatsächlich wäre er lieber in New York geblieben, aber seine Mutter gab erst Ruhe, als er versprach, ein Busticket zu kaufen und sie über die Feiertage zu besuchen.

Zum Glück habe ich ausreichend Zeit, dachte er, als er an der Port-Authority-Station eintraf. Er besorgte sich das Ticket. Unter den vielen Bussen, die zu allen möglichen Städten auf die Reise gingen, den nach Geneseo zu finden, dauerte ewig. So schaffte es Melvin nicht mehr, sich etwas zu Essen für unterwegs zu besorgen, und stieg mit knurrendem Magen in den Bus. Er faltete seine Jacke zusammen und nutzte sie als Kopfkissen. Den größten Teil der Tour verschlief er. In Geneseo leistete er sich einen Hot Dog. Die vierzig Minuten währende Fahrt bis Dansville verbrachte er mit Gedanken an die vor ihm liegenden Tage.

Zu Hause lief es besser, als Melvin befürchtet hatte. Seine Mutter stand stundenlang in der Küche und bekochte den verlorenen Sohn nach allen Regeln der Kunst. Und Melvin, der mit dürftigem Budget sein Dasein in New York fristete, genoss die Hausmannskost.

Jackie, inzwischen in der zweiten Klasse der Grundschule, fremdelte. Es dauerte ein paar Stunden, um die Kluft zu schließen, die sich in den knapp eineinhalb Jahren seit Melvins Weggang gebildet hatte. Sie mochte nicht länger, dass er sie Pumpkin nannte, erklärte, sie sei zu ›erwachsen‹ dafür.

Melvin, der für sie Vin blieb, neckte sie trotzdem mit dem alten Kosenamen.

Als seine Mutter ihm ein Präsent überreichte, sorgsam in Weihnachtspapier gehüllt und mit einer Schleife versehen, berührte es ihn peinlich, dass er nichts mitgebracht hatte.

»Das macht doch nichts, Junge. Dass du hier bist, ist das beste Geschenk.«

Er öffnete seine Schachtel, die eine moderne Armbanduhr enthielt. Sofort legte er sie um das Handgelenk und hielt seinen Arm freudestrahlend der Mutter entgegen.

Jackie erhielt einen Mantel für den Winter. Auch wenn ein anderes Präsent mehr Freude hervorgerufen hätte, erinnerte sie sich später gern an das letzte Weihnachtsfest, das Melvin mit seiner Familie verbracht hatte.

Pünktlich am Silvesterabend stand Melvin wieder auf der Bühne in Barrys Bar, froh das freie Leben zurückzuhaben, an das er sich gewöhnt hatte.

Das Jahr 1976 startete mit Jubel und Feuerwerk. Für Melvin entwickelte sich der Job bei Barry zu etwas Längerfristigem, von dem beide profitierten. Gewöhnlich endete die Nacht in der Bar gegen zwei Uhr morgens. Stand ihm der Sinn danach, folgte eine schnelle Nummer mit Claire. Die Entspannung ließ ihn gut schlafen und vor Mittag wachte er kaum auf. Die Stunden bis zum nächsten Auftritt nutzte er für so profane Pflichten wie Aufräumen oder Klamotten zum Waschsalon bringen. Blieb Zeit und hatte er eine Idee im Kopf, griff er sich seine Gitarre, Papier und Stift und schrieb neue Songs.

Für Melvin war dieses Leben okay, denn er bestritt den Lebensunterhalt mit seiner Musik. Über okay hinauszukommen, verlangte freilich mehr. Sein Lebenstraum sah Berühmtheit vor, doch statt Konzerte zu geben, spielte er in einer Bar. Er sehnte sich nach einem Publikum, das seinetwegen kam.

Um diesen Traum zu verwirklichen, bedurfte es größerer Anstrengungen. Mangelte es ihm auch an Lebenserfahrung, war er nicht so naiv zu erwarten, dass ihn eines Tages in Barry's Midnight-Bar jemand als Star entdeckte.

Melvin gönnte sich kaum etwas. Sein Luxus bestand im Kauf von Notenpapier. Der Verdienst reichte gerade fürs tägliche Überleben, aber das Trinkgeld, das man ihm zusteckte, sparte er.

Erstmals rührte er seine Trinkgeldkasse an, um ein Demoband mit drei selbstgeschriebenen Songs in einem professionellen Studio aufzunehmen. Mit diesem Band klapperte er verschiedene Agenturen ab, die Musiker vermittelten. Die meisten wiesen ihn sofort ab. Andere spielten das Demo kurz an und verweigerten trotzdem eine Aufnahme in ihre Kartei und diejenigen, die ihn registrierten, meldeten sich nie wieder. Angesehene Konzertveranstalter interessierten sich erst recht nicht für einen Newcomer, hinter dem nicht mal ein Agent stand. Melvin steckte in einer Sackgasse. *Ich bin nicht nach New York gekommen, um bei Barry zu versauern. Einen Kneipenjob könnte ich überall haben.*

Es frustrierte ihn, dass die Erfüllung seines Lebenstraumes eines Wunders bedurfte, zumal er an solche seit dem Tod des Vaters nicht mehr glaubte.

Sich mit irgendwen anfreunden, der berühmt ist, würde helfen, kam ihm in den Sinn. Die Idee scheiterte daran, dass so jemand nicht bei Barry auftauchte und Melvin keine Ahnung hatte, wie er an einen Prominenten herankommen sollte.

Ich muss es selbst in die Hand nehmen. Diese Erkenntnis keimte tief in seinem Innern. Es dauerte, bis der Keim kräftig genug wurde, um sich an die Oberfläche zu kämpfen. Ab da spukte er in Melvins Hirn herum, bis er ernsthaft in Erwägung zog, eine eigene Konzerthalle aufzuziehen. Im Laufe der Zeit rankten sich seine Visionen um einen Laden mit mittiger Bühne und Stühlen drumherum. Mehr erforderte es in seinen Augen nicht.

Er lag im Bett, starrte die Decke an und überlegte hin und her und vor und zurück. Am Ende entstand in seinem Kopf ein Konzept. Um nichts zu vergessen, brachte er seine Ideen stichpunktartig zu Papier. Er sprang auf, hätte am liebsten seinen Gedanken sofort Taten folgen lassen.

Ich muss einen Laden finden. Geld … Keine Ahnung was es kostet, aber bestimmt nicht wenig.

Dass der schnöde Mammon zwischen Wunschtraum und Realität stand, ernüchterte Melvin.

Wieder legte er sich auf das Bett, nahm Papier und Stift zur Hand und kalkulierte die Kosten. Vor seinem geistigen Auge entstand eine Version seiner Konzerthalle mit allem Drum und Dran. *Unbezahlbar!* Melvin blieb nichts anderes übrig, als zu streichen, was nicht unbedingt gebraucht wurde.

Auch diese Variante kostete eine Menge. Er dachte an seine Mutter, verwarf den Gedanken, wusste, dass sie seit Vaters Tod gerade über die Runden kam.

Er sehnte sich nach jemandem zum Reden. Die Meinung eines Unbeteiligten schätzte er als hilfreich ein. Ein Außenstehender kam vielleicht auf Ideen, die er nicht erkannte. Aber es fehlte ihm an Freunden und er kannte niemanden außer Barry und Claire. Die beiden waren ihm keine Hilfe. Barrys Ahnung von Musik lag auf der gleichen Ebene mit der des Goldfisches in seinem Büro und Claires Rhythmusgefühl spielte sich auf gänzlich anderer Ebene ab.

2

Am 15. Oktober 1977 erreichte Debby Boone mit ›You light up my life‹ Platz 1 der Charts. Sie blieb dort für zehn aufeinander folgende Wochen, bis die Bee Gees sie ablösten.

Melvin spielte seine Musik auch da noch in Barry's Midnight-Bar. Obwohl er wie besessen sparte, würde er aus eigener Kraft niemals genug für eine Konzerthalle zusammenbekommen.

Mit einem Kredit glaubte er, es zu schaffen. Diese neue Idee im Kopf erwachte er früh am Morgen. Anstatt sich tiefer in die Kissen zu wühlen, stand er auf und holte seine Unterlagen hervor. Bekleidet nur mit Boxershorts setzte er sich auf den Bettrand und fasste seine Stichpunkte säuberlich auf einem frischen Blatt Papier zusammen. Zwischendurch schüttelte er seine Hand aus, verkrampft vom Bemühen um eine ordentliche Handschrift.

Er zog sich an und suchte ein Studio auf. Dort buchte er einen Termin zur Aufnahme eines Demobandes mit seinen neuesten Songs. *Der Plan und das Band verhelfen mir bestimmt zu einem Kredit.*

Als Melvin alles zusammenhatte, besuchte er eine bekannte Bank. Froh, nicht lange warten zu müssen, trat er an den Schalter.

»Was kann ich für Sie tun?«, fragte der Bankangestellte.

»Ich brauche einen Kredit.«

»Dafür ist Mr. Davin zuständig. Sein Büro befindet sich dort hinten links.« Er wies mit dem Arm die Richtung.

»Danke.«

Forsch schritt er auf das Büro zu und klopfte an die Tür. Er war aufgeregt, zugleich aber positiv gestimmt.

»Herein.«

In dem Raum, den er betrat, roch es nach altem Papier. An den Wänden standen Regale mit unzähligen Aktenordnern. Mr. Davin wirkte schmächtig hinter dem solide aussehenden Schreibtisch.

»Mein Name ist Melvin Caine. Ich bin Musiker und plane eine Konzerthalle. Dazu benötige ich einen Kredit.« Er wischte seine vor Aufregung feuchten Hände an der Hose ab.

Der Kreditsachbearbeiter deutete auf einen Stuhl und er setzte sich. »Sind Sie Kunde unserer Bank, Mr. Caine?«

»Noch nicht, aber ich würde es gern werden.«

»Das ist kein Problem. Darum kümmern wir uns gleich. In welcher Größenordnung soll sich der Kredit bewegen?«

»Ich plane, klein anzufangen. Habe hier aufgeschrieben, wie ich mir das vorstelle.« Er reichte Mr. Davin seine Ausarbeitung. »Nach meinen Berechnungen wären 40.000 Dollar ausreichend. Wie gesagt, erstmal nichts Großes. Ein Raum mit einer Bühne … rundherum Sitzplätze … entsprechende Ausrüstung … Ich bin schon lange Musiker.« Melvins Nervosität ließ die Worte aus ihm heraussprudeln.

Davin überflog die Aufstellung. »Schön und gut. Zwei Posten fehlen. Sie haben im Finanzplan Ihren Verdienst vergessen und Geld für die Kreditrate.« Bevor Melvin etwas sagen konnte, sprach Davin weiter: »40.000 Dollar? Für eine Musikbar?«

»Keine Bar … Es geht nur um Musik.«

»Und was bringen Sie auf, wenn ich fragen darf?«

»Ich habe 1.800 Dollar gespart.« Melvin klang selbstbewusst, hatte dieses Geld erarbeitet und sich kaum einen freien Tag gegönnt.

»Das ist nicht viel. Immerhin planen Sie die Gründung einer Firma.« Davin zog die Stirn in Falten. »Welche Sicherheiten bieten Sie uns?«

»Meine Musik. Ich habe hier ein Demoband.«

Der Bankangestellte nahm das Band nicht. »Diese Art von Sicherheiten ist nicht üblich im Kreditgeschäft. Haben Sie nichts, das sich zu Geld machen lässt, im Falle eines Bankrotts?«

»Nein. Aber ich bin sicher, dass es läuft.«

»Wer ist das nicht? Eine Immobilie wäre hilfreich.«

Melvin schüttelte den Kopf.

»Unter diesen Bedingungen kann ich Ihnen keinen Kredit bewilligen.«

In den darauffolgenden Wochen und Monaten klapperte Melvin systematisch die verschiedensten Geldinstitute New Yorks ab. Besonders geringschätzig behandelten ihn große Bankhäuser. Die kleineren verpackten ihre Abfuhr immerhin nett. Am Ende seiner Bemühungen stand stets dasselbe Ergebnis: »Ohne Sicherheiten wird das nichts, Mr. Caine.«

Melvins Leben glich einem Hamsterrad. Nachts trat er in Barry's Midnight-Bar auf und die Tage verschlief er. Anfängliche Zuversicht löste Hoffnungslosigkeit ab. Es kostete ihn immer größere Mühe, sich aufzuraffen, um sein Konzept einer Bank vorzustellen. *Keine weiteren Enttäuschungen!* Um nicht zu verzweifeln, schrieb er Songs, bis der Abend nahte und sein tristes Dasein in eine neue Runde ging.

Eine schlaflose Nacht lag hinter Melvin. Bei grauem, regnerischem Wetter erschien sein Zimmer noch ärmlicher. Er war traurig und litt unter Einsamkeit, bedurfte dringend aufmunternder Worte. Also zog er sich an und stieg die Treppen hinab zum Hauswart, wo ein Telefon stand. Melvin gab ihm einen Quarter und der Hauswart ließ ihn telefonieren. Im Klaren, dass seine Mutter nicht helfen konnte, erhoffte er sich ein wenig Zuspruch.

»Melvin, endlich meldest du dich.«

»Mom, mir geht …«

»Besucht hast du mich ewig nicht.«

»Mom, ich versuche …«

»Ich vermisse dich. Dein Vater …«

»Bitte, Mom …«

»Ich kann nicht mehr richtig schlafen, seit du weg bist.«

»Es geht mir nicht gut.«

»Hier hast du alles.«

»Du weißt …«

»Melvin, es wird Zeit, dass du nach Hause kommst. Ich könnte endlich wieder Ruhe finden. Und du würdest in geregelten Verhältnissen leben. Was hast du in New York verloren? Berühmt werden? Was für ein Blödsinn. Such dir einen vernünftigen Job. Ich brauche dich hier. Hörst du mich?«

»Mom, kann ich mit Jackie sprechen?«

»Warum kommst du nicht zurück? Ich …«

Melvin legte auf und stand für einen Moment wie erstarrt vor dem Counter des Hauswarts. Dann hastete er hinaus auf die Straße. Er hielt erst inne, als er zu einer Kneipe kam. Ging hinein, setzte sich an den Tresen und ließ sich volllaufen, bis er alles vergaß.

Am darauffolgenden Morgen wachte Melvin mit schwerem Kopf und einem elenden Gefühl von Übelkeit auf. Das Telefonat. Die Kneipe. Er versuchte, sich zu erinnern, wie er nach Hause gekommen war. *Barry! Scheiße!*

Barry war stinksauer, als Melvin kleinlaut in sein Büro trat, um sich zu entschuldigen.

»Mir ging es nicht gut«, sagte er. »Ja, ich hätte Bescheid sagen müssen.«

Barry tobte und drohte, aber setzte ihn nicht an die Luft. Melvin war sicher, er tat es nicht, weil er ihn mochte oder verständnisvoll war, sondern einzig, weil sein Laden brummte, seit er jeden Abend seine Songs spielte.

Glimpflich davongekommen, schwor er sich, in Zukunft auf Alkohol komplett zu verzichten. Das schien ihm dann doch zu hart und er schwächte seinen Schwur ab: *nicht nie wieder, nur nicht mehr so viel.*

Statt seinen Frust zu ertränken, besann er sich auf seine Willensstärke. Trotzdem gab es Momente, in denen er nicht weiterwusste und es am Ende des Tunnels dunkel blieb. In schwachen Augenblicken überlegte er, New York zu verlassen. Nicht, um nach Dansville zurückzukehren. *Niemals! Eventuell sollte ich es woanders versuchen. Doch was würde das ändern?* Auch dort fehlten die Sicherheiten, ohne die es keinen Kredit gab. Da konnte er genauso gut bleiben.

Vielleicht ist es das Beste, mein Schicksal zu akzeptieren. Es hätte schlimmer kommen können. Immerhin kann ich von der Musik leben.

An starken Tagen verbot er sich, seine derzeitige Lage hinzunehmen. Wusste, sobald er sie annahm, wäre der Traum von der eigenen Konzerthalle verloren. *Echt jetzt? Nein! Niemals!*

Trotzig holte er seine Papiere hervor und feilte wie besessen an seinem Plan, um ihn zu verbessern. Er rechnete, kalkulierte, wog ab. *Weshalb gibt es niemanden, der ebenso daran glaubt wie ich? Sind Banken der falsche Weg? Investiert nur jemand, der wie ich für die Musik brennt?* Dieser Gedanke lag nahe, brachte ihn aber nicht voran. Mittlerweile hatte er die Kosten so weit heruntergerechnet, dass er annahm, mit 30.000 Dollar hinzukommen.

Melvin zwang sich, nicht eher aufzuhören, bis er alle Banken durchhatte. Es blieben ein paar kleinere, privat geführte Geldinstitute.

Unter Umständen ist man dort risikofreudiger. Die Hoffnung stirbt zuletzt. In der Realität schied sie bei jedem vergeblichen Versuch ein Stückchen mehr dahin. Da half nicht, dass man ihm schon mal aufmerksam zuhörte, er ab und an Interesse spürte. Denn am Ende zog er ohne Kredit ab.

Es kostete Melvin immer größere Überwindung, den Fuß über die Schwelle einer Bank zu setzen. Seine Hoffnung lag am Boden. Ein winziger Vorfall würde reichen, sie endgültig ins Nirwana zu schicken. Er ertrug die Floskeln nicht länger, mit denen man ihn abwies und deren Ende er kannte, waren die ersten Worte gesprochen.

Schweren Herzens saß er wieder im Warteraum einer Kreditabteilung.

»Kommen Sie, Mr. Caine«, sagte eine Sekretärin.

Melvin trat in ein Büro, das aussah wie viele, die er zuvor aufgesucht hatte. Der Geruch nach altem, verstaubtem Papier schlug ihm auf den Magen.

Hinter dem Schreibtisch saß ein hagerer Mann, der ihn durch die dicken Gläser seiner Brille aufmerksam anblickte und ihn aufforderte, sich zu setzen. »Worum geht es denn?«, fragte der Bankmitarbeiter, nachdem er sich als Mr. Storm vorgestellt hatte.

»Ich bin Musiker und Songwriter, trete in Barry's Midnight-Bar auf. Aber ich hätte gern meinen eigenen Laden, eine Art Music Hall.« *Reiß dich zusammen, du klingst wie ein Staubsaugervertreter.* »Bisher habe ich in Kneipen gespielt. Ich stelle mir vor, Räume zu mieten und eine Konzerthalle einzurichten. Denke an eine Bühne in der Mitte, Sitz- und Stehplätze. Und dazu brauche ich Geld.« Motiviert aufzutreten, gelang ihm nicht wirklich.

»Hört sich spannend an. Wollen Sie das allein machen?«

»Ja und nein. Ich will es aufbauen, organisieren und natürlich auf der Bühne stehen. Aber es sollen auch andere zum Zug kommen. Ich glaube, dass es so manchem Musiker ergeht wie mir. Ich möchte denen eine Chance geben, die ihr Talent in irgendwelchen Kneipen vergeuden.«

»An welche Summe denken Sie konkret?«

»30.000 Dollar.«

»Unter dem geht's nicht? Ich kann mir nicht vorstellen, dass Sie großartige Garantien bieten können.«

»Ursprünglich waren es 40.000. Wenn ich weiter runtergehe, ist es nicht machbar, es sei denn, wir spielen im Zelt.« Melvins Lachen klang säuerlich.

»Ich werde versuchen, Ihren Kredit durchzusetzen. Allein kann ich das leider nicht entscheiden. Lassen Sie mir Ihre Unterlagen hier und kommen Sie in einer Woche wieder. Dann kann ich Ihnen Genaueres sagen, Mr. Caine.«

»Danke. Vielen Dank.«

»Für Dankbarkeit ist es zu früh. Haben Sie keine zu großen Erwartungen. Außer mir müssen die beiden Geschäftsführer zustimmen und ich bin keinesfalls überzeugt, dass sie meinen Standpunkt teilen.«

»Trotzdem danke.« Zum ersten Mal zog eine Bank in Erwägung, ihm zu helfen. Melvins Hoffnung zeigte sich quicklebendig.

Die Woche kroch dahin wie eine uralte Schnecke und die Ungewissheit zermürbte Melvin. In manchen Moment sah er sich auf seiner eigenen Bühne und das Publikum jubelte wie in seinen Jugendträumen. Ein andermal gewann Schwermut die Oberhand, weil er nicht glaubte, den Kredit tatsächlich zu bekommen.

Melvin küsste Claires Hals. Er war nicht bei der Sache. Sein Blick heftete sich an Barrys Goldfisch. Durch die offene Bürotür beobachtete er, wie der Fisch im Glas seine Runden schwamm. *Der hat keine Probleme.* Er sah Claires fragenden Ausdruck auf dem Gesicht und rechnete damit, dass sie sich gleich über seine mangelnde Hingabe beschweren würde. Sie sagte nichts.

Melvin riss sich von dem Fisch los und schob ihren engen Minirock so weit hinauf, dass sie untenrum entblößt vor ihm stand. »Dreh dich um.« Er öffnete seine Hose und gönnte seinem Schwanz, sie von hinten zu nehmen. Aber selbst als er sich tief in sie hineinstieß, konnte er nicht komplett abschalten. Am Ende gab er ihr einen Klaps auf den Po und zog den Rock hinunter, bis er ihr Hinterteil bedeckte.

»Ich wünsche dir Glück für morgen«, sagte Claire und richtete ihre Kleidung.

»Danke.« Es wunderte ihn, dass sie an seinen Banktermin dachte, wusste er doch, dass sie seine Absichten für Spinnerei hielt.

Die zwiespältigen Gefühle ließen Melvin auch nicht in Ruhe, als er am nächsten Vormittag endlos erscheinende Minuten im Vorzimmer von Mr. Storm wartete und dabei nervös die Hände knetete. Endlich bat ihn die Sekretärin herein.

»Wie sieht's aus?«, platzte er heraus, kaum dass er das Büro betreten hatte.

»Ich habe Sie letzte Woche singen gehört.«

»Echt jetzt?«

»Ja, ich war in der Bar, in der Sie arbeiten. Wollen Sie sich nicht setzen?«

Melvin zügelte seine Ungeduld und kam der Aufforderung nach. »Und was meinen Sie?«

»Ich bin kein Musikkenner, aber bin sicher, dass diese Art Musik ankommt. Besonders hat mir ›The Loneliness after Midnight‹ gefallen.«

»Den Song habe ich selbst geschrieben.«

»Das dachte ich mir. Das Lied klang nach Ihnen. Sie haben mich begeistert. Aber wie erwähnt, fehlt mir jeglicher Sachverstand.«

Melvin beobachtete Mr. Storm und es kam ihm vor, als fühle sich sein Gegenüber unwohl in seiner Haut. *Verdammte Hoffnung!* »Sagen Sie's schon.«

Statt einer Antwort schüttelte Storm mit dem Kopf.

Fangschuss für die Hoffnung! Er wollte aufstehen.

Storm bedeutete ihm, sitzenzubleiben. »Ich stimme mit Ihnen überein, dass diese Spelunke nicht der richtige Rahmen ist. Sie haben etwas Besseres verdient. Bedauerlicherweise haben sich die Herren der Geschäftsführung meiner Meinung nicht angeschlossen.«

»Aber warum nicht?«

»Das Risiko erschien ihnen zu wenig kalkulierbar.«

»Haben Sie nicht gesagt, dass ich gut bin?«

»Davon konnte ich sie überzeugen. Doch Ihr Talent war für die Entscheidung nicht ausschlaggebend. Sehen Sie, Mr. Caine, Sie investieren die ganze Summe, allerdings in nichts, was sich im Notfall wieder zu Geld machen ließe. Keine Immobilie oder Waren, die man verkaufen könnte, bestenfalls ein paar Musikinstrumente und Einrichtungsgegenstände. Die Herren sind der Meinung, Sie könnten Konkurs anmelden, ehe ein einziger Dollar eingenommen wird.«

»Die Hoffnung stirbt zuletzt.« Melvin sank resigniert in sich zusammen. »Meine ist gerade gestorben und ich habe keine Ahnung, wie es weitergehen soll.« *Wenn es nicht meinen Lebenstraum beträfe, ergäbe das einen prima Song.* Er wollte nicht zynisch sein, konnte es in diesem Augenblick jedoch nicht vermeiden.

Storm gab Melvin Zeit, sich zu fangen. »Mr. Caine, es gibt immer einen Weg …«

»Soll ich Ihre Bank überfallen?«

»Arbeiten Sie sechzehn, besser noch achtzehn Stunden am Tag und sparen Sie jeden Cent, den Sie nicht zum Überleben benötigen. Suchen Sie nach Verbündeten, möglichst mit Geld. Sie brauchen Partner.«

»Und bekomme ich je genug zusammen, schlurfe ich am Stock auf die Bühne. Aber so alt werde ich nicht, bin vorher verhungert.«

»Es wird nicht leicht. Niemand bekommt etwas geschenkt.«

»Verdammt! Wer behauptet, ich wolle was geschenkt?« Er sah Storms verdutzten Blick und mäßigte sich. »Ich bin bereit, hart zu arbeiten, und sei's zwanzig Stunden am Tag, aber dafür verlange ich eine reale Chance. Nur eine Chance. Ist es so schwer, zu verstehen, dass es einen krank macht, ständig auf Luftschlösser hinzuarbeiten?« Er erhob sich. »Trotzdem danke für Ihre Bemühungen. Wenn es jemals so weit kommt, schicke ich Ihnen 'ne Karte fürs Eröffnungskonzert.« Er wandte sich ab und schritt zur Tür.

»Augenblick.«

Melvin drehte sich um.

»Haben Sie je von Alan Brolin gehört?«

»Nein.«

»Seit seiner letzten Scheidung ist es ruhiger um ihn geworden, aber …«

»Ist er Musiker?«

»Nein.«

»Hat er Geld zu verschenken?«

Storm lächelte. »Brolin ist ein Spieler mit einem Faible … Wie soll ich sagen? Für aussichtslose Sachen?« Er überlegte. »Für riskante Geschäfte jedenfalls. Wenn jemand in Ihr Unternehmen investiert, ist er es.«

»Echt jetzt? Das klingt zu einfach nach allem, was ich hinter mir habe.«

»Da täuschen Sie sich, Mr. Brolin von Ihrer Idee zu überzeugen, wird nicht leicht.« Storm blickte Melvin ins Gesicht. »Aber ich kann mir vorstellen, dass Sie das schaffen. Und was haben Sie zu verlieren?«

»Stimmt. Ich versuche es auf jeden Fall. Danke für den Tipp.«

»Mich haben Sie überzeugt. Brolin ist bekannt für seine Härte. Sie sollten wissen, dass er Menschen mit Rückgrat schätzt und jene verachtet, die nicht an sich und ihre Sache glauben.«

»Drücken Sie mir die Daumen!«

»Mach ich und vergessen Sie nicht die Karte für die Eröffnung.«

»Ich versprech's.«

3

Es kostete Melvin nicht viel, herauszufinden, dass Alan Hunter Brolin kein Unbekannter in New York war. Mit ein wenig mehr Recherche brachte er seine Adresse in Erfahrung. Er bewohnte ein Stadthaus in Greenwich Village.

Für den Besuch bei ihm holte er seine beste Hose aus dem Schrank und zog ein bürgerliches Hemd an. Zum Schluss streifte er das Jackett über, das er in New York noch nie getragen hatte. Ein kurzer Blick in den Spiegel genügte, um sein Aussehen spießig und damit total bescheuert zu finden. *Ich sehe aus wie ein Versicherungsvertreter.* Trotzdem behielt er diese Kleidung an und zog nur eine dicke Jacke darüber.

Die U-Bahn brachte ihn bis zur Houston Street. Von dort blieb eine reichliche halbe Meile zu Fuß. Er startete forsch, verlangsamte seine Schritte, je näher sein Ziel kam. Unterwegs legte er sich ein paar Sätze zurecht, die sein Projekt beschrieben.

Schließlich stand Melvin vor dem Haus aus weinrotem Backstein. Er zählte drei Etagen und außerdem eine Souterrain-Wohnung. Zögerlich stieg er die sechs Stufen nach oben, die zur roten Haustür führten. Vor der Tür wischte er seine feuchten Hände an der Hose ab, holte ein paar Mal tief Luft, um sich zu beruhigen. Er klingelte.

Gleich darauf öffnete eine Dame mittleren Alters. »Bitte?«

»Ich würde gern mit Mr. Brolin sprechen. Mein Name ist Melvin Caine.« Er spürte einen Frosch im Hals und versuchte, ihn durch Räuspern loszuwerden.

»In welcher Angelegenheit?« Ihre Stimme klang trotz ihres strengen Aussehens sanftmütig.

»Das würde ich ihm lieber selbst sagen.«

Die Frau betrachtete Melvin von oben bis unten. Er folgte ihrem Blick und fühlte sich unwohl in seiner Haut.

»Kommen Sie herein. Ich frage Mr. Brolin, ob er Sie empfängt.«

Auf ihrem Gesicht lag ein Ausdruck, den Melvin als mitleidig empfand. Ginge es nicht um seinen Lebenstraum, hätte er sich spätestens jetzt davongemacht.

Sie führte ihn in einen Raum, den er unschwer als Bibliothek erkannte. »Warten Sie hier.«

Er schaute sich um. In das Mauerwerk eingelassene, mintgrün gestrichene Bücherregale reichten von der Decke bis zum Boden. Die Wände strahlten im selben Farbton. Melvin begeisterte die ungewöhnliche Farbe. Er kannte nur Möbel in allen möglichen Holztönen oder mit weißem Anstrich.

Die Regale beherbergten unzählige Bücher. Große Sprossenfenster ließen eine Menge Licht herein. Auf der anderen Seite des Raums, gegenüber den Fenstern, erkannte er eine breite Schiebetür, die geschlossen war. Melvin wurde warm. Er zog seine Winterjacke aus und legte sie sich über den Arm.

Um seine Aufregung im Griff zu halten, konzentrierte er sich erneut auf die Gestaltung der Bibliothek. An der Fensterseite, in den Raum hinein gerückt, stand ein Schreibtisch aus hellem Holz, übersät mit Papieren und Zeitschriften. Dem klobigen Sessel dahinter sah man an, dass er alt war. Irgendwie passte er nicht zur übrigen Einrichtung. Sein Blick erfasste den eher dürftig wirkenden Stuhl vor dem Tisch. Er überlegte, sich dort hinzusetzen, legte aber nur seine Jacke über die Stuhllehne.

Melvin hatte das Gefühl, schon ewig zu warten. Er trat an eines der Fenster, schaute hinunter auf die Straße. Ein Lieferwagen fuhr heran und hielt vor dem Haus gegenüber.

Wo bleibt Mr. Brolin nur?

Er riss sich vom Geschehen vor dem Fenster los und schlenderte an den Bücherregalen entlang, wobei er überflog, was auf den Buchrücken stand. Goethe und Schiller teilten sich ein Regal. Eine aufwendig gebundene Ausgabe von Shakespeares Werken weckte sein Interesse. Einfach, weil ihm diese alten Bände gefielen.

Ob sie mich vergessen haben?

Er entdeckte Hemingway, hatte ›Der alte Mann und das Meer‹ gelesen. Erinnerte sich, da es das einzige Buch war, das er je bis zum Ende geschafft hatte, obwohl es nicht von Musik handelte.

Er lässt mich zappeln.

Melvin versuchte, sich den Mann vorzustellen, der hoffentlich gleich durch eine der Türen treten würde. Er erwartete einen älteren Herrn mit Brille. *Oder er ist eine Art zerstreuter Professor.* Sein Blick erfasste den chaotischen Schreibtisch.

Er durchschritt den Raum. Die gegenüberliegende Seite gehörte Autoren wie Gorki, Tschechow und Tolstoi. Melvin kannte keinen davon.

Wenn er mich nicht sehen will, hätte mich diese Haushälterin sicher weggeschickt. Wo bleibt er?

Er zog einen Titel hervor. Der Ledereinband fühlte sich warm und glatt unter seinen Fingern an. In diesem Moment öffneten sich die Schiebetüren mit so viel Schwung, dass er zusammenfuhr und fast das Buch fallenließ.

»Was führt Sie zu mir, Caine?«

Er stellte es hastig an seinen Platz zurück. Hatte Mr. Brolin nicht kommen hören. Fühlte sich ertappt.

Der Herr, höchstens Ende dreißig, trat schwungvoll in den Raum und entsprach so gar nicht Melvins Vorstellungen. Er wirkte kräftig, trug einen schicken Anzug. Das dunkelbraune Haar war modisch geschnitten, an den Seiten kurz, ansonsten etwas länger und nach hinten gekämmt. Dabei lag es nicht am Kopf an, sondern bildete eine perfekte Welle. Diese Akkuratesse stand in krassem Gegensatz zur Unordnung auf seinem Schreibtisch, an den er sich hoheitsvoll setzte. Eine Narbe über der linken Augenbraue ließ ihn verwegen aussehen. Dieser kleine Makel machte ihn zudem menschlicher. Alles andere schüchterte Melvin ein. Schlimmer noch, er konnte sich diesen Mann beim besten Willen nicht im Musikgeschäft vorstellen.

»Mr. Brolin?« Seine bereitgelegten Sätze waren vergessen.

»Soll ich mich ausweisen oder vertrauen Sie mir auch so?« Die Stimme klang aalglatt, gab keine Regung preis, aus der Melvin hätte schließen können, ob er das scherzhaft meinte.

»Natürlich glaube ich Ihnen.«

»Nachdem wir dies geklärt haben, kommen Sie zur Sache.« Brolin lehnte sich in seinem Sessel zurück, bot Melvin nicht an, ebenfalls Platz zu nehmen.

»Ich möchte Ihnen ein Geschäft vorschlagen.« Seine Stimme zitterte.

»Von den Banken haben Sie kein Geld bekommen.«

»Das Risiko ist allen zu hoch und Sicherheiten habe ich nicht.« *Wozu etwas beschönigen?*

»Und nun glauben Sie, ich könne helfen. Was bringt Sie dazu?«

»Ich bekam einen Tipp.«

»Wer gibt solche Tipps?« Er durchbohrte Melvin mit Blicken.

»Was spielt das für eine Rolle? Es geht darum, ob Sie interessiert sind.« Er erinnerte sich an Storms Worte. Im weiteren Verlauf des Gesprächs bemühte er sich, vor seinem Gegenüber zu verbergen, wie stark ihn dessen Art verunsicherte und dass er ihn unsympathisch fand.

»Im Moment möchte ich ausschließlich erfahren, wer sich autorisiert fühlt, mit meinem Namen zu handeln?« Brolins dunkle Stimme nahm einen scharfen Klang an.

»Wir sollten über das Geschäft reden.« Melvin wunderte die eigene Dreistigkeit.

»Nehmen Sie Platz, Caine und schießen Sie los, ehe wir ewig meine Zeit vergeuden.«

»Ich habe vor, eine Music Hall aufzubauen, eine Art Konzerthalle. Im überschaubaren Rahmen. Ich schreibe Songs und singe sie, verdiene damit den Lebensunterhalt.«

Brolins Gesicht verharrte regungslos. Seine Präsenz füllte den Raum.

»Ich habe aufgeschrieben, wie ich mir das Ganze im Detail vorstelle.«

Brolin blieb stumm.

»Und wenn Sie rechnen können, erkennen Sie, dass dabei etwas rausspringt.« Er legte seine Unterlagen oben auf die anderen Papiere und forderte Mr. Brolin mit einem Handzeichen auf, sie zu nehmen, und hoffte, dass er sich äußern würde, denn so langsam gingen Melvin die Worte aus.

Brolin schaute für eine Sekunde auf das Geschreibsel und wandte sich dann an seinen Gast. »Sie glauben an das, was Sie sagen. Für mich ist es ein Leichtes herauszufinden, ob das nur Angabe ist.«

»Ich scheue Ihre Prüfung nicht.«

»Und trotzdem gibt es keine.«

»Aber …« Melvin stoppte, sichtlich aus dem Konzept gebracht.

»Tja, da war alle Mühe umsonst. So schnell geht eine Sache den Bach runter.« Brolin grinste. »Caine, ich will Ihnen nichts vormachen. Selbst wenn ich interessiert wäre, hätte ich keine Möglichkeit einzusteigen.«

»Das verstehe ich nicht.« Melvin blickte sich in der Bibliothek um.

»Dieses Haus ist das Einzige, was mir geblieben ist.« Brolin wusste offensichtlich seinen Blick zu deuten. »Ich war viermal verheiratet. Beim letzten Mal bin ich an eine echte Bitch geraten. *Merde!*«

Melvin schaute ihn verdattert an.

»Eine Empfehlung für die Zukunft, Caine. Seien Sie vorsichtig im Umgang mit Anwälten. Das Haus ist schuldenfrei und mit den verbliebenen Barschaften kann ich angemessen leben.«

Seine Offenheit beeindruckte Melvin.

Brolin machte eine wegwerfende Handbewegung. »Damit genug Insiderinfos aus meinem Leben. Es ist vorbei. Ich kann kein Risiko mehr eingehen.«

Melvin zog ein resigniertes Gesicht. Er hatte einkalkuliert, dass Mr. Brolin ihn gar nicht erst empfangen würde. Hatte für möglich gehalten, dass er ihn rauswerfen würde, sobald er ihn um Geld anpumpte. Er hätte sich auch nicht gewundert, wenn Mr. Brolin nicht an ihn glauben würde, wie all die Banken zuvor. Aber mit dem, was er offenbart hatte, hätte er nie und nimmer gerechnet.

»Das hier ist sicherlich Millionen wert.« Ein aussichtsloser Versuch. »'ne kleine Hypothek. Es kann nichts schiefgehen.« Aus ihm sprach pure Verzweiflung.

»Man kann immer verlieren. Normalerweise ist das nicht weiter schlimm, solange man in der Lage ist, sein Risiko abzustecken. Früher war das nicht wichtig, ich hatte viele Sachen laufen. Ging eine schief, kein Problem.« Er zuckte mit den Schultern. »Eine andere riss es raus. Heute fehlt es an einem Einsatz. Tut mir leid für Sie, Caine. Ich hoffe, Sie schaffen es trotzdem.«

Langsam erhob sich Melvin von seinem Stuhl und zog seine dicke Jacke über. In Zeitlupentempo steckte er seine Unterlagen wieder ein. Er hielt inne, holte das letzte Demoband heraus und reichte es Mr. Brolin. »Dafür, dass Sie mich angehört haben. Und weil Sie so offen waren.«

Brolin nahm es wortlos entgegen.

Melvins Blick fiel auf den Siegelring mit Brolins Initialen, der den rechten Ringfinger zierte. Im Stillen fragte er sich, ob dieser Ring allein nicht schon das wert war, was er für seine Music Hall benötigte.

Brolin legte das Band zu den Papieren auf dem Schreibtisch und stand auf. Damit zeigte er an, dass das Gespräch beendet war.

Das Treffen mit Brolin wertete Melvin als seine letzte Chance. Niemand würde ihm jetzt noch helfen. Er sah keinen Ausweg mehr, kapitulierte und akzeptierte sein Schicksal. Von da an reihte sich ein Tag an den anderen, eine Woche an die folgende und auch Monat um Monat verging.

Am Tage schlief Melvin oder lag im Bett und wartete darauf, dass der Abend kam. Er fühlte sich einsam. Vermisste seine Freunde. Oft sehnte er sich nach seiner Familie. Er war versucht, seine Mutter anzurufen. Unterließ es. Mit seinem Weggang hatte er seinen Weg gewählt. Nun blieb ihm nichts übrig, als diesem zu folgen, selbst wenn das bedeutete, Ed zu sein. Unter dem Namen kündigte ihn Barry jeden Abend den Kneipenbesuchern an. Er bemühte sich, die Gäste in der Bar zu schätzen, waren sie doch das einzige Publikum, das er unterhalten durfte.

Seine Erscheinung, groß aber nicht zu groß, schlank ohne schlaksig zu wirken, gefiel dem weiblichen Geschlecht. Mit seinen Blicken flirtete er die Frauen an, aber niemals so offensichtlich, dass es Ärger mit den Männern gab und stets in Übereinstimmung mit dem, was er sang. Seine gefühlvolle, tiefe Stimme bewirkte ein Übriges.

Zur Abwechslung hätte Melvin gern eines der eindeutigen Angebote angenommen. Sex nur mit Claire war genauso fad, wie andauernd Pizza zu essen. Trotzdem gab er keinem der Annäherungsversuche nach. Seine Bleibe war zu armselig, um eine Frau aus dem Publikum mitzunehmen. Auch fürchtete er sich vor der Einsamkeit am Morgen danach. Eine feste Freundin hingegen konnte er sich nicht leisten weder emotional noch finanziell. So kämpfte sich Melvin durch die Tage und Nächte und versteckte seine wahren Empfindungen hinter der Maske des charmanten Musikers.

4

Alan richtete sich auf, strich das Haar nach hinten und ergriff die Champagnerflasche neben der freistehenden Badewanne. Er drehte die Flasche um. Die letzten Tropfen rieselten ins Wasser. Der Duft des Badezusatzes, eine Mischung aus Limette und einem Hauch Rosmarin, erfüllte den Raum.

»Ich hole uns eine neue«, sagte die Frau ihm gegenüber. Sie stieg aus der Wanne. Schaum tropfte auf die schwarzweißen Fliesen, die an ein Schachbrett erinnerten.

»Tu das, *ma Chérie*.« Wohlwollend richtete sich sein Blick auf ihren makellosen Körper, an dem das Wasser abperlte. Ihre nahtlos gebräunte Haut bildete einen auffälligen Kontrast zu den blond gefärbten Haaren, die wellig fast bis zum Po reichten.

Alan nannte seine Begleiterinnen ›Chérie‹, gab sich keine Mühe, sich ihre Namen zu merken. Wozu auch? Er duldete sie nur um sich, um Ablenkung zu haben, und um ein Nachdenken über die Tristesse seines gegenwärtigen Daseins zu vermeiden.

Reich aufgewachsen mit einem französischen Kindermädchen, erfüllte Geld für Alan ausschließlich den Zweck, sein Leben angenehm zu gestalten und ihm ein wenig Nervenkitzel zu verschaffen. Ungeachtet dessen schätzte er eine sorgenfreie Existenz, hatte andere Zeiten erlebt.

Als er sich nach der High School weigerte, die Erwartungen seines autoritären Vaters zu erfüllen, hatte er urplötzlich mittellos auf der Straße gesessen. Ein Bare-Knuckle-Fight löschte ihn um ein Haar aus und als Geldeintreiber für einen zwielichtigen Italiener lebte er alles andere als ungefährlich.

Frauen waren ein weiteres nicht rühmliches Kapitel. Nora traf er blutjung. Er verliebte sich unsterblich in die Malerin und für ihn stand fest, mit ihr würde er sein Leben verbringen. Noras freie Künstlerseele band sich jedoch nicht dauerhaft an einen einzigen.

Ihr folgte Victoria. Die freundschaftlichen Gefühle überdauerten die kurze Ehe.

Seinen 30. Geburtstag feierte Alan mit Freunden in Las Vegas. Zurück brachte er nicht nur einen Kater, sondern auch eine Eheurkunde. Daheim wartete eine andere Frau auf ihn. Sie wollte Alan für sich und nach der Annullierung von Ehe Nummer drei, gehörte er ihr. Auch diese Verbindung endete vor dem Scheidungsrichter. Doch bei ihr hatte er sich verzockt.

Das Leben hatte ihm jede nur mögliche Lektion erteilt und entließ ihn am Ende in ein Dasein geprägt von Langeweile.

»Öffnest du sie?«, fragte sein *Chérie* und streckte ihm die Flasche entgegen.

Alan stieg aus der Wanne. Sein Blick glitt über ihren Busen bis hinunter zum magischen Dreieck. Bei ihm regte sich nichts bei dieser Aussicht. »Lass uns ins Schlafzimmer gehen.« Er schlang sich ein Handtuch um die Hüften und schritt voran.

Wie von der Natur und diversen Schönheitschirurgen erschaffen, legte sie sich lasziv auf das Bett. Alan öffnete die Flasche und schenkte in zwei Champagnerschalen ein. Eine davon reichte er ihr. Seine leerte er in einem Zug, spürte das Kribbeln auf seiner Zunge und füllte die Schale ein weiteres Mal. Er stellte das Glas auf den Nachttisch und musterte ihren perfekten Körper. Ihm blieb nichts anderes zu tun, als sich zu ihr zu legen. Aber die Gedanken an früher hatten die Lust verscheucht.

»Komm endlich her, Al, ich langweile mich«, flüsterte sie und rollte sich auf seine Seite.

Der Blick ihrer halbgeschlossenen Augen lud ein, sich von ihr verwöhnen zu lassen. Versprach, dass sie jeden seiner Wünsche erfüllen würde. In diesem Moment reizte ihn das genauso wenig wie ihr sexy Arsch. Alles, was sie ihm bot, konnte er jederzeit finden. »Du langweilst mich«, stellte er fest.

Sie streckte ihre Hand nach ihm aus. »Nun komm schon, lass uns spielen.«

Alan hatte genug von ihren Spielen, raffte ihre Kleidung zusammen, die sie im ersten Feuer der Leidenschaft im Raum verteilt hatten. Ihr Kleid, den Slip, die Heels.

»Verschwinde!« Er hielt ihr die Sachen entgegen.

Als sie diese nicht sofort nahm, ließ er sie zu Boden fallen. »Ich habe gesagt, du sollst abhauen. *Merde!*«

Seine Laune erreichte einen neuen Tiefpunkt. Er hasste Grübeleien, vor allem über die Vergangenheit. Verabscheute sich dafür, dass er Nummer vier so blind vertraut hatte, dass er gezwungen war, wieder über Geld nachzudenken.

Seine *Chéries* eigneten sich nicht länger, die innere Leere zu füllen. Zu tief saß die Verachtung für jene, die von seinem Auftreten auf ein gefülltes Bankkonto schlossen und selbst so billig daherkamen, dass anzüglich bewundernde Bemerkungen und teure Drinks genügten, sie ins Bett zu bekommen.

Er beachtete nicht, wie sich sein momentanes *Chérie* eilig das Kleid überstreifte und schimpfend das Haus verließ. Seine Hand schnappte die Champagnerflasche und er ließ sich ihren Inhalt in den Hals rinnen.

Letztendlich allein, besserte sich seine Laune nicht. Er zog einen Morgenmantel über und ging hinunter in den Salon. Die Flasche begleitete ihn. Er trat zur Musikanlage, griff nach dem erstbesten Band, legte es ein und drückte die Play-Taste. Die Lautstärke voll aufgedreht, hoffte er abschalten und die trüben Gedanken vertreiben zu können.

Kräftige Gitarrenakkorde dröhnten durch den Raum. Alan trank einen weiteren Schluck aus der Flasche und ließ sich auf das Sofa fallen. Seine Aufmerksamkeit richtete sich zunehmend auf die Musik. Zum Gitarrenspiel gesellte sich eine gefühlvolle, tiefe Stimme. Er stellte die Champagnerflasche ab, konzentrierte sich auf das, was aus den Lautsprechern tönte.

Andächtig lauschte er dem Sänger, dessen Songs derart sehnsüchtig klangen, dass Alan es körperlich spürte. Er achtete auf die Texte. Die Lieder erzählten von unerfüllter Liebe, von Begehren und von Schmerz, wobei sich diese Empfindungen nicht zwangsläufig auf das weibliche Geschlecht richteten. Praktisch alles konnte gemeint sein, ein Wunschtraum oder die Musik selbst. Das Leben. Die Zukunft. Der Phantasie waren keine Grenzen gesetzt.

Alan identifizierte sich mit dem Inhalt der Songs. Auch seine Liebe brachte nie auf Dauer Erfüllung. Ebenso suchte er voller Sehnsucht etwas, das seinem Dasein einen Sinn gab. Und Schmerz hatte er genug erfahren.

Er erhob sich und trat an die Musikanlage, schaute nach einer Hülle, die zum Band passen könnte. Da gab es keine. Er stellte die Anlage ab und nahm das Tape heraus, entdeckte einen Namen und eine Telefonnummer.

Er holte sich das Telefon und wählte diese Nummer. Gespannt wartete er. Es dauerte einige Zeit, bis irgendwer abnahm. Es war eine Concierge. Er ließ sie wissen, wen er sprechen wollte. Weitere fünf Minuten musste er sich gedulden, bis er jemanden auf der anderen Seite der Leitung wahrnahm.

»Caine?«

»Ja.«

»Erinnern Sie sich, Sie haben mir vor einiger Zeit ein Geschäft vorgeschlagen. Besteht Ihr Interesse noch?« Alan war hellwach. Sah eine Chance. Wollte sie ergreifen. *Schluss mit Selbstmitleid! Schluss mit Müßiggang! Schluss mit billigen Weibern, die mir am Ende teuer zu stehen kommen!*

»Wer spricht da?« Eine kleine Pause entstand. »Mr. Brolin?«

»Genau.«

Wieder wurde es auf der anderen Seite still.

»Seien Sie morgen früh um 8.00 Uhr bei mir, dann reden wir über alles.«

Auf der Überholspur

Melvin

Ich hatte einen echt geilen Traum.

Ich stand auf der Bühne. Es war die Bühne meiner Music Hall. Alle Blicke waren auf mich gerichtet. Mir galt ihre ganze Aufmerksamkeit. Sie lauschten den Songs.

Wollten mich gar nicht gehen lassen. Jubelten mir zu.

Es war gigantisch.

Hey, ich träume ja noch immer.

Liege auf einem Mittelding von Sofa und Polsterbett. Zwischen den Beinen hockt eine asiatische Schönheit.

Ihre grellroten Lippen umschließen meinen prallen Schwanz.

Sie sieht aus wie eine Porzellanpuppe.

Aber Moment mal, seit wann können Puppen einem einen blasen?

Vielleicht ist sie ja ein gefallener Engel.

Sie streckt ihre Hände nach vorn. Ihre zierlichen Finger streicheln über meine nackte Brust. Die Berührung und das, was sie da mit meinem

Schwanz anstellt, schickt Wellen extremer Lust durch meinen ganzen Körper und ich stöhne auf.

Ich schließe halb die Augen vor Wonne und lege den Kopf zur Seite. Sehe meinen neuen Freund, der sich ebenfalls verwöhnen lässt. ›Genieß es‹, formen seine Lippen.

Und ob!

Ich fühle mich ein wenig schwerelos vom Whisky und was immer ich genommen habe und lasse den Blick durch den Raum schweifen.

Obwohl alles, was ich wahrnehme, nur ein Traum sein kann, weiß ich mit einem Male, dass es keiner ist.

1

Alan Brolins Anruf setzte Melvin unter Strom. In der Enge seines Zimmers tigerte er auf und ab. Fand nicht zur Ruhe, fühlte sich beengt. *Ich muss hier raus.*

Er hastete durch die Straßen, ohne die anderen Passanten zu beachten. Schaute nicht einmal nach rechts oder links. *Was hat das zu bedeuten?* Seine Aufregung erlaubte kaum, einen Gedanken festzuhalten. *Aber … Wieso?*

Er fand keine Antworten auf seine Fragen und genauso wenig schaffte er es, sich auf seinen Auftritt am Abend zu konzentrieren. Eine schlaflose Nacht folgte.

Mr. Brolin erwartete Melvin bereits, als er pünktlich um 8.00 Uhr in dessen Bibliothek trat. Auch an diesem Morgen trug er einen feinen Anzug, wobei sich sein Schreibtisch ebenso unaufgeräumt präsentierte wie beim ersten Besuch.

»Setzen Sie sich, Caine.« Er machte eine großzügige Geste.

Melvin tat es, obwohl er den Drang verspürte, hin und her zu wandern. Er versuchte immer noch, sich einen Reim auf den unerwarteten Anruf zu machen.

»Sie wundern sich bestimmt, dass ich Sie herbestellt habe.« Brolin schien seine Gedanken zu lesen.

»Das ist wahr.« Melvin fiel es schwer, ruhig auf dem Stuhl zu sitzen. Seine schweißnassen Hände wischte er zum wiederholten Male an seiner Jeans ab.

»Ich habe gestern zufällig das Demoband gehört.«

»Gestern? Unser Treffen liegt ein halbes Jahr zurück.«

»Ich habe nicht damit gerechnet, dass Sie so gut sind. Aber Sie sind superb, einfach superb. Ich mache das Geschäft«, sagte Brolin.

»Echt jetzt?« Melvin sprang auf und stieß ohne Rücksicht auf seine Anwesenheit einen Freudenschrei aus. Es dauerte einen Moment, bis er sich beruhigte. »Entschuldigen Sie, aber …« Er errötete leicht.

»Schon gut.«

Melvin schaute zu Mr. Brolin, der wie bei ihrem ersten Zusammentreffen sorgfältig seine Empfindungen verbarg.

»Es wird nicht leicht, aber Sie können es schaffen. Wir können es schaffen.«

Melvin nickte enthusiastisch.

»Dann sind wir jetzt wohl Partner, Caine.«

»Partner …« Jahrelang hatte er darauf hingearbeitet. In diesem Moment erschien es unbegreiflich, dass ihm Mr. Brolin tatsächlich eine Chance bot.

»Also nennen Sie mich Alan.«

»Alan. Partner.« Er ließ sich die Worte auf der Zunge zergehen. »Ich muss träumen.«

Brolin erhob sich, ging um den Schreibtisch herum und streckte ihm seine Pranke entgegen.

Melvin sah auf die Hand, stand auf und ergriff sie. »Alan, Sie …« Seine Stimme brach.

»Hey, alles gut. Du. Ich denke, ›du‹ ist besser. Also du träumst nicht.« Brolin drückte fest zu.

»Ok«, rief Melvin überrascht vom harten Händedruck.

»Warte mal, bevor wir zu den Einzelheiten kommen, machen wir es dir bequemer.« Mr. Brolin verließ die Bibliothek und kehrte kaum eine Minute später mit einem gepolsterten Sitzmöbel mit Armlehnen zurück. Den spartanischen Stuhl, auf dem Melvin bis dahin gesessen hatte, schob er einfach an die Seite.

»Besser?«

Melvin bejahte.

»Also dann zum Geschäft. Ich habe mir schon mal was überlegt. Ich nehme eine Hypothek auf das Haus auf. Eine Million reicht meiner Meinung nach.«

»‘ne Million?« Melvins Augen weiteten sich.

»Nicht genug?«

»Ich hatte mit 40.000 gerechnet.«

Brolin grinste mitleidig. »Ich habe nicht vor, die Sache in den Sand zu setzen. Lass uns etwas ganz Großes aufziehen. Einwände?«

Melvin nickte verstört. Dann schüttelte er mit dem Kopf. »Keine Einwände … Glaube ich.«

»Unsere Anteile belaufen sich fünfzig zu fünfzig. Ich gebe dir Kredit für deinen, zinslos. Mein Geschäft ist das Management, das heißt, ich kümmere mich um ein geeignetes Gebäude und die Ausstattung … Wir sprechen alles ab.«

»Partner. Ich weiß.«

»Ja und außerdem bin ich nicht vom Fach. Des Weiteren übernehme ich die PR-Arbeit und die Ausarbeitung der Verträge. Diese erlangen nur Gültigkeit, wenn sie unsere beiden Unterschriften tragen. Ist das akzeptabel für dich?« Brolin lehnte sich zurück und blickte Melvin ungeduldig an, als er nicht sofort antwortete.

»Ja, klar. Nur so viel Geld … Wann soll ich je ‘ne halbe Mille abzahlen?« Dass er sich derart tief verschuldete, schmeckte ihm nicht.

»Mach dir darum keine Sorgen. Wenn unsere Music Hall einschlägt, ist das schnell der Fall.«

Melvin atmete ein paarmal durch, es kostete ihn Mühe, zu begreifen, was hier geschah. Mit seinen dreiundzwanzig Jahren fühlte er sich von der neuen Situation überrollt und es fiel ihm schwer, sie als Realität zu akzeptieren. Viel zu groß war die Furcht, dass irgendetwas dazwischenkommen würde.

»Nun zu deinen Aufgaben. Zu allererst umfassen sie das Künstlerische. Das heißt komponieren, texten für dich, unter Umständen für andere und auf der Bühne stehen. Wann sind brauchbare Abende für Konzerte? Eine Sieben-Tage-Woche ist zu aufwendig am Anfang.«

»Freitag, Samstag, Donnerstag und Sonntag eventuell.«

»Das wären vier Veranstaltungen.« Brolin überlegte einen Augenblick. »Sollte klappen. An den freien Abenden suchst du Musiker zu deiner Verstärkung. Du weißt, was ankommt und es gibt mit Sicherheit viele, die rumtingeln und auf eine Chance warten.«

»Sie … Du hast dir echt Gedanken gemacht.«

»Ich habe die ganze Nacht wachgelegen.«

»Ich auch.« Melvin lachte.

»Also, was glaubst du, wird das so funktionieren?«

»Ich denke, der grobe Plan klingt gut. So ungefähr hatte ich es ja in meinem Konzept überlegt. Eine Art Open-Mic-Night an einem Abend vielleicht. Wir können ja nicht allen einen Vertrag geben.«

»Das habe ich nicht vor. Ich habe mich schlaugemacht. Wir bieten Gigs an.« Brolin grinste. »Und nur wer richtig gut ist und das Publikum überzeugt, bekommt einen Kontrakt. Dazwischen bleibt Platz für Newcomer.«

»Wenn wir ständig Neues darbieten, kommen die Leute mehrmals.« Melvins Gesichtsausdruck entspannte sich. Er fühlte sich gut. Nein, er fühlte sich phantastisch.

Sie besprachen weiter das Grundsätzliche ihrer Zusammenarbeit.

»Ok, dann haben wir es.« Brolin schaute zur Uhr. Es war inzwischen Mittag. »Komm, gehen wir was essen.«

»Wenn du meinst.« Das vertrauliche ›du‹ kam Melvin noch schwer über die Lippen.

Sie fuhren in Brolins Wagen, einem weißen Porsche Carrera, zu einem italienischen Restaurant irgendwo in Manhattan. Brolin wirkte in dem noblen Lokal, als sei er dort zu Hause, während sich Melvin in seinen Jeans und dem bunten Hemd fehl am Platze vorkam. *Wenn ich wenigstens das blöde Jackett dabeihätte.*

Der Kellner führte sie zu einem Tisch am Fenster. Kaum, dass sie sich gesetzt hatten, drückte er ihnen je eine Speisekarte in die Hand.

Melvin schaute durch die Karte. Zumindest gab er sich den Anschein. In Wahrheit war es ihm unmöglich, sich darauf zu konzentrieren. Die Erlebnisse des Vormittags erschienen ihm surreal. Am Ende bestellte er dasselbe wie Mr. Brolin: die Tagessuppe und ›Ravioli di vitello‹. Melvin kannte Ravioli, ›di vitello‹ sagte ihm nichts. *Egal!* Etwas so Profanes spielte keine Rolle an dem Tag, der seinen Traum wahrwerden ließ.

Brolin wählte ganz selbstverständlich einen Wein zum Essen. Sie stießen auf ihre Partnerschaft an.

Melvin verzog das Gesicht. Er erinnerte sich nicht, je Wein getrunken zu haben und für seinen Geschmack bedurfte es keiner Wiederholung.

Alan vermied mit Mühe, laut loszulachen, als er Caines Gesichtsausdruck sah.

Eigentlich weiß ich nichts von ihm. Bisher hatten sie ausschließlich übers Geschäft gesprochen. Im Restaurant hätte er das gern geändert, stellte aber fest, dass sein Gegenüber sich schweigsam gab, ging es nicht um seine Music Hall. »Du bist also allein nach New York gekommen?«

»Ja.«

»Wann war das?« *Ist er eher introvertiert oder liegt es an mir? Wie präsentiert er sich wohl auf einer Bühne?*

»1974.«

»Und dann?« Caines Wortkargheit missfiel ihm. *Ist es wirklich schlau, jemanden zum Teilhaber zu erheben, von dem ich nichts weiß, außer dass seine Musik superb ist?*

»Hab mich so durchgeschlagen. Wir sollten unbedingt die Open-Mic-Night ins Programm nehmen.«

Jahrelang hatte Melvin über seine Vision von einer Konzerthalle gebrütet. Allein in seiner Bude war ihm manche Idee gekommen. In Mr. Brolin, Alan, fand er endlich jemanden, mit dem er seine Gedanken teilen konnte. Ganz in seinem Element bemerkte er nicht, wie viel Mühe sich Alan gab, das Gespräch in eine andere Richtung zu führen.

»Du bist also ohne Hilfe klargekommen?« Alan rührte in seiner Tomatensuppe.

»Ja.«

»Was ist mit Familie?«

»Wir konnten nicht alle herkommen.« Melvin wollte nicht über seine langweilige und unspektakuläre Vergangenheit sprechen.

»Aha. Du bist nicht sonderlich gesprächig.«

»Was hat meine Familie mit unserer Music Hall zu tun? Wir sollten darüber reden.«

Alan leerte sein Glas und winkte der Bedienung. »Bringen Sie uns eine Flasche Bourbon«, sagte er zu dem Kellner, der diensteifrig an ihren Tisch trat.

»Und was hat mich deine Familie zu interessieren.« Die Distanz, auf die Alan sonst bedacht war, störte ihn in diesem Moment.

Der Ober brachte den Bourbon und zwei Gläser. Alan nahm ihm die Flasche ab und schenkte ein. Wenn nichts mehr half, war ein guter Tropfen unter Männern sein Mittel der Wahl. Er reichte Melvin den Drink und stieß mit seinem Glas an das des Partners. »Cheers.«

Eine angenehme Wärme breitete sich in seiner Kehle aus. Der rauchig nussige Geschmack entfaltete sich erst richtig beim zweiten Schluck. Mit Befriedigung nahm er wahr, wie sich Caines Gesichtsausdruck entspannte. »Wir müssen uns vertrauen.«

»Unbedingt.«

Seine Intelligenz ließ Alan erkennen, dass es zum Teil an seiner Attitüde lag, dass sich sein Gegenüber verschloss. »Ich bin dir nicht gerade sympathisch.« Er schaute Caine direkt in die Augen. »Wenn es nicht um deine Music Hall ginge und du nicht mein Geld bräuchtest, säßen wir nicht hier.« Sein joviales Grinsen milderte die Aussage ab. Er schenkte abermals Bourbon ein und registrierte, dass Caine bei seinem letzten Satz beinahe die Gabel aus der Hand gefallen wäre.

»Wie kommst du darauf?« Er entrüstete sich etwas zu leidenschaftlich.

»Du verbirgst es nicht gerade geschickt.«

»Das bildest du dir ein.«

Alan registrierte, dass Schweißperlen auf Caines Stirn auftauchten, und übersah nicht, dass seine Hand zitterte, als er das Glas zum Mund führte. »Ich war bei unserem ersten Zusammentreffen nicht besonders freundlich.« Er sah ein, dass er Melvin nicht weiter in die Enge treiben durfte.

»Stimmt.« Melvin deutete ein Nicken an. »Aber du warst erstaunlich aufrichtig.«

»Ich bin kein netter Mensch.« Alan lachte offen und entspannte damit die Situation. »Du musst das verstehen. Hat man Geld, will jeder dein Freund sein. Wildfremde Leute rannten mir die Tür ein, um für diverse Unternehmungen eine Geldspritze herauszuholen, nur weil ich bei einigen Sachen eingestiegen bin.«

»So wie ich.«

»Ganz und gar nicht.« Alan schaute Melvin aufrichtig an. »Du hast gefragt. Ich habe nein gesagt. Du hast es hingenommen.«

»Aber …«

»Nichts aber. Du hast mir nirgendwo aufgelauert, um so zu tun, als wären wir uns zufällig begegnet. Du hast nicht gebettelt. Du hast mein Nein akzeptiert. Was ich sagen will, es bringt in dieser Position nicht viel, der nette Junge von nebenan zu sein. Das Geschäftsleben ist hart, es ist klug, sich dem anzupassen. Doch jetzt ist das anders. Ich habe mich entschieden. Es ist nicht länger nötig, uns gegenseitig etwas vorzumachen. Ich muss nicht mehr den abgeklärten Geschäftsmann raushängen lassen. Und du … Du kannst sein, wer immer du bist.«

Melvin hatte dem Monolog gelauscht und kaufte Alan trotz eines Restes Unsicherheit seine Worte ab. »Ich komme aus Dansville. Das ist ein Kaff, das niemand kennt. Rochester ist die nächste Stadt.« Er schaute zu Alan und erkannte, dass dieser aufmerksam zuhörte. »Vater starb, als ich fünfzehn war. Mutter lebt noch dort. Mit meiner jüngeren Schwester, Jackie. Da gab es Ms. Parker, sie war meine Musiklehrerin an der Junior High. Ich durfte bei der Weihnachtsaufführung singen.«

»Also hat dich diese Ms. Parker entdeckt.«

»Hm … Kann man so sagen. Mit zwei Freunden haben wir in unserer Garage Musik gespielt und die Mädchen beeindruckt.« Er lächelte schief. »Meine Musik bedeutet mir alles. Ich musste nach New York kommen … es einfach versuchen.«

»Du hast dich fünf lange Jahre durchgeschlagen und nie das Handtuch geworfen?«

Melvin nickte, erinnerte sich, wie oft er nahe dran war aufzugeben.

»Alle Achtung!« Alan stieß mit seinem Glas abermals gegen Melvins. Sie tranken und für einen Augenblick gab sich jeder den eigenen Gedanken hin.

»Mel«, sagte Alan, »entspann dich.« Sein Tonfall war sanft. »Bis ganz nach oben ist es ein weiter Weg, aber den gehst du nicht länger alleine. Mir bedeutet unsere Partnerschaft etwas.« Alan sah Melvin direkt in die Augen und er wich seinem Blick nicht aus.

Als sie das Restaurant verließen, waren beide angetrunken. Alan verzichtete auf den Porsche und rief ein Taxi herbei. Dieses brachte Melvin zu seiner Wohnung, bevor es für ihn zurück nach Greenwich ging.

Melvin legte sich aufs Bett. Er sah zur Decke und ließ den Tag Revue passieren. Während er so dalag, erschien auf seinem Gesicht ein breites Grinsen. Schwerelos von Wein und Bourbon realisierte er, dass sein bisher gekanntes Leben aufhörte zu existieren. Wärme erfasste ihn und mit offenen Augen träumte er von seiner eigenen Bühne wie tausende Male zuvor. Heute war sein Traum nicht länger bar jeder Realität, sondern eher eine Vorahnung. Er hätte die Welt umarmen mögen und war überzeugt, dieses Hochgefühl würde ihn ein ganzes Leben tragen.

Froh gelaunt trat Melvin abends in der Midnight-Bar auf, nachdem er Barry informiert hatte, dass er sich einen neuen Musik-Ed suchen müsse.

Er stand auf der Bühne, spielte die Gitarre und sang mit vollem Einsatz, wohlwissend, dass er an diesem Abend seine Abschiedsvorstellung gab. Sein Blick schweifte über die Gäste. Hinten am Tresen entdeckte er Alan. Er winkte ihm freudig zu. Alan gab mit beiden Daumen nach oben ein Zeichen, dass ihm gefiel, was er hörte und sah.

In einer kurzen Pause schlenderte Melvin zu seinem Partner. »Schön dich zu sehen.« Er fühlte sich leicht, was auch daran lag, dass er nicht vollkommen nüchtern war.

»Ich wollte dich live erleben. Superb.« Alan klopfte ihm auf die Schulter.

»Danke. Ich muss mal wieder.« Melvin deutete mit dem Kopf in Richtung Bühne.

»Bis morgen bei mir.«

Nach Feierabend verschwand Melvin mit Claire im Hinterzimmer. Er hielt ihre vollen Brüste, ließ ein letztes Mal seine Zungenspitze um die Nippel kreisen. Seine Hände ergriffen ihre fülligen Pobacken und massierten sie. Eine weitere Abschiedsvorstellung. Claire kniete sich vor ihn, öffnete seinen Gürtel, zog den Reißverschluss seiner Hose hinunter. Ihre geschickten Finger befreiten seine Männlichkeit. Er spürte ihre Zunge, wie sich ihre Lippen um ihn legten und virtuos auf den Höhepunkt hin arbeiteten …

Sie ordnete ihre Kleidung.

»Ich komme morgen Abend nicht wieder.« Melvin schloss seine Hose. Er registrierte Claires fragenden Blick. »Ich komme überhaupt nicht wieder.«

»Wie meinst du das?«

»Ich habe einen Geldgeber gefunden.«

»Oh …« Sie zupfte am Saum ihres Rockes. »Sehen wir uns mal?«

»Ich werde nicht mehr viel Zeit haben.«

»Ein Fick im Hinterzimmer dauert nicht ewig.«

»Das ist vorbei.«

»Was?«

»Das hier.« Melvins Blick wanderte durch den Raum, der ihm noch enger erschien als sonst.

»Ach … Du denkst, du wärst jetzt was Besseres.«

»Das war ich schon immer, Babe.«

»Tatsächlich?«

Melvin grinste. Er drückte Claire einen letzten Kuss auf den Mund. Ohne ein Wort wandte er sich ab, griff nach seiner Gitarre, die in ihrem Koffer an der Wand lehnte. Durch die Hintertür trat er in die Nacht. Als sich die Tür hinter ihm schloss, schaute Melvin nicht zurück. Strammen Schrittes stapfte er zur Subway-Station, um zu seinem heruntergekommenen Zimmer zu gelangen.

2

Obwohl nur ein paar Stunden vergangen waren, bis er abermals in der U-Bahn saß, fühlte sich Melvin ausgeschlafen.

Alan überraschte ihn damit, dass er sich nicht länger distanziert gab. Das Eis war gebrochen.

»Ich mache dich berühmt und du hilfst mir, wieder so reich zu werden, wie es den Anschein hat.«

»Zusammen schaffen wir das, Al.« Melvin blickte zu ihm, neugierig, wie er darauf reagierte, dass er ihn Al genannt hatte.

Alan nickte nachdenklich und zufrieden. Sie besprachen weitere Details ihrer Zusammenarbeit. Er bemühte sich, Melvin den geschäftlichen Part näherzubringen.

»Eines ändern wir noch«, sagte Alan.

»Ja?«

»Deinen Namen.«

»Echt jetzt?«

»Wie sieht eine Leuchtreklame mit ›Melvin Caine‹ aus?« Alan beobachtete seine Reaktion. »Ich finde deine Musik einmalig und ebenso sollte deine Erscheinung sein.«

»Wie wär's mit Ed?«

»Was?«

»Vergiss es.« Melvin winkte ab. »Was würdest du vorschlagen? Ich denke mal, du hast dir schon was überlegt.«

»Melvin de Flame. Das hat Klang und wirkt geheimnisvoll.«

»Melvin de Flame.« Er ließ sich den Namen auf der Zunge zergehen. »Wie um alles in der Welt kommst du gerade darauf?«

»Ich hatte mal ein Kinderbuch …«

»Echt jetzt?«

»Lach nicht, auch ich war mal Kind. Es ging darin um Aelfric de Flame. Er war sowas wie der Retter aller Witwen und Waisen. Ich liebte dieses Buch.«

»Ok. Also werde ich nach dem Helden deiner Kindertage benannt?« *Das muss ein Traum sein.*

»Mir gefällt die Idee. Übrigens, ich habe dir ein Zimmer in einem Hotel in der Nähe vom Pier 51 gebucht.«

»Al …«

»Die Absteige, zu der ich dich gestern gebracht habe, geht doch nicht.«

Melvin wusste nichts zu erwidern.

»Kein Luxushotel. Gute Mittelklasse.«

»Alan, ich kann mir das nicht leisten.«

»Nimm es als Geschenk, bis du eine anständige Wohnung hast. Komm, lass uns deine Sachen holen.«

Die Selbstverständlichkeit, mit der Alan seinen Umzug regelte, erlaubte es Melvin, das Geschenk zu akzeptieren. Ein eigenes Telefon half, aber am meisten schätzte er das private Badezimmer. Dass er Greenwich von seiner neuen Unterkunft fußläufig erreichte, stellte einen weiteren Pluspunkt dar.

Alan funktionierte seine Bibliothek zu einem provisorischen Büro um, was in der Praxis bedeutete, dass er seinen Schreibtisch aufräumte. Täglich trafen sie sich dort und brüteten über ihrer Vision, so wie Melvin es jahrelang allein getan hatte. Sie erarbeiteten eine Checkliste, die alles Wichtige von der Finanzierung, dem Gebäude und dessen Ausstattung bis hin zu den notwendigen Arbeitskräften enthielt. Alans Haushälterin sorgte für jede Menge Kaffee und verwöhnte sie von Zeit zu Zeit mit einem kleinen Imbiss.

Alan kontaktierte diverse Immobilienfirmen und vereinbarte Besichtigungstermine. Der gewünschte Erfolg stellte sich nicht ein. Zu teuer. Zu groß. Zu klein. Falsche Gegend. Melvin befürchtete, dass für Alan nichts gut genug sein würde. Der Hang seines Partners zur Perfektion war ihm längst aufgefallen.

»Al, wir wollen nicht die Radio City Music Hall neu erfinden. Es geht um eine kleine Konzerthalle. Bühne in der Mitte. Sitzplätze drumherum.«

»Es braucht ebenso Garderoben, Räume für die Technik und so weiter.«

»Stimmt. Aber … Wir haben uns so viele Locations angesehen.«

»Du meinst, es wird Zeit für Kompromisse?«

Melvin zuckte mit den Schultern. »Sonst suchen wir ewig.«

»Möglicherweise müssen wir anders rangehen«, sagte Alan. »Bis jetzt haben wir nach was Fertigem gesucht. Vielleicht sollten wir uns auf einen Club oder Ähnliches konzentrieren und umbauen.«

Ab da sahen sie sich Kneipen, Clubs und Bars an, die zum Verkauf standen. Schlussendlich wurden sie auf einen Nachtclub mit einigen Nebenräumen in der direkten Umgebung des Gramercy Parks aufmerksam. Dieser Club bot ausreichend Platz, um ihn in einen Zuschauerraum mit Bühne umzugestalten.

»Hier könnten wir die Technik unterbringen«, sagte Melvin in dem Raum, der bis dahin als Lager diente.

»Und die kleinen Räume auf der anderen Seite eignen sich gut für Garderoben.«

»Aus einem machen wir ein Büro für dich.«

»Und wenn wir die riesige Theke herausreißen, gewinnen wir eine Menge Platz.«

Sie sahen sich an. Alan deutete ein Nicken an.

»Also dieser Club?«

»Ja, das wird unsere Music Hall«, sagte Alan.

Nach der Unterzeichnung des Vertrages und Zahlung der Kaufsumme erhielten sie die Schlüssel. Damit endete die Zeit der theoretischen Betrachtungen. Sie standen in den Räumlichkeiten, die sich innerhalb von Monaten zu einer Konzerthalle verwandeln würden - ihre Music Hall.

»Das wird ganz groß.« Alan legte seinem Partner den Arm um die Schultern.

Melvin blieb vor Rührung stumm.

Ungeachtet der Tatsache, dass ein Architektenbüro eine beachtliche Summe verschlingen würde, bestand Einigkeit darüber, dass sie nicht umhinkamen, Profis zu engagieren. Alan erhoffte sich Hilfe von Ex-Ehefrau Nummer zwei, die seit Jahren als Innenarchitektin arbeitete. Zugute kam dabei, dass es keinen Groll zwischen ihnen gab.

Alan und Victoria trafen sich zum Lunch beim Chinesen. Er brachte ihr in behaglicher Atmosphäre das neue Projekt nahe. Leider gab Victorias

Terminkalender nicht her, selbst tätig zu werden. Dennoch endete das Treffen erfolgreich, denn Victoria vermittelte ihnen ein Architekturbüro.

Nach einem Termin vor Ort setzten sich Alan und Melvin mit dem Architekten und dem Bauleiter an einen Tisch. Sie brachten ihre Vorstellungen und Wünsche vor. Die Profis erklärten, was machbar sei, und äußerten ihrerseits Vorschläge. In der Folge entwickelte die Firma einen Bauplan, mit dem sie sich zu einem weiteren Meeting in ihrer zukünftigen Konzerthalle trafen.

Die ersten Handwerker erschienen und rissen die alte Einrichtung heraus. Der Lärm drang durch das gesamte Gebäude und es staubte wie bei einem Sandsturm. Am Schluss blieb kaum mehr als rohe Mauern zurück. Dann ging es an den Wiederaufbau, an dessen Ende ihnen eine schlüsselfertige Halle übergeben würde.

Getan war es damit nicht. Ein Konzertbetrieb erforderte Personal: Tontechniker, Beleuchter, jemanden für den Kartenverkauf, den Einlass und so weiter. Nicht zu vergessen Reinigungskräfte.

»Und eine Sekretärin«, sagte Alan.

»Für dich?«

»Jemand muss dafür sorgen, dass es hier läuft. Rein praktisch.«

»Aha.«

»Du willst sicher nicht kontrollieren, ob die Klos sauber sind«, sagte Alan. »Oder dich um Ersatz kümmern, wenn zum Beispiel die Kartenverkäuferin krank ist.«

»Und das macht eine Sekretärin?«

»Unsere schon! Nenn sie meinetwegen Assistentin.«

Alans Büro erhielt oberste Priorität, damit er vor Ort tätig sein konnte. Der winzige Raum bot kaum Platz für einen Schreibtisch und einen Aktenschrank und glich mehr einem Provisorium als einem ständigen Arbeitsplatz. Nichtsdestotrotz empfingen sie dort die Bewerberinnen für die Stelle der Assistentin.

Zahlreiche Damen bewarben sich. Einige fielen durch, weil sie nach Alans Empfinden zickig auf die Arbeitsbedingungen reagierten. Andere suchten einen Job mit festen Arbeitszeiten. Wieder andere äußerten Gehaltsvorstellungen, die das Budget sprengten.

Als Alan und Melvin mit einem Handwerker sprachen, fiel ihnen eine Frau auf, die sich zielstrebig ihren Weg durch die Baustelle bahnte, ohne dieser Beachtung zu schenken.

»Können wir irgendetwas für Sie tun?«, rief Alan zu ihr hinüber.

»Ich komme wegen der Stelle«, rief sie zurück. Sie erreichte die Männer und streckte Alan selbstbewusst die Hand entgegen. »Donna Winter. Ich würde gern Ihre Sekretärin werden.«

Er schmunzelte. »Alan Brolin. Und das«, er nickte in Melvins Richtung, »ist mein Partner, Melvin de Flame.«

Melvin deutete einen Gruß an.

»Gehen wir ins Büro«, sagte Alan.

Donna erzählte, dass sie vor Kurzem ihren Collegeabschluss absolviert hatte und nun ins Berufsleben einsteigen wolle. Auf Nachfrage von Melvin erklärte sie, dass lange Arbeitszeiten willkommen seien. »Ich habe eh kein nennenswertes Privatleben.« Sie winkte ab.

»Wir würden Ihnen einen Schreibtisch da drüben in die Ecke stellen.« Alan schaute sie fragend an.

Melvin war überzeugt, dass sie widersprechen würde.

»Ok.«

»Wenn ich nicht da bin, können sie sich an meinen Tisch setzen«, sagte Alan.

Sie stimmte zu.

Donna wurde ihre erste Angestellte. Am nächsten Tag erhielt sie eine Einweisung und ab dem übernächsten gehörte ihr das Büro. Sie hatten es zwar um einen winzigen zweiten Schreibtisch mit Telefon ergänzt, aber Alan zog die heimische Bibliothek als Arbeitsstätte vor. Melvin sowieso.

Gemeinsam erarbeiteten sie ein Konzept für vier Veranstaltungen pro Woche. Dieses sah für den Donnerstag ein Programm mit diversen Künstlern vor, um das Publikum auf das Wochenende einzustimmen. Als Höhepunkt sollte Melvin mit einigen Songs auftreten.

Freitags würde eine Open-Mic-Night stattfinden. Sie einigten sich darauf, daraus einen Wettbewerb zu gestalten und dem wöchentlichen Gewinner die Möglichkeit zu geben, am Samstag im Vorprogramm aufzutreten. Der

Rest des Samstagabends, gehörte als Highlight jeder Woche Melvin de Flame.

Der Sonntagnachmittag würde im Zeichen des Nachwuchses stehen. Melvin lag eine Menge an der Förderung junger Musiker. Er wollte an dieser Stelle als Moderator und Mentor auftreten.

Dieses ambitionierte Vorhaben verlangte eine durchdachte Vorbereitung. So planten sie schon jetzt die ersten Wochen, in der Hoffnung, dass ihr Programm ab da zum Selbstläufer würde.

Alan verabredete Termine mit Bildungseinrichtungen in der gesamten Stadt, um für den Nachwuchssonntag zu werben. Zumeist übernahm Melvin diese Treffen. Er berichtete von eigenen Erfahrungen und stellte ihr Konzept mit viel Herzblut vor. Am Ende erklärten sich einige Schulen bereit mitzumachen. Ihnen wurde jeweils ein Sonntag zur Verfügung gestellt. Man einigte sich darauf, dass die ausrichtende Schule ein Kontingent an Eintrittskarten erhielt.

Abends streifte Melvin durch einschlägige Clubs und Bars auf der Suche nach unentdeckten Talenten. Wollte Alan abschalten, begleitete er seinen Partner.

Auf dem Papier funktionierte ihre Music Hall. Damit das auch in der Realität zutraf, musste Melvins Musik überzeugen. Zusammengefasst hing ihr Erfolg davon ab, dass das Publikum ihr Konzept annahm und Melvin sich als Zugpferd verkaufte.

Ursprünglich planten sie die Eröffnung mit einem Silvesterkonzert. Das Reißbrett sah vor, den Umbau bis dahin abzuschließen. Anfang Dezember zeichnete sich ab, dass dieser Zeitplan nicht aufging.

In der ersten Januarwoche fand ein weiterer Termin vor Ort statt, um den der Bauleiter gebeten hatte. Alan und Melvin wussten nur, dass es um die Elektrik ging.

»Wo liegt das Problem?«, fragte Alan.

»Die Leitungen. Sie sind so alt, dass Ihnen höchstwahrscheinlich mit der geplanten Lichtanlage alles um die Ohren fliegt«, erklärte der Bauleiter. Der Vertreter der Elektrofirma nickte zustimmend.

»*Merde!* Und was machen wir jetzt?«

»Ich denke mal, eine Lichtanlage mit weniger Leistung ist keine Option.«

»Auf gar keinen Fall«, mischte sich Melvin ein.

»Wir können es so versuchen oder komplett neue Leitungen verlegen.« Der Bauleiter schaute den Fachmann an.

»Vielleicht haben Sie Glück und es klappt eine gewisse Zeit, aber früher oder später kommen Sie um neue Leitungen nicht herum«, sagte dieser.

»Dann jetzt.« Alan stöhnte.

Ende Februar gingen endlich die Innenausstatter ans Werk.

»Bald ist es so weit.« Melvin freute sich über den Fortgang der Arbeiten.

»Wird auch Zeit, langsam brauchen wir mal Einnahmen.« Die ungeplante Erneuerung der Elektrik hatte ein Loch in die Kasse gerissen. Im Stillen überlegte Alan, eine zweite Hypothek aufzunehmen. Er entschied, bis nach der Eröffnung zu warten. Lief diese gut, war es unter Umständen nicht nötig.

»Haben wir ein Problem?«

Alan schüttelte den Kopf, wollte seinen Partner nicht beunruhigen.

»Ich denke, Ende April oder Anfang Mai können wir durchstarten. Was meinst du?«, fragte Melvin.

Alan las ihm die Aufregung vom Gesicht ab. »Wie wäre es mit dem 17. Mai?«

»Okay … Warum gerade am 17.?«

»Haben wir schon ein Muster der Plakate?« Alan verspürte keine Lust, diese Geschichte aus seiner Vergangenheit mit Melvin zu teilen. »Ich werde mit Donna sprechen. Sie soll sich nichts vornehmen in nächster Zeit.«

»Der Entwurf liegt auf deinem Schreibtisch. Wir können ihn uns nachher anschauen.«

»Komm ins Büro, sobald du so weit bist.« Alan beanspruchte sein Office inzwischen selbst. Es beschleunigte Entscheidungen, arbeitete einer von ihnen vor Ort.

Das Büro mit seiner Assistentin zu teilen, gefiel ihm auf Dauer nicht. Manches war nicht für die Ohren der Sekretärin bestimmt, vor allem fühlte er sich gestört, wenn sie telefonierte. Jede andere hätte spätestens da das Handtuch geworfen. Donna akzeptierte ihren Arbeitsplatz auf dem Flur ohne Murren.

Melvin brauchte einen Moment für sich. Er stolzierte zum Podest, aus dem seine Bühne entstehen würde und summte einen Song, um seine Glücksgefühle auszuleben. Stundenlang hätte er dort stehen und von der Zukunft träumen können. Zu viel blieb zu tun. Daher riss er sich von seinen Tagträumen los und steuerte das Büro an.

Alans Schreibtisch war vollgepackt. Melvin griff nach der Rolle mit dem Plakatentwurf, schob kurzerhand die Papiere beiseite und rollte den Entwurf aus. »Was denkst du?«

Das Plakat zeigte den Eingang ihrer Konzerthalle, über dem seit zwei Tagen in Leuchtschrift ›Fabulous Music Hall‹ thronte und Melvin mit seiner Gitarre.

»Superb! Ich habe mir überlegt, dass dein Name mit drauf kommt. Und sowas wie große Eröffnung am 17. Mai 1980.«

»Ich gebe das an Donna weiter.«

»Das kann ich übernehmen, wollte eh mit ihr sprechen.«

»Ok. Sobald die Plakate hängen, starten wir den Kartenvorverkauf«, sagte Melvin.

»Dann sind auch die Programmhefte fertig. Das Programm für die Eröffnung steht?«

»Ich habe einen neuen Song geschrieben und mit dem werde ich beginnen. Danach ein paar alte Lieder. Für den mittleren Teil der Show habe ich Karen Morgan. Erinnerst du dich an Sie?« Melvin sah auf. »Die junge Frau in dem weißen Kleid … mit dieser sanften Stimme.«

»Ja … Ich weiß, wen du meinst.«

»Danach dieses Duo. Melissa und Paul Wilson.«

»Die sind superb. Denen würde ich sofort einen Vertrag geben«, sagte Alan.

»Darüber sollten wir in der Tat nachdenken. Nach dem mittleren Teil komme ich nochmal mit neuen Songs.«

»Das klingt gut.« Alan nestelte an den Papieren auf seinem Schreibtisch herum.

»Bist du nervös, Al?« Melvin wurde umso cooler, je mehr ihre Hall Gestalt annahm. Im Moment sehnte er den Abend der Eröffnung herbei. Heimlich zählte er die Tage.

Nachdem Melvin das Büro verlassen hatte, griff Alan nach dem Telefon. Donna schien auf seinen Anruf gewartet zu haben, denn sie meldete sich nach dem ersten Klingeln. Er lud die Sekretärin zum Mittagessen ein, um das weitere Vorgehen in Ruhe zu besprechen.

Im Restaurant lauschte Donna aufmerksam den Ausführungen ihres Chefs und notierte unermüdlich etwas. »Also Anzeigen in allen Tageszeitungen?«

»Wir kündigen Melvin de Flame an, als wäre er ein Star. Unsere Werbung muss dem Leser suggerieren, er sei der Einzige, dem er unbekannt ist.«

Donna nickte eifrig.

»Keinesfalls darf der Hinweis auf den Kartenvorverkauf fehlen. Aber lassen Sie das Essen nicht kalt werden.«

Donna nahm einen Bissen und schaute wieder auf ihre Notizen. »Ist der Kartenpreis nicht etwas hoch?«

»Weil es sich durchweg um Newcomer handelt?«

Sie zuckte mit den Schultern.

»Nach gängiger Meinung kann Billiges nicht gut sein. Wir müssen ein wenig hochstapeln.« Alan grinste.

»Haben Sie die Namen derjenigen, die außer Mr. de Flame mitwirken?«

Er gab ihr die benötigten Informationen und erklärte dann, wie er sich den anschließenden Empfang vorstellte.

Vier Tage vor der Eröffnung waren mehr als zwei Drittel der verfügbaren Eintrittskarten verkauft. Fünfzig hatten sie zumeist an bekannte Persönlichkeiten der Branche und an Pressevertreter geschickt. Dieser Personenkreis erhielt zudem eine Einladung zum Empfang. Alan freute sich über jede Plakatwand, von der er Melvin lächeln sah.

Zur Generalprobe erschien das komplette Team. Alles lief bestens, bis die Stromversorgung zusammenbrach. Melissa und Paul rockten gerade die Bühne. Schlagartig verfinsterte sich der Saal und für einen Moment beherrschte Stille den Raum.

»Echt jetzt?«

»*Merde!* Donna!«

»Mr. Brolin?«

»Rufen Sie diese Elektrofirma an. Jemand soll schnellstens seinen Arsch hierher bewegen.«

»Kümmere mich darum, Mr. Brolin.« Donnas Absätze klapperten, als sie davonlief.

Es stellte sich heraus, dass falsche Sicherungen den Stromausfall verursacht hatten. Diese Kleinigkeit ließ sich problemlos beheben, hinterließ aber bei den Beteiligten eine nachhaltige Wirkung.

»Morgen klappt alles.« Melvin versicherte dies zum x-ten Mal, als er am Abend mit Alan zusammensaß.

»Es muss, sonst wird die Sache ein Fiasko«, entgegnete Alan monoton, ebenfalls zum x-ten Male.

»Al, wo ist deine Gelassenheit?«

»Frag mich morgen nach dem Konzert.«

»Geht mit der Feier alles in Ordnung?«

»Ich gehe davon aus. Donna hat den Empfang so organisiert, wie wir es besprochen haben.«

»Haben wir alle Leute von Rang und Namen eingeladen?« Melvin ließ sich langsam von der Unruhe anstecken.

»Ich habe die Gästeliste mindestens hundertmal durchgesehen und meine, dass wir niemanden vergessen haben. Presse, Produzenten …«

»Gut.«

»Ich denke, wenn Karen oder die Wilsons hier und da ein paar Worte mit den Medienleuten wechseln, brauchst du nicht mehr nach Talenten suchen.«

»Dann finden sie den Weg zu uns.«

»Sag mal, Mel, auf der Gästeliste steht ein Mr. Storm mit Gattin. Der Name sagt mir nichts. Hast du eine Ahnung, wie er auf die Liste geraten ist?«

Melvin lächelte gedankenverloren. »Lass mal Mr. Storm, wo er ist. Wir haben ihm viel zu verdanken.«

»Haben wir?«

»Jetzt kann ich's dir ja sagen. Er gab mir den Tipp, mich an dich zu wenden.«

»Mr. Storm. Er hat mir diesen ganzen Stress also eingebrockt.« Lange gelang es Alan nicht, ernst zu bleiben. »Ich werde ihn mir mal ansehen und vielleicht bedanke ich mich bei ihm.« Er schaute Melvin offen an. »Bei aller Aufregung muss ich zugeben, dass ich viel Spaß hatte in den vergangenen Monaten. Was ist mit deiner Familie?«

»Ich habe überlegt, Mutter Karten zu schicken. Aber …«

»Aber?«

»Sie wären sowieso nicht gekommen. Ich habe mit ihr telefoniert. Das alles scheint für meine Mutter eine Nummer zu groß. Sie ist nie aus unserem Kaff herausgekommen.«

3

Am 17. Mai 1980, dem Abend der Eröffnung, war die Fabulous Music Hall bis zum letzten Platz gefüllt. Eine gewisse Spannung lag spürbar im Raum.

Gedämpftes Licht gab der Konzerthalle einen Hauch von Gemütlichkeit, was auch mit ihrer Größe zusammenhing. An den dunkelgrün gestrichenen Wänden hingen silberfarben gerahmte Fotos, die Musikgrößen wie Elvis Presley, Bob Dylan, Johnny Cash, Janis Joplin oder Stevie Wonder zeigten. Ein Spot strahlte jedes Bild an. Von der Flügeltür, die den Vorraum vom Zuschauerraum trennte, führte ein Gang direkt zur mittigen Bühne. Diese maß kaum mehr als drei mal drei Meter. Um sie herum reihten sich bequeme Stühle für insgesamt vierhundert Gäste.

Alan spähte durch den schweren dunkelgrünen Vorhang, der den Durchgang zu den hinteren Räumen versteckte oder stapfte nervös hin und her. Melvin gab alle Versuche auf, ihn zu beruhigen.

»Noch fünf Minuten«, seufzte Alan.

»Entspann dich, sonst kriegst du ‘nen Infarkt.« Zugegeben, auch Melvin hatte Herzklopfen vor dem ersten Auftritt in der eigenen Konzerthalle, wusste aber mit Lampenfieber umzugehen und das berauschende Gefühl überwog. Das Licht wurde gedimmt. Die Hall lag beinahe finster vor ihnen. Als sich ein Spot mitten auf die Bühne richtete, stand dort Basil Alington, der Ansager, in schwarzem Anzug mit weinroter Fliege. Er ergriff das Mikrofon und wandte sich an die Gäste: »*Ladies and Gentlemen*, ich begrüße Sie zur Eröffnung der Fabulous Music Hall.«

Das Publikum klatschte und Alington blickte in die Runde. »Schön, Sie alle hier zu sehen. Dann können wir anfangen.« Er schob eine Pause ein. »Wollen wir anfangen?«

Aus der Zuhörerschaft kam Zustimmung. Für den Geschmack des Ansagers zu zaghaft. »Wollen wir jetzt anfangen?«, brüllte er ins Mikrofon.

Das Publikum grölte unisono: »Ja.«

»Begrüßen Sie mit mir den Mitbegründer dieser Konzerthalle.« Eine Pause sollte Spannung erzeugen. »*Ladies and Gentlemen*, ich präsentiere Ihnen Melvin de Flame.«

Das Licht verlosch und Alington verschwand im Dunkel. Ein Song von Melvin erklang als Instrumentalfassung vom Band, während sich ein Lichtspot auf den Vorhang richtete. Melvins Moment war gekommen.

Er trat auf den Gang, der durch das Publikum zu seiner Bühne führte. Vom Spot geblendet, blieb er kurz stehen und blinzelte.

Melvin war kaum wiederzuerkennen. Er hatte das aschblonde Haar aus dem Gesicht geföhnt und mit Spray fixiert. Eine hautenge schwarze Hose ergänzte eine Lederjacke in gleicher Farbe mit goldenen Beschlägen. Den Rücken zierte eine aufgestickte züngelnde Flamme. Die eingearbeiteten Strass-Steine reflektierten das Licht. Unter der Jacke trug er ein golden schimmerndes Hemd. Ein breiter Gürtel besetzt mit weiterem Strass und einer überdimensionalen Schnalle komplettierte sein Outfit.

Alan bestand darauf, ihm ein auffälliges Bühnenoutfit zu verpassen. Melvin hatte alles darangesetzt, die Vorstellungen seines Partners auf die schwarze Hose und die Lederjacke zu reduzieren. Er hätte gern auf das ganze Bling-Bling verzichtet. Schaute er in die Gesichter der Menschen, musste er zugeben, dass Alan vielleicht Recht hatte, wenn er behauptete, dass neben der Musik entsprechendes Drumherum dazugehörte.

Melvin hielt seine Gitarre in der einen Hand, mit der anderen klatschte er Hände ab, die sich ihm auf seinem Weg entgegenstreckten. Der Lichtspot verfolgte ihn.

Als er die Bühne erreichte, verstummte die Hintergrundmusik. Ein Mitarbeiter hatte einen Stuhl in die Mitte gestellt. An diesen lehnte Melvin seine Gitarre und nahm das Mikrofon zur Hand.

»Ich freue mich, heute hier zu sein. Euch alle hier zu sehen, macht mich unheimlich glücklich.« Er genoss den Jubel, der ihm entgegenbrandete und lief an den Rand der Bühne, um weitere Gäste persönlich zu begrüßen.

»Als Erstes möchte ich einen Song bringen, den ich extra für diesen Abend geschrieben habe. ›The Sky is the Limit‹ will euch nichts anderes sagen, als dass ihr alles erreichen könnt, wenn ihr daran glaubt.« Er setzte sich auf den Stuhl, nahm die Gitarre, begann zu spielen und Sekunden später erfüllte seine tiefe samtige Stimme die Halle.

Dem ersten Song folgte ›Sadness in your Eyes‹. Melvin ließ sich von der Stimmung im Saal anstecken. Er flirtete mit dem weiblichen Publikum, bis es einzelne Frauen nicht länger auf den Stühlen hielt und sie sich an den Rand der Bühne setzten.

Melvin bot seine Songs dar und hätte die Welt umarmen mögen. Zwischen den Liedern sprintete er zum Publikum und umarmte einige Menschen stellvertretend. Er verbeugte sich tief am Ende des Auftritts. Seine Zuhörer gaben ihn noch nicht her. Sie riefen seinen Namen und verlangten nach ›The Sky‹.

Alan schob den Vorhang etwas zur Seite und beobachtete Melvin auf der Bühne. Er erlebte mit, wie der Charme des Musikers das Publikum buchstäblich um den kleinen Finger wickelte. In diesem Augenblick wurde ihm endgültig klar, dass er auf das richtige Pferd gesetzt hatte. Überzeugt, dass Melvin de Flame eines Tages große Hallen füllen und ihn sanieren würde, fand er, wonach er sich lange gesehnt hatte: Etwas, wofür er brennen konnte.

Die Zuschauer klatschten und schrien ihre Begeisterung heraus. Melvin verbeugte sich. »Danke!« Der Jubel rührte ihn. »Vielen Dank! Wir sehen uns nachher nochmal wieder. Jetzt freut euch auf Karen Morgan.« Er winkte von der Bühne aus und eilte über den Gang nach hinten. Karen kam ihm entgegen. Sie begrüßten sich mit High Five, als sie sich trafen.

Karens sanfte Timbre brachte das Publikum zum Träumen. Ihrem Auftritt folgten Melissa und Paul Wilson. Er mit einer Gitarre, sie mit einer Stimme, die nicht zwingend ein Mikrofon brauchte, um den Saal zu füllen. Die beiden rockten die Halle mit ihrem perfekten Zusammenspiel.

Zum Abschluss des Abends trat Melvin abermals auf die Bühne. Nach drei weiteren Songs reichte er seine Gitarre einem Techniker und ergriff das Mikro. Er wartete geduldig, bis Ruhe eintrat, nutzte die Zeit, um seine Gedanken zu ordnen.

»Danke … Ihr seid die Besten.« Er applaudierte dem Publikum. »Das mit euch hat mir richtig Spaß gemacht.« Die Besucher johlten zustimmend. »Danken möchte ich den Jungs von der Technik, ohne sie wäre der Abend anders verlaufen.« Melvin lächelte vielsagend. »Aber der größte Dank gebührt Mr. Alan Brolin, durch den die Fabulous Music Hall erst möglich wurde. Auch wenn es meine Idee war, hat sie durch seinen Einfallsreichtum viel gewonnen. Alan, komm, zeig dich.«

Das war nicht abgesprochen und nichts passierte.

»Ich glaube, ihr müsst mir helfen. Alan …«, rief er.

Beim nächsten Ruf unterstützte ihn das Publikum. Vierhundert Menschen, die seinen Namen brüllten, schafften es schließlich, dass Alan zur Bühne kam.

Melvin streckte ihm herzlich die Hand entgegen. In dem Moment, da er sie ergriff, tobte die Menge.

Alan nahm Melvin das Mikro ab und bedeutete mit einer Handbewegung, dass er etwas sagen wollte. »So viel Lob macht mich ganz verlegen. Ich bin der Meinung, dass ich rein anstandshalber etwas erwidern sollte, aber da man mir noch nie einen Oskar verliehen hat, weiß ich nicht, was angebracht ist.« Er lachte gewinnend. »Deshalb nur ganz kurz. Danke, Mel. Danke an euch. Ihr seid superb.« Er deutete mit ausladender Bewegung auf das Publikum. »Wir freuen uns darauf, euch wieder hier begrüßen zu dürfen und haben nichts dagegen, wenn ihr uns euren Freunden empfehlt.« Er blickte Melvin von der Seite an. »Wenn ich mir Mel so ansehe, denke ich, es gibt außer seiner Wahnsinnsmusik genügend Gründe, um ihn live zu erleben. Bis dahin.« Alan gab ein Zeichen und langsam erlosch das Licht. Es blieb dunkel, bis die beiden hinter dem Vorhang verschwunden waren. Dann schaltete sich die normale Beleuchtung an.

Im Zuschauerraum verstummten die Rufe nach einer Zugabe nicht, sodass die Protagonisten des Abends abermals zur Bühne kamen.

Nach der letzten Zugabe ging Melvin mit Alan an seiner Seite in Richtung Garderobe. Auf dem Weg dorthin trat eine Frau in elegantem Abendkleid an sie heran. »Glückwunsch, Mr. de Flame.« Ihre Stimme klang angenehm dunkel.

»Danke.« Melvins Blick erfasste ihre perfekt anmutende Figur, blieb an ihren vollen Lippen hängen. Er war überzeugt, nie zuvor eine derart verführerische Lady gesehen zu haben. Bereits bei diesem ersten Aufeinandertreffen stellte er sie sich nackt in seinem Bett vor.

»Dir auch, Al«, sagte sie herablassend.

»Verausgabe dich nicht.« Alans Gesicht verzog sich zu einem hämischen Grinsen. »Wir brauchen Sicherheitspersonal«, flüsterte er Melvin zu.

»Ich würde gern ein Glas auf Ihr Wohl trinken, aber leider habe ich keine Einladung zum Empfang erhalten«, wandte sie sich wieder an Melvin.

»Das muss sich um einen Irrtum handeln, Ms. …«

»Deborah Singer.«

»Sie sind selbstverständlich eingeladen, Ms. Singer.«

»Danke, Mr. de Flame«, sagte sie mit einem triumphierenden Seitenblick auf Alan.

»Wir treffen uns im ›Pierre‹ in einer Stunde«, sagte er, bevor Melvin auf die Idee kam, sie zu bitten, in ihrem Wagen mitzufahren.

»Wie immer nur vom Besten, was Al?« Damit ließ sie die beiden stehen.

Sie erreichten Melvins Garderobe.

»Du kennst sie?«, fragte er, sicher, dass Alan von allein nicht sprechen würde.

»Besser als mir lieb ist.«

»Wie meinst du das?«

»Ich könnte sagen, lass die Finger von ihr, das Miststück wird dir nicht guttun. Aber das hätte keinen Sinn. An deinen Augen sehe ich, dass ihr Gift schon wirkt … Was tust du da?«

»Das siehst du doch.«

»Und was soll das?«

»Soll ich etwa in den Klamotten zum Empfang?«

»Wie sonst? Mel …« Alan sprach, als wolle er einem kranken Gaul gut zureden. »Du spielst hervorragend Gitarre, deine Songs sind superb, aber zum Star fehlt dir eine ganze Menge. Du musst lernen, dich zu verkaufen. Wo immer du als Melvin de Flame auftrittst, hast du wie Melvin de Flame auszusehen. Niemand interessiert sich für dich als Privatperson.«

»Ich fühle mich wie bei einem Kostümfest.«

»Gut. Ist es auch irgendwie und du gehst als Melvin de Flame.« Alan duldete keinen Widerspruch. »Am besten, du vergisst Melvin Caine. Der hört auf zu existieren nach heute Nacht. Dein ganzes Leben ändert sich. Ich habe mir da was überlegt, wir müssen darüber reden.«

Melvin murmelte etwas, nicht davon überzeugt, dass ihn die Ideen seines Partners begeistern würden.

In einer gemieteten schwarzen Limousine ließen sie sich von der Music Hall zum Hotel Pierre an der Fifth Avenue direkt gegenüber des Central Parks fahren. Einer der Pagen, die rechts und links der Drehtür standen, lief herbei und riss die Wagentür auf. Würdevoll stieg Alan aus. Melvin folgte. Er fühlte sich wie ein richtiger Star, ahnte nicht, dass dies bald zu seinem alltäglichen Leben gehören würde.

Sie traten in die Empfangshalle. In warmen Orange- und Rottönen gehalten, strahlte sie eine behagliche Atmosphäre aus, die sich durch das sanfte Licht der Decken- und Wandlüster verstärkte. Melvin sah sich begeistert um, setzte seinen Fuß erstmals in ein 5-Sterne-Hotel. Sein Blick heftete sich an die imposanten Blumenarrangements, die der Halle Lebendigkeit verliehen und ihren Charme ausmachten und ganz nebenbei einen betörenden Duft verströmten.

Alan stieß seinem Partner in die Rippen. »Mel, tu bitte so, als gingest du hier täglich ein und aus.«

Er hatte die prächtige Rotunde des 1930 eröffneten Hotels gemietet. Neben den mythischen Figuren und Wandbildern fielen auch hier die prachtvollen Blumengestecke ins Auge. Eines davon stand auf dem Tisch in der Mitte des Raumes. Drumherum warteten Silberplatten mit erlesenen Häppchen darauf, die Gaumen der Anwesenden zu verwöhnen.

Livrierte Kellner mit Tabletts, auf denen schlanke Kelche gefüllt mit bestem Champagner standen, erwarteten die Besucher am Durchgang, der zu dem ovalen Raum führte.

Sie begrüßten jeden handverlesenen Gast persönlich. Melvin überließ Alan weitestgehend die Konversation, bedankte sich nur artig für die Glückwünsche.

Als er Mr. Storm entdeckte, trat auf sein Gesicht ein dankbares Lächeln. Er ergriff Storms Hand und umschloss sie mit beiden Händen. »Danke.« Seine Stimme klang belegt. »Vielen Dank.« Mehr brachte er nicht hervor und stieß Alan mit dem Ellenbogen an. Er räusperte sich. »Darf ich dir Mr. Storm vorstellen?«

Alan sah Storm kurz an und ergriff dessen Hand. »Schön, dass ich Sie endlich kennenlerne.« Er schenkte ihm ein vielsagendes Grinsen, bevor er sich dem nächsten Gast zuwandte.

Als die Gästeschar vollständig war, schloss ein Page die Tür. Alan und Melvin betraten die zweiläufige Treppe jeder von einer Seite. Als sie sich oben an der Balustrade trafen, wandte sich Alan an die illustere Schar.

»Ich freue mich sehr, dass Sie unserer Einladung gefolgt sind. Wir haben viel in die Fabulous Music Hall investiert, aber wenn ich das heutige Konzert Revue passieren lasse, kann ich nur ein Fazit ziehen: Es hat sich gelohnt.«

Beifall verhinderte, dass Alan etwas hinzufügte. Er nickte Melvin zu.

»Was soll ich sagen? Ich hatte einen Traum und dank Alan ist dieser heute Abend Wirklichkeit geworden. *The Sky is the Limit.*«

»Darauf möchten wir mit Ihnen anstoßen!«, sagte Alan.

Nach dem Toast mischten sie sich unter die Gäste. Melvin war froh, dass keine weitere Rede von ihm erwartet wurde. Als er sich an den Häppchen bediente, sprach ihn ein Mann an, der sich als Jeffrey Fincher vorstellte.

Melvin schätzte ihn in Alans Alter. Sein schütteres Haar hatte er zu einem Zopf zusammengenommen. Cowboy-Boots zu Jeans, ein kariertes Hemd und Lederweste ließen ihn aussehen, als käme er geradewegs von einer Ranch in Texas.

»Ich vertrete Star Records«, sagte Fincher und reichte Melvin seine Karte. »Was Sie da heute auf die Bühne gebracht haben, hat Zukunft.«

»Danke.« Melvin schaute sich die Visitenkarte an. Es fiel ihm schwer, Finchers Erscheinung und das Musikbusiness zusammenzubringen.

»Rufen Sie mich am Montagmorgen an. Dann schauen wir mal, ob sich eine Zusammenarbeit realisieren lässt.«

»Das mach ich gerne.« Er wollte etwas hinzusetzen, aber Fincher hatte sich schon abgewandt.

Melvin verzehrte ein paar Häppchen und schnappte sich ein weiteres Glas Champagner von einem Tablett. Dieses Gesöff begeisterte ihn genauso wenig wie Wein. Alan hatte darauf bestanden. Für Melvin hätte es der ganzen Dekadenz nicht bedurft. Doch er kannte seinen Partner inzwischen recht gut und wusste um dessen Vorliebe für große Auftritte.

Obwohl Alan ihn im Verlauf des Abends allen möglichen Leuten vorstellte, fand Melvin Zeit, sich mit Deborah zu unterhalten. Ihre kühle Art faszinierte ihn. Sie sprachen über den Erfolg des Eröffnungskonzertes. Während des gesamten Gesprächs geisterten Visionen von zügellosem Sex in Melvins Hinterkopf herum. Sie flirteten und er glaubte, dass da mehr gehen würde.

Doch Deborah verabschiedete sich noch vor allen anderen Gästen und ließ ihn verwundert zurück. Insgeheim lachte er über Alans warnende Worte. Er sah nur eine bezaubernde Schönheit, die ihren Wert kannte. Sie hatte seinen Jagdinstinkt geweckt und Melvin de Flame war sicher, dass er sie wiedersehen würde.

Kurz nach Mitternacht neigte sich der Empfang seinem Ende zu. Immer mehr Gäste empfahlen sich und eine halbe Stunde später blieb Alan allein mit Melvin zurück. »Na, was hältst du von unserem Auftakt?«

»Ich hoffe, dass ich nicht gleich in meinem Bett aufwache.«

»Ach, Mel.« Alan grinste zufrieden. »Ich denke, wir zwei sind ein gutes Team.«

»Scheint so.«

»Gehen wir. Ich habe eine Überraschung für dich.«

»Jetzt noch 'ne Überraschung?«

Sie verließen die Rotunde. Im Vorübergehen zeichnete Alan an der Rezeption die Rechnung ab und legte fünf Hundert-Dollar-Scheine für das Personal dazu.

Die Limousine fuhr vor. Alan sprach kurz mit dem Fahrer. Daraufhin stieg dieser aus. Alan drückte ihm einen Hunderter in die Hand und setzte sich hinter das Steuer. Verdutzt stieg Melvin auf der Beifahrerseite ein. Alan lenkte den Wagen in Richtung Greenwich.

Für Melvin stand außer Frage, dass sie ein letztes gemeinsames Glas in der Bibliothek nehmen würden. Als er, am Haus angekommen, mit Alan aussteigen wollte, hielt dieser ihn zurück.

Zehn Minuten vergingen, bis er wieder herauskam. Melvin musste zweimal hinsehen. »Was hast du vor?«

Alan trug jetzt auch eine hautenge schwarze Hose, besetzt mit so viel Bling-Bling, dass man meinen konnte, sie hätte einst Elvis gehört. Ein weit geschnittenes dunkles Hemd komplettierte das Outfit. Es gab den Blick auf seine behaarte Brust frei und auf die schwere Goldkette mit dem überdimensionalen Kreuz, dessen Mitte ein dunkelgrüner Stein zierte.

»Nun schau nicht so, Mel. Mach das Licht aus, dann fahren wir.«

»Was in aller Welt hast du vor?«

»Es ist eine Überraschung. Sagte ich das nicht?« Er grinste. »Außerdem ist Neugierde eine rein weibliche Eigenschaft.«

Melvin konnte sich keinen Reim auf Alans Absichten machen. Sein Gesicht musste das widerspiegeln, denn ihm fiel auf, dass der Mann hinter dem Steuer mühsam sein Lachen unterdrückte.

Schön, wenn ich dich amüsiere. Bei allem Argwohn ließ sich nicht leugnen, dass diese Verwandlung den Partner um Jahre jünger wirken ließ.

Er kutschierte sie in eine Gegend, die Melvin nicht kannte. An den Reklameschildern sah er, dass sie sich in Chinatown aufhielten. Schließlich hielt er an, stellte den Motor ab und stieg aus.

»Hier?« Melvin verließ die Limousine ebenfalls. Er streckte die Glieder und blickte sich um. Sie standen vor einer Häuserreihe, die nichts hermachte. »Was haben wir hier verloren?« Er hatte mit einer exklusiven Bar gerechnet, die hier weit und breit nicht zu finden war. »Meinst Du, wir können den Wagen hier stehen lassen?«

»Wir gehen nur ein paar Schritte.«

Melvin folgte Alan. Vor einer Haustür, die sich nicht im Geringsten von den anderen unterschied, stoppten sie. Alan betätigte den Türklopfer. Es dauerte einen Augenblick, bis sich eine Klappe in der Tür öffnete und ein glatzköpfiger Asiat seinen Kopf herausstreckte.

Alan sagte etwas, das sich wie ›Chinschangwo‹ anhörte. Die Luke schloss sich. Gleich darauf tat sich die Tür auf und sie traten in einen spärlich beleuchteten Gang. Von innen wirkte das Gebäude nicht weniger verkommen als von außen. Melvin sah, dass Alan dem Türsteher im Vorübergehen einen Geldschein in die Hand schob.

»Wo sind wir?«, flüsterte Melvin, gleichgültig, dass Alan Neugierde für weibisch hielt.

Alan antwortete nicht. Sie erreichten einen Fahrstuhl. Er drückte einen Knopf und gleich darauf stiegen sie in einen altertümlichen Fabriklift. Der setzte sich in Richtung Keller in Bewegung. Dort, wo sich für gewöhnlich die Anzeige der Etagen befand, hing ein Schild mit der Aufschrift: ›*Huânyíng nín lái nǚshì Yen's Wánggông*‹

Melvin hatte keinen Schimmer, was das bedeutete, wusste jedoch, dass es null Sinn machte, Alan zu fragen.

Der Lift stoppte. Das Gitter hob sich und gab den Blick auf eine fremde Welt frei. Undefinierbare Rhythmen schlugen ihnen entgegen. Die Luft angefüllt von einem schweren süßlichen Duft. Alan zog Melvin am Ärmel. Er wäre gaffend im Fahrstuhl stehengeblieben.

Statt Tische und Stühle gab es bequeme Diwane mit Beistelltischchen, auf denen Getränke Platz fanden. Auf einigen lag eine lange Pfeife auf einem Tablett. Melvin sah Männer, die entrückt an ihren Pfeifen sogen. Manche vollzogen eindeutig sexuelle Handlungen, während andere im Tiefschlaf zu sein schienen.

Eine bildhübsche Asiatin trat auf sie zu, ihr makelloses Gesicht weiß gepudert, die mandelförmigen Augen mit schwarzem Mascara hervorgehoben, der Mund leuchtend rot geschminkt. Ihr raffiniert hochgestecktes Haar schmückten Perlenschnüre. Sie trug einen fliederfarbenen Hanfu, ein traditionelles chinesisches Gewand, gearbeitet aus schimmernder Seide mit feinster Stickerei.

»Ich freue mich, Sie wiederzusehen, *Lǎoyé* Alan.« Ihre zarte Stimme war kaum mehr als ein Wispern.

»Mir ist es eine Ehre, Ms. Yen.«

Ms. Yen führte sie zu zwei Diwane, die sich einen Beistelltisch teilten, und überließ sie sich selbst. Alan grinste amüsiert zu Melvin hinüber und machte es sich auf seinem Liegesofa behaglich.

»Wo sind wir hier?«

»Mel, wir haben so hart gearbeitet. Ich dachte, da kann etwas Entspannung nicht schaden«, flüsterte Alan und reichte ihm die Speisekarte. »Was du heute auf der Bühne abgeliefert hast, war der Hammer! Einfach superb!«

Melvin lächelte beglückt und griff nach der Karte. Als er sie aufschlug, traute er seinen Augen nicht. Statt Speisen und Getränke präsentierte jede Seite einen Typ Frau. Da gab es ›Jinjin, die zärtliche Verführerin‹, ›Lien, die Versuchung aus tausendundeiner Nacht‹ sowie ›Shiyan, die kleine Raubkatze‹.

»Such dir eine aus. Gönnen wir uns eine berauschende oder eine traditionelle Nacht?«

»Was ist der Unterschied?« Melvin gewöhnte sich langsam an den Flüsterton, bezweifelte jedoch, dass sich irgendjemand daran gestört hätte, hätten sie in normaler Lautstärke gesprochen.

»Wir bleiben lieber bei berauscht.« Alan nickte einer der Damen zu, die sich dezent im Hintergrund hielten und beim kleinsten Zeichen eines Gastes herbei trippelten. Diese Damen waren genauso traditionell hergerichtet wie Ms. Yen. Mit dem einzigen Unterschied, dass ihre Hanfu-Kleider aus gelber Seide gefertigt und nicht ganz so prachtvoll bestickt waren.

Alan orderte die berauschende Nacht und für sich ›Shiyan, die kleine Raubkatze‹.

Die schöne Asiatin, die wie eine lebende Porzellanpuppe anmutete, wandte sich an Melvin. »Lien, die Versuchung.« Bei ihm klang die Bestellung wie eine Frage.

Kurz darauf trat ein Chinese in schlichtem grauem Gewand zu ihnen. Sein Haar war zu einem traditionellen Zopf geflochten, der ihm annähernd bis zum Gesäß reichte. Er stellte ein Tablett auf ihren Tisch, auf dem zwei Gläser und eine Flasche ohne Etikett standen. Daneben lag für jeden ein mit asiatischen Motiven verziertes Döschen. Der Chinese zog sich zurück und die Frau trippelte herbei, die ihre Bestellung aufgenommen hatte. Sie öffnete so lautlos die Flasche, wie hier alles kaum hörbar ablief, und schenkte ihnen ein. Die einzige Geräuschkulisse bildete die Musik im Hintergrund. Sie wirkte betörend und in Kombination mit dem süßlichen Geruch, der den gesamten Raum einhüllte, berauschend.

Alan ergriff sein Glas und prostete Melvin zu. Sie tranken einen Schluck und genossen für einen Moment, wie der Whisky die Kehle herunterrann und von innen wärmte.

Melvins Blick fiel auf die Dose, die auf dem Tablett lag. Er nahm sie zur Hand und öffnete sie. »Al … Geben sie einem die Katerpille für morgen gleich mit?«

Alan verdrehte die Augen ob Melvins Naivität. Er schluckte seine Pille mit Whisky hinunter.

Melvin steckte seine ebenfalls in den Mund, wissend, dass der neue Alan ihm keine Erklärung zugestand. Einen Moment später wurden ihnen die Damen ihrer Wahl zugeführt.

»Al.« Melvin sah ihn mit verklärtem Blick an. »Wo waren wir?« Dies ließ ihm auch keine Ruhe, als sie gegen fünf Uhr morgens wieder in der Limousine saßen.

Alan fuhr nicht mehr selbst. Der Fahrer vom Abend zuvor hatte sie bereits erwartet.

»In Ms. Yen's Wánggông.«

»Ok.«

Alan amüsierte Melvins Neugierde. »Das ist ein Privatclub. Nur ausgesuchte Gäste haben Zutritt. Es gibt auch ein paar Séparées. Wenn du es möchtest, kannst du bei Ms. Yen alles bekommen, was man für Geld kaufen kann.«

»Was wäre die traditionelle Nacht gewesen?«

»Eine Opiumpfeife.«

»Echt jetzt? Und das ist erlaubt?«

»Erlaubt? Melvin, bist du wirklich so ahnungslos? In einem Undergroundclub ist alles erlaubt.«

4

Ein nicht enden wollendes Klingeln weckte Melvin am Mittag aus seinen Träumen. Im Halbschlaf tastete er nach dem Hörer des Telefons. »Ja«, krächzte er.

»Hallo, Mel«, rief Alan munter und bestens gelaunt.

»Schrei doch nicht so!« Melvin dachte an die vergangene Nacht. Was ihm einfiel, trieb ihm Schamesröte ins Gesicht. »Al, hab ich das alles tatsächlich gemacht?« Er erinnerte sich an Alkohol und Pillen. Vor allem aber daran, dass er in einem Raum mit anderen Menschen Dinge mit Lien getan hatte, die er sonst nur hinter verschlossener Tür tat und dass Lien Dinge mit ihm angestellt hatte, die er zuvor nicht kannte.

»Ich weiß nicht, was dir gerade wieder einfällt, aber glaub mir, du hast.«

Melvin hörte Alans schallendes Lachen und hätte ihn dafür würgen mögen.

»Wie fühlst du dich?«, fragte Alan Sekunden später.

»Irgendwie schwerelos.«

»Dann wird es Zeit, auf den Boden der Tatsachen zurückzukehren. Erinnerst du dich an das Fläschchen, das ich dir heute Morgen gab?«

»Schwach.«

»Nimm eine Pille davon und du bist wieder ganz der Alte.«

»Eine Droge gegen die Droge?«

»Ich glaube, man könnte es so nennen. Ein weiser Chinese hat diese Mixtur gebraut. Wir sehen uns gleich in der Music Hall.«

In der Konzerthalle blieb Melvin kaum Zeit, sich im Erfolg des vergangenen Abends zu sonnen. So verharrte er nur einen Moment, bevor er zum Büro ging.

Alan saß souverän hinter seinem unaufgeräumten Schreibtisch. Er trug einen maßgeschneiderten Anzug und eine exakt dazu passende Krawatte, die eine dezente, aber teure Krawattennadel zierte. Nichts erinnerte an die Abgründe der zurückliegenden Nacht. Er wirkte derart ausgeruht und frisch, dass Melvin für einen Augenblick bezweifelte, dass diese Nacht stattgefunden hatte. Einen Moment lang hielt er selbst Ms. Yen's Club für ein Produkt seiner Vorstellungskraft.

»Wie geht es dir inzwischen?« Alan konnte sich ein Grinsen nicht verkneifen.

»Dein Wundermittel hat gewirkt, sonst läge ich sicherlich noch im Bett und hätte Rauschphantasien. Du gehst regelmäßig dorthin?«

»Nur ab und zu. Soll ich dir Bescheid sagen, wenn ich wieder vorhabe, Ms. Yen einen Besuch abzustatten?«

Melvin bejahte. Obwohl ihn die Erinnerung an die vergangene Nacht peinlich berührte, verlangte es ihn nach Wiederholung. Er schaute zur Uhr. »Ich muss mich umziehen.«

»Reden wir im Anschluss an die Veranstaltung noch?«

Melvin nickte, wollte sich aber zunächst auf das erste Schulevent konzentrieren.

Nach dem Event traf Melvin hinter dem Vorhang auf seinen Partner.

»Was meinst du?«, fragte Alan.

»Ich hätte viel darum gegeben, als Jugendlicher so eine Möglichkeit zu bekommen.«

»Gehen wir ins Büro oder fahren wir zu mir?«

»Zu dir.« Melvin war vernarrt in die Bibliothek.

Dort angekommen, offenbarte Alan seine Vorstellungen von Melvins zukünftigem Leben, neue Behausung eingeschlossen.

»Echt jetzt? Wovon soll ich das bezahlen?«

»Kredit. Inzwischen dürftest du für ein paar Tausender gut sein. Immerhin bist du zu fünfzig Prozent Mitinhaber der Fabulous Music Hall und stehst bei niemandem in der Kreide.«

»Außer bei dir mit 'ner halben Mille.«

»Das zählt nicht.«

»An welche unbedeutende Summe denkst du?«

Alan lachte. »50.000 Minimum.«

»Du bist verrückt, Al!« Melvin schüttelte den Kopf.

»Sieh doch ein, du brauchst ein entsprechendes Umfeld und 50.000 sind der absolut untere Rahmen.«

»Du bist wirklich irre.«

»Melvin de Flame kann nicht auf ewig in einem Hotelzimmer leben. Und eine Suite wird auf Dauer zu teuer.« Alan schob ihm das Dossier einer Wohnung zu. »Ich dachte, ich schau mich schon mal um. Was hältst du hiervon?«

Melvin blätterte durch die Unterlagen, die ein Studio in Soho vorstellten. Er sah ein, dass er dringend eine neue Bleibe brauchte, vor allem, weil er derzeit auf Kosten seines Partners lebte. *Aber diese Wohnung? Die kann ich mir niemals leisten.*

Alan schien seine Gedanken zu lesen. »Wir mieten das Apartment nur. Wenn etwas nicht wie vorgesehen läuft, kündigen wir den Vertrag. Oder gefällt es dir nicht?«

»Es ist …« Melvin suchte nach Worten. »Sensationell.«

»Und ein Auto.«

»Ein Auto?«

»… kann man wieder verkaufen. Wo liegt das Problem?«

»Das Problem ist, dass wir Geld ausgeben, das wir nicht haben. Ich gebe es aus. Was bedeutet ein einziges Konzert in dem Geschäft? Es kann morgen vergessen sein.«

»Ich habe das sichere Gefühl, dass es nicht so sein wird. Vertrau mir, Mel.«

»Wenn es einen Monat gut läuft, nehme ich den Kredit auf, okay?«

»Ich gebe mich geschlagen.«

Alan behielt Recht, der Erfolg des Eröffnungskonzertes der Fabulous Music Hall setzte sich in den kommenden Wochen fort. Ihr Konzept mit den verschiedenen Veranstaltungen an drei Abenden ging auf.

Nur die Buchungen für den Jugend-Sonntagnachmittag liefen am Anfang schleppend. Doch die Schulen, die einen solchen Nachmittag erlebt hatten, waren begeistert. Bald sprach es sich herum und das Event wurde begehrter.

Ende Juni 1980 mietete Melvin das Apartment in Soho. Verglichen mit Alans Domizil war es winzig und nicht wirklich luxuriös. Nahm man seine Bleibe in Brooklyn als Maßstab, lagen Welten dazwischen.

Die Wohnung befand sich in der fünften Etage eines rostroten Backsteingebäudes, erbaut in den sechziger Jahren. Melvin hatte den Schlüssel abgeholt und sein bescheidenes Hab und Gut aus dem Hotelzimmer mitgebracht. Alles war ihm fremd. Von der Eingangstür gesehen, ging es rechts in ein Ankleidezimmer. Er räumte seine Klamotten ein, dennoch blieben achtzig Prozent des vorhandenen Stauraums leer. Vom Ankleidezimmer führte eine Tür ins Bad.

Melvin ließ sich eine Wanne ein, kippte etwas Schaumbad dazu und beobachtete, wie sich Schaumwölkchen bildeten. Er fuhr mit der Hand durch den weichen Schaum und roch daran. Orange nahm er wahr und irgendein Kraut, das er nicht identifizieren konnte. Er trocknete die Hand ab, zog sich bedächtig aus und stieg in das Wasser. Als er in der Badewanne lag, trat ein zufriedenes Lächeln auf sein Gesicht. Er tauchte kurz unter. Kam wieder nach oben, strich sich die Haare zur Seite und war einfach glücklich.

Nach dem Bad schlang er ein Handtuch um die Hüften und setzte seinen Rundgang fort. Dem Hauswirtschaftsraum schenkte er kaum Beachtung. Auch die kleine Küche interessierte ihn nicht wirklich. Praktisch fand er die Mikrowelle. Eine Durchreiche verband die Küche mit dem Studio, das vierzig Quadratmeter maß. Eine durchdachte Platzierung des Mobiliars gliederte es in einen Schlaf- und einen Ess-/Wohnbereich. Melvin strahlte. Nie zuvor hatte er so großzügig gewohnt.

Alan ließ nicht locker, bis Melvin auch ein Auto kaufte. Er entschied sich für einen mintgrünen Chevrolet Monte Carlo Baujahr 1978 mit 147 PS unter der Haube und einem weißen Dach. Melvin liebte den Chevy von der ersten Minute an. Das Teil machte richtig was her. Dabei sah er den Wagen nicht als Statussymbol, fand ihn einfach schön. Auch änderte sich mit dem Kauf seine generelle Meinung, dass man in New York kein eigenes Auto benötigte, nicht wirklich.

Melvin gewöhnte sich im Nu an sein verändertes Leben, das sich weitaus angenehmer gestaltete als in den Jahren zuvor. Ebenso wuchs er in seine Bühnenidentität hinein. Vier Tage jeder Woche gab er den Melvin de

Flame, immer wenn er auf der Bühne stand und das Publikum mit seiner Stimme verzauberte.

Er lebte für die Stunden, die er mit seinen Fans verbrachte. Dann lächelte er und flirtete mit den Menschen, die kamen, um seine Musik zu hören. Bevölkerten Groupies den Rand der Bühne und jubelten, fühlte er sich seinem Publikum besonders verbunden.

Erlosch das Licht und der Saal blieb menschenleer zurück, hätte er de Flame am liebsten in der Garderobe gelassen und wäre einfach Melvin gewesen. Dies gestaltete sich mit steigender Popularität komplizierter. Nicht selten warteten ein paar Fans auf ihn, wenn er die Music Hall verließ, und baten um ein Autogramm. Er erfüllte diesen Wunsch gern, bevor er in sein Privatleben abtauchte.

Der Kontakt zu Jeffrey Fincher, den er beim Eröffnungsempfang kennengelernt hatte, trug maßgeblich dazu bei, Melvin de Flame bekanntzumachen. Zusammen produzierten sie die Single ›The Sky is the Limit‹, deren Verkaufszahlen von Anfang an alle Erwartungen übertrafen. Eine Woche nach ihrem Erscheinen schaffte es die Single in die Top 40 Charts und arbeitete sich ab da beständig in Richtung Top 10 vor.

Star-Records bot Melvin einen Vertrag für zwei Jahre. Die Konditionen verhandelte Alan, der smarter war, was das Geschäftliche anging.

Als ›The Sky is the Limit‹ im Radio rauf und runter gespielt wurde, waren die Konzerte der Music Hall bis auf wenige Ausnahmen ausverkauft.

Melvin saß mit Alan in dessen Büro und ging das Programm für die kommenden Wochen durch, als das Telefon klingelte.

Alan nahm den Hörer ab. »Fabulous ...« Er reichte ihn weiter.

»Melvin hier.«

»Jeffrey Fincher. Ich habe gute Nachrichten für Sie. Ihre Single hat es in die Top 10 geschafft.«

»Echt jetzt? Wow ... Ich weiß gar nicht, was ich sagen soll.«

»Was halten Sie von einem Album?«

»Das wäre ...« Melvin suchte einen Superlativ, der seinen Empfindungen entsprach. »Gigantisch.«

»*The Sky is the Limit*, Mr. de Flame. Ich habe Ihnen gesagt, dass wir Sie ganz nach oben bringen.«

»Du hast es in die Top 10 geschafft?«, fragte Alan, nachdem Melvin aufgelegt hatte.

Melvin nickte.

»Gratulation! Brauchst du nicht langsam ein eigenes Büro?«

»Ich bin Musiker. Mir reicht meine Garderobe.«

Alan lachte, fand seinen Partner in manchen Dingen herrlich unbedarft.

Auch privat lief es nach Melvins Vorstellungen. Nachdem er sich ein paar Mal mit Deborah zum Essen getroffen hatte, lud sie ihn auf einen Drink in ihre Wohnung ein. Was mit einem Kuss auf dem Sofa begann, endete damit, dass Melvin in ihrem Bett übernachtete.

In den kommenden Wochen trafen sie sich mal zum Abendessen, ein anderes Mal gingen sie ins Kino oder Deborah sah sich eines seiner Konzerte an. Für Melvin symbolisierte sie sein neues Lebensgefühl. Trotzdem nahm er sie nie mit zu sich nach Hause.

»Du warst wunderbar.« Deborah hatte Melvin im Anschluss an den Auftritt in der Garderobe erwartet und reichte ihm ein Handtuch.

Er wischte sich den Schweiß von der Stirn und betrachtete sein Gesicht im Spiegel. »Findest du?«

»Ein Glas Champagner?«, fragte Deborah.

»Nein, lieber Whisky.«

»Die ›Morton Brothers‹ solltet ihr euch warmhalten. Ich habe sie beobachtet, sie sind echt gut.« Deborah fügte dem Drink Eiswürfel hinzu.

»Mit denen haben wir einen Glücksgriff gemacht.« Melvin wandte sich von seinem Spiegelbild ab. »Vielleicht sollten wir sie unter Vertrag nehmen. Ich muss mit Al darüber reden.«

Deborah reichte ihm das Glas und er trank einen Schluck. »Warum reagiert er stets so allergisch, wenn ihr euch begegnet?«

Sie nippte an ihrem Champagner und verzog das Gesicht. »Allergisch ist treffend. Meinen Abgang hat er sicherlich nicht in guter Erinnerung behalten. Aber soweit ich sehe, ist er der richtige Mann für dieses Geschäft. Man könnte annehmen, er hätte nie etwas anderes getan. Reichst du mir mal die Flasche?«

Melvin füllte ihr Glas erneut. »Al ist mein Freund.« Weshalb er das jetzt sagte, wusste er nicht. Auf irgendeine Art fand er es wichtig. »Weißt du, was er und Fincher ausgeheckt haben?«

Deborah zuckte mit den Schultern.

»Eine Tournee für Ende des Jahres. Davor soll ich ein großes Abschiedskonzert geben.«

»Das ist genial, wenn er dich bei den richtigen Leuten unterbringt.«

»Meinst du?« Melvin drehte sein Glas in der Hand. »Was, wenn es nicht läuft? Was haben wir dann gewonnen? Hier bin ich das Zugpferd. Es bringt nichts, setzen wir auf zwei Sachen gleichzeitig und verlieren am Ende beide.«

»Glaubst du, dass du hier unabkömmlich bist? Die ›Morton Brothers‹ und Melissa und Paul können dich gut vertreten. Und du steigerst währenddessen deinen Bekanntheitsgrad. Du bist immerhin diese Woche auf Platz sechs der Charts.«

»Vielleicht.« Melvin war mit dem Umziehen fertig. »Fahren wir zu dir?«

Deborah zog die Augenbrauen hoch. »Ich habe Hunger.«

»Okay.« Er trat an sie heran und umfasste ihren Körper, atmete tief den Duft ihres schweren Parfüms ein, das würzige und fruchtige Noten miteinander verband. Augenblicklich regte sich in ihm ein Appetit anderer Art. »Und danach?«

»Wir könnten auch mal bei dir übernachten.«

Melvin schüttelte den Kopf. Seinen Rückzugsort teilte er mit niemandem.

5

Melvin erklärte sich einverstanden, Anfang Dezember drei Wochen auf Tournee zu gehen und seine Musik in den umliegenden Staaten zum Besten zu geben. Gemeinsam mit Alan und Fincher planten sie den Ablauf.

Melvin wünschte sich ein Konzert in seinem Heimatort. Bis dahin hatte niemand Dansville auf dem Plan.

»Mel, wie wäre es mit Buffalo? Das ist in der Nähe«, sagte Alan.

»Das ist nicht dasselbe.«

»In deinem Kaff gibt es nicht mal eine City Hall.«

»Eine Kirche würde es bringen«, sagte Fincher.

Melvin nickte eifrig.

»Das könnte gehen«, meinte Alan.

›The Sky‹ behauptete sich seit zwei Wochen auf Platz 1 der Charts. Melvins Erfolg hatte sich in der Zwischenzeit bis Dansville herumgesprochen. Ein paar Telefonate später stand das Konzert in der Saint Paul's Kirche.

Im Vorfeld der Tournee schrieb Melvin neue Lieder. ›Do I Dream‹ handelte vom plötzlichen Erfolg. ›Late at Night‹ schilderte die Zeit nach den Auftritten, wenn er allein mit seinen Gedanken zur Ruhe kam. Außerdem verfasste er mit ›And then I kiss you‹ einen seiner seltenen Love-Songs.

Während der Tournee stand Melvin de Flame fast jeden Abend auf der Bühne. Wie im Rausch bot er ein Lied nach dem anderen dar und versetzte das Publikum in Ekstase. Zum Abschluss der Konzerte sang er ›And then I kiss you‹. Der Song enthielt die Titelzeile nur ein einziges Mal am Ende. An dieser Stelle gönnte er sich ein Bad in der Menge und küsste eine Frau. Zeigte diese sich schüchtern, gab es einen simplen Schmatzer. Spürte er Entgegenkommen, wurde es ein langer Kuss, richtig mit Zunge.

Erwartungsgemäß griff die Presse diese neue Angewohnheit auf, und ab da hatte Melvin das Gefühl, dass manch ein Fan auf genau diesen Augenblick wartete.

Als Melvin in der Saint Paul's Kirche vor sein Publikum trat, drängten sich die Dorfbewohner auf den Bänken. Sein Blick streifte über die Zuschauer und er erkannte einige Gesichter. Sie gehörten den Jugendlichen, die ihm vor Jahren bei den Garagenkonzerten zugejubelt hatten und inzwischen genau wie er erwachsen geworden waren. In der ersten Reihe auf der linken Seite saß seine Mutter in ihrem besten Kleid. Neben ihr kauerte Jackie. Auch sie hatte sich verändert. Er vermisste das Strahlen in ihren Augen. Für einen Moment bereute Melvin, dass er sie nicht vor dem Auftritt besucht hatte. Zeit hätte er gefunden, aber ihn zog nichts in sein früheres Zuhause. War er ehrlich, musste er zugeben, dass er auf dieses Konzert weniger wegen seiner Familie bestanden hatte, sondern eher aus Sentimentalität. Er wollte seine Freunde wiedersehen.

Trotzdem wahrte er den Schein und begrüßte am Anfang speziell seine Mutter. Den einleitenden Worten folgten Stücke von früher. Dann präsentierte er neue Songs und zum Schluss sang er seinen Hit ›The Sky is the Limit‹. Auf ›And then I kiss you‹ verzichtete er bewusst.

Nach dem Auftritt unterhielt sich Melvin mit Pater George, der das Konzert in der Kirche ermöglicht hatte.

»Hallo Mel.«

Er drehte sich um und erkannte Gary und John.

»Schön, euch zu sehen.« Ein Lächeln blitzte in seinen Augen auf.

»Du bist ja eine richtige Berühmtheit.«

Melvin fühlte sich befangen. Einst träumten sie gemeinsam davon.

»Gehen wir was zusammen trinken oder …«, fragte John.

»Ja, klar.« Er spürte, wie seine Freunde versuchten, ihren Mel unter der Schale eines Melvin de Flame zu entdecken. »Gibt es diese Billardkneipe noch?«

»Immer noch da.«

»Dort in einer Stunde?«

Die Kirche leerte sich. Seine Mutter und Jackie standen unbeholfen an der Seite des Kirchenschiffs. Er ging hinüber und fühlte ihre Blicke. Sie musterten ihn beinahe wie einen Fremden.

»Na komm, Mom.« Melvin breitete die Arme aus.

Für einen Moment umarmten sie sich.

»Du meldest dich nie, Junge.«

»Ich habe viel zu tun.«

»Und dabei vergisst du deine alte Mutter.«

»Mom, du bist doch nicht alt.«

»Ach, Junge …«

»Mom.«

»Ist deine Freundin gar nicht hier?«

Diese Frage verblüffte ihn. Zum einen wunderte er sich, dass seine Mutter von Deborah wusste. Zum anderen, dass ihm nie in den Sinn gekommen war, sie mit auf Tournee zu nehmen. »So ernst ist das nicht.« Er registrierte ihren missbilligenden Gesichtsausdruck und entdeckte einen Graben zwischen ihnen, den ein Melvin de Flame nicht überbrücken konnte.

Sein Blick fiel auf Jackie. Sie hatte bis dahin kein Wort gesprochen. Auf einmal empfand er Mitleid. »Ich treffe mich gleich mit den Jungs in der Billardkneipe. Komm doch mit, Jackie.« Ein kläglicher Versuch, ihr etwas Gutes zu tun.

»Dafür ist sie noch zu jung.«

»Ich bin bei ihr und bringe sie nachher heim.«

Bittend sah Jackie zu ihrer Mutter.

»Ich dachte, du kommst mit uns nach Hause.«

»Mom, ich muss heute Nacht weiter nach Buffalo. Beim nächsten Mal. Versprochen.«

Tränen der Enttäuschung rollten über Elsas Wangen. Sie wischte sie hastig weg. »Du bringst sie spätestens um Mitternacht heim.«

»Danke.« Jackie jubelte und knöpfte ihre Winterjacke zu.

»Ich muss noch eben zu den Jungs. Warte hier.« Melvin lief zu den Männern, die das Equipment zusammenräumten.

»Ich treffe mich mit alten Freunden in 'nem Club und bringe meine Schwester nach Hause. Sammelt mich kurz nach Mitternacht dort ein.« Er nannte ihnen die Adresse an der Liberty Street.

Gemeinsam mit Jackie verließ er das Gotteshaus und steuerte den Tourbus an, der an der Straße vor der Kirche parkte. Fincher hatte den Bus organisiert und Melvin ihn unterwegs schätzen gelernt. In ihm transportierten sie ihr Equipment und er bot ihm und dem Team genug Platz, um bequem zu reisen und bei nächtlichen Fahrten zu schlafen.

Melvin zog Jeans und Sweatshirt an und streifte eine dicke Winterjacke darüber. Fast hörte er Alans Empörung. Aber in seinem Heimatort wünschte er sich, für ein paar Stunden wieder er selbst zu sein.

»Komm, lass uns gehen«, sagte er zu Jackie, die sich den Bus ansah.

Melvin liebte die klare Winterluft und wollte ein bisschen Zeit mit seiner Schwester verbringen. Ihm war aufgefallen, wie unglücklich sie wirkte. »Alles ok bei dir? Schule? Zuhause?«

»Ja, klar.«

»Und wie sieht's mit Jungs aus?« Er hoffte, die Atmosphäre aufzulockern. »Hast du einen Freund?«

»Blödmann!« Jackie knuffte ihn in die Seite.

Ein Stück ihrer alten Vertrautheit kehrte zurück. »Und Mom?«

»Hat auch keinen Freund.«

Melvin grinste, die Vorstellung amüsierte ihn.

»Mom … Mom ist … Sie ist … wie sie immer ist. Ohne dich …« Jackie blieb stehen. »Ich vermisse dich so sehr, Vin.«

»Ich weiß.« Einen Moment lang war er versucht, sie wieder Pumpkin zu nennen und ihr irgendetwas zu versprechen. Ihm fiel nichts ein, dass er hätte halten können. Deshalb ging er darüber hinweg. »Jetzt bin ich ja da. Wir machen uns einen schönen Abend.«

Im Club trank Melvin erstmal ein großes Bier. Sein Gastspiel in der Heimat hatte er sich anders vorgestellt. Irgendwie gehörte er nicht mehr dazu. Tief im Innern nagte es auch an ihm, dass seine Mutter nicht ein Wort der Anerkennung oder gar des Stolzes verloren hatte.

Er bestellte ein weiteres Bier und wandte sich seinen Kumpels zu. Die früheren Freunde hingen an seinen Lippen, als er von New York und seiner Music Hall erzählte. Melvin bemerkte, wie schwer es ihnen fiel, seinen Lebensstil nachzuvollziehen. Ein paar Drinks später wurde es ohne de Flame Verkleidung doch noch ein bisschen wie in ihrer Jugendzeit.

Melvins erste Tour endete fünf Tage vor Weihnachten in Ripley's Music Hall in Philadelphia. Da hatte er mit ›Do I Dream‹ bereits seinen zweiten Hit in den Charts.

Die kurze Zeit seit der Eröffnung der Fabulous Music Hall reichte aus, um Melvins Leben komplett auf den Kopf zu stellen. Zweifel zerstreute der Erfolg. Die Einnahmen aus den Konzerten, der Tour und nicht zuletzt von der Single und dem mittlerweile erschienenen Album ließen seine Schulden schmelzen wie Eis an Sonnentagen.

Spätestens seit ein Exklusivartikel über seine Tournee im Billboard-Magazine erschienen war, standen die Menschen Schlange, um Karten für die Music Hall zu kaufen.

1981 raste Melvin de Flame von einem Termin zum anderen. Er gab Interviews für Musikmagazine, absolvierte kurze Auftritte im Fernsehen, auch beim neuen Sender MTV, der im August den Sendebetrieb aufgenommen hatte.

Ein weiteres Album wartete in den Startlöchern. Er musste nur Zeit und Muße finden, um ein paar Songs zu schreiben.

Aufgrund seines vollen Terminkalenders sah er Deborah manchmal eine ganze Woche nicht. Melvin bedauerte das kaum. Seine Karriere stand an erster Stelle, denn richtig lebendig fühlte er sich nur im Rampenlicht.

Um eine Karte für das wöchentliche Samstagskonzert von Melvin de Flame zu erstehen, stellten sich die Fans inzwischen Stunden vor dem Verkaufsbeginn an.

Reichlich ein Jahr nach der Eröffnung war ihre Konzerthalle zu klein geworden. Sie tauschten die Bestuhlung aus. Enger gestellte und weniger bequeme Stühle brachten zusätzliche einhundert Plätze.

Die zwei Wochen, die der Austausch dauerte, kamen für Melvin einem Urlaub gleich. Anstatt die freie Zeit zu genießen, empfand er sie als Tortur. Ihm fehlten seine Fans in einem Maße, das er niemals für möglich gehalten hätte.

Der Ansturm auf die Karten für die Wiedereröffnung am 21. November 1981 offenbarte, dass die neuen Stühle kaum mehr als eine Übergangslösung darstellten.

Erst als Melvin wieder auf der Bühne stand, fühlte er sich vollkommen. Zur Einweihung der umgebauten Halle hatte sich Alan endgültig durchgesetzt, was sein Auftrittsoutfit anging. Er trug eine enge dunkelgrüne Hose und ein Oberteil in selber Farbe und aus dem gleichen seidigen Material. Pailletten und aufgesetzter Strass an den Hosennähten sowie an Kragen, Revers und Ärmelaufschlägen ließen ihn im Scheinwerferlicht funkeln. Die Taille schmückte ein breiter Gürtel mit ausladender Schnalle. Ähnliche Anzüge gab es in Blau, Weinrot und in Melvins Lieblingsfarbe Mintgrün.

Der Umbau brachte eine zusätzliche Neuerung. Erstmals bei der Wiedereröffnung saßen drei weitere Musiker mit Melvin auf der Bühne. Ein Schlagzeug, ein Keyboard und eine Bassgitarre unterstützten ihn mit Backgroundmusik. Zuerst ungewohnt, merkte er bald, wie flexibel er agieren konnte, musste er sich nicht wie früher nach dem Background vom Band richten.

Melvin verbeugte sich vor seinem Publikum. »Ich bin so froh, wieder hier zu sein!« Er reichte die Gitarre einem Techniker und holte das Mikrofon aus dem Ständer. Den Zeigefinger seiner rechten Hand schmückte ein Siegelring aus Platin besetzt mit Diamanten und seinen Initialen. Ein großes M, das durch das kleine d mit einem großen F verbunden war. Das Design ähnelte dem von Alans Ring. Melvin hatte ihn anfertigen lassen, als ›The Sky‹ auf Platz 1 der Charts kletterte.

Er gab seiner Band ein Zeichen und begann ›And then I kiss you‹ zu singen. Zum Ende der ersten Strophe hielt es ihn nicht länger auf er Bühne. Er hungerte nach einem Bad in der Menge, lief zwischen seinem Publikum umher und sang aus voller Kehle. Kaum jemals fühlte er sich so quicklebendig wie in diesen Momenten, die ihm und seinen Fans gehörten. Es war wie ein Rausch. Der Song endete und der obligatorische Kuss folgte. Ein Kuss, der nicht aufhören wollte.

»Do I Dream«, rief er seinen Musikern zu. Sie spielten die ersten Takte des Liedes. Seine Stimme füllte den Saal, während er weiter durch das Publikum flanierte, bis er gegen Ende des Songs die Bühne erreichte.

Das Konzert endete. Melvin schwitzte und verschwand eilig hinter dem Vorhang. »Wasser!« Er trank gierig aus der Flasche, die ihm ein Mitarbeiter entgegenhielt, ergriff das dargebotene Handtuch und wischte sich den Schweiß ab.

»Du musst noch mal raus, Mel.« Alan strahlte übers ganze Gesicht. Die Music Hall hatte ihn saniert und daher ließ er es sich nicht nehmen, bei allen Konzerten anwesend zu sein.

»Melvin!«

»Zugabe!«

»Melvin!«

Die Fans hatten ihn zu einem Star werden lassen. Ihre Wünsche zählten. Er sang ›When Life is Heaven‹, einen neuen Song und verschwand wieder hinter dem Vorhang. Dort hörte er, wie das Publikum abermals eine Zugabe forderte. Ein weiteres Mal trat er ins Rampenlicht, ergriff die Hände, die sich ihm entgegen reckten, und fühlte sich unsterblich.

6

Am 11. Juni 1982 startete Melvin de Flame mit einem geräumigeren und bequemeren Tourbus zu einer zweiten Tournee. Sie reisten über Richmond nach Charlotte. Ihre darauffolgenden Ziele waren Charleston und Savannah, bis der Bus am 21. Juni in Florida eintraf, wo Melvin mehrere Konzerte geben würde.

Alan begleitete den Floridateil der Rundreise. Er fuhr mit im Bus, übernachtete allerdings in Hotels.

»Na, wie hat es Ihnen gefallen?« Melvin zwinkerte der Reporterin zu, die ihn im Anschluss an das Jacksonville Konzert interviewte.

»Sie haben Ihr Publikum bestens unterhalten. Dann wollen wir mal. Denken Sie dran, dass wir live senden.« Sie gab ihrem Kameramann einen Wink und stellte sich in Position. »Mein Name ist Melinda Watts und ich befinde mich in Melvin de Flames Garderobe. Seit seinem Nummer-eins-Hit ist de Flame aus dem Musikgeschehen nicht mehr wegzudenken. Mr. de Flame, haben Sie mit diesem Erfolg gerechnet?«

»Um ehrlich zu sein … ja. Mir war klar, würde ich jemals eine Chance kriegen, könnte mich niemand mehr aufhalten.« Er lächelte Melinda an. War sich seiner Wirkung bewusst.

»Zu Beginn Ihrer Karriere glaubten viele, Sie wären ein Komet, der schnell verglühen würde. Was sagen Sie denjenigen?«

»Der Komet ist immer noch heiß, um bei Ihrem Vergleich zu bleiben. Alle Zweifler lade ich zu einem Konzert ein.«

»Mr. de Flame, soweit ich weiß, schreiben Sie Ihre Songs selbst. Woher stammen Ihre Ideen?«

»Meine Songs sind Gefühle tief da drin.« Er legte eine Hand auf die Stelle seines Körpers, wo das Herz schlug. »Irgendwann sind sie so stark, dass sie raus müssen. So verwandeln sie sich in Songs.«

»Haben Sie Angst davor, dass Ihnen eines Tages die Ideen ausgehen?«

Auf Melvins Gesicht zeichnete sich ein schelmisches Lächeln ab. »Echt jetzt?«

Sie zuckte mit den Schultern.

»Lassen Sie es mich so sagen … So lange ich lebe, werden da drin irgendwelche Gefühle sein und damit auch Songs.«

Die Reporterin wandte sich der Kamera zu. »Mr. de Flame ist mitten in seiner zweiten Tournee. Es gibt noch ein paar Konzerte hier in Florida. Vielleicht geben Sie unseren Zuschauern die Tourneedaten.« Sie hielt ihm das Mikrofon entgegen.

»Ja, klar.« Er blickte in die Kamera und zählte die Termine auf. »Das Abschlusskonzert findet am 3. Juli im Cannery Ballroom in Nashville statt.«

»Nochmal zurück zu Ihrer Musik. Sie haben es sich zur Angewohnheit gemacht, Frauen aus dem Publikum zu küssen …«

»Möchten Sie, dass ich Sie küsse, Melinda?« Er grinste sie frech an.

»Wäre Ms. Singer damit einverstanden?«

Melvin schaute für einen Moment irritiert. »Was geht das Ms. Singer an?«

»Wenn man Sie gemeinsam sieht, hat es nicht den Anschein, dass Sie nur Freunde sind. Obwohl …« In ihre Augen trat etwas Listiges. »Es ist schon befremdlich, dass Sie ausgerechnet mit ihr zusammen sind. Nicht jeder würde …«

»Ausgerechnet mit ihr?« Melvin verstand nicht, worauf sie anspielte und vergaß für den Bruchteil eines Augenblicks, dass er live im Fernsehen sprach.

»Ich meine, es ist ungewöhnlich, dass Sie sich mit der Exfrau Ihres Partners liieren.«

Melvins natürliches Lachen ersetzte eine Maske, die weiter lächelte, ohne dass es seine Augen erreichte. Im Innern brodelte Zorn. »Ich denke, diese Sache geht Sie nichts an.«

Nach ein paar kurzen Floskeln beendete er das Gespräch.

Eine halbe Stunde später stürzte Alan in Melvins Garderobe. Mit Schrecken hatte er das Interview im TV seines Hotelzimmers verfolgt. Er fand seinen Partner mit einem Morgenmantel bekleidet auf einem Stuhl sitzend. Vor ihm standen eine fast volle Whiskyflasche und ein leeres Glas.

Inzwischen war es Melvin wie Schuppen von den Augen gefallen. Bei Deborah handelte es sich um Alans Nummer vier, die letzte Ehefrau, die ihn sein Vermögen gekostet hatte. Dass er ihm das vorenthalten hatte, nährte Melvins Wut. Mittlerweile hatte er sich jedoch so weit beruhigt, dass er äußere Gelassenheit zur Schau stellen konnte.

»Ich habe es gesehen und bin sofort gekommen. Tut mir leid, dass du es so erfahren musstest. Bis jetzt hatte ich gehofft, Deb würde von selbst den Mund aufmachen.«

Melvin spürte Alans schlechtes Gewissen. »Warum hast du nicht gesagt, wer sie ist?«

»Deb hat mein Geld mit vollen Händen ausgegeben.« Er kratzte sich am Kinn. »Damals habe ich sie geliebt. Irgendwie. Dann nahm sie mir alles. Ich bin darüber hinweg. Was wir aufgebaut haben, bedeutet viel mehr. Trotzdem werde ich ihr niemals verzeihen.« Er zog sich einen Stuhl heran und ließ sich nieder. »Man kann Spaß mit ihr haben. Und ihr habt doch Spaß. Hättest du die Finger von ihr gelassen, wenn du es gewusst hättest?«

Melvin hob den Kopf. »Wir hatten eine Menge Fun.« Er grinste anzüglich. »Aber jetzt …«

»Es liegt bei dir.«

»Auch einen?« Melvin deutete auf die Flasche.

Alan nahm ein Glas vom Regal und hielt es ihm entgegen. »Am Abend der Eröffnung habe ich sie zum ersten Mal wiedergesehen. In dem Augenblick kam es mir vor, als stünde ich einem Aasgeier gegenüber, der glaubt, etwas vergessen zu haben. Sollte ich dir das sagen? Und wie konnte ich ahnen, dass es ernst mit euch wird?« Er trank einen Schluck. »Seit Deb ist es anders. Ich vertraue keiner Frau mehr. Liebst du sie?«

»Lieben?« Melvin schüttelte mit dem Kopf. Daher rührte der Schmerz nicht, den er seit dem Interview verspürte. »Mich macht sauer, dass es jeder gewusst hat, und ich laufe wie blind durch die Gegend. Du wolltest einen Star aus mir machen und ich benehme mich wie ein Trottel.« Er schlug mit der Faust gegen die Wand.

Alan beachtete den Gefühlsausbruch nicht. »Was hast du jetzt vor? Willst du weitermachen wie bisher oder …«

Bedächtig schüttelte Melvin mit dem Kopf.

»Man hat im Interview nicht unbedingt bemerkt, dass du nichts gewusst hast. Wenn du dich entsprechend verhältst, nimmt dein Ruf keinen Schaden.«

»Echt jetzt? Was soll ich nach deiner Meinung tun?« Melvin erstaunte, wie nüchtern Alan alles sah.

»Erst einmal gar nichts und sie dann gekonnt abservieren.«

»Mir liegen diese Intrigen nicht.« Melvin hob abwehrend die Hände.

»Du lebst in einer Welt, in der Intrigen an der Tagesordnung sind. Und du steckst mitten in einer drin.«

In dieser Nacht schlief Melvin nicht im Tourbus, sondern mietete sich ein Hotelzimmer. Er brauchte die Abgeschiedenheit zum Nachdenken. Weit nach Mitternacht rief er Deborah an.

Sie meldete sich verschlafen.

»Ich musste deine Stimme hören«, säuselte er.

»Weißt du, wie spät es ist?«

»Meine Uhr sagt gleich halb drei. Komm nach Daytona. Wir können morgen den Abend zusammen verbringen.« Melvin kämpfte um Beherrschung, damit sie seine Verstimmung nicht bemerkte.

»Ich habe Termine.«

»Sag sie ab.«

»Ich weiß nicht.«

»Ich erwarte dich morgen in Daytona. Ich reserviere uns eine Suite im Hilton.« Er legte auf.

Gegen Mittag traf der Tourbus in Daytona ein und setzte Melvin am Hotel ab. Es blieben ein paar Stunden bis zu Deborahs Ankunft. Er zog sich in seine Suite zurück, wollte allein sein.

Während er wartete, saß er in einem Sessel am Fenster und las in der Zeitung. Ein Artikel über einen Mord in San Antonio fesselte seine Aufmerksamkeit. Um ihn einzuschüchtern, hatte man einem Arzt einen Karton vor die Haustür gestellt, der den Kopf seines Sohnes enthielt. Das FBI ging davon aus, dass das organisierte Verbrechen dahintersteckte. Bevor er weiterlesen konnte, betrat Deborah die Suite.

Sie kam auf Melvin zu und hauchte ihm einen Kuss auf die Wange.

Er legte die Zeitung beiseite und schaute sie unverwandt an. Normalerweise schloss er sie zur Begrüßung in die Arme. An diesem Tag unterließ er jede zärtliche Geste.

Dennoch brauchte Deborah einen Moment, bis sie die unterkühlte Stimmung registrierte. »Du wirkst unzufrieden.«

»Hast du gestern mein Interview gesehen?«

»Nein. Ist es schiefgelaufen?« Sie klang arglos.

»Nicht unbedingt. Ich fand es eher … aufschlussreich. Du hast etwas verpasst. Aber keine Angst, ich habe uns einen Mitschnitt besorgt.«

Deborah entgegnete nichts darauf.

»Komm! Wir sehen uns das Band zusammen an.« Er ging voraus ins Nebenzimmer.

»Muss das jetzt sein?«

Melvin nickte bestimmt, griff nach ihrer Hand und zog sie mit sich. Die Aufnahme wartete im Videoplayer, den er sich vom Hotelpersonal hatte besorgen lassen.

Derweil Deborah auf den Bildschirm starrte, sah er sie an und erkannte, wie es bei ihr ›klick‹ machte. »Was sagst du dazu?«

Bevor sie antworten konnte, öffnete sich die Tür und ein Zimmermädchen trat in den Raum.

»Jetzt nicht!«, rief Melvin.

Das Zimmermädchen drehte sich erschrocken um und war in der nächsten Sekunde wieder verschwunden.

»Also, was sagst du dazu?«

Deborah atmete schwer. »Du hast mit Alan gesprochen?«

Melvin nickte.

»Ich wollte uns eine Chance geben. Wenn du davon gewusst hättest …«

»Du lügst«, schrie er und trat auf sie zu.

Deborah stolperte einen Schritt rückwärts, fing sich wieder. »Ich …«

»Du sagst jetzt nicht, dass du mich liebst. Verarsch mich nicht länger!« Er schaute sie aus kalten Augen an.

Sie hob die Hand, wollte ihm eine Ohrfeige verpassen. Melvin reagierte prompt. Wie ein stählerner Griff schlossen sich seine Finger um ihr Handgelenk. Deborah bot alle Kraft auf, um sich zu befreien. Je mehr sie sich darum bemühte, desto stärker drückte er zu.

»Lass mich los!«

»Okay. Aber jetzt spielen wir das Spiel nach meinen Regeln.« Melvin lockerte den Griff, um ihn Sekunden später wieder zu verschärfen.

»Du tust mir weh!«

»Sag mir was, das mich interessiert.« Abrupt gab er sie frei. Er fühlte sich benutzt und am liebsten hätte er sie geschlagen. Um diesen Impuls zu unterdrücken, entfernte er sich ein paar Schritte von ihr.

Auf Deborahs Gesicht lag ein erstaunter Ausdruck. »Was willst du?« Ihre Stimme klang heiser. Sie setzte sich auf die Kante eines Stuhles.

»Du wirst bis Orlando bei mir bleiben.«

»Das ist unmöglich, ich habe Termine.«

Wieder kamen Aggressionen hoch. »Glaub mir, du willst nicht herausfinden, wie das endet, wenn du dich weigerst.«

»Ich begleite dich.«

»Na also. In Orlando werde ich dich mit einem anderen Kerl erwischen. Es wird Zeugen geben, von denen ich sicher sein kann, dass sie es ausplaudern. Das führt zu einer hässlichen Szene in der Öffentlichkeit und zu guter Letzt schicke ich dich in die Wüste. Danach, Babe, will ich dich nie wieder sehen. Haben wir uns verstanden?«

»Ich habe keinen anderen.«

»Wenn du es nicht bewerkstelligst, einen Freiwilligen zu finden, kauf dir einen Callboy für die Nacht. Dafür müssten deine finanziellen Mittel doch ausreichen.«

Nachdem Deborah die Suite verlassen hatte, warf Melvin den Stuhl, auf dem sie gesessen hatte, gegen die Wand. Fluchend tigerte er durch den Raum und überlegte, was er tun konnte, um die Hotelsuite und den Abend zu retten.

Als einzig brauchbare Möglichkeit erschien ihm Ms. Yen's Wánggông. Er griff zum Telefon und meldete einen Privatflug an, der ihn für eine Nacht zurück nach New York bringen sollte.

Am Flughafen La Guardia erwartete Melvin eine Limousine. Auf dem Weg zum Club fiel ihm ein, dass er das sich wöchentlich ändernde Passwort nicht kannte. Also rief er Alan über das Autotelefon an.

»Du bist in New York?«

»Ich musste raus. Aber keine Sorge, bis zum Konzert morgen Abend bin ich zurück«, sagte Melvin und ließ sich den Code geben.

In Ms. Yen's Club gehörte der Ärger über Deborah bald der Vergangenheit an. Mit Hilfe der traditionellen Nacht und der sinnlichen Verführerin Jinjin entrückte er in bis dahin unbekannte Sphären. Die Opiumpfeife bewirkte, dass er sich entspannte. Jinjins Berührungen ergänzten den Rausch um ein weiteres Level. Am Ende fiel er in einen tiefen Schlaf, der an ein Koma erinnerte.

Als Melvin de Flame am Abend darauf auf der Bühne stand, fühlte er sich noch immer berauscht. Das tat seinem Auftritt keinen Abbruch. Er lieferte die ultimative Show. In den Medien wurde das Konzert von Daytona Beach als das Beste der gesamten Tournee gefeiert.

Danach folgte Orlando. Dort servierte er Deborah wie geplant ab. Sie war schlau genug, nichts dagegen zu unternehmen.

Hatte der Skandal ihm geschadet? Ganz im Gegenteil! Seine weiblichen Fans liebten ihn mehr denn je. Ihre Wut und Verachtung trafen ausschließlich Deborah. Wie konnte sie einen Melvin de Flame betrügen. Seinen männlichen Anhängern war das alles total egal.

7

Die dritte Tournee führte Melvin im Spätherbst des gleichen Jahres nach Kanada. Zu einem besonderen Erlebnis gestaltete sich sein Gig in Reed's Music Club in Saskatoon.

Elly und Frank Reed waren eine Institution in Kanada. Sie hatten den Club gekauft, als sie des ruhelosen Lebens überdrüssig waren, bei dem sie mit der ganzen Familie von einem Auftritt zum anderen durchs Land zogen. Boten sie keine Live-Musik, verwandelte sich der Club in ein urgemütliches Restaurant.

Elly und Frank traten nur noch selten auf. Sie ließen ihren Söhnen Eric und David den Vortritt. Eric, der Ältere, behauptete sich erfolgreich im Musikgeschäft, vor allem in Kanada aber auch darüber hinaus. David schwamm bestmöglich auf der Erfolgswelle seines Bruders mit.

Alan hatte einige Versuche unternommen, Eric Reed für ein Konzert in der Fabulous Music Hall zu gewinnen. Irgendwie hatte es nie geklappt. Dann hörten die Reeds von Melvins Tour und luden ihn ein.

Die Ankündigung, dass Melvin de Flame auftreten würde, füllte den Club bis zum letzten Platz. Elly und Frank zapften Getränke hinter dem Tresen, während Melvin für eine Stimmung sorgte, die niemanden auf seinem Stuhl hielt. Zum Schluss stand er auf der Theke und sang ›And then I kiss you‹.

Fabulous Records produzierte Melvin de Flames Alben inzwischen exklusiv. Im Frühjahr 1983 hatten sie das Independent-Label gemeinsam mit Jeffrey Fincher als drittem Teilhaber als Tochterfirma der Music Hall gegründet.

Die Expansion der Firma ging mit einer räumlichen Erweiterung einher, auch um nicht länger ihr Potential zu vergeuden. Doppelt so viele Eintrittskarten zu verkaufen, saß locker drin. Gar nicht zu reden, von den unzumutbaren Bedingungen, unter denen Alan und Donna arbeiteten. Dass der Mitarbeiterstab, der sich inzwischen gebildet hatte, in verschiedenen angemieteten Büros untergebracht war, komplizierte die Arbeit zusätzlich.

Alle atmeten auf, als sich eine passende Immobilie an der Ninth Avenue fand, wenige Blocks vom Time Square entfernt. Das mehrstöckige Gebäude beherbergte im Erdgeschoss bereits eine Konzerthalle, die für eintausend Zuhörer Sitzplätze und darüber hinaus Stehplätze bereitstellte.

Einzig Melvin plagte Wehmut. Er musste sich von seiner mittigen Bühne verabschieden, die seit Mai 1980 seine Spielwiese war und aus ihm Melvin de Flame gemacht hatte.

Um ihn nicht leiden zu sehen, schlug Alan vor, die neue traditionelle Bühne um einen Vorsprung mit zwei Stufen rundherum zu ergänzen. Sie erweiterten zudem das Programm um eine Matinee am Mittwochnachmittag, die nur diesen Bühnenvorsprung nutzte und damit in einem sehr intimen Rahmen abgehalten wurde. Das versöhnte Melvin.

Um die stattliche Halle besser auszulasten, änderten sie ihr Konzept. Veranstaltungen fanden nun in der gesamten Woche statt, wobei es nicht allabendlich um eine große Show ging. Den bedeutsamen Events blieb das Wochenende vorbehalten. An Tagen, an denen keine eigenen Konzerte stattfanden, wollten sie die Halle extern vermieten.

Nur am Sonntagnachmittag für den Nachwuchs änderte sich nichts. Melvin tauchte allerdings nur noch dann und wann auf, für gewöhnlich, wenn niemand damit rechnete.

Das Stockwerk direkt über der Konzerthalle beherbergte Technikräume und die Garderoben der Künstler. In das dritte Geschoss zogen die allgemeine Verwaltung und Fabulous Records. Neben etlichen Büros erhielt Records ein professionelles Aufnahmestudio.

Im obersten Stock brachten sie die neue PR-Abteilung sowie eine Rechtsabteilung unter. Letztere bestand am Anfang aus einem einzigen Anwalt, Matthew Kruger.

Der übrige Teil dieser Etage gehörte dem Management. Alan richtete sich ein feudales Büro ein, an das sich ein geräumiges Vorzimmer für Donna anschloss. Weil sie praktisch jeden Tag Überstunden leistete, stellte er eine zweite Sekretärin ein.

Stephanie Smith war Mitte dreißig und machte wenig Aufhebens um ihr Äußeres. Zu überzeugen wusste sie mit ihren Zeugnissen und darauf kam es Alan an.

Der Form halber erhielt Melvin ein eigenes Büro. Es hatte die gleiche Größe wie Alans und auch ihm schloss sich ein Vorzimmer für eine Bürokraft an. Als bei den Bewerberinnen auf diese Stelle durchsickerte, dass eine Sekretärin für Melvin de Flame gesucht wurde, kam es zu Tumulten.

Seine Wahl fiel auf Laura Fisher. Er wählte sie weder nach dem Aussehen noch nach ihren Fähigkeiten aus. Sie stand schlicht und ergreifend als Erste in der Schlange der Kandidatinnen. Melvin gab ihr den Job, weil er keine Lust verspürte, sich mit diesem Thema zu beschäftigen.

Zu Anfang erfreute sich Laura am Job ihres Lebens. Sie verdiente gut, genoss ein ansprechendes Arbeitsumfeld und tat kaum mehr, als Anrufe entgegenzunehmen. Nur Melvin de Flame sah sie seltener, als sie sich gewünscht hätte.

Hielt er sich im Hause auf, fand man ihn in seinem persönlichen Studio, das ebenfalls auf der Chefetage lag. Es war weniger geräumig als das Aufnahmestudio von Records, dafür weitaus gemütlicher und es verfügte über eine exzellente Ausstattung. Melvin liebte dieses Studio, suchte es auf, wenn ihn die Muse küsste, und zog sich dorthin zurück, wollte er allein sein. Bisweilen ging ihm der ganze Starrummel auf die Nerven. Daher erließ er das ungeschriebene Gesetz, dass niemand das Studio betreten durfte, sobald das ›Bitte nicht stören‹-Schild an der Tür baumelte.

Melvins Charme trug wesentlich zu seinem Erfolg bei. Gute Musiker gab es viele, aber er zog sein Publikum darüber hinaus durch sein Auftreten in den Bann. Die Kehrseite der Medaille war, dass er inzwischen auch auf offener Straße erkannt wurde. Daran, dass Verehrerinnen den Bühneneingang belagerten, hatte er sich gewöhnt.

Als die Medien herausfanden, wo Melvin wohnte, verlor er das letzte Stück seiner Privatsphäre. Die Reporter brachten die Fans mit. Oft warteten sie auf der gegenüberliegenden Straßenseite darauf, dass er heimkam bzw. das Haus verließ.

Alan war stocksauer, als ein Bild von Melvin in der Zeitung erschien, das ihn als Durchschnittsbürger zeigte.

»Das macht dein ganzes Image zunichte.« Alan warf ihm das Blatt zu.

Melvin schaute auf das Foto. »So sieht der Frauenliebling privat aus«, las er.

Sie fixierten einander.

»Was?« Melvin brach als Erster das Schweigen.

»Was was? Ich habe dir schon am Anfang gesagt, dass dein altes Leben vorbei ist.«

»Ich soll also immer den Melvin de Flame geben?«

»Du bist Melvin de Flame!«

»Ich weiß, dass ich keinen neun bis fünf Job habe.«

»Den hattest du auch nie im Sinn.«

»Ich wollte einfach Musik machen.«

»Sagt der, der die Weiber anflirtet, bis ihnen das Höschen feucht wird.«

Melvin grinste.

»Du hast diesen ganzen Rummel gewollt.«

»Manchmal bin ich nicht mehr sicher.« Er dachte einen Moment nach. »Aber es stimmt schon, früher habe ich genau davon geträumt.«

Ihm blieb nichts anderes übrig, als den Starrummel als Preis seines Erfolgs zu akzeptieren. Obwohl es ihm widerstrebte, versprach er, in Zukunft nur zurechtgemacht unter die Leute zu gehen. Mehr denn je wünschte er sich einen Rückzugsort, fernab von allem Trubel.

Schuldenfrei bei Alan und der Bank, fand Melvin seine Rückzugsstätte in einem Haus im New Dorp auf Staten Island. Genauer gesagt an der Winham Avenue in New Dorp Beach.

Den Kauf wickelte er diskret über eine unbedeutende Anwaltskanzlei als Melvin Caine ab. Wenngleich er hoffte, dass diese Diskretion ihm für eine Weile Ruhe verschaffen würde, sorgte er vor. Bevor er einzog, ließ er den niedrigen schmiedeeisernen Zaun, der das Grundstück bis dahin umgab, durch eine hohe Mauer ersetzen.

Für dieses Haus benötigte er zumindest eine Haushälterin. Mit der Suche beauftragte er eine Agentur. Die erste Dame, die sich für die Stelle vorstellte, war Paula White. Das Alter der Frau konnte Melvin schlecht schätzen. Sie gehörte aber auf keinen Fall zu der Altersgruppe seiner Fans. Darauf kam es ihm an.

Melvin zeigte ihr das Haus, das aus einem Salon, drei Schlafzimmern und ebenso vielen Bädern bestand. »Wissen Sie, wer ich bin?«, fragte er.

»Wer Sie sind? Mr. Caine, was meinen Sie damit?«

»Schon gut.« Er lachte befreit auf. »Das wäre dann Ihr Zimmer.«

Sie betraten einen nicht übermäßig großen, aber schön hellen Raum. An der Wand stand ein behaglich aussehendes Bett. Des Weiteren gab es einen Kleiderschrank und eine Kommode. Ein runder Tisch und ein Sessel unter dem Fenster vervollständigten die Möblierung. Von dort hatte man einen reizvollen Ausblick, bevor Melvin seine persönliche Mauer errichtete.

»Ein Bad gehört natürlich dazu.«

»Schön. Vielleicht schauen Sie sich erst meine Referenzen an.« Sie reichte ihm einen Umschlag.

Melvin drehte das Kuvert zwischen den Fingern. Statt hineinzuschauen, legte er es auf die Kommode. »Erzählen Sie mir etwas über sich.« Er musterte Mrs. White. Sie war einen Kopf kleiner als er und er sah ihr an, dass sie genauso gern aß, wie sie kochte.

»Ich hatte nur eine einzige Stelle. Viele Jahre habe ich einem älteren Herrn den Haushalt geführt. Leider ist er vor einem Monat verstorben.«

»Wie alt war er?«

»Stattliche 93.«

»Paula … Ich darf Sie doch Paula nennen?«

Sie nickte.

»Kommen Sie, wir setzen uns unten ins Wohnzimmer.«

Dort angekommen, sagte er: »Um ehrlich zu sein, interessieren mich Ihre Referenzen nicht.«

»Aber …«

Mit einem Handzeichen zeigte Melvin an, dass er keine Einwände hören wollte. »Mich interessiert, dass Sie dieses Haus in Schuss halten und dass etwas auf dem Tisch steht, sollte ich hier essen wollen. Kommt aber nicht oft vor.« Melvin suchte vergebens nach den passenden Worten, seine Verhältnisse zu erklären. »Können Sie sich überhaupt vorstellen, für mich zu arbeiten?«

»Mr. Caine, deshalb bin ich hier. Das Zimmer ist sehr schön. Ich möchte aber ehrlich mit Ihnen sein.«

»Nur zu.«

»Ich suche eine dauerhafte Anstellung. Sie sind noch sehr jung. Bald haben Sie eine Ehefrau und Kinder und … Ich meine … Eventuell würde eine Frau in ihrem Alter besser zu Ihrem Haushalt und Ihrer späteren Familie passen.«

»Paula, Sie sind der Hit.«

»Ich verstehe Sie nicht, Mr. Caine.«

»Diese Familie wird es nie geben. Vielleicht mal eine Frau. Aber mein Lebensstil lässt sich nicht mit normalem Familienleben vereinbaren. Und was Sie angeht … Sie sind genau das, was ich mir vorgestellt habe. Können Sie eigentlich Fisch braten?«

»Ah … Ja, kann ich.«

»Wenn Sie möchten, haben Sie den Job.«

Mrs. White überlegte kurz. »Einverstanden.«

Das Haus stellte sich als Zugewinn für Melvin heraus. Er fühlte sich vom ersten Moment an heimisch, was auch an Mrs. White lag, die sein Zuhause pflegte, als wäre es das eigene.

Ließ es seine Zeit zu, fuhr Melvin nach Staten Island. Dort verbrachte er seine seltenen freien Tage. Für die Konzerttage behielt er das Apartment in Soho. Spät abends lohnte es sich meist nicht, ins Dorp zu fahren.

Traum oder Alptraum

Melvin

Ich habe mich so danach gesehnt, berühmt zu werden. Glaubte, meine Musik in der eigenen Music Hall zu spielen, würde mich für immer glücklich machen.

Langsam denke ich, dies ist ein Irrtum.

Die erste Euphorie ist vorüber und ich bin längst nicht mehr so happy, wie ich es sein sollte. Wie ich es mir wünsche.

Ich habe Geld.

Hab ein wunderschönes Haus.

Meine Fans jubeln mir zu, als wäre ich ein Gott.

Nachts werde ich nach allen Regeln der Kunst verwöhnt.

Keine von ihnen würde sich Melvin Caine an den Hals werfen.

Ich habe alles.

Irgendwie bedeutet es mir nicht mehr so viel wie früher.

Ist das ein Problem?

Ist das mein Problem?

Keine Ahnung.

Ich weiß nur, irgendetwas fehlt.

Nur was?

1

Die Fabulous Music Hall hatte inseriert, dass sie Sänger und Sängerinnen für eine Backgroundgruppe sucht. Es meldeten sich viele Interessenten und seit mehreren Stunden fand ein Vorsingen statt. Alan Brolin, Melvin de Flame und Jeffrey Fincher hörten sich die Bewerberinnen und Bewerber an. Das Talent der meisten ließ dermaßen zu wünschen übrig, dass die drei sie sofort nach Hause schickten.

Momentan stand eine dralle Blondine auf der Bühne, die mit ihrem langen Haar zwar hübsch anzusehen war, deren Gesang hingegen einem Tiefschlag glich.

»Wie heißt sie?«, flüsterte Melvin.

Alan verzog sein Gesicht, als hätte er in eine Zitrone gebissen. Er sah auf seine Liste. »Barbara Fielding.«

»Danke, Ms. Fielding.« Fincher ertrug die falschen Töne nicht länger.

Sie zuckte mit den Schultern und verließ mit rhythmisch schwingendem Gang die Halle.

»Macht ruhig ohne mich weiter«, raunte Melvin seinen Partnern zu.

Er eilte ihr hinterher. »Ms. Fielding!«

Sie blieb stehen und sah sich um. Als sie ihn erkannte, veränderte sich ihr Gesichtsausdruck. »Sie sind Melvin de Flame. Hab ich den Job?«

»Nein.«

»Mein Singen hat Ihnen nicht gefallen, stimmt's?«

»Es war nicht das, was wir uns vorgestellt hatten. Haben Sie Lust, heute Abend zum Konzert zu kommen? Wir könnten hinterher noch etwas zusammen trinken.«

»Gern, Mr. de Flame.«

»Schön, dann sehen wir uns später. Ich informiere die Sicherheitsleute.« Er kehrte zum Vorsingen zurück.

Barbara nutzte alles, was die zahllosen Farbtöpfchen im Badezimmer hergaben.

Sie wühlte durch ihre Garderobe. Keines der billigen Kleider wurde dem Anlass gerecht. Am Ende entschied sie sich für ein weinrotes Cocktailkleid, eng geschnitten, mit einem Dekolleté, das mehr preisgab, als verhüllte. *Wenn das seine Wirkung verfehlt, ist er schwul.* Sie drehte sich vor dem Spiegel hin und her.

Barbara hatte sich nie Illusionen hingegeben, was ihre Stimme anging. Zum Vorsingen erschien sie aus Neugierde und in der Hoffnung, irgendeinem Star über den Weg zu laufen und ein Autogramm zu erhaschen. Diese Bilder mit einer persönlichen Widmung waren ihr Hobby.

Begonnen hatte es im Diner unweit der Radio City Music Hall, in dem sie ihren Lebensunterhalt verdiente. George Benson hatte dort nach einem Konzert im Juli 1982 einen Burger gegessen und ihr das erste Autogramm beschert.

De Flame danach zu fragen, hatte sie komplett vergessen. Dass er sie zum Konzert einlud, hatte ihr die Sprache verschlagen. Sie nahm sich vor, ihn am Abend darum zu bitten.

Mit klopfendem Herzen betrat Barbara den Vorraum der Music Hall. Sie blickte sich einen Moment lang um und stelzte zu einer der offenen Türen, die zum Konzertsaal führten. Den Mann im dunkelgrauen Anzug, der die Eintrittskarten kontrollierte, ließ sie wissen, dass Melvin de Flame persönlich sie eingeladen hatte. Er wusste nichts davon, fragte über Walkie-Talkie nach.

Ein weiterer Angestellter erschien und geleitete Barbara zu ihrem Platz in der ersten Reihe auf der rechten Seite der Bühne, genau in der Ecke, wo der Bühnenvorsprung ansetzte.

Melvin hatte nie zuvor eine Konzerteinladung ausgesprochen und bereute es wenig später. Als er auf die Bühne trat und Barbara entdeckte, die in einem aufreizenden Fummel auf ihrem Platz saß, gefiel ihm die Idee wieder.

Er spulte sein Programm runter, flirtete Barbara und gleichermaßen andere Fans an. Als am Ende von ›And then I kiss you‹ die Zeit kam, seinen Kuss zu verschenken, schlenderte er in Richtung Barbara. Statt sie auszuwählen, knutschte er mit der Frau, die neben ihr saß. Während er seine Leidenschaft auslebte, sah er provozierend in Barbaras Augen.

Als am Ende des Konzertes das Hallenlicht für einen Moment erlosch, bis die normale Beleuchtung anging, nutzte er die Zeit der Dunkelheit, um Barbaras Hand zu ergreifen. Sie trat die zwei Stufen auf den Vorsprung und eilte mit ihm hinter die Bühne.

Das erste Mal nahm Melvin sie noch in seiner Garderobe. Danach besuchten sie die hauseigene Cocktailbar, die zu ihrer neuen Konzerthalle gehörte. Den Rest der Nacht durchtanzten sie in einem Club am Broadway.

»Komm mit zu mir«, hauchte er, als sie den Club verließen und er ein Taxi heranwinkte.

In dieser Nacht brach Melvin erstmals sein ungeschriebenes Gesetz, keiner Frau zu erlauben, ihn nach Hause zu begleiten. Er entschuldigte sein Verhalten vor sich selbst damit, dass er sie ja nur mit ins Apartment genommen hatte. Auch das bedauerte er bald.

Zwei Monate vergingen und Barbara wohnte praktisch bei Melvin. Zumindest verbrachte sie weitaus mehr Zeit in seinem Apartment als in ihrer eigenen Wohnung. Und sie hatte es sogar geschafft, ihn zu überreden, sie mit ins Dorp zu nehmen.

Manchmal bot sich Barbara bei seinen Konzerten eine Gelegenheit, ihre Autogramm-Sammlung zu vergrößern. An den meisten Abenden war sie einzig das Sternchen an der Seite des Stars.

Nüchtern betrachtet, verstand Melvin nicht, was er an ihr fand. Sie sah nicht schlecht aus, doch verglichen mit Deborah waren ihre Gesichtszüge eher grob. Es mangelte ihr an Stil. Abgesehen davon, war sie weder bemerkenswert intelligent noch besonders amüsant.

Das Einzige, was sie im Nu gelernt hatte, waren die Namen der Designer, deren Kleider sie am meisten begeisterten. Logischerweise kannte sie auch jene, die passende Schuhe und Taschen anboten für die Dame mit der goldenen Kreditkarte ihres Liebsten. Zugleich war sie verrückt nach Schmuck und entwickelte Geschick darin, Melvin auf mögliche Geschenke hinzuweisen.

Ihren Job hatte sie aufgegeben. Ok, das durfte er ihr nicht vorhalten. Er hatte darauf bestanden, als es ihn nervte, dass sie müde war, weil sie früh rausmusste, während sein Schwanz ihre ganze Hingabe forderte. Und genau da hatte die Misere ihren Ursprung. Der vernünftige Melvin am Morgen hätte sich längst von ihr getrennt, sein geiles Ich am Abend ließ das nicht zu.

2

Ein anstrengender Tag lag hinter Melvin. Sie hatten mit dem neuen Backgroundchor geprobt, der ihn künftig neben den Musikern auf der Bühne unterstützen sollte. Melvin war nie zuvor mit einem Chor aufgetreten und tat sich schwer damit. Es dauerte ewig, bis sie ein einigermaßen funktionierendes Arrangement fanden. Entsprechend ausgelaugt fühlte er sich am Ende des Tages.

Hätte es Barbara nicht gegeben, wäre er nach Staten Island gefahren und hätte die Welt bis zum Konzert am kommenden Abend ausgesperrt. Aber sie hatte mehrmals im Büro angerufen und genervt, weil sie sich vernachlässigt vorkam. In der Hoffnung, sie zu besänftigen, fuhr er zum Apartment.

Barbara erwartete ihn mit Gezeter. Melvin fand ihre Stimme schrill und unangenehm und verstand nicht, dass sie kein Gespür dafür hatte, wann es genug war.

»Halt endlich die Klappe«, rief er.

»Du verbietest mir nicht den Mund. Ich sitze hier die ganze Zeit rum und warte auf dich.«

»Du musst hier nicht rumsitzen. Meine Kreditkarte hast du doch.«

Barbara holte ihre Handtasche, fingerte die American Express Card hervor und schleuderte sie auf den Tisch. »Du hast gesagt, ich hätte genug Klamotten und …«

»Und das hat dich noch nie interessiert. Du bist eine geldgeile Schlampe.«

Sie ergriff die Blumenvase, die auf einem Sideboard stand und warf sie nach Melvin.

Er wich aus. Die Vase zerschellte am Boden.

»Echt jetzt? Bist du völlig übergeschnappt?« Er trat auf sie zu und als sie etwas anderes greifen wollte, um es ihm entgegenzuschleudern, packte er sie grob am Arm.

Mit der freien Hand verpasste Barbara ihm eine Ohrfeige.

Melvin ließ sie los. »Du kannst mich mal.« Er stürmte aus der Wohnung.

Vor der Haustür blieb er stehen und überlegte, was er mit dem Abend anfangen sollte.

»Melvin«, riefen Fans von der anderen Straßenseite.

Er winkte ihnen zu, machte aber, dass er wegkam. Sein mintgrüner Chevrolet parkte am Straßenrand. Er erreichte das Auto, bevor die Fans ihn einholten. Mit quietschenden Reifen raste er los.

Er fuhr ziellos umher und fand sich in Chinatown wieder. Dieser Tag und der anschließende Streit hatten ihm zugesetzt. Er musste runterkommen. Glaubte, dass ihm das am besten in Ms. Yen's Wánggông gelingen würde.

Melvin sehnte sich nach Ruhe. Er zog sich zum ersten Mal überhaupt in ein Separee zurück und bestellte die übliche Dosis ›Vergissalledeinesorgenundseihappy‹. Auf eine der Damen verzichtete er bewusst.

Weder Whisky noch Pillen genügten, um vom Streit mit Barbara abzulenken. Dieser Abend verlangte nach mehr.

Ms. Yen persönlich kümmerte sich um ihn. »*Lăoyé* Melvin, bedenken Sie, dass Sie schon zwei Pillen geschluckt haben.«

»Bringen Sie mir was Stärkeres.«

»Wie wäre es mit einer Pfeife?«

Er schüttelte den Kopf.

»Gut, *Lăoyé* Melvin, ich habe etwas für Sie. Geben Sie mir zuvor eine Adresse für den Taxifahrer, falls Sie am Morgen noch nicht wieder ansprechbar sind.«

Hier denkt man auch an jede Eventualität. Er runzelte die Stirn und gab ihr die Anschrift des Apartments in Soho und dachte nicht weiter darüber nach.

An diesem Abend war ihm alles gleichgültig. Er warf die Pille ein, die man ihm reichte, ohne zu wissen, was er da schluckte. Hätte man ihm gesagt, dass er DOM oder Dimethoxymethyl-Amphetamin nahm, hätte ihm das nichts gesagt und ihn schon gar nicht angehalten.

Melvin lehnte sich auf seinem Diwan zurück und wartete, dass etwas passierte. Dass es ihn gedanklich ausknockte. Nichts dergleichen geschah. Er kippte ein halb gefülltes Glas Whisky hinterher.

Der Alkohol wirkte wie eine Initialzündung. Er schaffte es kaum, das Glas auf das Tischchen neben dem Diwan zu stellen. Die Konturen des Mobiliars, eigentlich des gesamten Separees, verschwammen. Das Licht erschien ihm unvermutet gleißend hell. Auch die anturnende Musik, die bisher leise im Hintergrund gespielt hatte, klang auf einmal ganz anders und viel lauter als zuvor. Melvin versuchte aufzustehen. Alles schwankte. Nirgendwo ließ sich Halt finden. Er fiel auf den Diwan zurück. Bewegungslos dämmerte er vor sich hin.

Barbara … Es war ihm unmöglich, den Gedanken festzuhalten. Illusorisch, überhaupt zu denken. Melvin war gefangen in einem Rausch aus Farben und Tönen und Lichtern. Er hatte das Gefühl zu zittern. *Zittere ich oder halluziniere ich?*

Genauso wenig konnte er abschätzen, wie lange er bereits auf diesem Diwan lag. Fünf Minuten? Eine Stunde? Fünf Stunden?

Manchmal fühlte es sich an, als würde sein Körper sich auflösen und in den Brei aus Farben einfließen, um dann mit dem Universum zu verschmelzen. Aber um ein körperloser Teil des Universums zu werden, jagte sein Herz zu stark. *Wieso rast mein Herz so?*

Melvin japste nach Luft. Angst ergriff ihn. *Ich muss hier raus … Wo bin ich … Ich …*

Der Trip wollte und wollte kein Ende nehmen.

Es war taghell, als zwei Männer ihn stützten und nach draußen brachten. Melvin quälte die Sonne, meinte, dass sie ihm die Augen ausbrannte. Er schloss die Lider, merkte, wie er schwankte. Ohne die Typen an seiner Seite wäre er sicher gefallen.

Er verengte die Augen zu Schlitzen, um der Helligkeit zu entkommen, aber dennoch seine Umgebung wahrnehmen zu können. Es gelang ihm nicht, den fließenden Konturen Realität abzuringen. Stattdessen kam es ihm vor, als wollten ihn die Farben abermals in einen Sog ziehen.

Er riss die Augen auf. Erkannte sein Bett. Hatte keine Ahnung, wie er in das Apartment und in seinen Schlafbereich gekommen war. Halb bewusstlos dämmerte er vor sich hin, bis bleierner Schlaf ihn erlöste.

Irgendwann erwachte Melvin. Ein Blick auf die Uhr zeigte, dass es bald Zeit für die Music Hall wurde. Er war froh, dass er an diesem Abend nur vier Songs am Ende eines gemischten Programms spielen musste. Andersrum war er zu stoned, um ein einziges Lied zu singen.

In den vergangenen Jahren hatte er immer wieder Drogen konsumiert. Nichts Hartes und niemals in den Mengen oder der Häufigkeit, dass er ständig benebelt war, oder gar in eine Abhängigkeit geriet. Nur so viel, wie er glaubte, für seine Kreativität zu benötigen.

Zumindest reichte seine Erfahrung, um zu wissen, dass Insider Megaphen als Gegenmittel bei Halluzinogenen einwarfen. Sie genügte auch, um sich das Zeug zu besorgen. Selbstredend nur für den Notfall. Dieser war eingetreten und die Pillen sollten ihm nun den Arsch retten. Er warf zwei ein und schaffte es irgendwie, sich umzuziehen.

Als Melvin de Flame an diesem Abend auf der Bühne stand, erschien ihm sein Publikum in wogenden Farbvisionen. Seine Songs klangen, als wären sie neu komponiert. Er bemerkte es und konnte doch nichts dagegen unternehmen. Die Finger, mit denen er die Gitarre bearbeitete, entwickelten ein Eigenleben und seine Stimme hörte sich an wie die eines Fremden.

Melvin entdeckte Alan, der am Bühnenrand durch den Vorhang lugte. Der Partner wirkte, als stehe er kurz vor einem Wutanfall oder doch eher vor einem Weinkrampf. Melvin war zu benebelt, um Alans Gesichtsausdruck zuverlässig zu deuten.

Die Fans applaudierten trotz allem ekstatisch am Schluss der Darbietung. Ohne die Rufe nach einer Zugabe zu beachten, schwankte Melvin vorbei an Alan in Richtung Garderobe. Er stolperte die Treppen hinauf. Die Rhythmen der eigenen Musik hämmerten in seinem Kopf.

Er hörte das Kreischen der Fans, obwohl in der Garderobe absolute Stille herrschte. Zum Herzrasen, das ihn immer noch plagte, gesellten sich Übelkeit und ein Schwindelgefühl. Er wollte sich an einem Stuhl festhalten, aber der fiel zu Boden. Melvin auch.

Irgendwann rappelte er sich wieder hoch. *Vielleicht hilft eine Dusche.* Seine Hände verkrampften und es gelang ihm nicht, sich auszuziehen. Er setzte sich auf den Boden, um nicht wieder umzukippen. Warf eine weitere Megaphen ein, hoffte, dass die Pille den Trip beenden würde.

Auf einmal stand Alan in seiner Garderobe.

Melvin sah, dass sich sein Mund bewegte, die Worte kamen jedoch verzögert an.

»Verdammt. Was. Hast. Du. Genommen?« Alan half ihm auf die Beine.

Melvin wollte etwas sagen, brachte aber nur unverständliches Murmeln heraus.

»Komm, ich bring dich nach Hause.« Alan wusste nicht, was er sonst hätte tun sollen. »Was hast du genommen?«, fragte er abermals, als er Melvin auf dem Weg zum Ausgang stützte.

»Meee … ga … ga …«

Als Alan die Tür verschloss, brach Melvin zusammen. Er lag in eigenartiger Position auf dem Straßenpflaster. Sein Körper zuckte unkontrolliert. Die Augen weit geöffnet, schien er nicht wahrzunehmen, was um ihn herum geschah.

»*Merde!* Verdammt …« Alan rüttelte Melvin. Er zeigte keine Reaktion. Also hastete er zurück nach drinnen. Rannte den Flur entlang zum nächsten Telefon. Dort wählte er die 911. Die Sekunden, die er auf die Verbindung warten musste, kamen ihm endlos vor.

»Sie müssen kommen, bitte. Sie müssen kommen!«, schrie er in den Hörer.

»Okay. Bleiben Sie ruhig! Okay?«

»Wir sind in der Fabulous Music Hall. Bitte schnell …«

»Sir, beruhigen Sie sich. Sagen Sie mir, was passiert ist?«

»Ich glaube, er hat Megaphen genommen. Bestimmt auch noch was anderes. Ich weiß es nicht genau. Kommen Sie schnell. Bitte!«

»Okay, beruhigen Sie sich. Wie alt ist er?«

»Siebenundzwanzig. Bitte schnell. Ich glaube, er stirbt.«

Als die Ambulanz vorfuhr, hatte es begonnen zu regnen. In den Regen mischten sich einzelne Schneeflocken. Alan saß mit Melvin im Arm auf dem Pflaster des Bürgersteigs. Er spürte weder die Nässe noch den eisigen Wind. Sicherheitsleute der Hall schirmten sie gegen die Schaulustigen ab, die sich inzwischen versammelt hatten. Melvin bekam von alledem nichts mit.

Die Rettungskräfte legten ihn auf eine Trage und schoben diese nach der Erstversorgung in den Krankenwagen.

»Wird er es schaffen?«, fragte Alan den Notarzt.

»Wir tun unser Bestes, aber … Wollen Sie mitfahren?«

Alan sprang in den Rettungswagen. Die Türen wurden zugeschlagen und die Ambulanz setzte sich mit Blaulicht und Sirene in Bewegung. Alan hielt Melvins Hand und betete.

Der Notarzt brachte sein ganzes Können auf, um Melvin ins Leben zurückzuholen. Am darauffolgenden Vormittag war er so weit wieder hergestellt, dass ihn nichts mehr im Hospital hielt. Gegen den Rat der Ärzte entließ er sich selbst.

Alan holte ihn ab. Sie verschwanden durch einen Seiteneingang aus der Klinik und er fuhr Melvin in seinem Porsche nach Staten Island.

Später dementierte er gegenüber den Presseleuten alles, was mit Drogen zusammenhing und behauptete, Melvin hätte eine Lebensmittelvergiftung erlitten.

3

»Warum ziehst du dich an?« Barbara sah Melvin lüstern hinterher, als er das Bett verließ.

»Ich habe zu arbeiten.«

Sie wollte ihn festhalten, doch er entzog sich geschickt ihrem Griff. Sein Blick streifte ihren nackten Körper, blieb an den Brüsten hängen und ging dann tiefer. In Gedanken spürte er, wie ihn ihre Beine wie Fangarme umschlossen, und bemerkte, dass sich seine Hose an der gewissen Stelle spannte. Riss er sich nicht sofort von diesem Anblick los, würde er ihren Lockungen erliegen, so viel war sicher. »Nicht jetzt. Ich habe einen Termin mit Al.«

»Das kann doch nicht so wichtig sein.«

Melvin steckte sein Hemd in die Hose. »Es ist wichtig. Seit neulich ist er ziemlich empfindlich.« Sein Gesichtsausdruck veränderte sich. Er hasste es, daran erinnert zu werden, dass er mit siebenundzwanzig Jahren beinahe zur Legende geworden wäre. Darauf konnte er verzichten, hing viel zu stark an den irdischen Annehmlichkeiten.

»Und was wird aus mir?« Barbara zog einen Schmollmund.

»Lass dir von Mrs. White ein Frühstück bereiten.« Melvin kam zum Bett. Er kramte in seiner Hosentasche und zog ein paar Hunderter heraus, die er ihr zuwarf. »Dann geh einkaufen.« Ohne sie eines weiteren Wortes zu würdigen, verließ er das Schlafzimmer.

Er stieg die Treppe hinunter. In der Diele traf er auf seine Haushälterin. »Paula, machen Sie bitte für Barbara ein reichliches Frühstück.«

»Natürlich, Mr. Caine.« An der Art, wie Mrs. White sprach, erkannte er, dass sie seine Freundin nicht mochte.

Er lächelte. »Danach geht sie shoppen und Sie haben einige Stunden Ruhe.«

»Danke.«

»Und, Paula, rufen Sie bitte Al Brolin an und sagen Sie ihm, dass ich unterwegs bin.«

Auf der Fahrt nach Manhattan geriet Melvin in einen Stau und brauchte für die zwanzig Meilen weit mehr als eine Stunde.

»Hallo, Laura«, rief er seiner Sekretärin im Vorübergehen zu.

»Gut, dass Sie kommen, Mr. de Flame. Mr. Hamlin von Star Records hat schon zweimal angerufen und ein T. J. Hays wartet auf Sie. Ich konnte ihn nicht abwimmeln.«

»Was will er?« Melvin hatte nicht die geringste Lust auf diesen Bürokram. Seit seinem Zusammenbruch überwand er sich dazu, um Alan milde zu stimmen.

»Sie davon überzeugen, dass er ein unentdeckter Stern am Musikhimmel ist. Ms. Winter erzählte neulich, dass sie früher durch Kneipen gezogen sind, um neue Musiker zu finden. Ist das wahr?«

»Tatsächlich. Ich erinnere mich kaum noch daran.« Seine Stimme nahm einen geschäftsmäßigen Klang an. »Verbinden Sie mich erst mit Hamlin und dann schicken Sie den unentdeckten Star herein. Und informieren Sie Mr. Brolin, dass ich hier bin und in einer halben Stunde zu ihm komme.«

»In Ordnung, Mr. de Flame.«

Melvin trat in sein Büro, raffte die Haare zusammen und streifte das Gummiband über, das er für diesen Zweck am Handgelenk trug. Ihm blieb gerade die Zeit, sich ein Glas Wasser einzugießen, als das Telefon klingelte.

»De Flame.«

»Endlich erreiche ich Sie. Sie erinnern sich, worüber wir neulich beim Abendessen geredet haben?«, fragte Roger Hamlin. Er hatte Finchers Posten geerbt, als dieser zu Fabulous Records wechselte. »Inzwischen habe ich mit Vincent gesprochen. Er hat Sie bei einigen Konzerten gesehen und ist interessiert.«

»Was bedeutet, er ist interessiert? Er kann froh sein, wenn ich mitmache. Glauben Sie, ich hab meine Zeit in der Lotterie gewonnen?«

»Er ist froh. Aber bleiben Sie auf dem Teppich. Sie können ebenso zufrieden sein. Ein Film ist einzigartige Publicity für Sie, de Flame und das auf der ganzen Welt und nicht nur im Lokal-TV.«

»Haben Sie ihm meine Bedingung genannt, Roger?«

»Er ist einverstanden, dass Sie unter Ihrem Namen auftreten.«

»Zu welchen Konditionen?«

»20.000 pro Drehtag. Geplant sind zwei Wochen.«

»Bei 40.000 unterschreibe ich den Vertrag.«

»Das zahlt der alte Geizhals nie«, sagte Hamlin im tiefen Brustton der Überzeugung.

»Soll er jemanden von der Straße auflesen, der macht es für hundert. Wenn er meint, er kann auf zugkräftige Namen verzichten, von mir aus.«

»Gut, de Flame, ich spreche noch mal mit Vincent.«

»Tun Sie das.« Er legte auf.

Ihm blieb kaum Zeit zum Durchatmen, bis es forsch an die Tür klopfte.

»Ja.«

T. J. Hays trat ein. »Melvin de Flame?«

»Steht an der Tür.«

»Sie sehen so anders aus hinter dem Schreibtisch. So normal.«

»Ich hoffe, Sie stören mich nicht, um meine Normalität zu beurteilen.« Melvin war ärgerlich über Hamlins Angebot. Außerdem hatte er sich von Alan abgeguckt, wie man auftrat, um nicht vorab Zugeständnisse zu machen.

»So habe ich das nicht ...« Hays nahm die Sonnenbrille ab.

»Was wollen Sie?« Melvin musterte sein Gegenüber von oben bis unten. Hays war eine imposante Erscheinung, groß und kräftig mit einem kantigen Gesicht, das durch buschige Augenbrauen und einen 3-Tage-Bart männlich markant rüberkam. Er trug Jeans, eine schwarze Lederjacke und einen dunklen Cowboyhut.

»Ich möchte in der Fabulous Music Hall auftreten, meinetwegen ein paar Mal zur Probe, aber ich bin auf jeden Fall an einem festen Vertrag interessiert.« Hays ließ keinen Zweifel daran, dass er wusste, was er wollte.

»So einfach ist das nicht, Mr. ...« Melvin gab vor, sich seinen Namen nicht gemerkt zu haben.

»T. J. Hays.«

»Also, Mr. Hays, gäben wir jedem einen Vertrag, der hier hereinspaziert und meint, er sei der geborene Musiker, müssten wir vierundzwanzig Stunden am Tag Konzerte veranstalten. Das wäre öde. Oder meinen Sie nicht?« Melvin grinste. »Wie gedenken Sie mich zu überzeugen, dass ich Ihnen, sagen wir ...« Er gab sich den Anschein schwerwiegender Überlegungen. »Fünf Minuten für einen Song zur Verfügung stelle?«

Hays' Gesicht verzog sich zu einem jovialen Grinsen. »Ich komme von Kansas rüber. Habe in der Kansas City Music Hall gespielt und vor einem halben Jahr meine Single ›Road to Wichita‹ auf Platz drei der Top 10 platziert. Hier ist ein Demoband mit den letzten Songs, das Album ist überall erhältlich. Hören Sie mal rein und rufen Sie mich bei Interesse an, wenn der Vertrag fertig ist. Ihre Sekretärin hat meine Nummer.«

Melvin nahm das Band entgegen und schaute Hays sprachlos hinterher, als dieser grußlos das Büro verließ. Er brauchte einige Minuten, um den Affront zu verarbeiten.

Mittlerweile war es halb elf. Melvin erhob sich schwerfällig und ging zu Alan, der ihn bereits erwartete.

»Komm und setz dich, Mel, wir haben einiges zu bereden.«

Melvin war nicht bei der Sache. »Sag mal, hast du je was von einem T. J. Hays gehört?«

»Er ist superb. Hatte einen Hit in den Charts. Mir fällt gerade der Titel nicht ein, aber es ist noch nicht lange her.«

»Ein halbes Jahr.«

»Warum fragst du, wenn du es besser weißt?«

»Er war gerade in meinem Büro.«

»T. J. Hays?«

»Sag ich doch. Ich hab mich wie ein Idiot verhalten.«

Alan grinste. »Du wirst es überleben und er auch. Wie geht's Barbara?« Bei der Frage veränderte sich sein Tonfall.

»Sie nervt und gibt mein Geld aus.«

»Ohne sie wäre es nicht so weit gekommen.«

»Fängst du wieder an?« Seit jenem Abend verging kein Tag, an dem Alan nicht irgendwelche Vorhaltungen parat hatte. Das Schlimme war, dass Melvin ihm recht geben musste.

»Nein. Wir haben das ausdiskutiert und ich glaube, dass du zu sehr am Leben hängst, um diesen Stunt zu wiederholen. So oder so, diese Lady ist toxisch für dich.«

»Eigentlich nervt sie mich schon lange. Aber …«

»Sie ist 'ne geile Sau im Bett?«

»Sie ist so willig und …«

»Und ein Mann denkt da nicht mit dem Kopf.« Alan grinste verstehend. »Damen wie sie gibt's wie Sand am Meer. Wie sieht dein Terminkalender für diese Woche aus?«

»Voll. Heute Abend habe ich 'ne halbe Stunde für das Konzert bei uns eingeplant. Morgen will ich im Studio arbeiten. Außerdem habe ich einen Aufnahmetermin für die neue Single. Mittwoch fliege ich für ein Konzert nach Boston. Donnerstag ist frei. Das Wochenende ist hier ausgefüllt.« Melvin wartete, bis Alan alles notiert hatte. »Ich hatte vorhin ein Gespräch mit Hamlin. Falls Vincent mit einem akzeptablen Angebot rüberkommt, mach ich den Film. Vierzehn Tage Dreharbeiten. Du solltest dich darauf einrichten.«

Alan legte den Stift aus der Hand. »Gibt es einen Zeitplan?«

»Es ist die Rede von November.«

»Gut, das kriege ich hin.« Er öffnete eine Schreibtischschublade und entnahm ihr einen Stapel Briefe. »Hier habe ich wieder einen ganzen Stoß Fanpost.«

Melvin nahm den Packen entgegen, legte ihn vor sich auf den Tisch. »Hays hat ein Band dagelassen. Wollen wir reinhören?«

»Meinetwegen und anschließend gehen wir etwas essen.«

»Da sage ich nicht nein.«

Die Männer erhoben sich und verließen das Büro.

»Donna, ich bin im Studio und danach zum Lunch. Wenn jemand nach mir sucht, ich werde gegen drei Uhr wieder hier zu erreichen sein.«

»Okay, Boss.«

»Hast du schon Pläne oder feste Termine für Juni?«, fragte Alan.

»Einige, aber die habe ich nicht im Kopf.«

»Wir sollten bald darüber sprechen. Ich muss die Konzerte durchplanen, zumindest für die ersten beiden Wochen.«

»Ich denke daran.«

Sie fuhren mit dem Lift eine Etage tiefer und traten durch die Tür mit der Aufschrift ›Tonstudio‹.

»Hi, Art, spiel uns mal das Band ein.« Alan reichte es dem Tontechniker.

»Bin gleich bereit, Mr. Brolin.«

»Gut, wir setzen uns schon mal.«

Sie beobachteten den Techniker bei seiner Arbeit. Kurz darauf erklang die Stimme von T. J. Hays.

»Was hältst du davon?«, fragte Melvin, als sie zehn Minuten stumm zugehört hatten.

»Er ist verdammt gut. Bist du anderer Meinung?«

»Nein. Leider nicht.«

Alan verkniff sich sein schadenfrohes Grinsen nicht. »Ich denke, wir nehmen ihn unter Vertrag. Was sagt der Experte?«

»Widerspricht nicht. Aber ein Probeauftritt ist zumutbar.«

»Meinetwegen.« Alans Blick verriet, dass er wusste, weshalb Melvin diese Probe vorschlug. »Rufst du ihn an?«

»Ja, ich muss ihn wohl versöhnlich stimmen. Schließlich arbeiten wir in Zukunft gemeinsam und ich beabsichtige nicht, mich in die Konkurrenzkämpfe unserer Musiker hineinziehen zu lassen.«

Kurz vor drei Uhr kehrte Melvin ins Büro zurück. »Laura, verbinden Sie mich mit meiner Haushälterin und anschließend mit T. J. Hays.«

Er warf einen Blick aus dem Fenster, bevor er sich in den Sessel hinter dem Schreibtisch fallen ließ. Dann streckte er sich aus, streifte die Schuhe ab und legte die Füße auf den Tisch. So war es wesentlich bequemer. In dieser Stellung war Arbeiten kaum möglich, aber Melvin empfand sie angenehm beim Telefonieren.

Komisch, dass ihm seine Mutter einfiel. Vielleicht, weil sie ihm von klein auf beibringen wollte, dass diese Sitzposition nicht in ihr Bild von gutem Benehmen passte. *Ich hab ewig nicht mehr bei ihr angerufen,* dachte er schuldbewusst und automatisch langte seine Hand nach dem Hörer. »Laura, die beiden Gespräche bitte erst in zwanzig Minuten.« Dann wählte er die Telefonnummer seines Elternhauses. Es klingelte einige Male, ehe jemand abnahm.

»Jackie? Hier spricht Melvin.«

»Hallo, Vin. Wir haben lange nichts von dir gehört. Na ja, ab und zu sehen wir dich im Fernsehen oder lesen in Zeitungen, wo du gerade bist. Ich hole Mutter.«

»Mein Junge.« Elsas Stimme klang erstickt.

Ist sie gerannt oder kämpft sie gegen die Rührung, die der Anruf auslöst? Melvin hielt das Zweite für wahrscheinlicher und schämte sich, weil er sich kaum meldete.

»Ist bei dir alles gut, bist du gesund?«

»Ja, Mom. Mach dir keine Sorgen. Sag mir lieber, wie es dir geht.«

»Ich vermisse dich, Melvin. Du musst mich besuchen. Manchmal denke ich, du hast deine Mutter vergessen.«

»Bitte sprich nicht so, du weißt, das ist nicht wahr. Hätte ich mehr Zeit, würde ich öfter kommen.« Das letzte Mal hatte er sie beim Konzert in Dansville gesehen. »Ich hetze von einem Termin zum nächsten. Wahrscheinlich drehe ich sogar einen Film. Es wäre besser, wenn ihr nach New York kämet.«

»Einen Film?« Ihre Stimme klang selig.

»Ja, Mom. Wie ist es, willst du nicht mit Jackie rüberkommen?« Das schlechte Gewissen ließ ihn das fragen.

»Ich weiß nicht, Melvin.«

»Das ist doch kein Problem, Mom. Ihr setzt euch nach dem Frühstück ins Auto und seid am Nachmittag hier.« Er überlegte kurz. »Oder besser noch, ihr fliegt nach Los Angeles. Wenn ich in der Nähe zu tun habe, verbringen wir Zeit miteinander. Außerdem würde dir das Klima guttun. Wohnen könntet ihr in meinem Haus in Venice.«

»In Venice?«

»Habe ich dir nicht erzählt, dass ich mir letzten Sommer ein Strandhaus in Venice Beach gekauft habe?«

»Ja, ja. Aber fliegen möchte ich nicht. Diese Dinger machen mir Angst. Besser du besuchst uns. Es muss doch möglich sein, dass du ein paar Tage nicht auftrittst.«

»Gut, Mom, wenn ich dich gar nicht überzeugen kann … Einen Tag werde ich mich freimachen können. Gib mir Jackie noch mal.«

»Meinetwegen, aber versprich mir, dass du kommst.«

»Ehrenwort.« Als seine Schwester am Telefon war, fragte er: »Hast du auch Angst vorm Fliegen?«

»Warum sollte ich?«

»Möchtest du mich zu Weihnachten besuchen?«

»Meinst du das ernst, Vin?«

»Na klar.«

»Mutter erlaubt das nie.«

»Ich werde sie schon rumkriegen.«

»Das wäre toll, Vin«, sagte die 16-Jährige.

»Ruf mich doch mal an.«

»Sie lässt mich nicht. Weil sie nicht anruft, darf ich auch nicht.«

Melvin seufzte. Gegen die Marotten seiner Mutter kam selbst er nur selten an. »Die Sache mit Weihnachten regle ich.«

»Prima.«

»Bis bald, Jackie.« Melvin legte auf. *Ich sollte mich mehr um sie kümmern.*

Gleich darauf stellte seine Sekretärin das erste Telefonat durch, das er in Auftrag gegeben hatte. Mrs. White meldete sich aus Staten Island.

»Hallo, Paula. Ist Barbara wieder auf der Bildfläche erschienen?«

»Bis jetzt nicht.«

»Wenn sie eintrifft, sagen Sie ihr bitte, sie soll nach Soho fahren. Ich werde gegen sechs auch dort sein. Sie kann mich zum Konzert begleiten.«

»In Ordnung, Mr. Caine. Ich komme rüber und bereite eine Kleinigkeit zu essen vor?«

»Machen Sie das, Paula. Muss aber nichts Besonderes sein.«

Melvin legte den Hörer zurück und sah zur Uhr. Die Zeit verging wie im Fluge. Gestern Abend war ihm die Idee für einen neuen Song gekommen und er brannte darauf, mit ihr zu experimentieren. Abermals läutete das Telefon.

»De Flame.«

»Ich habe Mr. Hays am Apparat.«

»Okay.« Es knackte in der Leitung. »Hallo, Mr. Hays.«

»Haben Sie sich das Demoband schon angehört?«

»Habe ich. Es ist nicht schlecht.«

»Nicht schlecht?«

»Es ist gut. Wie wäre es mit einem Probeauftritt am kommenden Freitag?«

»Lässt sich einrichten. Wie geht es danach weiter?«

»Ich habe mit meinem Partner, gesprochen. Er hält einen Vertrag für angemessen, wenn Ihre Show mit der Qualität des Bandes mithält.«

»Tatsächlich?« Hays lachte kurz auf. »Wie denken Sie darüber?«

»Ich? Ich sehe es wie Brolin.« Er zögerte. »Der Ehrlichkeit halber muss ich gestehen, dass er Ihnen den Vertrag am liebsten ohne Probe gegeben hätte. Aber nach meinem missglückten Auftritt heute Morgen hielt ich einen Probeauftritt für angemessen.« Jetzt musste sich Melvin bemühen, ernst zu bleiben.

Er hörte Hays auf der anderen Seite ungehemmt lachen. »Ich bin einverstanden.«

»Kommen Sie Freitag im Laufe des Nachmittags, Sie können sich dann mit den hiesigen Gegebenheiten vertraut machen.«

»In Ordnung, Mr. de Flame. Sind Sie auch da?«

»Bis jetzt sieht alles danach aus.«

4

Pünktlich um sechs Uhr traf Melvin im Apartment in Soho ein. Barbara empfing ihn fertig zurechtgemacht für den Abend.

»Hattest du einen schönen Tag?« Er kannte die Antwort.

»Es ging so.«

»Du siehst gut aus. Ist der Fummel neu?«

»Soll ich etwa in einem Kleid zum Konzert, das ich zuvor getragen habe?«

»Das würde ich niemals von dir verlangen.«

»Na also.« Sie bemerkte seine Ironie nicht.

»Warum bist du eigentlich mit mir zusammen?«, fragte Melvin.

»Du kannst vielleicht Fragen stellen.« Sie ging zu ihm und streichelte flüchtig über seine Wange.

»Nun sag!«

»Ich liebe dich. Du bist berühmt, siehst gut aus, meine Freundinnen beneiden mich um den Luxus, in dem wir leben. Wer hat schon so ein Glück? Nicht jede kann die Geliebte eines Melvin de Flame sein.«

»Echt jetzt? Ist das alles?« Er betrachtete sein Outfit im Spiegel des Ankleidezimmers. Später in der Garderobe würde er es gegen die Bühnenklamotten tauschen. Er ging ins Badezimmer und begann, sein Haar so zu stylen, wie es seine Fans gewohnt waren.

»Was sonst noch?« Barbara blieb unschlüssig im Ankleidezimmer stehen.

»Ich weiß nicht. Bis jetzt glaubte ich, man liebt jemanden, weil man ihn toll findet, seinen Charakter, seine Ansichten. Meinetwegen, weil man gern mit ihm zusammen ist, weil der Sex Spaß macht. Es gibt Hunderte Gründe, jemanden zu lieben außer Geld, Berühmtheit oder Neid anderer.« Zorn stieg in ihm auf.

»Was ist los mit dir? Wärst du eine Frau, würde ich denken, du hast deine Tage.« Barbara verzog das Gesicht.

Melvin kam zurück ins Ankleidezimmer. »Komm her!«

»Was ist denn?«

»Schau in den Spiegel. Was siehst du?«

»Dich und mich. Was sonst?«

»Guck genau hin. Wen erkennst du?«

»Melvin de Flame und Barbara Fielding.« Ihr Gesichtsausdruck spiegelte eindeutig wider, dass er sie stresste.

»Besser. Willst du wissen, was ich sehe?«

»Wenn es unbedingt sein muss.«

»Es muss, Babe. Da steht ein Mann, sein Gesicht geschminkt, sodass es keinen Makel aufweist und trotzdem dezent genug, um kaum zu merken, dass es überhaupt geschminkt ist. Die Haare mit Gels und Sprays in eine unnatürlich natürliche Form gebracht. Ganz richtig, Melvin de Flame. Aber wie echt ist er?«

Er beabsichtigte, Barbara etwas klarzumachen. Stattdessen taten sich ihm selbst Erkenntnisse auf, die er bislang nicht wahrhaben wollte. Im Grunde lehnte er es auch jetzt ab, sie zu sehen, doch dafür war es zu spät.

»Ich werde dein Gehirn nicht überstrapazieren. Er entsteht eine Stunde vor seinem Auftritt und bleibt, bis das Rampenlicht verloschen ist. Danach, liebe Barbara, gibt es keinen Melvin de Flame.« Er lachte hysterisch auf. »Du scheinst jemanden zu lieben, den es nicht gibt und wenn das so ist, finanziere ich eine Frau, mit der ich nichts zu schaffen habe.« Er sah mitleidig auf ihrer beider Spiegelbild.

»Blödsinn, du bist Melvin de Flame, ob du nun in diesen Klamotten steckst oder nicht. Ob du auf der Bühne stehst oder bei mir im Bett liegst, das ist egal.«

Er schüttelte bedächtig mit dem Kopf. »Nein, ist es nicht. Vor allem ist es nicht wahr. Ich spiele eine Rolle.« *Womöglich habe ich immer eine Rolle gespielt. Mutter habe ich den verlorenen Ehemann ersetzt. Für meine Fans mime ich das unerreichbare Idol. Und für Barbara den Typen, der ihr Leben finanziert, um sie zum Dank ficken zu dürfen. Wie erbärmlich!*

Diese Gedanken schmerzten und weil Seelenschmerz besonders wehtat, bauten sich in ihm Aggressionen auf. »Melvin de Flame ist nur eine Illusion. Wie die Frau im Spiegel. Ich werde es dir beweisen. Sieh dich an!« Er zögerte nur einen Augenblick. »Da steht eine schöne Frau. Das blonde Haar kunstvoll hochgesteckt, mit einer Diamantspange gehalten. Ein Abendkleid, von dem ich annehme, dass es davon kein zweites gibt. Man glaubt, eine reiche Dame zu sehen.« Er wandte sich vom Spiegel ab und Barbara zu. »Und doch trügt dieses Bild.«

Ruckartig fuhr seine Hand in ihr Haar und zerzauste es. Dass die teure Spange zu Boden fiel, störte ihn nicht.

»Bist du verrückt?« Barbara versuchte, von ihm wegzukommen.

Er hielt sie am Kleid fest und zog sie blitzschnell zu sich zurück. Der Stoff gab nach und riss.

»Melvin …« In ihren Augen schimmerten Tränen.

Er war nicht zu bremsen. Ehe sich Barbara versah, verwandelte sich ihr Chiffonkleid in einen Stofffetzen.

»Melvin …« Sie schluchzte hilflos.

»So und nun schau in den Spiegel.«

Als sie seiner Aufforderung nicht sofort Folge leistete, drehte er ihr Gesicht nicht gerade zärtlich in Richtung Spiegelbild. »Sieh, nichts mehr übrig von der schönen und selbstsicheren Frau. Geblieben ist die Kellnerin, deren einziges Kapital ein Körper ist, noch jung genug, um für einen reichen Schwanz begehrenswert zu sein.«

»Warum bist du so?« Sie sah Melvin an. Tränen rannen über ihr Gesicht und ruinierten das Make-up.

»Geh mir aus den Augen. Ich ertrage deine Jämmerlichkeit nicht länger.« Er sah ihr zu, wie sie hastig ein Kleid vom Kleiderständer zerrte und überstreifte.

»Ich will dich nie wieder sehen!«, rief er ihr hinterher, als sie das Apartment verließ. Wütend knallte er die Tür des Ankleidezimmers zu.

Melvin wusste nicht, wie lange er in den Spiegel gestarrt hatte, als es klopfte. »Was gibt's?«

»Mr. Brolin hat angerufen. Er erkundigt sich, wo Sie bleiben, Mr. Caine.« Mrs. White gab vor, nichts von der hässlichen Szene mitbekommen zu haben.

Melvin stöhnte auf. »Rufen Sie zurück und richten Sie ihm aus, er soll meinen Auftritt an das Ende des Konzertes legen. Sagen Sie, ich hätte Kopfschmerzen oder etwas Ähnliches.«

Er hörte, wie sich die Schritte seiner Haushälterin entfernten, und ging hinüber in den Wohnraum. Dem Barschrank entnahm er eine Flasche

Whisky und ein Glas. Er setzte sich aufs Bett. Mit zitternden Händen goss er das Glas halbvoll, leerte es in einem Zug und füllte nach.

Zittert meine Stimme so wie die Hände, endet der heutige Abend mit einer Katastrophe.

Abermals trank er sein Glas aus.

Melvin spürte, dass etwas geschehen war. Noch gelang es ihm nicht, die Empfindung zu deuten. Er ahnte jedoch, dass er nie wieder so unbefangen sein würde wie vor dieser Auseinandersetzung. Als er die Flasche zur Hälfte geleert hatte, machte sich Mrs. White erneut bemerkbar.

»Ja.« Seine Stimme klang ruhiger, aber auch belegt.

»Mr. Caine, es ist höchste Zeit.« Mrs. White registrierte mit einem Seitenblick die halbleere Flasche. »Ich rufe Ihnen ein Taxi.«

Melvin setzte zum Protest an. Die Haushälterin ließ sich dadurch nicht beirren. »In der Zwischenzeit trinken Sie einen Kaffee in der Küche. Danach fühlen Sie sich wohler.«

Sie behielt Recht. Es ging ihm tatsächlich besser, als er das starke Gebräu intus hatte. Zum Glück klärte sich auch sein Umfeld merklich auf. »Danke, Paula, Sie sind ein Schatz.«

»Dafür sind Haushälterinnen da, Mr. Caine.«

»Nennen Sie mich Melvin, wenn wir allein sind.«

»Aber, Mr. Caine, das ist nicht üblich.«

»Hier ist vieles nicht üblich, also tun Sie mir den Gefallen.«

»Gut.« Sie zögerte. »Melvin.«

In dem Moment klingelte der Taxifahrer an der Tür.

An der Music Hall eingetroffen, umringten ihn Fans binnen kurzer Zeit. Sie riefen ihm etwas zu. Jubelten. Hände strecken sich ihm entgegen. Es war wie immer. Doch an diesem Abend störte ihn die Enge. So gab er den Sicherheitskräften am Eingang einen Wink. Sie eilten heran und schirmten ihn von den Fans ab. Gemeinsam bahnten sie sich den Weg zum Bühneneingang.

»Mr. de Flame? Ich komme vom Music Express. Haben Sie ein kurzes Statement für unsere Leser?« Eine Journalistin hielt ihm über den Arm des Sicherheitsmannes hinweg ein Mikrofon entgegen.

Er drückte es mit der Hand beiseite. »Im Moment keinen Kommentar.«

»Nur einige Worte, Mr. de Flame.«

»Meinetwegen kommen Sie nach dem Auftritt in meine Garderobe, dann gebe ich Ihnen ein kurzes Interview«, sagte er, um sie loszuwerden.

Hastig eilte er zur Garderobe. Als er auch diese Tür hinter sich geschlossen und verschlossen hatte, lehnte er sich dagegen.

Scheiß Tag! Aber was soll's, sie lieben mich. Sein überlegener Gesichtsausdruck erstarb. *Mich?*

Es klopfte an der Tür. Er reagierte nicht darauf.

»Ich bin es.«

Melvin erkannte Alans Stimme, schloss auf und gab die Tür frei.

»Wo zum Teufel hast du gesteckt? Bist du schon wieder auf einem Trip?«

»Schau mich an, ich bin clean.«

»Du siehst aber nicht so aus.«

»Ich habe Barbara rausgeschmissen und 'ne halbe Flasche Whisky getrunken.«

»Bist du verrückt?«

»Keine Sorge, ich bin in der Lage, auf die Bühne zu gehen. Wie viel Zeit bleibt mir?«

»Zehn Minuten. Hast du noch mal mit Hays geredet?«

Melvin sah Alan an, dass er kurz vorm Explodieren stand und über etwas anderes reden musste. »Na klar. Er macht am Freitag seinen Probeauftritt. Am Nachmittag schaut er sich den Laden an. Ich glaube, der Typ ist in Ordnung.«

»Prima. Vielleicht sollten wir darauf hinweisen. Schließlich ist er kein unbeschriebenes Blatt«, sagte Alan.

»Basil soll es vor meinem Auftritt erwähnen.«

»Okay, ich sage es ihm.«

5

Als Melvin de Flame seinen Auftritt beendet hatte, eilte ihm die Reporterin hinterher. Dieses Mal würde er ihr nicht entwischen. Sie sah, dass er die Garderobentür eilig hinter sich schloss.

»Mr. de Flame, Sie hatten mir ein Interview versprochen, erinnern Sie sich?« Sie steckte ihren haselnussbraunen Kopf zur Tür hinein.

»Hab ich?«

»Ja.«

»Na dann … Trinken Sie einen Whisky mit?«

»Da sage ich nicht nein.« Sie war den ganzen Tag irgendwelchen Prominenten hinterhergejagt, um eine Story zu erhaschen. Ohne Erfolg. Und dieser Mann hier vermittelte den Eindruck, dass sie ihm bloß lästig war. Sie fühlte sich ausgebrannt, haderte mit dem Schicksal, das ihr die eine bedeutsame Story vorenthielt.

»Mit Eis und Soda?«

Sie nickte.

De Flame nahm ein zweites Glas zur Hand, goss Soda und Whisky zusammen und ließ Eiswürfel hineinplumpsen.

»Cheers!« Er reichte ihr den Drink.

»Cheers.« Sie erkannte Müdigkeit in seinem Gesicht, realisierte, dass auch er nicht seinen besten Tag hatte. *Hier ist nichts zu holen.* Sie beschloss, das Interview flott abzuarbeiten. In Gedanken sah sie sich in einer Wanne mit heißem Wasser liegen bei Kerzenlicht und einem Glas Wein.

»Mr. de Flame, welche Projekte planen Sie in der nächsten Zeit?« Ihre Stimme klang müde.

»Vielfältige, um genau zu sein.«

»Präziser, wenn es Ihnen nichts ausmacht.« *Ich bin nicht in der Stimmung für Wortspiele.* »Gerüchte sagen, Sie steigen ins Filmgeschäft ein.«

»Ins Filmgeschäft?« Melvin zog die Augenbrauen hoch. »Das ist reichlich übertrieben. Ich stehe in Verhandlungen mit einem Produzenten. Zum

Jahreswechsel plane ich ein neues Album, Konzerte, Konzerte … Wie heißen Sie?«

»Nancy Huston. Sie haben also vor, sich als Schauspieler zu verdingen. Glauben Sie, dass Sie Talent haben?«

Melvin schüttelte den Kopf. »So dürfen Sie das nicht sehen. Es ist ein Film über Musik. Da braucht es keine besondere Fähigkeit. Es ist nur eine andere Bühne. Wenn ich mir manche Darsteller ansehe, haben sie genauso wenig schauspielerisches Talent wie ich.« Er grinste.

»An wen denken Sie da?«

»Wenn Sie glauben, dass ich Namen nenne, muss ich Sie enttäuschen.«

»Gibt es schon einen Termin für den Drehstart?«

»Bis jetzt steht nicht mal fest, ob ein Vertrag zustande kommt.«

»Wovon hängt das ab? Geld?«

»Die Konditionen sollten stimmen.«

»Ich verstehe. Wann ist die nächste Tournee vorgesehen?«

»Es gibt keine konkreten Pläne. Haben Sie Hunger, Nancy Huston?« De Flame lehnte sich zurück.

»Ein wenig«, sagte sie kühl.

»Gehen wir was essen. Ich ziehe mich nur um.«

Sie zögerte. »Gut.« Wenn sie schon keine überragende Story hatte, würde sie wenigstens nicht mit knurrendem Magen nach Hause kommen.

Sie fuhren zu einem italienischen Restaurant und ließen sich einen Tisch in der Ecke geben. Melvin aß hier ab und zu. Es war nichts Besonderes, aber er wusste um die gute Küche. Außerdem fühlte er sich nicht in Stimmung für eines der Nobelrestaurants, in die Alan ihn gewöhnlich schleppte.

Melvin bestellte Cannelloni mit einer Ricotta-Spinat-Füllung. Dazu orderte er eine Flasche Wein. Auch wenn ihm Wein nach wie vor nicht schmeckte, empfand er ihn in Gesellschaft einer Frau als passendes Getränk zum Essen.

Die Reporterin entschied sich für Fettuccine Alfredo.

»Schreiben Sie schon lange für den Music Express?«, fragte Melvin.

»Zwei Jahre. Aber ich stecke trotzdem bei Kurzmeldungen fest oder Statements von Künstlern, wenn ich mal einen erwische. Lieber wäre mir eine Artikelserie oder eine Reportage mit Fotos und allem, was dazu gehört.«

»Keine Chance?«

Der Kellner brachte den Wein. Melvin testete den winzigen Probierschluck und nickte ihm zu.

Nachdem sie sich kurz zugeprostet hatten, griff Nancy das Gespräch wieder auf. »Vier Jahre Berufserfahrung sind verschwindend wenig. Es gibt nicht viele Gelegenheiten, um über etwas Sensationelles zu berichten. Reporter haben den Ruf, lästig zu sein, das macht es nicht leichter. Dazu kommt, dass man in dieser Branche sowieso schwer an jemanden herankommt. Musiker halten sich für den Nabel der Welt.« Sie winkte ab. »Vergessen Sie's. Es ist spät und ich bin müde und sollte so nicht reden.«

Melvin goss ihr nach. »Trinken Sie, dann geht es Ihnen besser.«

»Manchmal ist es deprimierend, dass jeder Kniefälle erwartet, bevor er einem ein paar Brocken hinwirft.« Sie senkte den Kopf.

»Wundert Sie das? Ihr Journalisten seid wie Leim. Klebt ihr erstmal an einem, wird man euch schlecht wieder los. Egal, was man sagt, ihr verdreht es.« Er zuckte mit den Schultern. »Da hält man besser den Mund.«

»Jeder muss seine Brötchen verdienen. Sie nicht?«

Der Kellner brachte das Essen.

»Um jeden Preis?«, fragte Melvin, als sie wieder allein waren.

Nancy überdachte ihre Antwort. »Nicht um jeden. Aber wenn man weiß, dass man gut ist. Mit einer Knaller-Schlagzeile macht man sich einen Namen. Ein einziges Mal am richtigen Ort zur rechten Zeit sein.«

»Also auf einen glücklichen Zufall hoffen?«

»Oder einen tragischen. Ein früherer Kommilitone war gerade ein halbes Jahr beim San Antonio Inquirer, als er ein Interview mit dem Besitzer eines Motels machte. Es drehte sich um etwas total Banales. Als er samt Fotografen das Motel verließ, flog draußen ein Wagen in die Luft. Der Fotograf schoss ein paar Bilder, wie die Familie zu dem brennenden Auto rannte. Damit gehörte ihm die erste Seite der nächsten Ausgabe. Es wurde viel unter den Tisch gekehrt, aber es gab Gerüchte, dass da die Drogenmafia einen Zeugen entsorgte. Mein Kommilitone musste sich nie wieder mit Banalem abgeben.«

»Hmm … Ist 'ne irre Geschichte.«

»Ich sage nur, dass es auch für Reporter nicht leicht ist. Manchmal sinkt da die Hemmschwelle.«

»Wir sind in Geschäften tätig, die nicht miteinander klarkommen.« Melvin legte eine kurze Pause ein. »Ich schlage vor, wir lassen uns das Essen schmecken und vergessen, womit wir unsere Brötchen verdienen.«

»Das ist der erste vernünftige Vorschlag heute.« Ein Lächeln huschte über Nancys Gesicht.

»Besser?«, fragte Melvin, als sie fertig waren.

»Wesentlich.« Sie tupfte sich den Mund mit ihrer Serviette ab und schob den Teller zur Seite.

»Sie sehen hübsch aus, Nancy Huston, wenn Sie so lächeln wie jetzt.«

»Danke.«

»Verstehen Sie es falsch, wenn ich frage, ob wir bei mir noch etwas trinken wollen?«

»Bei Ihnen zu Hause?«

»Ja, unter der Bedingung, dass Sie keine Story daraus machen.«

»Ich schwöre.«

Als sie im Taxi saßen, legte Melvin seine Hand auf ihren Schenkel. Er erkannte trotz der spärlichen Beleuchtung ihren Gesichtsausdruck. Etwas wie Neugier lag darin. Er sprach kein Wort, beugte sich zu ihr hinüber und seine Lippen näherten sich den ihren. Er spürte, wie sie sich erst dagegen sträubte, dann aber den Mund öffnete.

»Wir sind da«, sagte Melvin mit belegter Stimme, als das Taxi hielt.

Sie stiegen aus und gingen zu seinem Apartment.

Kaum hatte sich die Wohnungstür geschlossen, lagen sie sich in den Armen. Melvin trat einen Schritt zurück und betrachtete Nancy. Sie war weder schön wie Deborah noch sinnlich wie Barbara. Eine durchschnittliche Frau. Ihr kinnlanges Haar fiel gerade herunter. Hellbraune Augen sahen ihn neugierig an. Sie trug einen engen Rock und eine zartgelbe Bluse. Das konservative Business-Outfit stand ihr. Und Melvin sehnte sich in diesem Moment nach einem Stück Normalität.

Seine Hände fanden die ihren, ohne hinzusehen. Er führte sie hinauf und drückte ihren Körper gegen die Tür. Langsam senkte er seinen Kopf und küsste sie fordernd. Seine Lippen wanderten über ihren Hals hinunter zu den Ansätzen der Brüste.

Er ließ sie los, löste die Knöpfe ihrer Bluse. Nancy kam ihm zu Hilfe, dann griff sie nach seinem Hosenbund, öffnete fingerfertig erst den Gürtel, dann den Reißverschluss. Melvins Hand schob ihren Rock hinauf und rutschte in ihr Höschen, was sie aufstöhnen ließ. Seine Augen waren halb geschlossen und er atmete schneller, als er mit zwei Fingern in sie eindrang.

Nancy hatte am nächsten Morgen Orientierungsprobleme. Als sie Melvin de Flame in den Raum kommen sah, leuchtete in ihrem Hirn eine ganze Lichterkette auf. Sie zog die Decke bis zum Kinn. »Peinlich, peinlich … Ich war auf eine Story aus und jetzt liege ich in Ihrem Bett.«

»Was frühstückst du für gewöhnlich?«

»Wie können Sie an Frühstück denken, wo ich versuche, mich einigermaßen korrekt aus der Affäre zu ziehen?« *Wie konnte ich mich dazu hinreißen lassen, mit jemandem ins Bett zu steigen, den ich interviewt habe?*

»War es so furchtbar?« Melvin setzte sich zu ihr auf die Bettkante.

Sie senkte den Blick. »Quatsch. Aber überdenken Sie mal die Situation. Sie müssen nun restlos davon überzeugt sein, dass ich für eine Story vor nichts zurückschrecke. Der große Star und die kleine Reporterin, kitschiger geht's nicht.«

»Nancy.« Melvins Hand legte sich unter ihr Kinn und drückte es sanft nach oben. »Entscheidend ist, was wir daraus machen. Was willst du nun frühstücken?«

»Für gewöhnlich trinke ich morgens nur schwarzen Kaffee.«

»Darf es nach so einer Nacht auch ein Toast und etwas Ei sein?«

Nancy nickte zustimmend. »Meinetwegen.« Sie ließ sich ins Bett zurückfallen. In Melvin de Flames Bett. *Eigentlich ist er ein ganz normaler, netter Kerl.* Irgendwie hatte sie ihn sich anders vorgestellt.

Melvin schaute sich in der Küche um und öffnete den Kühlschrank. Dank Mrs. White war er gut gefüllt. Er holte ein paar Eier heraus. »Mit Speck?«, rief er in Richtung Schlafbereich.

»Gerne.«.

Er durchsuchte die Schränke nach einer Pfanne, hatte sich hier noch nie etwas zu essen gemacht. Vor Paula hatte er auswärts gegessen oder maximal ein Fertiggericht in der Mikrowelle erwärmt.

Mit zwei Tellern schlenderte Melvin hinüber in den Wohnbereich. »Frühstück ist fertig.«

»Bin sofort da«, rief Nancy aus dem Bad.

Minuten später kam sie zu ihm. Inzwischen angekleidet, setzte sie sich an den Tisch und ließ sich die Mahlzeit schmecken.

»Wir sollten …«, *uns hin und wieder treffen*, wollte Melvin in einer Aufwallung der Gefühle vorschlagen. Die letzte Nacht hatte ihn den Streit mit Barbara vergessen lassen und er fühlte sich wohl in diesem Augenblick, der so alltäglich war.

Nancy legte ihm einen Finger auf seine Lippen. »Nicht.« Sie schüttelte den Kopf. »Du bist zu nichts verpflichtet.«

Er registrierte, dass sie ihn wieder mit dem vertraulichen ›du‹ ansprach.

»Ich war nicht gut drauf gestern. Heute fühle ich mich besser und das ist auch dein Verdienst. Aber sag deswegen nichts, was du nicht meinst.« Ihr zärtlicher Blick ruhte auf ihm.

Melvin fühlte sich in diesem Moment so stark zu ihr hingezogen, dass er alle Vorsicht über Bord warf, die er für gewöhnlich im Umgang mit Journalisten walten ließ. »Du bist keine Frau für einen One-Night-Stand und ich würde mich über eine Wiederholung freuen.«

Konnte Nancy es einrichten, sah sie sich Melvins Konzerte an. Zu sehen, wie die Frauen im Saal Melvin anhimmelten, machte ihn für sie noch begehrenswerter. *Soll er mit ihnen flirten. Soll er sie küssen.* Sie wusste, dass er sie mit nach Hause nehmen und dass sie in der Nacht sein Bett teilen würde, dass er sie lieben würde wie kein anderer zuvor. Der Gedanke daran, was er in diesen Stunden der Zweisamkeit mit ihr anstellte, jagte einen Schauer durch ihren Körper.

Sie hatte einige Beziehungen hinter sich. Nach dem ersten Gefühlsüberschwang waren sie in einen Alltag abgeglitten, der die Leidenschaft aufgesaugt hatte, bis nichts mehr von ihr blieb. Mit Melvin war es anders. Sie hatte schnell gespürt, dass er keine Lebenspartnerin suchte. Er lebte in der Gegenwart, stand darauf, spontan zu sein. Zu seiner Lebensphilosophie passte kein Nein. Wollte er etwas, dann sofort.

»Ist das mit dir und dieser Reporterin was Ernstes?«, fragte Alan beiläufig. Sie aßen gemeinsam zu Mittag in einem neuen japanischen Restaurant, von dem Alan gehört hatte.

Melvin blickte auf. »Ich glaube schon.«

»Muss es wirklich eine von der Zeitung sein?« Alans Gesichtsausdruck verriet, dass er damit ein Problem hatte.

»Zur Abwechslung tut es gut, eine Frau zu haben, die mit beiden Beinen im Leben steht.« Melvin steckte sich ein Stück der kross gebratenen Ente in den Mund. »Und ...« Er schluckte den Bissen runter und trank einen Schluck Asahi-Bier, bevor er weitersprach. »Wir haben eine klare Abmachung.«

»Du meinst, es gibt keinen Grund zur Sorge?«

»Genau, denn Nancy hat sich bis jetzt daran gehalten.«

»Bis jetzt.«

»Al, bitte. Gönn mir ein bisschen Normalität.«

»Ist ja auch deine Sache.«

»Eben. Übrigens habe ich den Vertrag mit Peter Vincent unterschrieben.«

»Du drehst also den Film?«

»Er hat sich auf meine Bedingungen eingelassen. Drehstart ist am 29. November.«

»Ok. Ich lasse dich dann aus der Konzertplanung raus.«

Melvin nickte und wandte sich wieder seiner Ente zu.

6

Zu ihrem Geburtstag schenkte Melvin Nancy weder Schmuck noch sonst etwas Materielles. Er erlaubte ihr, einen Exklusivbericht über ihn und die Fabulous Music Hall zu schreiben.

In Nancys Augen hätte er ihr kein größeres Geschenk bereiten können. Sie rief am selben Tag ihren Chefredakteur an und holte sich grünes Licht für den Artikel.

Während der kommenden Wochen drehte sich alles um diesen Bericht. Nancy sah ihn als ihre Chance und stürzte sich auf die Arbeit. Dabei ließ sie sich von nichts und niemandem ablenken.

Melvin freute sich über ihren Eifer und vermisste gleichzeitig ihre Aufmerksamkeit für ihn. Er hielt sich jedoch zurück, um nicht zu riskieren, dass es mit Nancy würde wie mit Barbara.

Als die Story stand, gab sie ihm das Manuskript zu lesen. Er ließ sich dabei Zeit, auch weil er merkte, wie Nancy auf sein Urteil wartete und hippeliger wurde. Endlich legte er den Artikel zur Seite.

»Und, was sagst du?«

»Ich denke, dass du …« Melvin setzte eine gewichtige Miene auf. »… eine verdammt gute Journalistin bist. Mein okay hast du.«

Nancys Körperhaltung entspannte sich. Sie pustete eine Haarsträhne aus dem Gesicht und lächelte glücklich. »Ich habe heute Morgen mit dem Redakteur gesprochen. Wenn ich den Artikel noch diese Woche liefere, kommt er in die nächste Ausgabe. Ich muss gleich James anrufen, hoffentlich hat er das Fotomaterial schon gesichtet.« Sie sprang auf.

»Hey, hast du nicht was vergessen?«

Sein sanfter Tonfall ließ Nancy aufhorchen. »Du meinst deine Belohnung für all die Geduld?«

Er stand auf und griff nach ihrer Hand, zog sie zu sich und küsste ihren Nacken. »Du riechst verdammt gut.« Melvin drängte sie in Richtung Schlafbereich.

Nancy leistete keinen Widerstand.

Später, sie lagen noch aneinander gekuschelt in den Laken, richtete sie sich plötzlich auf. »Interessant wäre auch ein Bericht über deinem Film. Ein bisschen was über die Dinge im Vorfeld, Motivation, Story, Aufnahmen von den Dreharbeiten. So was kommt sicher gut.« Sie schaute Melvin nicht an.

»Jetzt willst du mich ganz ausschlachten. Aber so ist das mit Presseleuten, reicht man euch einen Finger, reißt ihr einem den Arm ab«, sagte er ohne Groll.

Nancy rutschte wieder zu ihm runter. »Ich schlachte niemanden aus. Aber ich lasse mir auch nicht gern eine Chance entgehen.«

»Macht das einen Unterschied?«

»Privat ist privat. Ich habe das immer beachtet.«

»Stimmt.« Melvin wollte sie in die Arme nehmen und da weitermachen, wo sie aufgehört hatten, doch ihr Körper versteifte sich.

»Ich halte mich auch in Zukunft daran, wenn du das hören willst.«

Er küsste ihre Wange. »Ich vertraue dir.«

»Wie ist es, kann ich über den Film berichten?«

»Keine Ahnung. Das muss Vincent entscheiden. Und was kommt als Nächstes? Eine eigene Zeitung?« Er ließ seine Hand unter die Decke wandern, um Nancy an den Stellen zu berühren, die ihm ihre hundertprozentige Aufmerksamkeit einbrachten.

Melvins unbedacht geäußerten Worte beschäftigten Nancy nicht nur den ganzen Abend, sondern auch am darauffolgenden Tag. Sie hätte gern mit ihm darüber geredet, fürchtete jedoch seine Reaktion.

Seinerseits war es ein Scherz. Versuchte sie, seiner unüberlegten Äußerung Ernsthaftigkeit einzuhauchen, konnte es sein, dass sie den Bogen überspannte. Melvin zu verlieren, hätte ihr wehgetan, denn er war toll. Sie liebte die Art, wie er mit ihr umging. Dass er sie ernst nahm. Eigentlich hatte sie angenommen, jemand, der berühmt und begehrt war wie er, müsse privat abgehoben sein. Selbstbewusst ja, aber nicht überheblich. Was sich zwischen ihnen entwickelt hatte, kam ihrer Idealvorstellung von einer Beziehung nahe. Sie beide brauchten nichts Traditionelles, bei dem man 24/7 Tisch und Bett teilte.

Trotzdem ließ die Idee Nancy nicht los. *Soll ich das Risiko eingehen, ihn zu verlieren? Am Ende hätte ich weder Melvin noch eine Zeitung. Vielleicht stimmt er zu, wenn ich ihm begreiflich mache, was es mir bedeutet? Melvin und eine eigene Zeitung wäre genial. Oder besser auf Nummer sicher gehen und alles belassen, wie es ist. Ja, das ist wohl das Beste.*

»Ich denke die ganze Zeit über das nach, was du neulich gesagt hast«, meinte Nancy, als sie nach einem Konzert in seinem Apartment zusammensaßen.

In Ruhe einen Whisky genießen und zum gemütlichen Teil im Schlafzimmer übergehen. Nach Reden stand Melvin nicht der Sinn. Außerdem hatte er keine Ahnung, worauf sie anspielte. Er rutschte näher, legte seinen linken Arm um ihre Schultern, während die rechte Hand sich langsam unter ihren Rock tastete.

»Vielleicht sollte man es versuchen.« Sie schenkte seinen eindeutigen Annäherungsversuchen keine Beachtung.

Melvin zog seine Hand zurück. »Was meinst du?«

»Eine eigene Zeitung.« Sie beugte sich nach vorn, ergriff ihr Glas und nippte am Wein.

»Echt jetzt, Nancy?«

»Hör doch erstmal zu.«

Melvin rückte ein Stück von ihr ab. Ein kaum wahrnehmbares Nicken deutete an, dass er bereit war.

»Wir sollten ein Fanblatt herausbringen. Monatlich. Vorschau auf das Programm, Interviews, News, Ankündigungen neuer Musiker, Nachrufe auf diejenigen, die die Music Hall verlassen.«

»Und darüber hast du die ganze Zeit nachgedacht?«

Sie wandte sich Melvin zu. Mit einem Kuss verschloss sie seinen Mund und schmiegte sich an ihn. Mehr brauchte es nicht, um seine Männlichkeit zu wecken.

Für einen klitzekleinen Moment kam er sich benutzt vor. Als Nancy sich ihm ganz selbstverständlich hingab, räumte sie jegliche Zweifel aus und er fühlte sich nicht nur begehrt, sondern auch geliebt.

Später, als sie sich unter einer Decke auf dem Sofa aneinander kuschelten, griff Melvin das Gespräch wieder auf. »Nun erzähl schon, was in deinem hübschen Köpfchen vorgeht.«

»Du sagst selbst, dass viel Fanpost eingeht. Hast behauptet, eure Sekretärinnen sind ständig damit beschäftigt, Anrufern Fragen zu den Konzerten zu beantworten. Sowas könnte in die Fanzeitung.« Nancy war in ihrem Element. Ihre Phantasie vollführte Sprünge. Was als vage Idee begann, nahm in dem Moment, in dem sie es aussprach, detailliertere Formen an.

»Zugegeben, es klingt nicht schlecht aus deinem Mund.« Melvin küsste ihre Lippen. »Aber da hängt viel dran. Du kannst nicht vierundzwanzig Stunden täglich arbeiten.«

»Ein paar Leute bräuchte ich schon. Einen Redakteur, Fotografen, Journalisten …«

»Wer soll das bezahlen, Nancy? Und was, wenn es nicht ankommt?« Melvin bemerkte, dass er wie Alan klang.

»Vielleicht unterstützt uns der Express, was die Drucklegung anbetrifft und für den Rest fällt uns etwas ein, das den Rahmen nicht sprengt. Wer nichts wagt, gewinnt nichts.«

»Ich spreche mit Al, eher gibst du sowieso keine Ruhe.«

»Danke.« Nancy küsste seine Wange.

Alan lehnte die Idee einer Fanzeitung nicht sofort ab, teilte jedoch Melvins Auffassung, was den Aufwand anbelangte. Dass der Musik Express zusagte, ihr Blatt zu annehmbaren Konditionen zu drucken, beseitigte eine entscheidende Hürde. Für Alan stellte sich auch die Frage nach Nancys Kompetenz. Melvin berichtete wahrheitsgemäß, was sie im Augenblick tat und versicherte, dass sie ihr Handwerk verstand. Ihren Artikel über die Music Hall hatte Alan gelesen.

Als nächsten Schritt lud Alan Nancy zu einem persönlichen Gespräch ein, bei dem Melvin anwesend war.

»Trauen Sie sich zu, die Redaktion zu übernehmen?«, fragte Alan, ohne sich lange beim Smalltalk aufzuhalten.

»Wir reden von der Stelle als Chefredakteurin?«

»Im Grunde schon.« Alan sah zu Melvin. »Ich hab mir da was überlegt. Wir geben Ihnen eine Anlaufzeit von … sagen wir einem halben Jahr. Sie haben freie Hand.«

Nancys Gesichtszüge entspannten sich.

»Sind nach Ablauf dieser Frist alle Unkosten gedeckt und springt ein branchenüblicher Gewinn heraus, bleibt das weiter der Fall. Wenn nicht, suchen wir gemeinsam nach neuen, besseren Wegen. Ist das okay, Melvin?«

»Ich bin einverstanden. Nancy?«

»Abgemacht.«

Alan drückte einen Knopf auf dem Telefon. »Donna, rufen Sie Mr. Kruger an. Er soll einen Vertrag für eine Chefredakteurin vorbereiten. Die endgültigen Konditionen setzen wir später ein. Probezeit sechs Monate, sonst die üblichen Modalitäten.« Er legte auf. »Das hätten wir.« Alan lehnte sich im Sessel zurück. »Wie stellen Sie sich Ihre Mannschaft vor, Ms. Huston?«

»Ich denke, für das, was wir planen, müssten zwei Journalisten ausreichen. Ein Fotograf an ihrer Seite wäre gut. Des Weiteren benötige ich jemanden für das Layout, einen Redakteur, eine Sekretärin vielleicht. Freie Berichterstatter, die einzelne Kolumnen verfassen.« Sie blickte zu Melvin hinüber. »Du könntest beispielsweise eine schreiben.«

Er runzelte die Stirn, dieser Gedanke löste keine Begeisterungsstürme bei ihm aus.

»War es das?«, fragte Alan und lenkte von der Idee ab, Melvin in einen Reporter zu verwandeln.

»Für den Anfang komme ich damit über die Runden.«

»Gut, ich sehe ein, dass es all diese Mitarbeiter braucht, um aus reinweißem Papier eine Zeitung zu gestalten. Aber ich befürchte, dass dieser Aufwand in keinem Verhältnis zu dem liegt, was unterm Strich herauskommt«, sagte Alan.

»Wie lange arbeitet jemand, bis so ein Layout druckreif ist?« Melvin schaute zu Nancy.

»Das kommt auf die Ausstattung an, die zur Verfügung steht und natürlich auf die Routine. Zu Anfang braucht es Zeit. Alles muss aufgebaut werden. Später wiederholt sich vieles.« An Melvins Gesichtsausdruck erkannte sie, dass er mit ihren Erklärungen nichts anzufangen wusste.

»Nimm die Seite mit den Top-News«, konstruierte sie ein Beispiel. »Die grundsätzliche Gestaltung ist immer dieselbe, nur die Nachrichten ändern sich und die Fotos. Es dauert einige Zeit, bis man ein stimmiges Layout entwickelt hat. Mit ein oder zwei Ausgaben ist das nicht getan. Das hängt auch nicht von uns ab. Wir müssen testen, was wie bei den Lesern ankommt. Ganz wichtig ist das Cover, es entscheidet, ob jemand die Zeitung kauft oder nicht beachtet.«

»Man könnte aber für einzelne Leute durchaus eine begrenzte Stundenzahl ansetzen?«, fragte Melvin.

»Grundsätzlich schon.«

Die nächsten Stunden diskutierten sie darüber, wie lange jeder Mitarbeiter gebraucht würde und rechneten die Kosten durch. Bei knapper Zeitgestaltung, laut Nancy und der Branche angemessenen Gehältern ergab sich ein Minus von 2.000 Dollar monatlich.

»Das ist zu viel«, sagte Alan. »Wenn wir von Beginn an ein Verlustgeschäft planen, hat es keinen Zweck anzufangen. Wir haben mehrere Möglichkeiten: Die Auflage steigern, die Löhne senken, den Stückpreis erhöhen. Ich denke mal, die ganze Sache ad acta zu legen, stellt keine Option dar.«

»Nie und nimmer!«, rief Nancy.

»Was dann?«

Am Ende kamen sie überein, die Auflage zu erhöhen, um die Kosten pro Zeitung zu reduzieren. Nancy verzichtete freiwillig auf einen Teil ihres Gehalts, um die verbleibende Lücke im Budget zu schließen.

Nancy und ihrem Team wurden Büroräume in der dritten Etage der Music Hall zur Verfügung gestellt. Fortan verbrachte sie einen Großteil des Tages dort. Mit Hilfe von Alan hatte sie die entsprechenden Stellen ausgeschrieben und empfing im Stundentakt die Bewerber und Bewerberinnen. Nebenbei kümmerte sie sich um die Büroausstattung. Erst in den Abendstunden fand sie Zeit, sich darüber Gedanken zu machen, wie ihre Zeitung aussehen sollte. Nancys Privatleben beschränkte sich in diesen Wochen auf eine gelegentliche Nacht bei Melvin in Soho.

Ende November reiste Melvin zu den Dreharbeiten von ›Thunderstorm of Rock'n Roll‹ nach Los Angeles. In der Zeit des zweiwöchigen Drehs wohnte er in seinem Haus in Venice Beach. Einen Musiker in einem Film darzustellen, hatte er sich entspannter vorgestellt. Dass die meisten Szenen etliche Male aufgenommen wurden, bis sich der Regisseur zufrieden zeigte, zehrte an seinen Nerven.

Auf dem Rückflug schwor er sich, um Hollywood künftig einen Bogen zu machen. Dankbar registrierte er, dass Alan den Wagen der Music Hall geschickt hatte, um ihn vom Flughafen abzuholen. Er ließ sich zu seinem Haus in Staten Island chauffieren, weil er dort am besten entspannen konnte.

Mrs. White begrüßte Melvin freudig und verkündete, dass ein Imbiss im Wohnzimmer wartete. Um die Haushälterin nicht zu enttäuschen, aß er ein paar Happen.

Dann zog er sich nach oben zurück und ging unter die Dusche.

Mit dem Handtuch um die Hüften legte er sich auf sein Bett, starrte an die Decke und bemühte sich, an nichts zu denken. In Wahrheit gelang es ihm nicht, den Gedanken zu verdrängen, dass er Jackie versprochen hatte, das Weihnachtsfest mit ihm in Venice zu verbringen. Doch das war vor Nancy und bevor sie sich voll und ganz ihrer Zeitung widmete und für ihn kaum noch Zeit fand.

Die Dreharbeiten hatten Melvin mitgenommen und die abendlichen Telefonate mit seiner Liebsten gaben ihm nicht, was er brauchte, um relaxen zu können. Von Befriedigung ganz zu schweigen. Oft hatten sie über die Zeitung geredet und einmal war Nancy so fertig gewesen, dass sie am Telefon einschlief.

Die bevorstehenden Feiertage boten die Chance, sich ein paar gemeinsame Tage zu stehlen.

Melvin suchte krampfhaft einen Weg, der Schwester auf schonende Weise beizubringen, dass sich seine Pläne geändert hatten. Ehe die Grübeleien zu einem akzeptablen Ergebnis führten, klingelte das Telefon.

»Hallo, ich hab vorhin schon angerufen. Mrs. White sagte mir, du seist noch nicht zurück. Wie geht es meinem Movie-Star?«, fragte Nancy.

»Bin ziemlich durch.«

»Das tut mir leid. Ich habe gleich ein Interview. In etwa zwei Stunden bin ich bei dir.«

»Schön. Läuft alles gut?« Er klang kaum interessiert.

»Ich kann nicht klagen. Wir bringen am 8. Januar die Erstausgabe heraus.«

»Das freut mich. Mrs. White hat eine Kleinigkeit vorbereitet. Oder lieber auswärts essen?«

»Ich wäre gern mit dir allein«, flüsterte sie zärtlich ins Telefon.

Melvin schlief, als Nancy ins Schlafzimmer trat. Obwohl sie sich still verhielt, wachte er kurz nach ihrem Eintreffen auf. Als sie es bemerkte, ging sie zum Bett, beugte sich über ihn und küsste sanft seinen Mund.

»Ich brauche dich«, flüsterte er und zog sie zu sich hinunter.

»Lass mich eben unter die Dusche.«

»Aber ganz kurz.«

»Versprochen. Schlaf nicht wieder ein.«

Verführerischer Duft umgab Nancy, als sie zu Melvin ins Bett glitt. Ihre zarten Hände an seinem Schwanz verscheuchten alle Müdigkeit. Danach hatte er sich gesehnt. Und davon brauchte er mehr. Nicht ein paar Stunden, einige Tage durften es sein.

Befriedigt und glücklich lagen sie nebeneinander.

»Ich fliege morgen nach Rochester«, sagte Melvin ohne Zusammenhang für Nancy. »Ich will nach Dansville.«

Sie verstand nicht und sah ihn fragend an.

»Meine Familie lebt dort. Ich hab vor einer Ewigkeit versprochen, dass ich sie mal besuche.«

»Wie lange wirst du fort sein?«

»Ich werde über Nacht bleiben müssen. Aber übermorgen Abend bin ich zurück.«

Er kuschelte sich an sie und bemerkte nicht ihre Enttäuschung darüber, dass er sie nicht gefragt hatte, ob sie ihn begleiten wolle.

7

Am darauffolgenden Morgen ließ sich Melvin zuerst im Büro sehen.

»Laura, ich verreise nachher für zwei Tage. Falls etwas Dringendes sein sollte, hat Nancy eine Telefonnummer. Helfen Sie mir bei einer brisanten Sache?«, fragte er.

»Wenn Sie mir sagen, worum es sich bei dieser Sache handelt.«

»Es ist nichts Unanständiges.« Er grinste. »Ich besuche meine Familie und dummerweise ist bald Weihnachten. Besorgen Sie mir auf die Schnelle ein paar Geschenke?«

»Ich kümmere mich darum. Woran denken Sie, Mr. de Flame?«

»Für Mutter am besten einen Pelz.«

»Wissen Sie die Größe?«

»Nein. Sie ist kleiner als Sie, dafür etwas breiter. Wenn er nicht passt, lassen wir ihn umtauschen. Und ich brauche was für meine Schwester. Sie wird nächstes Jahr siebzehn. Vielleicht 'ne Kette mit passenden Ohrringen und ein Armband. Suchen Sie was Hübsches aus.«

Laura nickte.

»Hier ist meine Kreditkarte.« Melvin zog die American Express Card aus seiner Brieftasche und reichte sie der Sekretärin.

»Wie viel darf ich ausgeben?« Sie steckte die Karte sorgfältig in ihre Geldbörse.

»Was weiß ich? Mit zwei- oder dreitausend müssten Sie hinkommen, es soll ja nichts Außergewöhnliches sein. Und achten Sie darauf, dass alles nett eingepackt wird.« Allmählich verlor Melvin die Geduld.

»Ja … Wäre es nicht besser, wenn Sie die Geschenke selbst aussuchen würden?«

»Laura, nun gehen Sie schon und beeilen Sie sich.« Er schob sie zur Tür hinaus, war es leid zu diskutieren.

Als ihre Schritte auf dem Flur verhallten, suchte er seinen Partner in dessen Büro auf.

»Ich fliege für zwei Tage nach Dansville.«

»Pflichtbesuch bei der Familie?« Alan lächelte wissend.

Melvin zuckte mit den Schultern.

»Wir sollten noch die Termine bis zum Jahresende durchgehen.«

»Sobald ich zurück bin. Die Zeit vom 24. Dezember bis Neujahr halte mir frei, ich habe vor, mit Nancy nach Venice zu fliegen.«

»Und wann bekomme ich Urlaub?«

»Du könntest doch ohne das alles hier nicht existieren.«

»Vermutlich stimmt das sogar.«

»Wenn ich zurück bin, gönnen wir uns zur Feier des neuen Jahres einen schönen Abend bei Ms. Yen«, sagte Melvin.

»Du besucht Ms. Yen noch? Ich dachte …«

»Dass ich Nancy treu ergeben bin? Bin ich. Nur manchmal brauche ich es … Wie soll ich sagen? Nicht unbedingt härter … phantasievoller.«

»Und da spielt deine Reporterin nicht mit.«

»Ich hab's versucht. Aber sie fühlt sich in der Blümchensex-Abteilung am wohlsten.« Melvin war klar, dass Nancy nie von seinen Eskapaden erfahren durfte. Bei Alan wusste er sein Geheimnis gut aufgehoben.

Melvin landete am frühen Nachmittag in Rochester und holte den Mietwagen ab, den Laura für ihn reserviert hatte. Normalerweise brauchte er eine Stunde bis Dansville. Aufgrund der winterlichen Straßenverhältnisse dauerte es dreißig Minuten länger.

Es war tierisch kalt. Der Garten vor dem Haus glich einem Winterwunderland. Er holte den Karton mit dem Geschenk für seine Mutter aus dem Kofferraum und stapfte die wenigen Meter vom Auto bis zur Haustür durch den Schnee. Dabei atmete er die klare Luft ein und erinnerte sich an seine Kindheit und daran, wie er es gemocht hatte, wenn Schneeflocken vor dem Fenster tanzten. Wenngleich es auch in New York schneite, war das nicht dasselbe. In der Stadt sah es nie so unberührt und blütenweiß aus.

Elsa hielt Melvin umklammert. Er ließ sie gewähren. Zwar hatte er seinen Besuch am Morgen ankündigen lassen, aber das verhinderte die Tränen nicht, die allmählich seinen Mantel durchweichten.

Jackie stand schweigend an der Treppe und betrachtete die Begrüßungsszene ohne Rührung.

Endlich gelang es ihm, sich aus der Umarmung zu befreien. »Hallo, Jackie.« Er küsste seine Schwester flüchtig auf die Stirn. »Du bist verdammt groß geworden.«

»Was Blöderes fällt dir nicht ein?« Sie fing einen tadelnden Blick ihrer Mutter auf.

»Entschuldige.« Melvin griff in die Innentasche seines Mantels und zog ein Päckchen hervor. »Ich hoffe, das entschädigt für meine Worte.« Er reichte ihr das Etui mit dem Schmuck. »Und das ist für dich, Mom.« Er deutete auf den stattlichen Karton, den er an der Tür abgestellt hatte.

Elsa packte ihr Geschenk mit vor Aufregung geweiteten Augen aus. Als sie den Pelz überzog, strömten erneut Tränen über ihr Gesicht. »Oh, Junge, wie schön der ist.«

»Mom, jetzt hör auf zu weinen. Ich dachte, du freust dich, mich zu sehen.«

»Ach, Melvin.« Sie zog ihn ein weiteres Mal an ihre Mutterbrust. »Der war bestimmt entsetzlich teuer. Mein Sohn.«

»Gefällt dir der Schmuck?«, fragte er die Schwester, nachdem er seiner Mutter entkommen war.

Jackie strahlte. Sie konnte sich nicht sattsehen an der silbernen Kette mit einem herzförmigen Anhänger, auf dem ein roter Stein eingearbeitet war. Sie legte die dazu passenden Ohrringe in das Etui zurück und hielt das Armkettchen mit den verschiedenen Charms hoch. »Danke, Vin!«

Endlich kam Melvin dazu, seinen Mantel auszuziehen.

Als Mutter in der Küche am Herd stand, deckte ich den Tisch und betrachtete Vin genauer. »Du siehst so anders aus als im Fernsehen.« Ich schaffte es nicht, zu verhindern, dass Enttäuschung in meiner Stimme mitschwang.

»Ein Arzt rennt zu Hause auch nicht im weißen Kittel herum.«

Da hatte Vin recht. »Aber egal wo man ein Bild von dir sieht, immer trägst du diese auffälligen Klamotten.« Ich musterte ihn. In Jeans mit dickem Pullover kam er mir fremd vor. An früher erinnerte ich mich kaum. War zu jung, als Vin fortging. Kannte meinen Bruder größtenteils nur aus den Medien.

Gleichaltrige beneideten mich um die Verwandtschaft zu dem berühmten Melvin de Flame. Er war das Einzige, was sie mir neideten. So unspektakulär, wie er mir gegenüberstand, beraubte er mich selbst dieser Genugtuung. Andererseits, was hatte es mir je gebracht? Nichts! Vin war für mich genauso unerreichbar wie für jeden anderen.

»Du hättest mich lieber, wenn ich aussehen würde wie im Fernsehen.«

Vin klang gekränkt. Angst, einen Fehler gemacht zu haben, flammte auf. »Ich habe mit ein paar Klassenkameraden gesprochen. Sie kommen nur, um dich zu sehen.« Ich suchte nach einer Regung, doch seine Miene blieb verschlossen. »Aber da kannst du unmöglich diese Klamotten tragen.«

»Was sagst du da?«

»Wir haben jetzt einen Club an der High School. Ich dachte, du könntest dort singen, wenn du schon mal hier bist.« Ich sah Vin bittend an. Als mir am Morgen der Einfall gekommen war, glaubte ich, es könnte sein wie früher.

»Unmöglich.«

»Aber, Vin, warum denn nicht?«

»Wie denkst du dir das?«

Seine scharfe Stimme traf und ich brachte kein Wort heraus. Meine Augen flehten. *Lass mich nicht im Stich, sonst bin ich blamiert.*

Vin bemerkte meine Not nicht. »Wie kommst du auf so was und wie stellst du dir das vor?«

»Was ist so furchtbar daran, für uns ein paar Songs zu singen?« Verschwommen erinnerte ich mich daran, dass ich früher immer bei ihm war, wenn er seine Lieder mit seinen Freunden in unserer Garage sang und jede Menge Spaß dabei hatte.

»Ich brauch 'ne Anlage. Background. Ihr habt nicht die Technik, die ein solcher Auftritt erfordert.«

»Vin, es muss nichts sonderlich Professionelles sein. Nur ein paar Songs im Club. Eine Gitarre haben wir.«

»Melvin de Flame singt nicht eben mal im Schulclub. Er gibt Konzerte, Jackie, vielleicht bist du einfach zu jung, um das zu verstehen.«

Vins kalte Worte trafen mich wie Schläge. Ich stellte die Teller ab und rannte die Treppe hinauf zu meinem Zimmer.

Elsa hatte in der Küche einiges vom Gespräch der Geschwister mitbekommen.

»Lass, Jackie beruhigt sich schon wieder.« Sie hielt Melvin am Ärmel fest, als er seiner Schwester folgen wollte.

»Es tut mir leid. Ich hätte es ihr anders erklären sollen. Aber sie hat mich derart überfallen. Auf so was war ich nicht vorbereitet.« Er zuckte ratlos mit den Schultern.

»Mach dir keine Gedanken. Sie kommt darüber hinweg. Erzähl mir lieber, was du so treibst und wie es dir geht, bis das Essen fertig ist.«

Melvin setzte sich auf das Sofa. Der einst dunkelbraune Stoff war verblasst und er spürte deutlich die Federn. Widerwillig erzählte er von sich und dachte dabei unentwegt an seine Schwester.

Die Mahlzeit stand dampfend auf dem Tisch. Der Geruch nach frisch gekochtem Eintopf ließ Melvin das Wasser im Mund zusammenlaufen. Er schaute in Richtung Treppe, aber Jackie kam nicht herunter. So saß er allein mit seiner Mutter am Tisch. Trotz Hungers stocherte er auf seinem Teller herum und hätte lieber den Streit aus der Welt geschafft, anstatt Mutters nicht enden wollende Fragen zu beantworten. Zum Glück schien sie sich damit abgefunden zu haben, dass er nicht nach Dansville zurückkommen würde.

Am späten Nachmittag, Jackie hatte sich noch immer in ihrem Zimmer verschanzt, unternahm Melvin einen Spaziergang. Er schlug den Mantelkragen hoch. Wenn ihm jemand begegnete, vermied er es, demjenigen ins Gesicht zu sehen. Niemand sollte in das seine blicken und ihn erkennen und womöglich ein Gespräch anzetteln. Ihm stand der Sinn nicht nach Konversation. Ins Freie war er gegangen, um der drückenden Atmosphäre des Elternhauses zu entkommen.

Es lag außerhalb der Vorstellungskraft eines Melvin de Flame, dass er früher in der Enge dieses Hauses glücklich war. Am liebsten wäre er sofort nach New York zurückgekehrt. Das kam nicht infrage, denn noch hatte er den tatsächlichen Grund seines Besuches nicht angesprochen.

Dass er seiner Schwester damit erneut wehtun würde, belastete ihn. Für einen Augenblick war Melvin versucht, doch einige Songs im Schulclub zum Besten zu geben. Sein Verstand riet ihm davon ab. Er hatte einen Ruf, den zu wahren es galt, eine Karriere, deren Interessen er schützen musste, ein Image, das er nicht verlieren wollte. All das bedeutete ihm mehr als die Enttäuschung eines Teenagers.

Um sein Gewissen zu beruhigen, nahm er sich vor, Jackie einen Stapel Autogrammkarten zu schicken. Sicherlich konnte er sie mit einem Acetat vom neuen Album versöhnen.

Widerstrebend begab er sich auf den Rückweg.

Gleich nachdem er sich des Mantels und der Stiefel entledigt hatte, stakste er, ohne auf die Worte seiner Mutter einzugehen, nach oben und klopfte an Jackies Zimmertür. Es dauerte, bis er sie davon überzeugen konnte, ihn einzulassen.

Melvin setzte sich zu seiner Schwester. Er erklärte ihr, weshalb er nicht in der Schule auftreten konnte und machte verständlich, warum aus ihrem Urlaub in Venice nichts würde. Freilich erwähnte er Nancy dabei mit keinem Wort. Zum Schluss versprach er, die gemeinsame Zeit im darauffolgenden Sommer nachzuholen.

»Und dann kommst du und sagst wieder, es geht nicht.«

»Diesmal nicht, Jackie. In den Ferien besuchst du mich auf jeden Fall.« Melvin, erkannte an ihrem Gesichtsausdruck, dass sie ihm nicht glaubte. »Hey, Pumpkin. Ich schwöre, dass du nächsten Sommer die Zeit deines Lebens haben wirst.«

Melvin bestieg das erste Flugzeug, das am kommenden Morgen von Rochester nach New York ging. Er war erleichtert, als er in Staten Island eintraf, so froh, dass er Mrs. White zur Begrüßung umarmte. Sie sah ihren Boss verwundert und ein wenig vorwurfsvoll an, sagte jedoch nichts.

8

Die Premiere von ›Thunderstorm of Rock'n Roll‹ fand am 22. Februar 1985 in Sid Grauman's Chinese Theatre am Hollywood-Boulevard in Los Angeles statt. Melvin war als Ehrengast eingeladen. Gefangen in seiner Aufregung, hatte er keinen Blick für das schöne Bauwerk mit dem Pagodendach.

Er sah den fertigen Film zum ersten Mal. Eine halbe Stunde war bereits vergangen und er konnte nicht behaupten, dass ihm sonderlich gefiel, was er sah. Von seinen musikalischen Darbietungen einmal abgesehen. Die Handlung erschien hölzern und an den Haaren herbeigezogen. Ihr fehlte jegliche Spannung.

Melvin sah sich um und betrachtete die Zuschauer. Ihre Mienen gaben nichts preis, an dem er hätte festmachen können, ob der Film zum Hit taugte oder ein Flop würde. Er schaute genauer hin und ihm fiel auf, dass sich manch einer mehr mit seinem Popcorn beschäftigte, als das Geschehen auf der Leinwand zu verfolgen. Erst jetzt nahm er den süßlichen Geruch wahr, der über dem Saal hing.

Hoffentlich bin ich als Beteiligter zu kritisch mit Vincents Werk. Melvin beobachtete sich genauer. So aufmerksam er jede seiner Regungen verfolgte, er entdeckte wenig, was er hätte besser machen können. Doch insgesamt gesehen, so festigte sich in ihm der Eindruck, stimmte etwas Entscheidendes nicht mit diesem Streifen.

Der Film übertraf die schlimmsten Annahmen. Die Kritiker verrissen Vincents Machwerk und wenn einer verhältnismäßig gut dabei wegkam, war es Melvin de Flame. Nicht, dass sie sich in irgendeiner Weise lobend über ihn äußerten. Sie erwähnten ihn überhaupt nicht.

Bei der Verleihung der Goldenen Himbeere am 24. März belegte ›Thunderstorm of Rock'n Roll‹ Platz drei hinter ›Ekstase‹ und ›Auf dem Highway ist wieder die Hölle los‹.

Obwohl der Streifen zu den schlechtesten des Jahres gehörte, zeigten ihn die Kinos für kurze Zeit und es gab Menschen, die ihn ansahen. Am Ende hatte der Film doch etwas Gutes, er steigerte Melvins Bekanntheitsgrad.

Als die erste Ausgabe von ›All for Fans‹ binnen drei Tagen vergriffen war, hielt es das Team der Music Hall für reine Neugierde. Als sich dieses Phänomen in den kommenden Monaten wiederholte, gab es keinen Zweifel daran, dass Nancy ihre Feuerprobe bestanden hatte.

Nach vier Ausgaben beschlossen sie gemeinsam, die Auflage zu verdoppeln. Von da an brauchte Nancy nicht länger auf einen Teil ihres Gehalts zu verzichten. Aus Freude über diese Entwicklung veranstaltete sie für die Mitarbeiter ihrer Zeitung eine Party in der Cocktailbar der Music Hall.

Im Mai begleiteten Nancy und ein Fotograf Melvin auf eine Tournee durch Deutschland, Österreich und Nordfrankreich. Drei Wochen waren sie unterwegs und als sichtbares Ergebnis erarbeiteten Nancy und ihr Team die Sonderausgabe ›All for Fans on Tour‹, die reißenden Absatz fand.

Diesmal drückte sich Melvin nicht um sein Versprechen. Jackie sollte den ganzen Juli in Venice verbringen. Ihm kam diese Zeit gut aus. Er hatte sich eine Penthouse-Wohnung nahe der 94. Straße mit Blick auf den Central Park gekauft. Das Pendeln zwischen Staten Island und Manhattan hatte sich auf Dauer als zu kompliziert und zeitaufwändig erwiesen. Das Apartment in Soho als Zweitwohnsitz brachte es auch nicht. Allein, dass Mrs. White hin und her fahren musste, machte dieses Arrangement umständlich. Melvin hätte es sich leisten können, weiteres Personal einzustellen, doch er hatte sich so an seine Haushälterin gewöhnt, dass er nur sie um sich duldete.

Das neue Penthouse sollte vor Melvins Einzug nach seinen Wünschen hergerichtet werden. Etliche Architekten legten Entwürfe vor. Am Ende entschied er sich für den von Dwight Moseley, der eine moderne Einrichtung mit antiken Möbeln und Accessoires ergänzt hatte.

Mrs. White organisierte, dass die Besitztümer ihres Arbeitgebers aus dem Haus in Staten Island und dem Apartment verpackt und in einem gemieteten Lagerraum zwischengelagert wurden.

Melvin bestand darauf, die Einliegerwohnung für seine Haushälterin so weit fertigzustellen, dass sie darin provisorisch wohnen konnte. So zog Mrs. White als Erste ein und überwachte von da an das Baugeschehen.

Im Juli waren in allen Räumen Handwerker zugange, Moseleys Entwurf umzusetzen. Um dem Trubel bestmöglich zu entfliehen, hatte Melvin nur wenige Auftritte in der Music Hall für diesen Monat angenommen und pendelte zwischen Venice und New York.

Intermezzo

Jackie

Es klingelt.

Ich zucke zusammen. Lausche.

Atme auf.

Das bist nicht du am Telefon.

Seit Wochen geht das so. Jedes Mal, wenn das Telefon bimmelt, schrecke ich zusammen.

Obwohl ich immer gehofft und gewünscht hatte, dass du dich häufiger meldest, habe ich jetzt Angst davor. Befürchte, wenn du anrufst, dann nur, um zu sagen, dass nichts daraus wird, dass ich dich im Juli besuche.

Dadurch, dass du Weihnachten kurzfristig abgesagt hast, traue ich dir nicht länger.

Es fällt mir irre schwer, daran zu glauben, dass du dir einen Monat Zeit für mich nimmst. Deshalb rechne ich jeden Moment mit einer Absage.

Weil du keine Zeit hast.

Keine Lust.

Etwas Besseres vorhast.

Was weiss ich?

Ich bin überzeugt, dir fällt etwas ein.

Aber du rufst nicht an und die Wochen vergehen.

Du hast die Flugtickets geschickt und Geld für ein Taxi nach Rochester.

Meine Abreise naht.

Ich packe ein paar Sachen in eine Reisetasche. Hab eh nicht viele Klamotten.

Dieses Mal hältst du Wort.

Ich bin verblüfft.

1

Ich hatte nicht daran geglaubt, dass Vin sein Versprechen halten würde. Zum Glück lag ich falsch. Als ich in der Stadt der Engel den Ankunftsbereich des Flughafens verließ, entdeckte ich meinen Bruder. Er trug Jeans und T-Shirt und eine Cap, die er tief ins Gesicht gezogen hatte. Wahrscheinlich um zu vermeiden, dass ihn jemand erkannte.

Wir umarmten uns flüchtig zur Begrüßung. Vin nahm den Koffer und ging mit mir zum Parkdeck. Er steuerte ein schickes weißes Cabriolet an. Der Flughafen lag sechs Meilen von Venice Beach entfernt. Bevor wir dorthin aufbrachen, fuhr er mit mir durch die Gegend.

Mit offenem Verdeck kurvten wir durch Beverly Hills und Bel Air. Vin zeigte mir das Beverly Hills Hotel, in dem einst Filmstars wie Marilyn Monroe, Elisabeth Taylor oder Marlene Dietrich residierten.

»Da drüben ist das Haus von Bugsy Siegel. Durch eines der Fenster wurde er erschossen.«

Ich hatte keine Ahnung, also erklärte Vin, dass Siegel im Auftrag der Mafia das ›Flamingo‹, das erste Casino in Las Vegas gebaut hatte. »Und als er dabei mit vier Millionen in die Miese geriet, haben sie ihn abgeknallt.«

Wir fuhren über den Rodeo Drive mit seinen noblen Geschäften und ich bekam eine Ahnung davon, wie weit sich Vin von mir entfernt hatte.

Auf der Fahrt nach Venice erzählte er, wie er sein Haus entdeckt hatte.

»Dieser Kerl von der Immobilienfirma redete mir ein, dass jemand, der was auf sich hält, ein Anwesen in Newport oder Laguna Beach kaufen würde. Da hatte ich schon im Schaufenster das Dossier von diesem Craftsman-Haus gesehen.«

Ich hätte ihn gern gefragt, was ein Craftsman-Haus ist, wollte aber nicht komplett ahnungslos klingen. »Und das hast du gekauft?«

Vin nickte. »Mir liegt das freie Leben in Venice mehr. Außerdem mag ich es, an jeder Ecke irgendeinen skurrilen Typen zu treffen.« Er bog in eine enge Straße ein und hielt vor einer Garage. »Da wären wir.«

»Wo ist der Strand?«

Vin deutete auf einen schmalen Weg, der seines vom Nachbargrundstück trennte. »Geh ruhig, ich bringe das Gepäck rein.«

Ich sauste den Pfad zwischen den Häusern entlang. Erreichte einen Fußweg, der die Häuserreihe von einem kaum zehn Meter breiten Grünstreifen abtrennte, auf dem zahlreiche Palmen Schatten spendeten. Dann folgte der Strand.

Ich zog Schuhe und Socken aus, krempelte die Hosenbeine auf und lief ein Stück in das seichte Wasser. Es war angenehm warm und zugleich erfrischend.

Der leicht salzige Geruch des Meeres stieg mir in die Nase. Für mich roch es nach Freiheit, war überzeugt, dass die vier Wochen bei Vin zum Highlight meines bisherigen Lebens würden. Ich schlenderte zurück und erkannte erst jetzt die ganze Schönheit des dunkelgrün gestrichenen Holzhauses, dessen strahlend weiße Fensterrahmen einen hübschen Kontrast bildeten. Auf der linken Seite der vorgelagerten Rasenfläche wuchsen zwei mindestens vier Meter hohe Palmen. Ich öffnete das Törchen des niedrigen, ebenfalls weiß getünchten Lattenzauns, der das Grundstück umgab.

Vin saß auf einer Schaukel, die auf der Veranda stand. Sie bot ausreichend Platz und ich setzte mich zu ihm. »Vin, danke …« Das alles war zu viel für mich und ich schaffte es nicht, den Satz zu beenden.

Er legte einen Arm um meine Schultern und drückte mich. »Ich hab's doch versprochen.«

Ich lehnte mich an ihn und wir saßen einige Zeit schweigend nebeneinander.

»Komm, ich zeige dir alles.« Vin stand auf.

»Und das Haus gehört wirklich dir?« Es fiel mir schwer, mir vorzustellen, dass Vin etwas so Schönes besaß.

Er nickte und ich folgte ihm nach drinnen. Im Wohnzimmer gab es neben eingebauten Schränken und Vitrinen eine gewaltige Sitzecke und einen offenen Kamin. Alles sah hell und freundlich aus und stand damit in krassem Gegensatz zu unserem Elternhaus. Eine behagliche Wohnküche schloss sich an.

»Und du bist nur im Sommer hier?« Das überstieg meine Vorstellungskraft. Hätte ich so ein Haus, ich würde es nie wieder verlassen.

»Wenn ich in der Nähe bin. Aber das ist leider nicht oft.«

»Und die andere Zeit?«

»Ich habe jemanden, der alles in Ordnung hält.«

»Ach so.« Für meinen Bruder schien das selbstverständlich.

Vin stieg die Treppe hinauf in die obere Etage. Ich tapste hinterher. Dort gab es zwei weitere Räume. Einer war Vins Schlafzimmer, in das wir nur kurz hineinschauten.

Dann machte er eine einladende Bewegung in den daneben liegenden Raum. »Das ist dein Zimmer.«

Ich betrat das Zimmer und blieb wie angewurzelt stehen. Es war mindestens doppelt so groß wie meines zu Hause. Vor allem wirkte es viel ansprechender mit den behaglich aussehenden Rattan-Möbeln und den tropischen Grünpflanzen, die ihm einen Hauch von Exotik verliehen. Ein eigenes Bad setzte dem Ganzen die Krone auf.

»Gefällt es dir?«

»Es ist traumhaft, Vin.« Ich fiel ihm um den Hals, hätte vieles gern gesagt, scheiterte aber daran, die Gefühle in Worte zu fassen. Außerdem hatte ich den Eindruck, mein plötzlicher Gefühlsausbruch überfordere ihn. Merkte, dass er zögerte, bevor er seine Arme um mich schloss.

Vin blieb eine Woche bei mir. Wir verbrachten viel Zeit am Strand, lagen faul in der Sonne. Mitunter spazierten wir zur Marina oder zum Santa Monica Pier. Abends saßen wir auf der Veranda. Vin holte seine Gitarre hervor und spielte ein paar Songs. In diesen Augenblicken fühlte ich mich ihm wieder so nah wie in den Tagen unserer Kindheit. Für mich hätte das ewig so weitergehen können.

Am Freitagnachmittag holte Vin seine Freundin Nancy vom Flughafen ab. Er fragte, ob ich mit ihm fahren wolle. Ich ließ ihnen die Zweisamkeit und blieb lieber am Strand. Dass Nancy das Wochenende mit uns verbringen würde, löste zwiespältige Gefühle in mir aus. Ich kannte sie nicht und hätte Vin gerne ein paar Tage länger ganz für mich gehabt.

Meine Bedenken zerstreuten sich umgehend. Nancy begrüßte mich nicht nur freundlich, sie behandelte mich auch nicht wie ein Kind, was ich sehr sympathisch fand.

Am Abend saßen wir drei in der Wohnküche und bedienten uns aus den diversen Schachteln, die mein Bruder von einem chinesischen Restaurant hatte liefern lassen. Vin fragte Nancy, wie die Konzerte der letzten Woche waren. Erkundigte sich nach ihrem Job. Nebenbei kam er auf sein neues Penthouse zu sprechen und stellte gefühlt hundert Fragen zum Fortgang der Umbauarbeiten.

»Mrs. White bestellt schöne Grüße.« Nancy erzählte, wie die Handwerker vorankamen. »Melvin, du warst nur eine Woche weg«, sagte sie am Ende ihres Berichts und legte ihre Hand auf seine.

Er zuckte mit den Schultern.

»Erzählt mir lieber, was ihr unternommen habt.«

Wir setzten zur gleichen Zeit an.

»Erzähl du«, sagte Vin und ich berichtete von unserer gemeinsamen Woche.

Wir verbrachten den ganzen Abend in der Küche und unterhielten uns wie eine richtige Familie. Schmerzlich dachte ich daran, dass es nur für kurze Zeit so sein würde. Ich schob den Gedanken beiseite, lehnte es ab, mir den Augenblick vermiesen zu lassen.

»Kommst du Montag mit nach New York?«, fragte Nancy mich.

Ich sah Vin an. Bislang hatten wir noch nicht darüber gesprochen, wie es nach dem Wochenende weitergehen sollte.

»Du kannst gern mitkommen. Ich müsste dir nur ein Hotelzimmer mieten.«

Ich überlegte einen Augenblick, schüttelte dann den Kopf. »Ich bleibe lieber hier, wenn es okay ist.« Wer weiß, ob ich je wieder die Gelegenheit bekam, einen solchen Sommer zu verbringen. Also wollte ich die Tage auskosten, am Strand liegen und jeden Moment genießen.

Zu schnell kam der Montagmorgen.

»Wann kommst du zurück?«, fragte ich beim Abschied.

»Mittwoch nach der Matinee fliege ich«, sagte Melvin. »Ich denke, dass ich gegen Abend bei dir bin. Hoffe, du langweilst dich bis dahin nicht.«

»Bestimmt nicht. Rufst du mal an?«

»Ja, Pumpkin.« Vin wuschelte mir durchs rote Haar und küsste meine Stirn, bevor er zu Nancy ins Taxi stieg, das sie zum Flughafen brachte.

2

Die Woche mit seiner Schwester hatte sich für Melvin wie ein Urlaub angefühlt. Er hätte nicht erwartet, dass sie wieder so vertraut miteinander umgehen würden. Selbst als Nancy dazukam, war die Stimmung gelöst und zu keiner Zeit seltsam gewesen. Nur, dass Jackies Anwesenheit ihnen keinerlei Privatsphäre zugestand, hatte gestört. Mit ihr im Nebenzimmer blockte Nancy jeden seiner Annäherungsversuche ab.

Als sie im Flugzeug nebeneinandersaßen, legte Melvin seinen Arm um Nancy und sie kuschelte sich an ihn. Er atmete den betörenden Duft ihres floralen Parfüms ein. »Weißt du, woran ich gerade denke?«, flüsterte er ihr ins Ohr.

Nancy blickte ihn an. Seine halbgeschlossenen Augen ließen keinen Zweifel an seinen Wünschen. »Melvin, doch nicht hier.«

»Noch nie was vom High Mile Club gehört?« Er knabberte an ihrem Ohrläppchen.

»Wenn sie uns erwischen, steht es morgen in der Zeitung.« Sie versuchte, Abstand zwischen sich und Melvin zu bringen.

»Niemand erwischt uns. Ich versprech's ...«

Sie nahm seinen Kopf in ihre Hände und küsste zärtlich seine Lippen, öffnete den Mund und ließ zu, dass seine Zunge mit ihrer spielte. Nach einer Weile löste sie sich von ihm. »Das muss reichen bis heute Abend.«

Melvin seufzte und zog einen Schmollmund. Er wollte nicht warten, kannte aber Nancy gut genug, um zu wissen, dass er hier chancenlos war.

In New York angekommen, fuhren sie mit einem Taxi zur Music Hall.

Melvin erledigte die Telefonate, die Laura in ihrer Liste mit einem ›wichtig‹ gekennzeichnet hatte. Anschließend sprach er mit Alan durch, was keinen Aufschub duldete.

Der Lift brachte ihn eine Etage tiefer. Er suchte Nancy in ihrem Büro auf.

»Ich fahre zum Penthouse. Möchte mit eigenen Augen sehen, wie weit die Handwerker sind. Treffen wir uns später in der Music Hall oder im Hotel?« Für die Zeit der Bauarbeiten hatte er sich eine Hotelsuite gemietet, nur drei Blocks entfernt.

»Ich sehe mir das Konzert an. Also hier.«

»Schön.«

»Schließlich muss ich auf dem Laufenden sein.«

»Ich weiß, Babe. Alles für den Job. Aber später im Hotel gehörst du mir.« Melvin grinste schief. »Wenn es möglich ist, schau mal im Penthouse vorbei. Vielleicht hast du irgendeine geniale Idee.«

»Sobald ich es einrichten kann.« Nancy wandte sich ihrer Arbeit zu.

Ein Mitarbeiter kam herein und stellte ihr einige Fragen.

Bei diesem plötzlichen Arbeitseifer fühlte sich Melvin wie ein Störkörper und verließ grußlos das Büro.

Mrs. White war heilfroh, ihren Boss zu sehen. In den vergangenen Tagen waren Fragen aufgetaucht, bei denen sie es lieber hatte, dass er die Entscheidungen traf.

»Hier unten sieht es ja phantastisch aus.« Melvin schaute sich zufrieden um. Die Arbeiten an der Empfangshalle waren so gut wie abgeschlossen.

»Ich freue mich, dass es Ihnen gefällt. Gestern haben die Handwerker Ihr Badezimmer fertiggestellt. Es wäre gut, wenn Sie es sich ansehen. Die Arbeiter sind noch im Haus, falls etwas zu verändern ist.«

»Mach ich sofort, Paula. Und ihr Reich? Ist es inzwischen komplett fertig?«

»Sie haben bestimmt Hunger.«

Melvin schmunzelte. »Ich rede nicht von der Küche, sondern von Ihren Privaträumen.«

»Die Zimmer sind bewohnbar. Ich habe den Handwerkern gesagt, um alles Weitere sollen sie sich zum Schluss kümmern.«

»Wieso denn das? Ich habe doch vor der Abreise festgelegt, dass man Ihre Wohnung zuerst fertigstellt.«

»Ich dachte …«

»Paula.« Ein liebevoller Ausdruck trat auf Melvins Gesicht. »Sie meinen es zu gut mit mir. Denken Sie ruhig ein bisschen an sich. Wer hat diese Vorhänge ausgesucht?« Er wies auf die Fensterfront im Salon.

»Ich. Die Stoffe, die Sie ausgewählt hatten, waren nicht mehr verfügbar. Gefallen Sie Ihnen nicht? Das kann man bestimmt noch ändern.«

»Alles bestens. Ich finde sie geschmackvoll. Haben Sie etwas in der Art auch für Ihre Wohnung im Auge?«

»Um Gottes willen. Die sind viel zu kostspielig für mich.«

»Sie sollen sie ja nicht bezahlen. Wenn Sie für sich nur billigen Kram aussuchen, lasse ich Ihre Räume komplett neu einrichten. Verstanden?« Er klang gespielt gebieterisch.

»Okay, Boss, alles nur vom Feinsten.«

»Na also, warum nicht gleich so.« Melvin lachte. Mrs. White gehörte zu den wenigen Menschen, denen er rückhaltlos vertraute. Vor ihr musste er keine Show abliefern, konnte er selbst sein.

In der oberen Etage sah er sich sein geräumiges Schlafzimmer an. Einbauschränke boten ausreichend Platz für die umfangreiche Garderobe. Das extravagante Bett aus schwarzem Leder mit goldenen Beschlägen und rotgolden marmorierten Seidenkissen weckte in Melvin die Sehnsucht nach Nancy. Sein Blick erfasste den Baldachin, getragen von reich verzierten goldenen Säulen, mit jeweils einer kleinen, zum Bettinneren ausgerichteten Lampe, bespannt mit demselben Stoff wie die Kissen.

An der linken Seite entdeckte Melvin ein unauffälliges Schaltpult. Er setzte sich auf die Bettkante und probierte es aus. Der runde Knopf schloss die edlen Vorhänge. Ein dreieckiger tauchte das Bett in anheimelndes Licht und ein quadratischer öffnete die eingebaute Bar. Er brachte alles in den Urzustand und trat an die Kommode, über der ein dreigeteilter Kristallspiegel platziert war. Er sah hinein und fuhr sich mit den Fingern durchs Haar.

Das angrenzende Badezimmer erschien kaum kleiner als das Schlafzimmer. Auf der linken Seite war eine unregelmäßig geformte Badewanne eingelassen, über drei Stufen erreichbar. An der gegenüberliegenden Wand hingen goldverzierte Spiegel. Der oberhalb der marmornen Waschbecken trug in den äußeren oberen Ecken Melvins Initialen ähnlich seinem Siegelring. Mit den Fingern strich er über die goldenen Armaturen und lächelte zufrieden.

»Gibt es Beanstandungen?«, fragte Paula White von hinten.

»Nein«, sagte er nachdenklich. »Vor ein paar Jahren hätte ich jeden für verrückt erklärt, der behauptet hätte, dass ich mal so wohnen werde. Ich bin begeistert.« Er grinste die Haushälterin an.

3

Wie geplant, flog Vin am späten Mittwochnachmittag wieder nach Los Angeles. Als ich ein Auto hinter dem Haus hörte, rannte ich zur Hintertür, um ihn zu begrüßen. »Na, wie war es in New York?« Ich erfreute mich bester Laune.

»Ausgezeichnet. Meine Fans haben mich nicht vergessen und die Arbeiten im Penthouse gehen so gut voran, dass ich nächsten Monat einziehen kann.«

»Was ist mit deinem anderen Haus?« Dieser Gedanke war mir gekommen, als ich allein am Strand lag.

»Das ist schon verkauft.«

»Tut dir das nicht leid?« Vins Gleichgültigkeit irritierte mich. Ich kannte nur unser Elternhaus. Obwohl ich mich dort nicht sonderlich wohlfühlte, was allerdings nicht am Haus lag, konnte ich mir unmöglich vorstellen, dass jemand anderes dort wohnte. Bislang war ich nie aus Dansville herausgekommen. Das lag nicht an mir. Gerne hätte ich Vin in New York besucht. Doch er lebte sein eigenes Leben.

Ich beneidete ihn. Um die schönen Dinge, vor allem aber um seine Freiheit. In der vergangenen Woche hatte ich manchmal davon geträumt, wie es wäre, wenn ich hierbleiben könnte. »Du hast ein paar Jahre dort gewohnt.«

»Jackie, es ist ein Haus.« Vin lächelte mich an. »Nur ein Haus.«

»Weißt du, dass ich noch nie ein richtiges Konzert von dir gesehen habe?« Beim Abendessen sprach ich Vin darauf an, hoffte, es würde sich eine Gelegenheit ergeben.

»Stimmt.« Er dachte einen Moment nach. »Von Freitag bis Sonntag bin ich in Oakland. Wenn du Lust hast, begleite mich.«

»Kommt Nancy auch mit?«

»Klar. Stell dir das Theater vor, wenn sie was verpassen würde.«

»Ich wäre gern dabei, Vin.«

»Ein paar Früchte?« Er schob mir die Schale hinüber.

»Danke.«

»Außerdem ist T. J. Hays mit von der Partie. Wir treten zusammen auf.«

»Toll.« Ich kannte seine Musik aus dem Radio. »Wirst du Nancy heiraten?« Auch diese Frage hatte mich in den letzten Tagen beschäftigt.

Vin verschluckte sich beinahe. »Wie kommst du darauf?«

»Ihr seid doch ein Paar.«

»Nancy ist eine emanzipierte Frau. Wir denken nicht an so etwas.« Er schien erleichtert, als ihn Telefonklingeln vor weiteren Erklärungen rettete.

Am frühen Freitagmorgen brachte uns ein Taxi zum Flughafen. Kurz später hob das Flugzeug nach Oakland ab. Wir flogen Business-Class! Der Flug dauerte knapp eineinhalb Stunden und dann saßen wir abermals in einem Taxi. Dieses fuhr uns zum Hotel. Dort angekommen, schritt Vin zielstrebig zur Rezeption. Ich dackelte neben ihm her.

»Ich habe reserviert. Melvin de Flame.«

»Sie sind der Musiker?«

»Wollen Sie ein Autogramm?«

Ich beobachtete beide. Sie taxierte ihn. Mich erstaunte, wie souverän mein Bruder auftrat.

»Gern, Mr. de Flame. Von Mr. Hays habe ich mir auch eins geben lassen«, plauderte die Rezeptionistin munter drauflos, während Vin in seiner Tasche kramte und ihr schließlich eine Karte reichte. »Mr. Hays ist also schon angekommen.«

Sie nickte. »Die Suite für Sie und die Dame?«, fragte sie mit einem Seitenblick auf meine Person.

»Ich hab 'ne Suite für mich und Ms. Huston reserviert. Meine Schwester bekommt das Einzelzimmer.«

Sie schaute in ihre Papiere und holte zwei Schlüssel vom Schlüsselbrett hinter ihr an der Wand.

»Hier bitte, Mr. de Flame. Ihre Suite liegt in der neunten Etage und das Zimmer für Ihre Schwester in der vierten. Dort drüben finden Sie den Lift.« Sie wies mit der Hand nach rechts.

»Danke.«

»Angenehmen Aufenthalt in unserem Hause.« Sie winkte einem Pagen.

Er flitzte herbei und kümmerte sich um das Gepäck.

Vin begleitete mich zum Zimmer. »Nancy wird gegen Mittag hier sein. Wir treffen uns dann zum Essen«, sagte er.

Ich legte mich auf das Bett, froh darüber, hier zu sein. Meine allererste Übernachtung in einem Hotel. Keine Ahnung, weshalb ich plötzlich an Mutter dachte. Wahrscheinlich, weil sie mir aufgetragen hatte, regelmäßig anzurufen. Bisher hatte ich das immer wieder aufgeschoben. Ich griff nach dem Hörer des Telefons, das auf dem Nachttisch stand und wählte die Nummer von zu Hause.

»Ja.« Ihre Stimme klang mürrisch.

»Ich wollte mich mal melden.«

»Das wird auch Zeit.«

»Ich weiß«, gab ich kleinlaut zu.

»Wie geht es deinem Bruder?«

»Gut.«

»Gib ihn mir mal.«

»Vin ist nicht hier.«

»Er hat dich allein gelassen?« Mutters Stimme hörte sich jetzt schrill an.

Ich berichtete von der Kurztournee in Oakland. Bereute den Anruf. Auf Mutters Gezeter konnte ich gut und gerne verzichten. Am Ende ließ sie keinen Zweifel daran, dass diese Reise zu Vin nicht nur die erste, sondern auch die letzte für mich sein würde. Fehlte nur, dass sie mich sofort nach Hause beorderte. Ich sagte ja und amen zu allem und war erschöpft, als ich auflegte. Ich ließ mich ins Bett zurückfallen. Mir war zum Heulen. *Warum ist sie so?*

Eine knappe Stunde später klopfte es an der Tür.

»Alles okay?«, fragte Vin.

Ich nickte und erzählte ihm nichts vom Telefonat. Inzwischen hatte ich mich beruhigt und wollte es vergessen. »Gehen wir jetzt essen?« Ich gab mir Mühe, fröhlich zu klingen.

»Macht es dir viel aus, wenn ich mit Nancy auf dem Zimmer esse?«

»Aber …«

»Nancy ist müde. Sie würde sich gern hinlegen, um abends wieder fit zu sein. Daher lassen wir uns eine Kleinigkeit bringen.«

Ich wusste, dass Nancy viel arbeitete und verstand. Es war für mich okay, auch etwas aufs Zimmer zu bestellen.

»T. J. leistet dir ja Gesellschaft.«

»Ich kenne ihn überhaupt nicht …« Der Gedanke, mit einem fremden Mann essen zu gehen, entsetzte mich.

»Echt jetzt, Jackie?« Vin schüttelte den Kopf. »Ich werde ihn bitten, dich abzuholen, okay?«

An seinem Tonfall erkannte ich, dass er nicht fragte, sondern es beschloss. Zu widersprechen hatte ich nie gelernt. Wollte auch nicht zickig rüberkommen. Also stimmte ich widerwillig zu.

Vin ging zum Telefon und wählte eine Nummer.

»T. J., du musst mir einen Gefallen tun.« Ich hörte, wie er in kurzen Sätzen die veränderte Situation erklärte. Mir blieb dabei nicht verborgen, dass Mr. Hays am anderen Ende der Leitung die Idee meines Bruders genauso wenig begeisterte wie mich.

Vin ließ seine Einwände gleichfalls nicht gelten. Er war es gewohnt, dass man tat, was er verlangte.

»T. J. holt dich gleich ab. Und wir sehen uns später, wenn wir zur Konzerthalle fahren«, sagte er zu mir, nachdem er aufgelegt hatte.

Dann war er wieder verschwunden und ich allein mit meinen Bedenken. Mr. Hays musste jeden Moment hier sein und ich spürte, wie sich etwas im Innern verkrampfte.

Minuten später klopfte es energisch an die Zimmertür. Mir blieb nichts anderes übrig, als sie zu öffnen und das Schicksal zu akzeptieren, dass mein Bruder verfügt hatte.

»Mr. Hays?« Ich hörte mich piepsig an.

»T. J., bitte.« Seine Stimme klang sonor und so angenehm, dass sie meine Kehle zuschnürte und ich nur nicken konnte.

»Gehen wir?«

Ein Kloß saß im Hals fest und es war mir unmöglich, ihn hinunterzuschlucken. T. J. schritt voran in Richtung Fahrstuhl und ich folgte wie ein Hündchen. Zu gern hätte ich etwas gesagt. Aber was? Was konnte ich zu diesem gestandenen Mann sagen, ohne ihn zu langweilen? Was fragen, dass er nicht hundert Mal zuvor gefragt worden war und ihn daher ebenso anöden würde?

Die Stille zwischen uns wurde langsam unangenehm. *Vin, wie konntest du mich dazu verdonnern, mit ihm essen zu gehen?*

T. J. war nicht nur ein bekannter Musiker, er sah nebenbei auch richtig gut aus. Viele würden sich wünschen, an meiner Stelle zu sein. Dieses Wissen half nicht. Im Gegenteil, es machte mich noch befangener.

Ich wagte einen schüchternen Seitenblick. T. J. sah geradeaus. Er schien in Gedanken und weil ich ihn nicht stören wollte, blieb ich still. Sinniges fiel mir sowieso nicht ein.

Vin hatte einen Tisch im Hotelrestaurant reserviert. An diesem saßen wir uns schweigend gegenüber. Ich merkte, wie T. J. mich musterte, und meine Finger spielten ganz von selbst mit der Gabel. Ich zwang mich, das Besteck in Ruhe zu lassen. Innerlich sprach ich Verwünschungen gegen Vin aus.

Weshalb sagt T. J. nichts?

Ein Kellner trat an den Tisch und übergab zuerst mir und dann ihm eine Speisekarte. Ich schlug sie auf und schaute hinein, ohne darin zu lesen. So weit reichte meine Konzentration nicht.

»Sagst du mir deinen Namen?«

Beinahe wäre mir die Karte aus der Hand gefallen. »Ja… Jackie.«

»Gut, Jackie.« Seine braunen Augen sahen mir ins Gesicht.

Ich wurde rot. Er lächelte und ich hatte keine Ahnung, was er mir damit sagen wollte. *Hoffentlich macht er sich nicht lustig über mich. Wahrscheinlich hat er Mitleid.* Auf beides hätte ich gern verzichtet.

»Ich finde es ziemlich langweilig, wenn wir uns anschweigen«, sagte er. »Sollte das während des Essens anhalten, bin ich eingeschlafen, bevor das Dessert kommt.«

Seine Worte klangen scherzhaft. Trotzdem überwand ich meine Verlegenheit nicht.

»Tut mir leid, falls ich was Falsches gesagt habe.« Er hörte sich hilflos an.

»Haben Sie nicht.« Ich verkroch mich in der Karte.

Dann sah ich seine Hand näherkommen und die Speisekarte herunterdrücken, sodass er wieder in mein Gesicht sehen konnte.

»Okay. Erzähl mir von dir. Bitte.«

»Aber, Mr. Hays …« Ich fing seinen strafenden Blick auf. »T. J., da gibt es nichts. Sie sind doch derjenige, der …« Ich wusste nicht, wie ich mich ausdrücken sollte.

»Du.«

Ich schaute ihn fragend an, begriff nicht.

»Nicht Sie - du.«

Ich benahm mich, als könne ich nicht bis drei zählen. *Jackie, reiß dich zusammen!*

»Komm schon. Mel und ich sind sowas wie Freunde. Denkst du, du kannst für dieses Essen vergessen, dass ich ein bisschen bekannt bin, weil ich Musik mache?« Über den Tisch hinweg ergriff er meine Hand. Ich spürte, wie mich seine Wärme umschloss und mit ihr übertrug sich seine Ruhe, zumindest ein wenig.

»Ich will es versuchen.« Es gelang mir nicht, seinem Blick standzuhalten.

»Nun komm schon, lass mich teilhaben an dem, was du so machst.« Er gab meine Hand frei.

»Nicht viel. Wir haben einen Club an der High School. Nichts Besonderes. Dort treffen wir uns hin und wieder.« *Wow, ich habe einen Satz hinbekommen.*

»Ich erinnere mich, dass wir früher auch einen Club hatten. Ich war fast jeden Abend da.«

»Mutter erlaubt es nicht. Manchmal schleiche ich mich aus dem Haus.« Das wusste nicht einmal Vin.

»Das hätte ich auch gemacht, hätte es mir jemand verboten. Zum Glück waren meine Eltern mehr als verständnisvoll. Hast du schon was ausgesucht?« Er deutete auf die Karte.

Sofort begann ich hastig zu blättern. Als der Kellner an den Tisch trat, hatte ich noch immer nichts gefunden.

T. J. schien meine Unentschlossenheit zu spüren. »Ich habe hier schon ein paar Mal gegessen. Soll ich für uns beide bestellen?«

»Ja«, hauchte ich dankbar.

»Bringen Sie uns den Crevetten-Cocktail als Vorspeise, dann Kalbsmedaillons mit grünem Spargel und als Nachtisch flambierte Früchte. Dazu einen Barbaresco, Jahrgang 64.«

»Oh, tut mir leid, Sir, der 64er ist nicht vorrätig. Darf ich Ihnen den 71er empfehlen? Das ist ebenfalls ein vorzüglicher Jahrgang.«

T. J. nickte. Als sich der Kellner vom Tisch entfernt hatte, kam er auf das vorangegangene Thema zurück. »Und in dem Club macht ihr Musik?«

»Auch.«

»Hast du etwas von Melvins Talent abbekommen?«

Ich schüttelte mit dem Kopf und lachte unbefangen. Wie hatte er das geschafft? »Niemand würde einen Penny geben, wenn ich anfange zu singen. Höchstens dafür, dass ich wieder aufhöre.«

»Dann hat Melvin dein Talent gleich mitbekommen. Er ist großartig.«

»Ich weiß. Ich war Vins erster Fan.«

»Er hat mir von seiner Garagenband erzählt.«

»Damals war er sich nicht zu schade, einfach nur Musik zu spielen.« Ich erschrak, weil ich das ausgesprochen hatte. Sah T. J.s fragenden Blick.

In dem Moment brachte der Kellner den Wein.

T. J. hob sein Glas und prostete mir zu. »Auf ein schönes Wochenende!«

Ich nippte am Wein. Natürlich hatte ich bereits Alkohol getrunken, aber nur selten und ganz wenig, sodass Mutter es nicht mitbekam.

»Was meinst du damit, dass Melvin sich damals nicht zu schade war?«

Ich wunderte mich, dass T. J. das fragte, hätte nicht erwartet, dass ihn wirklich interessierte, was ich zu sagen hatte. Bevor ich antworten konnte, wurde die Vorspeise serviert.

Ich erzählte ihm, wie Vin sich geweigert hatte, im Schulclub aufzutreten. »Er ließ mich blöd dastehen. Alle amüsierten sich, weil ich meinen berühmten Bruder nicht dazu bewegen konnte, ein paar Songs zu spielen. Seit damals ist es noch schlimmer.«

Ich sah T. J.s betroffenen Blick.

»Ich komm klar. Mutter kann mich nicht leiden und in der Schule mag mich eben auch niemand. Muss an mir liegen.« Meine Offenheit entsetzte mich. *Was ist los mit mir? Wieso schütte ich einem Fremden das Herz aus?*

»Ganz bestimmt nicht.«

Für einen Moment schwiegen wir. Dieses Mal war es nicht unangenehm.

»Lecker.« Ich war skeptisch gewesen, was die Krabbenvorspeise anging. »Mutter liebt Vin. Nicht, dass er es leicht mit ihr hätte. Seit er in New York ist, macht sie ihm Vorhaltungen. Trotzdem liebt sie ihn. Wahrscheinlich so sehr, dass für mich nichts übrig ist.« Das musste ich noch loswerden. Mir tat gut, mal alles auszusprechen. Nur dass ich T. J. damit zutextete, war ihm gegenüber nicht fair. »Ich hatte nicht geplant, dir das zu erzählen. Du hättest nicht fragen dürfen.« Meine Stimme war nur ein Flüstern.

»Aber ich habe gefragt.«

»Es tut mir trotzdem leid für dich.« Die Befangenheit hatte sich in Luft aufgelöst. »Statt mit jemandem zu essen, der fröhlich ist, musst du dir meine albernen Probleme anhören.«

Der Kellner servierte die Hauptspeise.

»Weiß Melvin das?«

»Vin?« Es ließ sich nicht verhindern, dass ich zynisch klang. »Er interessiert sich schon lange nicht mehr für mich. Sagt, er sei zu beschäftigt. Ich denke, ich bin ihm egal. Als er zu Weihnachten für einen Tag zu Besuch kam, hatte ich den Eindruck, ihn deprimiere unser Leben. Vielleicht ist das so, wenn man berühmt ist.« Ich sah T. J. an und sein Blick ermutigte mich, weiterzusprechen. »Aber ich werfe ihm nichts vor. Jeder ist für sich verantwortlich. Bald habe ich die High School hinter mir und gehe auch fort.« Ich bemühte mich, positiv zu wirken und genauso zu denken. »Bitte sag Vin nichts davon.«

»Ich behalte es für mich«, sagte T. J.

An seiner Miene erkannte ich, dass er meinte, es wäre besser, wenn Vin davon wüsste.

Im weiteren Verlauf des Essens redeten wir wenig miteinander, ließen das Gespräch aber nicht verstummen. Im Stillen wunderte ich mich über mich selbst, war es gewohnt zu verbergen, was ich dachte oder fühlte. Andererseits erlebte ich gerade etwas komplett Neues. Dass jemand meinen Empfindungen Beachtung schenkte, kannte ich nicht. T. J.s Stimme hatte es mir angetan, am sympathischsten machte ihn jedoch, dass er mir zuhörte.

»Hast du heute Abend nach dem Konzert was vor?«

Diese Frage verblüffte mich. Ich sah auf. T. J. schaute mich an, als habe ihn die eigene Frage auch überrascht.

»Ich gehe schlafen. Bei Vin und Nancy wäre ich das fünfte Rad am Wagen.«

»Ich kenne eine nette Bar zwei Blocks von unserem Hotel entfernt. Dort könnten wir den Abend ausklingen lassen. Was denkst du?«

Ich war noch nie in einer Bar, konnte kaum fassen, dass T. J. auf meine Begleitung Wert legte.

»Jetzt, wo wir uns angefreundet haben, wäre es schön, das Gespräch fortzusetzen.«

Ein Mann trat an unseren Tisch. »Mr. Hays?«

T. J. nickte.

»Würden Sie mir bitte ein Autogramm für meine Nichte geben?«

T. J. griff in seine Jackentasche. »Ich habe keine Karte bei mir, sorry.«

Nach kurzem Nachdenken öffnete der Mann seinen Aktenkoffer, holte Notizblock und Stift heraus und reichte beides an T. J. weiter.

»Wie heißt Ihre Nichte?«

»Maggy.«

T. J. schrieb: ›für Maggy‹ und setzte seinen Namenszug darunter. Der Mann bedankte sich und ließ uns wieder allein.

»Was ist, kommst du mit?« Er sah mich erwartungsvoll an.

»Ich würde gern …«

»Was spricht dagegen?«

»Ich war noch nie in einer Bar.«

»Dann wird es Zeit, damit zu beginnen.«

»So?« Ich sah an mir hinunter.

T. J. verstand sofort, worauf ich anspielte. »Wenn es weiter keine Probleme gibt. Dieses Hotel hat eine Boutique.« Er sah zur Uhr. »Wir haben noch Zeit, ein Kleid zu kaufen. Und eh jetzt tausend Einwände kommen, ich schenke es dir.«

»Das kann ich nicht annehmen. Vin wäre das nicht recht.«

»Erstens geht es deinen Bruder nichts an, zweitens rede ich mit ihm, wenn du möchtest, und drittens mache ich mit meinem Geld, was ich will.« In seinem Blick lag eine gewisse Zärtlichkeit und ich sah ein, dass Widerspruch zwecklos war. Um ehrlich zu sein, wollte ich nicht widersprechen. Ich fühlte mich wie in einem schönen Traum.

Als die Nachspeise kam, war es beschlossene Sache, dass wir den Abend miteinander verbringen würden.

Gemeinsam besuchten wir nach dem Essen die Boutique des Hotels. T. J. sprach mit der Verkäuferin und sie zeigte uns zwei Cocktailkleider. Mir stockte der Atem bei deren Anblick.

Das Oberteil des ersten Kleides aus einem seidigen Stoff mit Blumenstruktur in Rosé betonte die Figur, wobei der knielange Rock in gleichmäßige Falten fiel. Das zweite besaß ein schwarzes Oberteil und einen ausgestellten Rock mit Kellerfalten und breiten Querbalken in einem schimmernden Silber. Es waren die schönsten Kleider, die ich je gesehen hatte. Ich zögerte, hatte Probleme, mir vorzustellen, sie zu tragen. Hilfesuchend blickte ich zu T. J.

»Probier sie an.«

Ich schlüpfte zuerst in das helle Kleid und betrachtete mich im Spiegel von allen Seiten. Mein rotes Haar schimmerte Ton in Ton mit der Farbe des Stoffes. Ich kam mir fremd vor und lange nicht so unattraktiv wie sonst. Verunsichert verließ ich die Umkleide und versuchte ein Lächeln. Gespannt wartete ich auf T. J.s Meinung.

»Wow«, rief er. »Du siehst bezaubernd aus.«

Ich trat zurück in die Kabine und probierte das zweite Kleid an. Es saß ebenso perfekt und ich mochte den Kontrast meiner Löwenmähne zur schwarzen Grundfarbe. Selbstbewusster stellte ich mich T. J.s Urteil.

Er sparte nicht mit Komplimenten.

Fröhlich kehrte ich in die Kabine zurück. Als ich mich umzog und überlegte, ob ich das helle oder das schwarze Kleid wählen sollte, fiel mein Blick auf die Preisschilder. Das Lächeln gefror. Jedes kostete über tausend Dollar. Ein derart teures Geschenk konnte ich nicht annehmen. Vin würde ausrasten. *Schade!*

»Welches nehmen wir?«, fragte T. J., als ich aus der Kabine kam.

»Darf ich mich noch ein bisschen umsehen?«

»Wenn es nicht zu lange dauert.«

Minuten später fand ich ein Kleid in hellem graugrün, das nur sechshundert Dollar kostete. Ich dachte in der Tat ›nur‹ und verschwand in der Kabine. Vom Schnitt ähnelte es den beiden anderen. Das Oberteil war zudem mit einer zarten Spitze besetzt. Ich betrachtete es von allen Seiten und zog mich um, ohne T. J. nach seiner Meinung zu fragen.

»Dieses hätte ich gern«, sagte ich betont forsch, als ich aus der Umkleide trat.

T. J. akzeptierte die Entscheidung ohne Einwände.

Auf dem Zimmer zog ich sofort das neue Kleid an, begutachtete mich im Spiegel und tanzte ausgelassen durch den Raum. Ich legte den Schmuck an, den Melvin mir zu Weihnachten geschenkt hatte. Erst jetzt zeigte er seine ganze Schönheit. Ich konnte mich kaum sattsehen an meinem Spiegelbild, liebte die neue Jackie, die mir entgegenschaute.

Mit beiden Händen raffte ich die Mähne im Nacken zusammen. Die Kette kam dadurch noch besser zur Geltung. *Eine Haarschleife wäre ideal.* Ich ging zum Telefon und wählte die Nummer der Boutique. »Entschuldigung Ma'am, wir waren eben bei Ihnen und haben das Kleid gekauft.«

»Ist etwas nicht in Ordnung?«

»Doch, doch. Ich hätte gern eine Haarschleife dazu. Haben Sie so was?«

»Ich habe das Passende für Sie. Auf welches Zimmer soll ich sie bringen lassen?«

»412. Wie teuer ist die Schleife?« Das war die entscheidende Frage.

»53 Dollar.«

Ich überschlug im Kopf. Viel mehr Geld besaß ich nicht, aber im Grunde brauchte ich nichts, solange Vin bei mir war. »Gut, ich nehme sie.«

Schon vor zehn Minuten hätte ich in der Lobby sein müssen, um mit den anderen zum Konzert zu fahren. Ich wusste, dass Vin es hasste zu warten und konnte mich trotzdem nicht überwinden. *Was wird T. J. sagen? Und wie Vin reagieren? Du musst endlich nach unten gehen.* Meine Beine machten keine Anstalten, sich in Bewegung zu setzen. Ich wünschte mir, T. J. würde verstehen, weshalb ich sie warten ließ. Seine Meinung bedeutete mir viel, ihm vertraute ich.

Als es Minuten später an die Tür klopfte, ahnte ich, dass er es war. Ein Gefühl von Wärme durchströmte mich. Er hatte tatsächlich erspürt, dass ich ihn brauchte.

»Jackie, darf ich hereinkommen?«

»Ja.« Mein Herz raste, als sich die Tür öffnete.

»Ich glaub, ich träume.« Er verlangte mit einem Handzeichen, dass ich mich drehte. Gern tat ich ihm den Gefallen und ließ mich von allen Seiten bestaunen.

»Wahnsinn«, rief er aus. »Eine sehr gute Wahl. Hast du die beiden anderen Kleider nicht gemocht?«

»Sie waren so teuer«, flüsterte ich.

T. J. lachte auf. »Du bist süß.«

»Gefällt es dir wirklich?«

Er nickte und ich trat zu ihm und umarmte ihn sanft. Sein männlicher Geruch nach Holz und Leder strömte in meine Nase. Ich drückte ihm einen Kuss auf die Wange. »Danke.«

Zärtlich legte T. J. seine Hand auf meinen Arm. »Wir müssen gehen. Melvin war vorhin schon ungehalten.«

Ich überwand den Augenblick der Rührung und schritt neben T. J. zum Lift.

In der Lobby las ich Vin das Erstaunen vom Gesicht ab. Er sagte nichts, sondern steuerte den Ausgang an.

»Wo hat sie das Kleid her?«, hörte ich ihn T. J. bei nächstbester Gelegenheit fragen.

»Ich habe es ihr gekauft und sie eingeladen, mit mir nach dem Konzert einen Drink zu nehmen.«

»Was hat es gekostet? Du bekommst das Geld selbstverständlich zurück. Mir ist überhaupt nicht in den Sinn gekommen, dass sie nichts anzuziehen hat für solche Anlässe.«

»Melvin, ich habe es ihr geschenkt und so soll es bleiben«, sagte T. J. und machte mich damit glücklich.

Vin ›live in concert‹ zu erleben, zeigte mir meinen Bruder von einer anderen Seite. Ich kannte seine Lieder aus dem Radio und von den Abenden in Venice. Ihm dabei zuzusehen, wie er mit dem Publikum spielte und sein Charme Funken sprühte, erinnerte mich an unsere Kindheit. Mir fiel ein, wie ich ihn knutschend in irgendwelchen Ecken aufgespürt hatte. Er war damals schon beliebt bei den Mädchen. Heute brachte er die Frauen reihenweise um den Verstand.

Melvin rockte den Saal und ich wurde mir einmal mehr der eigenen Unzulänglichkeit bewusst. Mein Bruder hatte nicht nur die gesamte Liebe unserer Mutter für sich beansprucht. Auch sonst war Vin der Perfekte und ich musste mich mit dem zufriedengeben, was übrigblieb. Ich war nicht eifersüchtig. Vielleicht ein klitzekleines bisschen. Liebte Vin jedoch heiß und innig. Hier bei ihm fühlte ich mich glücklich. Daher wünschte ich mir nichts anderes als mehr Zeit mit ihm.

Als T. J. auf der Bühne erschien, lösten sich die Grübeleien in Luft auf. Meine ganze Aufmerksamkeit galt ihm. Er sah gigantisch aus mit dem schwarzen Cowboyhut. Das Aussehen und seine sonore, melodische Stimme, mit der er seine rockigen Countrysongs zum Besten gab, verzauberten nicht nur mich. Als das Publikum applaudierte, hielt es mich nicht länger auf dem Sitz. Ich stand auf und klatschte, bis mir die Hände wehtaten.

Nach dem Konzert verließen wir gemeinsam die Halle. Rannten zum Auto, um nicht von Autogrammjägern bestürmt zu werden. T. J. legte schützend den Arm um mich, als Fans uns einholten. Wir stiegen in den Fond des Autos. Kameras blitzten.

»Alles gut?«, fragte er.

Der Wagen setzte sich in Bewegung.

Ich nickte. Hatte das Gefühl, in einer Traumwelt unterwegs zu sein. Wir ließen uns zum Hotel zurückbringen. Schlenderten dann die Straße entlang zu der Bar.

Zuerst aßen wir eine Kleinigkeit. T. J. orderte für mich einen Cocktail, der mehr fruchtig als nach Alkohol schmeckte und für sich ein Bier. Wir redeten die ganze Zeit. Ich erzählte ein wenig mehr von mir und meinen Träumen.

Viel lieber hörte ich T. J. zu. Erfuhr, dass sein Vater eine aussichtsreiche politische Karriere geopfert hatte, um seine Mutter zu heiraten. Er beschrieb sie als überdrehte Schauspielerin. Ich spürte, dass er sie vergötterte, weil sie ihm eine unbeschwerte Kindheit ermöglicht hatte. »Bei uns gab es keinen Luxus und wenig Geld. Aber wir hatten jede Menge Liebe«, sagte er.

Obwohl wir spät ins Hotel zurückkehrten, war unser Gesprächsstoff noch nicht erschöpft. An T. J.s Seite kam ich mir vor wie ein ganz anderer Mensch. Ich wünschte, dass der Abend ewig weitergehen würde. Diese Sehnsucht war illusorisch, aber wenigstens konnte ich das Ende hinauszögern. T. J. sah es anscheinend ähnlich. Wie selbstverständlich lud er mich auf sein Zimmer ein.

Auch T. J. fühlte sich inzwischen pudelwohl in Jackies Begleitung. Seit sie ihre Schüchternheit überwunden hatte, zeigte sie sich hinreißend erfrischend. Ihre Natürlichkeit war ganz nach seinem Geschmack. Er brauchte keinen Starrummel. Luxus bedeutete ihm wenig. Er bevorzugte ein bodenständiges Leben und hatte nie beabsichtigt, in die Maschinerie des Musikbusiness zu geraten.

Seine erste Erinnerung gehörte seiner Mutter, die an seinem Bett saß und ihm vorsang. Später animierte sie ihn, mit ihr gemeinsam zu singen. Das wurde ihr Ritual jeden Abend vor dem Schlafengehen. Zumindest, wenn sie nicht gerade einen neuen Film drehte.

Die künstlerische Begabung hatte T. J. eindeutig von seiner Mutter geerbt. Sie förderte zwar sein Talent, war aber zu freiheitsliebend, um ihn unter Druck zu setzen.

Musik begleitete T. J. auf seinem Weg, ohne dass er mit ihr die Absicht verband, berühmt oder gar reich zu werden. Nicht mal im Mittelpunkt wollte er stehen. Seine Jugendliebe verließ ihn, weil er ihrer Meinung nach nicht ehrgeizig genug war.

Er zog es vor, am Tage zu Hause auf der Ranch zu arbeiten und abends Songs zu schreiben und sie in Bars und Kneipen zum Besten zu geben. Das genügte ihm. Auch das Geld, das er damit verdiente, reichte aus, seinen maßvollen Lebensstil zu finanzieren. Eine eigene Wohnung mietete er sich erst kurz vor seinem dreißigsten Geburtstag.

One-Night-Stands gaben ihm nichts, für ihn gehörte Gefühl dazu. Er brauchte keine Frau, die ihn anhimmelte. Wenn schon eine Beziehung, dann etwas Solides, worauf sich eine Zukunft aufbauen ließ.

Nach einem Auftritt sprach ihn ein Talentscout an. T. J. machte ihm bei ihrer ersten Begegnung klar, dass ihm nichts am Kommerz lag. Er willigte nur ein, seinen Song ›Road to Wichita‹ im Studio einzusingen und als Single herauszubringen, weil er annahm, danach wieder seine Ruhe zu haben.

Damit erlag er einem gewaltigen Irrtum, denn der Song schaffte es auf Anhieb in die Top 10 Charts und hielt sich dort ein paar Wochen. Als das Lied ständig im Radio zu hören war, änderte sich einiges.

Er musste sich nicht länger um Gigs kümmern, jetzt kam man auf ihn zu. Dementsprechend gut verdiente er. Weder das eine noch das andere ließ ihn abheben. Er lehnte vehement jede Agentur ab, die ihn plötzlich managen wollte und versprach, ihn groß rauszubringen. Er behielt seine bescheidene Wohnung und blieb er selbst, ein Typ vom Lande, der in seinen Songs das Landleben besang.

T. J. leugnete nicht, dass es ihm Spaß bereitete, in richtigen Konzerthallen aufzutreten. Dass er dafür ständig unterwegs war und die meiste Zeit aus dem Koffer lebte, empfand er schon nach ein paar Wochen als unangenehme Begleiterscheinung.

Dann las er in einem Musikmagazin von Melvin de Flame und der Fabulous Music Hall. Daraufhin kaufte er sich dessen Alben und beschäftigte sich näher mit dem Programm der Konzerthalle. Beides gefiel ihm. Er hielt seine Musik für eine gute Ergänzung.

Der Morgen graute, als ich mich von T. J. verabschiedete. »Schlaf dich aus.« Sein Blick hielt meinen für einen Augenblick gefangen. Ich spürte innerlich ein Kribbeln.

»Sehen wir uns nachher zum Lunch?«, fragte er und zerstörte damit den Moment.

»Ja.«

»Und wie steht es mit heute Abend?«

»Ich glaube, da habe ich etwas vor.«

»So?«.

»Ich möchte jemandem zuhören und wieder das Gefühl haben, er singt für mich.« *Wo nehme ich diese Courage her?* Verlegen schaute ich auf die Schuhspitzen.

T. J.s Hand hob mein Kinn sanft an, bis sich unsere Blicke begegneten. »Ich singe nur für dich.«

Er näherte sich mir und Sekunden später spürte ich seine Lippen. Mein Herz raste. Ich hatte nie mit Jungs geknutscht wie andere in meinem Alter. Jetzt küsste mich ein erwachsener Mann. Die zärtliche Berührung seines Mundes schaltete den Verstand aus und übergab die Macht den Gefühlen. Ich schlang die Arme um T. J.s Mitte, schloss die Augen und küsste ihn zurück.

4

Ich schwebte förmlich zu meinem Zimmer. Die Hochstimmung hielt an, bis ich eintrat und Vin auf dem Bett sitzen sah.

»Wo kommst du her?«

Ich merkte, dass er sich zwang, nicht zu schreien.

»Ich war mit T. J. zusammen.« Kaum ausgesprochen, fiel mir die unglückliche Wortwahl auf.

»Das hätte ich mir denken sollen.« Vin stand auf und stelzte im Zimmer umher. »Ich hatte nichts dagegen, dass du mit ihm ausgehst, schließlich bist du kein Kind mehr. Dass du gleich in sein Bett steigst, hätte ich nicht geglaubt. Jackie, du bist siebzehn und er etwa doppelt so alt.« Vin wandte sich mir zu. »Du packst sofort deine Sachen und fliegst nach Hause.«

Seine Worte trafen mich wie Schläge. Wegschicken wollte er mich. Einfach so. Ich merkte, wie sich dieselbe Resignation in mir breitmachte, die ich empfand, wenn Mutter irgendwelche Schimpftiraden über mich ausschüttete.

Nein … Nicht dieses Mal! Meine Haltung straffte sich. Die letzten Stunden mit T. J. gaben mir den Mut zum Widerspruch. Ich spürte seine Lippen noch immer und sein männlicher Geruch nach Holz und Leder lag mir in der Nase. »Du kannst mich nicht nach Hause schicken wie ein unartiges Kind. Und wo ist eigentlich zu Hause, Melvin?«

»Du fliegst nach Venice.« Er schien erstaunt über mein Aufbäumen.

»Venice ist nicht mein Zuhause. Dansville auch nicht. Zu Hause sollte man sich wohlfühlen, wenn schon nicht geliebt.« Ich gab ihm die Gelegenheit, mir zu antworten. Doch er blieb still. »Es stimmt, ich war die ganze Nacht mit T. J. zusammen, aber wie du richtig festgestellt hast, bin ich kein Kind mehr. Mutter hasst mich und dir bin ich egal. Du tust deine Pflicht, wenn du uns alle paar Jahre besuchst und ebenfalls, wenn du mich für ein paar Wochen zu dir holst. Na ja, vielleicht beruhigst du auch dein Gewissen damit.« Ich provozierte Vin absichtlich. Wünschte mir, dass er widersprach.

Sein Mund blieb verschlossen. Schatten legten sich auf sein Gesicht.

Ich bin ihm egal. Oder ist er baff über diese veränderte Jackie, die ihn nicht wie sonst Vin nennt? »Ich nehme dir das nicht übel. Wirklich nicht. Ich gönne dir, dass du reich und berühmt bist.« Meine Stimme verschärfte sich erneut. »Bitte gönn mir die Zeit mit T. J. Montagmorgen fliegen wir zurück, dann ist es ohnehin vorüber.« *Was kann ich noch sagen, um ihn zu besänftigen?* »Das Einzige, worum ich dich bitte, sind diese zwei Tage. Vin …«

»Ich trage die Verantwortung, solange du bei mir bist. Er könnte beinahe dein Vater sein. Es ist meine Pflicht zu verhindern, dass es eine Beziehung zwischen euch gibt.« Seine Stimme klang jetzt ruhig, nahezu stoisch.

»Und wenn er dreißig Jahre älter wäre. Wir haben geredet. Er hat mir zugehört und ich ihm. Es waren schöne Stunden.« *Wie erkläre ich es ihm?* »Einmal habe ich mich nicht klein und minderwertig gefühlt. Er hat mich davon überzeugt, dass ich nicht schlecht bin.« Ich verstummte, trat zu meinem Bruder und ergriff seine Hand. »Bitte zerstöre das nicht. Vin!«

»Was meinst du damit, er hat dich überzeugt, dass du nicht schlecht bist?«

Ich seufzte, hätte das nicht sagen sollen.

»Jackie?« Er schaute mir forschend ins Gesicht. »Wer behauptet, du seist schlecht?«

»Niemand hat es gesagt. Mutter hasst mich. Was habe ich getan? Ich habe versucht zu sein, wie sie es wünscht. Also verdiene ich es nicht, geliebt zu werden. Ich muss schlecht sein. Dich liebt sie. Trotzdem bist du gegangen. Meine Schuld? Ich fühle mich ständig schuldig. Das ist nicht auszuhalten.« Zornig wischte ich mir eine Träne aus dem Gesicht, die sich aus den Augen gestohlen hatte. »Oft habe ich morgens beim Zähneputzen in den Spiegel geschaut und mir gesagt: ›Du bist nicht schuld.‹ Aber womit sonst lässt sich ihre Lieblosigkeit erklären? Vielleicht hat sie all ihre Liebe für dich verbraucht.«

Ich sah, dass Vin mit sich kämpfte. »Komm, wir setzen uns hin. Mein Gott, Jackie, warum hast du nicht früher darüber geredet?«

»Wann denn?«

»Ich habe geglaubt, du merkst es nicht, zumindest nicht so schlimm. Ich wollte nie, dass sich alles um mich dreht. Sie hat unseren Dad geliebt. In mir sieht sie vielleicht ‘ne Art Ersatz, seit sie ihn verloren hat.«

Ich spürte, dass er etwas verheimlichte. »Sag es mir«, flüsterte ich und rückte näher an ihn heran.

»Dads Tod ...«

»Ihr habt nie darüber gesprochen. Ich weiß nur, dass er krank war.«

Vin seufzte. »Dad hat sich bei dir mit Masern angesteckt. Es kam zu einer Komplikation und daran ist gestorben.« Beklemmendes Schweigen erfüllte den Raum.

»Du meinst, Mutter macht mich verantwortlich dafür?« Entsetzen stieg in mir auf.

Melvin zuckte mit den Schultern.

Das war ungeheuerlich. Ich senkte den Kopf, lehnte mich an ihn. »Wie kann sie ...«

»Ich weiß, dass es total bescheuert ist. Aber seit Vaters Tod ist sie nicht mehr dieselbe.«

»Ich bin müde, Vin.«

»Kann ich dich allein lassen?«

»Natürlich.« Ich rang mir ein Lächeln ab.

Vin schloss mich in die Arme. »Ach, Pumpkin, das Leben ist verdammt hart und manchmal richtig mies. Aber du packst das schon.«

»Du schickst mich also nicht zurück nach Venice?«

Er schüttelte den Kopf, stand auf und ging in Richtung Tür. »Wenn du willst, bleib hier.«

»Vin!«

Er wandte sich um.

»Ich habe nicht mit T. J. geschlafen.«

Nachdem Vin gegangen war, nahm ich eine Dusche und legte mich ins Bett. Ich war todmüde nach der aufregendsten Nacht meines Lebens. Das Gespräch mit meinem Bruder hatte mir den Rest gegeben.

Melvin wusste nicht recht, was er von der Aussprache mit Jackie halten sollte. Dass sie sich in T. J. verguckt hatte, wunderte ihn allein wegen des Altersunterschieds. Andererseits konnte er es nachvollziehen, denn T. J. hatte ihr mehr Aufmerksamkeit gegeben als jeder andere. Er sah ein, dass es seine Aufgabe wäre, sich um sie zu kümmern. Gleichzeitig wusste er, dass das unmöglich war, solange er sein eigenes Leben und die Karriere in den

Vordergrund stellte. Zu oft hatte er sich vorgenommen, für Jackie da zu sein, ohne dass diesem Vorsatz je Taten folgten.

Nicht einschätzen konnte Melvin, welche Rolle T. J. bei all dem spielte. Er drehte um, wollte genau das herausfinden.

Als er an T. J.s Zimmer klopfte, hörte er augenblicklich sein: »Komm rein.« Es sah aus, als habe T. J. ihn erwartet.

»Echt jetzt? Meine Schwester?«

»Setz dich. Lass es mich erklären.«

Melvin blieb stehen. »Sie könnte deine Tochter sein, wenn's beim ersten Mal geklappt hätte.« Sein Verständnis für das, was zwischen den beiden war, schwand.

»Als ich Jackie zum Mittagessen abgeholt habe, fiel es mir schwer, zu glauben, dass sie deine Schwester ist. Sie war so schüchtern. Im Stillen habe ich dich verflucht, weil du mich überredet hast, das Kindermädchen zu geben.«

»Aber wieso …«

T. J. ließ Melvin nicht weiterreden. »Beim Essen fing sie an zu erzählen. Und da habe ich bemerkt, dass sie gar nicht so ist, wie es auf den ersten Blick scheint. Ihre Schüchternheit hat sie schnell abgelegt. Sie hat viel von sich erzählt. Ich glaube, dass sie sonst niemanden hat, der ihr zuhört.«

»Ich weiß, dass bei uns nicht alles perfekt ist. Aber sie ist doch erst siebzehn.«

»Jetzt lass uns endlich hinsetzen.« T. J. ging zum Tisch mit den Sesseln. »Soll ich uns Frühstück bestellen?«

»Was willst du von ihr?«

»Ich habe gemerkt, wie dringend sie jemanden braucht, der ihr zuhört. Dann habe ich sie in diesem Kleid gesehen. Sie ist schön. Gibt man ihr nur ein wenig Aufmerksamkeit, erkennt man, dass sie eine reizende, intelligente, junge Frau ist und kein Kind mehr. Sie ist doch schon siebzehn!«

Melvin ließ sich in einen Sessel fallen. »Frühstück ist okay.« Die Zeit, die T. J. für die telefonische Bestellung benötigte, nutzte er zum Nachdenken. »Ich war nah dran, sie zurück nach Venice zu schicken.«

T. J. setzte sich zu ihm. »Nah dran?«

»Jackie hat sich große Mühe gegeben, mich davon abzubringen. Sie will mit dir zusammen sein. Wie stellst du dir das weiter vor?«

T. J. zuckte mit den Schultern. »Ich wollte nur für sie da sein. Doch heute Morgen beim Abschied … Wir haben uns geküsst. Seitdem schwirrt sie mir im Kopf herum. Ich denke in einer Weise an sie, für die man mich verhaften könnte.«

In diesem Moment klopfte es an die Tür und der Zimmerservice lieferte das Frühstück, bestehend aus Rührei, Bacon und Toast. Dazu gab es frischen Kaffee, dessen Aroma sich im Zimmer ausbreitete.

Sie aßen schweigsam. Melvin wusste nicht, wie er mit T. J.s Geständnis umgehen sollte. *Verständnis haben und ihm einen Freifahrtschein ausstellen? Ihm das Versprechen abfordern, es bei einem Kuss zu belassen? Oder ist es meine Pflicht, dieses Verhältnis zu unterbinden, bevor mehr passiert?* Er spürte, wie T. J. ihn beobachtete und darauf wartete, dass er sich auf die eine oder andere Weise äußerte. Melvin löste den Blick vom Toast und schaute ihm direkt in die Augen.

T. J. wich nicht aus.

»Ich bringe es nicht fertig.« Melvin ließ seine Worte stehen und wandte sich wieder dem Frühstück zu.

»Verstehe. Ich werde mit Jackie sprechen und ihr erklären, dass da nie etwas zwischen uns sein darf.« In T. J.s Stimme hielten sich Verständnis und Traurigkeit die Waage.

»Du wirst ihr nicht wehtun, verstanden?«

»Niemals! Ich werde ihr nie schaden. Aber …«

»Ich bringe es nicht übers Herz, Jackie schon wieder zu enttäuschen.«

»Wie meinst du das?« In T. J.s Stimme schwang Hoffnung mit.

»Wenn ich Jackie sage, dass sie nie mehr allein mit dir sein darf, mache ich sie unglücklich. Dann hätte ich sie besser wegschicken können. Und verbiete ich dir, sie anzufassen … Deshalb sage ich nur, tu ihr bitte nicht weh. Und seid diskret. Erfährt unsere Mutter je davon, lässt sie dich ganz bestimmt verhaften. Und kastrieren.«

»Danke.«

»Lass mich das hier nicht bereuen.«

Nach dem Frühstück kehrte Melvin in seine Suite zurück, um noch ein paar Stunden zu schlafen. Er war unsicher, ob er die richtige Entscheidung getroffen hatte. Dachte er an Jackie vor Venice, sah er sie als kleines Mädchen. Er durfte miterleben, wie sie fröhlicher wurde und selbstbewusster. Ließ er ihr Gespräch Revue passieren, konnte er nicht leugnen, dass sie kein

Kind mehr war. Er gönnte ihr das Glück, fürchtete sich gleichzeitig vor der Zeit danach. Egal wie viel Freiheit er ihr zugestand, sie würde in ihr altes Leben zurückkehren müssen.

Melvin krabbelte ins Bett zu Nancy.

Sie murmelte etwas, das er nicht verstand und kuschelte sich an ihn.

Er fühlte sich geborgen in ihrer Nähe. Bevor er einschlief, war er mit seiner Entscheidung weitestgehend im Reinen.

Irgendetwas weckte mich. Meine Lider waren schwer wie Blei. Es klingelte. Ich erkannte, dass das Klingeln vom Telefon kam.

»Ja.«

»Hast du noch geschlafen?«

»T. J.?« Ich öffnete die Augen und richtete mich auf.

»Kann ich dich zum Lunch abholen?«

»Wie spät ist es?«

»Kurz nach eins.«

»Gib mir eine halbe Stunde.« Jetzt war ich wach.

»Okay.«

Erst als ich aufgelegt hatte, wurde ich mir der Zärtlichkeit in seiner Stimme bewusst. Ich dachte an unseren Kuss vom Morgen. Ein seltsames Prickeln durchrieselte meinen Körper. Das fremde Gefühl war angenehm, schöner als alles, was ich bis dahin gefühlt hatte.

Als T. J. mich abholte, erzählte ich ihm von dem Gespräch mit Vin.

»Ich weiß. Er hat auch mit mir gesprochen.«

Ich erschrak, befürchtete, dass dies nichts Gutes bedeutete. Zudem irritierte mich, dass sich Vin plötzlich um meine Befindlichkeiten kümmerte. »Was hat er gesagt?«

T. J. lächelte. »Mach dir keine Sorgen. Dein Bruder hat viel Verständnis für uns aufgebracht.«

»Verständnis? Sicher? Er soll wissen, was gut für mich ist?«

»Komm mal her.« T. J. streckte mir seine Hand entgegen.

Langsam ging ich auf ihn zu.

»Was ist deiner Meinung nach gut für dich?« Seine Stimme klang belegt.

Ich trat noch einen Schritt näher. »Du tust mir gut«, flüsterte ich und spürte, dass Röte in mein Gesicht stieg.

»Du bist schön, weißt du das?«

»Sag das nicht.« Ich wich zurück. War sicher, dass er dieses Kompliment nicht ernst meinte.

»Es ist die Wahrheit.«

Ich suchte in seinem Gesicht nach einem Anzeichen, dass er mir schmeichelte, fand aber nur einen sanften Blick, der meinen Körper umhüllte.

»Darf ich dich küssen?«

Ich schluckte. »Wenn du gern möchtest.«

T. J. schloss mich in die Arme.

Ich spürte ihn durch das T-Shirt. Das und sein Geruch nach Holz und Leder bewirkten, dass ich mich beschützt fühlte. Unsere Lippen fanden sich. Dieser Kuss war anders als der vom Morgen. Seine Zunge öffnete sanft meinen Mund. Wir verschmolzen miteinander.

Abrupt ließ er mich los. »Wir sollten etwas essen gehen.«

»Okay.« Lieber wäre ich hier im Zimmer mit ihm geblieben.

Am Abend begleitete ich T. J. und Vin zum Konzert. Nancy war mit dabei. Ich schwebte auf Wolke neun. Das Lächeln auf meinem Gesicht hatte sich festgesetzt. Ich grinste, wenn ich allein war und in T. J.s Gegenwart sowieso. Ob im Bad, beim Essen, im Fahrstuhl, ich lächelte. Natürlich bemerkte ich Vins forschenden Blick und hoffte, dass er spürte, wie dankbar ich ihm war. Nancy sah mich komisch an. Ein verstehendes Grinsen trat auf ihr Gesicht, als T. J. meine Hand ergriff. Seine Wärme durchrieselte den gesamten Körper und ich hatte den Wunsch, ihm ganz nah zu sein. Verstand, dass dies in der Öffentlichkeit unmöglich war.

In der Konzerthalle wies man Nancy und mir einen Platz in der ersten Reihe zu. Melvin und T. J. zogen sich in ihre Garderoben zurück. T. J. küsste zum Abschied meine Wange.

»Oh … Hab ich richtig vermutet«, raunte Nancy. »Ich schau mal, ob ich ein paar O-Töne bekomme.«

Allein zurückzubleiben, störte mich nicht im Geringsten. Ich schloss die Augen und träumte von T. J. *Oh Gott, ich glaube, ich hab mich verliebt.*

Nach dem Konzert folgte ich Nancy hinter die Bühne. Sie steuerte Melvins Garderobe an. Bevor sie zu meinem Bruder ging, deutete sie auf die

Tür gegenüber. Ich verstand ihren Wink und klopfte an T. J.s Garderobentür.

»Ja.«

Als er mich erkannte, entspannten sich seine Gesichtszüge.

»Liebes …« Er küsste meine Lippen mit einer Selbstverständlichkeit, die mich gleichermaßen erstaunte und freute. »Möchtest du noch irgendwo hingehen? Eine Bar? Oder?«

»Eigentlich wäre ich gerne mit dir zusammen. Ich meine … ich …« Ich senkte den Blick, um nicht wieder rot zu werden.

»Mir ist klar, was du sagen willst.« Er nahm meine Hände und unsere Finger verschränkten sich.

»Ich habe Angst, dass du es falsch verstehst.«

»Nein, Jackie. Mir geht es genauso.« Er hob die Augenbrauen. »Ich fühle mich überrollt, so als sei es das erste Mal.«

»Dann …«

»Fahren wir zum Hotel?«

Ich nickte.

Allein im Hotelzimmer dauerte es nicht lange, bis wieder diese Spannung zwischen uns lag. In T. J.s Augen sah ich Begierde aufflammen, er wollte mich. Auch ich wollte ihm nah sein, so nah, wie es nur irgend ging. Doch er zögerte. Ihm war sicherlich klar, dass es mein erstes Mal sein würde, und deshalb schien er sich zurückzunehmen.

»T. J.« Ich streichelte seine Wange, spürte den 3-Tage-Bart. »Bitte liebe mich.«

Er griff nach der Hand, die auf seiner Wange ruhte, führte sie zum Mund und küsste sie. »Wenn du es wirklich möchtest …« Er führte den Satz nicht weiter.

Als Antwort schlang ich meine Arme um seine Mitte.

»Bist du sicher?«

»Ich würde gern ganz mit dir zusammen sein.« Ich lehnte den Kopf zurück, wollte sein Gesicht sehen. »Das ist doch nicht falsch?«

T. J. seufzte. »Nein, Liebes, bestimmt nicht.«

Behutsam führte er mich zum Bett. Wir setzten uns nebeneinander und er schloss mich zärtlich in den Arm. Ich hielt seine Hand und spielte mit den Fingern. Nach einem weiteren Kuss löste er die Umarmung. Sanft strich er mir das rote Haar aus dem Gesicht. »Angst?«

Ich schüttelte starrköpfig mit dem Kopf. Eine Haarsträhne fiel zurück. Nein, Angst hatte ich nicht. Zumindest nicht, was T. J. betraf, und an andere Folgen dachte ich nicht. Langsam öffnete T. J. meine Bluse. Seine geübten Hände ließen zu, dass er mir dabei in die Augen schaute. Auf seinem Gesicht lag die Frage, ob er aufhören soll.

»Ich will es.« Hatte nicht vor, meine Meinung zu ändern. Wollte ihn spüren. Überall. Ihn anzuschauen, während er mich entblößte, war allerdings unmöglich. Ich lehnte den Kopf an seine Schulter, um dem direkten Blickkontakt zu entgehen.

T. J.s Hände fuhren zärtlich über meine Haut.

Die Wärme der Berührungen tat mir gut. Ich atmete seinen Geruch tief ein und fühlte mich geborgen. Als ich entkleidet vor ihm auf dem Bett lag, ruhte sein Blick auf mir. Dem Impuls mich zu bedecken, gab ich nicht nach. Wollte ihm gehören. Vertraute genug, um zu erlauben, dass er mich hüllenlos betrachtete.

Langsam, während seine Augen weiterhin meinen Körper streichelten, zog sich T. J. aus.

Er liebte mich zärtlich und rücksichtsvoll. »Sag, wenn ich aufhören soll.«

»Mach weiter«, seufzte ich.

Ich bemerkte, wie er sich zurücknahm, um mir nicht wehzutun. Dehnte mich mit viel Gefühl. Und daher spürte ich den Schmerz nur kurz. Für ein paar Sekunden krallten sich meine Finger in seine Haut.

Als er mich später in den Armen hielt, bebte mein Körper.

»Ist dir kalt?«, erkundigte er sich fürsorglich.

»Nein«, antwortete ich wahrheitsgemäß und trotzdem vermochte ich nicht, das Zittern zu unterdrücken.

T. J. deckte uns zu und wärmte mich mit seinem nackten Körper. Irgendwann konnte ich mich ganz fallenlassen, schmiegte mich an ihn wie ein Kätzchen und gemeinsam schliefen wir ein.

Als ich aufwachte, war es draußen stockdunkel. Nur eine Wandleuchte spendete dem Raum etwas Licht. Ich sah in T. J.s lächelndes Gesicht. Er hatte mich im Schlaf beobachtet. Bei jedem anderen wäre mir das unangenehm. Nicht bei T. J.

Er küsste mich sanft. Die Stirn, die Augen, selbst die Nasenspitze. Dann stützte er seinen Kopf auf den Ellbogen und betrachtete mich wieder.

»Du machst mich verlegen«, hauchte ich.

T. J.s Lippen pressten sich auf meine und erstickten weitere Worte. Sein Kuss forderte mehr und ich spürte, dass er bereit war.

Schon ließ er sich auf mich gleiten. »Ich bekomme nicht genug von dir.« Sein Atem beschleunigte sich und seine Hände, die mich zuvor zärtlich und behutsam gestreichelt hatten, massierten mit sanftem Druck meine Pobacken. Ich strich liebevoll über seinen Rücken und öffnete die Schenkel ein wenig mehr. Fühlte mich geborgen wie nie vorher im Leben und sehnte mich danach, ihn wieder zu spüren. Eins mit ihm zu werden.

Auch davor hatte ich mich in T. J.s Nähe pudelwohl gefühlt. Mein erstes Mal mit ihm intensivierte alles. Ich war verliebt und bekam nie genug von seinen Zärtlichkeiten. Am liebsten hätte ich mich die ganze Zeit an ihn gekuschelt. Klar, dass es nicht für immer sein konnte. Doch ich lehnte es ab, diesem Wissen Raum zu geben, um nicht traurig zu werden.

Es war wohltuend, dass er keine Starallüren hatte. Er schien in sich zu ruhen. War einfach er, ob bei einem Auftritt oder wenn wir zusammen waren. Damit gab er mir Sicherheit.

Es ließ sich nicht verhindern, dass ich T. J. mit meinem Bruder verglich. Vin ging nur bis ins kleinste Detail gestylt auf die Bühne und achtete im Privaten ebenso auf seine Erscheinung. Doch da waren nicht nur die Äußerlichkeiten. Trat Melvin vor sein Publikum, legte er einen Schalter um und lieferte die Show, die ihn für seine Fans unwiderstehlich machte. Mir war aufgefallen, dass er sich oft distanziert und kühl gab, sobald die Scheinwerfer verloschen. So offen, wie in Venice oder an dem Morgen in meinem Zimmer erlebte ich ihn selten. Trotz allem hatte Vin mir erlaubt, mit T. J. zusammen zu sein. Und das, obwohl er es nicht toll fand. Dafür schuldete ich ihm etwas.

Den letzten Abend verbrachten T. J. und ich bei Kerzenlicht in seinem Hotelzimmer. Wir kuschelten uns aneinander und ein Hauch von Traurigkeit lag in der Luft.

»Morgen trennen sich unsere Wege«, sagte ich in die Stille des Raumes.

T. J. sah mich nur an. Was konnte er sagen? ›Vielleicht sehen wir uns mal wieder.‹ ›Ich rufe dich an.‹ ›Es kann nicht gut gehen, du bist zu jung.‹ Letztes wusste ich auch so.

›Ich habe mich verliebt. Habe es nicht vorgehabt, aber es ist passiert.‹ Obwohl ich diese Worte gern gehört hätte, brauchte er sie nicht aussprechen. Von seinem Gesicht las ich ab, dass er das fühlte.

Ich bemerkte, dass er etwas sagen wollte. Vielleicht fand er nicht die richtigen Worte, denn er blieb stumm.

»Ich werde unser Wochenende nie vergessen.« Dachte ich daran, morgen nach Venice zu fliegen und T. J. nach New York, zerriss es mir das Herz.

Er richtete sich auf. Küsste meine Stirn, die Lider und schließlich verschmolzen unsere Lippen. Ich öffnete den Mund, lud T. J. ein, mit meiner Zungenspitze zu spielen.

»Ich möchte mit dir zusammen sein«, wisperte er mir ins Ohr. »Wie lange bleibst du noch bei Mel?«

»Zwei Wochen.« Hoffnung keimte in mir auf. »Sehen wir uns in dieser Zeit noch mal?«

»Warum kommst du nicht mit mir? Ja, Jackie, begleite mich nach New York.«

»Vierzehn Tage mit dir …« Tränen traten in meine Augen.

»Liebes, was ist los?« Er wischte sie mir aus dem Gesicht.

Ich presste die Lippen aufeinander, schloss für einen Moment die Lider, um das Wasser zurückzudrängen. »Ich freue mich so sehr.«

Melvin betrachtete mit ziemlicher Besorgnis, dass Jackie und T. J. bis zum Sonntagabend wie siamesische Zwillinge aneinanderhingen. Er brauchte nicht fragen, ob sie inzwischen miteinander schliefen. Er las es von ihren Gesichtern ab. *Was, wenn er sie schwängert? Mutter killt erst Jackie und dann mich. Da rettet mich auch ihre Affenliebe nicht. Aber wer bin ich, mich als Moralapostel aufzuspielen?*

Als Jackie ihm freudestrahlend mitteilte, dass sie T. J. nach New York begleiten würde, war ihm klar, dass er nichts dagegen unternehmen konnte. Also akzeptierte er es, wünschte den beiden eine schöne Zeit und hoffte gleichzeitig, dass ihn diese Entscheidung nicht um Kopf und Kragen bringen würde.

Alptraum

Melvin

Der bescheuerte Kerl von der verfickten Autovermietung will mir den Scheißwagen nicht geben. Ich sage ihm, wer ich bin. Er mustert mich von oben bis unten. Am Ende überlässt er mir die Scheißkarre doch.

Wahrscheinlich, weil er Angst hat, dass es teurer wird, wenn ich den ganzen verdammten Laden auseinandernehme.

Ich spurte mit quietschenden Reifen vom Hof. Bin spät dran.

Geschwindigkeitsbegrenzungen existieren nicht.

Zumindest nicht für mich.

Verfickte Scheiße! Ich brauche was zu trinken.

Es bleibt keine Zeit. Ich muss direkt zum Friedhof.

Die Handvoll Leute starrt mich an. Jackie klappt die Kinnlade runter.

Lasst mich doch alle in Frieden!

Wäre sowieso am liebsten in New York geblieben.

Ein Rest ... Was?

Anstand? Familienzugehörigkeit?

Irgendwas hat mich jedenfalls dazu gebracht, nach Dansville zu kommen. Jetzt bin ich hier und alle glotzen mich an.

Was wollt ihr von mir, verdammt nochmal?

Ich brauche was zu trinken.

Irgendetwas ...

Die nächste Bar ...

Ich wende mich ab, will verschwinden.

Eine unsichtbare Hand hält mich zurück.

Endlich ist die Beerdigung vorüber.

Jackie geht neben mir. Schweigt.

Erwartet sie etwa, dass ich was sage?

Was denn? Das es mir leidtut?

Tut es mir leid?

1

Anfang August beendeten die Handwerker die Umbau- und Renovierungsarbeiten am Penthouse und bis Monatsende verpassten die Innenausstatter Melvins neuem Zuhause den letzten Schliff. Dwight Moseley führte ihn bei der Übergabe durch die fertiggestellten Räumlichkeiten. Der Architekt zeigte ihm die weitläufige Küche. »Was sagen Sie, Mr. de Flame?« Er wies auf die cleane Einrichtung, die den Charme einer Großküche verströmte.

Das gebürstete Metall der Fronten entlockte Melvin keine Begeisterung. Daher nickte er verhalten. Auf dem Plan hatte das Ganze nicht so steril gewirkt.

»Alles auf dem neuesten Stand der Technik.«

»Schön.« Er dachte an seine gemütliche Küche in Venice mit dem Tisch, an dem eine komplette Familie Platz fand und den warmen Holzfronten. Er bemerkte Moseleys Blick. »Bestimmt gut, wenn man eine Dinnerparty ausrichtet«, sagte er, um etwas Positives anzumerken.

Der Architekt seufzte verhalten.

Im großen Salon, der sich der immensen Eingangshalle zur linken Seite anschloss, roch es nach frischer Farbe. Moderne Sitzelemente einen Farbton dunkler als die champagnerfarbene Damast-Wandbespannung luden zum Verweilen ein. Melvin trat an den Kamin und strich über die Einfassung aus Carrara Marmor. Er musterte das dreigeteilte Gemälde, das darüber hing und eine bergige Landschaft darstellte. Obwohl er gern gewusst hätte, wer es gemalt hatte, fragte er nicht danach.

»Trifft das Ihre Vorstellungen?«

»Kann man so sagen.« Melvin schaute aus einem der bis zum Boden reichenden Fenster.

»Vorsicht, die Farbe ist noch nicht ganz trocken«, sagte der Architekt.

Von hier oben, sah alles winzig aus. Im Central Park war um diese Zeit nichts los. Seine Augen folgten einer Spaziergängerin, die einen schwarzen Hund an der Leine führte.

»Gigantisch, nicht wahr?«

Melvin wandte sich Moseley zu. »In der Tat.«

Sie gingen zum Tonstudio. Der Raum lag dunkel vor ihnen. Nach kurzem Suchen fand Melvin den Lichtschalter. Die Spots an der Decke ließen den dunkelblauen Marmorboden mit den goldenen Einlagen geheimnisvoll schimmern. Auf der Wandbespannung in der gleichen Farbe kamen die goldgerahmten Fotos, die de Flame auf verschiedenen Stationen seiner Karriere zeigten, hervorragend zur Geltung. Er klopfte dem Architekten zufrieden auf die Schulter. »Das haben Sie phantastisch hingekriegt, Dwight.«

Melvin widerstand der Versuchung nicht und spielte an der Anlage herum, die er gemeinsam mit Fincher ausgesucht hatte. Es dauerte eine gewisse Zeit, bis er sich an Moseleys Anwesenheit erinnerte.

Zurück in der Eingangshalle, trafen sie auf Mrs. White. »Darf ich Ihnen Kaffee bringen?«

»Gern.« Melvin machte eine einladende Handbewegung. »Setzen wir uns einen Moment.«

Die Männer ließen sich auf den hellgrauen Sitzelementen nieder. Melvin befühlte das weiche Leder, das sich unter seiner Hand erst kühl anfühlte, dann aber schnell erwärmte.

»Sie sind zufrieden?«, fragte Moseley.

»Ich bin beeindruckt, was Sie aus meinen Vorstellungen gezaubert haben. Nur die Küche …«

»Sicher haben Sie nicht die Absicht, sich dort aufzuhalten. Es geht um die Funktionalität.«

»Wahrscheinlich haben Sie recht.«

Nach der Kaffeepause stiegen sie die Treppe hinauf ins obere Stockwerk. Im Vorbeigehen betrachtete Melvin die drei Kupferstiche an der Wand, die Jagdmotive zeigten, und prüfte mit einem Blick, wie die Eingangshalle von oben wirkte.

Geradezu lag der kleine Salon. Melvin betrat sein persönliches Wohnzimmer und entdeckte sofort das ovale Gemälde. »Das ist der Braque?«

»Richtig. Aus seiner kubistischen Periode.«

»Verschonen Sie mich mit Details.« Melvin verstand nichts von Malerei und hatte schon gar keine Ahnung von Kubismus. Von einem der beiden

Louis-seize-Sessel betrachtete er das Bild genauer. Es war in Braun- und Grautönen gehalten und zeigte geometrische Formen und eine skizzierte Violine. Dieser Bezug zur Musik gefiel ihm besonders. Kurz schauten sie in die Gästewohnung, die auf der rechten Seite der oberen Etage lag. »Jugendstil …«, setzte Moseley zur Erklärung an.

»Ich hab null Ahnung von Antiquitäten.« Melvin grinste. »Dass Sie mir das ja nicht weitersagen.«

»Keine Angst, Mr. de Flame.«

Sie erreichten das Schlafzimmer.

»Hier hat sich kaum noch etwas verändert. Nur der japanische Paravent ist hinzugekommen. Und …«

Melvin hatte die Balustervase bereits entdeckt, die auf der Kommode stand. Er hielt sie in der Hand und betrachtete den lebhaften Dekor aus Vögeln, Insekten und Blumen.

»Vorsicht. Sie kommt aus der Ch'ing-Dynastie und es wäre ein Jammer, wenn sie herunterfällt. Immerhin ist sie an die 300 Jahre alt. Sie stammt übrigens …« Moseley sah Melvins genervten Blick. »Okay, keine Details.«

Gemeinsam setzten sie die Besichtigung fort. Gespannt sah Melvin in sein Arbeitszimmer, das es nur gab, weil er vernarrt in Alans Bibliothek war. Dementsprechend lehnte sich das Design an diese an. Er schaute zu Moseley, erwartete Erklärungen, doch der Architekt schwieg.

Sie beendeten ihren Rundgang. Für die beiden anderen Räume auf der oberen Etage hatte er augenblicklich keine Verwendung und sie blieben vorerst leer.

Kurz nach Melvins Umzug in das Penthouse erneuerten sie die Lichtanlage in der Music Hall, um Light-Shows zur Untermalung der Musik gestalten zu können. »Die Zeiten ändern sich und da müssen wir mithalten«, sagte Alan. Er stellte drei Fachleute ein, deren künftige Aufgabe darin bestand, die Lichtuntermalung ihrer Veranstaltungen zu designen.

Melvin verließ sich hier auf seinen Partner. Für ihn hätte es bleiben können, wie es war. Er konnte sich nicht erklären, woran es lag, irgendwie fühlte er sich ausgelaugt. Auf der Bühne gelang es ihm weiterhin, die Show zu bieten, die seine Fans erwarteten. Nur ein Bad in der Menge hatte er schon lange nicht mehr genommen. Kam er vor dem Konzert an der Hall an, legte er inzwischen Wert darauf, von Sicherheitsleuten abgeschirmt zu werden. Ebenso, wenn er sie nach dem Auftritt wieder verließ.

2

Zwischen Nancy und Melvin lief es nicht mehr wie früher. Der Job als Chefredakteurin erforderte ihre ganze Aufmerksamkeit und ließ nicht zu, sich sonderlich nach seinen Terminen zu richten. Das führte oft zu Streit. Melvin warf ihr vor, nie an seiner Seite zu sein, wenn er sie brauchte. Nancy wollte nicht verstehen, weshalb er seinen Job wichtiger nahm als ihren.

Gemeinsame Zeit wurde selten. Verbrachten sie einen Abend miteinander, drehten sich die Gespräche und schlimmer noch ihre Gedanken um die Arbeit. Oder Nancy war so abgespannt und Melvin so fordernd, dass selbst Kleinigkeiten zu Auseinandersetzungen führten.

Saß Nancy abends im Büro, statt nach dem Konzert Zeit mit Melvin zu verbringen, begleitete er Alan in Ms. Yen's Club.

Ab und an ließ er sich von einer Prostituierten verwöhnen, die er zwar bezahlte, deren ganze Aufmerksamkeit ihm dafür aber gehörte. Eine von ihnen war Kathy Hodges. Er lernte sie in einem einschlägigen Club kennen und bestellte sie später noch mal ins Penthouse, als er sich über Nancy geärgert hatte.

Melvin überredete Nancy, ihn und T. J. auf eine kurze Tournee Ende Oktober zu begleiten. Er hoffte, sie abseits des normalen Alltags für sich zu haben. Diese Erwartung erfüllte sich nur bedingt. Täglich telefonierte Nancy mehrmals mit ihrer Redaktion. Melvin ärgerte sich über jedes einzelne Telefonat. Dass sie sich am Abend hauptsächlich für das Geschehen vor und hinter der Bühne interessierte, um einen umfangreichen Artikel zu verfassen, ging ihm mächtig gegen den Strich. In ihm brodelte es. Sein Unmut staute sich auf und die gemeinsamen Stunden retteten die Stimmung am Ende nicht.

In Baltimore explodierte Melvin und brach damit einen ernsthaften Streit vom Zaun. Dieser hatte zur Folge, dass Nancy nach New York zurückflog.

Tage beharrlichen Schmollens beiderseits folgten. Dann meldete sich Nancy abends im Hotel.

»Was willst du?« Melvin klang mürrisch.

»Wir sollten uns aussprechen.«

»Echt jetzt? Worüber sollen wir reden? Gibt es Probleme mit deiner Zeitung?«

»Zuallererst über uns.«

»Uns, Nancy? Uns gibt es seit längerer Zeit nicht mehr.« Seine Worte klangen verbittert.

»Rede nicht so.«

Melvin merkte, dass er in Begriff war, über das Ziel hinauszuschießen. Trotzdem gelang es ihm nicht, sich zu bremsen. »Wie soll ich deiner Meinung nach reden? Sag's mir.« Seine Stimme klang traurig, als er realisierte, dass es auf eine Trennung hinauslief, würde nicht einer von ihnen einlenken. Nancy bedeutete ihm viel. Auch wenn er ihren Job verfluchte, schätzte er, dass sie auf eigenen Füßen stand. Auf Augenhöhe zu sein, machte ihre Beziehung aus und daran schien sie kurioserweise jetzt zu zerbrechen.

»Melvin …«

»Ja.«

»Wir sollten das nicht am Telefon klären. Wann kommst du nach New York zurück?«

»Mittwochmittag. Ich habe einen kurzen Auftritt in der Matinee, aber danach können wir uns sehen.«

»Mist, da bin ich mit Jim Curley in Boston.«

»Kapierst du jetzt, was ich meine?«

»Das kannst du mir nicht vorwerfen.«

»Tu ich ja nicht.«

»Wenn du willst, mache ich die Reportage mit Curley ein andermal. Wir treffen uns dann Mittwoch am Abend.«

»Falls es dir das wert ist.«

»Bis Mittwoch, sagen wir um acht bei mir?«

»Ich habe keine Einwände.«

Erst als Melvin aufgelegt hatte, fiel ihm auf, wie nüchtern sie miteinander gesprochen hatten. Wie Geschäftspartner.

Melvin stand hinter dem Vorhang, der den rückwärtigen Bereich von der Bühne trennte. Bis zu seinem Auftritt blieb etwas Zeit. Er nutzte sie, um die neue Light-Show zu betrachten. Die vielfarbigen Lichteffekte übten inzwischen eine seltsame Faszination auf ihn aus. An diesem Abend erregte jedoch die Darbietung von T. J. Hays sein Interesse.

»Danke, Freunde«, rief T. J. mit seiner angenehm sonoren Stimme in die Menge. »Zum Schluss möchte ich euch einen Song vorstellen, den ich einer wunderbaren Frau gewidmet habe. Einer Frau, die mich einen kurzen Sommer lang begleitet hat.« Die Zuschauer applaudierten und Melvins Gesicht verklärte sich, da er wusste, auf wen T. J. anspielte.

Er begann mit einem Gitarrensolo. Seine gefühlvolle Stimme mischte sich mit den sanften Klängen der Gitarre: *»Girl, I loved you one summer long …«*

Melvin sah zum Publikum, das gespannt lauschte. Als das Lied mit *»I miss you, my summer girl«* endete, herrschte für Sekunden gebannte Stille in der Halle. Dann entbrannte tosender Beifall.

Hinter der Bühne begegneten sich T. J. und Melvin.

»Das war großes Kino«, rief Melvin.

»Danke.«

»Du meinst das ernst, oder?«

»Jedes Wort.«

»Wirst du sie wiedersehen?«

T. J. schüttelte traurig mit dem Kopf. »Ich liebe sie.«

»Und sie dich.«

»Ich weiß.«

»Aber?«

»Ich war nah dran, alles hinzuschmeißen, um irgendwo mit ihr zusammen zu leben. Aber das wäre nicht fair.«

»Nicht fair?«

»Ich würde ihr die Jugend stehlen. Die Möglichkeit, herauszufinden, wer sie ist und was sie mit ihrem Leben anstellen möchte. Ich weiß, dass sie keinen Moment zögern würde, wenn ich sie bitte, mit mir zu gehen. Aber ich liebe sie zu sehr, um so egoistisch zu sein.«

Melvin blieb weder die Zeit, länger mit T. J. zu sprechen, noch, um über dessen Worte nachzudenken. Er hörte, wie die Fans ungeduldig seinen

Namen riefen. Also trat er ins Scheinwerferlicht und startete seinen ersten Song mit ein paar Takten auf der Gitarre.

Als er später im Bett lag, fielen ihm T. J.s Worte wieder ein. Er wusste, er wäre egoistisch an seiner Stelle. Es war jedoch etwas anderes, dass ihn daran hinderte, Schlaf zu finden. *Das muss Liebe sein,* kam ihm in den Sinn. *Man nimmt in Kauf, unglücklich zu sein, um den anderen zu schützen. Ob mir jemals eine Frau begegnet, für die ich ähnlich empfinde wie T. J. für Jackie?* Über diesen letzten Gedanken schlief er ein.

Zur verabredeten Zeit traf Melvin bei Nancy ein. Sie hatte einen Imbiss vorbereitet. Kerzenschein tauchte den Tisch in wohliges Licht und Musik ertönte unaufdringlich aus den Lautsprechern.

»Willst du mich verführen?« Er verzog zynisch die Mundwinkel.

»Es sollte behaglicher sein als in einem Hotel. Wir haben zu oft unsere Zeit in Hotels verbracht.«

Sie setzten sich einander gegenüber. Melvins Blick fiel auf die Salatschüssel. »Selber gemacht?« Er deutete mit einer Kopfbewegung auf den Salat.

Nancy bejahte.

»Meinst du, dass der Aufwand lohnt?« In seiner Stimme schwang ein sarkastischer Unterton mit. Gleichzeitig tat er sich etwas von dem Grünzeug auf den Teller.

Melvin sah in ihr Gesicht und erkannte, dass sie mit sich kämpfte, cool zu bleiben, anstatt ihm eine passende Erwiderung entgegenzuschleudern. »Mm … Kann sich sehen lassen. Vielleicht hättest du öfter deine Zeit in der Küche verbringen sollen statt im Büro.« Es sollte versöhnlich klingen, was ihm nicht gelang.

»Du willst Schluss machen.« Melvins Verhalten ließ wohl keine andere Deutung zu.

»Was?«

»Unsere Beziehung. Du möchtest sie beenden. Wovon sonst rede ich?« Nancy klang nicht länger gefasst.

»Welche Beziehung? Wie etwas beenden, was nicht mal mehr andeutungsweise existiert? Es ist so ewig her, dass ich mich beim besten Willen nicht erinnere, ob zwischen uns jemals so etwas bestand.« Melvin war klar, dass er übertrieb, doch seitdem er wusste, wie T. J. für Jackie empfand, kam ihm die eigene Verbindung bedeutungslos vor.

»Warum dramatisierst du so maßlos?«

»Echt jetzt? Nancy, das meinst du nicht ernst.« Er sah, dass sie die Lippen zusammenpresste. »Sag, denkst du an mich, wenn du nachts allein in irgendeinem Hotelbett liegst? Bist du dort überhaupt allein, frage ich mich bei diesem Gedanken.«

»Du gleitest in Geschmacklosigkeit ab.«

Er lachte kurz auf. »Da kennst du dich aus, was? Geschmacklosigkeit, das Metier eines jeden Schmierenreporters. Seien wir ehrlich, wir wissen beide, dass es vorbei ist. Und das nicht erst seit gestern. Also weshalb dieses Theater?«

»Ich denke, es ist besser, wenn du gehst.« Nancy stand auf.

»Ja, ich werde gehen.« Melvin erhob sich ebenfalls. »Zuvor sage ich, was ich zu sagen habe. Du hast mich doch nur ausgenutzt.« Seine Stimme nahm einen scharfen Ton an. In dem Moment, in dem er diesen Satz aussprach, wusste er, dass er eine Linie überschritt, und dennoch ging er weiter. »Ich hab dir zu einer Karriere verholfen, die du allein nie hättest aufbauen können. Diese Karriere erlaubt dir ein angenehmes Leben.« Er blickte sich um.

Sie standen einander gegenüber und es schien, als hielte sie nur der Tisch zwischen ihren Körpern vom letzten Schritt zurück. Zwei Kampfhähne. Auge in Auge.

»Du möchtest reinen Tisch machen? Okay, Melvin, wie du willst. Glaubst du tatsächlich, ich muss dankbar sein, weil ich Chefredakteurin bin? Dann hast du ein bemerkenswert schlechtes Erinnerungsvermögen. ›All for Fans‹ war meine Idee. Du wärst bis zum heutigen Tag nicht darauf gekommen. Und für das Geld, das ich verdiene und von dem ich unter anderem diese Wohnung bezahle, liefere ich eine verdammt gute Arbeit. Zu Anfang habt ihr mich für zwanzig Stunden die Woche bezahlt, gearbeitet habe ich sechzig. Es ist idiotisch zu behaupten, ich müsse dankbar sein. Soll ich auf die Knie sinken, nur weil ich dich kennengelernt habe? Darauf, mein Lieber, kannst du lange warten.«

»Was hat das alles mit uns zu tun?« Ihr Ausbruch drängte seine ungerechte Wut zurück. Mit resigniertem Ausdruck auf dem Gesicht wandte sich Melvin ab.

»Nichts, aber ich habe nicht damit angefangen. Du wolltest wissen, ob ich an dich denke, wenn wir getrennt sind. Das Gleiche könnte ich dich fragen. Mir ist nicht klar, was du bezweckst und wie du dir deine Partnerin vorstellst. Suchst du ein Hausmütterchen, das dich bekocht, die Wohnung scheuert, nebenbei deine Kinder zu kleinen Super-de-Flames erzieht und sich obendrein während deiner Abwesenheit nach dir verzehrt?«

»Blödsinn.« Melvin wandte sich ihr wieder zu. »Ich möchte spüren, dass die Frau, mit der ich schlafe, mich liebt. Dass ihr etwas an mir liegt und nicht an de Flame.«

»Du bist auf einer Stufe der Erfolgsleiter, wo du nie hundertprozentig wissen wirst, ob sie dich meinen.« Nancy ging auf ihn zu, legte die Hand auf seinen Arm. »Ich kann dir nicht pausenlos Liebe schwören. Selbst wenn ich es täte, könnte ich dich nicht überzeugen, bist du innerlich nicht bereit, mir zu vertrauen.«

Ihre Blicke trafen sich, in Melvins Augen lag Hilflosigkeit. »Dann war es das?«

»Ja.«

Er nickte schwerfällig und bereute einiges von dem, was er gesagt hatte. Wie konnte er sich hinreißen lassen, ihr Untreue zu unterstellen. Gerade er?

»Ich gebe dir meine Kündigung, sobald ich die aktuelle Ausgabe fertig habe.«

»Du beabsichtigst zu kündigen?«

»Ist das nicht die logische Konsequenz? Oder willst du mich lieber feuern?«

»Hatte nicht die Absicht. Du bist gut und falls du dir eine Zusammenarbeit noch vorstellen kannst, an mir soll es nicht scheitern.«

»Vorhin hörte sich das anders an.«

»Da war ich wütend und wenn ich was gesagt habe, das dich verletzt hat, tut es mir leid.«

Nancy schaute ihn skeptisch an, wusste, dass Entschuldigungen nicht zu seinen Gepflogenheiten gehörten.

»Sorry, ehrlich«, wiederholte Melvin, als er in Richtung Tür schritt.

»Ich werde darüber nachdenken.«

Im Anschluss an die Auseinandersetzung mit Nancy fuhr Melvin nach Chinatown. Obgleich er einerseits froh war, einen Schlussstrich gezogen zu haben, anstatt ewig unzufrieden zu sein, schmerzte ihn die Endgültigkeit.

Ms. Yen's Club ließ seine depressiven Gefühle rasch verblassen. California Sunshine und käufliche Liebesdienste taten ein Übriges, ihn von seinem Anflug von Seelenschmerz zu heilen.

Als Melvin um sechs Uhr morgens ins Penthouse zurückkehrte, fühlte er sich erschöpft von ausschweifendem Sex und trunken von der Mischung aus Whisky und Drogen. Nach einem letzten Glas im kleinen Salon schwankte er ins Schlafzimmer. Plötzlich verstärkte sich das Rauschgefühl derart, dass er die Orientierung verlor. Ohne sich auszuziehen, fiel er aufs Bett. Seine Hand fühlte nach dem Lichtschalter. Ungeduldig betätigte er sämtliche Knöpfe. Auch die Bar präsentierte ihren Inhalt und die Vorhänge schlossen sich.

Mühsam öffnete Melvin die Augen und sah die vier Lampen einen seltsamen Reigen um sein Nachtlager tanzen. Das ganze Bett drehte sich in rasender Geschwindigkeit. Für einen Augenblick hatte es den Anschein, dass es abhob, um mit ihm durch das All zu fliegen. Das Rotgold der Vorhänge vermischte sich mit dem Schwarz der Seidenbettwäsche und bildete bizarre Formen. Melvin hielt sich die Augen zu und sah dennoch die Farbphantasien. Zu allem Überfluss gerieten zusätzlich seine inneren Organe in Bewegung. Der Magen schlug Loopings. Ihm wurde speiübel.

Er kniff die Augen zusammen. Auch das war kein probates Mittel, um die außer Kontrolle geratenen Farbgebilde zu beruhigen. Also riss er sie wieder auf und bemühte sich, einen festen Punkt anzuvisieren, um seine innere Ruhe wiederzufinden. Erneut griff seine Hand nach dem Schaltpult, die Vorhänge öffneten sich, das Licht erlosch, doch die Bar blieb weiterhin offen.

Melvin raffte sich auf. Das gesamte Zimmer schwankte wie bei einem Erdbeben. Halt suchend griff er um sich, fand schließlich etwas. Dieses Etwas, es war die teure Balustervase, gab nach. Ohrenbetäubender Lärm ließ ihn zusammenfahren. Sekunden später hatte er den Vorfall vergessen.

Es dauerte geraume Zeit, bis er ins Bad gelangte. Dort begleitete ihn ein Gewühl von sich ineinander vermischenden Farben. Melvin erschrak vor seinem konturlos wirkenden Spiegelbild, erreichte tastend die Toilette. Der Deckel knallte gegen die Wand. Er verlor erneut das Gleichgewicht, stolperte und stürzte zu Boden.

Er kam zu sich, als jemand an ihm zerrte.

»Melvin, was ist passiert?« Mrs. White klang besorgt.

Er war unfähig, etwas zu erwidern.

»Sie müssen mithelfen, damit ich Sie ins Bett bekomme.« Die Haushälterin stöhnte unter seinem Gewicht.

Er plumpste ins Bett und spürte kurz später einen nassen Lappen auf seiner Stirn. Auch wenn er sich dadurch nicht besser fühlte, drehte sich zumindest das Bett inzwischen in herabgesetzter Geschwindigkeit. »Paula.«

»Ja, Melvin.«

»Jackentasche … Fläschchen … Bitte …«

Sie stand auf, hob die Jacke vom Boden auf und durchsuchte die Taschen.

»Diiie nichttt. Im Schraaaank.«

Nach einigem Suchen fand Paula das beschriebene Fläschchen und brachte es ihm. Die Medizin des alten Chinesen vollbrachte binnen kurzem echte Wunder. Melvin kehrte in die normale Welt zurück, drehte sich um und schlief ein.

3

Das Scheitern seiner Beziehung zu Nancy veränderte Melvin. So unbefriedigend ihre Liebschaft am Ende für ihn war, so sehr litt er darunter, mit ihr die einzige Person verloren zu haben, die zu ihm gehörte.

Am letzten Abend hatte er sie gefragt, ob sie an ihn dachte, lag sie allein in einem Hotelzimmer. Stellte er sich diese Frage, war die Antwort ernüchternd. Obwohl es diese Nächte gegeben hatte, waren da zahlreiche, in denen er nicht nur nicht an sie gedacht, sondern eine andere Frau sein Bett geteilt hatte.

Drei gescheiterte Romanzen und unzählbare One-Night-Stands lagen hinter ihm. Liebe? Fehlanzeige! Dabei war die Zeit mit Nancy einer normalen Beziehung noch am nächsten gekommen.

Das Singledasein machte Melvin mit jedem Tag rastloser. Es fiel ihm schwer, für sich zu sein. Einsam in seinem Bett drehte sich das Gedankenkarussell. Etwas Festes kam nicht infrage. Er konnte und wollte sich nicht auf eine neue Liebschaft einlassen. Also wechselte er seine Partnerinnen mindestens im Wochenrhythmus. In den meisten Fällen blieb es bei One-Night-Stands.

Gelegentlich verglich er sein Schicksal mit dem anderer Musiker und erkannte Parallelen. Melissa und Paul Wilson gingen seit letztem Jahr getrennte Wege. In den beiden hatte Melvin ein Traumpaar gesehen. Wenn nicht mal sie es schafften, wie sollte er eine Partnerin fürs Leben finden. *Möglicherweise gehört das zum Preis für Berühmtheit.*

Ein Herzblatt für die Nacht zu erobern, bedurfte keiner Anstrengungen. Viele teilten zu gern das Bett mit Melvin de Flame. Er schlief mit Reporterinnen, die ihn interviewten. Mit Models, die sich mit ihm auf die Titelseite eines Boulevardmagazins wünschten. Mit Groupies, die sich ihm an den Hals warfen. Sehnte er sich nach schnellem Sex, brauchte er sich nur im Anschluss an ein Konzert in der hauseigenen Cocktailbar sehen lassen.

Anfangs schmeichelte es seinem Ego, jede haben zu können. Dann drängten sich Nancys Worte in sein Bewusstsein: ›Du bist auf einer Stufe der Erfolgsleiter, wo du nie hundertprozentig wissen wirst, ob sie dich meinen.‹

Dieser Satz fraß sich in Melvins Hirn und weckte Misstrauen. Statt zu genießen, was seine Gefährtinnen für eine Nacht ihm gaben, beobachtete er sie. Argwöhnisch suchte und fand er bei jeder etwas, das ihm als Beweis genügte, dass diejenige ihn auf irgendeine Art auszunutzen versuchte.

Früher hatte Melvin de Flame den direkten Kontakt zu seinen Fans nicht nur genossen, sondern gesucht. Es folgte eine Zeit, in der er sich von Sicherheitskräften abschirmen ließ. Inzwischen spulte er sogar sein Bühnenprogramm ohne die gewohnte Leidenschaft runter.

Das Publikum gab weiterhin alles, um sein Idol zu erleben, erreichte aber immer seltener, dass er die Rufe beachtete. Ungeachtet dessen jubelten sie ihm zu.

Seine Anhänger standen auch treu zu Melvin, als seine Songs trauriger und schwermütiger wurden.

Er hingegen begann, seine Fans zu verachten, fest davon überzeugt, dass sie nicht ihn meinten, sondern den imaginären Melvin de Flame. Er hatte keine Ahnung, wie es weitergehen sollte, nur eines war klar, er wollte nicht länger Melvin de Flame sein.

Alan beobachtete mit Sorge, wie sich sein Partner zunehmend veränderte. Als er ihn eines Abends vor dem Auftritt in seiner Garderobe aufsuchte, traf ihn beinahe der Schlag.

»*Merde!* Hast du den Verstand verloren?«

Melvin blieb stumm und schüttete den Whisky aus dem Glas runter, das er in der Hand hielt.

»Was glaubst du, wer du bist?« Alan war sich bewusst, dass er ihn mit seinen Worten zusätzlich reizte. Aber an diesem Abend erreichte er seine Grenze. »Meinst du nicht, dass du den Fans genug zugemutet hast? Du bist nur noch ein Schatten deiner selbst. Wo ist der Melvin de Flame, der das Publikum mit seinem Charme in den Bann zieht? Wo sind die Songs geblieben, die das Zeug hatten, in die Charts zu kommen?«

»Fertig?«

Alan verdeckte mit den Händen sein Gesicht und überlegte, wie es weitergehen sollte. Ihm fiel nichts ein. Er senkte die Arme und musterte

Melvin, der mit schwarz gefärbten Haaren, dunkel geschminkten Augen, komplett schwarz gekleidet vor ihm stand.

»Du willst so auf die Bühne?« Auch wenn er es als Frage formulierte, war ihm klar, dass sich daran nichts mehr ändern ließ.

»Ich hab das alles satt.«

»Brauchst du eine Auszeit?« Alan hoffte auf ein ›ja‹, damit es nach einer gewissen Zeit wie früher wäre. Seine Intelligenz sagte ihm, dass es so reibungslos nicht laufen würde.

»Was soll das bringen?«

Alan zuckte mit den Schultern. »Vielleicht solltest du mal mit jemandem reden.«

»Echt jetzt?«

»Ich meine doch nur …« Alan brach ab. An Melvins Blick und der Art, wie er den nächsten Whisky herunterstürzte, erkannte er, dass er ihn nicht erreichte. Er wollte nicht schuld sein, wenn Melvin zu allem anderen auch noch betrunken vor sein Publikum trat. Also gab er für den Moment auf und verließ die Garderobe ohne ein weiteres Wort.

Melvin stand auf der Bühne und sang seine schwermütigen Songs. Die Augen halb geschlossen, vermittelte es den Eindruck, er wolle die Zuhörer im Saal ausblenden. Seine Fans reagierten verhalten auf den neuen Melvin. Er war ihnen fremd. Dennoch bevölkerten einige die Stufen am Bühnenvorsprung und versuchten, mit ihm Kontakt aufzunehmen. Melvin verweigerte jegliche Aufmerksamkeit und stellte sich blind für ihre Avancen.

Er sang seine Songs und überlegte im Stillen, seinen Auftritt abzubrechen. Für ihn fühlte sich alles falsch an. Auch diese Frauen, die er für eine Nacht mitnahm und von denen ihm keine etwas bedeutete.

Melvin widerstand der Verlockung und brachte seine Show zu Ende. Danach kehrte er nicht in die Garderobe zurück, sondern ließ sich sofort nach Hause bringen. Allein. Nicht etwa ein lichter Moment war der Grund. Ebenso wenig die Absicht, die Fahrt in der Achterbahn der Selbstzerstörung zu stoppen oder wenigstens zu verlangsamen. An diesem Abend ekelte ihn alles nur noch stärker an als sonst. Einzig die Whiskyflasche ertrug er als Gesellschaft.

Alkohol und Drogen wurden zu einem Thema. Melvin trank regelmäßig zu reichlich und schmiss zu viel ein. Dabei wahrte er eine imaginäre Grenze, war nie total betrunken oder zu stoned, um auf der Bühne zu funktionieren. Auf der anderen Seite war er kaum nüchtern, zumindest nicht nüchtern genug, um seinen momentanen Lebensstil als das zu erkennen, was er war. Die langsame Demontage seines Selbst.

Eines Abends saß Melvin grübelnd vor dem Kamin im großen Salon und trank. Seine Stimmung verdüsterte sich zunehmend. Je mehr Alkohol er intus hatte, umso mehr suhlte er sich in Selbstmitleid, fühlte sich ungeliebt und missverstanden. Die Einsamkeit nagte an seiner Seele. Seine übrig gebliebenen Fans füllten die Leere nicht. Von Frauen hatte er die Schnauze voll. Sein alkoholgetränktes Hirn schickte ihm ein einziges Wort: *Warum?*

Obwohl sich seine Gedanken überschlugen, verweigerten sie eine Antwort.

Ich habe doch alles. Meine Musik ist gut. Al hat mich zu einem leidlich annehmbaren Geschäftsmann gemacht. Ich sehe recht gut aus. Finde mich nett. Eigentlich ein passabler Kerl. Warum bedeute ich niemandem etwas? Was stimmt nicht mit mir? Es kann nicht an mir liegen. Oder doch?

Er quälte sich mit diesen Bedenken durch die Nacht und als der Morgen graute, war er abermals davon überzeugt, dass es an Melvin de Flame lag. Sein Äußeres ähnelte ihm nicht länger. Er verhielt sich nicht mehr wie er. *Wieso ist er trotzdem noch so stark?* Er schwankte nach oben und legte sich ins Bett.

»Wie um alles in der Welt willst du ein Konzert geben, wenn du die Hälfte der Songs nicht singst?« Alan starrte Melvin an, der wie ein düsterer Racheengel vor ihm stand. »Deine Allüren gehen mir mittlerweile gehörig auf die Nerven.«

»Ich werde diese Songs nicht spielen!«

»Mel, du machst in deinem Privatleben, was du willst …«

»Meinst du, dass ich dich frage.«

»Aber das hier betrifft unsere Music Hall. Und es ist dein verdammter Job, abzuliefern.«

»Du kannst dich auf den Kopf stellen, ich werde die Songs nicht mehr singen.«

Alan kannte diesen Gesichtsausdruck und wusste, dass er Melvin nicht würde umstimmen können. »Ich verstehe ja …« Im Grunde hatte er nicht mal eine Ahnung, wofür er Verständnis aufbringen sollte.

»Nichts verstehst du. Gar nichts …« Melvin gestikulierte mit den Armen und Alan fiel auf, dass seine Hände zitterten.

»Dann erklär es mir.«

»Streich einfach die Songs und wenn du meinst, es reicht nicht für ein Konzert, mach ich es nicht solo. Irgendwer freut sich über zusätzliche Bühnenzeit.« Melvin registrierte Alans Blick und steckte seine Hände in die Hosentaschen.

»Wenn du es so haben willst, wird es so laufen.« Mit dieser Lösung konnte Alan für den Augenblick arbeiten.

Wenn ich nicht gleich was zu trinken bekomme, drehe ich durch. Melvin eilte in sein Studio und holte eine Flasche aus dem Schrank. Auf ein Glas verzichtete er. Ein paar Schlucke später beruhigte er sich ein wenig.

Er setzte sich auf einen Stuhl, hielt den Whisky in der Hand und starrte vor sich hin. *So kann ich nicht weitermachen.* Er stellte die Flasche auf den Tisch. *Aber wie soll es weitergehen? Verdammt!* Seine Augen wurden feucht. *Ich habe alles erreicht und jetzt ist es nichts mehr wert.* Trotzig wischte er sich über das Gesicht. *Ich wollte nur Musik machen.*

Betrunken und am Ende dachte er daran, hinzuschmeißen. *Ein paar Songs hinterlassen. Mit knapp 30 zur Legende werden.* Diese Aussicht hatte nur so lange etwas Verlockendes, bis er sich an die Nacht erinnerte, die er gerade so überlebt hatte.

Wann hat es angefangen? Ich habe immer geliebt, auf der Bühne zu stehen. Habe von einem Auftritt zum anderen gelebt. Mittlerweile hasse ich es. Seit wann ist die Musik nicht mehr genug?

Er hatte geglaubt, wenn er Melvin de Flame vernichtete, ginge es ihm wieder besser. Einzig der Name war geblieben und er fühlte sich kein Stück wohler. *Vielleicht sollte ich auch den Namen ablegen.*

Was dann? Er erkannte, so sehr er es hasste, er war Melvin de Flame. Egal, wie er aussah. Gleichgültig, welche Musik er spielte. Unerheblich, wie er sich nannte.

Ein Abend in Ms. Yen's Wánggông lag hinter Melvin. Die Ablenkung hatte ihm gutgetan und die depressiven Gedanken für eine kurze Zeit in ihre Schranken verwiesen. Er lenkte den Chevy durch die Straßen. Als er sein Wohnhaus schon von weitem sah, hörte er plötzlich Sirenen. Ein Blick in den Rückspiegel zeigte ihm den Polizeiwagen. Er schaute auf das Tachometer und erkannte, dass er viel zu schnell unterwegs war. »Shit!«

Er bremste ab und steuerte den Wagen zum Straßenrand, wo er anhielt, die Scheibe herunterließ und die Hände flach auf das Lenkrad legte.

»Fahrzeugpapiere und Führerschein.«

»Ich weiß, dass ich ein bisschen flott war, Officer.«

»Die Papiere.«

»Im Handschuhfach.« Melvin sah den Polizisten an.

Er nickte ihm zu und Melvin holte langsam seine Dokumente hervor und reichte sie dem Beamten. Der leuchtete mit der Taschenlampe erst auf die Papiere und dann in das Wageninnere.

»Haben Sie getrunken?«

»Sir, geben Sie mir ein Ticket. Ich wohne gleich da vorn …«

»Aussteigen!«

Der Polizist verlangte einen Atemtest, der erwartungsgemäß positiv ausfiel.

»Sir, ich lasse den Wagen hier stehen und laufe die paar Meter.« Melvin bemühte sich, ruhig zu bleiben, glaubte noch, sich herausreden zu können.

»Drehen Sie sich um und Hände hinter den Kopf.«

»Echt jetzt? Ich bin Melvin de Flame und Sie wollen mich verhaften?«

»Hände hinter den Kopf!«

»Das ist doch nicht Ihr verschissener Ernst …«

Der zweite Beamte, der bis dahin im Wagen geblieben war, stieg nun auch aus.

Am starren kalten Blick der Polizisten erkannte Melvin, dass ihn jeder Protest weiter reinreiten würde. Also verschränkte er die Hände hinter seinem Kopf und ließ sich Handschellen anlegen.

Sie brachten ihn zur Polizeiwache. Dort fotografierte man ihn und nahm Fingerabdrücke.

»Sind Sie damit einverstanden, dass wir Ihnen Blut abnehmen?«

»Was, wenn nicht?«

»Dann besorgen wir uns eine richterliche Anordnung und Sie sitzen hier noch ein paar Stunden länger. Ihre Entscheidung.«

»Worauf warten Sie noch?« Er zog die Jacke aus, krempelte den Ärmel seines Hemdes nach oben und hielt dem Polizisten seinen Arm entgegen.

»Mal langsam. Die Krankenschwester kommt sofort.«

Als auch die Blutentnahme erledigt war, durfte Melvin seinen Anruf tätigen. Er überlegte kurz, Matthew Kruger, den Anwalt der Fabulous Firmen, anzurufen. Das würde jedoch nicht verhindern, dass Alan von seiner Verhaftung erfuhr. Also konnte er gleich direkt mit ihm telefonieren.

»Al, du musst mir helfen.«

»Was ist passiert?«

Er fasste kurz zusammen, was ihm widerfahren war.

»Ich sollte dich die vierundzwanzig Stunden da drin schmoren lassen«, knurrte Alan.

»Hol mich raus oder lass es bleiben.« Melvin sehnte sich nach seinem Bett, würde aber nicht betteln.

Zwei Stunden musste er ausharren, bis Alan auftauchte und die Kaution bezahlte.

»Komm, bevor ich es mir anders überlege«, sagte er zu Melvin.

Der brummelte etwas Unverständliches und folgte Alan zu seinem Porsche. Zerknirscht stieg er auf der Beifahrerseite ein. Ohne wirklich zuzuhören, ließ er Alans Standpauke über sich ergehen. Um seine Ruhe zu haben, gelobte er Besserung.

Es gelang Melvin nicht, seine depressive Gemütslage zu überwinden. Weltuntergangsstimmung umklammerte ihn wie ein Schraubstock. Er trank bereits am Morgen, um in der Lage zu sein, den Tag zu starten.

Um ein Ventil zu haben, packte er seine ganze Verzweiflung in Songs. In ›On the edge of nowhere‹ besang er einen Mann, der darüber nachdachte, ob sein Leben einen Sinn hatte. ›In the Dark‹ war gleichermaßen trübsinnig und ging so weit, offen über Suizid zu sprechen.

Selbst die treuesten Fans ertrugen auf Dauer keinen Melvin de Flame, der vor Selbstmitleid und Schwermut triefte. Dessen Lebenswandel ihn verhärmt aussehen ließ mit echten dunklen Rändern unter den schwarz geschminkten Augen.

Sein neues Album ›On the Edge‹ verstaubte in den Regalen der Plattenläden und sein Name füllte die Hall nicht länger. Melvin war es egal.

Er lehnte alle Interviewanfragen ab. Die Boulevardpresse schrieb trotzdem über ihn und mutmaßte, was diesen krassen Wandel ausgelöst hatte. Ihn interessierte auch das nicht.

Alan saß bis spät am Abend im Büro. Durch Melvins komplette Verweigerungshaltung musste er dessen Arbeit zusätzlich erledigen. Er hätte seinem Partner gerne geholfen, sah aber keine Möglichkeit, solange er die Hilfe nicht annahm.

Alan kam die eigene Vergangenheit in den Sinn. Er erinnerte sich an düstere Zeiten, in denen er sich durchgebissen hatte. Egal wie bescheiden es lief, er ließ sich nie unterkriegen. Melvin hingegen wirkte wie jemand, der sich aufgegeben hatte.

Bei ihm lag, dagegen anzuarbeiten. Zu retten, was sie sich über die Jahre aufgebaut hatten. Würde ihm Melvin nichts bedeuten, hätte er längst seine Konsequenzen gezogen. Doch sie hatten nicht nur gemeinsam gearbeitet, sondern auch privat Zeit miteinander verbracht. Schöne Erinnerungen, die verhinderten, dass er Melvin fallenließ. Darüber hinaus quälte ihn das schlechte Gewissen. *Wäre das alles nicht passiert, hätte ich ihn nicht zu Ms. Yen mitgenommen? Hätte ich diesen Absturz verhindern können?*

Ein paar Tage später raffte sich Alan zu einem erneuten Versuch auf, seinen Partner auf den rechten Weg zurückzuführen. Er hatte sich in seinem Studio verschanzt. Im Gegensatz zu allen anderen ignorierte Alan das ›Bitte nicht stören‹-Schild.

Melvin saß auf einem Stuhl. Er starrte auf die Goldenen Schallplatten, die er für ›The Sky is the Limit‹ und ›And then I kiss you‹ erhalten hatte und beachtete Alan nicht.

»Mel, so kann es nicht weitergehen.«

»Wird es müssen.« Melvin sah ihn nicht an.

»Wir haben hart gearbeitet, um so weit zu kommen. Du kannst nicht wollen, dass …«

»Weißt du, was ich will, Alan?« Er erhielt keine Antwort. »Lasst mich alle in Ruhe!«

»Sprich mit mir, Mel!«

»Es gibt nichts zu reden.«

»Wenn du dich mir nicht anvertrauen möchtest, vielleicht kann jemand anders helfen. Jemand, der …«

»Nur weil ich nicht funktioniere, wie du dir das vorstellst, schickst du mich zum Seelenklempner?«

»Ich dachte nur …«

»Hör auf zu denken! Und lass mich zufrieden.«

Unschlüssig stand Alan im Raum. *Und wenn ich es noch hundertmal versuche. Solange er es nicht zulässt, kann ihm niemand helfen.* »Mel …« Er schluckte runter, was ihm auf der Zunge lag, erkannte, dass Worte nicht taugten, das Ruder herumzureißen. Er überließ Melvin sich selbst. Im Gegenzug zwang er sich, alle Energie in die Geschäfte zu stecken.

Alan führte die Hall so gut es ihm gelang. Records überantwortete er dem Geschick von Jeffrey Fincher und für die Zeitung gab es Nancy. Einmal hatte er versucht, mit ihr zu reden. Sie hatte ihm unmissverständlich klargemacht, dass er bei ihr an der falschen Adresse sei, ging es darum, Melvins Leben in Ordnung zu bringen.

Alan verpachtete die Konzerthalle häufiger an externe Veranstalter. Dabei bemühte er sich, das Personal mit zu vermieten, um die Arbeitsplätze und das Überleben der Firma zu sichern, da er sämtliche Leistungen in Rechnung stellen konnte. Melvin involvierte er nur, wenn es sich nicht umgehen ließ. Egal, was Alan plante, Melvin sagte zu allem ja und amen.

Die eigenen Konzerte bestritten die hauseigenen Musiker. T. J. Hays entwickelte sich zu einem Publikumsmagneten. Melvins Auftritte reduzierte er auf ein Mindestmaß. Der befürchtete Protest blieb aus. Am Ende erhielt Melvin nur dann Bühnenzeit, wenn er Bereitschaft signalisierte. Unterließ er das, strich Alan ihn komplett aus dem Programm.

Die Mittwochsmatinee gehörte der Vergangenheit an. Alan war nicht sicher, ob Melvin das wahrnahm. Am Sonntag für den Nachwuchs rüttelte er nicht. Er brachte es nicht übers Herz, die Veranstaltung aufzugeben, die dem alten Melvin eine Menge bedeutet hatte.

Alles, was von Melvin de Flame blieb, war die gewaltige Plakatwand am Eingang der Hall, die einen lachenden Melvin aus seinen besten Tagen zeigte.

Als niemand aus dem Musikbusiness mehr einen Cent auf Melvins Karriere verwettet hätte, stiegen die Verkaufszahlen seines Albums ›On the Edge‹. Offenbar gab es genug Menschen, die seine Schwermut teilten und sich von derartigen Songs angesprochen fühlten.

Alan mochte auch mit dem wieder aufflammenden Erfolg weder den neuen Melvin de Flame noch dessen Musik. Es war reines Geschäftsinteresse, dass er ihm Konzertzeit gab, während derer er seine Weltuntergangsstimmung mit jenen teilen konnte, die ähnlich empfanden.

4

Mutter starb im August 1986. Am Nachmittag tönte noch ihr Gezeter durch das Haus, am Abend legte sie sich schlafen und am Morgen danach wachte sie einfach nicht wieder auf.

Ich fand sie, als ich nach ihr schaute, verwundert, dass sie nicht wie sonst zur Frühstückszeit hinunterkam. Obwohl ich erkannte, dass er nichts mehr für sie tun konnte, alarmierte ich sofort unseren Arzt.

Dann wählte ich Vins Nummer. Er musste es als Erster erfahren, vor allem brauchte ich ihn an meiner Seite.

Von seiner Haushälterin erfuhr ich, dass er in der Music Hall erreichbar sei. Also rief ich im Büro an. Seine Vorzimmerdame sagte, sie wisse nicht, wo er sich aufhielt. Wahrscheinlich im Studio. Dort gab es kein Telefon.

In der Zwischenzeit erschien der Arzt und stellte den Totenschein aus.

Zwei Stunden wartete ich auf Vins Rückruf, bevor ich abermals in seinem Büro anrief.

»Es tut mir leid, Ms. Caine. Er ist noch nicht wieder aufgetaucht«, sagte seine Sekretärin.

»Unsere Mutter ist gestorben.«

»Oh, Ms. Caine. Mein Beileid. Ich kümmere mich darum, dass Mr. de Flame die Nachricht erhält.«

Ich dankte ihr und legte den Hörer zurück in die Gabel. Dann holte ich einen Stuhl und bezog Lager neben dem Apparat, um Vin nicht zu verpassen.

Am späten Nachmittag saß ich noch immer beim Telefon. *Vielleicht hat er sich sofort auf den Weg gemacht.* Jedes Mal, wenn ich Motorengeräusche hörte, rannte ich zum Fenster und hoffte, es wäre Vin.

Er rief nicht zurück. Er kam auch nicht nach Hause. Nicht an Mutters Todestag und nicht am darauffolgenden.

Ich hockte heulend auf dem Sofa. Oben lag unsere tote Mutter. *Verdammt Melvin!* Ich lief zum Telefon, wählte, stoppte nach den ersten beiden

Ziffern. *Wenn er für mich da sein wollte, wäre er hier! Was bringt es da, ein weiteres Mal anzurufen?*

Im Telefonbuch fand ich die Nummer des örtlichen Bestattungsinstituts. *Vielleicht versuche ich es doch nochmal bei Vin. Möglicherweise gibt es Gründe dafür, dass er sich nicht gemeldet hat.* Mir fiel keiner ein. Statt meines Bruders rief ich bei ›Laughton Funeral Home‹ an.

Mr. Laughton Jr. beruhigte mich, als ich unvermittelt am Telefon einen Weinkrampf bekam. Nicht aus Trauer, sondern weil ich mir alleingelassen vorkam. Mr. Laughton versprach, sich um alles zu kümmern. Dafür brauchte er Dokumente. Diese fand ich in einer Schatulle in der Kommode in Mutters Zimmer. Sie hatte ihre Papiere fein säuberlich geordnet.

Ich spürte eine Art Erleichterung, als der schwarze Wagen vorfuhr und Mutter abholte.

Drei Tage blieben bis zu ihrer Bestattung. Auch wenn ich enttäuscht von Melvin war und ihn manches Mal zum Teufel gewünscht hatte, rief ich an, um ihm den Beisetzungstermin mitzuteilen. Diesmal war es okay, dass ich nur seine Haushälterin erreichte.

Die Tage bis zur Beerdigung verbrachte ich größtenteils mit stumpfsinnigem Warten. Nicht auf irgendetwas Bestimmtes, sondern einfach nur, dass die Zeit verging. Alleingelassen mit meinen Gedanken, ließ sich Zynismus nicht verhindern. *Was erwarte ich? Dass Melvin plötzlich nicht mehr Melvin ist? Dass er zu einem empathischen Menschen mutiert? Nein!* Im Grunde genommen verhielt er sich wie immer. Obwohl stinksauer, hätte ich meinem Bruder sofort vergeben, wäre er jetzt zur Tür hereinspaziert. Ich wartete umsonst. Einzigen Trost spendete das Wissen, dass nur ein paar Wochen blieben, bis ich in Syracuse aufs College gehen würde.

Auf dem Friedhof am Rande von Dansville hatten sich wenige Menschen versammelt, um meiner Mutter die letzte Ehre zu erweisen. Da waren der Pastor, einige Nachbarn, die Frau vom Bäcker, mit der sie sich früher ab und an auf einen Kaffee getroffen hatte.

Als der Pastor ein paar freundliche Worte sprach, erschien Melvin. Ich starrte ihn mit vor Schock geweiteten Augen an. Er trug trotz Augusthitze einen knöchellangen nachtschwarzen Mantel. Langes schwarzes Haar hing ihm strähnig halb ins Gesicht. Dunkel geränderte Augen bildeten einen ungesunden Kontrast zu seiner fahl wirkenden Haut. Wäre er auf der Straße an mir vorbeigelaufen, hätte ich ihn womöglich nicht erkannt.

Es fiel mir schwer, mich auf den Pastor zu konzentrieren. Die ganze Zeit dachte ich darüber nach, was in dem Jahr passiert war, in dem wir uns nicht gesehen hatten.

Als die Beerdigung vorüber und die letzten Beileidsbekundungen verklungen waren, steuerte ich unser Zuhause an. Melvin trottete neben mir her. Ab und an sah ich verstohlen zu ihm hinüber. Er sah mitgenommen aus und seine Augen waren leer. Wir sprachen kein Wort. Gern hätte ich erfahren, was mit ihm los war. Um zu fragen, war meine Wut zu stark. Und er? Er schien mich überhaupt nicht wahrzunehmen.

Zu Hause angekommen, stakste Melvin zu dem Schrank in der Küche, der Backzutaten beherbergte. Er holte die Flasche mit dem billigen Fusel hervor, von der Mutter einen Schuss hinzugab, wenn sie Brownies gebacken hatte. Er nahm einen kräftigen Schluck. Schüttelte sich.

»Vin …« *Was ist mit dir passiert?* Ich traute mich nicht, das zu fragen. Die düstere Gestalt in unserer Küche jagte mir Angst ein.

Er setzte sich an den Tisch. Eine Hand ruhte an der Flasche. Es sah aus, als würde er sich an ihr festhalten.

»Brauchst du für irgendwas meine Hilfe?« Melvins Stimme klang rau und ließ keinen Rückschluss darauf zu, ob er mir wirklich helfen wollte oder aus Anstand fragte.

»In drei Wochen beginnt das College …«

»Weißt du, wo du unterkommst?« Er setzte die Flasche erneut an den Mund.

»Im Studentenwohnheim.«

»Das ist doch nichts. Ich kümmere mich darum.«

Was sollte ich entgegnen? Also schaute ich Melvin an, wobei es mir schwerfiel, in dieses finstere Gesicht zu sehen.

»Ich kümmere mich auch um das Haus hier.«

Wir verbrachten noch ein paar schweigsame Stunden miteinander, in deren Verlauf er die Flasche mit dem Backschnaps unserer Mutter leerte.

»Der Leihwagen steht am Friedhof«, sagte er irgendwann ohne jeden Zusammenhang.

»Du willst doch so nicht fahren.« Dass er vor den nächsten Baum krachte, würde ich nicht ertragen.

»Dann lass ich ihn abholen«, murmelte er. Ich war froh, dass er in diesem Punkt Einsicht zeigte. Dann rief er ein Taxi, das ihn zum Flughafen nach Rochester bringen sollte.

Als die Taxe vorfuhr, begleitete ich ihn nach draußen. Wir standen uns gegenüber. Ich wollte schreien: *Nimm mich in den Arm!* Kein Wort kam über meine Lippen.

Das Taxi hupte.

Melvin berührte kurz meinen Arm, dann wandte er sich ab und stieg ein.

So plötzlich er aufgetaucht war, so unvermittelt verschwand er wieder. Ich blieb einsam zurück, allein mit der Traurigkeit und mit der Verstörung, die sein Auftritt hinterlassen hatte.

Am Tag nach seiner Rückkehr aus Dansville richtete Melvin für seine Schwester ein Konto ein, auf das er fünftausend Dollar im Monat überwies. Zudem mietete er ein Apartment für sie in Syracuse und ließ es von Dwight Moseley einrichten. Selbstverständlich übernahm er die Gebühren für die vier Collegejahre.

5

Es war ein Abend wie unzählige vorher, zu viele vielleicht. Nach ein paar Stunden im Studio fuhr Melvin in den Club von Ms. Yen, wo er mittlerweile zur Stammkundschaft gehörte. Kaum, dass er es sich auf seinem Diwan bequem gemacht hatte, reichte man ihm sein Tablett, und die bestellte Dame gesellte sich an seine Seite. Er schnappte das Döschen mit dem Glücksbringer. Gierig entnahm er die Pille und spülte sie mit einem kräftigen Schluck Whisky herunter. Die Schönheit, die er geordert hatte, gab sich alle Mühe, ihm einen lustvollen Abend zu schenken, doch es gelang ihm nicht, sich zu entspannen.

Er fügte eine Bestellung hinzu. Eine weitere Pille sollte ihn endgültig in eine andere Welt katapultieren, eine zweite Schöne ihm dort eine behagliche Zeit bereiten. Die Damen des Hauses waren nicht nur ein herrlicher Anblick, er schätzte zugleich ihre Fertigkeiten. Das Beste war, dass niemand ihm vorspielte, ihn zu mögen. Geld gegen Ware war für ihn eine saubere Sache.

Stoned kehrte Melvin bei Anbruch des Tages in sein Penthouse zurück.

Wie häufig nach diesen Nächten brachte Mrs. White ihren Boss ins Bett. Sie half ihm beim Ausziehen. Jacke. Hemd. Hose. Mit feuchten Tüchern kühlte sie seine Stirn und sprach beruhigend auf ihn ein, wenn er phantasierte.

Als er später sein Wundermittel verlangte, musste die Haushälterin ihn enttäuschen. Das Fläschchen war leer.

Ein Blick von Alan genügte, um festzustellen, was mit Melvin los war, als er am Abend zum Konzert erschien.

»*Merde!* Du hast versprochen, nie wieder harte Drogen anzurühren.«

»Ich hab das Zeug nicht genommen.«

»Dir quillt der Scheiß schon aus den Augen.«

»Das chinesische Wundermittel ist alle, sonst wäre ich längst fit.«

»Ich habe dir erst neulich was gegeben.«

»Ich sag doch, es ist alle.« Es kostete Melvin Mühe, sich zu beherrschen.

»Das Zeug ist kein Kinderkram.«

»Gut, dass ich kein Kind bin. Ich brauche ein bisschen Abwechslung. Nenn es Inspiration.«

»Und das täglich, ja?« Alan lachte hämisch auf. »Außerdem, ohne diese Inspiration warst du besser. Wirst du deine zwei Songs hinbekommen?«

»Hab ich noch immer. Und wie kommst du eigentlich dazu, mir vorzuschreiben, was ich tun oder lassen soll. Ich bin erwachsen und durchaus in der Lage, meine Entscheidungen selbst zu treffen.«

»Okay, Mann. Ich auch und ich werde nicht schuld sein, wenn dich deine Exzesse in den Ruin treiben.« Alan ließ Melvin stehen. Wusste, dass seine Worte nichts als leere Drohungen waren. Sein Partner war inzwischen tief genug in der Szene, um sich das Mittel anderweitig zu besorgen.

Melvins Drogenkonsum in Verbindung mit hochprozentigem Alkohol blieb nicht ohne Folgen. Dröhnte er sich in den Nächten zu, brauchte er bis zum nächsten Abend, um in der Lage zu sein, ein paar Songs zum Besten zu geben. Diese Auftritte bildeten seinen einzig verbliebenen Brückenschlag zur realen Welt.

Nichts funktionierte mehr ohne Stoff. Auf seinem Nachtschrank stand eine Zuckerdose mit Kokain. Er zog morgens eine Line, bevor er aufstand, und mitunter war es das Letzte, ging er zu Bett.

Trotz alledem schaffte Melvin, dass Anfang Oktober sein neues Album ›Living in Hell‹ erschien. Es verarbeitete seine Drogenphantasien. Die Songs handelten von Sex im Grenzbereich des Normalen, von irren Trips und von Tod, also von den Dingen, mit denen er sich beschäftigte.

An einem der raren Nachmittage, in denen Melvin im Büro auftauchte, bat Alan ihn zu sich. Er war diese Gespräche leid. Kam sich vor wie eine Schallplatte mit Sprung. Verdammte seinen Partner. *Soll er sich zu Tode saufen und koksen!*

Vor seinem inneren Auge erschien das Bild, wie er mit Melvin im Schneeregen auf dem Gehsteig gesessen hatte. Alan spürte erneut die Angst und den Schmerz von damals und egal wie wütend Melvin ihn machte, er würde niemals aufgeben, um ihn zu kämpfen. Auch nicht, wenn dieser es selbst nicht mehr schaffte. Alan überlegte, den Freund in eine Entzugsklinik einweisen zu lassen. Dies sollte die letzte aller Optionen bleiben.

Melvin trat ohne zu klopfen ein. »Hi, Al.« Er schien bester Laune zu sein.

Es grenzt an ein Wunder, dich zu sehen. »Setz dich, Mel. Wie wär's mit einem Kaffee?«

Er nickte und Alan orderte zwei Tassen bei Donna.

»Wie lange soll das so weitergehen?«, fragte er, nachdem sie den Kaffee gebracht hatte.

»Was meinst du?«

»Du bist nicht blöd, Melvin. Merkst du nicht, dass du dich auf dem absteigenden Ast befindest?«

»Glaubst du?« Er klang unterschwellig aggressiv. »Schau dir die Verkaufszahlen des neuen Albums an.«

»Deine Konzerte sind miserabel und du bist in einem Zustand …« Alan winkte ab. »Sieh in den Spiegel, dann weißt du, was ich meine.«

»Echt jetzt?« Es hielt Melvin nicht länger im Sessel.

»Du kannst jeder Zeit erneut die Nummer eins werden, aber …« Dass Melvin vorgab, alles sei in bester Ordnung, erschwerte es Alan, besonnen zu bleiben.

»Ich möchte wieder mehr auftreten.«

»Womöglich mit den ›Living in Hell‹-Songs.«

»Wieso nicht? Das Album läuft.«

»Deine früheren Alben sind gelaufen. Hattest du einen einzigen Hit seitdem? Bloß einen in den Charts?«

»Du hast Angst um die Music Hall.« Melvins Tonfall hatte sich verändert.

»Ich fürchte um das, was wir gemeinsam aufgebaut haben.«

»Dir geht's um die Kohle. Weißt du was, Al, wenn dir die Sache zu heiß wird, dann hau ab!« Er trat einen Schritt auf Alan zu. »Ich zahle dich aus. Du glaubst doch nicht im Ernst, dass du unabkömmlich bist«, schrie er.

»Jetzt drehst du völlig durch! Das Zeug macht bescheuert, ich hab's immer gesagt. Leitest du die Fabulous Firmen, braucht es nicht mal vier Wochen, bis du sie an die Wand gefahren hast. Du bist Musiker und kein Manager, vergiss das nicht.« Alan verlor die Beherrschung und seine Stimme wurde lauter als gewöhnlich. »Und wann bist du mal nicht stoned?«

Melvin griff Alan beim Kragen und zog ihn aus seinem Sessel. Durch die Stärke der Zugkraft gab eine Naht des Anzuges nach. »Ich werde dir mal was sagen, Partner.« Er betonte das letzte Wort abfällig. »Ich hab genug Kohle, um einen verschissenen Manager anzustellen, der zehnmal besser sind als du.«

»Denkst du, man kann mit Geld alles kaufen?« Alan zog seine Anzugjacke gerade. Sein Blick blieb an der geplatzten Naht oben am Ärmel hängen.

»Ich schon.«

»*Merde!* Du bist übergeschnappt! Ohne mich würdest du heute noch durch schmierige Bars tingeln und mit Frauen schlafen, die noch nie ein Seidenhöschen gesehen haben. Du Schmalspurmillionär glaubst, reich zu sein und dass du alles besitzen kannst …« Er konnte seine Ausführungen nicht beenden, wurde von Melvin so grob gestoßen, dass er Halt suchen musste. Fand ihn mit Müh und Not an der Lehne seines Ledersessels. Melvin setzte nach. Alan stoppte seinen Angriff damit, dass er ihn hart von sich schubste. Melvin fiel hin. Ohne Zögern griff Alan nach dem Telefonhörer und rief den Sicherheitsdienst.

Zwei Männer stürmten Sekunden später ins Büro.

»Mr. de Flame möchte gehen.«

Die beiden nahmen Melvin in ihre Mitte. Obwohl er fluchte und um sich schlug, konnte er nicht verhindern, dass sie ihn hochoffiziell zum Ausgang der Hall beförderten.

Kochend vor Wut stieg er in seinen Chevy und fuhr ohne Umwege zum Penthouse. Auf der Fahrt stieß er Flüche aus. Überfuhr eine rote Ampel. Ein von rechts kommendes Fahrzeug konnte nur knapp ausweichen.

Seine Verärgerung flaute während des Nachmittages nicht ab. Gut, dass er an diesem Abend nicht auf die Bühne musste, andernfalls hätte er das Konzert platzen lassen oder wäre auf seine Fans losgegangen.

Um seinen Zorn an den richtigen Mann zu bringen, fuhr er am frühen Abend nach Greenwich. Er reagierte nicht auf den Gruß der Hausdame, schob sie stattdessen grob zur Seite. »Wo steckt er?«

Sie wies in Richtung Bibliothek.

Alan musste seine Stimme gehört haben, denn er trat heraus, bevor Melvin die Bibliothek erreichte. »Mel …« Er hob beschwichtigend die Hände.

»Du Mistkerl! Wie konntest du mich so vorführen?« Melvin stürmte auf seinen Partner zu wie ein wütender Stier beim Anblick des roten Tuches. Es half nicht, dass Alan zurücktrat und beruhigend auf ihn einredete. Wahllos prügelte Melvin auf ihn ein.

Dass er nicht zurückschlug, sondern sich darauf konzentrierte, die Schläge abzuwehren, nährte Melvins Rage. »Wehr dich doch wenigstens, du Feigling!«

Alan reagierte nicht auf die Provokation. Erst als ein Haken sein rechtes Auge traf und an der Braue eine heftig blutende Platzwunde verursachte, schlug er zu.

Die Wucht dieses einzelnen gezielten Schlages ließ Melvin zurückweichen. Instinktiv griff seine Hand nach dem Kinn. Er hatte es knacken gehört und war sicher, dass der Unterkiefer gebrochen war. Durch den einsetzenden Schmerz und aus Verwunderung über die Schlaghärte trat ein erstaunter Ausdruck auf sein Gesicht.

Jetzt kostete es Alan Mühe, sich zurückzuhalten. Er beugte sich nach unten, stützte die Arme auf den Oberschenkeln ab. Atmete tief durch. »Sorry«, presste er hervor.

Melvin winkte ab. Die Gegenwehr des Partners hatte ihn in seine Schranken verwiesen. Ernüchtert durch die Verletzung, erkannte er, dass er zu weit gegangen war.

Alan zog ein Taschentuch aus der Hosentasche und presste es fest auf seine Wunde.

»Ich glaube, du hast mir den Unterkiefer gebrochen«, stöhnte Melvin.

»Sorry. Ehrlich.« Alan bereute, dass er sich zu diesem Schlag hatte hinreißen lassen. »Ich wasche mir das Blut aus dem Gesicht, dann fahre ich dich ins Hospital.«

Im Badezimmer betrachtete er die eigene Verletzung genauer und erkannte, dass auch sie ärztlicher Versorgung bedurfte.

Die Fahrt zum Krankenhaus verlief schweigsam. In der Notaufnahme saßen die Männer beisammen und beachteten einander nicht. Die diensthabenden Ärzte waren mit Unfallopfern und anderen Notfällen derart ausgelastet, dass die beiden mit ihren vergleichsweise harmlosen Verletzungen lange warten mussten.

»So einen Schlag hätte ich dir niemals zugetraut.« Melvin beendete ihr Schweigen.

»Prügle dich nicht mit jemanden, den du noch nie schlagen gesehen hast.«

»Ich werde es mir merken.« Melvin stöhnte. Das Sprechen schmerzte und doch redete er weiter. »Trainierst du heimlich im Keller?«

»So ungefähr.«

»Ich war schrecklich wütend, du hast dich aufgeführt, als wärst du mein Vater. Wenn ich mich bevormundet fühle, knallt bei mir 'ne Sicherung durch. Außerdem war ich noch nicht ganz klar.« Peinlich berührt schaute er auf seine Schuhe.

»Ich habe nicht wie ein Vater, sondern als Freund gesprochen.«

»Sind wir noch Freunde?«

Alan wandte sich zu Melvin. »Ich hatte in meinem Leben nur wenige Freunde. Wir zwei haben einiges auf die Beine gestellt. Einer ohne den anderen hätte das nicht bewerkstelligt und auch sonst, wir haben manches zusammen erlebt.« Er lächelte vielsagend. »Du bist mein Freund. Eine Prügelei ändert daran nichts. Aber wenn du verlangst, dass ich widerspruchslos mitansehe, wie du dich ruinierst … Mel, das kann ich nicht. Es geht mir nicht ums Geld, sondern um dich. Du bist intelligent genug, um zu wissen, dass die Drogen dein Hirn zerfressen und irgendwann nichts mehr übrig ist von dem Menschen, der heute mein Freund ist.« Alan versank wieder in Schweigen und auch Melvin erwiderte nichts auf dessen Ansprache.

»Was ist los mit dir? Sprich mit mir. Es muss doch einen Grund für das da geben.« Alan deutete auf Melvin.

»Das da ist, wie es in mir aussieht. Da sind so viele Sachen, die mir stinken. Manchmal fühle ich mich miserabel und weiß selbst nicht warum.«

»Jeder hat mal ein Tief, aber deins hält schon verdammt lange an.«

»Ich weiß. Mir ist auch klar, dass Drogen nicht die Lösung sind.«

»Also Schluss damit!«

»Drogen sind Scheiße. Doch es ist ein derart tolles Feeling.« Melvin grinste, verzog gleich darauf das Gesicht vor Schmerzen.

»Ab und an ist okay, aber täglich bringt dich um.«

Er seufzte. »Vielleicht sollte ich meine Zuckerdose in den Schrank stellen.«

Die Ärzte richteten Melvins gebrochenen Kiefer nach einem Röntgenbild aus und fixierten ihn. Wegen einer möglichen Gehirnerschütterung rieten sie zu einer Nacht im Krankenhaus. Das lehnte er strikt ab.

Alans Platzwunde wurde gesäubert und geklebt.

Als beide verarztet waren, brachte Alan Melvin zum Penthouse, bevor er nach Greenwich fuhr.

Die Spuren der Auseinandersetzung blieben ihnen einige Zeit erhalten. Für Melvin dauerte es ein paar Wochen, bis die Fixierung entfernt wurde und er wieder auf der Bühne stehen durfte. Sein Spiegelbild erinnerte ihn täglich daran, wozu ständiger Drogenkonsum führen konnte.

Nachdem sie sich ausgesprochen hatten, verbrachte Melvin wieder mehr Zeit mit Alan, anstatt sich seiner Schwermut zu ergeben. Wie versprochen, ließ er die Koksdose im Schrank verschwinden. Trotz aller guten Vorsätze kam es oft genug vor, dass er sie fast automatisch hervorholte. Zu sehr hatte er sich daran gewöhnt.

Er wusste, dass er eine Therapie nötig hatte. Aber so bekannt, wie er war, würde die Presse Wind davon bekommen. Dass jeder von seinem Problem erfuhr, wollte er unbedingt vermeiden. Und so kämpfte er seinen Kampf allein beziehungsweise mit Alans Hilfe.

Rückfälle blieben nicht aus. Eines Tages, nachdem er sich wieder eine volle Ladung reingezogen hatte, verspürte er so starke Wut auf sich selbst, dass er die Dose gegen den dreiteiligen Spiegel warf. Sie ging zu Bruch und der mittlere Spiegelteil behielt einen Sprung zurück.

Mrs. White bestellte einen Glaser, um ihn auszutauschen. Melvin schickte den Handwerker wieder weg. Er hatte den festen Willen, sich zu ändern. Der kaputte Spiegel symbolisierte seine Hilflosigkeit. Da er Schwäche verachtete, hielt ihn der Anblick zurück, eine neue Zuckerdose zu kaufen. Er hinderte ihn auch daran, die Abende bei Ms. Yen zu verbringen. Um nicht ständig an den sündigen Club und das angenehme Gefühl eines Koksrausches zu denken, stürzte er sich in die Arbeit.

Für kurze Zeit ging es gut. Dann wurde das Verlangen nach Schwerelosigkeit zu stark, um dagegen anzukämpfen. Melvin erlebte einen Rückfall und danach plagte ihn das schlechte Gewissen. Es bezog sich nicht so sehr auf die Erkenntnis des drohenden Untergangs, sondern auf die eigene Unzulänglichkeit. Selbstzweifel nagten an seiner Seele.

Macht der Liebe

Melvin

Du machst mich komplett. Als wärest du meine zweite Hälfte.

Ich kann wieder durchatmen.

Und doch spüre ich, dass du irgendwas vor mir verbirgst.

Hast du kein Vertrauen? Glaubst du, ich würde dich nicht länger lieben, wenn du alles offenbarst?

Babe, ich werde dich immer lieben.

Ich kann ohne dich nicht mehr existieren. Das weiß ich jetzt. Und was immer es ist, sag es mir, wenn du kannst.

Falls nicht, dann eben nicht. Ich werde dich nicht drängen. Denn im Grunde genommen sind mir deine Geheimnisse egal.

Solange du bei mir bist.

Ohne dich war die Hölle.

Falsch!

Es war schlimmer. Alle Höllenfeuer sind nichts gegen die Vorstellung, auf dich verzichten zu müssen.

Aber jetzt bist du zurück. Wieder bei mir.

Wir gehören zusammen, Babe.

Das hier ist deine Chance. Du hast mich so weit gebracht, dass ich alles tun würde, nur damit du bei mir bleibst.

Nie wieder! Hörst du mich?

Statt die Gelegenheit zu nutzen und mich etwas versprechen zu lassen, was dich glücklicher macht, gehst du auf meine Bitten ein.

Das ist geil, aber wie gesagt, in diesem Moment würde ich dir jeden Wunsch erfüllen.

JEDEN!

Du musst ihn nur aussprechen.

1

Zum Abschluss seines Konzertes sang Melvin einen weiteren schwermütigen Song. Sein Publikum hörte aufmerksam zu und applaudierte am Ende. In der Halle lag eine andere Stimmung als früher. Statt Jubel herrschte düstere Atmosphäre, über die auch der lange anhaltende Beifall nicht hinwegtäuschen konnte.

»Wie war ich?«, fragte Melvin brummig, als er hinter der Bühne auf Alan traf.

»Superb, nimmt man den Applaus als Maßstab. Mir macht Angst, dass du das alles ernst zu meinen scheinst.« Er kratzte sich am Kinn. »Wenigstens bist du nüchtern.«

»Mir ist selbst nicht klar, was Show ist und wo das wirkliche Leben anfängt.«.

Auf dem Weg zur Garderobe bestürmten ihn Journalisten. »Ron Sanders von Weekly-News. Mr. de Flame, was hat Sie zur vollständigen Änderung Ihres Musikstils bewogen?« Der Mann hielt ihm ein Mikrofon unter die Nase.

»Das geht Sie 'nen Scheiß an!« Er drückte Sanders unsanft beiseite.

»Vielleicht erzählen Sie uns lieber etwas über die Vaterschaftsklage von Ms. Hodges.«

Auf die leidige Angelegenheit mit Kathy Hodges angesprochen zu werden, ließ Melvin explodieren. Er packte Sanders am Kragen und schüttelte den verdutzten Mann.

Der schien einiges gewohnt, denn er gewann seine Fassung im Handumdrehen zurück. »Es kann teuer werden, wenn all Ihre Huren Sie verklagen.«

Melvin verlor endgültig die Beherrschung und schlug zu. Da er Sanders im gleichen Moment losließ, stolperte er und stürzte.

Nach dem ersten Schock rappelte sich der Reporter auf. Mit dem Jackenärmel wischte er sich das Blut vom Mundwinkel. »Dafür wirst du bezahlen.« Er sah Melvin eiskalt in die Augen.

Der hastete in die Garderobe und goss sich einen Whisky ein, um die Nerven zu beruhigen. In einem Zug leerte er das Glas, leckte sich die Lippen und spürte, wie sich sein Herzschlag normalisierte. Abermals schenkte er ein und fügte Eiswürfel hinzu. Nach dem zweiten Drink fühlte er sich besser.

Er schob die Flasche beiseite, ließ sie aber nicht aus den Augen. Zu gern hätte er weitergetrunken. Wusste, dass ein weiteres Glas dazu führen würde, dass er nicht mehr aufhören konnte. Zwang sich, den Whisky wegzustellen.

Melvin dachte an Kathy Hodges. Keine schönen Gedanken. Er sah zudem die negativen Schlagzeilen buchstäblich vor sich, die er sich durch die Szene mit Sanders eingehandelt hatte. Um die trüben Vorstellungen zu vertreiben, war er nah dran, die Flasche wieder hervorzuholen. Er vermisste die Schwerelosigkeit, in der es ihm gelang, nicht zu grübeln, und so die Einsamkeit erträglicher wurde.

Ehe er endgültig der Versuchung erlag, verließ er die Garderobe, wollte auf schnellstem Weg nach Hause.

Vor ein paar Wochen war ihm eine Idee gekommen, wie er sich unter Menschen aufhalten konnte, ohne dass sie ihn erkannten. An so manchem Abend nach seinem Auftritt brach er nun aus seinem Käfig aus, der schon längst nicht mehr golden für ihn war. So auch an diesem Abend.

Melvin wechselte die Kleidung und besah sich im Spiegel. Mit dem Glas in der Hand prostete er seinem Spiegelbild mit süffisantem Lächeln zu. »Cheers, Melvin de Flame.«

Er nahm sich die Zeit, den einen Whisky, den er sich nach dem Auftritt gönnte, richtig zu genießen. Tief inhalierte er seinen würzigen Duft mit der nussigen Note, nippte an der bernsteinfarbenen Flüssigkeit und ließ das Aroma im Mund wirken. Schon nach dem ersten Schluck breitete sich Wärme in seiner Kehle aus.

Er musterte sein Gesicht, meinte, dass er gesünder wirkte als vor Monaten. Der Blick fiel auf sein Outfit, das aussah, als hätte er es für zehn Dollar im Ramschladen ergattert. Trotzdem fühlte er sich zu stark an Melvin de Flame erinnert. Mit der Bürste fuhr er durch das aschblonde Haar. Als das Schwarz zur Hälfte herausgewachsen war, fand er es scheußlich genug, um einen Friseur aufzusuchen und seine natürliche Haarfarbe wieder herstellen zu lassen. Als die Bürste nicht den gewünschten Effekt brachte, zerzauste er die Haare solange mit den Händen, bis er aussah, als sei er eben aus dem Bett gekrochen. Ein weiterer Blick in den Spiegel ließ ihn zufrieden lächeln. Mit ein bisschen Glück würde ihn auch heute niemand erkennen.

Melvin schlich aus der Music Hall, so wie er es seit Wochen immer wieder tat. Einige Straßenecken entfernt winkte er ein Taxi heran, ließ sich nach Brooklyn bringen. Dort ging er mehrere Blocks zu Fuß und kehrte in die Kneipe ein, die er bei einem seiner ersten Inkognito-Ausflüge entdeckt hatte. Verkleidet als armer Schlucker konnte er ungestört ein paar Bier trinken, ohne am darauffolgenden Tag in der Zeitung davon zu lesen oder irgendwie anders belästigt zu werden. Die Finger von Drogen zu lassen, funktionierte recht gut. Komplett auf Alkohol zu verzichten, gelang ihm nicht.

Sie hatte manchen Abend in dieser Kneipe verbracht, seit sie vor vier Monaten nach Brooklyn kam. Die Tage waren aufgrund ihres Jobs okay. Sobald die Dunkelheit hereinbrach, wurde es schlimmer. Als unerträglich empfand sie die Nächte.

Für sich in ihrer winzigen Wohnung schienen die Wände näherzukommen. Hielt sie es nicht länger aus, lief sie hinaus auf die Straße und endete meistens in derselben Kneipe.

Sie redete sich ein, dass es ihr auffallen würde, wenn dort etwas anders wäre als sonst. Die Gäste vermittelten ihr ein Gefühl von Normalität und sie hoffte, dass sie sich nicht in trügerischer Sicherheit wähnte.

Auch an diesem Abend stand sie am Spielautomaten. Nicht um zu zocken, sondern um unauffällig die anderen Kneipenbesucher zu beobachten, die sich im Glas des Automaten spiegelten. Pärchen flirteten miteinander. Männer spielten Billard.

Ihr Blick fiel auf den Typen, der ohne Begleitung am Tresen saß. Seine blauen Augen, tief wie der Ozean, waren ihr schon bei ihrer ersten Begegnung aufgefallen. Ihr sehnsüchtiger Ausdruck ließ sie seitdem nicht los. Es berührte sie, dass er beinahe so verloren wirkte wie sie.

Sie konnte nicht leugnen, dass er ihr Gefallen fand. Er gefiel ihr mehr, als gut für sie war. Bereits am allerersten Abend wäre sie am liebsten zu ihm hinübergegangen und hätte ihn angesprochen. Sie hätten zusammen etwas trinken können. Ein einziges Bier. Mehr nicht. Sie hatte es nicht gewagt. Nicht bei ihrer ersten Begegnung und nicht bei irgendeiner, die folgte.

Ihre Aufmerksamkeit blieb bei ihm hängen. Sie beobachtete ihn dabei, wie er in sein Bierglas schaute, als könne er dort die Antworten auf alle Fragen finden, die ihn bewegten. Wie gern hätte sie mit ihm geredet. Nicht um herauszufinden, was in ihm vorging. Bloß über dies und das. Belangloser Smalltalk, bei dem er nichts von sich offenbaren musste und sie nicht in die Verlegenheit geriet, etwas von sich preiszugeben.

Auch an diesem Abend vollführte ihre Phantasie Sprünge. Oder war es die Sehnsucht, die sie verführte, sich vorzustellen, dass er sie nach Hause begleitete. Er sah aus wie jemand, der kein richtiges Zuhause hatte. Trotzdem strahlte er irgendetwas aus, dass sie von ihm träumen ließ. Bisher war es Wunschdenken geblieben.

Doch in dieser Nacht wirkte er besonders einsam und so nahm sie allen Mut zusammen. *Er ist keiner von ihnen … Nicht er.*

Die Kneipe tat Melvin gut. Jeder Abend, an dem ihn niemand als Melvin de Flame erkannte, machte ihn sicherer, ließ ihn freier durchatmen und Kraft tanken. Zu später Stunde leerte sich der Schankraum allmählich. Er saß einsam am Tresen und aus den Augenwinkeln sah er einigen Männern beim Billardspiel zu. Sein Blick erreichte die Frau, die seit einer Ewigkeit am Spielautomaten stand.

Er erschrak, als sie sich in diesem Moment umdrehte und geradewegs auf ihn zusteuerte. Melvin drehte sich weg und senkte seinen Kopf. Trotzdem ließ sie sich auf den Hocker neben ihm fallen. »Hi.«

»Hi«, beantwortete er widerwillig ihren Gruß.

»Was ist los mit dir? Ich habe dich beobachtet. Du sitzt hier rum und ziehst ein Gesicht, als hätte dir einer das Dach über dem Kopf angezündet.«

»Und wenn, was geht's dich an?«

»Nicht viel. Aber ich bin auch allein und finde, es ist besser, zu zweit einsam zu sein, als ganz für sich.« Dunkelblaue Augen blickten ihm neugierig entgegen.

»Meinst du?«

»Du nicht?«

»Was willst du von mir?« Melvin musterte sie von oben bis unten. Sie war groß und schlank. Ihr glattes, hellblondes Haar trug sie zu einem französischen Zopf geflochten. Auf Make-up hatte sie verzichtet. Er hatte schönere Frauen gesehen, doch sie strahlte eine Faszination aus, die er zwar spürte, aber nicht zu greifen vermochte. Vielleicht lag es an den Schatten in ihren Augen, die wirkten, als habe sie schon viel erlebt. Trotz allem wollte er sie loswerden, bevor sie bemerkte, wer er war und er sich in der ewig selben Schleife aus Verlangen und Verdruss wiederfand.

»Wir könnten reden oder …«, sagte sie in seine Gedanken hinein.

»Bist du ‘ne Professionelle?«

Sie lachte auf. »Um Himmels willen, nein. Ich bin nur einsam. Da habe ich dich gesehen und … und … Auf den ersten Blick scheinst du ein anständiger Kerl zu sein. Ach, vergiss es, du bist zu kompliziert.« Sie rutschte vom Hocker.

»Warte.« *Sie weiß nicht, wer ich bin.* »Nun setz dich wieder hin. Wir trinken was.«

Dankbar ließ sie sich darauf ein.

»Was darf ich bestellen?«

»Champagner.«

Melvins Augen verengten sich.

»Nun schau nicht so, das war ein Joke. Ich trinke Bier.« Sie lachte über sein verdutztes Gesicht. »Kein Humor? Ok«, murmelte sie mehr zu sich selbst.

Unterdessen bestellte er die Getränke und hoffte, sich geirrt zu haben.

»Ich bin Jess, Jessica eigentlich, aber Jess ist besser. Wie darf ich dich nennen?«

»Melvin.«

»Sehr gesprächig bist du nicht, Melvin.«

»Ich werde nicht häufig in Unterhaltungen verwickelt.«

Sie nippte an ihrem Bier. »Bei mir ist das ähnlich. Bist du ein echter New Yorker?«

»Nein, aber ich lebe seit beinahe dreizehn Jahren hier.«

»Ziemlich lange Zeit, wenn man so rumhängt.«

Melvin zuckte kaum merklich mit den Schultern. »Was hat dich hergeführt und was hält dich, obwohl sich deine Erwartungen offensichtlich nicht erfüllt haben?«

»Ich lebte in einer Kleinstadt. Total öde, wenn man sich mit zwanzig ausrechnen kann, wie man mit sechzig endet. Ich wollte raus und eine Stadt wie New York schien mir geeignet. Vielleicht geschieht ja ein Wunder und etwas Fantastisches passiert. Wer weiß …«

»An was denkst du da?« Sie wirkte auf Melvin nervös. Ihr Gerede von einem Wunder verstärkte seinen Argwohn. In ihren Augen suchte er nach einem Anzeichen dafür, dass sie doch wusste, wer vor ihr saß.

»Keine Ahnung.« *Was tue ich hier? Ich wollte nichts von mir erzählen. Weshalb schaut er mich so an? Als würde er mich durchbohren. Ich muss ruhig bleiben.* »Es ist nur ein Wunsch, die ewige Hoffnung …« Sie sah sich in der Kneipe um. *Wir sind zumindest nicht ganz allein. Da sind die drei Typen am Billardtisch. Wo ist der Barmann?*

»Träumst du davon, berühmt zu werden?«

»Was?« Sie glaubte, ihn nicht richtig verstanden zu haben.

»Willst du berühmt werden?«

Sie lachte. Zu laut und zu schrill. Der Barmann kehrte zurück. Sie atmete auf und entspannte sich ein wenig.

»Warum willst du das wissen?«, fragte sie.

»Ist das eine seltsame Frage?«

»Ist es.« Berühmtheit war das Allerletzte, was ihr vorschwebte. *Überall hingehen oder mit jedem reden können, eine Nacht durchschlafen*, das waren ihre geheimen Wünsche. Sie rang sich ein Lächeln ab.

»Was hat dich nach New York geführt?« *Dieses Gespräch war eine blöde Idee. Vielleicht lungert er nur hier rum, um mich kennenzulernen? Will mich in Sicherheit wiegen. Oder sah bisher keine Gelegenheit. Wartet darauf, dass der letzte Gast vor mir verschwindet. Und ich laufe wie das Kaninchen zur Schlange. Hör auf*, verlangte Jessica von sich. *Du siehst Gespenster. Oder nicht?*

»Ich kam, um berühmt zu werden.« Melvin sah, dass sich auf ihrem Gesicht ein mitleidiger Ausdruck abzeichnete. »Ich habe immer von New York geträumt. Mein Zuhause war auch ein Nest. Ich bin Musiker, musst du wissen und kein Kaff dieser Welt macht einen zum Star.« Er ging aufs Ganze, versuchte herauszufinden, ob sie mit ihm spielte. Im gleichen Moment wunderte er sich darüber, dass ihm das wichtig war. *Weil sie irgendetwas an sich hat? Quatsch! Weil ich mir sonst eine andere Kneipe suchen muss!*

»Du kannst einem sämtliche Illusionen rauben.«

»Wieso das denn?« *Sie ist ahnungslos.* Ein Lächeln überzog sein Gesicht.

»Wenn man in all den Jahren so weit kommt wie du … Dann sind Träume nicht mehr das, was sie mal waren.«

»Sag das nicht, ich hab's geschafft.« Das Spiel bereitete ihm Spaß und er forderte sie offen heraus.

»Mir musst du nichts vormachen.« Ihr mitleidiger Blick traf mitten in Melvins Herz. »Für mich bist du kein anderer, ob nun mit oder ohne Erfolg. Du ahnst nicht, wie unwichtig das ist.«

»Ganz ehrlich, Jess, ich habe heute Abend auf der Bühne gestanden.«

»Im U-Bahn-Tunnel?«

Ein helles Lachen bemächtigte sich seiner. Er sah den verwunderten Ausdruck auf ihrem Gesicht und konnte gar nicht aufhören.

Die drei Männer vom Billardtisch beglichen ihre Rechnung und steuerten die Tür an. Melvin blieb mit Jess zurück. Ein Blick auf den Barmann ließ erkennen, dass er gerne Feierabend hätte. Also zahlten sie und verließen die Kneipe.

Gemeinsam.

Wie soll es weitergehen?, fragte sich Melvin. *Ich kann sie nicht mit zu mir nehmen. Vielleicht sollten wir uns verabschieden.* Auf der anderen Seite sehnte er sich nach Zweisamkeit. Nach ihrer Nähe, von der er zu wissen glaubte, dass sie ihm gelten würde und nicht Melvin de Flame. Er schaute in ihr Gesicht und da war er wieder, dieser Blick. »Du machst mich irre. Weshalb siehst du mich so an?«

Sie runzelte die Stirn.

»Mal, als ob du möchtest, dass ich dich küsse und dann als hättest du Angst, ich könnte dir was antun?«

»Gehen wir zu mir?«

Melvin hatte sich insgeheim diese Frage gewünscht. Er wollte ›ja‹ sagen, sah dann jedoch ihren Blick. »Bist du sicher?«

Sie nickte.

»Meinetwegen.« Er war unschlüssig. »Wo wohnst du?«

»Nicht weit von hier. Zwanzig Minuten zu Fuß und wir sind da.«

»Es ist kühl. Nehmen wir ein Taxi.«

»Quatsch. Was willst du beweisen? Wärmen können wir uns gegenseitig und ich möchte nicht schuld sein, wenn dein Geld morgen nicht fürs Essen reicht.«

Sehe ich so ärmlich aus? Melvin legte den Arm um ihre Schultern und zog sie näher zu sich heran, um ihr Wärme zu spenden. Als er merkte, wie sie sich versteifte, zog er seinen Arm zurück. Er schaute sie an, versuchte zu ergründen, wozu er sie begleiten sollte, wenn sie nicht mal die kleinste Berührung ertrug.

Während er darüber nachdachte, was das alles bedeutete, spürte er, wie sich ihre Hand in seine legte. Sie zitterte und er umschloss die Hand.

Jessicas Bleibe war winzig, glich in Melvins Augen einer Abstellkammer. Er nahm einen fruchtigen Geruch wahr. Diese Frische passte weder zu dem alten Schrank, der mit Sicherheit Generationen von Holzwürmern ernährt hatte, noch zu dem Eisenbett, das an Militärkasernen erinnerte.

Jessica trat an das Fenster und zog das Rollo herunter. Sie drehte sich zum Bett und schlug die Decke zurück.

Melvins Blick wanderte zwischen Jessica, die aus ihren Sachen schlüpfte und dem Bett hin und her.

Sie fing seinen irritierten Gesichtsausdruck auf. »Stehst du nicht auf Frauen?«

»Doch …«

»Ich gefalle dir nicht.«

»Das stimmt nicht.« In Wahrheit gefiel sie ihm immer mehr. Ihr rätselhaftes Verhalten hielt ihn zurück und ein wenig die Angst, dass sie am Morgen wie alle anderen sein würde.

»Was ist es dann?« Sie wankte rückwärts.

Jessica stand mit dem Rücken zum Nachtschränkchen. Ihre Finger versuchten, die Lade aufzuziehen, ohne dass er es bemerkte. Die blöde Schublade klemmte. *Verdammter Mist! Ich habe es oft geübt und jetzt* … Endlich gelang es ihr, sie ein Stück zu öffnen. Sie fühlte den kalten Griff der geladenen Beretta Cheetah. »Bist du etwa …«

»Was immer du denkst, es ist nicht wahr.« Er kam langsam auf sie zu.

Es blieb ihr eine Sekunde zu entscheiden.

»Jess …«

Sie hatte keine Ahnung, weshalb sie ihm glaubte, aber sie zog die Hand aus der Schublade und schob diese mit ihrem Hinterteil zu.

Zärtlich schloss Melvin sie in seine Arme. »Komm, leg dich hin, du zitterst ja immer noch.«

Jessica sah zu, wie er sich auszog und zu ihr unter die Decke schlüpfte. Das Bett quietsche unter seinem Gewicht.

»Ich meine nur, wir können doch nicht einfach miteinander schlafen.« *Wohin ist das Selbstbewusstsein eines Melvin de Flame verschwunden?*

»Warum nicht? Wenn du mich danach nicht mehr magst, gehst du morgen früh und alles ist gut.« Ihre Finger glitten durch sein Haar, sie strichen es aus dem Gesicht, sodass sie seine Augen erkennen konnte. »Bitte küss mich, Vin.«

Er wich zurück. Sie hatte ihn Vin genannt. In ihrem Gesichtsausdruck fand er nichts außer Sehnsucht nach jemandem, der sie die Einsamkeit vergessen ließ. Und dafür hatte sie sich ihn, Melvin de Flame, ausgesucht. Ein Gefühl, war es Zufriedenheit, war es Freude oder Genugtuung, durchströmte ihn. Er senkte den Kopf und presste seine Lippen auf ihren Mund. Sanft, als habe er Angst, sie zu verletzen, erkundeten seine Hände ihren Körper.

2

Als Melvin am Morgen darauf erwachte, lag Jessica nicht neben ihm. Im Zimmer suchte sein Blick erfolglos nach ihr. Er kuschelte sich noch einmal in die Kissen, die ihren blumigen Duft angenommen hatten. Schließlich erhob er sich und schlüpfte in seine Sachen. Er wartete noch einige Zeit vergebens auf ihre Rückkehr, bevor er die Wohnung verließ.

Minutenlang musste er zu Fuß gehen, bis er ein Taxi auf sich zukommen sah. Er winkte es heran. Der Fahrer musterte ihn abschätzig und erkundigte sich vorsorglich, ob er genügend Geld besäße. Mit einem Fünfzig-Dollar-Schein, den er aus seiner Jackentasche zog, klärte Melvin die Angelegenheit, und der Taxifahrer brachte ihn nach Hause.

»Mr. Brolin hat schon zweimal angerufen«, sagte Mrs. White, kaum dass er das Penthouse betreten hatte.

»Ich nehme erst ein Bad, dann rufe ich zurück.«

»Das würde ich auch empfehlen. Sie sehen schlimm aus.«

»Mag sein, aber es ist die perfekte Verkleidung.« Er lachte bei den Gedanken an die letzte Nacht.

Mrs. White zuckte mit den Schultern.

Melvin stieg nach oben und ließ Badewasser ein. Als er sich auszog, fiel ihm auf, dass sein Badezimmer größer war als Jessicas Wohnung. Er dachte zurück an die Stunden mit ihr. Spürte noch ihre zarte Haut unter seinen Fingern.

Dass mit Jessica war vollkommen anders. Die Art, wie sie ihn berührt hatte. Es fiel ihm schwer, seine Gefühle zu beschreiben. Am ehesten war es, als kämen ihre Berührungen direkt aus dem Herzen, als hätte sie ihre ganze Existenz in seine Hände gelegt. Vergleichbares hatte Melvin nie zuvor erlebt. Er war nicht sicher, ob das etwas bedeutete. Als er im warmen Wasser lag, beschloss er, das herauszufinden.

Er stieg aus der Badewanne, trat die drei Stufen hinunter und schlang ein Handtuch um seine Hüften. Vom Schlafzimmer aus rief er Alan an.

»Wo hast du gesteckt? Warst du wieder bei Ms. Yen und hast dich zugedröhnt?«, begrüßte Alan ihn mürrisch.

»Ich hatte ‘ne Begegnung der ganz anderen Art.«

»Du musst mit den Drogen aufhören!«

»Quatsch, ich war schon seit drei Wochen nicht mehr im Club. Was gibt es Dringendes?«

»Robert Tilman hat angerufen. Er hatte für Samstag ein Konzert mit da Silva geplant, aber der feiert angeblich ‘ne Dauerorgie auf den Bahamas. Kurz und gut, Tilman möchte wissen, ob du einspringst.«

»Das ist ja schon übermorgen. Ziemlich kurzfristig. Ich komme gleich ins Büro. Bis dahin überlege ich mir die Sache.«

»Mel, was war das neulich mit dem Reporter?«, fragte Alan, aber Melvin legte ohne zu antworten auf.

Alan staunte nicht schlecht, als Melvin froh gelaunt in sein Büro trat und rief: »Ich mach das Konzert.«

»Es gibt eine Bedingung.« Alan scheute sich, sie zu nennen, fürchtete, damit die gute Stimmung zu zerstören. Er bemerkte Melvins fragenden Blick und schließlich konnte er es nicht geheim halten. »Sie wünschen deine alten Songs.«

»Okay.«

Für einen Moment glaubte Alan, sich verhört zu haben.

Melvin nickte bestätigend.

»Prima.« Alan betrachtete ihn genauer. »Du scheinst wie verwandelt und siehst tatsächlich nicht aus wie nach einem Drogentrip. Also was war das für eine Begegnung?«

»Sie heißt Jess und hält mich für ‘nen Möchtegernmusiker. Echt, sie hat keinen blassen Schimmer, wer ich bin.«

»Jess also. Du hast nicht vor, es ihr zu sagen?«

»Hab ich, aber sie hat’s nicht geglaubt.«

Durch die Hochstimmung seines Partners aus dem Konzept gebracht, erinnerte sich Alan erst wieder an den Reporter, als Melvin das Büro verlassen hatte. Er griff zum Telefon.

»Was hast du denn noch? Ich muss arbeiten«, rief Melvin.

»Welche Bedeutung hat deine Auseinandersetzung mit diesem Journalisten?«

»Sanders? Ich hab mich für einen Moment vergessen.«

»Du solltest langsam abgebrühter sein.«

»Er hat mich auf Kathy Hodges angesprochen.«

»Wie steht die Sache inzwischen?«

»Unsere Anwälte haben ihr ‘ne Abfindung geboten. Damit ist die leidige Geschichte aus der Welt.«

»Warst du es?«

»Das ist ‘ne Professionelle. Halb New York könnte Vater des Kindes sein.«

»Und? Gehörst du zu diesem elitären Kreis?«

Melvin lachte.

»Du weißt, dass man es testen lassen kann?«

»Ehrlich, es interessiert mich nicht.«

»Na ja, ist deine Sache. Ich hoffe nur, dass von dem Schreiberling nicht mehr kommt als ein gepfefferter Artikel, sonst benötigen wir bald einen Anwalt nur für dich.«

»Wie witzig … ha … ha.«

3

Melvin traf Jessica häufiger in der Kneipe, in der sie sich kennengelernt hatten. Am Ende dieser Abende begleitete er sie nach Hause. Wachte er am darauffolgenden Morgen verlassen in ihrem Bett auf, wunderte ihn das nicht mehr. Inzwischen wusste er, dass sie früh zur Arbeit aufbrach.

Als Melvin in die Kneipe trat, schien Jessica zu erschrecken. Es war nicht das erste Mal, dass ihm diese Reaktion auffiel.

»Warum bist du so erstaunt, mich zu sehen? Setzen wir uns an den Tresen?«, fragte er.

Sie zuckte mit den Schultern. »Meinetwegen.«

»Hast du was Besseres vor?« Auch diese Antwort war ihm nicht fremd.

»Nein.«

»Erzähl mir von dir, Jess«, bat Melvin und bestellte zwei Bier.

»Da gibt es nicht viel.«

»Das glaub ich nicht.« *Weshalb zieht sie sich sofort zurück?*

»Ich frage dich auch nicht aus.«

»Was hat das mit Ausfragen zu tun, wenn ich dich bitte, mir etwas von dir zu erzählen? Ich mag dich. Wir haben einige Nächte geteilt. Ist es da ungewöhnlich, dass es mich interessiert, was du so treibst und wo du herkommst?« Ein wenig seltsam klang dies für Melvin schon, wo er selbst so viel vor ihr verbarg. Andererseits brauchte er nicht lügen, sobald sie von sich sprach.

»Geboren wurde ich in Claremont, New Hampshire. Wir sind in ein Nest in Kalifornien gezogen. Dad war Polizist und Mom Hausfrau. Geschwister habe ich keine. Meine Eltern starben bei einem Unfall. Und ich sitze neben dir.«

»Hat einer deiner Vorfahren den Telegrammstil erfunden?« Melvin ergriff ihre Hand. »Sagtest du nicht, du kämest aus Kanada?«

Jessica zog die Augenbrauen hoch und sah ihn missmutig an. »Ja klar, ich habe dort eine Ausbildung absolviert.«

»Entschuldige, ich wollte nicht neugierig erscheinen.« Er lächelte. »Wie gesagt, es interessiert mich.« Melvin verstand nicht, warum sie sich verschlossen gab, betraf es ihre Vergangenheit. Stand das doch in krassem Gegensatz zu ihrem sonst offenen Wesen.

»Schon gut. Du bist dran, schließlich weiß ich auch nicht, mit wem ich es zu tun habe.«

»Ich komme aus Dansville, einem Kaff nahe Rochester. Mein Vater starb sehr früh. Mutter erst voriges Jahr. Ich hab eine Schwester. Jackie geht in Syracuse aufs College …«

»Sie besucht ein College?«

Scheiße! »Sie hat hart gearbeitet für das Stipendium und so. Hast du noch jemanden?«

»Nein, ich bin die letzte Ryan. Aber erzähl du weiter.«

»Na ja, ich wollte raus aus Dansville. New York war mein Traum. Hatte alle möglichen Jobs und hab wie verrückt für das Busticket gespart und den Rest kennst du. Ich schlage mich so durch.«

»Wo wohnst du?« Diese Frage stellte sie nicht zum ersten Mal und er wusste, dass er ihr nicht auf ewig aus dem Weg gehen konnte. »Ach, mal hier mal da, nichts Festes.«

Abermals nickte Jessica. »Wer bist du?«

»Wie meinst du das?« Er fühlte sich ertappt und sah, dass es ihr nicht verborgen blieb.

»Wirst du mir wehtun, Vin?«

»Nein, Jess. Wie kommst du auf so was?« Er legte den Arm um ihre Schultern, spürte das Beben ihres Körpers.

»Wirklich nicht?«

»Nein, sag ich doch. Ich mag dich.« *Wieso hält sie mich für einen Typen, der Frauen wehtut? Sehe ich so aus? Habe ich ihr je Anlass dazu gegeben?* Er konnte nicht nachvollziehen, weshalb Jessica mitunter den Eindruck vermittelte, dass sie sich vor ihm fürchtete.

Anfänglich hatte es ihn gereizt, mit einer Frau zusammen zu sein, die nur Melvin kannte und nicht den berühmten de Flame. Es war wohltuend, weder etwas beweisen noch irgendwelche Erwartungen erfüllen zu müssen. Auch wenn Jessicas Gefühle, ihm die frühere Unbefangenheit nicht zurückgeben konnten, schöpfte er Hoffnung und die Melancholie, die auf seiner Seele lastete, verzog sich langsam. Jessica gab ihm eine neue Art der Befriedigung, bei der es nicht um Sex ging. Sie schenkte ihm Geborgenheit.

Waren sie für den Abend verabredet, freute er sich den ganzen Tag darauf. Nicht erst seit gestern wusste er, dass sie die Wahrheit verdiente. Ihm war klar, dass es immer schwerer würde, seine Verkleidung zu erklären, je länger er damit wartete.

Inzwischen fürchtete er den Moment, in dem sie erfuhr, dass er Melvin de Flame war. Komischerweise rührte diese Angst nicht daher, dass er glaubte, sie wäre nach seinem Geständnis wie alle anderen zuvor. Vielmehr ahnte er, sie könne ein Problem mit seiner Berühmtheit haben.

Sein Instinkt sagte, dass Jessica irgendwas vor ihm verbarg. Er hatte probiert, sie darauf anzusprechen, aber sie hatte das schroff abgewiegelt. Ihre abwehrende Haltung irritierte ihn, doch er hakte nicht nach, denn im Grunde war es egal, solange sie zusammen waren.

Seit dem Konzert, bei dem Melvin da Silva vertreten hatte, versuchte Alan häufiger, ihn zu seinen alten Songs zu überreden. Dabei stellte er fest, dass Melvin diesbezüglich aufgeschlossener war als noch vor Wochen. Alan betrachtete diese Entwicklung mit Freude und gleichzeitig mit Argwohn.

Eines Tages ließ Melvin die, in Alans Augen fürchterlichen, schwarzen Klamotten im Schrank und trug stattdessen seine normale Auftrittsgarderobe auf der Bühne. Das machte Alan so glücklich, dass er ihn am liebsten umarmt hätte. Er vermied, seine Begeisterung zu offen zu zeigen. Wusste intuitiv um die Fragilität dieser neuen, entspannten Lage.

Trotz aller Befürchtungen verfiel Melvin nicht in alte Muster, sondern wurde zumindest teilweise wieder der Mann von früher. Dass dies etwas mit der mysteriösen Jessica zu tun hatte, war nicht schwer zu erraten. Zu gern hätte Alan herausgefunden, was es mit ihr auf sich hatte, aber Melvin machte ein ziemliches Geheimnis darum.

Alan saß über der Planung des Samstagskonzertes, das in vier Wochen stattfinden sollte. Er schaute den Kalender durch, um herauszufinden, welche hauseigenen Musiker verfügbar waren, als Melvin in sein Büro trat.

»Hast du einen Moment Zeit?«

»Nicht wirklich. Was gibt es?«

Melvin hielt ein Band hoch. »Ich habe ein paar neue Songs geschrieben und würde gern wissen, was du davon hältst?«

»Ich bin bei der Konzertplanung für den 23. Juli. Stehst du zur Verfügung?«

»Wenn du jetzt mit mir ins Studio kommst.«

»Okay.« Alan erhob sich aus seinem Sessel.

Im Studio reichte Melvin das Band einem Techniker und wies ihn an, es einzuspielen.

Alan war gespannt auf die neuen Lieder. Hoffte inständig, dass ihn keine schwermütigen Stücke erwarteten, sondern dass ein Teil der zurückgekehrten positiven Ausstrahlung auf Melvins Musik übergeschwappt war.

Sie hörten sich die Songs an.

»Du bist verliebt?« Alan sah Melvin fragend an.

»Quatsch. Ich dachte nur, ich könnte mal was anderes probieren.«

»Und da schreibst du drei Lovesongs. Mel, du hast noch nie richtige Lovesongs geschrieben.«

Er erwiderte nichts.

»Du bist verliebt!«

»Ich … Jess … Wenn wir zusammen sind, es ist … Sie ist …«

»Eindeutig verliebt.«

Melvin dachte einen Augenblick nach. »Das würde es erklären.«

»Was? Die Schmetterlinge im Bauch? Weiß sie inzwischen, wer du bist?«

»Ich habe noch keinen passenden Moment gefunden.«

»Du solltest schleunigst einen suchen.« Alan legte die Stirn in Falten. Die Sorge, Melvin könnte endgültig in einem schwarzen Loch versinken, wenn diese seltsame Beziehung schiefging, ließ ihn nicht los.

Als es am späten Abend an ihre Tür pochte, erschrak Jessica. Lautlos holte sie die Pistole aus der Kommode und schlich auf Socken zur Tür. Sie hielt die Luft an. Ihr Herz raste so stark, dass sie fürchtete, es könne aus der Brust springen. Als es zum zweiten Mal klopfte, stand sie kurz vor einem Kollaps.

»Jess, bist du da?«

»Vin …« Sie holte ein paar Mal tief Luft. Beruhigte sich. »Gleich.« Sie trippelte zur Kommode, ließ die Beretta verschwinden und kehrte an die

Tür zurück. Abermals atmete sie durch. Mit einem Lächeln auf dem Gesicht, das ihre Augen nicht erreichte, öffnete sie.

Melvin sah sie an. »Ich musste dich sehen. Jess, ist alles ok?« Er schloss sie in die Arme.

»Jetzt ja«, flüsterte Jessica und versuchte, das Zittern ihres Körpers zu unterdrücken. »Ich hatte nicht mit dir gerechnet.«

»Gehen wir spazieren?«

»Mitten in der Nacht?«

»Die Sterne stehen am Himmel. Es ist mild draußen.«

»Ich wusste nicht, dass du romantisch bist.«

»Du weißt scheinbar so wenig von mir wie ich von dir, Jess.«

»Was willst du damit sagen?« Sie suchte Abstand.

»Nur, dass ich gern mehr von dir wüsste.« *Weshalb verhält sie sich so eigenartig? Vielleicht ist es besser, abzuwarten.* Melvin zweifelte. *Womöglich benimmt nicht sie sich seltsam, sondern ich. Oder es kommt mir nur so vor, weil ich den Moment fürchte, an dem sie die Wahrheit erfährt.* Er war nicht sicher, dass er sich an diesem Abend überwinden würde. Versuchen wollte er es trotzdem.

»Ich ziehe mir eine Jacke über«, sagte Jessica in seine Überlegungen hinein.

Händchenhaltend schlenderten sie durch die spärlich beleuchteten Straßen Brooklyns. Melvin schien in Gedanken versunken und bemerkte nicht, wie Jessica ihn ab und an von der Seite musterte.

»Die Nacht ist wirklich schön, du hattest recht.« Sie ertrug die Stille nicht länger.

Melvin nickte.

Seine Schweigsamkeit verwirrte Jessica. *Irgendetwas stimmt nicht mit ihm.* »Vin, ich habe nachgedacht. Warum nimmst du mich nie mit zu dir?« *Ich muss wissen, wie du lebst. Muss eine Ahnung davon bekommen, was du tust, wenn wir nicht zusammen sind.* »Ich würde dich gern besser kennenlernen.« Sie bemühte sich, ihre Stimme locker klingen zu lassen.

»Was man so macht. Ich hab dir gesagt, dass ich Musiker bin.«

»Hast du kein Vertrauen zu mir?« Die Frage klang in ihren eigenen Ohren wie blanker Hohn.

»Ach, Jess …«

Wahrscheinlich ist alles harmlos und ihm ist seine Armut peinlich. Das ist es. Wieso nimmt er das von mir an? »Du brauchst dich nicht zu schämen. Denk dran, dass ich diejenige bin, die dich liebt.«

»Du liebst mich?« Er blieb abrupt stehen. »Was liebst du an einem wie mir?«

Das Lächeln auf Jessicas Gesicht kam tief aus ihrem Innern. »Ich liebe den warmen Blick deiner Augen, deinen Mund, wenn er lacht.« In diesem Moment war sie absolut sicher, dass er ihr Vin war und nicht einer der Männer, die ihr nach dem Leben trachteten. »Ich liebe es, mit dir zusammen zu sein. Höre gern deiner sanften Stimme zu. Nur manchmal scheint es, als würdest du etwas verschweigen. Du siehst wie ein Penner aus … Mitunter habe ich das Gefühl, dies sei nur eine Verkleidung.« Ihr Blick suchte in seinem Gesicht nach einem Zeichen, das ihr offenbarte, ob sie richtig lag.

Melvin versagte ihr diesen Hinweis, aber die Zärtlichkeit, mit der er sie betrachtete, ließ ihre Furcht verfliegen. »Ich liebe die Art, wie du mich in deinen Armen hältst. Sie macht mich glauben, dass du mir niemals wehtun wirst. Und ich hoffe, dass du nicht zulässt, dass mir irgendwer wehtut.«

Melvins Augen füllten sich mit Tränen. Jessica hatte die Worte gesagt, nach denen er sich stets gesehnt hatte. Er schloss sie in die Arme und hielt sie nah bei sich. *Ich werde dich niemals verletzen, nie, nie und nimmer.* Ihre Lippen fanden sich zum Kuss. Für Melvin stand fest, dass es sich nicht länger aufschieben ließ. *Sie verdient die Wahrheit. Jetzt!*

Er lenkte ihre Schritte zur nächsten Subway-Station.

Als sie die Treppen hinuntergingen, fragte Jessica: »Was hast du vor?«

»Ich zeige dir etwas.«

»Was?«

Keine Antwort.

»Was möchtest du mir zeigen, Vin?«

Sie fuhren über den Hudson-River nach Manhattan. An der 14. Straße wechselten sie die Subway-Linie. Jessica hatte es aufgegeben, Fragen zu stellen. Am Time Square stiegen sie aus.

Melvin ergriff ihre Hand, als sie die Treppe hinaufstiegen. Nur ein paar Blocks trennten ihn von seinem Ziel. Er führte Jessica auf direktem Weg zur Fabulous Music Hall. Von weitem war der leuchtende Name zu sehen. Die Music Hall selbst lag finster vor ihnen. Einzig die Schaukästen, in denen kommende Veranstaltungen angekündigt wurden, waren beleuchtet. Gleich neben dem Eingang warb die unübersehbare Plakatwand für die Konzerthalle. Ein übergroßer Melvin de Flame lächelte auf sie herab.

Jessicas Blick fiel auf das gigantische Plakat. Und während sie darüber nachdachte, weshalb Vin sie ausgerechnet hierhin führte, erkannte sie ihn. »Melvin de Flame.«

Sie ließ seine Hand los. Als er wieder nach ihr griff, wich sie aus.

»Jess, ich ...«

Sie wehrte ab und bedeutete ihm, zu schweigen. *Zumindest ist er keiner von ihnen.* Die Erleichterung, die diese Erkenntnis auslöste, verlor an Bedeutung gegenüber der Einsicht, dass er ihr die gesamte Zeit Lügen aufgetischt hatte. »Ich hoffe, du hast dich gut amüsiert.« Sie näherte sich der Plakatwand. Zorn stieg in ihr auf. Ganz umsonst hatte sie sich gefürchtet, weil dieser Mann sie für seine Spielchen erwählt hatte. Belogen, betrogen und ausgenutzt fühlte sie sich.

»Jess.« Melvin trat hinter sie.

»Ich habe gedacht, dass du mich gern hast.« Sie wartete auf eine Erklärung. Als er stumm blieb, sprach sie weiter. »Dabei war ich die ganze Zeit nur ein Spielzeug. Hattest du es satt in deiner heilen Welt? Gab es nichts mehr zu entdecken, dass du auf diese abgefuckte Weise Abwechslung gesucht hast?« Erst jetzt drehte sie sich zu ihm um. »Jemand, der sich einen Künstlernamen wie Melvin de Flame zulegt und auf solchen Plakaten zu sehen ist, ist kein Penner. Gehört das zum Spiel? So in die Richtung, ich kriege jede, egal, als was ich mich ausgebe.«

Stille.

»Wem wolltest du etwas beweisen? Deinen Freunden? Haben sie sich schlapp gelacht über das Dummchen, das darauf reinfällt?« Sie bemerkte den Schmerz in seinen Augen und erkannte, dass es nicht um sie ging. »Oder brauchst du am Ende selbst die Bestätigung?«

»Jess ...«

»Hast du gefürchtet, ich werde größenwahnsinnig? Wenn es so ist, Melvin, sollte ich nicht mich bemitleiden.« Sie hatte gesagt, was es zu sagen gab.

Gewissheit zu haben, dass er nie eine Gefahr für sie dargestellt hatte, spielte keine Rolle mehr. Enttäuschung erfüllte sie. Sie hatte einen Mann in ihr verkorkstes Leben gelassen, hatte sich verliebt und für ihn war alles ein Spiel.

»Lass es dir erklären …«

Jessica schüttelte den Kopf. »Ist nicht nötig.« Sie ertrug keine neuen Lügen. Es tat so schon weh genug. »Geh dahin zurück, wo du hingehörst. Geh, bevor du mich weiter erniedrigst.« Sie hob abwehrend die Arme, als er seine Hand nach ihr ausstreckte. »Entschuldigen Sie, dass ich mich nicht dazu überwinde, Ihnen dafür zu danken, dass Sie sich so weit herabgelassen haben, Mr. de Flame.«

Melvin stand da und überlegte fieberhaft, wie er sie aufhalten konnte. »Du verstehst alles falsch«, rief er, als sie sich von ihm abwandte.

»Was kann man da falsch verstehen? Du hast mich benutzt, um dein Ego auf Hochglanz zu polieren. Weißt du, ich wünsche dir, dass du dich jemals so fühlst wie ich in diesem Moment, wie ein … Fußabtreter. Hat es dich amüsiert, als ich dir meine Liebe gestanden habe?«

»So war es nie, Jess.«

»Hau ab!« Sie sah zu der Plakatwand auf. »Nein! Ich werde gehen. Dies hier ist schließlich deine Welt.«

Er hätte sie gerne festgehalten. So durfte seine erste Liebe nicht enden. Nicht so!

Aber Jessica ließ ihn stehen.

Melvin blickte ihr hinterher. Folgte ihr nicht, wusste, dass es nichts gebracht hätte.

Keine Ahnung, wie lange er vor der Music Hall gestanden hatte. Es musste sehr spät sein, denn die Straße war menschenleer. Langsam entfernte er sich und hielt Ausschau nach einem Taxi.

Als ihm klar wurde, dass er Jessica verloren hatte, stieg Zorn auf. *Warum habe ich mit der Frau gespielt, die ich liebe?* Voller Wut trat er gegen eine Mülltonne, die zufällig im Weg stand. Sie fiel polternd zu Boden und ihr Inhalt verteilte sich auf der Straße.

Melvin trottete weiter. Er wusste, dass Jessica ihn liebte. Nicht, weil sie es ihm offenbart hatte, sondern weil sie ihm ein Stück seines verschollen geglaubten Vertrauens zurückgegeben hatte. Dass sein Lebensmut aus dem

Winterschlaf erwacht war, verdankte er ihr. *Jess … Zum Dank hab ich mich wie ein Arsch verhalten und die Einzige vertrieben, die mich um meiner selbst willen geliebt hat. Verdammter Idiot!*

Als sich ein Taxi näherte, winkte Melvin es heran. Er ließ sich zu Alan nach Greenwich bringen. In seiner jetzigen Stimmung brauchte er dringend einen Freund.

Er klingelte an der Haustür, musste etwas warten, bis ihm die Haushälterin öffnete. Sie trug einen Morgenmantel.

»Ich muss mit ihm sprechen.« Er trat in das Haus. »Bitte wecken …«

In dem Moment öffnete sich die Tür der Bibliothek und Alan trat auf den Flur. Er unterhielt sich angeregt mit einem Mann, der neben ihm herlief. Melvin verstand ihre Worte nicht.

In diesem Augenblick entdeckte Alan ihn. »Hallo, Mel.«

Sie kamen näher und Melvin betrachtete Alans Begleiter genauer. Er sah abgerissen aus. Die Hose, die er trug, war zu groß und ohne den Gürtel hätte er sie verloren.

Kaum, dass sie Melvin erreicht hatten, verabschiedete sich der Unbekannte.

»Empfängst du neuerdings mitten in der Nacht Bettler?«, fragte er, als der Fremde verschwunden war.

»Ned ist kein Bettler.«

»Aber Rockefeller auch nicht.«

»Ned ist ein Freund.« Alan verzog keine Miene. »Und wie siehst du eigentlich aus?«

»Jess …« Einen Moment lang hatte der Fremde von seinem Kummer abgelenkt.

»Komm mit in den Salon. Gehen Sie wieder schlafen«, sagte Alan zur Haushälterin. »Ned hat mir mal einen großen Gefallen getan.« Er wies einladend auf das Sofa.

»Er dir?« Es fiel Melvin schwer, das zu glauben.

»Ohne Ned würde ich nicht hier mit dir sitzen.«

»Du siehst mich neugierig.«

»Erinnerst du dich, dass du mal erfahren wolltest, woher ich meinen harten Schlag habe?«

»Du hast mir den Kiefer gebrochen.«

Alan zuckte mit den Schultern.

»Und?«, fragte Melvin.

»Ich habe früher geboxt.«

»Echt jetzt? Warum hast du aufgehört?«

»Weil ich fast im Ring draufgegangen wäre.«

Melvin pfiff durch die Zähne. Das war einer der Augenblicke, in denen ihn sein Partner überraschte. »Die Narbe. Ich habe mich immer gefragt …«

Alan kratzte sich am Kinn. »Ja, auch diese Narbe.«

»Und Ned?«

»Als er mir half, hat er sich mit Leuten angelegt, mit denen man besser keinen Streit hat.«

»Tut mir leid.« Melvin meinte damit alles, dass Alan fast gestorben war, Neds Probleme und dass er abfällig über ihn geurteilt hatte. »Komisch, du siehst nicht wie ein Boxer aus.«

»Das ist mehr als fünfundzwanzig Jahre her. Wie müsste ich deiner Meinung nach aussehen?« Er beantwortete die Frage selbst. »Platte Nase, breit wie ein Schrank?«

»So ungefähr.«

»Ich habe gern geboxt, war aber offensichtlich nicht besonders gut. Heute bearbeite ich nur noch den Sandsack im Keller. Ist ein guter Ausgleich.«

»Jetzt wundert mich nicht mehr, dass ein Schlag reichte, um mir den Kiefer zu brechen.«

Für einen Augenblick schwiegen sie.

»Was machst du eigentlich um diese Zeit hier?«

Melvin schaute zur Uhr, sah, dass es kurz vor drei war. Er erzählte, wie er Jessica verloren hatte. »Allein würde ich diese Nacht nicht durchstehen.«

Alan hatte aufmerksam zugehört. Dass seine Ratschläge Jessica nicht zurückbringen würden, wussten sie beide. Aber er war da und das bedeutete Melvin eine Menge.

Nachdem er ein paar Stunden auf dem Sofa geschlafen hatte, kehrte Melvin ins Penthouse zurück. Der erste Weg führte ihn zum Telefon. Er ließ es klingeln und klingeln und klingeln. *Möglicherweise ist sie wirklich nicht zu Hause.* Er legte auf, versuchte es im Laufe des Tages viele weitere Male.

Endlich, gegen Abend, meldete sie sich. »Was willst du, Melvin?«, rief sie, bevor er ein einziges Wort sagen konnte.

»Bitte gib mir 'ne zweite Chance.«

»Das Leben gibt nie eine zweite Chance. Warum sollte ich es tun?«

»Ich liebe dich, Jess.« Das hatte er noch nie gesagt. Nicht nur nicht zu Jessica, sondern zu keiner Frau. »Ich hätte dir gleich die Wahrheit sagen müssen. Lass es mich erklären.«

Das lange Schweigen auf der anderen Seite machte ihn nervös. »Kann ich zu dir kommen?«

»Nein. Es hat keinen Sinn, Melvin. Ich möchte dich nicht wiedersehen.«

Die Verbindung war unterbrochen. Sie hatte aufgelegt.

So schnell gab er nicht auf, fasste den Vorsatz, um seine Liebe zu kämpfen. *Sie lehnt ein Treffen ab? Schreibe ich ihr eben.*

Melvin füllte ganze sieben Seiten mit seinen Gefühlen und sandte sie an Jessica. Dann wartete er ungeduldig auf Antwort. Irgendeine Reaktion. Als er erkannte, dass keine kommen würde, versuchte er es wieder telefonisch. Ohne Erfolg.

Er schrieb weitere Briefe. Schickte ihr Blumen und kleine Aufmerksamkeiten. Als einzige Rückmeldung wurden die Geschenke an die Music Hall zurückgeschickt.

Er fühlte sich mit jedem Tag elender.

Der alte Melvin hätte spätestens jetzt Ablenkung gesucht. Aber seit er Jessica kannte, war er nicht mehr derselbe. Der neue, verliebte Melvin gönnte anderen Frauen keinen Blick. Er ließ sich ebenso wenig volllaufen und zog auch keine Line, um seinen Herzschmerz zu vergessen. Er blieb nüchtern und suchte nach einem Weg, bis ihm eines Nachts eine, in seinen Augen, grandiose Idee einfiel.

4

Alan saß am Schreibtisch seines Büros, als Melvin gegen zehn Uhr morgens hineinstürmte. »Übernächsten Samstag machen wir ein Werbekonzert. Was hältst du davon?«

»Das Konzert steht längst.«

»Ich meine am Nachmittag.«

»Was verstehst du unter einem Werbekonzert?« Alan, beschäftigt mit anderen Dingen, kapierte nicht auf Anhieb, was Melvin vorhatte.

»Wir veröffentlichen in den Medien, dass wir einmalig ein kostenloses Konzert für die New Yorker Bürger geben. Wir publizieren das überall und verschicken die Eintrittskarten willkürlich an irgendwelche Leute.«

»Weshalb sollen wir Karten verschenken? Das Haus ist immer voll.« Alan begriff den Zweck einer solchen Veranstaltung nicht. »Außerdem solltest du dich mit derartigem Kram an unsere PR-Abteilung wenden.«

»Ach die …«

»Die streichen recht ansehnliche Gehälter ein. Vielleicht checken sie auch, was du vorhast. Ich kapiere es nämlich nicht. Von der Gordon wolltest du nichts wissen, also verlang nicht von mir, dass ich mich um jeden Scheiß kümmere.«

»Al, bitte … Ich möchte, dass Jessica eine Eintrittskarte erhält.«

»Dann schick ihr eine.« Für Alan war die Lösung simpel.

»Sie würde die Karte nie annehmen. Aber wenn wir sie an Hinz und Kunz senden, merkt sie nicht, dass ich dahinterstecke.«

»Du willst allen Ernstes tausend Konzertkarten verschenken, um eine einzige Frau in die Hall zu bringen?« Alan faltete die Hände wie zum Gebet und sah sekundenlang zur Decke. »Der Himmel schütze mich vor weibstollen Musikern.«

»Eine Matinee?«

Alan wusste nicht, was er entgegnen sollte. Auf der einen Seite hielt er seinen Partner für übergeschnappt, auf der anderen betraf es die Frau, die ihn zurückgebracht hatte. Vielleicht war Jessica die Reaktion auf seine

Gebete. *Wenn nicht, darf ich hinterher die Scherben aufkehren.* Dabei dachte er an Kathy Hodges und daran, wie er Sanders' Klage wegen Körperverletzung abgewendet hatte. Ihm fielen die Drogen- und Alkoholexzesse ein.

»Alan?« Melvin wartete auf eine Antwort. »Ich muss sie zurückgewinnen. Dieses Mal ist es mir ernst.«

»Was, wenn sie nicht kommt?« Alan konnte ihm letztlich nichts abschlagen.

»Sie wird. Wenn nirgends mein Name erscheint.«

»Und danach?«

»Liegt es an mir, sie zu überzeugen.«

»Weißt du, was uns der Spaß kostet?«

»Es muss ja keine aufwendige Veranstaltung sein. Ich frage T. J., er könnte eine halbe Stunde auftreten. Ich trete auf jeden Fall umsonst auf. Komm schon, Al.«

»Wenn dein Seelenfrieden davon abhängt.«

»Tut er«, rief Melvin im Bewusstsein, gesiegt zu haben.

»Warte.« Alan hielt ihn zurück, als er hinausstürmen wollte. »Du hörst dir wenigstens an, was die Gordon zu sagen hat.«

»Ok.« Dann war er verschwunden.

Lorraine Gordon war Unternehmensberaterin und hatte einen ausgezeichneten Ruf auf diesem Gebiet. Alan hatte sie aus einem anderen Grund kontaktiert. Gelang es ihm, seinen Willen durchzusetzen, würde sie Melvins Karriere unter die Lupe nehmen und Kontinuität hineinbringen. Dass sich sein Partner vom sprichwörtlichen Sonnenschein innerhalb kurzer Zeit in ein düsteres Phantom verwandelt hatte, verunsicherte ihn mehr, als er zugab.

Auch wenn sich dieser Prozess inzwischen umzukehren schien, fürchtete er sich davor, was geschehen würde, lief irgendetwas in Melvins Leben nicht nach Wunsch. An dieser Stelle kam Ms. Gordon ins Spiel.

Alan wünschte, dass sie Melvin dabei half, ein gesundes Mittelmaß zwischen Euphorie und Verzweiflung zu finden. Er wusste selbstverständlich, dass eine Unternehmensberaterin nicht die passendste Wahl für dieses Unterfangen war. Sein ursprünglicher Plan sah vor, Melvin zum Psychiater zu schicken. Aber die Vehemenz, mit der er all seine vorsichtigen Versuche abgeblockt hatte, ihn in diese Richtung zu lenken, hatte gezeigt, dass er da niemals mitspielen würde.

Alan hoffte, dass es Melvin leichter fallen würde, jemanden mit der Berufsbezeichnung ›Unternehmensberaterin‹ zu akzeptieren.

In einem Telefonat mit Ms. Gordon musste er feststellen, dass er sich die gesamte Operation zu simpel vorgestellt hatte. Die Möglichkeit, dass sie es rundweg ablehnte, anstatt einer Firma eine Karriere zu optimieren, kam in seinem Plan nicht vor. So beauftragte er zuerst eine Studie, die sich mit den Firmen beschäftigte, die sich unter dem Dach der Marke Fabulous zusammenfanden. Im Anschluss bedurfte es einer ganzen Reihe weiterer Gespräche, um ihr die Zusage abzuringen, die Optimierung von Melvin de Flames Karriere zu übernehmen. Und das nur unter der Bedingung, dass er sich einverstanden erklärte.

Melvin hatte bisher auch Lorraine Gordon kategorisch abgelehnt. Dass Alan, die Gunst der Stunde nutzend, ein ›ok‹ erhalten hatte, betrachtete er als bescheidenen Sieg.

Melvin stand hinter dem Vorhang und beobachtete, wie sich die Plätze rund um den Bühnenvorsprung füllten. Eigentlich interessierte ihn lediglich der eine Sitzplatz vorn in der ersten Reihe. Dass dieser sich leer präsentierte, machte ihn zunehmend nervöser.

T. J. wartete fix und fertig mit seiner Gitarre auf seinen Auftritt. Basil Alington hielt das Mikro in der Hand und würde jeden Moment durch den Vorhang treten, um das Publikum zu begrüßen. Melvin merkte, dass er im Wege stand und überlegte, von wo aus er ungestört den Besucherraum beobachten konnte. Der Arbeitsplatz des Beleuchters fiel ihm ein.

Er hastete die staubigen Stufen hinauf und versuchte, dabei wenig Lärm auszulösen. Oben sah er gespannt hinab. Jessicas Platz war auch jetzt noch verwaist.

Basil Alington begrüßte die Gäste.

Der Lichtspot richtete sich auf den Vorhang. Gleich darauf erschien T. J. und der Spot folgte ihm bis zur Bühne. Als etwas Licht die ersten Reihen erhellte, sah Melvin, wie sich Jessica gerade hinsetzte.

Ihm fiel ein Stein vom Herzen. Er lief in seine Garderobe, um sich in Ruhe und mit aller Sorgfalt auf seinen Auftritt vorzubereiten.

Zu Beginn seiner Weltuntergangsphase hatte er sich einen Bart wachsen lassen, den er zwar zuletzt auf einen Zentimeter eingekürzt, aber nie wieder komplett abrasiert hatte. An diesem Abend musste er weichen.

Nach der Rasur wählte Melvin das mintgrüne Bühnenoutfit mit den schimmernden Strass-Steinen am Kragen. Dazu legte er einen breiten weißen Gürtel an, dessen pompöse Schnalle ebenfalls Strass zierte. Er mochte diese Auftrittsgarderobe in seiner Lieblingsfarbe, sie machte etwas her, ohne zu überladen zu wirken.

Er hockte sich an den Schminktisch und kämmte sorgfältig das Haar, das bis zu den Schultern reichte. Ein wenig Gel sollte helfen, die Form zu wahren, wenn er sich auf der Bühne bewegte. Er griff nach einem Kajalstift, beugte sich näher zum Spiegel und setzte gekonnt einen Strich auf das Unterlid.

Dann stand er auf, betrachtete sich im großen Wandspiegel von Kopf bis Fuß und nickte Melvin de Flame zufrieden zu. Wenn er ehrlich war, gefiel er sich in diesem Outfit weitaus besser als in der düsteren Montur oder den Billigklamotten. Vermutlich lag das daran, dass er sich insgesamt mehr wie früher fühlte. In seiner Verzweiflung hatte er versucht, in eine Welt auszubrechen, in die er nicht länger passte. Das Experiment war gescheitert. Die Zeit abgelaufen, in der bewusst zur Schau gestellte Verwahrlosung seine Identität schützen sollte. Und doch hatte er auf diese Weise seine Liebe gefunden.

Vielleicht verschmelzen Melvin Caine und Melvin de Flame allmählich zu einer Person. Er hoffte es von ganzem Herzen.

T. J. und zwei weitere Musiker, die sich bereit erklärt hatten, das Projekt zu unterstützen, lieferten eine gute Performance. Das Publikum war in bester Laune. Als Melvin de Flame in voller Pracht begleitet von bunten Lichtspots auf die Bühne trat und gewinnend in die Runde blickte, versöhnte er seine Fans.

Hände streckten sich ihm entgegen. Es war fast wie früher. Er zögerte, ließ sich schließlich von der Stimmung des Augenblicks tragen und berührte einige Hände. Er lief in Jessicas Richtung. Sah sie bewegungslos auf ihrem Stuhl sitzen. Sie schaute ihn an, ohne die Miene zu verziehen.

Melvin nahm das Mikrofon und richtete ein paar Worte an seine Fans. Ein seltsam zufriedenes Gefühl breitete sich in seinem Herzen aus und ließ in diesem Moment keinen Platz für Zweifel.

Er sang zuerst seinen Hit ›The Sky is the Limit‹. Das Publikum tobte. Es folgten weitere Songs von früher. Seine Stimme klang fest, er bewegte sich routiniert auf der Bühne. Niemand merkte ihm an, dass er nie zuvor oder höchstens beim Auftritt zur Eröffnung so aufgeregt gewesen war. Er spürte Jessicas Blicke. Vermied es, sie anzusingen. War sicher, dass sie das nicht mögen würde.

Vor dem letzten Song wandte sich Melvin abermals an seine Zuhörer. »Vielen Dank!« Er verbeugte sich kurz. »Ich freue mich, wieder bei euch zu sein. Bevor unsere Matinee zu Ende geht, kommt noch ein Song, den ich extra für heute geschrieben habe. ›For You‹.« Er hätte gern mehr gesagt, aber die Worte, die ihm vorschwebten, waren nicht für die Ohren der Öffentlichkeit bestimmt. Und deshalb sparte er sie auf für später und hoffte, dass es dieses Später geben würde.

Jetzt konzentrierte er sich auf den Song. Es war eine Ballade, die von einem Musiker handelte, der von Ruhm träumte und der Verunsicherung, als er es geschafft hatte.

And then you came dispelling my doubts,
without you I am nothing, with you I am all.
Don't let me down, because I never loved anyone before I loved you.

Bei den letzten Zeilen legte er alles Gefühl in seine Stimme. Beinahe scheu schaute er zu Jessica hinüber. Wie gern wäre er zu ihr gelaufen, aber er wollte sie nicht behandeln wie eine seiner flüchtigen Liebschaften.

Er hörte den Applaus, sah, dass ein Großteil des Publikums aufstand, um ihm zuzujubeln. Der Song hatte das Potential, in die Charts zu kommen. Die Charts waren Melvin egal. Für ihn zählte nur, ob Jessica ihm vergab.

Er verbeugte sich tief. Dabei gelang es ihm, in ihr Gesicht zu sehen, ohne das es auffiel. Langsam erhob auch sie sich von ihrem Platz und klatschte verhalten Beifall.

Wenig später saß Melvin in seiner Garderobe. Sein Herz pumpte aufgeregt. Er hatte beim Sicherheitspersonal Bescheid gegeben, dass man sie zu ihm lassen solle. Jetzt musste er Geduld beweisen. *Vielleicht hätte ich sie doch bei der Hand nehmen sollen.*

Jessica hatte sich nicht dazu überwinden können, die Konzerteinladung zu ignorieren. Egal wie oft sie sich sagte, dass es besser sei, die Karte wegzuwerfen oder in den Briefkasten eines Nachbarn zu stecken. Ein Teil von ihr hoffte, dass Melvin nicht bei der Matinee auftrat. Ein anderer wäre in diesem Fall fürchterlich enttäuscht gewesen.

Während sie seinen Liedern lauschte und ihn beobachtete, erkannte sie, dass die Bühne sein Zuhause war. Ihr gefiel seine Musik. Sehr sogar. Dass er einen Song für sie geschrieben hatte, schmeichelte ihr. Sie liebte ihn auch jetzt noch, da half alles Leugnen nichts.

Dann war das Konzert zu Ende. Die normale Beleuchtung ging an und die Zuschauerreihen lichteten sich. Für einen Moment glaubte Jessica, dass Melvin zu ihr kommen würde. Schließlich begriff sie, dass er den ersten Schritt unternommen hatte und es nun bei ihr lag, den zweiten zu tun.

Hätte sie ausschließlich auf ihr Herz gehört, wäre sie sofort zu ihm geeilt. Der Verstand hielt sie zurück. Als die letzten Menschen die Konzerthalle verließen, reihte sie sich ein. Draußen angekommen, versagten ihre Füße. Sie konnte sie nicht überreden, sich in Richtung Subway-Station zu bewegen und auch nicht dazu, wieder hineinzugehen.

Sie stand vor der Music Hall und ihre Gedanken drehten sich im ewig gleichen Kreis:

Er steht in der Öffentlichkeit und für mich ist die Öffentlichkeit tabu.

Aber ich liebe ihn!

Er wird es nicht verstehen.

Wie soll er verstehen, wenn er nichts weiß? Aber ich liebe ihn doch!

An seiner Seite werden sie mich bald finden.

Ich kann ihn niemals vergessen!

Als sie sich entschloss, Melvin zu treffen, waren die Lichter im Vorraum der Hall erloschen. Sie eilte zur Tür. Alles Rütteln half nicht, sie war verschlossen. Sie hastete zur Cocktailbar. Erkundigte sich nach ihm. Niemand wollte helfen.

In ihrer Not schlich sie um das Gebäude herum, hoffte auf irgendeine Möglichkeit, hineinzukommen. So fand sie die Seitentür.

Wahrscheinlich ist er bereits zu Hause.

Ihr Herz hämmerte einen unregelmäßigen Takt, als sie ihre Hand nach dem Türknauf ausstreckte. Sie hatte Glück, die Tür zum Bühneneingang war unverschlossen. Am Ende des schwach beleuchteten Flures entdeckte sie eine Treppe. Von oben sah sie einen Lichtschimmer. Sie stieg hinauf. Dort traf sie auf zwei Männer, die zum Sicherheitspersonal gehörten.

Sie erspähten Jessica sofort. »Wo wollen Sie denn hin, Lady?«

»Melvin … Ich möchte zu Melvin de Flame.«

Allmählich stellte sich bei Melvin die Erkenntnis ein, dass er Jessica verloren hatte. Er wollte sich gerade umziehen, als es zaghaft an die Tür klopfte. Im Bruchteil einer Sekunde sprang er von seinem Stuhl und riss die Tür auf. Da stand sie vor ihm und schaute ihn mit großen Augen an.

Sie betrachtete ihn von Kopf bis Fuß. »Du siehst schön aus. Ich mag es, dass du den Bart abrasiert hast.«

»Du siehst schön aus, Jess.« Melvin lud sie mit einer Handbewegung in seine Garderobe ein.

»Ich habe lange überlegt, ob ich kommen soll. Dann war es gar nicht leicht, zu dir vorzudringen. Du musst deine Bodyguards gut bezahlen. Ein Mr. Brolin hat mich gerettet.«

Melvin blieb ihre Aufregung nicht verborgen. »Willst du dich nicht hinsetzen?«

Sie setzte sich auf den Rand des Stuhles.

Er nahm ihr gegenüber Platz. Sprang wieder auf, bevor er komplett saß. »Entschuldige, ich habe dir nichts angeboten.«

»Bemüh dich nicht. Wenn du etwas erklären willst, fängst du am besten gleich damit an.«

Melvin ließ sich auf seinen Stuhl fallen. Ihr Gesicht zeigte keine Regung. Dass sie in die Garderobe gekommen war, gab ihm Hoffnung. Über den Tisch hinweg griff er nach ihrer Hand, doch Jessica zog sie weg, ehe er sie erreichte.

»Ich habe dir alles geschrieben. Hast du die Briefe nicht erhalten?«

»Ich habe sie verbrannt.«

»Ach so …«

»Sprich mit mir! Ich muss dich ganz neu kennenlernen. Du hast eine Rolle gespielt. Sag mir, wer du bist! Wie sonst soll ich herausbekommen, ob du noch mein Vin bist.« Sie strich sich eine Strähne ihres blonden Haares hinters Ohr, lehnte sich zurück und vergrößerte damit die Distanz zwischen ihnen.

»Das sehe ich ein.« Melvin nickte bedächtig vor sich hin. »Bitte glaub mir, dass alles, was ich in Bezug auf meine Gefühle gesagt habe, die Wahrheit war.«

Jessica erwiderte nichts.

»Vielleicht ist es das Beste, wenn ich dir von meinen Träumen erzähle und was aus ihnen wurde.« An ihrem Blick erkannte Melvin, dass sie einverstanden war. Er zögerte, es fiel ihm nicht leicht, über sich zu reden. Er begann von seiner Jugendzeit in Dansville zu berichten und den ersten schweren Jahren in New York. Zum Schluss sprach er darüber, wie er gemeinsam mit Alan die Music Hall aufgebaut hatte.

»Das alles gehört dir?« Jessica verbarg ihr Erstaunen nicht.

»Zur Hälfte. Fabulous Records zu einem Drittel. Zu Beginn war alles viel kleiner.« Der letzte Satz klang, als wolle er sich dafür entschuldigen, so reich zu sein. »Jeder brachte ein, was ihm zur Verfügung stand. Irgendwie haben wir ins Schwarze getroffen. Ich bekam Plattenverträge, Konzertangebote, ging auf Tourneen. Genoss den Ruhm und die Annehmlichkeiten.«

Er musterte Jessica, konnte nicht ausmachen, was sie dachte. »Es gab auch Schattenseiten. Ich habe mich oft einsam gefühlt, wusste nicht mehr, was echt ist. Die Menschen ändern ihr Verhalten, wenn sie wissen, dass man Erfolg hat. Sicher habe ich mich auch verändert. Zuerst ist es wie ein Rausch. Aber selbst das Außergewöhnlichste ist irgendwann banaler Alltag. Dann diese Zweifel, ob sie mich meinen oder diesen ganzen Starrummel. Tief im Innern sehne ich mich nach jemandem, dem ich vertrauen kann, der mich um meinetwillen liebt und nicht, weil ich Melvin de Flame bin.«

»Und da gab es keine Frau?«

Er lachte auf. »Viele. Sehr viele. Die meisten für eine Nacht.« Er fuhr sich mit den Fingern nervös durch die Haare. »Es gab auch ein paar Beziehungen. Aber ich will ehrlich sein, sie haben mir nie genug bedeutet.« Melvin sah keinen Sinn darin, näher darauf einzugehen. Er fand, es sei an der Zeit, dass Jessica irgendwie reagierte. Ihm ein Zeichen gab, dass sie verzieh.

Die Stille war schwer zu ertragen. Je länger dieses Schweigen zwischen ihnen stand, desto größer wurde seine Furcht, dass sie ihm nicht vergab.

»Häufig scheint es, als sei ich zwei Menschen in einem. Das hört sich blöd an, aber so fühle ich. Melvin de Flame steht auf der Bühne, sieht perfekt aus, kennt weder Sorgen noch schlechte Laune. Seine Fans lieben ihn. Schlägt er über die Stränge, nimmt das keiner übel. Melvin Caine ist nicht perfekt, nur menschlich. Ihn beachtet niemand.« Um Verständnis bittend, schaute er sie an.

»Warum gibt Melvin Caine nicht einen Teil seiner Menschlichkeit an Melvin de Flame weiter?«, fragte Jessica in der ihr eigenen unkomplizierten Denkweise. »Lass ihn etwas von seiner Perfektion verlieren und Melvin Caine weniger kritisch mit ihm sein.«

»So, wie du das sagst, klingt es einfach.«

»Wie sieht dein Alltag aus?«

Diese Frage erstaunte ihn. »Ganz normal.«

»Für dich!«

»Morgens fahre ich ins Büro oder ins Studio, ein andermal sind Aufnahmen für ein neues Album dran. Nachmittags läuft es ähnlich. Abends gebe ich Konzerte. Ab und an gehe ich auf Tournee.« Melvin verstand nicht, worauf sie hinauswollte.

»Über dich steht viel in den Zeitungen. Du hast eine Menge mit der Presse zu tun, oder?«

»Ja, klar. Man kennt mich, entdeckt mich ein Reporter irgendwo, steht's in der Zeitung.« Er winkte ab. Für ihn gehörte das zum Alltag.

»Was ist mit mir? Komme ich in die Zeitung, wenn wir zusammenbleiben?«

Er stand auf, ergriff ihre Hand und zog sie sanft von ihrem Stuhl hoch. »Bedeutet das, dass du mir verzeihst?«

»Ich liebe dich, Vin.«

Ihre Worte befreiten ihn von einer schweren Last. Es gelang ihm endlich, frei durchzuatmen. Tränen der Erleichterung verschleierten seinen Blick und er schämte sich ihrer nicht. »Oh, Jess, du weißt nicht, was du mir bedeutest.«

»Komme ich auch in die Zeitung?«

»Das wird sich nicht vermeiden lassen. Ist das so schlimm?«

»Ich kann das nicht!«

Er verstand nicht, dass sie mit einem Male regelrecht verzweifelt wirkte. »Jess, was ist los?«

»Versprich mir, dass du mich aus den Medien raushältst.«

»Ich verspreche es.« In diesem Moment hätte er ihr auch versprochen, seine Karriere an den Nagel zu hängen, nur um sie nicht wieder zu verlieren.

5

Melvin hatte gehofft, dass Jessicas ablehnende Haltung gegenüber den Medien nur darin begründet lag, dass sie diese Art Leben nicht kannte. Er hatte angenommen, sie würde ihre Furcht an seiner Seite allmählich ablegen. Bald erkannte er, dass er sich irrte. Dennoch bekam er von Jessica nicht genug. In ihrer Nähe fühlte er sich stark und war guter Dinge. Sie wirkte wie eine Droge, die ihn in einen anhaltenden Glücksrausch versetzte. Zu gern hätte er sie ständig um sich gehabt. Aber sie lehnte jede seiner Bitten ab, zu ihm ins Penthouse zu ziehen. Und Melvin bat sie oft darum.

Nach zahlreichen Diskussionen gelang es ihm, Jessica davon zu überzeugen, eine Wohnung in der Nähe zu mieten. Betraf es ihren Job, blieb sie unnachgiebig. Sie begründete das damit, dass sie ihre Arbeit in der Vorschule liebte und nicht die Art Frau sei, die einen Mann für sich sorgen ließ.

Jessica komplettierte Melvin und für sie wollte er die beste Version von sich sein. Sie hatte ihm gezeigt, dass er lieben konnte, daher vertraute er ihr ohne Wenn und Aber. Gern hätte er sie stärker an seinem Leben teilhaben lassen, doch das Äußerste, auf das sie sich einließ, war, sich ab und an ein Konzert von ihm anzusehen. Dabei fuhren sie nie gemeinsam zur Music Hall und Jessica verweigerte einen Platz in der vordersten Reihe.

Ihre Liebe bestärkte Melvin in dem Willen, sein Leben in Ordnung zu bringen. Die ersten Schritte waren getan und er bemühte sich, auch in Bezug auf seine Karriere optimistisch in die Zukunft zu schauen. Der Weg dahin erwies sich als kurvenreich. Trotz Jessicas positiven Einflusses überkamen ihn nach anfänglicher Euphorie erneut alte Zweifel und Unzufriedenheit.

Oft sprachen sie nächtelang darüber. Es half, dass sie sich brennend für seine Belange interessierte. Sie munterte ihn auf, hatte er einen schlechten Tag und redete ihm ein, dass sich alles fügen würde, wenn er die nötige Geduld aufbrächte. In solchen Nächten kam es vor, dass er Jessica bat, auch in der Öffentlichkeit an seiner Seite zu stehen, da ihm das vieles erleichtern würde. Sie sagte nicht ›nein‹, aber an ihrem Blick erkannte Melvin, dass es ihr nicht gelingen würde, über ihren Schatten zu springen. Bisweilen fragte er sich, weshalb das so war.

Hinter Melvin lag eine schlaflose Nacht. Das Konzert am Abend davor hatte ihn erneut an allem zweifeln lassen. Er merkte, dass Gespräche allein nicht reichten, um sich mit de Flame auszusöhnen. Darin sah er jedoch die Voraussetzung, um mit Jessica dauerhaft glücklich zu sein.

Einen Gruß murmelnd lief er an Laura vorbei in sein Büro. Die Sekretärin musste seine Laune bemerkt haben, denn sie brachte ihm ohne Aufforderung einen starken Kaffee.

»Danke«, sagte er mürrisch.

Er schaute durch die Post, konnte sich aber nicht darauf konzentrieren. Ein Fanbrief weckte sein Interesse. Es war ein liebevoll mit Blumenstickern gestalteter Umschlag. Argwöhnisch wendete er das mit Herzchen und Blümchen verzierte Schreiben einer Lisa und fragte sich, was sie von ihm wollte. Sein erster Impuls war, den Brief in seine Hülle zurückzustecken. Er überwand sich und las. Lisa bedankte sich für die Eintrittskarte zur Matinee und ließ ihn wissen, wie sehr sie sich darüber gefreut hatte, ihn wieder wie früher zu erleben. *Verdammt, ich brauche Hilfe!* Es fiel ihm alles andere als leicht, das einzugestehen. *Wenn ich mich jetzt nicht dazu durchringe, dann nie.*

Er machte sich auf den Weg zu Alan. Donna wollte ihn aufhalten, aber er beachtete sie nicht.

Alan telefonierte, als Melvin ins Büro trat. Er sah auf. »Ich melde mich nachher nochmal, Jeffrey.«

»Ich … Ich glaube, ich bin so weit«, sagte Melvin missmutig.

Alan schaute auf die Papiere vor ihm und machte eine Notiz. »Schön. Wofür?«

»Diese Frau … Mir fällt ihr Name nicht ein. Das Konzept, das du mir aufs Auge drücken wolltest.«

»Lorraine Gordon.«

»Genau die.«

»Wie kommt's?« Alan blickte auf.

»Ich … ich …« Er wanderte rastlos umher. »Es gibt ein paar Dinge, die ich ändern möchte. Allein schaffe ich das nicht.«

Hatte Alan bislang halbherzig zugehört, erreichte Melvin mit diesen Worten seine Aufmerksamkeit.

»Außerdem behauptest du immer, du seist total überlastet, sie könnte dir sicher einiges abnehmen«, schwächte er seine Aussage ab.

Alan runzelte die Stirn. »Was passt dir denn nicht?«

»Jess sagt, Melvin Caine und Melvin de Flame müssen eins werden.« Er setzte sich auf den Stuhl vor dem Schreibtisch und vermied es, seinen Partner anzusehen.

»Hast du jetzt auch noch eine narzisstische Krise?«

»Was für ‘ne Krise?« Seine Miene verdüsterte sich weiter.

»Es bedeutet, man ist mit sich nicht im Reinen«, vereinfachte Alan stark.

»Vielleicht ist es ja so ‘ne Krise und diese Frau kann mir helfen. Weißt du, de Flame ist wie eine Aufziehpuppe. Er lächelt immer …« Melvin erhob sich wieder und begann, im Büro umher zu tigern.

»Blödsinn! Ich erinnere mich an Konzerte, da gab es kein einziges Lächeln.«

»Das war was anderes. Jess meint, in dieser Phase versuchte ich, gegen de Flame zu rebellieren.«

»Meint Jess … Ist sie deine Geliebte oder deine Psychoanalytikerin?«

»Quatsch, aber sie ist nicht blind.«

»Und neuerdings für deine Meinung zuständig. Das gefällt mir nicht, Mel.«

»Aber sie hat recht. Sag selbst, was hat das ganze Theater noch mit mir zu tun. Ich stehe auf der Bühne und verkaufe mich. Für meine angeblich treuen und ergebenen Fans bin ich weiter nichts als ein Idol, das Musik von sich gibt. Das kannst du nicht ernsthaft bestreiten, Al! So habe ich mir das nicht vorgestellt.«

»Setz dich endlich hin, Mel. Du machst mich nervös mit deinem Gewandere. Nun komm schon, lass uns in Ruhe darüber sprechen.«

Widerstrebend ließ er sich in einen Sessel fallen. Auf dem Tischchen vor ihm stand ein Kristallaschenbecher, daneben lagen eine Schachtel Zigaretten und ein Feuerzeug. Melvin fingerte eine Zigarette aus der Packung und steckte sie an, obwohl er nur selten rauchte.

»Was erwartest du von einem Geschäft wie diesem? Ja, es ist hart und man könnte behaupten, es sei nur eine Form der Prostitution. Aber auf die eine oder andere Weise verkauft sich jeder. Trotz allem lieben sie dich und beten dich an. Dich oder de Flame. Aber was spielt das für eine Rolle? Du bist de Flame. Sie bezahlen viel Geld, um dich zu sehen, und das gibt ihnen das Recht zu sein, wie sie sind.«

Melvin inhalierte den Rauch und ließ ihn wieder entweichen. »Du begreifst nichts.«

»So, du denkst, ich hätte kein Herz«, brauste Alan unerwartet auf, »aber da irrst du dich.«

»Ich wollte dir nicht zu nahe treten, Al. Wir sollten auch nicht streiten.« Er drückte die Zigarette im Aschenbecher aus.

»Vielleicht bin ich einfach nicht der Richtige, um dein Problem zu verstehen.« Alan nahm einen Notizzettel zur Hand und notierte eine Telefonnummer. »Rede mit Lorraine Gordon. Es würde mich freuen, wenn sie dir helfen kann.« Er gab ihm den Zettel.

Melvin stand auf und kehrte in sein Büro zurück.

Im Vorbeigehen reichte ihm seine Sekretärin ein paar Telefonnotizen.

»Keine Anrufe«, sagte er, ehe er die Bürotür hinter sich schloss.

Er wusste, wenn er sein Vorhaben nicht sofort in die Tat umsetzen würde, könnte er sich nie dazu durchringen. Also wählte er die Nummer, die Alan ihm aufgeschrieben hatte und vereinbarte einen Termin mit Lorraine Gordon.

In Bezug auf die Unternehmensberaterin hatte Melvin ein exaktes Bild im Kopf. Sah sie als Durchschnittsfrau im mittleren Alter, unscheinbarer Typ mit Brille und ehrgeiziger als eine Horde Jurastudenten.

Bei ihrem ersten Aufeinandertreffen musste er diese Vorstellung komplett revidieren. Auf gar keinen Fall hatte er mit einer attraktiven Afroamerikanerin gerechnet. Obwohl er langes Haar bevorzugte, gab er zu, dass ihr der raspelkurze Haarschnitt hervorragend stand, vor allem in Kombination mit den auffälligen goldenen Kreolen. Sie trug ein schlichtes graues Kostüm, darunter ein Top, das ihre Oberweite gekonnt in Szene setzte. Ehrgeizig war sie, da hatte er sich nicht geirrt.

»Mr. de Flame, ich bin Lorraine Gordon, wir haben einen Termin.« Sie streckte ihm ihre feingliedrige Hand entgegen, deren Mittelfinger ein goldener Ring mit einer eingefassten Perle zierte.

»Freut mich, Sie kennenzulernen.« Er führte sie zur Sitzecke. »Bitte nehmen Sie Platz.«

»Sie haben meine Studie gelesen?«

»Nein.« Melvin setzte sich zu ihr, überlegte, ihr einen Kaffee anzubieten. Um das Gespräch nicht unnötig in die Länge zu ziehen, ließ er es sein.

»Nein?«

»Sie interessiert mich nicht.«

Lorraine Gordon überging die Antwort. »Verraten Sie mir, weshalb ich hier bin?«

»Ich brauche jemanden, der meine Karriere auf Kurs bringt.« Melvin war kurz angebunden, fühlte sich unbehaglich. »Sie sind Unternehmensberaterin?«

»Bin ich.«

»Und ich könnte ihr nächstes Unternehmen werden?«

»Das liegt bei Ihnen. Ich mag Herausforderungen.«

»Huh … Ich bin etwas überfordert.« Er kam sich wie ein Versuchskaninchen vor und bereute, sich darauf eingelassen zu haben.

»Mr. … Wie soll ich Sie nennen? Mr. de Flame oder Mr. Caine?«

»Melvin … Melvin reicht voll und ganz.«

»Ok, Melvin. Ich habe mir Ihren Werdegang näher angeschaut und glaube, dass Sie einfach zu schnell so groß rausgekommen sind. Da verliert man schon mal die Bodenhaftung.«

»Wenn Sie das sagen.« Er war skeptisch, konnte sich beim besten Willen nicht vorstellen, wie sie ihm helfen sollte.

»Was meinen Sie? Nur darauf kommt es an. Nehmen wir Stand heute, was möchten Sie ändern?«

»Ich bin nicht mehr der Mensch, den ich auf der Bühne darstelle.«

»Gut, ich werde mich mal einarbeiten und eine Analyse anfertigen, die wir gemeinsam auswerten. Anschließend suchen wir nach Wegen zu verändern, was Ihnen nicht zusagt.« Sie sah ihn fragend an.

Melvin nickte.

»Dazu benötige ich Konzertmitschnitte. Am besten alles, was Sie an Filmmaterial auftreiben können. Und wenn es ein Archiv über Printmedien gibt, her damit. Reservieren Sie mir einen Platz im Publikum, ich werde mir natürlich Ihre Konzerte ansehen. Live ist immer noch live.«

»Ich beauftrage meine Sekretärin, Ihnen die benötigten Dinge zur Verfügung zu stellen.« Seine Stimme klang resigniert. Diese Frau erdrückte ihn mit ihrer Energie.

Es kam schlimmer, als Melvin befürchtet hatte. Lorraine Gordon heftete sich wie ein Schatten an seine Fersen.

Er schätzte es nicht, dauernd unter Beobachtung zu stehen. Besonders hasste er, dass sie schonmal im Studio auftauchte. Mit jemandem, der jede seiner Regungen überwachte, gelang es ihm kaum, sich auf die Musik zu konzentrieren. Die Folge war, dass zwischen ihm und seiner ständigen Begleiterin eine kühle, wenn nicht gar frostige Atmosphäre herrschte.

Drei Wochen später beendete Lorraine Gordon ihre Arbeit und suchte Melvin abermals in seinem Büro auf, kaum dass er dort aufgetaucht war.

»So, hier ist meine Ausarbeitung.« Sie legte ihm ein viele Seiten umfassendes Papier auf den Schreibtisch und setzte sich ohne Aufforderung ihm gegenüber.

Melvin sah die Abhandlung unverwandt an.

»Wie lange brauchen Sie, um das durchzuarbeiten?«

Er zuckte mit den Schultern. »Eine Woche?«

»Schön. Treffen wir uns dann und sprechen alles Weitere durch.«

»Meinetwegen.«

Wieder allein ließ Melvin die Ausarbeitung in der untersten Schublade seines Schreibtisches verschwinden. Drei Tage vergingen, bis er sich zwang, sie von dort zu erlösen und mit nach Hause zu nehmen, wo sie im heimischen Arbeitszimmer das gleiche Schicksal ereilte. Weitere zwei Tage verstrichen, bevor er Jessica die Studie in die Hand drückte.

Jessica konnte gar nicht aufhören zu lesen, war fasziniert. Am nächsten Tag schwärmte sie ihm von Lorraine und ihrer Niederschrift vor. »Wie sie alles analysiert hat, ist beeindruckend. Wie ist sie so?«

»Selbstbewusst. Schlimmer, sie hat was Dominantes. Warum begleitest du mich nicht? Dann lernst du sie kennen.« Er lehnte sich zu ihr hinüber. »Ich brauche dich an meiner Seite, Jess.«

Sie sah schuldbewusst zu Boden, wie stets, wenn Melvin ihren wunden Punkt traf. »Du weißt, dass ich diesen Starrummel nicht ausstehen kann. Ständig wimmelt es um dich herum von Menschen und die Reporter …« In solchen Momenten wurde ihr bewusst, wie falsch es war, sich auf diese Beziehung einzulassen. *Wie lange kann ich Vins Bitten zurückzuweisen? Verliert er zuerst die Geduld mit mir? Oder gebe ich aller Vernunft zum Trotz meinen Widerstand auf? Oder werde ich …*

»Jess, ich wäre immer bei dir.«

Die Zärtlichkeit in seiner Stimme blieb nicht ohne Wirkung und ließ sie für einen Augenblick schwanken. Doch all seine Liebe besiegte die Dämonen der Vergangenheit nicht.

»Ich kann nicht.« Im Geiste sah sie den Kopf ihres Bruders, seine Augen, die trübe vor sich hinstarrten.

»Schade.« Melvins Stimme holte Jessica in die Gegenwart zurück.

Sie räusperte sich. »Ich liebe deine Musik …« Ihr war klar, dass ihm das nicht genügte. »Vater hat immer gesagt, wir müssen so leben, dass wir keine Aufmerksamkeit erregen. Man könnte ihn sonst für korrupt oder uns für kriminell halten.« *Wie lange schluckt er diesen Schwachsinn noch?*

»Ach, Jess, was hat das damit zu tun?«

»Nichts.« Aber ihr fiel keine bessere Lüge ein.

»Schon gut, Jess. Es ist nicht weiter schlimm.« Melvin sprach beruhigend auf sie ein, doch Jessica ahnte, dass er stärker unter ihrer Verweigerung litt, als er ihr gegenüber eingestand.

»Was sagen Sie zu meinen Ausführungen?«, fragte Lorraine Gordon am nächsten Morgen. Die Studie lag zwischen ihnen auf dem Tisch.

»Um ehrlich zu sein, Ms. Gordon, ich hatte keine Zeit, sie zu lesen.«

»So?« Sie sah ihn mit kalten Augen an. »Wissen Sie, Mr. de Flame, ich fand die Idee reizend, mal einen neuen Weg einzuschlagen. Andererseits wundert es mich nicht. Ich habe genug von Ihnen gesehen. Hätte mir denken müssen, dass sich ein Typ mit Ihrem Ego nie darauf einlässt, dass ich ihm sage, wo es langgeht.«

»Fertig?«

»Sieht so aus, als wären wir beide fertig miteinander. Sie haben mir klar gezeigt, dass Sie nicht vorhaben, ernsthaft mit mir zu arbeiten.«

Melvin lehnte sich im Sessel zurück. »Tut mir leid.« Er machte eine fahrige Handbewegung.

»Mir auch. Auf dieser Basis erscheint eine Zusammenarbeit zwecklos. Ein Teil von mir zweifelte eh, ob ich es mir antun sollte, einen exaltierten Rockstar zu meinem neuen Projekt zu machen.«

»Exaltierter Rockstar? Echt jetzt?«

Ein kaum wahrnehmbares Lächeln umspielte ihren Mund.

»Geben Sie mir noch eine Chance.« Melvins Stimme klang versöhnlich. So sehr ihm das alles widerstrebte, er wollte sich für Jessica darauf einlassen.

»Wenn Sie nicht mal willens sind, eine Studie zu lesen, werden Sie zu anderen Dingen noch viel weniger bereit sein.« Lorraine Gordon ließ die Abhandlung in ihrer Tasche verschwinden. Nach einem Blick auf Melvin erhob sie sich und wollte das Büro verlassen.

Mit drei Schritten war er bei ihr und hielt sie am Arm fest.

Ruckartig wandte sie sich um und blickte ihn eisig an.

»Kommen Sie schon, geben Sie mir noch eine Chance.« Er lächelte gewinnend.

Ihr Gesichtsausdruck entspannte sich erst, als er ihren Arm freigab. »Wie stellen Sie sich das vor?«

»Erklären Sie, was Sie mit mir vorhaben und ich sage Ihnen, ob das meine Vorstellungen trifft.«

Sie gingen zum Schreibtisch zurück und setzten sich wieder.

»Gut, probieren wir es. Eins möchte ich gleich klarstellen, ich erwarte, dass Sie offen zu mir sind und mitarbeiten, sonst steige ich aus.«

»Ich schwöre«, antwortete er dramatisch.

»Gut, machen wir einen Test. Was hat es mit Ihren letzten Alben auf sich? In den Konzerten, die ich gesehen habe, war von diesem Trend nur noch ansatzweise etwas zu erkennen.«

»Eine vorübergehende Phase. Ich wollte was Neues ausprobieren.« Er verspürte wenig Lust zu näheren Erklärungen.

»Verstehe.« Sie runzelte die Stirn. »Darf ich rauchen?«, fragte sie, statt weiter darauf einzugehen.

»Dass Sie ein Laster haben …« Melvin stand auf, holte einen Aschenbecher aus dem Wandschrank und stellte ihn vor ihr auf den Tisch.

Lorraine entnahm ihrer Handtasche ein Zigarettenetui und steckte sich eine Zigarette an. »Wenn ich Sie bei unserem ersten Gespräch richtig verstanden habe, geht es darum, Ihrer Karriere die Starre zu nehmen.«

»Kann man so sagen.«

»Gut, ich schlage vor, zu allererst Ihre Bühnengarderobe zu erweitern. Etwas weniger Bling-Bling, dafür mehr Style. Ich kenne einige exklusive Läden an der Madison Avenue, in denen wir was Passendes finden dürften. Wenn das nicht nach Ihrem Geschmack ist, lassen wir speziell anfertigen.« Sie zog an ihrer Zigarette und inhalierte tief.

Bevor Melvin etwas anmerken konnte, sprach sie weiter. »Außerdem bin ich der Meinung, dass Sie sich bisher zu stark auf die Musik konzentriert haben.«

»Ich bin Musiker, Ms. Gordon. Ist Ihnen das entgangen?« Er schenkte ihr ein mitleidiges Lächeln.

»Regel Nummer eins, lassen Sie mich ausreden!« Sie zog noch einmal an der Zigarette und drückte sie dann im Aschenbecher aus.

»Regel Nummer eins ist: Ich bin der Boss und falls ich es für richtig empfinde, akzeptiere ich Ihre Regel als zweite«, zischte Melvin.

»Gut, gut. Ich hätte Ihnen nur gern erklärt, was ich meine, bevor Sie sich dazu äußern.«

»Dann tun Sie das.«

»Die Konzerte an sich sind in Ordnung.«

»In Ordnung?« Er war für einen Moment sprachlos.

»Was ist das mit Ihnen und den Fans?« Sie erwartete eine Erklärung.

»Sagen Sie es mir.«

»Okay … Am Anfang waren Sie mit Ihren Fans so.« Lorraine hob ihre Hand und legte den Mittelfinger über den Zeigefinger. »Da gingen Sie so weit, dass man das Gefühl hatte, sie würden jede Frau im Saal persönlich kennen.«

Melvin grinste schelmisch.

»Dann kam der Bruch. Ich bin nicht sicher, wen Sie damals mehr gehasst haben, ihre Fans oder sich selbst. Was ist da passiert?«

»Es ging mir nicht gut. Der ganze Starrummel fiel mir auf die Nerven. Sie meinen doch sowieso nicht mich.«

»Wen dann Ihrer Meinung nach?«

»Melvin de Flame.«

»Ihre Bühnenidentität?«

Er versuchte, es ihr zu erklären.

Daraufhin regte Lorraine eine größere Medienpräsenz an, vor allem TV-Auftritte, die seinen Fans ermöglichten, ihn als Menschen besser kennenzulernen.

So sehr sich alles in Melvin dagegen sträubte, er erkannte an, dass ihre Ideen plausibel klangen. Sich darauf einzulassen, wurde dadurch nicht leichter.

»Sie sollten mehr von Ihrem Privatleben preisgeben, um für Ihr Publikum greifbarer zu werden. Es gibt so viele Gerüchte.«

»Gerüchte wird es immer geben.«

»Schon, aber in Ihrem Fall sind es ein paar zu viel. Da hört man von ausschweifenden Orgien in einem Underground Club. Was ist das für ein Laden?«

»Nichts für 'ne Lady.«

»Drogen wäre ein weiteres Stichwort.«

»Vorüber.«

»Wie steht es mit Frauen? Die darüber kursierenden Gerüchte lassen kaum Rückschlüsse auf die Realität zu. Gibt es jemanden in Ihrem Leben? Ich frage nicht aus Neugierde.«

»Ja.«

»Wenn sie einigermaßen repräsentativ ist, verbergen Sie sie nicht. Sie sollte bei Ihren Konzerten und wenigstens bei einigen Talk-Shows und Pressekonferenzen dabei sein.«

Nun wollte auch Lorraine Gordon, dass Jessica an seinem öffentlichen Leben teilnahm. Als er am späten Abend zu ihrer Wohnung fuhr, überlegte er, ob er das Thema zum x-ten Mal ansprechen sollte. Viel Lust hatte er nicht, da er all ihre Ausflüchte bereits kannte.

Das Haus war verschlossen und mit dem Wohnungsschlüssel, den er besaß, ließ sich die Eingangstür nicht öffnen. Melvin klingelte beim Portier. Sein Blick fiel auf die Überwachungskamera und er winkte kurz zu ihr hinauf.

Die Haustür öffnete sich. Damit war klar, dass Fred Nachtschicht hatte. Sein Kollege, ein überdurchschnittlich diensteifriger Mann, hätte ihm vor dem Einlass einige Fragen gestellt und sich zur Sicherheit bei Jessica erkundigt. Bis heute verstand Melvin nicht, weshalb sie darauf bestand, in diesem Haus zu wohnen, das einem Hochsicherheitstrakt ähnelte.

Auf ihrer Etage angekommen, holte er seinen Schlüssel aus der Tasche. Falls Jessica schlief, wollte er sie nicht aufwecken.

Melvin betrat die Wohnung. Es fiel ausreichend Licht durch die Fensterfront, um sich zu orientieren. Er schaltete keine zusätzliche Lampe ein. Ohne zu zögern, ging er in Richtung Schlafzimmer. Behutsam drückte er die Klinke hinunter. Er hörte ein Geräusch in der Dunkelheit. Da er nun annahm, Jessica sei wach, betätigte er den Schalter für das Deckenlicht.

Er wich zurück.

»Du?«

»Wen hattest du erwartet?« Melvin sog geräuschvoll Luft ein.

Sie ließ die Beretta sinken.

Sein Herz pumpte so heftig, dass er jeden Schlag spürte.

»Ich habe Schritte gehört. Woher sollte ich wissen, dass du noch kommst?« Jessica legte die Waffe in die Schublade ihres Nachtschrankes zurück.

»Wozu brauchst du 'ne Pistole? Das Haus ist bewacht wie Fort Knox.« Melvin blieb in der Tür stehen.

»Ich bin eben ängstlich.«

»Du könntest jemanden erschießen.«

»Sie war gesichert.« Jessica stand auf und schlüpfte in einen Morgenmantel.

Geraume Zeit verging, bis sich Melvin so weit beruhigt hatte, dass er mit ihr über Lorraines Vorschläge sprechen konnte. Dabei registrierte er, wie angetan Jessica von ihnen war.

»Mach, was sie sagt.« Sie lehnte sich an seine Schulter.

»Weißt du, was sie wissen wollte?«

»Woher?«

»Ob ich eine feste Beziehung mit einer … Wie drückte sie sich gleich aus? Ah ja, mit einer repräsentativen Frau habe.«

»Und was hast du geantwortet?« Jessica drehte sich so, dass sie sein Gesicht sehen konnte.

»Natürlich, habe ich gesagt und sie meinte, es wäre angebracht, dass du mich bei Konzerten, Talk-Shows und solchen Dingen begleitest.«

»Wie hast du darauf reagiert?« Jessica duckte sich leicht. Ihre Haltung erinnerte an ein Raubtier kurz vor dem Sprung auf die Beute.

»Noch gar nicht.«

Jessica schien zu überlegen, sagte dann dickköpfig: »Soll sie dich doch begleiten.«

Zwei Tage später trafen Lorraine und Melvin erneut zusammen. Sie kam abermals auf die weibliche Begleitung zu sprechen, woraufhin er ihr wortwörtlich Jessicas Meinung übermittelte.

»Okay, dann schließe ich mich Ihnen als persönliche PR-Managerin an.«

Für einen Moment fehlten Melvin die Worte. »Sie wollen meine PR-Managerin sein?«

»Sorry, falls ich Sie damit überrumpelt habe. Für eine gewisse Zeit wäre das sicher angebracht. Und sofern ich dabei bin, sparen wir die Nacharbeiten. Vielleicht entschließt sich Ihre Freundin später zum Mitmachen, wenn sie sieht, wie es praktisch abläuft.«

Melvin konnte sich schwer vorstellen, Lorraine ständig um sich zu haben. Je länger er darüber nachdachte, desto weniger gefiel ihm die Idee.

»Sie befürchten, ich sei zu eigensinnig und da auch Sie ein Dickkopf sind, glauben Sie, wir könnten uns zerfleischen.« Lorraine lächelte verstehend.

»Das könnte zum Problem werden. Denken Sie daran, ich bin ein exaltierter Rockstar.«

»Das haben Sie nicht vergessen.«

»Nope.«

»Wir müssten auf jeden Fall meine Kompetenzen festlegen.«

»Was sollte zu Ihren Aufgaben gehören? Sie haben sicher mehr Erfahrung und ich hatte noch nie eine PR-Managerin. Bis jetzt hat Brolin alles erledigt.«

Nach dem Gespräch, an dessen Ende sie übereinkamen, es miteinander zu versuchen, sprach Melvin mit Alan darüber.

Er begrüßte Melvins Entscheidung, auch weil er sich von diesem Arrangement eine deutliche Arbeitserleichterung versprach. Zur Feier des Tages goss er einen Drink ein und sah Melvin zufrieden an. »Du wirkst so nachdenklich. Wie geht es Jessica?«

»Gut.«

»Versteht ihr euch?«

»Warum fragst du?«

»Du hast so seltsame Grübelfalten auf der Stirn und weshalb enthältst du uns deine Liebste vor?«

»Ich? Ach, Al, wenn's nach mir ginge …«

»Stimmt irgendetwas nicht?«

»Aber was?«

»Du glaubst es also auch?!« Alan füllte abermals ihre Gläser.

»Nein. Oder doch? Keine Ahnung. Aber dass ich gestern ins Schlafzimmer kam und in die Mündung einer Pistole geschaut habe, war krass.« Melvins Lachen klang unecht. Dieses Vorkommnis beschäftigte ihn so sehr, dass er mit jemandem darüber sprechen musste.

»Meinst du, sie wollte dich erschießen?«

»Blödsinn. Sie dachte, ich sei ein Einbrecher.« Er lächelte noch gezwungener.

»Hast du eine Pistole am Bett?«

»Nein.«

»Siehst du.«

»Was?«

»Etwas Entscheidendes ist faul, wenn eine Frau eine geladene Waffe griffbereit hat.«

»Sie ist sehr ängstlich.«

»Meinst du?«

Melvin seufzte. Er wusste nicht, wie er damit umgehen sollte. Da er Jessica gut genug kannte, um zu wissen, dass sie nicht mit ihm darüber reden würde, verdrängte er den Zwischenfall bestmöglich.

6

Wenige Tage später zog Lorraine mit einem Karton, der ihre persönlichen Siebensachen und Unterlagen enthielt, in ihr eigenes Büro auf der Chefetage der Fabulous Music Hall.

Kam Melvin morgens ins Haus, dauerte es nicht lange, bis sie ihn aufsuchte, um die anstehenden Termine durchzusprechen. Nicht nur seine Auftritte planten sie gemeinsam, sondern auch Tourneen und die Aufmachung seines neuesten Albums.

Er lernte, Lorraines Arbeit zu schätzen, blieb allerdings skeptisch. Für seinen Geschmack war sie zu übergriffig. Vor allem mit ihrem bisweilen autoritären Auftreten hatte er zu kämpfen, da er gewohnt war zu bestimmen, wo es langging. Ihre stete Präsenz nervte ihn.

Es folgten Wochen des gegenseitigen Abtastens. Zeitweilig kam es zu heftigen Machtkämpfen, bei denen sie sich so laut anschrien, dass es sogar noch auf dem Flur zu hören war. Alle atmeten auf, als die Streitereien abebbten, weil sie an einen Punkt gelangten, an dem sie zu wissen glaubten, welche Grenzen der andere hatte. Ungeschriebene Regeln vereinfachten ab da die Zusammenarbeit.

Gewöhnlich ließ Melvin am Abend Lorraine zuerst mit dem Wagen abholen, fuhr dann mit ihr zusammen zur Music Hall. Während er sein Programm auf der Bühne darbot, saß sie mitten im Saal und beobachtete sowohl seine Performance als auch die Reaktionen des Publikums. Sie stand neben ihm, bedrängten ihn Fans wegen Autogrammen, wich nicht von seiner Seite, leuchteten ihnen die grellen Blitze der Fotografen entgegen.

Bei Talk-Shows erschienen sie nur gemeinsam. Lorraine gab gut formulierte und aufschlussreiche Statements auf an sie gerichtete Fragen, hielt sich sonst im Hintergrund. Anders bei den Pressekonferenzen. Hier nahm sie ihre Aufgabe als PR-Managerin ernst und stand Rede und Antwort, während sich Melvin nur äußerte, betraf es ihn persönlich.

Nach einigen Wochen Zusammenarbeit organisierte Lorraine eine Promotion-Tour durch verschiedene Städte der USA, auf der sie ihn logischerweise begleitete. Zum Abschluss stellten sie sich in Chicago der Presse.

»Sind Sie mit der Tournee und ihrem Verlauf zufrieden?«, fragte ein Reporter aus der zweiten Reihe.

»Diese Tour war vor allem gedacht, Fans außerhalb New Yorks die Gelegenheit zu geben, ihren Melvin de Flame live zu erleben und näher kennenzulernen. Uns schien, das sei durch Auftritte in möglichst vielen Shows besser zu verwirklichen als durch abendfüllende Konzerte.« Lorraine schaute lächelnd zu Melvin.

»Ja«, sagte er. »Ich bin in den Tagen dieser kurzen Tour vor mehr Menschen aufgetreten, als auf jeder Tournee zuvor. Noch nie habe ich so viele Fans persönlich getroffen.«

»Es gab auch andere Zeiten. Mr. de Flame, liegt Ihr neu gewonnener Optimismus darin begründet, dass Sie in Ihrer PR-Managerin weitaus mehr gefunden haben als eine Geschäftspartnerin?«

Lorraine wollte antworten, doch Melvin legte seine Hand auf ihren Arm und bedeutete ihr damit, zu schweigen. Sofort blitzten Kameras.

»Wenn man so häufig in der Öffentlichkeit steht wie wir zwei, ist es nicht verwunderlich, dass Gerüchte aufkommen. Ich kann Ihnen versichern, meine Damen und Herren, dass die Beziehung zwischen Lorraine und mir rein geschäftlich ist.«

»Man behauptet, in Gerüchten liegt im Allgemeinen ein Funken Wahrheit. Gibt es diesen auch hier?«

»Glauben Sie, was Sie wollen«, sagte Melvin.

Ein Raunen ging durch die Menge.

Einerlei, was der Buschfunk besagte, er liebte Jessica. An Lorraine hatte er sich zwar gewöhnt, mehr aber nicht. Selbst wenn er Single gewesen wäre, die PR-Managerin war nicht sein Typ. Er duldete keine ehrgeizige Frau mit Haaren auf den Zähnen neben sich. Daher lag es außerhalb seiner Vorstellungskraft, je etwas mit ihr anzufangen, egal unter welchen Umständen. Dass sie sich vor aller Welt bisweilen handzahm präsentierte, erstaunte ihn und er fragte sich immer, ob das Show war oder es diese weiche Seite tatsächlich gab.

Melvin bat Jessica nicht wieder, ihn bei öffentlichen Auftritten zu begleiten. Lorraine füllte die Lücke, die sie zu schließen, nicht bereit war. Selbst Partys besuchte er mit seiner PR-Managerin. Wenn sie miteinander tanzten oder mit einem Drink in der Hand über ihre Arbeit und Pläne für die Zukunft diskutierten, vermisste er kaum etwas.

In den Augen der Menschen gehörten sie zusammen, waren ein Traumpaar für seine Fans. Gelegentlich ließen sie sich davon anstecken und doch spielten sie eine Rolle, die sie allerdings im Laufe der Zeit immer vollkommener ausfüllten.

Erloschen die Lichter, fuhr Melvin entweder heim oder zu Jessica, seiner sicheren Bucht, in der er nach dem Sturm vor Anker ging. Welche Kämpfe sie in ihrem Innern ausfocht, bemerkte er nicht. Auch blieb ihm kaum Zeit, über den Schleier des Rätselhaften nachzudenken, der sie umgab. Wahrscheinlich wollte er nicht wahrhaben, dass mit ihr ›etwas nicht stimmte‹, wie Alan sich auszudrücken pflegte. Im letzten Moment hatte Melvin verhindern können, dass sein Partner alle Hebel in Bewegung setzte, um mit Hilfe eines privaten Ermittlungsbüros Licht in das Mysterium zu bringen.

Jessica verbrachte die Abende zu Hause. Einsam hoffte sie, Melvin würde vorbeikommen. Nicht selten wartete sie vergebens. Es wäre gelogen, hätte sie behauptet, nicht eifersüchtig zu sein. Lorraine war mit Vin zusammen, wenn sie an seine Seite gehörte. Dass die Boulevardblätter über das vermeintliche Liebespaar spekulierten, ließ ihr Herz schwer werden. Sie gab ihm keine Schuld daran, war sich bewusst, dass sie selbst diese Situation heraufbeschworen hatte.

Jessica hielt eine Zeitschrift in den Händen, konnte sich aber nicht auf den Artikel konzentrieren. Melvin gab an diesem Abend ein Konzert und sie wünschte sich, dass er danach zu ihr kommen würde. Dabei versuchte sie, Ihre Hoffnung nicht zu hoch zu schrauben, um nicht zu enttäuscht zu sein, wenn er müde direkt zum Penthouse fuhr.

In dieser Nacht hatte sie Glück. Er war sogar früh dran, hatte sich nicht mal umgezogen, trug eines seiner neuen Bühnenoutfits bestehend aus hautenger schwarzer Lederhose und einem weißen Blazer mit schwarz abgesetzten Revers. Die aufgenähten Pailletten schimmerten im hellen Wohnzimmerlicht silbern.

Jessica sprang vor Freude auf und fiel ihm stürmisch um den Hals. Sie roch das neue Parfum von Dali, das er gekauft hatte, als er mit Lorraine shoppen war, um seine Bühnengarderobe zu erweitern. Der würzig-animalische Geruch raubte ihr die Sinne. Es versetzte ihr einen Stich, dass nicht sie mit Melvin zusammen diesen Duft ausgesucht hatte, der so perfekt zu ihm passte.

Sie küssten sich. Er zog die Jacke aus und machte es sich auf dem Sofa bequem. Sie lehnte sich an seinen nackten Oberkörper, schmiegte die Wange an seine Brust. So hätte es immer sein können für Jessica. Er umfing sie mit den Armen und sang sanft ›For You‹. Ihr Lied. Jessicas Herzschlag beschleunigte sich. Sie liebte seine samtige Stimme und wenn sie erklang, während sie sich an ihn kuschelte, existierte keine Welt außerhalb dieser Wohnung. Sie fühlte sich geborgen und geliebt … und sicher.

Im Frühjahr 1988 trat ein angesehener Zeitungsverleger an das Management der Fabulous Firmen heran und unterbreitete ein Angebot für die Übernahme der Zeitschrift ›All for Fans‹.

Alan und Melvin wogen Für und Wider eines Verkaufs ab. Am Ende entschlossen sie sich dafür. Bei Alan gab das Finanzielle den Ausschlag, wohingegen Melvin einen endgültigen Cut zu Nancy Huston anstrebte, die noch immer als Chefredakteurin des Magazins tätig war.

Den Erlös des lukrativen Geschäftes verwendeten sie zum weiteren Ausbau ihres Independent-Labels ›Fabulous Records‹.

Brian Dunn gewann dreimal hintereinander die Open-Mic-Night der Music Hall. Als er bei den darauffolgenden Gigs am Samstagabend das Publikum begeisterte, wurde er fester Bestandteil des Teams.

Im Mai 1988 reiste Melvin zu einer dreiwöchigen Europatournee. Brian nahm er für sein Vorprogramm mit und Lorraine begleitete die beiden. Highlights der Tournee waren Auftritte in Londons Rock Garden, der Berliner Waldbühne und der Stadthalle in Wien. Zum Abschluss stand das Hallenstadion in Zürich auf dem Programm.

Bei ihrer Rückkehr am frühen Abend hießen Vertreter der Presse und zahlreiche Fans die Musiker auf dem JFK-Flughafen willkommen. Brian stieg zuerst aus der Maschine. Lorraine und Melvin folgten ihm.

Auf dem Weg zur Limousine beantworteten sie in kurzen Worten Fragen der Journalisten, die ihren Weg säumten. Lorraine nahm Blumensträuße von Fans entgegen. Melvin schüttelte ein paar Hände.

Alan hatte den Chauffeur der Music Hall zum Flughafen geschickt. Als er die drei kommen sah, öffnete er die Tür zum Fond des Wagens. »Hatten Sie einen angenehmen Flug?«

»Ja, danke«, erwiderte Brian. Die beiden anderen nickten nur.

»Fahren Sie mich zuerst zur Wohnung von Ms. Ryan.« Melvin setzte sich auf den Beifahrersitz.

»Selbstverständlich, Mr. de Flame.« Die Limousine fuhr an, ehe sie Reporter und Schaulustige umstellten.

Jessica erwartete Melvin.

»Alles ok bei dir? Wie war dein Flug?«, fragte sie.

»So weit gut, aber viel zu lang. Ich bin froh, dich zu sehen.« Er stellte seinen Koffer ab und umarmte Jessica.

Sie trug nur einen Morgenmantel. Behutsam dirigierte er sie in Richtung Schlafzimmer. »Du hast mir gefehlt in den Nächten im Hotel.«

Es gelang ihr nicht, sich dagegen zu wehren, obwohl sie ihr Wiedersehen so nicht geplant hatte. Melvins körperliche Nähe und sein würziger Geruch nach ›Dali‹ genügten, um sie in ihrem Vorhaben schwankend werden zu lassen. Der bis eben starke Verstand zog sich in die hinterste Ecke zurück.

Sie genoss die Umarmungen viel zu sehr. Die Wärme seiner Haut fand den Weg in ihr Inneres und ließ es dort wohlig werden. Melvin knabberte an ihrem Ohrläppchen und murmelte sündige Worte.

Tu das nicht, Vin, hätte der Verstand in Jessica am liebsten gerufen. Ihr Mund schwieg. Das Herz wollte nicht, dass er aufhörte.

Er löste den Gürtel ihres Morgenmantels und streifte ihn ab. Sie stand in einem kurzen, weinroten Negligé vor ihm. Melvin streichelte ihre Schultern, fasste die Spaghettiträger und führte sie zu den Armen, bis das seidige Etwas zu Boden fiel.

»Du bist wunderschön«, hauchte er und seine Hände liebkosten ihren Körper.

Ich darf das nicht zulassen. Aber auch sie war nur eine Frau mit Bedürfnissen, spürte seine Haut und zeichnete mit ihren Fingern die Muskeln nach. Erst am Arm. Dann auf der Brust. Es war unmöglich für sie, sich zurückzuziehen. Angeturnt küsste sie ihn, seinen Mund, seinen Hals. Ihre Zunge spielte mit seinen Brustwarzen. Dass er aufstöhnte, machte sie noch heißer. Er öffnete seine Hose und Jessica half dabei, sie abzustreifen.

Melvin nahm sie auf den Arm und legte sie sanft aufs Bett. Seine Hand fuhr über ihre zarte Haut, während er sie küsste. Sie schob ihm ihren Unterkörper entgegen. *Nicht heute.* Eins wollte sie mit ihm sein. Seinen Duft inhalieren. Ihn fühlen. Sich verlieren. Schließlich würde es das letzte Mal sein.

Als die Sonne den neuen Tag begrüßte, schliefen sie aneinander gekuschelt. Jessica erwachte als erste. Normalerweise gefiel es ihr, den Sonnenaufgang zwischen den Wolkenkratzern zu beobachten, da er sie an zu Hause erinnerte. Sie liebte diese Erinnerungen, selbst wenn sie wehmütig waren wie schwerer süßer Wein. An diesem Morgen würdigte sie die Dämmerung keines Blickes. Auch so fühlte sie mehr Schwermut, als sie verkraften konnte. Sie beobachtete Melvin, der friedlich schlief, fragte sich, wie sie es ohne ihn aushalten sollte. »Vin …« Sie küsste zärtlich seine Lippen.

Er brauchte einen Augenblick, dann trat ein Lächeln auf sein Gesicht.

Jessica setzte sich auf und lehnte ihren Oberkörper an die Rückwand des Bettes. »Vin …«

»Ja, Liebes.« Er sah zu ihr auf.

»Es ist sicherlich schlechtes Timing, aber ich muss mit dir reden. Jetzt.«

Statt einer Erwiderung richtete sich Melvin auf und küsste sie sanft.

»Vin …«

»Ok, ok … Reden.«

»Ich will, dass wir uns trennen.« Jessica wandte den Blick zur Seite, um Melvins Reaktion nicht sehen zu müssen.

»Jess, ich habe anstrengende Tage hinter mir. Das ist nicht lustig.«

»Mit Humor hat das nichts zu tun.« Jetzt schaute sie doch zu ihm hinüber. Er sah erschöpft aus. »Ich hatte drei Wochen Zeit, um über uns nachzudenken. Wir passen nicht zusammen, sind zu unterschiedlich.«

»Du meinst es ernst.« Er klang verblüfft.

»Ja.«

Melvin stieß einen Seufzer aus. »Ich verstehe nicht …« Er studierte ihr Gesicht. »Glaubst du etwa, was über Lorraine und mich in den Zeitungen steht? Diese Schmierenreporter brauchen ständig was, worüber sie herziehen können. Jessica, ich dachte, du wirst damit fertig.« Er berührte ihren Arm. »Zwischen Lorraine und mir ist nichts, war nie was und wird niemals was sein.«

»Wenn du mit ihr schlafen würdest … Einen Mann wie dich hat man nicht für sich allein.« *Was rede ich da?* So sollte dieses Gespräch nicht laufen.

»Wovon sprichst du, Jess?«

Sie sträubte sich, als er versuchte, sie an sich heranzuziehen.

»Solange wir zusammen sind, gab es keine andere für mich.«

»Ich glaube dir ja. Eigentlich geht es nicht um Eifersucht.« *Warum sage ich nicht, was passiert ist? Ich kann nicht.* Jessica kämpfte gegen die Versuchung, es doch zu tun. Sie ließ sich von Melvin in die Arme schließen. *Es ist falsch, seine Nähe zuzulassen.* Die Sehnsucht war stärker. Verzweifelt suchte sie nach Worten, die erklärten, ohne zu viel preiszugeben.

Aber was war denn geschehen? Als sie vor einer Woche von der Arbeit kam, hatte sie einen schwarzen Ford Bronco mit texanischem Kennzeichen gesehen, der gegenüber von ihrem Apartmenthaus parkte. Stundenlang hatte er dort gestanden und sie hätte schwören können, dass ein Latino hinter dem Steuer saß. Selbst als sie ins Bett ging, stand er noch da. Natürlich hatte sie nicht schlafen können. In regelmäßigen Abständen schaute sie aus dem Fenster. Als sie kurz nach drei Uhr morgens hinuntersah, war der Bronco verschwunden.

Er hinterließ Panik. Am liebsten hätte sie ihrem Fluchtinstinkt sofort nachgegeben. Ohne Abschied konnte sie nicht gehen.

Womöglich ist es harmlos und hat nichts mit mir zu tun. Vielleicht aber auch nicht. Jessica wusste nicht mit Bestimmtheit, ob reale Gefahr drohte oder sie an Verfolgungswahn litt. Sie überlegte, Henry anzurufen. Konnte sich nicht dazu entschließen. Nicht nur, dass sie sämtliche Regeln gebrochen hatte und er mit Sicherheit stinksauer auf sie war. Ihn auf den Plan zu rufen, hätte etwas Endgültiges.

Wie soll ich Vin das erzählen? Halbwahrheiten, die er nicht verstehen kann? Und wenn ich ihm alles beichte? »Ich kann nicht so leben wie du.«

Sie sah, dass er mit sich kämpfte, spürte, wie es in ihm arbeitete und er versuchte, sich irgendeinen Reim auf ihr Verhalten zu machen.

Jessica zog die Knie an und legte die Arme um die Beine. Melvin sollte nicht sehen, wie das Beben in ihrem Innern langsam nach draußen drang. Sie bereute die letzte Nacht.

»Jess, was ist passiert? Sprich mit mir!« Seine Worte zerschnitten das Schweigen.

»Ich kann nicht«, schluchzte sie.

»Jessica, ich liebe dich. Du weißt, dass ich das keiner anderen gesagt habe. Du bist die Einzige. Lass sie reden und spekulieren. Solange wir uns vertrauen, können sie uns nichts anhaben.«

Sie spürte seine Verzweiflung.

»Ohne dich … Ohne dich …«

Als sie sah, dass sich Tränen in Melvins Augen sammelten, verkrampfte sich ihr Herz. Sie griff nach seiner Hand. Seine Körperwärme durchströmte sie erneut. »Du brauchst eine starke Frau an der Seite.« *Und ich einen sicheren Ort.* Jessica senkte den Blick. »Jemanden wie Lorraine. Deine Fans haben recht, wenn sie in euch ein Traumpaar sehen.« Hätte sie ihn angesehen, wären diese Worte nicht über ihre Lippen gekommen.

»Sie kennen dich nicht.« Seine Stimme klang zärtlich.

Hätte ich ihn nur nie getroffen. Dann würde es jetzt nicht so weh tun. »Du musst dich schrecklich einsam fühlen auf den Tourneen.« Sie gab seine Hand frei. »Ich werde nie bei dir sein, wenn du mich brauchst. Zu schade, dass du der berühmte Melvin de Flame bist und ich die menschenscheue Jessica.« Ihre Worte sollten es ihm erleichtern.

»Ich liebe dich, wie du bist.«

»Wenn du nur der geblieben wärest, den ich in dieser Kneipe kennengelernt habe. Wir könnten überall hingehen und keiner würde uns beachten.«

»Ach, Jess.« Melvin kuschelte sich an sie. »Du wünschst dir, mit mir um die Häuser zu ziehen, unter der Bedingung, dass uns niemand erkennt?«

»Wir müssten am Nordpol leben, damit das funktioniert. Gib dir keine Mühe, Vin.« Zärtlich streichelten ihre Finger über seinen Arm.

»Ich finde einen Weg.«

Sie schüttelte den Kopf.

»Verlass mich nicht, Jess. Wenn es sein muss, kauf ich uns ein Iglu am Nordpol. Ehrlich, ich rühre nie wieder eine Gitarre an.«

Sie blickte zur Zimmerdecke und atmete tief durch. »Du würdest das für mich tun?« Sie schaute ihn an. Zweifelte, dass er es ernst meinte. Würde das niemals von ihm verlangen.

»Für uns. Ein Wort von dir und ich rede mit Al und wir lassen alles hinter uns.«

»Nein, Vin. Wie könnte ich glücklich werden, wenn du es nicht bist?« Sie seufzte. »Du lässt mir keine Chance.«

Melvin schloss die Arme um sie. »Wir machen ein paar Wochen Urlaub. Nur du und ich. Irgendwo, wo man mich nicht kennt. Ich schwöre, alles so zu organisieren, dass niemand mitbekommt, wo wir uns aufhalten.«

Jessica lehnte ihren Kopf an seine Brust und fühlte sich auf eine Art befreit. Die Sonne stand hoch am Himmel und ihre Strahlen reichten bis zum Bett. Sie hielten sich in den Armen und hingen ihren Gedanken nach. Die Stille gab beiden Gelegenheit zu realisieren, dass es nicht vorbei war.

»Wie war es in Deutschland? In Berlin?«, fragte sie später.

»Es blieb kaum Zeit, um etwas von der Stadt zu sehen. Irgendwie ist es überall dasselbe.«

»Und wie sind die Deutschen?«

»Ich habe außer dem Personal in den Hotels und Hallen keine kennengelernt.«

»Schade.«

»Schade? Warum?«

»Ach nur so.« Jessica verließ das Bett und tat geschäftig. Sie konnte Melvin nicht sagen, dass ihr Vater aus Berlin stammte.

Bei seinem nächsten Meeting mit Alan sprach Melvin das Thema Urlaub an.

»Gerade jetzt, wo dein Album mit T. J. so super anläuft?«, fragte er verwundert. »Was sagt Lorraine dazu?«

»Sie weiß noch nichts, aber es ist mir egal. Ich habe es Jess versprochen.«

»›Twilight Love‹ ist auf Platz sieben und ›Fire on the Moon‹ lag letzte Woche auf Platz zwei der Charts. Ihr solltet zusammen eine Tournee hier in den Staaten nachschieben. Nimm Brian mit, der macht sich doch prima im Vorprogramm. Hinterher mach meinetwegen Urlaub.«

»Es geht nicht. Augenblicklich ist es Zeit für Jess und nicht Tourneezeit.«

»Ihr könntet Unsummen einspielen.«

»Keine Chance, Al.«

»Fliegt ihr nach Venice?«

»Nein.«

»Sondern?«

»Jess legt Wert darauf, dass wir inkognito reisen, und ich kann auf den ganzen Rummel gut für ein paar Wochen verzichten.« Melvin grinste Alan vielsagend an.

»Für meine Begriffe lebt sie inkognito. Sei vorsichtig, Mel. Diese ganze Geheimniskrämerei kann harmlos sein, aber sei gewappnet für den Fall, dass es nicht so ist. Mach wenigstens noch ein Konzert mit T. J.«

»Abendfüllend?«

»Mit Brian im Vorprogramm.«

»Gut. Mach mit T. J. 'nen Termin aus.« Melvin war in Begriff, das Büro zu verlassen, als er Alan bat: »Kein Wort an die Presse, solange ich noch in New York bin. Bitte, Al.«

7

Am frühen Morgen des 3. Juli 1988 flogen Jessica und Melvin mit einer privaten Chartermaschine nach Boston. Gegen Abend bestiegen sie am Logan-Airport einen Linienflieger in Richtung Paris. Eine Übernachtung und einen Besuch bei der Mona Lisa später ging die Reise nach Nizza weiter, wo ihre Maschine am Nachmittag landete.

Jessica wirkte in ihrem bunten Sommerkleid wie eine normale Touristin. Auch Melvin hielt in seinem hellbeigen Leinenanzug, der vom langen Sitzen reichlich zerknittert aussah, niemand für den berühmten Melvin de Flame.

Mit bedächtigen Schritten, unsicher um sich blickend, trat Jessica die Gangway hinunter. Zufrieden registrierte sie, dass kein Mensch Notiz von ihnen nahm. Ihr Blick wanderte zum Himmel, dessen wolkenloses Blau mancher Postkarte Ehre gemacht hätte.

Melvin legte die Hand über die Augen und blinzelte zur Sonne.

»Beim Landeanflug dachte ich, die Stewardess würde gleich Schwimmwesten verteilen.« Jessica lachte übermütig.

»Für einen Moment sah es wirklich aus, als würden wir im Wasser landen. Komm, holen wir unser Gepäck und dann ab ins Hotel.«

Er hatte Jessica überredet, eine Suite im Negresco direkt an der Promenade des Anglais zu mieten. Für ihren Geschmack war das Hotel im Stil der Belle Epoque zu luxuriös und vor allem zu bekannt. Als sie später aus dem Fenster hinunter auf die Promenade schaute, der sich das azurblaue Wasser des Mittelmeeres anschloss, lernte sie seine Wahl zu schätzen.

Im Anschluss an eine Ruhepause und ein ausgedehntes Mahl verließen sie das Negresco. Sie überquerten die Straße an der Ampel direkt vor dem Hotel und schlenderten den breiten Fußgängerweg am Strand entlang. Irgendwann hockten sie sich auf eine Bank, schauten den Badenden zu und beobachteten den Landeanflug der Flugzeuge, die im Abstand von wenigen Minuten vorüber rauschten.

Melvin ergriff Jessicas Hand. »Glücklich?« Es war einer der Momente, in denen er am liebsten gefragt hätte, ob es etwas in ihrer Vergangenheit gab, dass sie ihm vorenthielt. Doch dieser Augenblick lag so voller Frieden und auf eine Art wollte er es gar nicht wissen. Für ihn zählte, sie an seiner Seite zu spüren.

»Ob ich glücklich bin? Hier? So glücklich wie jemand, der morgens erwacht und erkennt, dass ihm die ganze Welt zu Füßen liegt.« Jessica klang euphorisch. »Fast glaube ich, dass wir tatsächlich ungestört sein werden.«

»Versprochen ist versprochen.«

Eine Woche später charterte Melvin eine weiße Yacht. Am Abend zuvor hatte er heimlich in New York angerufen, weil er die Music Hall vermisste. Auch wenn Alan es geschickt versucht hatte, ließ er sich seinen derzeitigen Aufenthaltsort nicht entlocken.

Die Sonne thronte hoch am Himmel, als er mit Jessica an Bord ging. Einige Wölkchen, die aussahen wie Wattebäusche, zogen vorüber. Das schwache Lüftchen machte die Hitze erträglich.

Die vierköpfige Besatzung der Yacht stand zur Begrüßung parat. Der Kapitän stellte sich als John Hart vor. »Mr. Caine, Ma'am, ich wünsche Ihnen einen angenehmen Aufenthalt auf der ›Sunflower‹.« Seine Stimme klang rau, doch sein Lächeln wirkte herzlich.

»Danke.«

»Sie stammen nicht aus Frankreich«, argwöhnte Jessica.

»Geboren bin ich in Seattle, aber meine Großmutter war eine echte Französin, wenn Sie das beruhigt, Ma'am«, erklärte der Kapitän bereitwillig, bevor er seine Mannschaft vorstellte. »Das sind Pierre Lanoux, der Steuermann, Louis, unser Matrose und der Kleine da …« Er wies auf ein mageres Bürschchen von höchstens zwanzig Jahren. »Ist mein Bruder Peter. Sein Revier ist die Kombüse.«

»Vielleicht tun uns ein paar Tage Diät ganz gut«, flüsterte Jessica in Melvins Ohr.

»Keine Angst, Ma'am, hier an Board ist noch niemand verhungert.« Hart hatte die Worte aufgeschnappt.

»Na ja.« Auch Melvin war nicht überzeugt.

Das schaffte erst Peter, als er am frühen Abend ein ›Coq au Vin‹ servierte, das so lecker war, dass beide nach einem Nachschlag verlangten.

Während der kommenden Tage schipperten sie an der Küste entlang, machten dabei Station in Cannes und St. Raphael. Danach steuerte der Kapitän die Yacht auf das Meer hinaus. Drei Tage später gingen sie im Golf von St. Tropez vor Anker.

An den Vormittagen bummelten sie durch die engen Gassen der alten Fischerstadt, kauften ein paar Andenken. Jessica durchstöberte verschiedene Boutiquen, erstand hier ein Kleid und da eine Bluse. Dazwischen sahen sie sich in den zahlreichen Galerien um. In einer dieser Galerien verliebte sie sich in ein Aquarell, das die Küste bei Sonnenuntergang und ein Segelboot zeigte.

Die Nachmittage verbrachte das Paar auf dem Sonnendeck der Yacht.

Melvin goss Orangensaft aus einer Kanne in zwei Gläser und reichte eines Jessica hinüber. »Wie wäre es, auf dem Rückflug einen Zwischenstopp in Berlin zu machen?«

Sie trank einen Schluck. *Ja gern,* hätte sie beinahe spontan geantwortet. Doch wollte sie das wirklich? »Melvin, ich …«

»Ich dachte, weil du dich neulich so für die Deutschen interessiert hast.«

»Okay.«

Ihre Reaktion verwirrte ihn. Er hatte geglaubt, ihr einen Gefallen zu tun.

Für die lauen Nächte entdeckten sie eine Bar direkt am Bouillabaisse-Strand, die abends Livemusik bot. Diese Bar zog Melvin an wie ein Magnet. Seine Musik fehlte ihm. Jeden Tag kämpfte er gegen die Versuchung, Alan anzurufen.

Nach der Stille der Nachmittage brachten die Barbesuche die nötige Portion Unterhaltung. Der Ausblick auf den Golf von St. Tropez steuerte einen Hauch Romantik bei. Die Aussicht in New York mit dem Central Park vor der Tür war schön, aber nichts im Vergleich zum Lichterspiel auf dem Wasser und zu den Bergen auf der gegenüberliegenden Seite.

Die Bands in der Strandbar spielten mal recht gut und waren dann wieder blutige Amateure. Am vierten Abend trat eine Gruppe auf, die selbst Melvin als Profi begeisterte. Die ›Objets Trouvés‹ coverten Songs, die in waren oder solche, die nie an Popularität verlieren würden.

Dabei beeindruckte Melvin weniger das vorhandene musikalische Können, vielmehr hatte es ihm die Art der Darbietung angetan. Der Frontmann besaß das Talent, die gesamte Strandbar in seine Bühne zu verwandeln. Er strahlte eine Energie und Lebensfreude aus, die jeden mitriss. Ab und zu richtete er ein paar Worte an einen Gast oder forderte spontan zum Mitsingen auf. Benötigte er von irgendwo im Publikum Kontakt zu seiner Band, stellte er sich auf einen Stuhl und rief zu den Musikern hinüber. Bei all dem sah es nicht aus, als spiele er irgendeine Rolle, es wirkte, als sei es für ihn das Natürlichste der Welt, seine Zuhörer zu begeistern.

Melvin blickte sich um, die ganze Bar wogte im Rhythmus eines Oldies. Alle sangen mit. Wer das Mikrofon vor den Mund gehalten bekam, verstummte nicht. In seiner Phantasie projizierte de Flame diese Show in die Music Hall. Sie wäre passend für den Bühnenteil, den sie früher für die Matineen genutzt hatten.

Am letzten Abend ihres Aufenthaltes wollte es der Zufall, dass die ›Objets Trouvès‹ seinen Song ›The Sky is the Limit‹ anstimmten. Schon bei den ersten Klängen der Musik hielt es Melvin nicht länger auf seinem Platz. Er stürmte zwischen den Tischen und Stühlen nach vorn, gab dem Sänger ein Zeichen, worauf dieser dem Gitarristen zuzwinkerte und der Melvin ein Mikrofon zuwarf.

Der Bandsänger und Melvin harmonierten im Duett, als hätten sie es einstudiert und würden seit Ewigkeiten zusammen auftreten. Melvin amüsierte das Erstaunen der Gäste. Dabei wäre wohl niemandem die Idee gekommen, dass es sich bei dem talentierten Laien um das Original handelte.

Nach den letzten Klängen von ›The Sky‹ und tosendem Applaus gab der Frontmann Melvin ein Zeichen. Er wollte ihn im Anschluss an die Vorstellung sprechen.

»Muss das sein?« Jessica war verstimmt.

»Nur mal hören, was er will. Vielleicht meint er, ich sei gut genug, um bei ihm einzusteigen.« Melvin war in seinem Element.

»Du sagst ihm nicht, wer du bist.« Ein Flehen lag auf ihrem Gesicht.

»Mal sehen.« Er freute sich wie ein kleiner Junge. »Vielleicht dreh ich den Spieß um. Diese Band würde auch in New York für Stimmung sorgen.«

Sie schüttelte traurig den Kopf. »Du kannst es nicht lassen. Dabei wolltest du die Gitarre an den Nagel hängen und mit mir in einem Iglu leben.«

»Jess, ich schwöre, dass dies unseren Urlaub nicht beeinflusst.« Er küsste sanft ihre Wange.

»Hoffentlich.« Sie leerte ihr Glas. »Ich gehe zur Yacht zurück, würde hier nur stören.«

»Du störst nie.«

»Ich bin müde.«

»Soll ich dich bringen?«

»Ist nicht nötig. Gib uns noch ein paar Tage. Vin, bitte.« Sie küsste ihn zum Abschied.

»Bestimmt, Jess. Ganz bestimmt.«

Melvin schaute ihr gedankenverloren hinterher.

»Ihr Auftritt war grandios«, sagte der Sänger der Band, als er sich mit zwei Gläsern Bier zu Melvin setzte. Eines schob er zu ihm hinüber. »Mein Name ist Michel Lafont.« Er sprach ein fast akzentfreies Englisch.

»Mel Caine.«

»Machen Sie Urlaub hier?«

»Ja.«

»Mit Ihrer Frau?«

»Kann man so sagen.«

»Sie standen nicht zum ersten Mal auf einer Bühne.«

Melvin nickte. »Haben Sie eine Ahnung, wer ›The Sky‹ aufgenommen hat?«

»Melvin de Flame. Aber das wissen Sie. Sie kennen den Text. Was noch erstaunlicher ist, sie ahmten auch die Show ziemlich exakt nach. Ich habe ihn mal bei MTV gesehen.«

Melvin konnte ein Schmunzeln nicht unterdrücken.

»Wenn Sie abends mal nichts vorhaben, einen wie Sie könnten wir gebrauchen.« Lafont blickte ihn fragend an.

»Lust hätte ich, aber es geht nicht. Wir reisen morgen ab. Deshalb fehlt mir auch die Zeit, lange Drumherum zu reden.« Seine Stimme nahm einen geschäftsmäßigen Klang an. »Ich hatte vorhin eine Idee. Je mehr ich darüber nachdenke, umso besser gefällt sie mir. Ich bin Melvin de Flame. Kommen Sie mit ihrer Band nach New York.« Er ließ seine Worte im Raum stehen und sah seinem Gegenüber forschend in die Augen.

Lafonts Mund verzog sich zu einem mitleidigen Lächeln. »Sie sind auf der Bühne nicht schlecht, Ihr Größenwahn übertrifft alles.«

»Ich denke, Sie haben mich bei MTV gesehen.«

»Allerdings.« Er schüttelte den Kopf. »Sie ähneln de Flame nicht mal.«

»Echt jetzt? Mein Gott, ist doch logisch, dass man bei so 'nem Auftritt anders gestylt ist.« Er wurde ungeduldig.

»Wir sollten noch ein Glas trinken und jeder geht seines Weges.«

»Das könnten wir tun. Ihnen würde eine Chance entgehen und ich könnte meinem Partner nicht zeigen, wie nützlich so eine Inkognito-Reise ist.« Melvin wollte die Jungs, war überzeugt, mit ihnen frischen Wind in die Music Hall zu bringen. Und nun das. Sein Auftreten als Normalo war zu perfekt. Dass er einem misstrauischen Franzosen seine Identität beweisen musste, war zu komisch. »Kennen Sie T. J. Hays?«

Lafont nickte.

»Gibt es hier ein Telefon und können Sie es an den Tisch holen?«

Lafont nickte abermals und stand auf. Vermutlich ließ er sich nur auf das Spiel ein, um zu sehen, was diesem verrückten Amerikaner als Nächstes einfallen würde. »Bringen Sie ein Vorwahlverzeichnis mit«, rief Melvin ihm hinterher.

Er betrachtete den Apparat. »Mit Lautsprecher«, stellte er zufrieden fest. »USA.«

Lafont suchte die Ländervorwahl.

»Was haben wir für New York?«

»212 und 917.«

»Nehmen Sie die 212 und dann 5553469.«

Während er wählte, fragte Lafont: »Wie war die Nummer?«

»5553469.«

Lafont reichte ihm den Hörer, nachdem er alle Ziffern eingetippt hatte. Melvin drückte die Lautsprechertaste.

»New York Paramount-Hotel«, meldete sich eine weibliche Stimme.

»Verbinden sie mich mit der Suite von Mr. Hays.«

»Wen darf ich melden?«

»Melvin de Flame.«

»Einen Augenblick bitte, Mr. de Flame, ich stelle durch.«

Es knackte in der Leitung. »Hey, Mel, bist du's wirklich?«

»Denkst du mein Geist?«

»Wo um alles in der Welt steckst du? Sämtliche Klatschpresse mutmaßt seit Wochen, in welchem Loch du dich verkrochen hast.«

»Lass Sie spekulieren.«

»Ist etwas nicht in Ordnung?«

»Alles okay, keine Sorge. Mir geht's gut. Jess fühlt sich sauwohl. Ich habe ein Talent für uns entdeckt. Ich muss ihm nur beweisen, dass ich tatsächlich ich bin. Aber wenn ich ihn mir so ansehe, glaub ich, er hat's kapiert.« Melvin grinste den sprachlosen Lafont an.

»Du bist verrückt, Mel.«

»Mach's gut. Ich denke, in knapp zwei Wochen sind wir zu Hause, ab da kann Al mich einplanen. Wie geht es mit deiner Wohnung voran?«

»Es zieht sich.«

»Wir sehen uns.« Melvin legte auf. Mit gewisser Genugtuung wandte er sich an Lafont. »Was halten Sie nun von meiner Einladung?«

»Ich bin auf einen Deal mit Melvin de Flame nicht vorbereitet. Sagen Sie mir, was Ihnen vorschwebt. Wir entscheiden dann, ob es für die ›Objets Trouvés‹ infrage kommt.«

»Ich biete einen Vertrag, sagen wir für ein Vierteljahr. Zwei bis drei Abende pro Woche 'ne halbe Stunde Vorprogramm, je nach Bedarf. Danach sehen wir weiter. Ich würde mich freuen.«

»Sind Sie autorisiert, Verträge zu schließen?«

»Mein Gott, sind Sie misstrauisch. Mir gehört der Laden zur Hälfte, muss ich das auch beweisen?«

»Ich glaube Ihnen.«

»Prima.«

»Wir sind fünf Leute. Was springt dabei heraus, wenn wir zwei- bis dreimal pro Woche spielen?«

»Es ist bei uns nicht üblich, Musiker verhungern zu lassen, sollten Sie das befürchten. Die Gage besprechen wir mit meinem Partner. Flug und Unterkunft gehen auf unsere Rechnung. Ist das ein Angebot?«

Lafont dachte einen Augenblick nach. »Ich würde gern ›ja‹ sagen. Drei Monate New York klingt verlockend. Aber ich kann nicht für meine Leute entscheiden.« Er sah Melvin offen an. »Zwei von ihnen haben Familie. Ich spreche mit den Männern.«

»Machen Sie das.«

»Sinnvoll wäre, wenn die Sache im Winter laufen würde. Sehen Sie da Bedenken?«

»Dem steht nichts im Wege.« Melvin erstaunte, dass seine wahre Identität Lafont nicht im Geringsten einschüchterte. Genau das machte den Franzosen sympathisch.

»Gut, dann frage ich die anderen.«

»Sie können in der kommenden Woche hier eine Nachricht für mich hinterlassen.« Er schrieb die Telefonnummer des Hotels auf einen Zettel, in dem sie vor ihrem Rückflug eine Nacht bleiben würden. »Bis zu unserer Abreise müsste ich von Ihnen hören, sonst ist der Deal geplatzt.«

»Ich rufe Sie an.« Lafont steckte das Stück Papier in die Hosentasche.

Melvin lächelte zufrieden. »Trinken wir noch was?«

Der Franzose stimmte zu.

Jessica blinzelte verschlafen, als Melvin morgens um halb fünf in die Kajüte stolperte. »Du kommst früh«, sagte sie ironisch.

Leicht schwankend zog er sich aus. »Du hättest dabei sein sollen, hättest dich amüsiert.« Er legte sich neben sie. »Dir ist entgangen, dass Melvin de Flame seine Identität beweisen musste und ich meine, das ist eine schlaflose Nacht wert.«

»Schlaf jetzt, Vin.« Sanft küsste sie seine Stirn.

»Jess …« Er rollte sich zu ihr hinüber. »Ich liebe dich.«

»Ich liebe dich auch.« *Mehr als gut für mich ist.*

»Kannst du dir vorstellen, Jessica Caine zu werden?« Seine Augen sahen für einen Moment klarer drein.

Ja. Ja! Ja. Nein.

»Jessica Caine hört sich verdammt gut an«, sagte Melvin.

»Ja.«

»Ja zu es hört sich gut an oder ja, wir werden Mann und Frau?«

»Ja«, presste sie hervor. »Es klingt gut und … Ja, ich wäre gern deine Frau.« *Jetzt verliere ich den Verstand. Es geht nicht, ich muss es ihm sagen.*

»Ich liebe dich für immer und ewig«, rief Melvin pathetisch.

»Mir ist nicht klar, wie es funktionieren soll«, flüsterte sie. Aber da war er schon eingeschlafen. *Verdammt! Ich muss Henry anrufen, sobald wir zurück sind. Nur er kann noch helfen.*

Melvin schlief mit einem seligen Lächeln auf dem Gesicht.

Für Jessica war die Nacht vorbei. Im Stillen zählte sie auf, was dafürsprach, ihn zu heiraten: Luxus und ein aufregendes Leben wären den meisten als erstes eingefallen. Ihr bedeutete Luxus nicht viel und der Hype, den Melvin auslöste, bereitete ihr Angst. So blieben auf der Habenseite ihre Gefühle. Und die waren beinahe übermächtig. Zum Schluss der Grübeleien stand auch auf der Negativseite nur ein Punkt: Als seine Ehefrau konnte sie sich nicht länger verstecken.

Dieser Urlaub zeigte ihr, wie es sein könnte, wären sie ein normales Pärchen. Jessica hatte bis dahin jeden Urlaubstag genossen und gewünscht, diese Tage wären endlos. Melvins Antrag änderte alles, zwang sie, ihre Liebe gegen ihr Leben abzuwägen. Sie blickte zu Melvin, der schnarchte und dabei zufrieden aussah. Die Decke bis ans Kinn gezogen, fror sie, obwohl mindestens 25° C in der Kabine waren. Zu gern hätte sie sich an ihn gekuschelt. Seinen warmen Körper zu spüren, hätte ihr Trost gespendet, aber sie wollte ihn nicht wecken.

Mit zehn Minuten Verspätung landete ihre Maschine auf dem Flughafen Tegel. Obwohl mitten im Sommer, regnete es in Strömen und zudem wehte ein frischer Wind. Sie holten ihr Gepäck und ließen sich von einem Taxi zum Hotel Vier Jahreszeiten im Stadtteil Kreuzberg bringen. Dort hatte Melvin von Nizza aus telefonisch eine Suite reserviert.

Nach einem Mittagessen unternahmen sie einen Spaziergang über den Ku'damm. Inzwischen hatte es aufgehört zu regnen. In einem Souvenirgeschäft kaufte Jessica einen Stadtplan.

Sie steuerten ein Straßencafé an und tranken einen Kaffee. Melvin betrachtete die Passanten, während Jessica die Karte studierte.

»Was suchst du?«, fragte er, nachdem er sie eine Zeitlang stumm beobachtet hatte.

»Nichts weiter.« Sie faltete den Plan zusammen.

»*Do you want another coffee?*«, fragte die Bedienung im Vorübergehen.

Jessica sah Melvin an, der schüttelte den Kopf und sie sagte auf Deutsch: »Nein, danke. Bringen Sie uns bitte die Rechnung.«

»Wo um alles in der Welt hast du das gelernt?«

»Ich hab dir doch gesagt, dass meine Großmutter aus Deutschland kam, und sich weigerte Englisch zu sprechen.«

»Nein, hast du nicht.«

»Ach … Dann weißt du es jetzt.«

Die Bedienung trat zu ihnen, brachte die Rechnung und gab Jessica damit eine Atempause. Sie bezahlten und die Kellnerin eilte zum nächsten Tisch.

»Kam sie aus Berlin?«, fragte Melvin.

»Nicht direkt.« Erneut wich sie aus. »Komm, wir gehen weiter.«

Melvin folgte ihr gedankenverloren. Später nahm er das Gespräch nochmal auf, aber Jessica ging auch da nicht näher darauf ein.

Am nächsten Tag nutzte Jessica einen Einkaufsbummel, um sich von einem Taxi in die Waldstraße bringen zu lassen. Sie hatte Melvin überzeugt, dass es ihn langweilen würde, durch die Geschäfte zu streifen. In Wahrheit wollte sie sehen, ob das Haus noch existierte, in dem ihr Vater 1945 bei seiner Mutter Unterschlupf gefunden hatte.

Kurz vor seinem Tod hatte er von früher geredet. Sie wusste aus den Erzählungen von Oma Erna, der Großmutter mütterlicherseits, dass ihre Familie ursprünglich aus Deutschland stammte und lange in Argentinien gelebt hatte. Den Grund der Auswanderung hatte sie verschwiegen. ›Wir wollten ein besseres Leben nach dem Krieg.‹ Diese lapidare Erklärung hatte ihr damals genügt. Auch als sie von der Nazivergangenheit ihres Vaters erfuhr, hatte sie nicht großartig nachgefragt. Sie glaubte, genügend Zeit dafür zu haben. Außerdem war das, was er ihr offenbarte so verstörend, dass sie erst einmal damit fertigwerden musste.

Ihre Welt war auseinandergebrochen und an jenem Abend hatte sie nicht geahnt, dass das, was geschehen war und sie erfahren hatte, nur die Spitze des Eisbergs darstellte. Keine zwölf Stunden später war ihr Vater tot und mit ihm die letzte Möglichkeit vergangen, Erklärungen zu bekommen. Geblieben war sein Tagebuch, das sie wieder und wieder las. Statt Antworten tauchten neue Fragen auf. Insbesondere die eine: ›Wie konntest du bei etwas so Schrecklichem mitmachen?‹ Diese würde für alle Zeit unbeantwortet bleiben.

Jessica lief die Straße entlang, bis sie die Hausnummer erreichte, die zu der Adresse ihrer Großmutter väterlicherseits gehört hatte. Ihre Hoffnung, ein Zeugnis der Vergangenheit zu finden, erfüllte sich nicht. An der Stelle, wo das Haus hätte sein müssen, stand ein neu erbautes Bürogebäude.

8

Sie blieben drei Tage in Berlin, bevor sie nach New York zurückkehrten. Melvin sehnte sich so nach der Music Hall, dass er eine Stunde später ins Büro fuhr.

»Wo in aller Welt hast du gesteckt?«, fragte Alan.

»Nicht zurücksehen, Al, lass uns lieber die Zukunft planen.«

»Und deine besteht aus Arbeit, Arbeit und noch mal Arbeit.« Alan ging auf seine Theatralik ein.

»Ich für meinen Teil bin bereit. Welche Termine stehen an?«

Alan blätterte in seinem Kalender. »Am 5. trittst du mit T. J. und am 6. solo in unserem Haus auf, 8. und 10. Konzerte mit T. J. ebenso 12., 13., 15. und 16. August. Am 18. singst du die Hymne bei der Eröffnung einer Boxmeisterschaft in Boston und bist Ehrengast des Abends. Den 23. bis 29. solltest du dir für eine kurze Tournee mit T. J. freihalten. Lorraine kann dir da Näheres sagen. Das war's schon. Die Publicity-Termine erfährst du auch von ihr.«

»Du bist 'n gerissener Hund, Al.«

»T. J. meinte, du hast am Telefon geäußert, ich könne dich voll einplanen.« Alan grinste.

»Mal was von Übertreibung gehört? Und was soll der Scheiß mit der Hymne?«

»Ich dachte, das wäre eine nette Abwechslung, die dir Spaß macht und außerdem ist es ein guter PR-Gag. Lorraine ist derselben Meinung.«

»Echt jetzt?«

»T. J. ließ verlauten, dass du jemanden für uns aufgetan hast. Ist an der Sache was dran?«

»Ich habe eine spannende Vorgruppe gefunden. Du wirst begeistert sein und wünschen, dass ich öfters in Urlaub fahre.« Melvin schmunzelte. »Sie haben zugesagt, für drei Monate nach New York zu kommen. Wir müssen nur den Vertrag aufsetzen und einen Termin abstimmen. Die geschäftlichen

Einzelheiten sprechen wir ein andermal mit Kruger durch. Ich hab noch 'ne Neuigkeit für dich.«

»Glaubst du, ich könne noch mehr Neues verkraften?«

»Jessica und ich heiraten.«

»Das meinst du nicht ernst.« Alans Gesicht erstarrte zu einer Maske.

»Mir war kaum jemals etwas ernster.«

»Hat sie dich rumgekriegt?«

»Eigentlich war es eher umgekehrt.«

»Melvin, sie ist keine Frau für dich. Ich weiß ja, auch Mauerblümchen haben ihren Reiz, aber deswegen heiratet man sie nicht.«

»Mir gefällt nicht, wenn du so von ihr sprichst.«

»Es ist deine Entscheidung. Steht der Termin schon fest?«

»Wir haben den 22. Januar im Visier.«

»Weißt du, dass du damit alles durcheinanderbringst. Man erwartet von dir, dass du Lorraine heiratest, solltest du jemals auf diese Idee kommen. Du enttäuschst die Fans. Wie soll das weitergehen, hast du darüber nachgedacht? Du kannst nicht mit Lorraine auf Tour gehen und diese Jessica zu deiner Ehefrau machen. Das geht in die konservativen Köpfe der Menschen niemals rein.« Alan untermalte seine Worte mit ungewohnt viel Gestik.

»Daran habe ich bisher nicht gedacht«, sagte Melvin. »Es ist klar, dass Lorraine mich nicht länger begleiten kann. Wir gliedern sie in das allgemeine PR-Team ein.«

»Kündigt sie daraufhin, ist das dein Verdienst«, sagte Alan und betonte das letzte Wort ironisch. »Ich überlasse es dir, die Verhandlungen zu führen. Denk dran, sie zu verlieren wäre ein enormer Verlust für unser Unternehmen.«

»Das musst du mir nicht sagen. Ich weiß, was sie leistet und schwöre, dass ich sie mit Samthandschuhen anfasse.«

»Für dich scheint auf einmal alles so einfach. Meinst du ernstlich, Jessica kann Lorraine ersetzen?«

»Das ist nicht ihre Aufgabe.«

»Da irrst du gewaltig. Du heiratest sie und da gehört mehr dazu, als dein Bett zu wärmen.«

»Warten wir's ab.« Melvin verspürte wenig Lust, sich mit Alan über dieses Thema auseinanderzusetzen.

»Gut. Ich beauftrage die PR-Abteilung mit der Organisation der Feierlichkeiten.«

»Nein! Kommt nicht in Frage.«

»Mein Gott, Melvin, was ist nun schon wieder?« Alan raufte sich die Haare. »Du bist widerborstig wie ein kleines Kind. Du stehst mitten im Licht der Öffentlichkeit und deine Zukünftige wird das ebenso, ob dir das schmeckt oder nicht. Wenn du sie bis jetzt aus allem heraushalten konntest, größtenteils hast du diese Tatsache übrigens Lorraine zu verdanken, wäre es naiv zu glauben, das ginge so weiter. Außerdem ist eine Heirat eine hervorragende Publicity und selbst du kannst es dir nicht leisten, das zu verschenken.« Alan lehnte sich im Sessel zurück.

»Verdammt, Al.« Melvin schlug mit der Faust so heftig auf den Tisch, dass ein Aktenstapel umfiel. »Hier geht's nicht um Publicity. Wir sprechen über mein Leben, meine Liebe. Begreifst du nicht, dass man nicht alles vermarktet?« Er wollte die Akten wieder aufrichten, aber Alan bedeutete ihm, die Finger davon zu lassen.

»Wann wirst du kapieren, dass alles, was du tust, unter den Augen der Öffentlichkeit passiert?« Alans Stimme klang auf einmal müde. »Für wen hältst du dich? Selbst europäische Königshäuser vermarkten ihre Hochzeiten. Glaubst du, du wärest was Besseres? Mel, ich verstehe nicht, weshalb du diese Möglichkeit verschenkst. Das bringt eine Menge Sympathien. Die Lady wird sich daran gewöhnen müssen. Sie ist in Begriff, Melvin de Flame zu heiraten. Und das ist etwas anderes, als sich mit einem Kerl vom Bau zu vermählen.«

»So einfach, wie du glaubst, ist das nicht.«

»Sollen sich die PR-Leute nun um die Organisation kümmern?«

»Mach du es bitte, wenn's denn sein muss.«

»Ich?«

»Ja, du. Keine Presse, so klein wie möglich.«

»Mel, sag mir, wozu wir eine PR-Abteilung bezahlen, wenn ich schon wieder ihre Arbeit übernehmen soll?«

»Sie übertreiben immer. Aber wir sind Freunde.«

»Wenn du mich brauchst, sind wir Freunde. Wo war dein Vertrauen, als du Urlaub machen wolltest?«

»Bitte, Al.«

»Okay. Ich bereite eine Gästeliste vor und arbeite genaue Instruktionen aus, dann übernehmen die PR-Leute. Einverstanden?«

»Aber ich sehe die Liste, bevor sie weitergeht.«

»Freunde, ja?« Alan spielte den Gekränkten.

Melvin stand auf. »Ich rede mit Lorraine und fahre dann nach Hause.«

Gleich nachdem Melvin sein Büro verlassen hatte, rief Alan einen Privatermittler an, um Klarheit zu schaffen, was Jessica anging. Er kannte diesen Ermittler von früher und wusste, dass er als ehemaliger Polizist die besten Verbindungen für sein Ansinnen hatte.

Melvin war noch nicht ganz in seinem Büro, als das Telefon klingelte. Es hatte sich herumgesprochen, dass er wieder im Lande war. Er ließ es klingeln und griff erst nach dem Hörer, als es verstummte.

»Lorraine, kommst du bitte zu mir. Wir müssen reden.«

Das Gespräch verlief komplikationsloser, als Melvin befürchtet hatte.

»Unsere Zusammenarbeit hat mir Freude bereitet«, sagte sie.

»Mir auch.« Er grinste. »Hätte am Anfang nicht für möglich gehalten, dass wir uns aneinander gewöhnen.«

Lorraine lachte auf. »Wenn man dich besser kennenlernt, bist du gar nicht so ein exaltierter Rockstar, wie ich dachte.«

Er stimmte in ihr Lachen ein.

Während sich Melvin im Büro aufhielt, verwirklichte Jessica ihr Vorhaben und rief Henry an. Die Nummer hatte sie im Kopf. Da sie die Tragweite dieses Anrufes abschätzen konnte, zögerte sie einen Moment, bevor sie wählte. *Ich will Vin nicht verlassen!* Beim ersten Rufzeichen legte sie den Hörer in die Gabel zurück. *Aber du bist zu weit gegangen,* sagte die Stimme der Vernunft und erneut wählte sie Henrys Nummer.

Diesmal wartete sie, bis sich eine Stimme meldete. »US Marshals Service.«

»Das ist ein Anruf für Special Deputy Marshal Henry Doyle.«

»Wie ist Ihr Name?«

»Jessica Ryan.«

»Bleiben Sie dran.«

»Ja.«

Ein paar Minuten vergingen.

»Sprechen Sie von einem öffentlichen Fernsprecher?«

»Nein.«

»Gut, ich verbinde Sie mit Henry Doyle. Es kann einen Moment dauern.«

»Danke.« Sie hörte es einige Male in der Leitung knacken.

»Doyle. Sind Sie es wirklich, Jessica?«

»Ja.«

»Sagen Sie mir mehr.«

»Was meinen Sie?« Als Henry nicht auf ihre Frage einging, erinnerte sie sich an die Worte, die er ihr vor acht Jahren eingebläut hatte. »*Tiene la llave para casa. El cuarto está caliente. Hasta mañana!* Sie haben den Schlüssel zum Haus. Das Zimmer ist warm. Bis morgen!«

»Ist der Apparat sicher, von dem Sie anrufen?«

»Ja.«

»Okay. Sie sind vor knapp zwei Jahren von der Bildfläche verschwunden und ich dachte schon …«

»Dass sie mich erwischt haben?«

»Ja.«

»In Kanada habe ich es nicht länger ausgehalten.«

»Wo stecken Sie im Moment?«

»New York.«

»Sind Sie verrückt?«

»Sparen Sie sich Ihre Vorhaltungen, Henry. Ich sehe alles ein und habe ein Problem.«

»Dringlichkeitsstufe?«

»Gelb.«

»Ich kümmere mich darum. In zwei Tagen sind die Vorbereitungen getroffen. Seien Sie reisefertig. Nehmen Sie mit mir Kontakt auf oder gibt es eine sichere Nummer, unter der ich Sie erreichen kann?«

»Ich rufe Sie an.« Zwar schloss Jessica aus, dass ihre Telefonleitung abgehört wurde, wollte aber keinesfalls riskieren, dass Melvin anwesend war, wenn der Anruf kam.

Im weiteren Verlauf des Gesprächs instruierte Doyle Jessica in Bezug auf die Vorbereitungen, die sie zu treffen hatte.

»Danke, Henry.«

»Viel Glück!«

Jessica legte auf und kauerte sich in den Sessel. *Zwei Tage, hat er gesagt. So viel Zeit bleibt mir mit Vin.* Sie zweifelte an ihrer Entscheidung, sah aber keinen anderen Weg. Bevor sie in ihrem Vorhaben schwankend wurde, traf sie die notwendigen Vorkehrungen. Sie sah sich in der Wohnung um. Viel konnte sie nicht mitnehmen. Ein Gepäckstück, hatte ihr Henry eingeschärft.

Ein paar Kleidungsstücke, gemischt nach Sommer und Winter, wanderten in den Koffer, den sie erst vor dem Anruf geleert hatte. Auch der Schuhkarton mit ihren Erinnerungen musste mit. Sie legte ihre Papiere hinein. Ein Bild von Melvin fand zwischen ihrer Kleidung sein Versteck. Obwohl ihr bewusst war, dass sie erneut gegen die Vorschriften verstieß, überwand sie sich nicht, es zurückzulassen. Obenauf packte sie ihre Munitionsvorräte. Die Beretta wanderte in die Handtasche.

Sie schob den Koffer unter das Bett. Gerade rechtzeitig, denn schon hörte sie Melvin die Wohnungstür aufschließen.

Er war bester Laune, als er sie in den Arm schloss und mit zärtlichen Küssen begrüßte.

»Alles ok in der Music Hall?« Jessica befreite sich aus der Umarmung. »Ich bin müde.« Sie gähnte und sehnte sich ehrlich nach ihrem Bett. Weniger der Müdigkeit wegen, sondern weil es enorme Anstrengung kostete vorzutäuschen, alles sei in bester Ordnung. »Lass uns schlafen … der Jetlag.«

Sie lagen nebeneinander. Obwohl sich Jessica abgewandt hatte, fühlte sie Melvins Blick und spürte, dass er sich nach ihrer Nähe sehnte. Sie hätte sich gern an ihn geschmiegt und wäre dann in seinen Armen eingeschlafen. Intimität zuzulassen, würde es ihr unmöglich machen, einen Schlussstrich zu ziehen.

Noch ein Tag. Jessica spürte, dass Melvin sie forschend ansah. Sie konnte ihre innere Unruhe kaum verbergen, fürchtete, dass er sie darauf ansprechen würde. Das tat er nicht und sie war froh, nicht lügen zu müssen.

Melvin blieb auch in dieser Nacht bei ihr. Ihn so nah an ihrer Seite zu spüren, quälte und tröstete Jessica zugleich.

Am Morgen darauf frühstückten sie zusammen.

»Ich fahre eben ins Penthouse und danach ins Büro. Heute Abend nach dem Konzert bin ich wieder bei dir«, sagte Melvin.

Jessica brachte kein Wort heraus.

Dann war er weg. Gegangen. Für immer.

Sie legte das Sandwich, von dem sie ein einziges Mal abgebissen hatte, auf den Teller zurück. Lief ins Schlafzimmer. Warf sich auf das Bett. Tränenblind zog sie sein Kissen zu sich und drückte es an ihr Gesicht. Es roch nach ›Dali‹. Es roch nach Vin.

Als Melvin aus der Dusche kam, hörte er das Telefon klingeln. Er angelte nach einem Handtuch und eilte ins Schlafzimmer. »Ja?«

»Vin, ich liebe dich.«

»Ich liebe dich auch. Rufst du deswegen an?«

»Ich möchte, dass du es weißt.«

»So romantisch heute?«

»Scheint so.«

Die Fröhlichkeit, mit der sie die Worte aussprach, klang gezwungen, aber Melvin war mit seinen Gedanken in der Music Hall, sodass er es nicht bemerkte. »Ich will sehen, dass es nach dem Konzert nicht so spät wird«, sagte er.

9

Nach dem Telefonat ging Jessica ins Bad und schaufelte mit den Händen kaltes Wasser ins Gesicht. Gewissenhaft räumte sie die Wohnung auf. Ließ die Spuren des Frühstücks verschwinden.

Ein letztes Mal öffnete sie ihren Koffer, holte mehrere Kleidungsstücke heraus und legte sie in den Schrank zurück. Ihren Platz nahm Melvins Kissen ein.

Als die Vorbereitungen abgeschlossen waren, rief sie Henry an.

»Es kann etwas dauern, bleiben Sie dran.«

Jessica wartete geduldig, bis sich jemand meldete.

»Läuft alles nach Plan?«, fragte Henry Doyle.

»Ja.«

»Verlassen Sie Ihre Wohnung und begeben Sie sich zur Tiefgarage. Auf Platz 46 steht ein dunkelgrauer Ford Escort. Die Schlüssel liegen im Handschuhfach. Nehmen Sie den Freeway 78 in Richtung Allentown. Wenige Meilen vor Clinton sehen Sie auf der rechten Seite einen Kroger-Markt mit einem weitläufigen Parkplatz. Dort stellen Sie den Wagen ab und lassen den Schlüssel stecken. Gehen sie zurück zum Freeway. Ein silbermetallic BMW wird neben Ihnen halten.«

Sie prägte sich in Windeseile die wichtigsten Informationen ein und fasste sie noch einmal zusammen.

»Ja, genau«, bestätigte Doyle.

Jessica wollte noch etwas sagen, aber es knackte in der Leitung und das Gespräch war unterbrochen. Jetzt galt es, keine Zeit zu verlieren. Sie schnappte ihren Koffer und ging nach einem letzten Blick aus der Wohnung.

Der Lift brachte Jessica ins Erdgeschoss, wo sie geradewegs die Portiersloge ansteuerte.

»Guten Morgen, Ms. Ryan.«

»Hallo. Morgen kommt jemand von der Firma Webster & Co. Geben Sie den Männern die Schlüssel, sie räumen das Apartment.«

»Sie ziehen aus, Ms. Ryan?«

Sie nickte.

»Ziemlich plötzlich.«

»Stimmt. Ich habe mich um einen Job in Phoenix beworben. Mit einem Mal ging es ganz schnell.« Jessica griff nach ihrem Koffer.

»Alles Gute, Ma'am.«

»Danke.« Sie kehrte zum Lift zurück und fuhr zur Tiefgarage.

Am Supermarkt angekommen, befolgte Jessica die Anweisungen. Kurz bevor sie zu Fuß den Freeway erreichte, erkannte sie den von Henry beschriebenen BMW. Das Auto mit den getönten Scheiben stoppte auf ihrer Höhe und der Kofferraum öffnete sich. Sie hievte ihr Gepäck hinein und stieg in den Fond. Ihr Herz raste. Hatte jemand das Gespräch abgehört, bedeutete das ihr Ende.

»Hallo, Eva.« Der Mann neben ihr lächelte. Er nahm seine Sonnenbrille ab und hellgraue Augen blickten sie offen an. Er war in den späten Vierzigern, hatte rotblondes kurzes Haar und trug einen dunkelgrauen Anzug. »Erinnern Sie sich an mich?«

Der Wagen setzte sich in Bewegung.

Sie bejahte.

»Gut. Nach unserem Gespräch hatte ich Zweifel und bin deshalb selbst gekommen. Sind Sie sauber?« Er betrachtete Jessica prüfend. »Haben Sie etwas bei sich, anhand dessen man Sie identifizieren könnte?«

Sie hätte ihm von ihrer Erinnerungskiste erzählen müssen. Stattdessen schüttelte sie den Kopf.

»Was ist vorgefallen?«

»Ich ...«

»Sie können reden.« Er deutete auf die Scheibe, die den Fond des Wagens vom vorderen Teil trennte. »Sie ist schalldicht.«

»Ich habe es in Kanada nicht länger ausgehalten.«

»Warum haben Sie sich nicht mit uns in Verbindung gesetzt?«

Jessica zuckte mit den Schultern. »Ich wollte nicht in das nächste Kaff.«

»Aber ausgerechnet New York?«

»Ich weiß ...«

»Sie können mir alles sagen.«

Jessica biss auf ihre Unterlippe. Schweigsame Minuten folgten. »Wie geht es weiter?«

Henry nahm seinen schwarzen Aktenkoffer auf den Schoß, ließ die Messingschlösser aufschnappen und reichte ihr einen dicken Manila-Umschlag. »Hier finden Sie die nötigen Informationen.« Aus der Innentasche seines Jacketts zog er ein kleines Kuvert und gab es ihr. »Ihre Instruktionen.«

Jessica öffnete den Briefumschlag und überflog die Papiere. »Picayune?«

»Nähe New Orleans. Baton Rouge ist nicht weit und es ist fast am Golf von Mexiko. Ich dachte, das würde Ihnen besser gefallen.«

»Es liegt so weit … südlich.«

»Im Norden waren Sie zu auffällig. Und wenn man Sie sucht, sicher nicht so nah bei San Antonio. Ich wünsche Ihnen, dass Sie dort klarkommen, Eva.«

»Ich auch.«

»Beschäftigen Sie sich damit.« Henry wies auf den Manila-Umschlag. »Und vernichten Sie dann das Material.«

»Ok.«

»Wir sind gleich am Bahnhof. Im Notfall rufen Sie mich rechtzeitig an.«

»Ich habe verstanden.«

Der Wagen stoppte. Jessica musste sich beeilen, den Umschlag in ihre Handtasche zu stopfen. Sie stieg aus, schlug die Tür zu und holte ihren Koffer aus dem Kofferraum.

Henry ließ die getönte Seitenscheibe hinunter. »Alles Gute, Eva.«

Fast den gesamten Tag hatte Melvin im Studio in der Music Hall verbracht. Am späten Nachmittag fuhr er zum Penthouse. Mrs. White hatte eine Kleinigkeit zu Essen vorbereitet. Er stieg mit seinem Teller nach oben in den privaten Salon. Als er aufgegessen hatte, duschte er und bereitete sich auf das Konzert vor.

»Melvin, Ihr Wagen ist da«, hörte er die Haushälterin von unten rufen.

Auf dem Weg zurück zur Music Hall, dachte er über Alans Aversionen gegenüber Jessica nach. Ihr eigenartiges Verhalten beschäftigte ihn ebenfalls.

Der Fahrer bog in die Seitenstraße ein, die zum Bühneneingang führte. Schon von weitem erkannte er wartende Fans. Er stellte sich vor, Jessica würde neben ihm im Wagen sitzen und bekam Angst, sie könne einen Rückzieher machen, weil ihr inzwischen bewusst geworden war, was auf sie zukam.

Zwischen den Fans entdeckte er Reporter.

»Eine Frage, Mr. de Flame.«

Er reagierte nicht. Jetzt, wo er diesen Rummel mit Jessicas Augen betrachtete, mochte er die Medienvertreter noch weniger als sonst. Er erreichte den Eingang. Sicherheitsleute hinderten seine Fans daran, ihm zu folgen.

Einem Reporter gelang es, die Bodyguards auszutricksen. »Mr. de Flame, wo haben Sie während der letzten Wochen gesteckt?«

»Lassen Sie mich in Ruhe, Sanders.«

»Nun haben Sie sich nicht so, nur ein paar Fragen.«

Melvin drängte ihn an die Seite, als Sanders ihm die Tür zur Garderobe versperren wollte. »Nach dem Konzert.« Er hatte nicht die Absicht, sich daran zu halten. Doch seit der Anzeige wegen Körperverletzung vor einiger Zeit ging er sanfter mit den Presseleuten und besonders mit Sanders um. Im Augenblick brauchte er weder negative Schlagzeilen noch irgendwelche Skandale um seine Person.

»Okay, es wäre schön, wenn Mr. Hays auch anwesend ist.«

Melvin sah ihn abfällig an. Seine letzte Bemerkung bewies, dass sich Journalisten niemals mit dem zufriedengaben, was er anbot.

Offenbar wollte Sanders auf Nummer sicher gehen, denn er heftete sich bei Konzertende an Melvins und T. J.s Fersen. »Mr. de Flame, planen Sie nach dem großen Erfolg Ihres gemeinsamen Albums, die Zusammenarbeit mit Mr. Hays fortzusetzen?«

»Wir haben beide einen Vertrag mit der Music Hall. Natürlich arbeiten wir zusammen.«

»Wird es ein zweites Album de Flame/Hays geben?«

»Darüber haben wir uns noch keine Gedanken gemacht, wenn es so weit kommen sollte, erfahren Sie es als erster.«

»Es kursieren Gerüchte, dass Sie die Absicht haben zu heiraten.«

Wie hat Sanders so schnell davon erfahren? »Dies ist eines der Gerüchte, das wahr ist.«

»Das freut mich. Um ehrlich zu sein, hat man das schon lange erwartet. Ms. Gordon ist eine reizende Frau.« Sanders lachte zweideutig auf. »Dann war Ihr Verschwinden ein Abschied vom Junggesellendasein?«

»Was reimen Sie sich da zusammen? Lorraine hat damit nichts zu tun.«

»Ist sie nicht die Glückliche?«

»Nein!« Melvin blickte zu T. J. und fand unmöglich, dass er sich allem Anschein nach amüsierte. Sie erreichten die Garderobe. Am liebsten hätte er den Reporter abgeschüttelt. Aber Sanders war flinker drinnen als Melvin.

»Langsam geht mir ein Licht auf«, sagte der Journalist mit anzüglichem Grinsen.

»Was spinnt sich Ihr krankes Hirn jetzt zusammen?« Melvin war nahe daran, die Geduld zu verlieren.

»Ihr plötzliches Verschwinden, jetzt die Heiratspläne. Wer ist die Unbekannte? Kommen Sie, de Flame!«

»Lassen Sie sich mal untersuchen, Sanders. Es ist nicht normal, welche Schlüsse Sie ziehen. Ich bin mit meiner Verlobten schon seit 'nem Jahr zusammen. Und mit Sicherheit ist nichts Mysteriöses daran, mal ein paar Wochen Urlaub von dem ganzen Zirkus hier zu machen.«

»Stimmt, seltsam wird es erst, wenn kein Mensch weiß, wo man sich aufhält. Was denken Sie, T. J.?«

»Ach, Sanders, wollen Sie das wirklich wissen?«

Der Reporter nickte.

»Ich glaube, dass einer, an dem ihr Journalisten klebt wie die Fliegen am Mist, absolut keine Veranlassung hat, seinen Urlaubsort auszuposaunen.«

»Ich glaube eher, dass die große Unbekannte damit zu tun hat. Warum hat sie seit einem Jahr niemand zu Gesicht bekommen? Ist es, weil sie hässlich wie die Nacht ist? Scheut sie das Licht aus … Gründen, die uns nicht bekannt sind? Oder …«

Diese Spekulationen brachten Melvins Blut in Wallung. Obwohl er geschworen hatte, sich nie und nimmer mehr von ihm provozieren zu lassen, packte er den Reporter am Kragen. »Mach, dass du rauskommst, verdammter Schmierfink!« Er zerrte Sanders in Richtung Tür.

T. J. öffnete sie vorsorglich.

Als der Reporter draußen war, ließ Melvin ihn los und schlug ihm die Tür vor der Nase zu.

»Das wird Ihnen noch leidtun.«

Fluchend durchmaß Melvin seine Garderobe. T. J. sah ihm wortlos zu.

»Ich weiß echt nicht, was so lustig ist«, brummte Melvin.

»Ich habe mir vor langem abgewöhnt, solche Typen ernst zu nehmen. Du hättest ihn nicht hinauswerfen dürfen.«

»Soll ich zusehen, wie er Jess beleidigt?«

»Nein, aber durch deine unbedachte Reaktion wird er sich erst recht über euch auslassen. Es ist falsch, dass du ein Geheimnis um sie machst, das verführt zu Spekulationen. Zeig dich mit ihr und binnen kurzem wird es uninteressant.«

»Das sagt sich so leicht.« Melvin stöhnte auf. »Sie hasst die Öffentlichkeit wie die Pest.« Er ließ sich auf einen Stuhl fallen.

»Du glaubst nicht im Ernst, dass ihr das durchsteht?«, fragte T. J. nach einigen Minuten des Schweigens. »Gebt ihr ihnen nicht irgendwas, lassen sie euch niemals in Ruhe. Intoleranz hat schon vieles kaputtgemacht.«

Melvin brütete über T. J.s Worte, als er sich nach Hause bringen ließ. Durch Sanders war es später geworden als beabsichtigt. Er wollte Jessica nicht mitten in der Nacht stören.

Allein in seinem Bett fand er jedoch keine Ruhe. Also streifte er Jeans und T-Shirt über und machte sich auf den Weg zu ihr.

Er parkte den mintgrünen Chevy gegenüber vom Apartmenthaus, da es ihm zu umständlich war, sich erst beim Portier zu melden, um in die Tiefgarage fahren zu können.

»Hallo, Fred«, grüßte er zur Kamera an der Haustür.

»Guten Abend, Mr. de Flame.«

»Ich möchte zu Ms. Ryan.« Dass der Portier nicht wie sonst sofort öffnete, erstaunte ihn.

»Ms. Ryan ist nicht mehr da.«

»Was heißt, sie ist nicht da?« Melvin wunderte sich, schließlich war es nach Mitternacht. »Ich habe einen Wohnungsschlüssel und werde oben warten.«

»Sie ist in Phoenix. Wissen Sie nichts davon?«

»Nein. Was wissen Sie?«

»Ich darf eigentlich keine Auskunft geben. Aber ich weiß ja, wie Sie zu Ms. Ryan stehen. Sie sagte, sie hat einen Job dort. Es kam alles wohl sehr plötzlich.«

»Einen Job?«

»Das hat sie gesagt. Morgen kommt eine Firma und holt ihre Sachen.«

»Ich habe noch persönliche Dinge oben.« Melvin schaltete schnell.

»Vormittag ist die Räumung.« Der Portier schien zu zögern.

Dann hörte Melvin ein Klicken, die Tür sprang auf und er trat in die Eingangshalle.

»Ich denke, es ist in ihrem Sinne.«

»Danke, Fred.«

Melvin fuhr mit dem Fahrstuhl hinauf. In Jessicas Wohnung stöberte er in ihren Sachen, suchte nach Anhaltspunkten und wusste nicht recht wofür. Das Apartment sah aus, als würde sie jeden Moment zurückkommen. Er schaute in ihren Kleiderschrank und stellte fest, dass Kleidungsstücke fehlten.

Mit einem Male fühlte er sich, als würde er schlafwandeln. Das alles konnte nur ein Traum sein. Er legte sich ins Bett und dachte daran, wie sie letzte Nacht hier gemeinsam geschlafen hatten. Unterbewusst nahm er wahr, dass sein Kopfkissen nicht an seinem Platz lag. Er zog sich Jessicas heran. Es roch nach ihrem Haar und Melvin kuschelte sich tiefer in das Kissen. *Ich werde jetzt schlafen und wenn ich aufwache, liegt Jess wie sonst neben mir.*

Der Morgen graute, als er die Augen wieder aufschlug. Er sah sich um, von Jessica keine Spur. *Vielleicht ist sie im Penthouse*, kam ihm in den Sinn. Er sprang auf und machte sich augenblicklich auf den Weg.

»Jess …« rief er, kaum dass er die Tür aufgeschlossen hatte. »Jess …«

Mrs. White eilte herbei. »Ms. Ryan ist nicht hier.«

Melvin fuhr zurück zu ihrem Apartment, glaubte, mehr von den Männern der Firma zu erfahren, die die Wohnung räumen sollten. In der Praxis stellte sich das als wenig aufschlussreich heraus. Mit der Auskunft, dass sie den Auftrag hätten, die Sachen abzuholen, waren seine Fragen keineswegs erschöpfend beantwortet.

Melvin hielt sich für schlau. Er notierte den Firmennamen und die darunter aufgedruckte Telefonnummer. Als er später anrief, erklang eine helle Stimme, die ihm mitteilte: »Kein Anschluss unter dieser Nummer.«

Er erkundigte sich bei der Auskunft und erfuhr, dass unter dem angegebenen Namen keine Firma in New York und Umgebung eingetragen sei. Danach wandte er sich an weitere Institutionen. Niemand kannte die Webster & Co. Transair Corporation, sie war nirgendwo registriert.

Melvins letzte Idee, in der Vorschule anzurufen, in der sie gearbeitet hatte, erwies sich ebenfalls als Blindgänger. Dort sagte man ihm, was er ohnehin wusste: Jessica habe wegen eines Jobs in Phoenix gekündigt.

Obwohl ihm jeder diese Geschichte erzählte und sie von allen für glaubwürdig gehalten wurde, hegte Melvin arge Zweifel an ihrem Wahrheitsgehalt.

10

Jessica erreichte Picayune mit dem Zug. Inzwischen war es reichlich vierundzwanzig Stunden her, dass sie New York verlassen hatte. Die Fahrt in einem fast leeren Abteil hätte ihr ausreichend Gelegenheit geboten, sich mit ihrem neuen Lebenslauf vertraut zu machen. Sie hatte die Unterlagen überflogen, mehr nicht.

Die Amtrak-Station lag mitten in der Kleinstadt mit ihren etwa zehntausend Einwohnern. Jessica trat hinaus auf die menschenleere Main Street und blickte nach links und rechts, sah ein paar Gebäude, eine Poststelle, eine verkommene Werkstatt. Am liebsten wäre sie sofort wieder umgekehrt.

Sie entdeckte den blauen Ford Escort älteren Datums auf dem Parkstreifen.

Jessica stieg in ihr Auto und fuhr ein bisschen herum, um sich einen Überblick über die weitläufige Stadt zu verschaffen, die direkt an der Interstate 59 lag. Viel gab es nicht zu sehen, also machte sie sich auf die Suche nach der Third Avenue.

Es war nicht schwer, die Straße zu finden, deren beide Seiten Häuser säumten. Schließlich entdeckte sie ihr neues Zuhause. Im Gegensatz zu den anderen war ihr Grundstück mit einer Hecke eingefasst. Alte knorrige Bäume versperrten zusätzlich den Blick auf das Haus. Wäre Melvin bei ihr, hätte sie es lauschig gefunden. Ohne ihn verstärkte der Anblick ihre Einsamkeit.

Der Schlüssel lag, wie sie Henrys Unterlagen entnommen hatte, verborgen zwischen ein paar Holzscheiten hinter dem Haus.

Sie trat ein. Der neue Unterschlupf bestand aus einem Wohnzimmer mit sich anschließender Küche, einem Schlafraum, einem Bad und einer Abstellkammer. Die zweckmäßige Möblierung war nicht neu, doch gut erhalten.

Als Erstes schob sie die Fenster nach oben, um frische Luft hereinzulassen. Sie holte Melvins Kissen aus dem Koffer und setzte sich damit auf das Bett, hoffte mit dem Kissen im Arm, Trost zu finden.

Die Sonne ging unter und Dunkelheit breitete sich aus. Jessica suchte den Lichtschalter, lief durch das Haus und schaltete überall das Licht an. Sie ertrug die fremde Umgebung nicht im Dunkeln. Beklommen schaute sie aus dem Fenster. Die sich im Wind wogenden Bäume erschienen ihr gruselig. Sie legte den Koffer auf das Bett und packte ihre Sachen in den Schrank. Alles in ihr sträubte sich dagegen.

Die folgende Nacht brachte kaum Schlaf. Sie weinte und dachte zurück an ihren Vin. *Mittlerweile hat er sicher herausgefunden, dass ich weg bin. Wie es ihm wohl geht? Wie soll es ihm schon gehen!*

Zwei Tage waren seit ihrem Weggang verstrichen. Nach Henrys Instruktionen sollte sie am Mittag ihren Job in der Küche eines Diners antreten. Sie hasste diese Arbeit schon jetzt.

Die Zeit rückte näher, aber Jessica konnte sich nicht überwinden, das Haus zu verlassen. Ihr war klar, dass sie den Job brauchte. Deshalb rief sie im Diner an und entschuldigte sich für den Tag.

Sie sah sich das Grundstück genauer an. Hinter dem Haus befand sich ein Rasenstreifen, auf dem ein paar Büsche wuchsen. Die nächsten Nachbarn wohnten ein Stück entfernt.

So sieht also der Rest meiner Tage aus, arbeiten und mutterseelenallein einem verlorenen Leben nachtrauern. Existieren auf Sparflamme war der Preis für Sicherheit.

Jessica brachte den Tag rum, fühlte sich körperlich angeschlagen. Die ganze Zeit an Melvin zu denken, quälte sie so sehr, dass sie sich mit seinem Kopfkissen im Arm auf das Bett legte und sich ihrem Kummer ergab.

Die zweite Nacht zeigte sich nicht weniger unbarmherzig als die davor. Einmal, sie war doch eingeschlafen, träumte sie von Melvin, dass er bei ihr war, sie in den Armen hielt. Als sie erwachte und sich in dem öden Haus wiederfand, konnte sie ihrer Verzweiflung nichts mehr entgegensetzen.

Währenddessen lebte Melvin auf Autopilot, er funktionierte, hatte aber den Eindruck, nicht wirklich bei sich zu sein. Es fühlte sich fast wie ein Drogenrausch an, nur eben ohne Drogen. Er sprach mit niemandem darüber, obwohl er das dringend gebraucht hätte. Alan ging er komplett aus dem Weg, weil er es nicht schaffen würde, vor ihm zu verbergen, dass etwas nicht stimmte. Alan war schon misstrauisch genug.

Am Abend stand Melvin auf der Bühne. Er funktionierte auch dort. Als er eines seiner Liebeslieder anstimmte, bemerkte er, dass ihm Tränen über das Gesicht rannen. Er versuchte zu lächeln. Übung darin Emotionen vorzutäuschen, gelang es ihm. Allerdings schaffte er nicht, die Tränen zum Versiegen zu bringen.

Ein Mitarbeiter der Technik trat an den Bühnenrand und reichte Melvin ein Handtuch. Er tupfte sich Schweiß und Tränen vom Gesicht.

»Bist du ok?«, fragte Alan, als er nach seinem Auftritt hinter die Bühne kam.

»Ich glaube, ich hab eine Bindehautentzündung.« Er sah seinen Partner nicht an und verschwand in Richtung Garderobe. Dort verschloss er die Tür und ließ sich erschöpft auf den Stuhl vor dem Spiegel fallen.

Drei Tage nach ihrem Weggehen erreichte Jessica das Ende ihrer Leidensfähigkeit und fasste einen Entschluss. Sie trocknete die Tränen, packte ihre Sachen zusammen und verließ das Haus. Den Schlüssel deponierte sie zwischen den Holzscheiten.

Sie gönnte Picayune keinen letzten Blick, stattdessen lenkte sie ihren Ford auf die Interstate 59 in Richtung Birmingham und von dort aus nach Chattanooga. Inzwischen hatte sie Mühe, die Augen offenzuhalten. Daher mietete sie sich ein Zimmer in einem günstigen Motel am Highway. Zum ersten Mal seit Tagen schlief sie gut.

Am darauffolgenden Morgen setzte sie ihre Fahrt fort. Die Interstate 81 brachte sie bis Lexington, wo sie abermals übernachtete.

Die letzte Etappe führte über Washington, DC. Jede Meile, die sie Melvin näherkam, steigerte ihre Nervosität. Irgendeine Erklärung würde er erwarten. Sie hatte es nicht mehr in Picayune ausgehalten. Hatte erkannt, dass ein noch so langes Leben ihren Verlust nicht aufwog. Einer Liebe nachzuweinen, die sie aus Furcht aufgegeben hatte, würde jeden Tag zu einem verlorenen degradieren. So entschied sie sich für die Liebe, wählte Vin. Bereit den Preis zu zahlen, akzeptierte sie, dass es vielleicht nicht ewig dauern würde.

Aber was sage ich ihm? Während der gesamten Rückfahrt ersann sie Geschichten, die einleuchten sollten. Doch jede wirkte an den Haaren herbeigezogen und würde ihn nicht überzeugen.

Melvin saß ohne Jessica in seiner eigenen Hölle. Am Abend des fünften Tages, er zog sich gerade um, klingelte es an der Tür. Er achtete nicht darauf, hatte die Hoffnung begraben. Verkraftete keine weitere Enttäuschung.

Minuten später klopfte es zaghaft an die Tür seines Schlafzimmers.

»Kommen Sie rein, Paula, ich bin angezogen.« Nichts geschah. Er trat an die Tür. »Was ist denn?« Fast hätte er sich am letzten Wort verschluckt. »Jess?!«

Wortlos sank sie in seine Arme. Melvin presste sie an sich, hielt sie fest, unfähig etwas zu sagen.

Jessica löste sich aus der Umarmung, erkannte sein Bühnenoutfit. »Du hast ein Konzert.«

»Wo warst du?«

»Wir reden darüber, wenn du zurückkommst.«

»Ich habe noch nie ein Konzert platzen lassen, heute Abend ist es mir egal. So weit hast du mich gebracht, Jess.«

»Das kannst du nicht.«

»Du weißt nicht, wozu ich in der Lage bin. Ich habe keine Lust, nach Hause zu kommen, und du bist wieder auf und davon.«

»Ich werde hier sein.«

»Bis vor kurzem hätte ich dir geglaubt. Warst du in Phoenix?«

Sie schüttelte mit dem Kopf.

»Wo warst du? Weshalb hast du kein Wort zu mir gesagt? Jessica?« Er ergriff ihre Schultern und sie senkte schuldbewusst den Kopf. »Sieh mich an und sag mir warum!«

Die Schärfe in seiner Stimme ließ sie aufblicken.

»Warum ohne ein Wort?«

»Nach dem Konzert.«

Abrupt ließ er Jessica los, stampfte zum Telefon und wählte T. J.s Nummer. »Du musst das Konzert heute Abend allein machen.«

»Was ist geschehen?«

»Wir reden morgen darüber.«

»Gut, aber wie soll ich es erklären?«

»Sag, ich bin krank.«

»Bist du krank?«

»T. J., mir ist egal, was du sagst, aber zieh die Sache allein durch. Ich revanchiere mich bei Gelegenheit.«

»Okay.«

Er legte auf. »So, das Konzert hat sich erledigt und jetzt erklär mir, warum du abgehauen bist.«

»Melvin ich … habe Panik bekommen. Wegen der Heirat und so.«

»Und da hast du den Job gekündigt, das Apartment aufgegeben und eine Transportgesellschaft beauftragt, deine Sachen nachzuschicken? Du hast alles geregelt und in Panik das Weite gesucht?« Er lachte zynisch auf. Diese Geschichte war Müll.

»Ich kann es nicht beschreiben, Vin. Ich wollte nur weg und damit du mich nicht findest, habe ich eine falsche Fährte gelegt.«

»Das ist kein Krimi, Jess.«

Sie lehnte sich an ihn. Durch ihre geschlossenen Lider rannen Tränen und tropften auf seine Lederjacke.

Er spürte ihr Zittern und streichelte beruhigend über ihren Rücken. »Ich dachte, ich sehe dich nie wieder. Die letzten Tage waren die Hölle, Jess. Lass mich nie wieder allein. Ich brauche dich.«

»Du kannst jede andere haben.«

»Was nützt mir jede andere, wenn ich dich brauche? Warum sagst du nicht, wo du warst?« Seine Stimme nahm einen gequälten Ton an.

»Vin, bitte frag nicht.«

»Damit du mir nicht weitere Lügen auftischst?« Er nahm Jessicas Hände und zog sie mit sich zum Bett. Ihr einen verwirrten Blick zuwerfend, ließ er sich nieder und klopfte auf den Platz neben sich.

Jessica setzte sich zu ihm.

Sein Blick ruhte auf ihr. *Sie ist zurück! Das ist alles, was zählt. Was spielt es für eine Rolle, wo sie war? Was macht es besser, wenn ich weiß, weshalb sie gegangen ist. Wichtig ist nur, dass sie zu mir zurückgekehrt ist.* »Jess, wenn du es nicht sagen kannst, ich werde dich nicht weiter bedrängen.«

Er bemerkte, dass sich Jessica entspannte. »Aber wie soll es weitergehen?« Das interessierte ihn brennend.

»Wir heiraten. Oder magst du nicht mehr?«

Er lachte beinahe hysterisch. »Und ob, ich lasse dich nie wieder gehen.«

»Ich möchte nur bei dir sein«, flüsterte sie.

»Mein Leben ist kein Alptraum. Was macht dir bloß solche Angst?«

»Du wirst mir helfen müssen, aber ich werde es versuchen, Vin.«

»Was willst du versuchen?«

»Dein Leben zu teilen.«

Jessica blieb in dieser Nacht im Penthouse und am nächsten Tag entschieden sie gemeinsam, dass sie dort wohnen würde. Mit Freude überließ Melvin ihr eines der beiden ungenutzten Zimmer im oberen Stockwerk, als sie ihn darum bat. Das Zugeständnis, ihr einen Rückzugsort zu geben, für Momente, in denen ihr der ganze Rummel um seine Person zu viel wurde, machte er gern.

Jessica stand zu ihrem Wort und begleitete Melvin von da an zu seinen Konzerten. Die ersten Male ertrug sie es nur schwer, dass Fans und Reporter sie nach dem Aussteigen aus der Limousine umlagerten. Aber sie weigerte sich standhaft, ihrer Furcht nachzugeben.

Gäbe es keine Angst als stillen Begleiter, hätte sie an seinem Leben Gefallen gefunden. Nichtsdestotrotz bereute sie ihre Entscheidung nicht. Vin machte sie glücklich und wenn sie mitbekam, dass er mit ihr an seiner Seite zu Höchstform auflief, spürte sie in sich ein Glücksgefühl, das sie strahlen ließ.

11

Melvin de Flame stand in einem schlichten dunklen Anzug mitten im Boxring. Sein Haar, streng zurückgekämmt, hielt ein Gummi im Nacken zusammen. Erwartungsvolle Stille erfüllte den Raum. Er hob das Mikrofon langsam und führte es vor den Mund. Sein Siegelring am Zeigefinger funkelte im Scheinwerferlicht.

Dann setzte seine kraftvolle Stimme ein:

»*O say, can you see by the dawns early light ...*«

Während er die Hymne sang, fiel sein Blick auf Jessica, die in der ersten Reihe saß. Ein kaum wahrnehmbares Lächeln huschte über sein Gesicht. Am Ende der Darbietung verbeugte er sich vor dem Publikum. Die Zuschauer setzten sich wieder. Melvin stieg durch das zweite und dritte Seil, das ihm einer der Sicherheitsleute auseinanderhielt, aus dem Ring und ließ sich auf dem freien Platz neben Jessica nieder.

Sich hundertprozentig auf den Kampf zu konzentrieren, gelang ihm nicht. Stattdessen dachte er noch immer über Jessicas kürzliches Verschwinden nach. Er schaute sie von der Seite an und musste lächeln, weil sie zusammenzuckte, als der Schlag eines der Kontrahenten traf. Sie rückte ein wenig näher heran, ergriff seine Hand, als suche sie Schutz bei ihm.

Am Ende mit der Hoffnung, Jessica jemals wiederzusehen, hatte er sich geschworen, für sie da zu sein, sollte sie zu ihm zurückkehren. Er sah auf ihre zarten Finger, streichelte sie. Ihre Liebe bedeutete ihm alles. Welche Bedeutung hatte, wer sie war?

Es ließ sich nicht vermeiden, dass Reporter auf sie aufmerksam wurden. Als sie nach Ende des Kampfes die Halle durch den Hinterausgang verließen, belagerten Fans die Limousine. Melvin fertigte sie ungewohnt barsch ab. Jessica stieg hastig ins Auto und schien heilfroh, als sich die Tür schloss.

»Nichts wie weg«, rief Melvin dem Fahrer zu.

Er startete den Wagen und fuhr langsam an.

An Jessicas Gesichtsausdruck erkannte Melvin, wie sie aufatmete, als sie sich ein Stück von der Halle entfernt hatten. Ihr fielen diese öffentlichen

Auftritte schwer. Umso stolzer war er, dass sie durchhielt. Seine Hand legte sich sanft auf ihr Knie. »Es ist vorbei, Jess.«

Sie kuschelte sich an ihn.

»Schlaf ein wenig«, sagte er. Knapp fünf Stunden Fahrt lagen vor ihnen.

Nach all den Gerüchten weckte Jessicas plötzliche Präsenz die Neugierde der Medien. Mehrere Anfragen trafen bei der Fabulous Music Hall ein, die um ein Interview mit ihr baten.

Alan riet, einen dieser Termine zu verwirklichen. »Gibst du den Presseleuten kein Futter, denken sie sich eine Story aus«, hatte er ihm erklärt.

Das sah Melvin ein, auf der anderen Seite wollte er Jessica nicht überfordern. Fürchtete, sie könne sich wieder in ihr Schneckenhaus zurückziehen. Lorraine schloss sich Alans Meinung an und so versuchte Melvin, Jessica mit den Argumenten seines Partners zu überreden.

»Du hast ja recht.« Sie war nicht so naiv zu glauben, dass sie den Medien auf ewig ausweichen konnte.

Gleich am nächsten Morgen sprach Melvin mit John Marbert, der für ›All for Fans‹ als Redakteur arbeitete.

»Hi, John. Seid ihr noch an 'nem Interview mit Jessica Ryan interessiert?«

»Klar doch.«

»Sie steht euch exklusiv zur Verfügung. Morgen um zehn Uhr in meinem Penthouse?«

»Einverstanden.«

»Ich verlasse mich darauf, dass du jemanden schickst, der mit Gefühl an die Sache herangeht. Sie hat keine Erfahrung mit Presseleuten.«

»Ja, ja. Mach ich.«

»Hör zu, John, sollte Jessica in irgendeiner Weise unzufrieden sein, kannst du euer Blatt vergessen. Das gebe ich dir auch schriftlich, wenn du drauf bestehst.«

»Reg dich nicht auf, ich schicke Sally Nichols. Sie ist das Harmloseste, was ich zu bieten habe.«

»Das hoffe ich für dich.«

»Kannst deine nächste Million drauf verwetten.«

Melvin vernahm ein provozierendes Lachen. »Ich werde mich hüten.«

Die Nacht vor dem Interview glich für Jessica einem Spaziergang am Rande des Abgrunds. Schloss sie die Augen, sah sie vor sich ein Flammenmeer.

Am Morgen schminkte sie die Spuren der nächtlichen Hölle aus dem Gesicht, zog ein Kleid an und ließ ihr Haar zur Abwechslung offen über die Schultern fallen.

Tapfer lächelnd präsentierte sie sich Melvin. »Ok?«

»Du siehst reizend aus. Soll ich bei dir bleiben?« Er drückte ihr einen Kuss auf die Wange.

»Nein, geh in dein Studio. Es wird nicht leichter, wenn du mir die Hand hältst.«

»Wie du willst.« Er küsste sie zum Abschied.

Bevor er das Haus verließ, besuchte er Mrs. White in der Küche. »Passen Sie auf Jess auf.« Er hätte nicht sagen können, wie die Haushälterin diese Bitte umsetzen sollte.

Pünktlich um zehn Uhr klingelte es am Penthouse. Jessica öffnete persönlich. Am liebsten hätte sie die Tür wieder zugeschlagen, als sie den Mann mit der Kamera sah.

»Ich bin Sally Nichols und das ist Frank McGee. Dürfen wir reinkommen?«

»Auf einen Fotografen bin ich nicht vorbereitet.«

»Wir bekommen das schon hin, Jessica. Ich darf Sie doch so nennen?«

»Gerne.«

»Gut, treffen wir eine Abmachung. Wir beide unterhalten uns in Ruhe. Sie werden sehen, das ist nicht viel anders, als mit einer guten Bekannten zu plaudern. Bald vergessen Sie Ihre Aufregung und zum Schluss schießt Frank ein oder zwei Fotos. Okay?«

Jessica gab den Weg frei. Die Medienvertreter blickten sich kurz in der imposanten Halle um.

Mrs. White kam aus der Küche. »Ich mache Ihnen gleich Kaffee.«

»Das ist eine prima Idee«, sagte Sally Nichols. »Haben Sie einen Raum, wo wir uns ungestört unterhalten können?«, wandte sie sich wieder an Jessica.

»Gehen wir nach oben. Mrs. White, bitte bringen Sie den Kaffee in mein Zimmer.«

Die Reporterin sprach kurz mit dem Fotografen, bevor sie Jessica folgte.

Sally Nichols schaute sich das Aquarellbild an, das eine Küstenlandschaft und ein Segelboot zeigte. »Schön.«

»Ein Urlaubsmitbringsel.« Jessica wies auf die Sitzgruppe. »Setzen wir uns.«

Mrs. White brachte ein Tablett mit einer Kanne Kaffee und zwei Tassen sowie Sahne und Zucker.

»Das ist lieb.« Jessica war dankbar, dass die Haushälterin eingoss. Ihre Hände hätten dafür zu stark gezittert. Sie setzte sich der Reporterin gegenüber in einen Sessel.

»Ich mag diese Truhe. Wo haben Sie die her?«, fragte Sally Nichols und wies auf eine bunt bemalte Bauerntruhe in der Ecke.

»Ich habe mir ein Zimmer nach meinem Geschmack geschaffen. Die Truhe stammt von einem Händler in Soho.«

»Ein beeindruckendes Penthouse. Was ist das Besondere an diesem Raum?«

Jessica zuckte mit den Schultern. »Er strahlt Ruhe aus«, antwortete sie zögerlich. »Es ist eigenartig, aber ich habe nie darüber nachgedacht.«

»Erzählen Sie mir aus Ihrem Leben.«

»Was soll ich sagen? Es gibt nichts Spannendes zu berichten.«

»Ich stelle mir vor, dass es aufregend sein muss, mit Melvin de Flame zu leben.«

»Mehr als mir lieb ist.«

»Sprechen Sie über die Dinge, die Ihnen einfallen, ich ziehe das heraus, was unsere Leser interessiert.«

»Das ist nicht so einfach«, sagte Jessica mit dünner Stimme.

»Sehen Sie, ich kann verstehen, wie es ist, wenn man von sich erzählen soll und weiß, dass Tausende davon erfahren. Denken Sie daran, dass die Leser des Artikels genauso Menschen sind wie wir. Niemand verlangt von Ihnen, dass Sie perfekt sind.«

Insgeheim zählte Jessica bis zehn, um sich zu beruhigen.

»Bisher gab es nur Gerüchte, was Ihre Person angeht. Heute haben Sie die Chance, damit aufzuräumen.«

Jessica bemühte sich um Konzentration, wollte sich zusammennehmen und die Sache hinter sich bringen. »Das ist mein erstes Interview und ich habe auch nie viel mit Melvin unternommen. So entstanden die Gerüchte. Und dabei kam ich nicht immer gut weg.«

»Rücken Sie dieses Bild gerade.«

Jessica nickte.

»Weshalb scheuen Sie die Öffentlichkeit so sehr?«

Weil es irgendwo in diesem Land Menschen gibt, die scharf auf meinen Kopf sind. Weil ich Angst davor habe, sie könnten ihn bekommen. »Ich stamme aus einfachen Verhältnissen, da gab es niemanden, der ein Interview von mir wollte oder Fotos für die Zeitung. Das ist Neuland, doch ich habe eingesehen, dass ich aufgeschlossener sein muss, wenn ich mit Melvin zusammenbleiben will.«

»Und das möchten Sie.«

»Ja.« Ein Lächeln breitete sich auf ihrem Gesicht aus.

»Haben Sie Familie?«

»Meine Eltern starben bei einem Autounfall 1982, ich habe keine Geschwister oder andere Angehörige.«

»Wo sind sie aufgewachsen?«

San Antonio, Texas. Shit! Beinahe hätte ich mich versprochen. »In einer Kleinstadt unweit von Fresno.«

»Kalifornien?«

»Ja.«

»Ah ja. Wie haben Sie de Flame kennengelernt?«

»In einer Bar. Ich hatte keine Ahnung, wer er war.« *Hätte ich es gewusst, wäre es nie so weit gekommen.*

»Das klingt spannend. Erzählen Sie mir mehr davon.«

»Wir besuchten diese Bar. Beide allein. Also kamen wir ins Gespräch …« Sie berichtete in Kurzform von Melvins Bemühungen, mit ihr zusammenzukommen, und blühte dabei auf.

»Sie lieben ihn.«

Jessica schmunzelte. »Ich liebe Vin mehr als mein Leben. Glücklicher wäre ich nur, wenn wir ein normales Paar sein könnten.«

»Ich denke, das reicht für den Artikel. Danke. War doch gar nicht so schlimm, oder?«

»Das ist Ansichtssache.« Jessica lächelte verstohlen.

»Kann Frank einige Fotos schießen?«

»Muss das sein?« Jessica spürte, wie ihre Nerven erneut flatterten.

Sally nickte.

»Darf ich eine Sonnenbrille aufsetzen?«

»Hier im Haus?«

»Ich vertrage das Blitzlicht nicht«, log sie.

»Dann ist es sicher besser.«

Jessica ließ die Reporterin kurz allein und kehrte mit einer Brille zurück.

Sally Nichols schrieb einen warmherzigen Artikel. Er zeigte Jessica als durchschnittliche Frau, die sich in einen ebenso durchschnittlichen Mann verliebte, um festzustellen, dass er in Wahrheit ein Rockstar war. Ihr Beitrag vermittelte den Lesern das Gefühl, dass Jessica eine von ihnen war.

Wo immer sie künftig zusammen auftauchten, riefen die Fans nicht mehr nur Melvins Namen. Er hatte gelernt, dass auf der Bühne seiner eigenen Music Hall zu stehen, allein nicht genügte, um auf Dauer glücklich zu sein. Dafür brauchte er einen Menschen, der ihn komplettierte. Diesen hatte er in Jessica gefunden.

Sie überwand ihre Beklemmung mit jedem öffentlichen Auftritt, bei dem nichts Schreckliches passierte, ein wenig mehr. Kämpfte sich ein Fünkchen der verbliebenen Angst an die Oberfläche, schaute sie Melvin an. Sah, wie sich sein innerer Frieden in einem freudestrahlenden Gesichtsausdruck widerspiegelte und vergaß darüber ihre Furcht.

Zu guter Letzt stand das Schicksal auf ihrer Seite. Zusammen fühlten sie sich unendlich.

12

Knapp zwei Monate nachdem Alan den Auftrag erteilt hatte, hielt er die Ergebnisse der Nachforschungen über Jessica in den Händen. Zuerst überflog er kurz, was der Privatermittler zusammengetragen hatte. Dann las er den Bericht gebannt vom ersten bis zum letzten Wort. Dabei nickte er stumm vor sich hin.

Es wunderte ihn nicht, dass sich seine Annahme mit jeder Zeile mehr zu bestätigen schien. Zu dumm, dass aus allem nicht hervorging, was dahintersteckte. Es fehlten die Stücke, die die Ungereimtheiten zu einem Ganzen zusammenfügten.

Nach dem Lesen betätigte Alan einen Knopf seiner Sprechanlage: »Donna, bitten Sie Mr. de Flame zu mir.«

»Hi, Al, was gibt's Aufregendes?«, erkundigte sich Melvin, als er zehn Minuten später das Büro seines Partners betrat.

»Gieß uns einen Bourbon ein, dann reden wir.«

Melvin zog die Augenbrauen hoch. »So schlimm?«

Er trat an die Bar und bereitete die Drinks. Zurück am Schreibtisch reichte er Alan ein Glas.

»Ich habe Jessica durchchecken lassen und heute kamen die Ergebnisse.« Er zeigte auf die Papiere, die vor ihm lagen.

»Echt jetzt? Wie kommst du dazu?« Melvin zeigte offen seinen Ärger.

»Du bist nicht irgendwer.«

»Ist doch lächerlich, was du dir zusammenspinnst. Jessica ist nicht der einzige Mensch auf Erden, der keine Öffentlichkeit mag.« Er spielte die Angelegenheit herunter und war froh, dass er Alan nicht in ihr Verschwinden eingeweiht hatte.

»Setz dich, trink deinen Bourbon und hör dir an, was ich herausgefunden habe. Dann kannst du selbst urteilen.« Alan sah ihn direkt an.

Melvin nickte widerwillig, bevor Alan in Kurzform die Ergebnisse der Nachforschungen darlegte:

»Jessica Ryan wird am 8.5.1963 in Claremont, New Hampshire, geboren. Ihre Eltern, Ruth und Dave, bewohnen später ein Haus in Goshen, Kalifornien. Dave Ryan arbeitet für das FBI. 1982 kommen die Eltern bei einem Verkehrsunfall ums Leben. Von da an lebt sie bei einer Schwester ihrer Mutter in Fourtown, Minnesota. Zehn Monate darauf stirbt diese Tante und Jessica geht über die Grenze nach Kanada, wo sie eine sozialpädagogische Ausbildung macht, kommt dann nach New York.« Alan schüttete seinen Bourbon hinunter.

Melvin zuckte mit den Schultern. »Ich weiß nicht, was du hast, das passt zu dem, was sie mir erzählt hat.«

»Hört sich alles recht normal an, aber pass auf. Jessica Ryan besuchte die High School in Visalia. Sie ist auf keinem der Fotos in den Jahrbüchern. Unerklärlicherweise fehlt eine ganze Reihe von Bildern ausschließlich von ihrem Jahrgang. Befragungen von Nachbarn ergaben, dass sie blondes Haar hatte, sie soll klein und ein wenig pummelig gewesen sein, hatte braune Augen. Ich habe deine Jessica nicht oft gesehen, aber eins weiß ich, sie ist weder klein noch pummelig. Hat sie braune Augen, Mel?«

»Dunkelblau. Was heißt das schon? Die Nachbarn können sich irren, es ist Jahre her. Größe ist relativ und vielleicht hat sie eine Diät gemacht.«

»Ein Schulkamerad von Jessica hat gesagt, er könne sich genau an ihre Augenfarbe erinnern, weil die Kombination von derart hellen Haaren und braunen Augen selten anzutreffen ist. Er hat sie als weißblond beschrieben.«

»Weißt du noch die Augen- und Haarfarben deiner früheren Schulfreunde? Ich nicht.« Melvin lachte. Eine leichte Verunsicherung ließ sich heraushören, zumal ihm einfiel, dass Jessica erzählt hatte, dass ihr Vater der Dorfsheriff war.

»Okay, Mel, dann weiter. Wie erwähnt, zog sie nach dem Unfall zu ihrer Tante mütterlicherseits. Ruth Ryan war eine geborene Norton und hatte zwei Schwestern. Eine starb mit vierundzwanzig Jahren an Leukämie. Die zweite lebte zu der Zeit mit ihrem Mann in New Mexiko. Die Frau, die als Jessicas Tante stirbt, hat man als Elisabeth Norton beigesetzt. Der Totenschein wurde ebenfalls auf diesen Namen ausgestellt. Ruth Ryans Schwestern heißen Natalie und Jane. Das Leben Elisabeth Nortons ließ sich nicht zurückverfolgen.«

»Vielleicht hatte der gute Großvater eine uneheliche Tochter.«

»Die seinen Namen trug?«

Alan holte die Flasche zum Schreibtisch und füllte die Gläser nochmals.

»Eine frühere oder spätere Ehe?«, sinnierte Melvin.

»Möglicherweise. Im Polizeicomputer taucht eine Jessica Ryan auf, die im Februar 1981 wegen Rauschgiftbesitzes verhaftet wurde. Sieh dir das Karteifoto an.« Er reichte Melvin die schwarzweiße Fotokopie. »Die Qualität ist nicht toll, aber du kannst mit einhundertprozentiger Sicherheit erkennen, dass das nicht deine Jess ist. Ich gehe davon aus, das ist die echte Jessica Ryan. Bleibt die Frage, wen willst du heiraten?«

»Ok«, gab Melvin widerstrebend zu. »Aber so ein Mugshot ... Es ist auch kein seltener Name.«

»Sie wurde in Fresno verhaftet, die räumliche Nähe spricht dafür und all die anderen Informationen. Ich begreife nicht, weshalb du dich vor den Tatsachen verschließt.«

»Sicher gibt es für alles eine logische Erklärung.«

»Du Ignorant!«

»Ich glaube, du bist eifersüchtig.«

»Eifersüchtig? Worauf? Auf eine Frau, die sich verkriecht und nie da ist, wenn du sie brauchst? Bei der alles, was sie tut und sagt, etwas Rätselhaftes hat?« Alan lehnte sich arrogant zurück.

»Nein.« Melvin schüttelte bedächtig mit dem Kopf. »Auf eine Frau, die nicht erst nach deiner Kreditkarte fragt, bevor sie dich küsst.« Er stand auf und verließ das Büro.

»Träum weiter, Mel«, rief Alan ihm hinterher.

13

Schmutziger Schnee bedeckte die Straßen New Yorks. Die Menschen, die vor der Lutherischen Dreifaltigkeitskirche auf das Erscheinen des Brautpaares warteten, trugen Mützen und dicke Handschuhe. Trotz der eisigen Kälte harrten sie geduldig auf ihrem Platz aus, wollten ihre Idole auf keinen Fall verpassen.

Noch waren die beiden roten Türen der Kirche geschlossen.

Sie öffneten sich, als die ersten Limousinen vorfuhren und die einhundert geladenen Gäste erschienen. Unter ihnen manch Prominenter aus der Musikszene. Melvin hatte auch Jackie eine Einladung geschickt. Sie hatte telefonisch abgesagt, weil ihre Zwischenprüfungen einen Kurzurlaub nicht zuließen.

Dutzende Fotografen hielten das Geschehen in Bildern fest.

Da beide keine Eltern mehr hatten, bat Melvin Alan, seinen einzigen Freund, Jessicas Brautführer zu sein. Trotz seiner Zweifel lehnte er diesen Freundschaftsdienst nicht ab.

Melvin stand in einem dunkelblauen Smoking vor dem Altar. Er hatte keinen Blick für den aufwändig gestalteten Chorraum, sondern schaute gespannt auf den Eingang.

Jessica erschien an Alans Arm. Sie trug einen Traum aus weißer Seide und Tüll. Ihren Hals zierte die zarte Kette mit einem herzförmigen Anhänger, in dessen Mitte ein lupenreiner Saphir funkelte. Melvin hatte ihr diese Kette zu Weihnachten geschenkt. Ihr langes hellblondes Haar fiel unter einem weißen Hut glatt herab. Sie strahlte übers ganze Gesicht.

Der Bräutigam konnte sich nicht sattsehen an seiner Braut, die langsam auf ihn zuschritt.

Alan legte Jessicas Hand in Melvins. Dass er dabei lächelte, bedeutete Melvin viel.

Das Paar lauschte den Ausführungen des Geistlichen, hatte aber nur Augen füreinander. Sie gaben sich das Ja-Wort. Melvin steckte seiner Braut ein Platinband an den Finger, das drei Diamanten zierte. Dann war es an Jessica, ihrem Ehemann den Ring anzustecken. Beide trugen die Gravur: ›Jess & Vin forever‹

Es kam der Moment, den nicht nur das Brautpaar, sondern auch die Gäste herbeigesehnt hatten. »Sie dürfen die Braut jetzt küssen.«

Ihre Lippen fanden sich, erst ganz zart, dann mussten sie sich zügeln, damit die Leidenschaft sie nicht mitriss. Die Anwesenden applaudierten. Jessica lachte ausgelassen und Melvin schaute triumphierend in die Runde. Dies war ihr Tag. Der erste Tag vom Rest ihres Lebens. Und diesen Rest, so stand für beide fest, würden sie gemeinsam verbringen.

Als das Brautpaar die Kirche verließ, schritt es durch einen Regen aus Reiskörnern, dem Symbol für Glück und Fruchtbarkeit. Von allen Seiten leuchteten Kamerablitze auf.

Als sich die Tür der weißen Stretch-Limousine hinter ihnen schloss, küssten sie sich abermals. »Ich liebe dich«, flüsterte Melvin.

»Ich liebe dich mehr«, neckte Jessica ihren Gatten.

»Geht nicht, ich liebe dich schon bis zum Ende des Universums und zurück.«

Die Fahrt zum Hotel Pierre hätte für die beiden ewig dauern können. In der Realität blieben nur noch wenige Momente der Zweisamkeit, bis die Wagen der Gäste eintrafen.

Auch vor dem Hotel hatten sich zahlreiche Schaulustige versammelt. Das Brautpaar winkte ihnen zu, bevor es in der Drehtür verschwand. Die Kälte ließ kein längeres Verweilen zu.

Nach nicht enden wollenden Glückwünschen setzten sie sich mit ihren Gästen. Die runden Tische waren prachtvoll gestaltet, gedeckt mit edlem Porzellan und Baccarat-Kristallgläsern. Wunderschöne niedrige Blumenarrangements aus zartrosa Rosen, weißem Schleierkraut und viel Grün sorgten für Frische. Pompöse Kristalllüster tauchten den Raum in warmes Licht. Eine Riege Kellner in dunkelroten Uniformen servierte das erste Gericht des exklusiven Neun-Gänge-Hochzeitsmenüs. Das Essen wurde von klassischer Klaviermusik untermalt. Der Pianist, ein angesehener Musiker, war eigens für diesen Anlass aus Wien angereist.

Später beim geselligen Teil des Festes sorgte eine erstklassige Tanzkapelle für Stimmung.

Es wurde eine perfekt inszenierte Feier á la Alan Hunter Brolin, genauso wie es Melvin erwartet hatte. Über die Jahre hinweg hatte er sich an Dekadenz gewöhnt. Bei Jessica sah es anders aus. Das Fest fand ihr Gefallen, jede Frau wünschte sich schließlich eine opulente Hochzeitsfeier. Dennoch wäre sie ebenso glücklich ohne diesen ganzen Luxus gewesen, solange Vin an ihrer Seite war. Je weiter der Abend voranschritt, umso mehr sehnte sie sich danach, mit ihm allein zu sein.

Am Morgen, der sich den Feierlichkeiten und der kurzen Hochzeitsnacht anschloss, flogen Jessica und Melvin nach Los Angeles. Sie holten ihren Mietwagen, ein weinrotes Ford Mustang Cabriolet mit weißen Ledersitzen und fuhren nach Venice Beach.

Jessica verliebte sich auf den ersten Blick in das dunkelgrüne Craftsman-Haus. Am Abend saßen sie gemeinsam auf der Schaukel auf der Veranda. Die Sonne war längst versunken und es wurde kühl. Melvin deckte sie beide mit einer rot-grün karierten Wolldecke zu. Das einzige Licht spendete eine dicke Kerze, die auf dem Tisch stand. Jessica kuschelte sich an Melvin. Er schlang seine Arme um sie und summte ein Liebeslied in ihr Ohr.

»Ich hatte keine Ahnung, dass es hier so schön ist«, flüsterte sie.

Melvin lächelte zufrieden.

»Es wäre traumhaft, noch ein paar Tage zu bleiben.«

»Du wärst lieber hier als auf Hawaii.« An sich handelte es sich bei dem Abend in Venice nur um einen Zwischenstopp.

Jessica drehte sich so, dass sie Melvin ins Gesicht sehen konnte. »Sei mir nicht böse, Vin, aber wir haben hier doch alles.«

»Wir haben uns.«

»Und mehr brauchen wir nicht.«

Am Morgen darauf rief Melvin im Büro an und beauftragte Laura, die Reise nach Hawaii zu canceln. Stattdessen blieben sie eine reichliche Woche in Venice. Am Tage fuhren sie mit dem Auto herum und die Abende verbrachten sie bei Kerzenschein auf der Veranda. Zwischendurch liebten sie sich in jedem Raum, den das Haus bot.

Nach der Hochzeitsreise zog der Alltag in das Leben der Frischvermählten ein. Jessica begleitete Melvin zu seinen Konzerten, sie gaben gemeinsam

Interviews, waren Gast in Talk-Shows. Sie gewöhnte sich an den öffentlichen Lebensstil. Mit Melvin an ihrer Seite fiel es ihr zunehmend leichter. Nur ab und an konnte sie sich des Gefühls nicht erwehren, mit Vollgas auf die Katastrophe zuzusteuern. *Eisberg voraus!* In diesen Momenten lag sie wach und suchte nach einem Weg, die Kollision zu vermeiden. Egal, was ihr in solchen Nächten in den Sinn kam, am Ende einer jeden Überlegung zahlte Melvin den Preis. Das kam für Jessica nicht infrage und so blieb bei Morgengrauen nur eine Option. Weitermachen wie bisher und darauf hoffen, dass ihr Glück reichte, den Eisberg zu umschiffen.

Es war geplant, dass Michel Lafont mit seiner Band ›Objets Trouvés‹ im Herbst 1988 ein Gastspiel in New York gab. Erst brach sich eines der Bandmitglieder den Fuß, dann stand Weihnachten vor der Tür. Die Hochzeit führte zu einer weiteren Verschiebung. Ende Februar 1989 stand dem Besuch nichts mehr im Wege und Melvin löste sein Versprechen ein, die Gruppe in die Music Hall zu bringen. Seine Sekretärin buchte für die Band Zimmer in einem Mittelklassehotel unweit der Konzerthalle.

Michel und Melvin fachsimpelten oft die halbe Nacht über die Musik und das Musikbusiness in den Staaten und in Europa. Mitunter trafen sie sich im Anschluss an das Konzert in Melvins Garderobe. Ein andermal besuchten sie eine Bar. Immer öfter nahm er den Franzosen mit nach Hause. Verschanzten sie sich nicht im Studio und werkelten an irgendwelchen Songs, leistete Jessica ihnen Gesellschaft. Die meiste Zeit überließ sie die Männer sich selbst.

Melvin mochte Michels unaffektiertes Wesen. Oft wunderte ihn, wie schnell die Zeit verging, wenn sie gemeinsam über Musik und das Leben philosophierten. Nach zwei Wochen lud Melvin ihn ein, in die Gästewohnung des Penthouse zu ziehen. Michel akzeptierte die Einladung, änderte auch da nichts an seinem Verhalten, gab sich weiterhin unaufgeregt und zeigte keinerlei Tendenz zu Starallüren. Er konnte zuhören und behielt für sich, worüber sie sprachen. Das war für Melvin eine Wohltat, ermöglichte es ihm doch, in Michels Gegenwart er selbst zu sein.

14

Endlich 21! Doof nur, dass der 6. Juni auf einen Dienstag fiel. Meine Volljährigkeit ausgiebig zu feiern war eine Selbstverständlichkeit. Dass am nächsten Morgen Kurse anstanden, passte nicht zu diesem Plan. So blieb mir nichts anderes übrig, als einen weiteren Tag blauzumachen. Zur Feier des Tages ließ ich schon heute das College sausen und schlief mich richtig aus. Wollte am Abend fit sein.

Es war bereits Nachmittag. Ich lag noch im Bett und überlegte, was ich anziehen sollte, wenn ich mich später mit ein paar Freunden in einem angesagten Club treffen würde. In Gedanken ging ich den Kleiderschrank durch. Fand es blöd, an so einem Tag etwas zu tragen, was ich schon auf irgendeiner anderen Party anhatte. Ich zog in Erwägung, mir noch eben was Neues zu leisten, als es an der Tür meines Apartments klingelte.

»Gleich …« Ich warf mir einen Morgenmantel über.

Während ich den Gürtel zuband, sauste ich zur Tür.

»Vin …«

»Alles Gute zum 21.«

Sein Erscheinen machte mich sprachlos. Mit jedem anderen hätte ich gerechnet.

»Lässt du mich rein?«

Ich trat zur Seite.

»Du siehst das Apartment ja zum ersten Mal.« Ich folgte seinem taxierenden Blick, war immer noch baff.

»Ich weiß, wir haben uns lange nicht gesehen.«

Ich nahm Melvin die Blumen ab und suchte im Küchenbereich nach einer Vase. Während ich sie ins Wasser stellte, sprach keiner von uns ein Wort. Ich erinnerte mich an unsere letzte Begegnung am Tag von Mutters Beerdigung. Die zugedröhnte düstere Gestalt von damals hatte sich in meinen Bruder zurückverwandelt. Inzwischen glaubte ich, dass es einen triftigen Grund für seinen Absturz gegeben hatte. Trotzdem konnte ich nicht vergessen, dass er in dieser schwierigen Zeit nicht für mich da war.

»Geht es dir gut?«, fragte Melvin in die Gedanken hinein.

»Willst du wissen, ob mir deine Zuwendungen ein angenehmes Leben bereiten?« Ich stellte die Vase auf den Tisch.

»Eigentlich möchte ich erfahren, wie du dich fühlst.«

»Keine Sorge, Melvin. Ich bin ok. Am College ist es ok. Ich habe dieses Apartment und genug Geld. Also ja, es geht mir gut.«

»Komm, wir setzen uns.«

»Ich zieh mir eben was an.«

Melvin ließ sich in einen Sessel fallen.

Als ich kurz später wieder zu ihm kam, wählte ich einen Platz auf dem Sofa.

»Hast du was zu trinken?«, fragte er.

»Du brauchst etwas Hartes?«

»Ich dachte an einen Kaffee.«

»Sollst du haben.« Ich kehrte in den Küchenbereich zurück.

»Du bist sauer auf mich«, sagte Melvin, während ich die Kaffeemaschine bediente.

»Wie kann ich sauer auf dich sein? Du finanzierst mein Leben.«

»Pumpkin …« Er kam zu mir. »Ich weiß, dass ich mir mehr Zeit für dich nehmen sollte.«

»Weißt du, wie Scheiße es sich anfühlt, mit allem allein zu sein? Als Mutter starb, hätte ich dich gebraucht! Ich hab x-mal angerufen. Hab gewartet. Und dann kamst du und warst völlig zugedröhnt.«

»Zu der Zeit stand ich komplett neben mir.«

Ich lachte auf. *Das ist seine Entschuldigung?*

Wir tranken unseren Kaffee. Ein richtiges Gespräch wollte dabei nicht aufkommen.

»Ich treffe heute Abend ein paar Freunde in einem Club. Willst du mitkommen?« Es kostete mich Überwindung, ihn danach zu fragen.

»Besser nicht. Es ist dein Tag. Melvin de Flame würde zu viel Aufmerksamkeit auf sich ziehen.«

War doch klar. Was hatte ich mir nur dabei gedacht, dies vorzuschlagen?

»Wollen wir vorher essen gehen?«, fragte er.

»Ok, das können wir machen.«

»Ich habe ein Geschenk für dich.« Melvin griff in die Innenseite seines Jacketts und zog ein goldfarbenes Kuvert hervor.

Ich nahm es entgegen und öffnete es zögerlich. Erwartete Geld oder einen Scheck, der mich zum Shoppen schickte und ihn davon befreite, etwas auszusuchen.

Der Umschlag enthielt eine Urkunde. Es brauchte einen Moment, bis ich erkannte, dass es sich dabei um ein Zertifikat handelte, das besagte, dass mir jetzt 10 % der Fabulous Music Hall gehörten. »Wow …«

»Ich dachte, das ist etwas für die Zukunft. Mach damit, was du willst.«

»Danke, Vin.« Ich war sprachlos und wusste nicht recht, was ich von diesem Geschenk halten sollte.

Melvin stand auf und kam zu mir aufs Sofa. Er schloss mich in die Arme und für einen Augenblick drückte er mich an seinen Körper. Diese Umarmung bedeutete mir mehr als eine Urkunde, die meine Zukunft absicherte.

»Wo ist eigentlich deine Frau?«

»Jess wäre gern mitgekommen. Beim nächsten Mal, ok?«

Als er von Jessica sprach, wurde Melvins Gesicht weich und seine Stimme sanft. Ein wenig bedauerte ich, dass ich die Hochzeit verpasst hatte.

Am Abgrund

Melvin

Wie konnte ich das tun?

Ich hasse mich dafür.

Habe dich betrogen.

Nein, sie bedeutet mir nichts.

Mein Verlangen war stärker, hat den schwachen Körper gezwungen, sie in die Garderobe zu holen.

Ich könnte kotzen.

So lange kann ich gar nicht duschen, dass ich mich nicht nur sauber, sondern wieder rein fühle.

Du hast eine Hälfte von mir mit dir mitgenommen. An jedem verdammten Tag komme ich mir vor wie ein halber Mensch.

Und ausgerechnet diesen Teil hast du mir gelassen?

Echt jetzt?

Mein Schwanz gehört dir.

Verdammt nochmal! Wieso war sie so willig?

Ich hab sie nicht gut behandelt. War weder nett noch zärtlich. Habe sie einfach gefickt, um mich abzureagieren.

Sie hätte mir eine scheuern müssen, statt sich hinzugeben.

Ok, es ist armselig, die Schuld bei ihr zu suchen.

Aber so hast du mich zurückgelassen.

Schwach, armselig, einsam… einfach nur erbärmlich.

Ein unvollständiger Mensch.

Und wie es aussieht, ist die schlechte Hälfte geblieben.

Das hingegen macht schon wieder Sinn, denn solange wir uns kannten, wollte ich immer besser sein. Für dich

1

Im Sommer 1989 hatte Jessica Melvin nach Tel Aviv begleitet, wo er drei Konzerte gab. Nach einem anstrengenden Flug landeten sie bei strömendem Regen wieder in New York. Das Wetter war so schlecht, dass nicht mal Journalisten auf ihre Ankunft warteten. Wenigstens hatte Alan daran gedacht, einen Wagen zu schicken. Melvin ließ sich an der Music Hall absetzen, bevor der Fahrer Jessica nach Hause brachte.

»Seit zwei Tagen geht das nun schon so«, sagte Mrs. White bezüglich des Regens.

»Dann wird es sicher bald besser.«

Sie nickte und Jessica stieg die Treppen hinauf. Im Schlafzimmer zog sie sich um und kehrte in die Küche zurück. »Ich könnte einen starken Kaffee vertragen.«

Während die Haushälterin diesen zubereitete, sagte sie: »Vor zwei Tagen hat ein Mann nach Ihnen gefragt.«

»Ein Reporter?«

»Glaube ich nicht. Er sah nicht so aus, obwohl seine Fragen ähnlich klangen.«

»Haben Sie ihn vorher schon mal gesehen?«

Mrs. White schüttelte mit dem Kopf.

»Was wollte er wissen?« Langsam wurde Jessica nervös.

»Dies und das. Er bat um ein Foto von Ihnen.«

Jessica griff sie bei den Schultern. »Haben Sie ihm eins gegeben?«, schrie sie die verdutzte Frau an.

Mrs. White nickte betroffen.

»Was hat er gesagt?« Ihre Stimme zitterte.

»In den nächsten Tagen schaut er noch mal rein, hat er gemeint. Ist etwas nicht in Ordnung?«

Jessica biss auf ihre Unterlippe. *Ich darf jetzt nicht ausflippen!* »Es ist sicher nur ein Reporter, die werden immer dreister.«

Sie zog sich mit ihrer Kaffeetasse in ihr Zimmer zurück.

Dort stellte sie die Tasse auf den Tisch und trat an die Kommode. Der mittleren Schublade entnahm sie ihre Beretta, setzte sich in den Sessel, krempelte das rechte Hosenbein ein Stück auf. Die gesicherte Waffe wanderte in den Strumpf. Um ihren Halt zu prüfen, lief Jessica im Zimmer auf und ab. Sie holte die Pistole wieder hervor, legte sie auf den Tisch und verließ den Raum.

Minuten später kehrte sie mit einem breiten Gummiband zurück, das sie sich von Mrs. White geholt hatte. Sie knotete das Band um ihre Wade. Die Waffe hielt so wesentlich besser.

Die darauffolgenden Tage kosteten Jessica beinahe den Verstand. Solange Melvin bei ihr war und sie sich unter Menschen aufhielten, hatte sie genug Ablenkung, um ihre Emotionen im Griff zu halten. Schlimm waren die Nächte, in denen sie neben ihrem schlafenden Mann das Inferno ein weiteres Mal erlebte.

›Komm, wir gehen zum River Walk.‹

Sie wandte sich um und sah Pauls Kopf, seltsam losgelöst vom Körper im Raum schweben.

›Nun komm schon, Eva!‹

Plötzlich fürchtete sie sich vor ihrem Bruder. Es war unheimlich, wie sein Kopf um den Körper schwebte und die leblosen Augen sie fixierten. ›Ich habe Angst, Paul. Bitte hör auf damit.‹ Sie wollte weglaufen, war unfähig, sich zu bewegen.

Der Kopf kam auf sie zu. Sie sah verkrustetes Blut am Hals und in der Mitte der Stirn, der starre Blick schien sie zu verbrennen.

Jessica erwachte schweißgebadet, riss die Augen auf und rief sich ins Bewusstsein, dass sie nur geträumt hatte. Es dauerte lange, bis sich Atem und Herzschlag beruhigten. Noch mehr Zeit verging, bis sie wieder einschlief.

Sie saß in einem Auto mit getönten Scheiben. Eigentlich war es eher ein konturloses Etwas, das sich fortbewegte. Die Männer, rechts und links neben ihr, besaßen keine Gesichter. Die gesamte Umgebung floss zu einer homogenen Masse zusammen.

Die seltsame Masse wogte auseinander und ermöglichte ihr, Luft zu holen. Ein eigenartiges Surren kam näher, vergleichbar mit den Lauten einer

Wespe. Es gelang ihr nicht, den Ursprung auszumachen, denn wieder musste sie alle Kraft aufbieten, um nicht von dem Brei verschluckt zu werden.

Bei der nächsten Atempause war die Gefahr deutlich spürbar. Spannung erfüllte den Ort. Das surrende Geräusch verstärkte sich und fand seinen Höhepunkt in einem Knall. Durch grelles Licht geblendet, schloss sie die Lider.

Als sie die Augen wieder öffnete, stand sie umgeben von lodernden Feuersäulen. Obgleich allgegenwärtig, erreichte das Feuer sie nicht.

Inmitten der Flammen tauchte ihr Vater auf. Er trug einen blutbefleckten Kittel. An seinem Arm prangte eine Armbinde, rot mit weißen Rändern und in der Mitte ein Hakenkreuz. In seiner Hand hielt er eine Spritze. ›Nein, Dad, nein!‹

Sie schlug die Hände weg, die nach ihr griffen.

»Hattest du wieder diesen Traum?«, fragte Melvin.

Seit Mrs. White ihr vor fünf Tagen von dem unbekannten Besucher berichtet hatte, suchte er sie jede Nacht heim.

»Was hat das zu bedeuten, Jess?«

»Hattest du noch nie einen Alptraum?«

»Nie so intensiv. Sprich mit mir, wenn dich etwas bedrückt.« Er legte den Arm um sie.

»Es ist alles in Ordnung, Vin. Lass uns wieder schlafen.«

Er löschte das Licht. Jessica rollte sich zusammen, tastete unter das Kopfkissen und schlief mit der Hand am Griff ihrer Beretta ein.

Jessica hörte das Klingeln und vernahm, wie Mrs. White öffnete. Auf Zehenspitzen schlich sie zur Zimmertür und schob sie einen Spaltbreit auf.

»Ist Mrs. Caine heute zu Hause?«

Jessica wich zurück. Sie schloss die Tür und holte die Beretta aus ihrem Versteck unter dem Hosenbein. Die Pistole entsichert, rückte sie einen Sessel so, dass sie von dort aus auf die Tür sehen konnte, und setzte sich. Die Hand, die die Waffe hielt, baumelte über der Lehne. Derjenige, der das Zimmer betrat, würde sie nicht auf Anhieb erspähen.

Es klopfte.

»Ja.«

»Der Herr möchte Sie sprechen«, sagte Mrs. White. Der Mann hinter ihr ließ sich nur schemenhaft ausmachen.

»Ja.«

Die Haushälterin gab dem Besucher den Weg frei. Er trug seinen Hut tief in das Gesicht gezogen und eine dunkle Sonnenbrille. Die Tür fiel ins Schloss. Als er sich Jessica zuwandte, blickte er in die Mündung der Beretta.

»Ganz ruhig, Eva.« Langsam hob er die Hände, hielt sie so, dass Jessica sehen konnte, dass sie leer waren. Mit bedächtigen Bewegungen setzte er Hut und Brille ab.

»Henry. Ich habe Ihre Stimme nicht erkannt. Mein Gott, Henry.« Sie rannte auf ihn zu und schlang die Arme um seine Mitte. Nachdem sie sich beruhigt hatte, erinnerte sie sich an die Waffe in ihrer Hand. Sie gab ihn frei, sicherte die Pistole und legte sie in die Kommode zurück.

»Ich sah Ihr Hochzeitsbild in einer alten Zeitschrift. Die Frisur und der Hut, ich war nicht sicher.«

»Und ich glaubte, Sie wären einer von denen.«

»Ich hätte einer von ihnen sein können. Sie mögen sichere Orte nicht besonders?«

»Waren Sie jemals verliebt, Henry?«

»Kennt er Ihre Vergangenheit?«

»Nein.«

»Sie wissen, dass es Möglichkeiten für Sie beide gibt.«

»Ja, ich weiß. Wenn Vin nur nicht so bekannt wäre.«

»Wir können trotzdem etwas organisieren.«

»Er dürfte nie wieder auf einer Bühne stehen«, sagte Jessica

»Das ist der Preis.«

»Für Vin wäre das wie für einen Fisch auf dem Trockenen.«

»Wie kommen Sie damit zurecht?«

»Die letzte Woche war hart.« Jessica lächelte schmal.

»Seien Sie trotzdem vorsichtig und wenn es notwendig wird, rufen Sie mich an.«

»Danke, dass Sie sich so um mich sorgen.«

»Das ist selbstverständlich«, sagte Henry.

Sie wusste, dass es nicht so war.

2

Gegen seine Gewohnheiten kam Melvin am Mittag aus dem Büro nach Hause. »Es gibt 'ne Terminänderung. T. J. hat was an den Stimmbändern und ich habe zugesagt, seine Kurztournee zu übernehmen.«

»Wann fliegen wir?«, fragte Jessica.

»Morgen früh.«

»Ich packe am besten sofort. Hast du besondere Wünsche, was die Auftrittsgarderobe angeht?«

Melvin schüttelte mit dem Kopf.

»Was ist mit dem Konzert heute Abend?«

»Wir sind ausverkauft, ich kann es nicht absagen. Bleib ruhig zu Hause.«

»Ich müsste es schaffen«, sagte sie nach einem Blick zur Uhr.

Sie gingen hinauf. Jessica öffnete die Schränke weit, um Melvins Outfits zusammenzustellen. Er legte sich aufs Bett und sah ihr zu.

»Wohin fliegen wir?«, fragte sie, ohne ihre Beschäftigung zu unterbrechen.

»Texas. San Antonio.«

Sie hielt in ihrer Arbeit inne. Nach kurzer Erstarrung verschwand sie im Bad, hoffte, dort ihren Schock besser zu überwinden. Melvin sollte nicht bemerken, was er in ihr ausgelöst hatte.

»Warst du schon mal in Texas?«, fragte er vom Bett aus.

»Nein«, wisperte Jessica. Sie stützte sich mit den Armen auf eines der Waschbecken und sah in den Spiegel. Vor sieben Jahren hatte sie San Antonio verlassen und jetzt fragte sie sich, ob sich ihr Aussehen genug verändert hatte, um zu riskieren, dorthin zurückzukehren.

»Was hast du?«

Jessica zuckte zusammen. Sie hatte nicht bemerkt, dass Melvin ins Bad gekommen war. Er stellte sich hinter sie und seine Hände legten sich sanft um ihre Taille. »Fühlst du dich nicht gut?«

»Mir wurde auf einmal übel.« Sie lächelte gezwungen. »Bestimmt ist es gleich wieder besser.«

Auf dem Flug übergab sich Jessica zweimal. San Antonio schlug ihr auf den Magen. In Dallas/Ft. Worth hatten sie eine knappe Stunde Aufenthalt, bevor es mit einer Maschine der texanischen Southwest-Airlines nach San Antonio weiterging.

Trotz allem gab es Jessica ein Gefühl von nach Hause kommen, als sie in San Antonio den Flughafen verließen. Die Stadt hatte sich für ihre Familie zur Heimat entwickelt nach der unruhigen Zeit ihrer frühen Kindheit, an die sie sich nicht erinnerte.

Hier erlebte sie mit ihrem Bruder eine unbeschwerte Jugend. Unzählige Stunden verbrachten sie am River Walk und erfanden immer neue Geschichten, wie ihr Leben später aussehen würde. Tod und Flucht hatten niemals zu diesen Tagträumen gehört. Ihre Rückkehr brachte neben den Erinnerungen auch die Angst zurück.

Sie folgte Melvin zum Büro der Hertz-Corporation, wo er einen Wagen mietete. Der unverwechselbare texanische Slang klang unendlich vertraut in ihren Ohren und war zugleich fremd geworden.

Melvin fuhr über den Highway 37 in Richtung Downtown. Die Sonne brannte auf das Verdeck. Jessica wusste, dass er aus gutem Grund ein Cabrio gemietet hatte, fühlte sich jedoch im geschlossenen Auto sicherer. Das konnte sie ihm nicht sagen und hatte Kopfschmerzen vorgetäuscht.

»T. J. hat im Bluebonnet ein Zimmer reserviert.«

Für Jessica war das in Ordnung, sie brauchte kein Luxushotel. Dort angekommen, sah sie Melvin die Stirn runzeln. Das Mittelklasse-Hotel entsprach schon von außen nicht seinen Ansprüchen. »Das La Mansion ist nicht weit von hier«, sagte sie spontan.

»Versuchen wir, dort eine Suite zu bekommen. Diese Absteige macht mich depressiv.«

»Fahr die Straße geradeaus und du kommst direkt zum River Walk.«

Erst jetzt stutzte er. »Woher weißt du das?«

Sie biss sich auf die Unterlippe und suchte eine Antwort. »Ich habe mich informiert.«

Der Rushhour-Verkehr ersparte ihr weitere Erklärungen. Hinter ihnen hupten bereits einige Fahrzeuge und da Melvin alle Hände voll damit zu tun hatte, sich durch den Verkehr zu wühlen, hakte er nicht nach.

Wie sie geahnt hatte, entsprach das La Mansion weit mehr dem Geschmack ihres Mannes. Von ihrer geräumigen Suite hatten sie einen tollen Blick auf den River Walk. Jessica stand am Fenster und schaute hinunter auf den Fluss. Wieder entsann sie sich der unzähligen Male, die sie mit Paul dort unten herumgelaufen war. Als Kinder hatten sie sich oft gestritten, als Jugendliche wurden sie unzertrennlich. Sie vermisste ihren Bruder in diesem Augenblick. An ihn zurückzudenken brachte Traurigkeit mit sich. Jessica versuchte, sich an weniger trübsinnige Erlebnisse zu erinnern. Ihre Floßfahrten alljährlich am 4. Juli fielen ihr ein. Zu der Zeit waren sie noch eine Familie.

Ich muss an etwas Schönes denken. Es gab viele heitere Erinnerungen an San Antonio und ihre Familie, die sich jedoch unvermeidlich mit dem verknüpften, dass alles zerstört hatte.

»Woran denkst du?« Melvin hatte Jessica beobachtet und sah nun selbst auf den Fluss hinunter. »Wirklich schön.« Dass die Szenerie sie derart gefangen nahm, konnte er nicht nachvollziehen.

»Fahren wir mit dem Cabrio zum Konzert?«

»Nein. Sie schicken uns eine Limo«, sagte Melvin. »Ich habe gestern Mittag mit dem Veranstalter gesprochen. Er hielt das für angemessen. Essen wir vorher?«

»Lieber danach. Was hältst du von texanischem Barbecue?«

»Meinetwegen.« Er schaute Jessica an und fand, sie habe sich verändert, seit sie hier waren.

Das Konzert war ausverkauft. Die kurzfristige Besetzung mit Melvin de Flame tat der Begeisterung keinen Abbruch. Das Publikum erwartete einen Star und mit de Flame bekam es einen.

Jessica war mulmig zumute auf ihrem Platz. Nervös wandte sie sich mehrmals um und ließ ihren Blick quer durch die Besucherreihen schweifen. Auch wenn sie niemanden entdeckte, der ihr bekannt vorkam, konnte sie erst entspannen, als das Licht erlosch und nur noch die Bühne angestrahlt wurde. Sie setzte ihren Hut ab, mit dem sie bis dahin einen Teil ihres Gesichtes verborgen hatte.

Melvin konzentrierte sich bei seinem Auftritt auf die Songs des gemeinsamen Albums mit T. J. Hays und traf damit den Nerv des Publikums.

Kurz vor Ende des Konzertes verließ Jessica ihren Platz und steuerte seine Garderobe an. Es dauerte einige Zeit, bis der Jubel der Zuhörer so weit abflaute, dass er sich zurückziehen konnte.

»Du warst in Bestform.« Sie strahlte und reichte ihm ein Handtuch.

»Danke. Jetzt bin ich mächtig hungrig.« Er wischte sich den Schweiß vom Gesicht.

»Ich auch.«

»Ich gehe eben unter die Dusche und ziehe mich um. Meinst du, der Fahrer weiß, wo man gutes Barbecue bekommt?«

Natürlich wusste er das. »Sind Sie sicher, dass Sie es echt texanisch wünschen?«, fragte er Melvin.

Er nickte leicht genervt, war es gewohnt, dass man seine Bitten bei ihrer ersten Äußerung erfüllte.

An seiner Stelle antwortete Jessica: »So typisch es geht.«

Sie verließen das Stadtzentrum. Melvin sah aus dem Fenster und fragte sich, wo um alles in der Welt sich in dieser Einöde ein gescheites Restaurant befinden sollte.

Die Limousine hielt praktisch im nirgendwo. Jessica stieg aus und bedankte sich beim Fahrer. Melvin zögerte.

»Vin …«

Er folgte ihr, sah sich auf dem Parkplatz um und entdeckte ein großes Blockhaus. »Jess?«

»Ja.«

»Ist das das Restaurant? Und kann es sein, dass es gerade abbrennt?« Er deutete auf die Rauchfahnen, die hinter dem Haus aufstiegen.

Jessica lachte unbefangen. »Nein, Vin, es brennt bestimmt nicht. Das sind die Smoker.« Sie schritt voran.

Er folgte ihr kopfschüttelnd in den spärlich beleuchteten Gastraum, dessen rustikale Tische zumeist besetzt waren. Die Wände waren dekoriert mit einer Lone-Star-Flagge, Longhorns und Rodeo-Fotos. In der Mitte des Raumes stand ein uriger Tresen, an dem einige Männer saßen und tranken. Es roch nach Holz und gegrilltem Fleisch. Die Luft war rauchgeschwängert.

Jessica begrüßte den Platzanweiser landestypisch mit: »Howdy.«

Melvin betrachtete das Geschehen wortlos.

Sie wurden zu einem Tisch in der Ecke geführt und setzten sich auf die Holzbank ohne Kissen.

Melvin konnte nicht leugnen, dass das Essen schmeckte. Aufrichtig gab er zu, nie ein besseres Steak gegessen zu haben, zart, saftig, genau auf den Punkt medium-rare gegart mit einem deutlichen, aber dennoch angenehmen Raucharoma.

»Ich habe keine Ahnung, ob ich morgen Abend auf die Bühne kann. Im Moment sieht es eher so aus, als müsste ich mit einer Rauchvergiftung ins Hospital«, murmelte Melvin. Seine Augen brannten und er begriff nicht, was Jessica bewogen hatte, ihn in so ein Restaurant zu locken. Er fragte sie nicht, ein Blick in das strahlende Gesicht seiner Frau ließ ihn erkennen, dass sie sich hier wohler fühlte als in jedem Nobelrestaurant.

Ein Taxi brachte sie zum Hotel zurück.

»Trinken wir noch ein Glas an der Bar? In meinem Hals kratzt es entsetzlich.«

»Meinst du nicht, dass du etwas übertreibst?« Jessica küsste ihn auf die Wange.

»Also keinen Drink mehr?«

»Doch.«

Sie setzten sich an einen der winzigen Tische für zwei gegenüber dem Tresen.

Während Melvin sich einen Imperial Whisky schmecken ließ, schlürfte Jessica eine Margarita. Sie unterhielten sich angeregt über den vergangenen Tag und planten den kommenden, der ihnen bis zum Konzert am Abend allein gehören würde. Keiner von beiden schenkte den drei Männern Beachtung, die kurze Zeit nach ihnen in die Bar traten und sich an die Theke setzten.

Eduardo Garcia stand der Sinn nach Feiern. Er hatte einen Deal an Land gezogen, der ihm nicht nur ein paar Millionen einbringen, sondern auch seine Position festigen würde. Und mit wem konnte er diesen Erfolg besser begießen als mit seinem Vize, Miguel Flores, und seinem Ziehsohn, Thomas Brown.

Die Latinos bestellten Tequila. Brown bevorzugte Tomatensaft, orderte dennoch ein Lonestar-Bier. Er kannte Garcia, wusste, wie wenig Verständnis er für seine Abneigung gegenüber alkoholischen Getränken aufbrachte, wenn er sich in Partylaune befand.

Während Garcia und Flores sich selbst feierten, nippte Brown an seinem Bier und schaute sich in der Bar um. Sein Blick fiel auf das Paar an einem Tisch auf der anderen Seite. Irgendwie kamen ihm die beiden bekannt vor.

»Tom.« Garcia stieß ihn an. »Kannst du kommende Woche nach El Paso fliegen? Du triffst dich dort mit einem Kontaktmann. Näheres erkläre ich dir später.«

»Sí, *Padre*. Wenn Sie das wünschen.«

»Ich bin eben für kleine de Flames. Bestellst du uns noch einen Drink?« Melvin lachte unbeschwert.

Jessica schaute zur Bar und gab dem Bartender ein Zeichen, noch einmal dasselbe zu bringen. In der Spiegelverglasung der Barregale erblickte sie die Gesichter der Männer am Tresen.

Plötzlich fiel es ihr schwer, zu atmen. *Ich muss mich irren.* Sie wagte einen weiteren Blick in den Spiegel. *Irrtum ausgeschlossen!* Alle Farbe wich aus ihrem Gesicht. Für Sekunden hatte sie das Gefühl, ohnmächtig zu werden.

Ihrer Panik folgend, wäre Jessica am liebsten aus der Bar gerannt. Dass sie damit die Aufmerksamkeit auf sich konzentrieren würde, erkannte sie gerade noch rechtzeitig. Sie ergriff ihr Glas, führte es mit unruhiger Hand zum Mund. Nach dem wunderbaren Abend hatte sie sich sogar in San Antonio sicher gefühlt. Wie trügerisch so ein Gefühl sein konnte.

Melvin kam zurück.

»Vin, bitte lass uns hinaufgehen«, bat Jessica, kaum, dass er sich gesetzt hatte.

»Was hast du, Liebes?«

»Leise.« Sie legte einen Finger auf ihren Mund. »Frag bitte nichts, lass uns einfach gehen.«

»Okay.« Melvin erhob sich.

Um die Bar zu verlassen, mussten sie direkt an den Männern vorbeilaufen. Jessica senkte den Kopf so weit wie möglich, und verfluchte sich, weil sie den Hut in der Limousine vergessen hatte.

»Mr. de Flame?«

Jessicas Herzschlag setzte für einen Moment aus.

»Ja.«

»Bitte geben Sie mir ein Autogramm für meine Tochter«, bat einer der Latinos mit breitem Grinsen auf dem sonnengegerbten Gesicht.

Auch die beiden anderen wandten sich nun zu Melvin und Jessica um. »Wer ist der Mann?«, fragte Garcia.

»Ein Musiker aus New York. Camila ist verrückt nach ihm.«

»Leider habe ich keine Autogrammkarten bei mir. Wenn Sie noch etwas bleiben, lasse ich Ihnen durch den Pagen eine herunterbringen«, sagte Melvin.

»*Gracias.* Das ist nett.«

»Für Camila, ja?«

Jessica hätte ihren Mann am liebsten mit Gewalt weggezogen. Sie kämpfte gegen eine Panikattacke, während er sich mit Smalltalk aufhielt. *Wenn das so weiter geht, laden sie uns gleich zu einem Drink ein.*

Sie brachte den Gedanken kaum zu Ende, als Garcia fragte: »Trinken Sie einen Tequila mit uns, Mr. …«

»De Flame«, ergänzte Melvin. »Eigentlich gern, aber meine Frau fühlt sich nicht gut.«

Jessica wusste, dass sie reagieren musste, um nicht auffällig zu werden. Also hob sie den Kopf und sah die Männer mit leidendem Gesichtsausdruck an.

»Verstehe. Ist sicher besser, Sie kümmern sich um die *Seńóra.*« Garcia grinste zweideutig und musterte Jessica von oben bis unten. Für einen Augenblick trafen sich ihre Blicke.

Als sie auf den Fahrstuhl warteten, lehnte sich Jessica gegen die Wand und versuchte durchzuatmen.

»Was hast du, Jess?«, fragte Melvin, als sich die Fahrstuhltür hinten ihnen schloss.

»Nichts.« Sie sah in Richtung Liftboy.

Melvin begriff nicht, was sich hier abspielte, stellte aber keine weiteren Fragen. Als sie ausstiegen, gab er dem Boy einen Wink, ihm zu folgen. Seine Bedenken, den Lift allein zu lassen, zerstreute er mit einem Zehn-Dollar-Schein.

Der Liftboy begleitete sie zur Suite. Melvin holte eine Autogrammkarte aus einer Tasche. Er schrieb eine kurze Widmung für Camila darauf und drückte sie dem Boy gemeinsam mit einer weiteren Zehn-Dollar-Note in die Hand. »An der Bar sitzen drei Männer, gib sie dem, der links vom Amerikaner sitzt.«

Der Boy bedankte sich überschwänglich und eilte in Richtung Lift.

3

Endlich allein mit Melvin ließ sich Jessica in den nächststehenden Sessel fallen. Sie lehnte sich zurück und schloss die Augen. Solange sie ihn kannte, war es ihr mehr oder minder gut gelungen, die Gefahr zu ertragen, zu verleugnen, zu unterdrücken und totzuschweigen. Nach diesem Abend hörte das auf, eine Option zu sein.

Vielleicht nicht sofort, aber früher oder später würde sich einer der Männer erinnern. Sie kannten Melvins Namen. Ihn zu finden, erforderte keinerlei Mühe. Jessica hatte das Gefühl, nicht genügend Luft zu bekommen und atmete stoßweise.

»Jess.« Melvin setzte sich auf die Sessellehne und streichelte behutsam über ihren Rücken. »Jessica! Was hast du?«

Sie öffnete die Augen. Sah zu ihm, als erblickte sie ihn zum ersten Mal. Lehnte ihren Kopf an seine Brust. Sie spürte seine Wärme, nahm den gleichmäßigen Herzschlag wahr und wünschte, dass sich seine Ruhe auf sie übertrug.

Er umschloss Jessica mit seinen Armen. »Was ist denn?«

»Vin …« *Ich darf nicht länger schweigen.* »Melvin, dass ich zum ersten Mal in Texas bin, war gelogen. Ich kenne mich in San Antonio so gut aus wie du in New York, bin hier aufgewachsen.«

Sie bemerkte, wie sich die Umarmung lockerte. Dass er eine Erklärung erwartete, verstand sie gut. Weiterhin zu lügen war keine Alternative. Ihre Blicke trafen sich. Melvin blieb stumm, in seinem Gesicht stand Verwirrung.

Wie sehr wird ihn erst die ganze Geschichte entsetzen? »Wir wohnten in einem schönen Haus, die Eltern, Paul, mein älterer Bruder und ich«, sagte Jessica.

»Echt jetzt? Willst du mich verarschen?«

»Ich erzähle dir endlich, wer ich bin.«

»Wer du bist? Ich kann dir sagen, wer du bist. Meine Frau. Die Ehefrau von Melvin de Flame. Du wurdest am 8.5.1963 in Claremont geboren. Dein Vater war Polizist und deine Eltern kamen bei 'nem Autounfall 1982 ums

Leben. Du warst bei ihnen, hast überlebt und so weiter und du warst nie zuvor in Texas.«

»Hör auf, Vin. Jessica Ryan starb ein paar Tage nach ihren Eltern.«

»Nein! Du bist hier.«

»Ja, ich bin hier. Aber wer bin ich? Nicht Jessica Ryan, genauso wenig Lauren Birney.«

»Wer ist diese Lauren? Allmählich frage ich mich, ob ich überschnappe oder du.«

»Lauren Birney ist mein derzeitiger Name. Unter ihm werde ich beim US Marshals Service geführt.«

»Moment mal, Jess. Bist du so was, wie 'ne Agentin? Willst du mir das sagen?« Er schaute sie forschend an.

»Nein, ich bin Eva Miller, richtigerweise Eva Müller.«

»Bist du sicher?« Obwohl er grinste, war ihm anzusehen, dass er nicht wusste, ob er lachen oder weinen sollte und dass er nicht mehr einschätzen konnte, was Lüge war und wo die Wahrheit begann.

»Das ist nicht lustig, Vin.«

»Lustig?« Er stampfte in Richtung Bar. »Wie kommst du darauf, dass ich's lustig finde? Al hat immer behauptet, dass irgendwas nicht stimmt mit dir. Ich hätte ihm glauben sollen.« Seine Stimme klang müde. Er nahm eine Flasche Whisky zur Hand und goss ein Glas halbvoll.

»Denkst du, es hat mir Spaß gemacht? Mein Leben hängt davon ab.« Jessica musste sich zusammenreißen, um nicht zu schreien.

»Ich verstehe nicht.« Melvin leerte das Glas.

»Wenn du mich ausreden lässt, erkläre ich dir, was dahintersteckt.«

Er schenkte sich abermals ein und setzte sich in den Sessel ihr schräg gegenüber. »Nur zu.«

»Ich mache es kurz.« Sie registrierte seine gleichgültige Haltung und war sich im Klaren darüber, dass es ihre Schuld war, dass er so reagierte. »Jakob Müller, mein Vater, war Arzt. Bevor wir nach San Antonio kamen, lebten wir in Südamerika, viele Jahre in Argentinien. Also meine Familie. Ich wurde in Paraguay geboren. Dort waren wir nicht lange.« Jessica sah Melvin an, wollte ihm die Gelegenheit geben, etwas dazu zu sagen. Eine Frage zu stellen. Irgendwie zu reagieren.

»Erzähl weiter.«

»Unser Haus lag in Jefferson Heights. Dort lebten viele Hispanics und weil Vater ihre Sprache kannte, behandelte er vorwiegend Latinos.« Jessica erkannte Unverständnis auf Melvins Gesicht.

»Ich muss weiter zurückgehen, um es verständlich zu machen. Erinnerst du dich daran, wie ich dir in Berlin erzählte, meine Großmutter sei Deutsche?«

»Ich erinnere mich.«

»Sie lebte in Berlin. Mein Vater hat einen Großteil seiner Kindheit bei seiner Oma auf dem Land verbracht. Ich glaube, er hat sie sehr gemocht.« Jessica unterbrach sich, bemerkte, dass sie vom Thema abkam. »Wie gesagt, mein Vater war Arzt und er war in der Partei.«

Melvin zuckte mit den Schultern.

»Die Nazipartei … Er war Nazi.«

»Wie geht's weiter?« Er schien nichts damit anfangen zu können oder es interessierte ihn nicht.

»Nach Peróns Sturz war Argentinien nicht länger das gelobte Land und nach Eichmanns Entführung litt mein Vater unter Verfolgungswahn. So kamen wir hierher.«

Melvin ging nicht auf das ein, was sie offenbarte. »Warum hast du mich belogen?« Das schien ihn als Einziges wirklich zu interessieren.

»Jahre später wurde er erkannt. Eduardo Garcia, einer der Männer unten an der Theke, hatte nicht vor, zur Polizei zu gehen. Er wollte, dass Vater für ihn arbeitet. Es muss ein geheimes Labor gegeben haben. Drogen. Sie haben ihn erpresst. Er sollte Tests durchführen. Als er sich weigerte …« Jessica schwieg gefangen im Gestern.

»Eines Nachts, ich lag im Bett und konnte nicht schlafen, hörte ich Geräusche vor dem Haus. Zuerst glaubte ich, es sei Paul. Er war vierundzwanzig, kam oft spät heim. Irgendwie klangen die Schritte komisch. Ich stand auf. Durch die Gardine erkannte ich Toni Lopez, den Werkmeister aus Garcias Firma. Er entfernte sich von unserem Haus und ich fragte mich, was er gewollt haben könnte.«

Es kostete Jessica Kraft, ihre Vergangenheit zu offenbaren. Sie wünschte sich, Melvin würde sie halten. Aber er schaute sie so unverwandt an, dass sie nicht wagte, sich ihm zu nähern.

»Als ich am nächsten Morgen zum Campus wollte, stolperte ich über ein Paket vor unserer Haustür.« Aufsteigende Tränen verschleierten ihr die Sicht. »Ich trug es in die Küche. Schnitt die Verschnürung los …« Als wäre es erst gestern geschehen, sah sie die Bilder vor sich.

»Jess.« Melvin trat zu ihr.

»Es war Paul«, schluchzte sie. »Pauls Kopf war in dem Paket.«

Sanft schloss Melvin Jessica in den Arm. »Das alles … Ich kann es nicht begreifen. Aber ich bin da.« Er küsste ihr blumig duftendes Haar.

»Seine trüben, ausdruckslosen Augen sahen mich an, das verkrustete Blut … Ich brach zusammen«, sagte Jessica mit erstickter Stimme. »Im Hospital kam ich wieder zu mir. Erinnerte mich, schrie. Eine Beruhigungsspritze schickte mich zurück ins Reich der Träume. Ich weiß nicht, wie oft sich das wiederholte. Als ich erneut aufwachte und den Kopf mit den glasigen Augen sah, begriff ich, dass alles Schreien nicht half. Die Schwester, die an meinem Bett wachte, ging hinaus. Sie gab wohl weiter, dass ich bei Verstand war, denn es dauerte nicht lange, bis zwei Polizisten erschienen und mich befragten.«

»Es war dieser Werkmeister.«

Jessica nickte. »Ich machte eine Aussage. Lopez hat ein steifes Bein, das machte es einfach, ihn zu erkennen. Am Tag darauf entließ man mich aus dem Hospital. Vater holte mich ab. Er sah furchtbar aus, die Haut fahl, die Wangen eingefallen. Selbst sein Gang erinnerte an einen alten Mann.« Sie löste sich aus der Umarmung, kam in den Stand und trat an das Fenster. Die Lichter des Hotels spiegelten sich im Wasser des Flusses. Eine Gruppe Jugendlicher stand auf einer Brücke. Sie neckten einander und lachten hemmungslos.

»Jessica.«

Schwerfällig wandte sie sich zu Melvin um.

»Was geschah weiter?«

Sie kehrte zum Sessel zurück. »Dad fuhr aus der Stadt raus. Ich war froh, nicht nach Hause zu müssen. Wir schwiegen die ganze Zeit. An einem Motel endete die Fahrt. Melvin … ich …« Sie sehnte sich nach seiner Nähe.

»Du hättest eher darüber sprechen sollen.«

»Mutter lag im Bett, streckte mir die Hand entgegen. Ich weiß nicht mehr, was ich gesagt habe. Erinnere mich nur, dass sie nicht antwortete. Vin, gießt du mir einen Drink ein.«

Er tat es stumm und reichte ihr das Glas.

Ihre Hand zitterte, als sie danach griff.

»Ich bin bei dir«, versprach er.

Sie nippte an der bräunlichen Flüssigkeit. »In dieser Nacht erzählte er mir, wie er sich zu Kriegsende abgesetzt hatte. Argentiniens Loyalität gegenüber seinesgleichen bescherte ihm ein gefälliges Leben. Inmitten seiner Freunde träumte er noch lange vom vierten Reich. Vielleicht hat er sogar in San Antonio noch davon geträumt. Ich konnte ihn nie fragen.« Jessica stoppte und lehnte sich an Melvin, der abermals auf ihrer Sessellehne saß.

»Kannst du mir verzeihen?« Sie sah zu ihm auf.

»Wieso hattest du kein Vertrauen zu mir?«

»Wenn ich dir nicht vertrauen würde …«

»Aber wieso hast du dann nichts gesagt?«

»Ich wollte dich nicht damit belasten.«

»Ich liebe dich, Jess.« Er schaute sie mit zärtlichem Blick an.

»An dem Morgen hatten wir einen Termin bei der Polizei. Es muss passiert sein, als er den Wagen startete. Ich erinnere mich an den Knall. Als Mom und ich aus dem Zimmer rannten, war das Auto ein Flammenmeer …« Jessica räusperte sich, ehe sie weitersprach. »Binnen kurzem wimmelte es von Polizisten. Ich gab weiter, was Vater mir am Abend davor anvertraut hatte.« Sie trank einen Schluck. »Dann tauchte dieser FBI-Mann auf. Special Agent Henry Doyle. Ich erzählte, was ich wusste. Zeigte ihm Vaters Tagebuch.«

»Warum sitzt dieser Garcia nach alledem unten an der Bar?«

»Es reichte nicht. Das Tagebuch endet 1945. Alles, was ich über Garcia berichten konnte, war Hörensagen. Kein Staatsanwalt konnte ihn auf dieser Basis anklagen. Als sie einen Durchsuchungsbefehl für seine Firma bekamen, fanden sie kein Labor. Außer ein paar illegalen Arbeitskräften war alles in Ordnung, eine ganz normale Spielzeugfabrik.«

»Aber du bist sicher, dass es dieses Labor gibt?«

»Ich habe nicht die geringste Ahnung. Weiß nur, dass es eines gab. Warum hätte Vater lügen sollen? Henry brachte Mutter und mich an einen sicheren Ort. Er setzte sich für uns ein. Die Ryans gab es wirklich.«

»Ich weiß.«

»Woher?« Sie sah Melvin erstaunt an.

»Sprich weiter.«

»Der Unfall und unser Familiendrama fielen zufällig zusammen. Die richtige Jessica hatte eine schwere Kopfverletzung. Henry, er kannte die Ryans, ließ sie in ein Hospital bringen, das im Auftrag der Regierung forschte, hoffte, man könne ihr helfen. Sie starb. Henry meinte, eine echte Identität zu übernehmen, wäre das Ungefährlichste.«

»Deshalb also. Deine Verschlossenheit, wenn ich nach deiner Familie gefragt habe. Die Angst vor der Öffentlichkeit. Vieles, das ich früher nicht verstanden habe … Jess, was bedeutet das für uns?«

»Ich weiß es nicht.«

»Denkst du, sie wollen noch immer …«

»Garcia ist *el Don*. Vater hat das gesagt und es gibt keinen Grund, daran zu zweifeln. Henry hat mir erklärt, wer auf der schwarzen Liste steht, wird erst gestrichen, wenn er tot ist.«

»Was wurde aus deiner Mutter?«

»Sie starb ein knappes Jahr später.« Jessicas Stimme klang jetzt ruhig. Alles, was tief in ihr geschlummert hatte, hatte sie offenbart.

»Meinst du, er hat dich erkannt?«

»Dann gnade uns Gott.«

»Du klingst, als würden wir über das Essen von morgen reden. Wie kannst du ruhig im Sessel sitzen und wissen, dass Killer nach dir suchen?«

»Ich habe Angst, lebe seit Jahren damit. Gleichzeitig fühle ich mich befreit, weil nichts mehr zwischen uns steht. Ich denke nicht daran, dass jeden Moment die Tür aufgehen kann und … Wir müssen die Nerven behalten.«

»Wie du das sagst.«

Jessica fühlte sich um Jahre zurückversetzt. In der Zeit nach dem Verbrechen bis zu ihrer Ankunft in Fourtown hatte sie gelernt, in entscheidenden Momenten emotionslos und vom Verstand geleitet zu reagieren.

4

Zurückgekehrt nach New York glaubte Melvin, es müsse etwas geschehen, konnte jedoch nicht benennen, woran er konkret dachte. Jessicas Offenbarungen hatten ihn in eine Art Schockstarre versetzt. Er funktionierte im Alltag wie immer, aber darüber hinaus fühlte er sich leer.

Jessica kämpfte neben ihren Ängsten gegen die Magenbeschwerden, die sie weiterhin peinigten. Keiner von beiden sprach über die im Hintergrund lauernde Gefahr. Reden hätte bedeutet, der Hilflosigkeit Raum zu geben. Das hieß jedoch nicht, dass sie es schafften, was in San Antonio geschehen war, aus den Gedanken zu verdrängen.

»Begleitest du mich zum Konzert? Alington macht ein Interview und es wäre nett, wenn du ein paar Worte ergänzt«, sagte Melvin eines Mittags.

»Bist du böse, wenn ich zu Hause bleibe? Ich fühle mich nicht gut.«

»Immer noch der Magen?«

Sie nickte.

»Vielleicht solltest du mal zum Arzt gehen.« Er fragte sich, ob ihre Beschwerden vom Stress kamen oder eine körperliche Ursache dahintersteckte.

»Wahrscheinlich hast du recht.« Sie trat auf ihn zu. »Ich habe nachgedacht. Es tut mir leid, dass ich nicht weiter geschwiegen habe, sondern in Panik geraten bin. Vin, ich wünsche mir, dass es zwischen uns wieder wie vorher wird.« Sie sah ihm in die Augen.

»Ich zerbreche mir den Kopf … Kann dein Henry nichts für uns tun?«

»Hast du eine Ahnung, was das bedeuten würde?«

»Nein«, sagte Melvin. »Wir müssen einen Weg finden. Nach dem Konzert überlegen wir gemeinsam, wie es weitergehen soll.« Er erkannte, dass es sie auf Dauer kaputtmachen würde, die Realität zu verleugnen. Auch wenn er sich nie wirklich in dieser Position sah, glaubte er, es sei an ihm als Mann, für ihre Sicherheit zu sorgen. Er erinnerte sich daran, wie er sie beide zusammen für unsterblich gehalten hatte, als Jessica zu ihm zurückgekehrt war. Es schmerzte zu realisieren, dass sie genau das nicht waren.

»Ich fahre ins Büro.« In diesem Moment sehnte er sich danach, allein zu sein, um seine Gedanken zu ordnen und über einen Weg für die Zukunft zu grübeln. »Bitte geh zum Arzt.«

Kurze Zeit später verließ Jessica das Penthouse. Sie ertrug die ständige Übelkeit nicht länger und folgte Melvins Rat.

Der Doktor, kaum älter als sie, betrachtete sie durch die runden Gläser seiner Nickelbrille. Eine einladende Bewegung mit dem Arm forderte sie zum Platznehmen auf. »Was kann ich für Sie tun, Mrs. Caine?«

Jessica berichtete von ihren Symptomen und führte sie auf allgemeinen Stress zurück.

»Ich schaue Sie mal an, um sicherzustellen, dass organisch alles in Ordnung ist. Bitte machen Sie sich in der Kabine frei.«

Nach der Untersuchung nahm Jessica abermals dem Arzt gegenüber Platz. »Haben Sie etwas gefunden, Doc?«

»Allerdings.«

Sein offenes Lachen befremdete sie.

»Keine Sorge, Mrs. Caine, es ist nichts Schlimmes. Sie erwarten ein Baby. Das ist die Ursache für Ihre Übelkeit. In der Anfangsphase ist das völlig normal. Stresssituationen können die Übelkeit natürlich verstärken. Ich schreibe Ihnen ein Medikament auf, das die Beschwerden lindert.«

Jessica hatte nach dem ersten Satz nicht mehr auf die Worte des Arztes geachtet. *Weshalb bin ich nicht von selbst darauf gekommen?* Aber auch das Ausbleiben ihrer Periode hatte sie auf die anhaltende nervliche Belastung zurückgeführt.

»Ist alles in Ordnung, Mrs. Caine?«

»Es kommt ein wenig plötzlich.« Sie rang um ein Lächeln.

»Sie sind verheiratet?«

»Ja, keine Bange. Mein Mann wird sich freuen.« Davon war Jessica überzeugt, obwohl sie und Melvin nie über Nachwuchs gesprochen hatten. Ihre Beziehung war von Anfang an so ausgefüllt, dass sie gar nicht daran gedacht hatten, eine Vergrößerung der Familie in Erwägung zu ziehen.

Statt direkt nach Hause zu gehen, machte Jessica einen Abstecher in den Central Park. Sie setzte sich auf eine Bank und versuchte zu begreifen, dass ein neues Leben in ihr wuchs. *Ich bin tatsächlich schwanger.* Nicht nur, dass sie als Paar nie darüber gesprochen hatten. Jessica hatte sich auch nie als Mutter gesehen, obwohl sie Kinder liebte und gern mit ihnen gearbeitet hatte. *Wir werden ein Baby haben. Ob es Vins Talent mitbekommt?* Ihr wurde klar, dass ihre Schwangerschaft alles veränderte. Sie durfte nicht länger nur an sich denken, sondern musste sicherstellen, dass es der oder dem Kleinen gut ging.

Als Melvin am Abend nach Hause kam, fand er Jessica in Gedanken versunken. Sie saß in ihrem Zimmer und bemerkte seine Anwesenheit erst, als er sich neben sie setzte. »Du warst beim Arzt? Was hat er gesagt?« Er gab ihr einen Begrüßungskuss.

»Keine Sorge, ich brauche nur ein bisschen Ruhe. Ein Urlaub wäre nicht schlecht.«

»Urlaub? Ich habe entsetzlich viele Termine, jetzt wo T. J. ausfällt.«

»Ich weiß, Vin. Sage ja nur, was der Doktor geraten hat.«

»Flieg nach Venice. Da hast du deine Ruhe und kannst ausspannen.« Melvin war überzeugt, dass diese blöde Übelkeit mit etwas Erholung verschwand.

»Ohne dich?«

»Womöglich ist das sogar besser.«

»Vermutlich hast du recht.« Jessica klang nicht begeistert.

»Du hast Angst.«

»Nicht mehr als sonst. Bevor wir in San Antonio waren, schien alles weit zurückzuliegen. Fast als beträfe es nicht mich. Jetzt bin ich zurück in der Realität. Keine Ahnung, wozu es gut ist. Mein Leichtsinn wäre uns irgendwann vielleicht zum Verhängnis geworden.«

»Niemand weiß, was richtig ist. Ich grüble die ganze Zeit darüber, wie wir damit umgehen sollen.« Melvin griff nach ihrer Hand.

»Das wollte ich nicht, Vin. Ich liebe dich so sehr. Du solltest diesen Alptraum niemals mit mir teilen.« Sie rückte näher an ihn heran, führte seine Hand zum Mund und küsste sie zärtlich.

»Nein, Jess. Du hättest es mir gleich sagen müssen. Du weißt, ich liebe dich mehr …«

»Vin …« Sie näherte sich ihm und ihre Lippen trafen aufeinander. Was als zarter Kuss begann, entfachte eine Leidenschaft, die es ihnen gestattete, die Verzweiflung für kurze Zeit zu verdrängen. Sie halfen sich gegenseitig dabei, ihre Kleidung loszuwerden. Ihre Hände erkundeten den Körper des anderen.

Melvin liebte Jessicas weiche Haut. Er sah, dass sich ihre Augen verschleierten und ihr Atem beschleunigte. Diese Reaktion auf seine Zärtlichkeiten turnte ihn nur noch mehr an. Er spürte, wie er steif wurde, und drängte sich gegen ihren Unterleib.

Jessica ließ sich auf die Sitzecke gleiten. Ihre leicht geöffneten Schenkel fasste er als Einladung auf und folgte ihr liebend gern. Er presste sich dazwischen und glitt in sie hinein. Ein vorsichtiger Stoß. Er zog sich zurück, um gleich darauf tiefer in sie zu rutschen. Angst und Sorge waren vergessen, als sich Jessicas Hände in seinem Rücken krallten.

Melvin stützte sich auf die Arme. Beobachtete ihre Mimik. Ein feines Lächeln erreichte sein Gesicht. Er atmete im Takt seiner Stöße. Sah ihre halb geschlossenen Lider. Dass sie mit jeder Faser ihm gehörte, trieb ihn vorwärts. Sie auszufüllen, sich zurückzuziehen, nur um gleich wieder zu spüren, wie sie seinen Schwanz umschloss, fühlte sich phantastisch an. Von Anfang an hatte er es geliebt, dass sie sich ihm ohne Wenn und Aber hingab.

Ein Aufstöhnen. Eine Explosion.

Schockwellen, die durch den ganzen Körper zuckten. Nachhallten. Tiefe Befriedigung hinterließen.

Sie klammerten sich aneinander, verschmolzen zu einer Einheit, als könnten sie nur auf diese Weise dem Ertrinken im Meer der Verdammten entrinnen.

Lange blieben sie Arm in Arm liegen. Keiner sprach ein Wort. Sie spürten einander und fanden Halt in dem Wissen, dass der andere da war.

»Ich habe nachgedacht, Vin. Ein oder zwei Wochen Ruhe in Venice und mir geht es bestimmt besser. Ich werde am Strand spazieren gehen und vergessen, dass ich auf einer Abschussliste stehe oder ich gewöhne mich wieder an diesen Gedanken«, sagte Jessica in die Dunkelheit hinein.

Melvin erwiderte nichts. Was sollte er auch sagen?

»Vin?«

»Ja.«

»Ich würde dir gern etwas geben. Man weiß ja nicht, was kommt. Deshalb möchte ich, dass du es hast.«

»Wovon redest du?«

Sie löste sich von ihm, schaltete Licht an und ging nackt hinüber zu ihrer Bauerntruhe, holte ein abgegriffenes Buch hervor.

»Was ist das?«

»Das Tagebuch meines Vaters. Sollte mir jemals …«

»Mir gefällt nicht, dass du …«

Auch Jessica ließ Melvin nicht ausreden. »Bitte, tu mir diesen Gefallen.«

»Wenn dir so viel daran liegt.« Zögernd griff er nach dem Buch, das sie ihm entgegenhielt. Nachdem er es einige Male zwischen den Fingern hin und her gedreht hatte, schlug er es auf und blickte hinein. »Deutsch?«

»Ja. Es hat lange gedauert, bis ich alles verstanden habe. Ich meine, bis ich die Worte begriffen habe. Später habe ich es immer wieder gelesen und hätte gern Vater nach dem Warum gefragt.« Sie streifte ein T-Shirt über.

Melvin sah abermals auf das Geschriebene. »27. Januar 1943« Er reichte ihr das Tagebuch zurück. »Bitte lies mir vor, was an diesem Tag geschah.«

Jessica setzte sich in einen Sessel und blickte auf die Eintragung. Sie erfasste die Worte und gab sie für Melvin auf Englisch wieder: »Morgen fahre ich nach Auschwitz, freue mich auf meine neue Aufgabe. Noch nie hatte ich so formidable Forschungsbedingungen. Werde in der kommenden Zeit nicht oft dazu kommen, Notizen zu machen. Bin gespannt auf den Fortgang der Forschungen. An lebenden Objekten zu experimentieren, birgt neuartige Möglichkeiten in sich. Habe darüber in Fachveröffentlichungen gelesen und war über alle Maßen beeindruckt. Dass ich nun solche Chancen habe, ist fulminant.«

Betroffenes Schweigen beherrschte den Raum. Jessica war versucht, etwas zur Verteidigung ihres Vaters vorzubringen. Angesichts der Ungeheuerlichkeit dessen, was sie vorgelesen hatte, klang seine Fürsorge für die Familie belanglos. Selbst, dass er in San Antonio arme Latinos umsonst behandelt hatte, fiel nicht ins Gewicht.

Melvin spürte eine Art Ekel. Am liebsten hätte er Jessica angeschrien. *Aber was hat sie damit zu tun? Sie hat sich den Vater nicht ausgesucht, der sich vor einer Ewigkeit zum Täter gemacht hat. Sie war stets nur ein Opfer.* Er nahm ihr das Buch aus der Hand und klappte es zu.

»Ich lege es in die unterste Schublade meines Schreibtisches.«

Am übernächsten Tag brachte Melvin seine Frau zum Flughafen. Sie verabschiedeten sich mit einem langen Kuss. Er sah ihr hinterher, als sie durch die Abfertigung ging. Noch einmal drehte sich Jessica zu ihm um.

Ein letzter Blick.

Ein letztes Winken.

Er erkannte Tränen in ihren Augen und fühlte sich geschmeichelt.

5

Zu später Stunde kam Melvin nach Hause. Seit Jessicas Abreise vor fünf Tagen fühlte er sich verlassen und hatte es abends nicht eilig. Er hatte im Anschluss an das Konzert lange mit Alan zusammengesessen und über dies und das geredet. Von dem, was ihn beschäftigte, hatte er ihm nichts anvertraut. Sie hatten sich das eine oder andere Glas Whisky gegönnt, er war nicht betrunken, aber leicht angeheitert.

Melvin wunderte sich, Mrs. White in der Eingangshalle anzutreffen. Für gewöhnlich schlief sie zu dieser Zeit. Jetzt saß sie auf den Polstermöbeln, den Kopf gesenkt. Es sah aus, als habe sie die Müdigkeit übermannt. Als er die Tür schloss, schreckte sie hoch.

»Waren Sie zu müde, um ins Bett zu kommen, Paula?«

Sie beachtete seinen Scherz nicht. Stattdessen forderte sie ihn auf, sich zu ihr zu setzen. Die Art, wie sie es tat, ließ ihn hellhörig werden.

»Melvin … Jessica hatte einen Unfall.«

»Was ist mit ihr?«

»Sie übersah die Absperrung an einer Baustelle und stürzte mit ihrem Wagen in eine Grube.«.

»Was ist mit Jessica?«, schrie er.

»Es tut mir unendlich leid.«

Erst jetzt fielen ihm die Tränen in ihren Augen auf.

»Ihre Frau starb auf dem Weg ins Hospital. Ich habe versucht, Sie zu erreichen.«

Tot? Jessica ist tot? Er schlug die Hände vor das Gesicht. Erinnerte sich daran, wie sie sich am Flughafen noch einmal umgedreht hatte.

»Melvin … Was soll ich sagen?«

»War ein anderes Auto in den Unfall verwickelt?«

Die Haushälterin schüttelte mit dem Kopf. »Nein. Soweit ich weiß.«

Stunden verstrichen. Melvin saß neben Mrs. White und starrte apathisch vor sich hin. Reagierte nicht auf ihre Worte, bemerkte nicht, wie sie nahe an ihn heranrückte und seine Hand nahm.

Dann kehrte das Leben in ihn zurück. Er sah sich um, so als müsse er sich vergegenwärtigen, wo er war. Langsam zog er seine Hand zurück und strich sich die Haare aus dem Gesicht.

»Es gibt keinen Zweifel?« Er sah Mrs. White hoffnungsvoll an.

Sie schüttelte den Kopf. »Die Polizei hat angerufen. Jessica starb …« Ihre Stimme versagte.

Sie ist tot, sie ist tot, tot … tot … tot, hämmerte es in seinem Schädel. »Bitte gehen Sie ans Telefon, wenn Anrufe kommen. Ich bin für niemanden zu sprechen.«

Melvin erhob sich schwerfällig. Leicht gebückt stieg er die Treppen zum oberen Stockwerk hinauf. Sein Weg führte ihn in Jessicas Zimmer, wo er sich nie zuvor allein aufgehalten hatte. Jetzt zog es ihn an wie ein Magnet. Er grübelte über den Widersinn des Schicksals. All die Jahre fürchtete sich Jessica vor irgendwelchen Gangstern, nun hatte sie ein simpler Autounfall das Leben gekostet.

Jess ist tot. Vom Ort der Finsternis gibt es kein zurück. Könnte ein Song sein. Sie wird ihn nicht mehr hören. Jess ist fort. Dennoch schien es Melvin, als sei etwas von ihr in diesem Zimmer zurückgeblieben.

Sein Blick fiel auf die Blumen in der Vase auf dem Tisch. Nach fünf Tagen zeigten sie Spuren des Verfalls. *So tot wie Jess.* Mit dem Wissen um die Vergangenheit erschien sie ihm in einem neuen Licht. Das verdammte Schicksal verwehrte ihm die Chance, die wahre Jessica kennenzulernen. *Crash für die Liebe. Totalschaden!*

Sein Herz verkrampfte sich bei dem Gedanken, seine Frau für ewig verloren zu haben. Vor Tagen hatten sie sich hier geliebt. Nicht ahnend, dass es das letzte Mal sein würde. Er nahm ihren Geruch noch wahr.

Erst tröstete Jessicas allgegenwärtige Aura. Dann quälte sie ihn. Fluchtartig verließ er ihr Zimmer und ging hinüber ins Schlafzimmer. Stück für Stück zog er seine Kleidung aus und faltete sie mit Bedacht zusammen.

In Boxershorts legte er sich auf das Bett. Sein Blick fiel auf die Seite, auf der Jessica geschlafen hatte und die ihn nun verwaist ansah. Zum ersten Mal seit Langem wünschte er sich, high zu sein. Für eine einzige Line hätte er in dieser Nacht alles gegeben.

Am Morgen darauf trank Melvin zwei Tassen starken, schwarzen Kaffee und verließ gegen Mittag das Penthouse.

Mrs. White hatte gemeint, er solle zu Hause bleiben, aber er ließ sich nicht zurückhalten. Dass sie vorsorglich Alan Brolin verständigt hatte, nahm er ihr übel. In autoritärem Tonfall machte er ihr klar, dass alles normal weiterzulaufen habe.

Melvin hatte nicht vor, sich seiner Trauer zu ergeben, war sich bewusst, dass sie ihn andernfalls verschlingen würde. Obwohl das Penthouse ausreichend Platz bot, wurde es dort so beklemmend für ihn, dass er nur schwer atmen konnte. Er brauchte einen Ort, an dem ihn nicht alles an Jess erinnerte.

Melvin trat in das Vorzimmer seines Büros. Laura las er das Erschrecken über sein Auftauchen buchstäblich vom Gesicht ab. Sie starrte ihn an und stammelte dabei Worte von Bedauern und Beileid. Als sie ihre Fassung zurückerlangte, sagte sie nochmals artig die allgemein üblichen Mitgefühlssätze auf. Trost spendete sie Melvin damit nicht.

Die Nachricht, dass er im Hause war, verbreitete sich wie ein Buschfeuer in der Fabulous Music Hall und ließ keine Atempause zu. Es dauerte nicht lange, bis Alan auftauchte.

»Mel ...« Er trat auf Melvin zu und schloss die Arme um ihn. »Es tut mir so leid. Kann ich etwas für dich tun?«

»Danke, Al, aber ich komme zurecht.«

»Wenn du irgendetwas brauchst ...«

»Du willst was für mich tun? Ja, Al?«

Alan reagierte mit einem Nicken.

»Okay, bring mir Jess zurück!«

»Mel, ich ...«

Melvin wandte sich ab und sah aus dem Fenster. Er ertrug die mitleidigen Blicke nicht. Befürchteten sie, er würde jeden Moment zusammenbrechen? Hatten sie Angst davor, Tränen in seinen Augen zu erkennen, oder war es das, was sie erwarteten und sehen wollten?

»Du hättest nicht kommen müssen, das hatte ich schon zu Mrs. White gesagt. Das Konzert heute Abend lasse ich gleich absagen und für die nächsten bemühe ich mich um Ersatz. Du kannst beruhigt zu Hause bleiben. Ich regle alles Geschäftliche.«

»Kommt nicht infrage, ich mache die Konzerte.« *The show must go on.* Melvin schauderte bei dem Gedanken.

Alan sah ihn fassungslos an. »Das kann nicht dein Ernst sein.«

»Keine Bange, ich schaff's schon.«

»Melvin, niemand erwartet das von dir.«

»Hör zu, Al, ich mache meine Konzerte.« Er zog schwungvoll die obere Schublade seines Schreibtisches auf, holte eine dunkle Sonnenbrille heraus und setzte sie auf.

»Am besten ihr verhaltet euch so, als wäre nichts geschehen. Ich brauche euer Mitleid nicht. Jess braucht's nicht. Und sag den anderen, sie sollen mich nicht ansehen wie 'n Monster in der Raritätenshow. Es geht weiter und ich verlange, dass sich jeder normal benimmt. Das war's, Al.« Melvin musste am gewohnten Alltag festhalten, sah darin seine einzige Chance, bei Verstand zu bleiben.

So stand Melvin de Flame am Abend nach Jessicas Tod auf der Bühne. Er trug seine enge schwarze Lederhose und ein schwarzes Hemd und sah damit attraktiver denn je aus. Seine Miene wirkte wie eingefroren. Er saß mit der Gitarre auf einem Stuhl und richtete das Mikrofon aus.

Der erste Song fing mit einem Gitarrensolo an, bevor seine Stimme fest wie eh und je den Saal füllte. Sie klang ein wenig belegt und dadurch äußerst anziehend. Melvin sang mit halb geschlossenen Augen und vermittelte den Eindruck, er sänge nur für sich und nehme das Publikum nicht wahr. Er spielte die Lieder, die er geschrieben hatte, so lange es Jessica in seinem Leben gab. Songs, die sie besonders geliebt hatte. Songs, in denen er ein Stück von ihr wiederfand.

Die Nachricht von Jessicas Tod hatte vor seinen Fans nicht haltgemacht. Statt ihm wie sonst zuzujubeln, hörten die Menschen gebannt zu. Manche weinten still vor sich hin.

Nach Konzertende setzte Melvin seine Sonnenbrille wieder auf und zog sich in seiner Garderobe um.

An diesem Abend behelligten ihn weder Fans noch Reporter. Als er die Music Hall durch den Hintereingang verließ, lag der Gehweg verwaist vor ihm. Er ließ sich ohne Umweg nach Hause bringen.

Mrs. White hatte auf ihn gewartet. »Wie fühlen Sie sich?«, wisperte sie.

»Es geht schon, Paula. Machen Sie mir 'nen Tee?«

»Gern.«

Als die Haushälterin den Tee im kleinen Salon servierte, legte sie einen Stapel Post auf den Tisch.

»Was ist das?«

»Beileidstelegramme.«

»Werfen Sie sie weg!« Er schob das Papier angewidert von sich.

»Sie haben sie ja noch nicht gelesen.«

»Das werde ich auch nicht. Verschonen Sie mich in Zukunft mit dem Zeug.«

»Melvin ...«

»Heben Sie meinetwegen den ganzen Kram auf, nur ich möchte nichts davon zu Gesicht bekommen.«

»Ihre Schwester hat heute Nachmittag angerufen.«

»Jackie? Rufen Sie zurück und sagen Sie ihr, dass es mir gut geht. Ich melde mich später bei ihr.«

»Sollten Sie nicht besser selbst mit ihr sprechen?«

»Gut, wenn Sie nicht anrufen wollen, bitte ich meine Sekretärin darum.« Melvins Nerven lagen bloß.

»Ich rufe Ms. Caine an.«

Sie ließ ihn allein und er nippte an seinem Tee. Er schmeckte scheußlich. Melvin hatte Tee noch nie gemocht. Aber er wollte nichts gut Schmeckendes. *Jessica ist tot.* Schluck für Schluck leerte er seine Tasse.

Es war mitten in der Nacht, als er Alan anrief. Es klingelte einige Male. Endlich meldete sich der Freund verschlafen.

»Al, ich muss nach Venice.«

»Alles, was du willst.«

»Ich werde ein paar Tage weg sein.«

»Nimm dir die Zeit, die du brauchst. Mel ...«

Er hörte Alans weitere Worte nicht mehr, hatte aufgelegt.

6

Am Schalter von Pan Am kaufte Melvin am nächsten Morgen ein Ticket nach Los Angeles. Am dortigen Flughafen mietete er ein Auto und fuhr nach Venice Beach. Er parkte den Wagen an der Straße, lief den schmalen Pfad entlang und trat vorn auf die Veranda, die verwaist vor ihm lag. Er schaute zur Schaukel, erinnerte sich an ihre Hochzeitsreise. Wie im Film sah er sie beide dort sitzen, er leise singend, sie an ihn gekuschelt.

Melvin schloss die Tür auf und betrat das Haus. Alles war still. Irgendwie tot. In der Küche türmte sich schmutziges Geschirr. Er hastete nach oben ins Schlafzimmer. Das Bett sah aus, als sei es gerade verlassen worden. Er schaute in den Kleiderschrank und fand Jessicas Kleidung. Im Badezimmer standen ihre Cremetöpfchen. Ein Handtuch hing über den Rand der Badewanne. Alles sah aus, als würde sie gleich hereinkommen.

Melvin blickte zur Tür. Wartete darauf, dass ihre Stimme den Alptraum beenden würde. Er zog das Handtuch vom Wannenrand und presste es sich vors Gesicht. Zurück im Schlafzimmer legte er sich auf das Bett, schloss die Augen und stellte sich vor, wie sie sich hier geliebt hatten. Kaum mehr als ein halbes Jahr war seitdem vergangen.

Was, wenn das alles inszeniert ist? Diesen Einfall hatte er in der Nacht zuvor. Deshalb war er nach Venice geflogen. Melvin überlegte. Die Gedanken zu ordnen, kostete ihn Mühe. Sein erster Impuls war, bei der Polizei anzurufen. Aber er hatte nichts weiter in der Hand als eine verworrene Geschichte, für die es keinerlei Beweise gab. Sah ein, dass man ihm kaum Glauben schenken würde.

Er zermarterte sich das Hirn und kam am Ende zu dem Schluss, dass es nur einen gab, der die Wahrheit kannte: Henry Doyle.

Der FBI-Mann hatte Jessica schon vorher eine neue Identität verschafft. Melvin war plötzlich besessen von der Idee, dass sie abermals die Identität gewechselt hatte und es nun an ihm lag, einen Weg zu ihr zu finden.

Zuerst rief er das FBI-Büro in Texas an, dann das in Kalifornien. Als er nicht weiterkam, probierte er es in New York. Dem folgte ein Anruf bei der

Zentrale in Washington, DC. Von einem Agent Henry Doyle wollte keiner je etwas gehört haben.

Er wandte sich ans MC3. Dort wies man ihn mit dem Hinweis ab, dass sich diese Einheit ausschließlich mit aktuellen High-Profile-Fällen beschäftige.

In seiner Verzweiflung rief er die 911 an.

»Wie kann ich Ihnen helfen?«

»Mein Name ist Melvin Caine. Meine Frau ist verschwunden.«

»Liegt ein akuter Notfall vor, Sir?«

»Ja, ich glaube, dass sie noch lebt.«

»Beruhigen Sie sich, Sir und erklären Sie mir, was passiert ist.«

»Sie sagen, sie hätte einen Unfall gehabt, aber ich denke, dass sie lebt. Jessica Caine.«

»Wer sagt das?«

»Die Polizei.«

»Sir, Sie wissen, dass Sie sich strafbar machen, wenn das hier ein Scherz sein soll.«

»Echt jetzt? Meine Frau ist im Zeugenschutz. Sie sagen, sie ist tot. Aber das glaube ich nicht.« Er verlor die Fassung. »Helfen Sie mir, Jess zu finden, bitte.«

»Ich schicke Ihnen einen Beamten. Geben Sie mir Ihre Adresse.«

Die beiden Polizisten, die kurz später auftauchten, hörten sich seine Geschichte an und tätigten ein paar Anrufe. »Es tut mir leid, Mr. Caine, aber Ihre Frau hatte in der Tat einen Unfall. Sie starb auf dem Weg ins Krankenhaus.«

»Ich will ihre Leiche sehen.« Daran hatte er bis dahin nicht gedacht.

»Einen Augenblick Sir.«

Zwei weitere Telefonate folgten.

»Mr. Caine, ich bedaure sehr, aber der Leichnam Ihrer Frau wurde bereits eingeäschert.«

»WAAASSS? Wie kann das sein?«

»Ich weiß es nicht. Tut mir leid.«

»Vielleicht hat sie es vorab so verfügt«, sagte sein Kollege.

»Blödsinn! Sie lebt!«

Am kommenden Nachmittag klopfte es an die Tür. Melvin öffnete und stand einem Mann mit kurzen rötlichen Haaren gegenüber.

»Ich bin Special Agent Henry Doyle. Hier ist mein Ausweis.« Er zeigte seine Identifikationskarte.

Melvin starrte auf den FBI-ID. »Wie haben Sie …«

»Können wir uns drinnen weiter unterhalten?«

Melvin gab wortlos den Eingang frei und sie setzten sich an den Küchentisch.

»Sie glauben also nicht, dass Jessica tot ist.«

»Jess war vor unserer Hochzeit ein paar Tage verschwunden. Hatten Sie damit zu tun?«

Doyle nickte.

»Und jetzt haben Sie sie wieder irgendwo anders hingeschickt?«

Der Beamte schüttelte mit dem Kopf. »Bedaure, Mr. Caine. Dieses Mal nicht.«

»Ich glaube Ihnen nicht.«

»Jessica hat sich für Sie entschieden. Sie war raus aus dem Programm.«

»Aber …«

»Ich habe mich mit den Behörden vor Ort kurzgeschlossen. Die Baustelle war unzureichend gesichert. Sie hat die Grube wohl nicht gesehen.«

»Es fällt mir schwer …«

»Das kann ich verstehen. Sie hat Ihnen alles erzählt?«

»Ich weiß nicht, ob es alles war. Aber genug. Weshalb wurde sie eingeäschert?«

»Ich habe keine Ahnung. Das hätte nicht passieren dürfen. Wenn Sie möchten, werde ich das näher untersuchen lassen.«

»Wozu? Das bringt sie nicht zurück.«

»Mr. Caine, Jessica hat mal erwähnt, dass sie es schön fände, wenn ihre Asche auf dem Meer verstreut wird. Vielleicht erfüllen Sie ihr diesen Wunsch.«

Melvin sah auf. »Sie kannten sie gut?«

»Nicht so gut wie Sie.«

»Wenn Jess noch leben würde, könnte ich dann zu ihr? Ich meine … Könnte ich auch …«

»In den Zeugenschutz? Wenn Sie bereit wären, alles aufzugeben. Aber Jessica ist tot.«

»Kann ich Ihnen vertrauen? Sagen Sie mir die Wahrheit?«

Henry Doyle schaute ihm offen ins Gesicht. »Ja, bei meiner irischen Großmutter.«

Melvin nickte versonnen.

»Dann hören Sie auf, weiter nachzuforschen?«, fragte Doyle.

Abermals nickte er. Doyle hatte seine Hoffnungen ausgelöscht. Für Melvin fühlte es sich fast so an, als wäre Jessica ein zweites Mal gestorben.

Am selben Abend verließ er sein Haus und mietete sich ein Zimmer in einem Hotel. Am nächsten Morgen rief er einen Immobilienmakler an und gab den Verkauf des Hauses in Auftrag. Schweren Herzens organisierte er Jessicas Beisetzung. Eine Yacht. Der Kapitän. Die Urne. Und er.

7

Melvin saß am Tisch der Kajüte. Vor ihm stand eine mit goldenen Ornamenten verzierte weinrote Urne. Sein Blick wanderte vom Bullauge, durch das er den Gang der Wellen beobachten konnte, zu dem Gefäß, das beinhaltete, was von seiner Liebe geblieben war.

Er schloss die Augen. Als er sie wieder öffnete, befand sich die Urne noch am selben Platz, unweit von ihr ein Strauß blutroter Rosen, die einen betörenden Duft verströmten. Er erfasste erneut das Bullauge. Die einzigen Geräusche, die er vernahm, waren das Rauschen des Wassers und das leise Tuckern des Motors.

Seine Hände griffen nach dem Gefäß und zogen es näher heran. Die Augen starr auf die Urne gerichtet, sah es aus, als versuche er, sie zu hypnotisieren, um ihrem Inhalt neuerliches Leben einzuhauchen. In seinem Hirn herrschte Leere. Er bemerkte nicht, wie die Zeit verstrich.

Leises Klopfen an der Kabinentür ließ Melvin hochschrecken. Der Kapitän blieb in der Tür stehen. Mit dem Anlass angemessen gedämpfter Stimme sagte er: »Wir sind weit genug draußen. Kann ich Ihnen behilflich sein, Mr. de Flame?«

»Nein, ich komme zurecht.«

Die Tür schloss sich geräuschlos und die Schritte des Kapitäns entfernten sich.

Schwerfällig stand Melvin auf. Mit ungelenken Bewegungen strich er seinen schwarzen Anzug glatt. Er ordnete sein Haar, obwohl nichts daran in Unordnung war. Wiederum richtete sich sein Blick auf das Bullauge. Sie trieben gemächlich dahin.

Er nahm die Urne in eine Hand, den Rosenstrauß in die andere und schlurfte an Deck. An der Reling stand ein Tischchen, über das ein schwarzes Tuch ausgebreitet war, das bis zum Boden reichte. Melvin legte die Blumen ab und behielt die Urne in der Hand. Bewegungslos stand er da, sein Blick auf den seichten Wellen ruhend, die salzige Seeluft in der Nase. Irgendwann erinnerte er sich an den Grund seines Kommens und wusste, dass es an der Zeit war. Er fasste die Urne und hielt sie ein Stück vom Körper entfernt.

»Leb wohl, Jess«, flüsterte er. »Vielleicht sehen wir uns an irgendeinem Ort wieder. An einem Ort, an dem alle Menschen gleich sind. Wo weder Geld noch Berühmtheit eine Rolle spielen. Wo du keine Angst vor Verbrechern haben musst, weil im Paradies keine Mörder leben. Ich wünsche so, dass es diesen Ort gibt. Bis dahin, Jess ...« Seine Stimme brach.

Er stellte das Gefäß mit ihren sterblichen Überresten auf den Tisch, nahm mit zitternden Händen den Deckel ab und legte ihn daneben. Er griff die Urne und hielt sie über die Reling. Ihr Inhalt ergoss sich in die Luft und vermischte sich gleich darauf mit dem Wasser. Kurze Zeit später blieb nichts Sichtbares.

Melvin stellte das leere Gefäß auf den Tisch zurück. Während er eine Blüte nach der anderen auf das Meer hinauswarf, sang er leise ›For you‹.

Seine Hände umklammerten die Reling. »Jess, Jess ...« Die Worte verloren sich in Schluchzen. Alle Beherrschung fiel von ihm ab. Seinen Körper schüttelte ein Weinkrampf und er sank langsam in sich zusammen.

Der Kapitän beobachtete die Szene von der Brücke aus. Zuerst glaubte er, de Flame würde sich wieder fangen. Da er jedoch weiterhin verzweifelt in der Reling hing, ging er zu ihm hinunter.

»Mr. de Flame, ich bringe Sie in Ihre Kabine.«

»Jess«, jammerte er, als der Kapitän ihm dabei half aufzustehen. »Jess ...« Seine Finger krampften sich um die Reling.

»Mr. de Flame, bitte kommen Sie. Es hat doch keinen Zweck, Sie können hier nicht bleiben.« Ihre Augen trafen sich.

De Flame ließ sich in seine Kabine bringen.

Unter Deck erlangte Melvin, zumindest nach außen hin, seine Fassung zurück.

»Käpt'n, können wir bis morgen früh hier draußen bleiben?«

Der Kapitän stimmte zu.

»Gut. Bringen Sie mir Whisky.«

Der Skipper erfüllte den Wunsch und brachte ihm einen schottischen Single Malt von Highland Park und einen Kübel Eis sowie ein Glas. Nachdem er alles abgestellt hatte, überließ er Melvin sich selbst.

Er ließ sich auf den Stuhl sinken, von dem aus er das Bullauge im Visier hatte. Öffnete die Flasche und setzte sie an den Mund. Sich die Lippen leckend, betrachtete er das Etikett und nickte zufrieden.

Der Alkohol brachte keine Atempause vom Schmerz. Stattdessen quälten ihn philosophische Betrachtungen über Sein oder Nichtsein. *Vielleicht schwimmt ein Staubkörnchen von Jessica vorbei. Unbegreiflich, welches Aufhebens um eine Ansammlung von Staubkörnchen gemacht wird. Was bedeutet ein Menschenleben, wenn nichts als das bleibt? Wir alle sind Staub!* Melvin lachte hysterisch.

Jeder ein Staubkorn im Universum. Ich … meine Fans … die Journalisten … die Penner auf der Straße und sogar die Mörder … und du, Jess. Ja, auch du.

Wozu dieser Aufwand, wenn das Leben bedeutungslos ist?

Wie kann etwas so Unbedeutendes derart wehtun?

Melvin nahm einen Schluck aus der Flasche.

»Warum hast du nicht eher mit mir gesprochen?«, sagte er in Richtung Bullauge. »Nun schwimmst du da draußen und ich sag dir eins, liebe Jess, es ist deine Schuld.« Er trank und behielt die Flasche in der Hand. *Und wenn es meine Schuld ist? Ich habe dich in die Öffentlichkeit gezerrt. Habe verlangt, dass du mich nach San Antonio begleitest. Aber woher sollte ich wissen, dass deine Furcht mehr als eine Phobie ist?* Melvin lockerte seine Krawatte.

Du wusstest, was mir die Musik bedeutet. Du hast für mich geschwiegen. Ich hätte bei dir sein müssen. Wenn ich nur einmal an dich statt an meine Karriere gedacht hätte.

Er versuchte, die neu gewonnenen Erkenntnisse in Whisky zu ersäufen, doch außer, dass sich seine Gedanken immer verzweifelter mit der Schuldfrage herumschlugen, erreichte er nichts.

»Wieso ich?«, schrie er. *Diese Kerle haben dich verfolgt. Dein Vater hat Scheiße gebaut … Die verdammten Arbeiter hätten die Baustelle ausreichend sichern müssen.*

Irgendwann in der Nacht trank Melvin den letzten Tropfen. Er lag halb auf dem Tisch. Zu tiefsinnigen Gedanken nicht länger fähig, pendelte er zwischen Wutanfällen und Schüben bodenloser Verzweiflung. Zwischendurch sank er in bleiernen Schlaf.

Nebelschwaden hingen über dem Pazifik. An manchen Stellen schafften es die Sonnenstrahlen, den Nebel zu durchdringen, und spiegelten sich auf dem Wasser. Als Melvin erwachte, erfasste sein Blick die leere Whiskyflasche und prompt dröhnte sein Schädel. Phlegmatisch stand er auf, streckte die Glieder, die aufgrund seiner eigentümlichen Schlafstellung mit Schmerzen reagierten.

Er trat in den Waschraum und betrachtete sein Gesicht im Spiegel. Kaltes Grausen packte ihn. Mehrere Ladungen eisiges Wasser ließen ihn wacher aussehen. Einzig die Augen verrieten seine wahre Verfassung.

In diesem Moment klopfte es an die Tür der Kabine.

»Ja«, rief er mürrisch.

»Ich habe Kaffee für Sie.« Der Kapitän stellte ein Tablett auf den Tisch.

Melvin bedankte sich, ohne aus dem Waschraum zu kommen. »Wir können uns auf den Rückweg machen.«

»In Ordnung, Mr. de Flame.«

Als Melvin die Yacht verließ, sah ihm keiner den traurigen Anlass der hinter ihm liegenden Fahrt an. Er trug eine Sonnenbrille und sein Mund hatte gelernt, in jeder Situation zu lächeln.

»Ich erwarte, dass nichts von dem bekannt wird, was hier an Bord geschehen ist.« Melvin griff in seine Tasche, zog mehrere Geldscheine hervor und hielt sie dem Kapitän entgegen.

»Behalten Sie Ihr Geld, Mr. de Flame.« Der Mann ließ ihn stehen und kehrte auf seine Yacht zurück.

Im Penthouse empfing ihn Mrs. White. »Wo haben Sie so lange gesteckt?«

»Ich war in Venice, das wissen Sie doch«, sagte er unfreundlicher als beabsichtigt.

»Ich habe mir Sorgen gemacht, Melvin.«

Wie ich diesen mitleidigen Blick hasse. »Um mich?« Sein Mund verzog sich zu einem unechten Lächeln. »Paula, ich bin kein kleiner Junge mehr.«

»Haben Sie Hunger?«

»Ja, ein kräftiges Essen wäre nicht schlecht. Servieren Sie es im kleinen Salon.« Hastig stieg Melvin die Treppe hinauf und verschwand im Schlafzimmer.

Dort zog er sich aus. Raffte den schwarzen Anzug, das Hemd, die Krawatte und selbst die Socken und die Unterwäsche zusammen und stopfte alles in den Abfallbehälter im Bad. Zuletzt quetschte er die Schuhe hinein.

Eine Stunde später fuhr er zur Music Hall. Seinen Wagen parkte er auf der gegenüberliegenden Straßenseite. Er stieg aus und überquerte die Straße. Neben dem Eingang hatten Fans Blumen niedergelegt und Kerzen angezündet.

Melvin entdeckte ein Bild von Jess unter das jemand ›wir vermissen dich‹ geschrieben hatte. Er konnte die Tränen nicht unterdrücken, setzte die Sonnenbrille ab und wischte sich über die Augen. Es gelang ihm nicht, sich von dem Foto loszureißen. Er sank auf die Knie und streckte seine Hand danach aus. Zu den Tränen gesellte sich ein herzzerreißendes Schluchzen.

Ein Sicherheitsmann der Music Hall lief herbei. »Mr. de Flame, kommen Sie in die Hall.« Er packte ihn am Arm, wollte ihm hochhelfen. Melvin entzog sich dem Griff.

Der Mann von der Security verschwand und kam Minuten später mit Alan zurück. »Ich kümmere mich um ihn«, sagte er, woraufhin sich der Sicherheitsmann entfernte.

Alan setzte sich neben Melvin. »Mel, komm, lass uns reingehen.«

»Jess …«

Er legte den Arm um Melvin und zog ihn an sich. »Du bist nicht allein, Mel.«

Es dauerte, bis Melvin fähig war, Alan nach drinnen zu folgen. Der Lift brachte sie in die Chefetage und sie gingen in Alans Büro.

»Fahr nach Hause«, sagte er, als Melvin sich beruhigt hatte.

»Wann ist mein nächstes Konzert? Morgen?«

»Ich sage es ab.«

Melvin schüttelte den Kopf. »Zuhause erinnert mich alles an Jess. Ich halte das nicht aus.«

Er erhob sich und verließ Alans Büro. Donnas mitfühlende Blicke folgten ihm. Am liebsten hätte er gesagt, dass er ihr Mitleid nicht aushielt, aber selbst dafür fehlte ihm an diesem Nachmittag die Kraft.

Kurz verschanzte sich Melvin in seinem Studio. Dort zerrte zwar niemand zusätzlich an seinen Nerven, doch besser fühlte er sich nicht.

Kaum zurück im Penthouse war auch schon Mrs. White an seiner Seite. »Kann ich etwas für Sie tun?«

»Ich ertrage das nicht länger!«, brüllte Melvin.

Die Haushälterin sah ihn verdutzt an.

»Ich verlasse die Wohnung morgen früh und werde mich den ganzen Tag nicht sehen lassen. In der Zeit bringen Sie Jessicas Sachen weg.«

»Sie ist gerade mal beigesetzt.«

Warum muss sie an allem, was ich sage, etwas aussetzen. Genau wie Alan. Ist denn hier jeder gegen mich? Melvin verlor den Rest seiner Geduld. »Wenn ich morgen nach dem Konzert nach Hause komme, verlange ich, dass mich nichts mehr an meine Frau erinnert, ansonsten dürfen Sie sich nach 'nem anderen Job umsehen.«

»Ich werde alles veranlassen, Mr. Caine.«

Momente bedrückten Schweigens lagen zwischen Ihnen.

»Tut mir leid, Paula.« *Versteht denn niemand, dass ich nur einen Weg suche, um weiterzuleben - ohne Jessica?* »Ich halte es nicht aus, morgens im Bad ihr Parfüm, ihre Haarbürste oder ihren Morgenmantel zu sehen«, sagte Melvin. »Öffne ich den Schrank, sind da ihre Kleider und ich weiß, dass sie keines davon jemals wieder trägt. Sie kommt nicht zurück und was sie hiergelassen hat, ist tot und gleichzeitig so lebendig. Es hilft mir nicht, wenn die Menschen um mich herum ständig wiederholen, dass es ihnen leidtut und wie sehr sie mit mir fühlen. Ich glaube es ja, aber ich drehe durch, wenn mich diese Worte auf Schritt und Tritt verfolgen. Niemand kann von mir verlangen, dass ich das auf mich nehme, damit alle anderen sich besser fühlen.« Melvin schaute die Haushälterin an. Sein Blick bettelte um Verständnis. »Paula … Lassen Sie mich nicht im Stich.«

Sie legte ihre Hand auf seinen Arm und drückte ihn.

»Und bitte ziehen Sie morgen wieder etwas Fröhlicheres an. Jessica würde das auch wollen.«

8

Der Lauf der Welt änderte sich nicht, weil Jessica Caine nicht mehr in ihr weilte. Melvins Welt jedoch würde nie wieder dieselbe sein. Allmählich gelang es ihm, eine Fassade zu errichten, die seine Umgebung glauben machte, dass das Leben für ihn weiterging.

An den Tagen erledigte er seine Büroarbeiten mit nie gekannter Akribie. Gab es partout keinen Papierkram mehr, widmete er sich im Studio neuen Aufnahmen. Gingen ihm diesbezüglich die Ideen aus, feilte er die Shows bis zur Perfektion. An den Abenden gab er so viele Konzerte wie nie zuvor.

Melvins Arbeitseifer steckte seine Umwelt an. Alle waren froh, dass er Jessicas Verlust gut verkraftete und da man ihm nichts Gegenteiliges anmerkte, wechselte jeder zurück zur Tagesordnung.

Die Nacht, die sich anschloss, um den Kreislauf am nächsten Morgen neu ins Rollen zu bringen, ließ Melvins Täuschung regelmäßig in sich zusammenbrechen. In der Dunkelheit erwachten die Dämonen und bahnten unbarmherzig seiner unterdrückten Trauer einen Weg ins Bewusstsein.

Obwohl total übermüdet, blieb ihm der erlösende Schlaf versagt. Ruhelos warf er sich von einer Seite auf die andere in dem Bett, das er mit Jessica geteilt hatte. Im Geiste vernahm er ihre Stimme so real und vertraut, dass er sich einbildete, sie tatsächlich zu hören.

Melvin setzte sich kerzengerade auf, schaltete das Licht ein und lauschte. Ruhe umgab ihn. Minuten vergingen, bis sich sein Herzschlag normalisierte und er das Licht löschte.

›Ich liebe dich, Vin.‹

»Nein!« Er hielt sich die Ohren zu.

›Müssen wir heute Abend ausgehen? Ich wäre gern mit dir allein.‹

»Sei still. Bitte, sei endlich still.«

›Ich liebe dich, Vin.‹

»Hab Erbarmen«, schluchzte Melvin und schaltete das Licht abermals ein.

Sein Körper zitterte unkontrollierbar. *Werde ich wahnsinnig? Bin ich's womöglich schon?* Von Panik ergriffen, sprang er aus dem Bett, nahm seine Decke und verließ fluchtartig den Raum.

Im kleinen Salon legte er sich auf die Couch und obwohl das nicht bequem war, ging es ihm für einen Moment besser. Quälte ihn im Schlafzimmer Jessicas vermeintliche Nähe, war es hier ihre Abwesenheit. Melvin fühlte sich einsam. Wider rationalen Denkens ergriff ihn Furcht vor der Dunkelheit und Angst vor dem Alleinsein.

Ein Stück von mir muss mit Jessica gestorben sein. Nur das erklärte, weshalb er sich so zerrissen und unvollständig vorkam. In Anbetracht dessen erschien es logisch, die Nähe derer zu suchen, die ihn unvollkommen zurückgelassen hatte.

Zum zweiten Mal in der Nacht ergriff er seine Decke. Er zog in ihr Zimmer und war froh, dass Mrs. White zwar sonst alles entfernt, ihr Zimmer jedoch unberührt gelassen hatte. In diesem Raum war Jessica in jedem Einrichtungsstück gegenwärtig. Melvin legte sich auf die Sitzecke, die nicht groß genug war, dass er sich komplett ausstrecken konnte. Sein Blick heftete sich an das Aquarell, das sie in St. Tropez gekauft hatten. *Damals waren wir glücklich.* Darüber schlief er ein.

Der Friede hielt nicht lange. Ein grausiger Alptraum ließ ihn aufschrecken.

Er resignierte und streifte ziellos durch die obere Etage, schaltete jede Lampe erst an und als alles hell erleuchtet war, wieder aus. Ein Platz zum Schlafen bot sich ihm nicht.

In mancher Nacht fand sich Melvin im Büro wieder. Dort holte er das Tagebuch von Jakob Müller heraus. Murmelnd las er die fremden Worte, deren Sinn er nicht verstand. Nur von gewissen Orten hatte er irgendwann gehört.

Entnervt strandete er mitunter in seinem Studio, nahm die Gitarre und spielte leise die Songs, die er für Jessica gespielt hatte. Fielen ihm die Augen von allein zu, legte er das Instrument beiseite. Ließ Musik von einem Band laufen und setzte sich in den Sessel, in dem Jess gesessen hatte, wenn er ihr einen neuen Song vorspielte. Ihm blieben einige Stunden Schlaf, aus dem er wie zerschlagen erwachte, um einen weiteren Tag in Angriff zu nehmen. Ein Tag, der so normal wie alle vorangegangenen verlaufen würde, der aber für Melvin und nur für ihn, alles andere als normal sein würde. Ein Tag, an dem ihn die dunklen Gläser seiner Sonnenbrille vor den Blicken in den Abgrund seiner Seele schützten.

Lärm weckte Paula mitten in der Nacht. Sie richtete sich in ihrem Bett auf, lauschte in die Dunkelheit. Für einen Augenblick war es still. Dann hörte sie Melvin schreien und wie etwas zu Bruch ging. Hastig zog sie sich einen Morgenmantel über und eilte nach oben. Der Krach kam aus dem Zimmer seiner Frau.

Was sie dort sah, verschlug ihr den Atem.

Er schlug mit einer Axt um sich und schrie unverständliche Worte.

»Melvin!«

Er reagierte nicht. Paula bekam Angst und wäre am liebsten davongerannt. Ihr war nicht verborgen geblieben, dass er nachts durch das Haus irrte, aber so hatte sie ihn noch nie erlebt.

»Melvin.«

Dieses Mal drehte er sich um. Sein irrer Blick traf sie bis ins Mark.

»Sie müssen damit aufhören.«

Er hielt die Axt erhoben, als wolle er jeden Moment erneut zuschlagen.

»Seien Sie doch vernünftig.« Paula hatte nicht die geringste Ahnung, wie sie mit dieser Situation umgehen sollte. Sie ahnte, dass sich hier die Trauer entlud, die er anders nicht zu zeigen vermochte. Irgendwie fühlte sie sich für ihn verantwortlich.

Mit schlotternden Knien trat sie an ihn heran. »Geben Sie mir die Axt.«

Melvin sah sie unverwandt an. Dann fiel sein Blick auf die Axt und er ließ sie sinken.

Paula nahm sie ihm aus der Hand.

»Was habe ich getan?« Er schaute sich um, als sähe er das Chaos zum ersten Mal.

»Kommen Sie.«

Paula wandte sich ab, um den Raum zu verlassen. Die Axt lehnte sie an eine Wand. Morgen würde sie sich darum kümmern.

Als Melvin nicht folgte, kehrte sie um und ergriff seine Hand.

Das Herz gebrochen.

Die Seele zerrissen.

Einen Schritt vom Wahnsinn entfernt, sehnte sich Melvin nach jemandem zum Reden. Mrs. White bekam für seinen Geschmack ohnehin zu viel mit. Alan hatte Jessica immer mit Argwohn betrachtet. Beide waren zudem zu nah an ihm dran.

Jackie. Ihm fiel ein, dass er sich bei ihr melden wollte. Um sein Innerstes nach außen zu kehren, war sie zu jung.

Er dachte an Michel Lafont. Sie hatten sich während des Besuchs der ›Objets Trouvés‹ angefreundet. Zum eigenen Bedauern hatte er sich nie die Zeit genommen, diese Freundschaft zu pflegen. Er ging in sein Arbeitszimmer und nach einigem Suchen fand er den Zettel mit Michels Telefonnummer. Nach kurzem Zögern tippte er die Nummer ein und wartete geduldig, bis der Freund sich meldete.

»Was ist passiert, dass du dich an mich erinnerst? Bei euch muss es mitten in der Nacht sein.«

»Drei Uhr morgens.« Eine Pause entstand. »Jess ist tot.«

»Oh, das tut mir leid. *Mes sincères condoléances.*«

Michels Bedauern klang echt, er hatte weder die Stimme gedämpft, noch sonst etwas in sie gelegt, dass Melvin für Heuchelei hielt. Er erkannte, dass er den Richtigen angerufen hatte.

»Wann ist …«

»Am 25. September.«

»War sie krank?«

»Ein Unfall.«

Michel seufzte. »Wie geht es dir, Mel?«

»Beschissen.«

»Warum kommst du nicht einfach rüber? Mein Großvater hat immer gesagt, es gibt nichts, was zwei Männer bei einem Glas guten Rotwein nicht ein bisschen besser machen können.«

»Ich glaube, dein Großvater war ein weiser Mann.«

»Er hatte das Herz an der Stelle, wo es am wärmsten schlagen konnte. Was ist, setzt du dich in den Flieger?«

»Nichts lieber, aber ich habe Termine in New York.«

»Sag sie ab, in deiner Situation versteht das jeder.«

Melvin räusperte sich. »Keiner ahnt, dass ich mich wie kastriert fühle. *The show must go on*, heißt es bei uns. Zu diesem Geschäft gehört, dass man sich verstellt.«

»Hier erwartet niemand ein lachendes Gesicht von dir.«

»Sicher, aber …«

Michel dachte einen Moment lang nach. »Tarne den Trip als Tournee. Mach zwei Konzerte …«

»Du hast viel von deinem Großvater geerbt«, sagte Melvin dazwischen. »Ich will versuchen, Al davon zu überzeugen. Ich ruf dich später noch mal an.«

»Du musst kommen. Jessica würde nicht wollen, dass du dich kaputtmachst.«

9

Anfang Dezember brach Melvin nach St. Tropez auf. Michel hatte in der Zwischenzeit zwei Auftritte in Monte Carlo organisiert. Dadurch ersparte er Melvin, Alan gegenüber etwas von seiner Gemütsverfassung preiszugeben.

»Eine wirklich eigentümliche Tourneeplanung, andererseits, Mel, erstaunt mich kaum noch etwas, was du tust oder sagst«, hatte er Melvins Vorhaben kommentiert.

Das Flugzeug setzte zum Landeanflug in Nizza an. Melvin sah zum Fenster hinaus auf das Mittelmeer. Als er sich daran erinnerte, wie er mit Jess hier gelandet war, richtete er seinen Blick auf das Kabineninnere. Er hatte Tickets für den gesamten Business-Class-Bereich gekauft. Wollte nicht unter fremden Menschen sein und dabei riskieren, erkannt zu werden.

Er trank einen Bourbon und wartete geduldig, bis alle Economy-Passagiere ausgestiegen waren. Dann zog er seinen Mantel über und steuerte auf den Ausgang zu. Wieder quälten ihn die Erinnerungen an den sonnigen Tag, an dem der Urlaub mit Jessica hier seinen Anfang nahm.

Michel erwartete ihn im Flughafengebäude. Er umarmte den Freund wortlos.

Auf der Küstenstraße nach St. Tropez herrschte kaum Verkehr. Melvin war tief in Gedanken versunken und Michel ließ ihn in Ruhe.

Nach einiger Zeit schaute Melvin auf.

Michel blickte kurz in seine Richtung. »Ich freue mich, dass du hier bist.«

Melvin nickte gedankenverloren und sah wieder aus dem Fenster. *Wie grün alles ist und viel freundlicher als in New York.* Dort reichte das nasskalte, graue Novemberwetter bis in den Dezember hinein und trug nicht sonderlich zur Hebung der Stimmung bei.

»Brigitte lebt seit ein paar Monaten bei mir. Das macht dir doch nichts aus.«

»Ich will euch nicht stören.«

»Ein Freund stört niemals.«

»Danke, Michel. Ich brauche einen Freund. Kurz vor Jessicas Tod habe ich Dinge erfahren. Ungeheure Dinge …«

»Was meinst du?«

»Das ist eine lange und verworrene Geschichte. Ich werde sie dir erzählen, aber nicht jetzt.«

»Lass dir Zeit.«

Sie erreichten St. Tropez. Michel fuhr am Hafen vorbei. Die vor Anker liegenden Yachten verbreiteten in der Abenddämmerung eine friedliche Stimmung. Er bog in eine Gasse ein und hielt vor einem zweistöckigen Haus mit winzigen Balkons vor den Fenstern der oberen Etage.

Melvin stieg aus dem Wagen und streckte die Glieder.

Brigitte trat aus der Haustür. Sie maß höchstens einssechzig und ihre Haut war heller als die der meisten Menschen in diesen Breiten. »*Bienvenu*, ich freue mich, dass Sie unser Gast sind, *Monsieur* de Flame.« Sie umfasste ihn und küsste links und rechts seine Wange.

»*Merci, merci beaucoup*.« Gerührt von ihrer Herzlichkeit, bemühte Melvin seinen kaum zehn Worte umfassenden französischen Wortschatz.

Der ungewohnte Rotwein versetzte Melvin stärker in Rausch als der Whisky, den er gewöhnlich trank und bescherte ihm wider Erwarten einen tiefen, traumlosen Schlaf.

Michel und Brigitte bemutterten ihn auf diskrete, unaufdringliche Weise. Sie stellten keine Fragen, drängten ihn nicht zum Reden, gaben ihm Zeit, die eigenen Gedanken und Empfindungen zu ordnen.

Oft fuhr Melvin mit Michels Yacht auf den Golf von St. Tropez hinaus. Michel hatte geschmunzelt, als er fragte, ob er das ›Boot‹ benutzen dürfe. Aber im Vergleich zu den ausländischen Yachten, die im Hafen vor Anker lagen, war es tatsächlich nur ein Boot.

An einem Abend, Brigitte besuchte Verwandte in Fréjus, saßen die Männer zusammen im Wintergarten. An Melvin gelehnt, lag Beau. Der rot getigerte Kater des Hauses mochte den Gast von der ersten Minute an. Er begleitete ihn überall hin und saß Melvin, legte er sich in seine Nähe. Es schien fast, als spüre der Kater, dass er der Fürsorge bedurfte.

Einige Zeit nippten sie hin und wieder am Rotwein und keiner sprach ein Wort. Dann überwand sich Melvin und fing an, von Jessica zu erzählen.

»Weißt du, wie ich Jess kennengelernt habe?« Seine Hand rutschte auf Beaus Rücken. Das gleichmäßige Schnurren und das harmonische Vibrieren des Katzenkörpers strahlte etwas Beruhigendes aus.

»Sie sagte, du hättest dich als ärmlicher Tagedieb verkleidet, um herauszufinden, ob man dich auch dann mag.« Michel lächelte.

»Ja, das trifft es.« Melvin berichtete von ihrem seltsamen Verhalten, seinen Zweifeln und von der Befriedigung, die von ihrer uneigennützigen Liebe ausgegangen war. »Dass sie nicht in die Öffentlichkeit wollte, hielt ich für krankhafte Angst.« Er stockte, nahm sein Glas und versuchte, aufkommende Schuldgefühle mit einem Schluck Wein hinunterzuspülen. Mittlerweile hatte er sich an den Rotwein gewöhnt und er schmeckte ihm sogar.

»Aber das war ein Irrtum«, sagte Michel.

»Als ich die Wahrheit erfuhr, war es zu spät.« Melvin sprach von ihrem Verschwinden und davon, dass alles gut wurde, als sie zurückkehrte. »Es lief super bis San Antonio.« Abrupt brach er ab. Diese Tage hatten sein Leben so stark beeinflusst, dass es ihn Mühe kostete, die Emotionen zu beherrschen.

Michel gönnte ihm eine Verschnaufpause, bevor er fragte: »Was ist dort passiert?«

Melvin räusperte sich und vertraute ihm den ganzen Rest der Geschichte an, zumindest soweit er sich daran erinnerte.

»Gibt es das wirklich?«

»Früher hätte ich's nicht geglaubt.«

»*The American way of life*«, sagte Michel. »Ihr Vater war ein Nazi.«

Melvin erkannte, dass ihm diese Offenbarung Schwierigkeiten bereitete. »Für euch hier in Europa spielt das eine andere Rolle.«

»Mein Großvater hat mir früher Geschichten erzählt. Aus dem Krieg. Da sind die Deutschen niemals gut weggekommen. Aber das liegt lange zurück. Ich habe nichts gegen sie. Viele verbringen ihren Urlaub hier. Sie sind Gäste wie jeder andere.« Michel zog die Stirn in Falten. »Daher ihre Furcht.« Er trank einen Schluck.

»Sie hat sich aus Liebe zu mir in Gefahr gebracht und …«

»Wer hätte so was geahnt?«

Melvin leerte sein Glas und erzählte Michel vom Unfall. Betroffenes Schweigen erfüllte das Zimmer.

»*Putain de merde.* Welch sinnloser Tod nach alledem.«

»Hätte ich es verhindern können?«

»Es war ein Unfall. Es ist unmöglich, ständig am richtigen Ort zur richtigen Zeit sein, um die Dinge in die von uns gewünschte Richtung zu lenken.« Michel füllte ihre Gläser abermals.

»Das sage ich mir immer wieder. Mitunter bin ich nicht mal davon überzeugt, dass es ein Unfall war.« Melvin nahm sein Weinglas zur Hand und drehte es zwischen den Fingern. Versonnen sah er auf den wogenden Wein, aber auch in ihm fand er keine Antwort.

»Du denkst, sie wurde in San Antonio erkannt?«

Er zuckte mit den Schultern und berichtete von seinen Nachforschungen in Venice. »Der Horror verfolgt mich. Tags zu tun, als sei alles in schönster Ordnung und nachts durch die Hölle zu gehen, macht mich langsam verrückt.«

Michel rückte zu seinem Freund hinüber und legte ihm die Hand in den Nacken. »Du musst vergessen. Das ist der einzige Weg.«

»Ich vermisse sie so.«

»Wie gern würde ich dir helfen.«

»Du hilfst mir doch schon.« Melvin quälte sich ein Lächeln ab. »Hin und wieder spiele ich mit dem Gedanken … Ich möchte zu ihr.«

»Mel.« Michel packte ihn bei den Schultern und schüttelte ihn leicht. »Daran darfst du nicht mal im Traum denken. Wenn du dein Leben wegwirfst, ist das ein Verrat an allem, was Jess auf sich genommen hat.« Er ließ den Freund los.

Melvin senkte den Kopf. Eine Träne tropfte auf Beaus Fell.

»Bleib hier. Setz ein Jahr aus oder ein halbes, so lange du brauchst.«

»Ein verlockendes Angebot.« Melvin fuhr sich mit dem Handrücken über die Augen.

»Hier kannst du wieder zu dir finden.«

Melvin gab die beiden Konzerte und verbrachte ein beschauliches Weihnachtsfest bei seinen Freunden. Unaufgeregt begrüßten sie gemeinsam das neue Jahr. Oft war er versucht, Alan anzurufen, um ihm mitzuteilen, dass er vorerst nicht zurückkomme. Am Ende stellte sich dies als zu großer Schritt heraus.

10

Nach dem Jahreswechsel kehrte Melvin nach New York zurück. Die Zeit bei Michel hatte ihm gutgetan, inzwischen gab es Nächte, in denen er beinahe so ruhig schlief wie früher.

Eines Abends lag er in seinem Bett und die Lust seiner Lenden ließ ihn nicht zur Ruhe kommen. Ihn verwirrte dieses Verlangen, von dem er geglaubt hatte, es sei mit Jessica gestorben. *Körperlich bin ich ok,* registrierte er, doch das bedeutete ihm nichts. Im Gegenteil.

Er ging unter die Dusche, drehte das Wasser auf ›kalt‹, um sich abzulenken. Es funktionierte. Aber nicht lange.

Um anhaltende Entspannung zu finden, rief er eine Prostituierte an. Ihre erotische Stimme meldete sich direkt. Melvin nannte die Adresse und sie versprach, in einer halben Stunde bei ihm zu sein.

Er ließ das Hochzeitsbild vom Nachttisch in der Schublade verschwinden, stand auf und zog seinen nachtblauen Seidenmorgenmantel über. Dann schlich er die Treppe hinunter und stellte sich hinter die Tür, damit er den Aufzug hören konnte.

Sobald der Fahrstuhl kam, öffnete er die Tür. Das Ganze war ihm peinlich und er wollte nicht, dass Mrs. White etwas von der nächtlichen Besucherin mitbekam.

Eine dunkelhaarige Frau trat auf ihn zu. »Melvin?«

Er nickte. »Wie heißt du?«

»Amy.«

Er musterte sie von oben bis unten. Ihr Teint war dunkel, ebenso ihre Augen. Die vollen Lippen verführten zum Küssen. »Gehen wir hinauf.« Er lief voran.

Im Schlafzimmer zog sie ihren Mantel aus. Darunter trug sie ein rotes Minikleid. Schulterfrei. Für die Jahreszeit eindeutig zu kalt.

»Möchtest du was trinken?«

»Gern.«

Ohne zu fragen, mixte er einen Manhattan und reichte ihr das Glas. Sie nippte an ihrem Drink und stellte ihn auf die Kommode. Dabei fiel ihr Blick auf den gesprungenen Spiegel, den er nie hatte erneuern lassen. Mit geschmeidigen Bewegungen schlüpfte sie aus ihrem Kleid.

Sie legte sich auf das Bett und spreizte leicht die Beine.

Er zögerte.

»Was ist?«

»Nicht da.«

Sie erhob sich und tippelte zu Melvin, der unschlüssig vor dem Bett stand. Als sie versuchte, ihn zu küssen, drehte er den Kopf zur Seite. Ihre Hände öffneten den Gürtel seines Hausmantels. Sie sank vor ihm auf die Knie, umfasste seine Hüften und begann, seinen Schwanz zu lecken.

Melvin trat zwei Schritte rückwärts, wandte sich von ihr ab und schloss den Morgenmantel.

»Sag mir, was ich tun soll«, flüsterte sie lasziv.

»Zieh dich an und geh.«

»Aber …«

»Du bekommst dein Geld. Keine Sorge.«

Als sie gegangen war, verschloss Melvin die Zimmertür. Er zog seinen Morgenmantel aus und schlüpfte unter die Decke. Aus der Schublade holte er das Hochzeitsbild.

»Verzeih mir«, wisperte er und schämte sich für sein Verlangen. Kam sich vor, als hätte er seine Frau betrogen. Er sah in ihre strahlenden Gesichter. An diesem Tag hatten sie sich eins gefühlt.

Es würde keine Zweite wie Jessica geben und eine andere wollte er nicht. Er drückte einen Kuss auf das kühle Glas und stellte das Bild auf den Nachttisch. Mit dem Blick auf Jess gerichtet, begann er, sich zu streicheln …

Seine verbliebenen Gefühle legte Melvin in die Musik. Er schrieb sentimentale, teils melodramatische Songs und begeisterte damit nicht nur sein Publikum. Selbst die Kritiker waren voll des Lobes. Er gab ein Konzert nach dem anderen und war selten zuvor so präsent in den Medien. Zwei neue Alben entstanden und machten 1990 zum erfolgreichsten Jahr seiner Karriere. Die Sammlung Goldener Schallplatten in seinem Studio wuchs.

Melvin bedeutete der Erfolg nichts, diente sein Eifer doch ausschließlich dem Zweck, irgendwie weiterzuleben. Erlosch das Rampenlicht, ließ es ihn einsam zurück. Alle Annäherungsversuche seiner weiblichen Fans wehrte er freundlich aber bestimmt ab. Die Zeiten, in denen er Befriedigung in One-Night-Stands fand, waren vorüber und nach dem gescheiterten Versuch kam ihm auch keine Prostituierte mehr ins Haus.

Die nächtliche Unruhe kehrte zurück und wieder wanderte er durch das Penthouse auf der Suche nach innerem Frieden. Er kaufte sich Koks. Das Tütchen lag in einer neuen Zuckerdose auf seinem Nachttisch. Manche Nacht holte er es heraus. Und legte es zurück. Trank noch einen Schluck Whisky. Aber so viel Alkohol konnte er nicht in sich hineinschütten, dass es zum Vergessen reichte.

Melvin nahm einen Gig in Atlantik City an. Es war nicht nur sein erster Auftritt in der Spielerstadt, sondern der erste Besuch dort überhaupt. Er mietete sich ein Zimmer im Golden Nugget und besuchte nach seinem Konzert ein Casino.

Während er die Jetons ablegte, mit Bedacht auf Rot oder Schwarz und die Kugel auf ihren Runden beobachtete, die über Sieg beziehungsweise Niederlage entschied, vergaß er Jessica. Er wurde mutiger. Setzte alles. Fünfhundert Dollar auf die Siebzehn, seinen Geburtstag.

»*Rien ne va plus*. Nichts geht mehr.« Der Croupier warf die Kugel in den Kessel.

Sie fand ihren Weg. Rollte erst schnell. Wurde immer langsamer. Erreichte die Sieben. Die Zwanzig. Danach die Zweiunddreißig. Mit letztem Schwung schaffte sie die Siebzehn!

Melvin hatte sich lange nicht mehr so lebendig gefühlt wie in diesen Minuten. Er gewann siebzehntausendfünfhundert Dollar und schob dem Croupier Jetons im Wert von fünfhundert zu.

In dieser Nacht quälte ihn die Vergangenheit nicht.

Um der Einsamkeit zu entkommen, veranstaltete Melvin Partys im Penthouse. Er lud jeden von Rang und Namen in der Musikszene ein, dazu die schrillsten Typen, die der Big Apple hervorbrachte. Champagner floss in

Strömen und es gab zusätzlich alles, was eine gut sortierte Bar ausmachte. Das Büfett lockte mit auserlesenen Spezialitäten.

In der Eingangshalle wurde getanzt, während im Salon Grüppchen beieinanderstanden und sich unterhielten.

Melvin saß im Schlafzimmer und telefonierte mit Alan. »Komm nachher noch vorbei.«

»Ich habe morgen früh einen Termin.«

»Echt jetzt? Sei kein Spielverderber.«

Melvin schaffte es nicht, seinen Partner zu überreden. Bevor er sich wieder unter die Gäste mischte, beobachtete er sie einen Moment von oben. Alle schienen sich prächtig zu amüsieren. Niemand vermisste ihn. *Ich könnte auf der Stelle tot umfallen und sie würden weitermachen, zumindest bis der Champagnervorrat erschöpft ist.* Diese Erkenntnis wirkte desillusionierend. *Ich hätte in Frankreich bleiben sollen. Noch einmal von vorn anfangen. Man kann auch in Europa Musik spielen. Mit Michel etwas aufbauen.* Diese Gedanken kamen ihm nicht zum ersten Mal, doch er unternahm keinen einzigen Versuch, sie in die Tat umzusetzen.

Melvin widmete sich wieder seinen Gästen, war jedoch froh, als die Party sich auflöste. Er wusste, dass Schlafen auch in dieser Nacht zum Problem würde, und ging ins Studio. Sein Blick fiel auf die Fotos an der Wand, blieb hängen an den beiden, die Mrs. White hinzugefügt hatte und die ihn gemeinsam mit Jessica zeigten.

Er wurde wehmütig, schaute auf die Uhr. Es war kurz nach Mitternacht. Schon war er auf den Füßen, schnappte sich die Autoschlüssel, die in einer Schale auf einem Sideboard nahe der Eingangstür lagen, und steuerte den Lift an. In der Tiefgarage setzte er sich in seinen Chevy und schon Minuten später war er auf dem Weg nach Atlantik City.

Einen Platz an dem Roulette-Tisch zu finden, der ihm Monate zuvor Glück gebracht hatte, wertete Melvin als gutes Omen. Zu Beginn hielten sich Gewinne und Verluste die Waage. Da der erhoffte Kick ausblieb, setzte er mutiger. Vergessen für eine Nacht kostete ihn an diesem Abend mehr als zwanzigtausend Dollar.

Zu seinem 35. Geburtstag lud Melvin einige Musiker ein, denen es freistand, jemanden mitzubringen. Nachdem er die bunte Truppe minutenlang von der oberen Etage aus beobachtet hatte, stieg er die Treppe hinunter. Er trug eine enge schwarze Lederhose und ein weites mintgrünes Hemd. Einige Gäste bemerkten ihn und stießen jene an, die ihn bis dahin noch nicht wahrgenommen hatten.

Melvin gab ein Handzeichen, das dazu aufforderte, einfach weiterzumachen. Gute Bekannte begrüßte er persönlich, hielt sich aber bei keinem länger auf. Hunger trieb ihn zum Büfett.

»Wirklich eine beeindruckende Wohnung, Mr. de Flame«, wurde er angesprochen, während er sich ein paar Häppchen auf den Teller legte.

»Danke.« Er kannte den Mann nicht. Von seiner Erscheinung her hätte er bei einer Versicherung arbeiten können.

»Ich wollte schon immer zu einer Party bei Melvin de Flame.«

»Dann amüsieren Sie sich.« Er wandte sich ab.

»Waren Sie mal auf Necker Island?«

Melvin drehte sich um. »Nein. Sollte ich?«

»Ich war neulich mit Freunden dort. Das wäre bestimmt was für Sie, wenn ich mich hier so umsehe.«

Zu vorgerückter Stunde klingelte es an der Tür.

Melvin freute sich, als er in dem späten Besucher Alan erkannte. »Schön, dass du da bist.«

Direkt nach Mitternacht sangen die Gäste ›Happy Birthday‹ für ihn und überreichten kleine Präsente.

Später im Bett fiel Melvin das Gespräch am Büfett wieder ein. Er erinnerte sich, weshalb ihm Necker Island bekannt vorgekommen war. Auf einer Europatournee vor einigen Jahren hatte ihn jemand auf einer After-Show Party auf Richard Branson aufmerksam gemacht. Da hatte er erfahren, dass Branson nicht nur mit den 1972 gegründeten Manor Studios groß im Musikbusiness war. Man erzählte ihm auch, dass der Milliardär nebenbei eine Insel besaß - Necker Island. Über den Gedanken, wie reizvoll es wäre, für ein paar Tage auf eine einsame Insel auszuwandern, schlief er ein.

Am nächsten Morgen beauftragte Melvin Laura, für ihn ein langes Wochenende auf dem Eiland zu buchen. Er vermutete, ein wenig Abstand würde ihm guttun.

11

Ein Hubschrauber brachte Melvin an einem Donnerstag gegen Mittag von Virgin Gorda nach Necker Island. Dort begrüßte ihn das vollständig angetretene Personal. Ein Bediensteter kümmerte sich um sein Gepäck, während eine Inselschönheit ihm die Mansion zeigte, die in den kommenden Tagen sein Heim sein würde.

Die Rückseite der im südländischen Stil erbauten Villa lag eingebettet in einem Palmenwald. Vorn spendeten einzelne Palmen Schatten und gewährten einen idyllischen Blick auf den weißen Sandstrand. Auf der mit Naturstein-Polygonalplatten gepflasterten Terrasse standen riesige Kübel mit Yuccapalmen und anderen tropischen Gewächsen.

Melvin legte sich auf einen mit Schilf überdachten Liegebereich, auf dem gut eine ganze Familie Platz gefunden hätte. Sein Blick schweifte über das ihn umgebende Paradies. Er roch das Salz des Meeres. Das gleichmäßige Rauschen der Wellen machte ihn schläfrig. Seine Augen fielen zu und er genoss es, wie die leichte Brise seine nackte Haut streichelte und nebenbei die tropischen Temperaturen erträglicher werden ließ.

Nach dem Abendessen schlenderte Melvin hinunter zum Strand. Er fühlte sich ausgeruht und hatte die Absicht, die Insel zu umrunden. Bekleidet mit einer kurzen Hose und einem Leinenhemd, das er offen trug, stapfte er zielstrebig durch den Sand. Seine Sandalen hielt er in der Hand.

Melvin sah auf das türkisblaue Wasser, das das Eiland umspülte. Gegenüber erkannte er Virgin Gorda und weitere kleine Inseln, die zu den britischen Jungferninseln gehörten. Noch während er sich an der Schönheit der Umgebung erfreute, dachte er an Jessica. *Wie würde sie es hier lieben. Wir beide ganz allein.* Von jetzt auf gleich überfiel ihn Traurigkeit.

Er setzte sich in den Sand und starrte hinaus auf das Meer. Dabei bemühte er sich, die trübsinnigen Gedanken wegzuschieben und die Harmonie zu genießen, die dieser Ort ausstrahlte. *Jess hätte diesen Frieden gebraucht.* Melvin gab sein Bestes, um weiterzuleben. Auch an diesem Abend war es nicht gut genug.

Er schluchzte. Rief ihren Namen hinaus in die Nacht. Saß an einem der schönsten Plätze der Welt im weißen Sand und schaffte es nicht, gegen die Schwermut anzukommen, die ihn innerlich zerriss.

Alan schlief tief und fest, als das Telefon klingelte. Es fiel ihm schwer, die Augen zu öffnen. Ein Blick zum Wecker. Es war gerade fünf Uhr. Er griff nach dem Telefonhörer.

»Ja«, knurrte er.

»Alan …«

»Melvin? Bist du irre?«

»Ich brauche dich.«

»Ich denke, du wolltest ein paar Tage ausspannen?«

»Ich bin auf Necker Island. Al, du musst herkommen.«

»So mal eben?«

»Buch dir ‘ne Charter. Ich zahle. Du kannst heute Nachmittag hier sein.«

Alan war in den mehr als zehn Jahren, die sie sich kannten mit Melvin durch alle Höhen und Tiefen gegangen. Manches Mal hatten diese sich schneller abgewechselt, als ihnen beiden guttat. »Was ist passiert, Mel?«

»Es ist so schön hier. Aber … Ich denke an Jess.«

Alan spürte die Verzweiflung und war einen Moment versucht zu sagen: ›Ok, ich mach’s‹. Dann erinnerte er sich an seinen vollen Terminkalender und die Frau, die es in seinem Leben gab. Die Arbeit ließ kaum Zeit, umso mehr bedeuteten ihnen die gemeinsamen Wochenenden.

»Mel, ich kann nicht. Es geht nicht.« Er wartete darauf, dass Melvin etwas erwiderte, doch der blieb stumm. »Vielleicht kann T. J. …«

»Schon gut.« Im nächsten Moment war die Leitung tot.

»Ist etwas passiert?«, murmelte die Frau neben ihm im Halbschlaf.

»Alles gut, *Chérie*, schlaf weiter.«

Alan rückte an sie heran. Sie drehte sich zu ihm um und schmiegte sich an seinen Körper. Ein Lächeln überzog sein Gesicht. Er hätte nie für möglich gehalten, dass es ihn noch einmal so erwischen würde.

Melvin verbrachte die verbleibenden zwei Tage im Inselparadies in Gesellschaft von Rum. Am Sonntagmorgen holte ihn der Hubschrauber wieder ab. Er hatte noch nicht ganz abgehoben, da musste sich Melvin übergeben.

Weiß wie eine Kalkwand stieg er kurz später in die private Chartermaschine, mit der er nach New York flog. Eine nette Stewardess gab ihm etwas gegen die Übelkeit.

»Haben Sie auch was zum Schlafen?«

Sie ging nach vorn in den Servicebereich und kam gleich darauf mit einer Pille zurück. »Nehmen Sie die. Damit schlafen Sie bis zur Ankunft wie ein Murmeltier.«

»Was ist das?«

»Zolpidem.«

Der Aufenthalt auf Necker Island brachte Melvins Trauer und Verzweiflung zurück. Die Schlafstörungen verschlimmerten sich. Am Tage fühlte er sich wie gerädert. Dann saß er am Schreibtisch seines Büros, schaute zwar die Post durch, konnte sich aber nicht aufraffen, diese irgendwie zu bearbeiten. Im Studio klimperte er auf seiner Gitarre herum und wartete auf eine Idee zu einem neuen Song. Sein Hirn war wie leergewaschen.

Meist fuhr Melvin am frühen Nachmittag wieder nach Hause und schlief einige Stunden, bevor er sich für den Abend fertigmachte.

Er stand seit vielen Jahren ein paar Mal pro Woche auf der Bühne, sodass es ihm gelang, sein Konzertprogramm ohne größere Probleme herunterzuspulen. Niemand erwartete mehr den Melvin de Flame, der am Anfang seiner Karriere durch den unbekümmerten Umgang mit seinen Fans alle in seinen Bann gezogen hatte. Er war reifer geworden. Die Unbeschwertheit hatte er längst verloren. Geblieben war sein natürliches Charisma, mit dem er die Zuhörer auch jetzt noch mitreißen konnte. Sie liebten seine Songs und sie liebten ihren Melvin de Flame.

Das Konzert war zu Ende. Melvin trocknete sich in seiner Garderobe den Schweiß von der Stirn. Automatisch griff seine Hand nach der Flasche. Er goss einen Whisky ein und stürzte ihn hinunter. Es war ein Samstagabend und ihm graute vor einer weiteren schlaflosen Nacht im Penthouse. *Ich könnte in einen Club gehen.* Er entschied sich dagegen. *Zu laut. Zu viele Leute.*

Ms. Yen's Wánggông kam ihm in den Sinn. Jahre waren seit seinem letzten Besuch vergangen. *Ob es den Club überhaupt noch gibt?* Er erinnerte sich an

Lien, die ihn nach allen Regeln der Kunst verwöhnt hatte. Er merkte, dass er hart wurde. Seit Jessicas Tod hatte er keine Frau angefasst.

Sein Schwanz presste gegen die enge Hose. Eine kalte Dusche würde nicht helfen. Er warf das Handtuch beiseite und stürmte aus der Garderobe. Rannte zum Bühneneingang.

Dort warteten auch an diesem Abend einige Groupies auf ihn. *Ich hätte Autogrammkarten mitnehmen sollen.* Daran hatte er zuvor nicht gedacht. Um den Schein zu wahren, wechselte er ein paar Worte mit seinen Fans.

Er schnappte die Hand der einzigen Brünetten in der Runde. »Komm mit«, flüsterte er in ihr Ohr.

Sie sah ihn mit einem erstaunten Blick an, bevor sie nickte.

Melvin führte sie den Gang entlang. Hinauf in die erste Etage. In seine Garderobe. Dort zog er sein Hemd aus und trat mit bloßem Oberkörper auf sie zu. Sie war jung, neunzehn oder zwanzig vielleicht. Dunkle Augen betrachteten ihn neugierig. Ihr aufreizendes Outfit, ein enges Shirt und ein Minirock, der gerade mal den Po bedeckte, passte nicht zu ihrer unschuldigen Ausstrahlung. Melvins Hände fanden ihre Brüste. Er spürte, wie sich ihre zarten Knospen aufrichteten und sie unter seiner Berührung erbebte. Ihre Lippen näherten sich seinen, doch bevor sie ihn küssen konnte, drehte er sein Gesicht weg.

Er hätte am liebsten auf jegliches Vorspiel verzichtet und sie einfach gefickt. Doch sie war ein Groupie, keine Hure. Also schloss er sie halbherzig in die Arme, strich ihren Rücken entlang und hob ihren kurzen Rock. Seine Hände massierten ihre Pobacken. Dabei drückte er ihren Unterkörper an seinen und spürte sofort ein Zucken seines Schwanzes.

Er zerrte an ihrem Höschen.

»Melvin …«

Er ging ein Stück auf Abstand. »Dein erstes Mal?« *Bloß nicht!*

Sie schüttelte den Kopf und er befreite seinen Schwanz aus der Hose, drehte sie um und beugte ihren Oberkörper nach vorn. Sie stützte sich am Schminktisch ab, während Melvin ein wenig mit ihr spielte, bevor er in sie eindrang. Es dauerte nicht lange. Ein paar tiefe Stöße, und sein Samen ergoss sich in ihr. In diesem Moment fiel ihm Kathy Hodges ein und er hätte sich dafür ohrfeigen können, dass er kein Kondom benutzt hatte.

Als das Pulsieren seines Körpers nachließ und er die Befriedigung gefunden hatte, die er so dringend benötigte, ließ er von ihr ab. Er gab ihr einen Klaps auf den Po, zog ihren Rock runter, um sie zu bedecken. Sie drehte sich zu ihm um und blickte ihn an, als erwarte sie, dass er sie küsste oder wenigstens etwas sagte.

Auch Melvin wusste, dass ein paar nette Worte angebracht wären. »Willst du duschen?« Etwas Besseres fiel ihm nicht ein.

Sie schüttelte mit dem Kopf. »Kann ich ein Autogramm haben?«

Er holte eins aus der Schublade. »Für?«

»Maya.«

Er schrieb ›für Maya‹ und setzte schwungvoll seinen Namen darunter. Reichte ihr die Autogrammkarte und schob sie aus der Garderobe.

Zuhause überfiel ihn das schlechte Gewissen. Dieses Mal hatte er Jessica wirklich betrogen. Um nicht länger darüber nachzudenken, warf er eine Zolpidem ein.

Das Schlafmittel wurde zu Melvins Gefährten in der Nacht. Blöd war nur, dass er immer öfter Schwierigkeiten hatte, am Morgen aus dem Bett zu kommen.

Ritalin löste dieses Problem.

12

Alans Vorschlag, die Music Hall über die Weihnachtsfeiertage zu schließen, verblüffte Melvin. Die Begründung, dass alle ein paar Tage frei bräuchten, akzeptierte er, obwohl dies nicht nach seinem Partner klang.

Das letzte Konzert fand am Samstag, den 21. Dezember statt. Das nächste war für die Silvesternacht geplant. Melvin hatte keine Ahnung, was er mit neun freien Abenden anfangen sollte. Im Anschluss an seinen Auftritt besuchte er einen Club, ließ sich aber bald ins Penthouse fahren, weil ihn der Frohsinn der Menschen nervte.

Die allabendliche Dosis Zolpidem schickte ihn ins Reich der Träume.

Gegen Mittag des kommenden Tages erwachte Melvin, wobei erwachen relativ war. Er dämmerte vor sich hin. Als er das nächste Mal zur Uhr sah, war es zwei am Nachmittag. Er überlegte aufzustehen, konnte sich aber nicht aufraffen. Wozu auch?

Um halb fünf klopfte es zaghaft an seine Schlafzimmertür. Gleich darauf steckte Mrs. White ihren Kopf durch den Türspalt. »Kann ich etwas für Sie tun, Melvin?«

»Lassen Sie mich schlafen.«

Paula sorgte sich schon seit einer Weile um ihren Arbeitgeber. Zwar war sie froh, dass nicht länger diese fürchterlichen Leute das Penthouse während der Nächte belagerten. Dass er jetzt den ganzen Tag im Bett lag und nicht einmal aß, gefiel ihr genauso wenig. Sie überlegte, ihm etwas hinauf zu bringen, entschied sich jedoch dafür, ihn in Ruhe zu lassen.

Auch am nächsten Tag verließ Melvin das Schlafzimmer nicht. Irgendwann hielt Paula es nicht länger aus und brachte ihm Essen. Er lag im Bett und sah erbärmlich aus. Unrasiert, die Haare zerzaust. Sein Gesichtsausdruck erschütterte sie, vor allem die leeren Augen.

Als sie ein paar Stunden später wieder nach Melvin sah, stand das Tablett unberührt auf seinem Nachtschrank. Ihn leiden zu sehen, schmerzte. Sie hatte in den Jahren, seit sie bei ihm arbeitete, einiges mitbekommen. Er hatte so manches getan, dass sie nicht verstand. Verschiedenes, dass sie nicht guthieß. Sicher hätte sie den Job bereits aufgegeben, wäre er nicht der großzügigste und liebenswerteste Mann, den sie sich vorstellen konnte, wenn es ihm gut ging. Sie hatte miterlebt, wie sehr er seine Frau geliebt hatte. Ein wenig war Melvin für sie der Sohn, den sie nie hatte.

Am späten Nachmittag sah Paula nochmal nach ihm. Er lag genauso im Bett, wie sie ihn Stunden zuvor verlassen hatte. Auch wenn er protestierte, setzte sie sich zu ihm auf den Bettrand und ergriff seine Hand. Seine Augen wurden feucht und als Tränen über sein Gesicht rannen, wischte Paula sie sanft weg.

»Soll ich Ihre Schwester anrufen?«

Melvin schüttelte mit dem Kopf.

»Kann ich irgendetwas für Sie tun?«

Erneut kam ein Kopfschütteln als Antwort.

Am darauffolgenden Tag, es war inzwischen Heiligabend, änderte sich nichts. Paula wollte nicht länger mitansehen, wie er immer tiefer in den Sumpf einer Depression abrutschte. Resolut betrat sie am späten Vormittag sein Schlafzimmer und öffnete die Vorhänge. Um die abgestandene Luft loszuwerden, schob sie die Fenster nach oben.

»Was soll das?«, stöhnte Melvin.

»Hier muss frische Luft rein. Und Sie sollten unter die Dusche.«

Wie ein störrisches Kind zog er die Decke bis zum Kinn.

Paula konnte sich später darüber wundern, jetzt fand sie den Mut, mit ihrem Boss umzuspringen, als sei er ein bockiger Junge. Sie zog ihm die Bettdecke weg. Erschrak, als er nackt vor ihr lag.

»Echt jetzt?«

Hastig drehte sie sich um und warf ihm den Morgenmantel zu, der über einem Sessel hing.

Er benutzte ihn, um sich zu bedecken, blieb aber im Bett liegen.

»Jetzt stellen Sie sich nicht so an. Sie müssen duschen und sich rasieren. Es ist Weihnachten!«

Melvin schüttelte ganz langsam mit dem Kopf.

»Gut, ich hole eine Schüssel und wasche Sie.«

»Sind Sie übergeschnappt?«

»Duschen Sie freiwillig?«

Sie wandte sich ab, als Melvin Anstalten machte, das Bett zu verlassen. »Vergessen Sie nicht, sich zu rasieren. Ich kümmere derweil um Ihr Frühstück.«

Sie hörte ihn irgendetwas vor sich hin grummeln.

Melvin ließ warmes Wasser über seinen Körper rieseln. Nach der Dusche rasierte er sich. Unter Protest! Dann kehrte er in sein Bett zurück. Er hoffte, Mrs. White hätte das mit dem Frühstück nicht ernst gemeint. Aber kaum zehn Minuten später klopfte es. Das Klopfen zu ignorieren, half ihm nicht. Schon tat sich die Tür auf und sie brachte dampfenden Kaffee und Sandwiches.

Bevor sie anfing, ihn zu füttern, aß er lieber selbst.

»Soll ich nicht doch Ihre Schwester anrufen?«

»Nein.«

»Ihre Schwester hat doch auch nur Sie.«

Melvin wehrte ab, gab nicht zu, dass er Jackie gern für ein paar Tage bei sich gehabt hätte. Um ihre Zuneigung zu betteln, lag ihm nicht. Bequemer war es, sie zu erkaufen.

»Reichen Sie mir das Telefon.«

Er rief einen Autohändler in Syracuse an. Verhandelte mit dem Verkäufer, bis dieser zusagte, dass seine ›Aufmerksamkeit‹ für Jackie noch am Heiligabend vor ihrer Tür stehen würde: ein nagelneuer weißer Chevrolet Camaro mit 167 PS unter der Haube. Dass er den Wagen nur leaste, tat dem Geschenk keinen Abbruch.

Am späten Nachmittag brachte Mrs. White erneut Essen nach oben.

Melvin erkannte, wie viel Mühe sie sich gegeben hatte, und war um diese Zeit klar genug, um sie nicht vor den Kopf zu stoßen. »Danke«, murmelte er und machte sich über Truthahnschinken und Süßkartoffelpüree her, obwohl er nicht den geringsten Appetit verspürte.

»Möchten Sie nicht auch den Heiligabend genießen?«, fragte er, als sie sich mühsam einen Sessel heranzog.

»Sie sollten nicht alleine sein.«

Melvin rührte ihre Fürsorge. »Ihr Essen wird kalt.«

»Ich kann es später aufwärmen und ›Ist das Leben nicht schön‹ läuft auch nächstes Jahr wieder im Fernsehen.«

»Ach, Paula …« Er streckte ihr seine Hand entgegen. »Was würde ich nur ohne Sie machen?«

Mrs. White ergriff die Hand und drückte sie.

Am nächsten Morgen erwachte Melvin durch Stimmen, die von unten in der Halle zu ihm drangen. Wenig später stürmte Mrs. White über das ganze Gesicht strahlend in sein Schlafzimmer. »Ihre Schwester ist da.«

Melvin war noch benommen. Er warf eine Ritalin ein und wollte aufstehen. Wahrscheinlich zu rasch, denn ihm wurde schwarz vor Augen. Er plumpste auf das Bett zurück.

»Können Sie mir helfen?«

Die Haushälterin stützte ihn auf dem Weg ins Bad.

»Es geht jetzt.«

Als er nach der Dusche zurück ins Schlafzimmer kam, lag frische Kleidung auf seinem Bett. Das Ritalin begann zu wirken und er zog sich an.

»Mein Geschenk ist angekommen?«, fragte Melvin, als er die Treppe hinunterging.

Jackie, die bis dahin in der Eingangshalle gesessen hatte, sprang auf und eilte ihrem Bruder entgegen. Sie umarmte ihn stürmisch und küsste seine Wange. »Danke, Vin!«

»Der Camaro gefällt dir also.«

»Ich liebe ihn! Und wollte ihn gleich testen, deshalb bin ich heute ganz früh losgefahren.«

Jackie zog Melvin am Ärmel zur Tür. »Du musst ihn dir anschauen.«

Als sie im Lift nach unten fuhren, beobachtete er sie von der Seite. Wie sehr sie sich verändert hatte. Er hätte niemals für möglich gehalten, dass in seiner früher schüchternen Schwester diese lebenslustige und selbstbewusste Frau steckte.

Jackie blieb ein paar Stunden bei ihm. Sie redeten viel und sagten nichts darüber, was sie im Innersten fühlten. Melvin versuchte, seine Schwester zum Übernachten zu überreden, aber mehr als ein gemeinsames Abendessen konnte er ihr nicht abringen, bevor sie nach Syracuse zurückfuhr.

13

Das Konzert am Silvesterabend war ausverkauft. Die After-Show-Party in der Cocktailbar und im Vorraum zur Konzerthalle war neu und fand großen Anklang. Sie gab den Fans eine Möglichkeit, ihre Stars hautnah zu erleben. Die meisten Musiker der Hall waren anwesend, so auch Brian Dunn und T. J. Hays, die Fans umlagerten. Jedes Mal, wenn Melvin Alan entdeckte, unterhielt er sich mit Lorraine. Er selbst trank genug, um fähig zu sein, seinen Charme zu versprühen.

Die Feier endete erst in den frühen Morgenstunden.

Den Neujahrstag verbrachte Melvin damit, seinen Kater loszuwerden. Ganz gegen seine Gewohnheit hatte er viel durcheinandergetrunken. Blöderweise war er irgendwann so betrunken gewesen, dass er ein paar Leute für den Neujahrsabend zu sich nach Hause eingeladen hatte.

Verkatert vom Vorabend und unausgeschlafen kam Melvin am Morgen in die Music Hall. Mürrisch wies er Laura an, ihm eine Kanne Kaffee zu bringen. Dann verschwand er in seinem Büro, setzte sich hinter den Schreibtisch und starrte Löcher in die Luft. Um in Form zu kommen, nahm er sich die frisch erschienene Ausgabe von ›All for Fans‹ und blätterte sie durch. Er kam nicht weit, denn Minuten später trat Alan in sein Büro.

»Was schreiben unsere Freunde?«, fragte er.

»Keine Ahnung, ich habe das Blatt eben erst aufgeschlagen.«

Alan kam näher und ließ sich in einen Sessel fallen. »T. J. war gerade bei mir. Sein Vertrag läuft im Februar aus. Er will ihn nicht verlängern.«

»Was hat er vor?«

»Er möchte für einige Zeit unabhängig sein, später kommt er vielleicht zurück.«

»Schade, wir waren ein gutes Team.«

»Ihr hattet auch ordentliche Erfolge.«

»Alles geht auf die ein oder andere Weise zu Ende. Nichts ist von Dauer«, sagte Melvin.

»Melancholie hilft uns nicht. Ich hatte für Anfang Februar bereits drei abendfüllende Konzerte mit T. J. eingeplant. Übernimmst du die Termine?«

Melvin fuhr sich durch das Haar und dachte nach. Weil er nichts Besseres vorhatte und das Geld brauchen konnte, stimmte er zu. Alan stand für einen Moment unschlüssig vor dem Schreibtisch. Melvin bekam den Eindruck, dass sein Partner noch etwas loswerden wollte.

»Später.« Alan verließ das Büro.

Melvin blätterte weiter in ›All for Fans‹. Kurz sah er sich das Interview an, das er kürzlich gegeben hatte. Dass T. J. weiterziehen wollte, stimmte ihn wehmütig. Er legte die Zeitschrift beiseite.

Am Nachmittag fing Alan seinen Partner ab, als er in Richtung Studio ging. »Hast du einen Moment?« Er hatte es schon am Morgen sagen wollen, aber als Melvin so bedrückt auf T. J.s Weggang reagiert hatte, brachte er es nicht fertig.

»Komm mit ins Studio. Was gibt es?«

Alan hatte nicht vor, auf dem Gang darüber zu reden. Es sollte noch nicht jeder mitbekommen. Erst als sich die Tür hinter ihnen schloss, sprach er. »Ich möchte für zwei Wochen nach Hawaii. Macht es dir viel aus, den Laden allein zu schmeißen? Wir können ja telefonieren. Wenn nötig.« *Vielleicht hätte ich wenigstens Melvin einweihen sollen.* Ihm war dessen desolate Verfassung in der letzten Zeit nicht verborgen geblieben, kannte ihn lange genug, um zu erkennen, dass sein Lachen oft Fassade war.

»Kein Problem, Al. Außerdem kann Lorraine mich unterstützen. Sie kennt sich bestens aus mit allen Terminen.«

Alan verbarg seine Unruhe schlecht, es kostete ihn schon Mühe, ruhig zu stehen. Um herumzutigern, war es jedoch zu eng im Studio. »Raina begleitet mich.«

Melvin, der bis dahin nebenbei die Einstellungen an der Anlage in seinem Sinne verändert hatte, unterbrach die Tätigkeit abrupt und wandte sich Al zu. »Wie meinst du das?«

»Raina und ich … Wir haben an Weihnachten geheiratet.« Er sah Melvins ungläubigen Blick und nickte stumm.

»Wieso habe ich nichts davon mitgekriegt?«

Seine Stimme klang vorwurfsvoll, wobei sich Alan nicht sicher war, ob er ihm oder sich selbst den Vorwurf machte. »Du warst zu sehr mit deinen Partys beschäftigt oder bist rumgelaufen wie ein Zombie. Und wir haben es erstmal geheim gehalten«, gab er für beide Möglichkeiten eine Erklärung.

»Alles Gute für euch.« Melvin streckte seinem Partner die Hand entgegen.

Alan beachtete die Hand nicht, stattdessen zog er Melvin in seine Arme und hielt ihn für einen Moment umschlossen. »Danke.« Alan klang erleichtert. »Was wird aus Hawaii?«

»Eure Hochzeitsreise? Ich wollte mit Jessica auch dorthin … Macht euch ein paar schöne Tage. Ich komme zurecht.«

An diesem Abend drohte Melvin erneut eine tiefe Depression. Von allen verlassen, legte er sich mit einer Flasche Whisky ins Bett und philosophierte über das Leben.

Dachte an die sorglose Zeit, in der sie in der heimischen Garage Musik gemacht hatten und von New York träumten. Als sich seine Träume erfüllten, war er sicher, dass das Hochgefühl für immer anhalten würde. Aber auf Dauer war es nicht genug. Dann kam Jess und … verließ ihn wieder. Ohne sie verloren Luxus und Erfolg ihren Reiz. Nicht einmal seine Musik genügte, um die Leere zu füllen.

Betrunken im Bett kam ihm eine geniale Idee, an die sich sein whiskydurchtränktes und durch Schlaftabletten benebeltes Hirn auch noch am darauffolgenden Morgen erinnerte. Er warf zwei Ritalin ein. Wartete auf deren Wirkung und telefonierte so lange, bis ihm ein Steinmetz zusagte, eine drei Meter große Statue von sich selbst für die Eingangshalle zu fertigen.

Im steinernen Melvin de Flame fand er einen Gefährten, auf dessen Sockel er abends saß und mit dem er ab einem gewissen Promillestand redete.

»Warum kannst du nicht glücklich sein? Was stimmt nicht mit dir?«

Er entsann sich seiner ersten depressiven Phase. Verstand nicht mehr, was ihn damals zu Tode betrübt sein ließ. *War doch alles da. Erfolg. Geld. Fans.* »Und du versinkst in Schwermut. Echt jetzt?« Er sah zum Steinmann auf, als erwarte er eine Antwort.

Ich war sicher, dass unsere Liebe ewig halten würde. »Wieso grinst du?« Melvin wurde wütend.

T. J. würde die Hall in Kürze verlassen. Alan hatte Lorraine geheiratet. *Für jeden geht es weiter, außer für mich.* Die Flasche war leer, aber Melvin fühlte sich noch zu nüchtern, um die Nacht zu überstehen. Also holte er sich eine neue. Er zog den Stopfen mit den Zähnen heraus und nahm einen Schluck.

Ich habe niemanden… außer Jackie. Die süße Jackie, die mir als kleines Mädchen nicht von der Seite wich. Melvin setzte sich wieder auf das Podest. »Als ich nichts hatte, war ich ihr Held. Heute finanziere ich ihr ein Luxusleben und bin der Arsch.« Er erinnerte sich an den Sommer mit T. J. und wie unschuldig sie damals war. »Und ich mach 'ne geldgeile Bitch aus ihr«, schrie er Melvin de Flame an.

Alan und Lorraine kehrten von ihrer Hochzeitsreise zurück und mussten feststellen, dass Melvin endgültig den Halt verloren hatte. Sie hofften, mit ein wenig Geduld würde er sich wieder fangen. Als das nicht passierte, redete Lorraine mit ihm. Versuchte ihn davon zu überzeugen, an Konzerttagen nüchtern zu bleiben oder wenigstens nicht so viel zu trinken. Aus seiner depressiven Phase hatte sie ihm heraushelfen können, gegen sein gebrochenes Herz kannte sie kein Mittel.

Je mehr Melvin trank, umso weniger interessierte ihn seine Musik. Seit Wochen ging er nicht ins Studio. Ideen für ein neues Album blieben aus. Seine Konzerte wurden zur Zumutung, da er oft zu betrunken war, um den richtigen Ton zu treffen, und obendrein den Text vergaß.

Alan nahm Rücksicht auf die Befindlichkeiten seines Partners, war aber irgendwann nicht länger bereit, sein Verhalten zu tolerieren. Er wies Melvins Sekretärin an, ihm Bescheid zu geben, sobald er im Büro auftauchte.

Vier Tage musste Alan warten.

Das Klingeln des Telefons klang schrill in Melvins Ohren. »Ja.«

»Wir müssen reden, Partner. Bei mir im Büro?«

»Ich komm rüber.« Er verspürte nicht die geringste Lust zu einem Gespräch. Alles, was es zu sagen gab, hatte er Lorraine gesagt. Widerwillig ging er trotzdem zu Alan.

Er öffnete die Tür, fand Alan hinter dem Schreibtisch und Lorraine in einem der beiden Sessel davor. »Komm schon, setz dich zu uns.« Alan klang freundlich.

»Melvin, wir wissen …«

»Echt jetzt, Alan? Wir? Ich dachte, du und ich sind wir.«

»Wie du möchtest. Also ich weiß, dass dein Talent diese Music Hall zu dem gemacht hat, was sie heute ist.«

»Ohne dein Geld und deinen Geschäftssinn sähe es anders aus.« *Wozu streiten?* Dass es so nicht weitergehen konnte, wusste Melvin selbst.

»Eine Therapie könnte dir helfen.«

›Therapie‹ triggerte ihn. Er wollte etwas erwidern, doch Lorraine schnitt ihm das Wort ab. »Es ist deine Entscheidung, Mel. Hier hat niemand vor, dich zu irgendwas zu drängen.«

»Rede weiter«, sagte Melvin an Alan gewandt.

»Eine Therapie ist nichts Verwerfliches. Wie Raina gesagt hat, du bestimmst. Sag, wie du dir vorstellst, dass es weitergehen soll. Wir wären froh und glücklich, wenn du endlose Stunden im Studio verbringst und am Ende tolle Songs rauskommen. Deine Fans würden es feiern, wenn du wieder mehr auf der Bühne stehst.«

Melvin seufzte.

»Solltest du das nicht können, in diesem Augenblick, müssen wir gemeinsam entscheiden, was geschehen soll mit der Music Hall und mit Records.«

Die gut gemeinten Worte überforderten Melvin. Er hätte gern seine Seite geschildert, aber um Empfindungen zu äußern, war er am Mittag zu nüchtern.

»Mel, es geht nur um jetzt. Die kommenden Wochen und Monate«, sagte Lorraine.

»Verstehe. Ich glaube, ich brauche eine Auszeit.« Auf einmal war ihm alles zu viel und er sehnte sich nach Ruhe.

»Dir gehört der Laden zur Hälfte. Hier sind dein Büro und dein Studio und alle Türen stehen dir offen. Krieg dein Leben auf Reihe und komm zurück.«

Trotz Alkohols und Tabletten gab es lichte Momente, in denen Melvin erkannte, dass er sich zerstörte. Er versuchte, nicht zu trinken. Drei Tage hielt er durch, bis er wieder zur Flasche griff. Schwach werden ließ ihn nicht das körperliche Verlangen, sondern der Schmerz in seinem Innern.

In einem solchen Moment zog er eine Therapie in Erwägung. Entschied sich dagegen, da es keine gab, die sein Herz heilen würde.

Seine Musik blieb als Letztes. Er wollte zurück auf die Bühne. Wusste, dass er dafür von den Tabletten wegkommen musste und zumindest weniger trinken. Um sich Ablenkung zu verschaffen, fuhr er häufiger nach Atlantik City. Der Thrill am Roulette-Tisch verschaffte ihm eine Atempause.

Manchmal gewann er, aber meistens heimste die Bank seinen Einsatz ein. Ging Melvin siegreich hervor, lud er andere Spieler ein, mit ihm zu feiern. Verlor er, zerfloss er auf seinem Zimmer in Selbstmitleid und musste alle Kraft aufbieten, um sich nicht eine Flasche Whisky kommen zu lassen.

Einmal, als sein Durst stärker war als der Wille, nicht zu trinken, packte ihn eine solche Wut, dass er das Hotelzimmer verwüstete. Am nächsten Morgen schockierte ihn das Ausmaß seiner Raserei. Er schämte er sich in Grund und Boden. Kleinlaut rief er das Management an, bezahlte nicht nur den Schaden, sondern legte eine beträchtliche Summe obenauf als Entschuldigung. Es wäre nicht nötig gewesen, ihm Hausverbot zu erteilen, die Scham hätte ihn ohnehin ferngehalten.

Das Spiel ging weiter. Verluste in beachtlicher Höhe hielten ihn nicht von den Kasinos fern. Irgendwann waren seine finanziellen Rücklagen aufgebraucht. Einem ersten Kredit folgte innerhalb kurzer Zeit ein zweiter. Zum Glück gab es Banken und an Sicherheiten mangelte es ihm nicht.

14

Im Kasino lernte Melvin Phil Andrews kennen.

»Setzen Sie auf die Sieben«, sagte er und die Sieben gewann.

»Und jetzt?« Melvin sah den Mann an, der hinter ihm stand.

»Die Dreiundzwanzig.«

Er setzte einhundert Dollar und die Dreiundzwanzig fiel. »Das ist beeindruckend. Warum spielen Sie nicht?«

»Es funktioniert nicht immer und nie bei mir.«

»Darf ich Sie auf einen Drink einladen?«

Während sie an der Hotelbar einen Manhattan tranken, erfuhr Melvin, dass Andrews als Broker an der Wall Street arbeitete.

»Kein Wunder, dass Sie 'nen guten Riecher haben. Können Sie mir nicht einen todsicheren Tipp geben, wie ich meine Finanzen aufbessern kann?«

Andrews dachte einen Moment nach. »Wie viel können Sie investieren?«

»Hunderttausend erstmal. Lässt sich damit was anfangen?« Er hatte sich nie fürs Börsengeschäft interessiert.

»Rufen Sie mich morgen an. Privat.« Andrews reichte ihm seine Visitenkarte.

Die Geschäfte, die Melvin von da an in regelmäßigen Abständen mit dem Börsenmakler abwickelte, hielt er nicht für hundertprozentig legal. Vielleicht irrte er sich in diesem Punkt, aber es kam ihm komisch vor, dass ihre Deals niemals über Andrews' Büro liefen. Solange der Profit stimmte, bereitete ihm dieser Umstand keine Kopfschmerzen.

Anfang November rief Andrews Melvin im Penthouse an. »Gut, dass ich Sie erreiche. Was sagen Sie zur letzten Rendite?«

»Erstaunlich. Ich bin echt überrascht.«

»Können wir uns sehen?«, fragte Andrews in verändertem Tonfall.

»Kommen Sie vorbei.«

»Nicht bei Ihnen.«

»Wo sonst?«

»Motel 6 bei New Brunswick. Zimmer 12.«

»Echt jetzt?« Obwohl Melvin diese Geheimniskrämerei komisch und übertrieben fand, fuhr er zu besagtem Motel. Bislang hatte ihn Andrews sehr gut beraten. Der Wert der Aktien, die er zuletzt gekauft hatte, war rasant gestiegen und dieser Trend hielt an.

Andrews erwartete Melvin bereits.

»Worum geht es?«, fragte Melvin.

»Wie viel können Sie sofort aufbringen?«

»Cash?«

»Dass es verfügbar ist.«

»Zwei bis drei Mille schätze ich.«

»Ich brauche zehn.«

»Zehn?«

»Ja, zehn. Schaffen Sie das?«

»Theoretisch schon.«

»Der Finanzier, der die Lieferung übernehmen sollte, hatte einen Unfall und ich brauche dringend einen Ersatzmann.« Andrews klang nervös.

»Was ist das für eine Lieferung?«

»Eine Lieferung eben.«

»Ich soll etwas kaufen, ohne zu wissen, worum es sich handelt?«

»Sie kaufen nichts, sondern fungieren als Zwischenhändler.«

Melvins Gesicht spiegelte eindeutige Zweifel wider.

»Ist reine Formsache. Ich erkläre es Ihnen kurz«, sagte Andrews. »Die Lieferung kommt von den Russen und ist für einen Geschäftsmann in Südamerika, der aus triftigem Grund nicht in Erscheinung treten möchte. Daher wickelt er das Geschäft über einen Strohmann ab, jemanden, den man nicht mit ihm in Verbindung bringen kann.«

»Und das soll ich sein?« Melvin brachten die Erklärungen nicht wirklich Erleuchtung.

»Nein. Der Strohmann war Rinaldo Lisagio, aber der …«

»… hatte einen Unfall«, vollendete Melvin.

»Genau. Und da keine Zeit bleibt, dachte ich an Sie. Es soll Ihr Schaden nicht sein.«

»Wie viel?«

»Eine Million. Für nichts! Sie leihen praktisch das Geld zu einem Zinssatz von zehn Prozent.«

Melvin pfiff durch die Zähne, dieses Argument verfehlte seine Wirkung nicht. Er konnte es gut brauchen. »Cash?«

»Cash.«

»Wie viel haben wir, wenn Sie alles flüssig machen, was ich gekauft habe?«

Andrews überschlug im Kopf. »Eine halbe Mille.«

»Okay. Sagen Sie mir, was ich finanziere und ich bin dabei.«

»Besser, Sie wissen es nicht so genau.«

»Kommen Sie, Phil, ich bin nicht blöd. Dass es sich bei Ihren Tipps um Insiderwissen handelt, ist selbst mir aufgegangen. Also raus mit der Sprache!«

»Glauben Sie mir, es ist besser, wenn Sie es nicht wissen. In zwei Wochen ist das Geld wieder bei Ihnen.«

»Was war das für ein Unfall?«, fragte Melvin.

»Hatte nichts damit zu tun, ehrlich. Eine Million …«

Die Summe lockte, würde mit einem Schlag einen Großteil seiner Verluste ausgleichen.

»Machen wir den Deal?«

Nach kurzem Zögern stimmte Melvin zu.

15

Der 12. November 1992 verlief genau wie der vorangegangene Tag, wie der davor und der davor. Mit dem einen Unterschied, dass Melvin am Abend für eine halbe Stunde auf der Bühne gestanden hatte. Er konnte nicht länger ohne seine Musik und verglich man seinen Zustand mit dem vor ein paar Monaten, ging es ihm besser. Daher hatte sich Alan darauf eingelassen, ihm eine Chance zu geben und Melvin enttäuschte seinen Partner nicht.

Nach dem Konzert trieb es Melvin ins Kasino, wo er binnen kurzer Zeit zehntausend Dollar verlor. Entmutigt fuhr er zum Penthouse.

»Hi, Melvin de Flame«, rief er seiner Statue zu. »Was grinst du so blöd? Beim nächsten Mal gewinne ich wieder.« Er war trotz des Verlustes in freudiger Stimmung. Es hatte so gutgetan, auf der Bühne zu stehen.

Er zog sich um. Mit einem Hausmantel bekleidet und einer Flasche Whisky unterm Arm gesellte er sich zu Melvin de Flame. Zog ein Sitzelement heran und setzte sich so, dass er in das Gesicht des Steinmannes sehen konnte. »Cheers.« Er nahm einen kräftigen Schluck. Die Flasche war nur zur Hälfte gefüllt. Melvin hatte sich angewöhnt, sie zu halbieren, um seinen Alkoholkonsum einzudämmen.

»Was guckst du so bescheuert? Auch wenn du noch so toll bist, ‘n richtiger Mann wirst du nicht, denn du kannst nie diesen köstlichen Whisky probieren.« Er nahm einen weiteren Schluck und lachte die Statue schadenfroh an.

»Brauchen Sie etwas?« Mrs. White kam in die Halle.

»Nein, Paula.«

»Entschuldigung. Ich hörte Ihre Stimme und dachte, Sie hätten mich gerufen.«

»Ich hab mit dem da geredet.« Er deutete auf den Steinmann.

Auf dem Gesicht der Haushälterin lag ein mitleidiger Ausdruck. »Melvin, Sie sollten nicht mit ihm sprechen.«

»Setzen Sie sich zu mir. Nehmen Sie einen Schluck.« Er streckte ihr den Whisky entgegen. »Sie meinen, es ist verrückt, sich mit ihm zu unterhalten?«

Sie schob die Flasche beiseite. »Verrückt? So schlimm nicht, aber es ist besser, mit einem Menschen zu reden.«

»Vielleicht bin ich tatsächlich verrückt?«

»Nein, sind Sie nicht.«

»Manchmal denke ich, ich stehe kurz davor. Paula, was ist los mit mir?« Die Hochstimmung war verflogen. »Was ist aus meinem Leben geworden? Ich verspiele alles Geld. Trinke zu viel und spreche mit 'nem Steinmann« Er sah Mrs. White entsetzt an.

Die Haushälterin ergriff seine Hand. »Es kommen sicher wieder bessere Zeiten.«

Melvin schaute sie aus traurigen Augen an.

»Hilft es Ihnen, wenn ich den Urlaub absage? Meine Schwester kann ich ein andermal treffen.«

Er schüttelte den Kopf. »Sie fahren. Sie hatten noch nie Urlaub.«

»Rufen Sie Jackie an. Sie beide sollten zusammenhalten.«

»Vielleicht haben Sie Recht.« Melvin stand auf und ging hinauf ins Schlafzimmer. Nach kurzem Zögern wählte er die Nummer seiner Schwester.

Es klingelte, bis sich ihre Stimme meldete. »Hi, hier ist Jackie. Im Moment bin ich nicht erreichbar. Nach dem Piep bist du dran.«

»Hallo, Jackie. Ruf mich zurück, wenn du nach Hause kommst.« Er legte auf und schaute zur Uhr. Es war kurz vor eins. *Wo treibt sie sich so spät rum?*

Melvin erwachte gegen zehn Uhr am nächsten Vormittag. Er nutzte die Gunst der Stunde und fuhr zur Music Hall. Dort verschanzte er sich hinter seinem Schreibtisch und schaute auf die Post, die sich vor ihm türmte. Das Telefon klingelte. »Was gibt es, Laura?«, fragte er schlecht gelaunt, da er die Idee ins Büro zu fahren bereits bereute.

»Ein Mr. Andrews. Er lässt sich nicht abwimmeln.«

»Okay … De Flame. Was ist geschehen, dass Sie mich im Büro anrufen?« Melvin hatte kein gutes Gefühl.

»Die Sache ist schiefgegangen.«

»Was? Was bedeutet das? Wieso …«

»Ich verstehe es auch nicht … Man hat mich übers Ohr gehauen«, sagte Andrews.

»Echt jetzt?«

»Wir können nichts tun.«

»Ich habe zehn Millionen investiert!«, schrie Melvin. »Was macht man gewöhnlich in so 'nem Fall?«

»Zur Polizei können wir nicht gehen.«

»Wo haben Sie mich nur reingeritten?«

»Es tut mir leid …«

»Fuck you! Was ist mit dem Kerl in Südamerika?«

»Der hat sein Geld auch in den Sand gesetzt.«

»Was genau ist schiefgegangen?«

»Es war eine heiße Lieferung. Zu heiß.«

»Drogen?«, flüsterte Melvin.

»Nein.«

»Was dann? Reden Sie! Ich hab zehn Mille verloren und das gibt mir 'n Recht, es zu erfahren.«

»Waffen.«

»Waffen?«, zischte Melvin. »Sie haben mit meinem Geld Waffen gekauft?«

»Haben Sie geglaubt, man kann auf ehrlichem Wege mal eben 'ne Million cash abstauben? Das war eine einmalige Chance.«

Melvin lachte hysterisch. »Sicher, solche Verluste sind einmalig.« Sein Lachen erstarb, denn mit einem Male kam ihm eine andere Gefahr in den Sinn. »Taucht mein Name irgendwo auf?«

»Nein.«

»Sicher?«

»Ich schwöre.«

»Okay, Andrews, das muss ich Ihnen wohl oder übel glauben. Aber mit diesem Deal sind unsere Geschäftsbeziehungen beendet.« Er ließ den Hörer sinken. Sämtliche Farbe wich aus seinem Gesicht. Als er sich bewusst wurde, was ein Verlust von zehn Millionen für ihn bedeutete, zog sich sein Magen zusammen.

Von Entsetzen gepackt, hielt es Melvin nicht länger im Büro. Dass er etwas unternehmen musste, stand außer Frage. Aber was? Er griff nach dem Mantel und verließ die Music Hall.

Als er seinen Chevy durch die Straßen New Yorks lenkte, konnte er sich noch immer nicht beruhigen. *Wo will ich eigentlich hin? In die nächste Kneipe. Oder zu einer Hure ins Bett.* Beide Gedanken verwarf er. *Ich sollte nach Hause fahren.* Er zwang sich, einen kühlen Kopf zu behalten, musste über die Konsequenzen des finanziellen Einbruchs nachdenken.

Stundenlang saß Melvin im heimischen Arbeitszimmer und grübelte über seine Alternativen. Nach dem ersten Schock ordneten sich seine Überlegungen und er sah drei Optionen für die Zukunft.

Scheiß drauf! Weitermachen wie bisher. Auf einen Kredit mehr oder weniger kommt es nicht an. Mit ein bisschen Glück regelt es sich eines Tages von allein. Diese Einstellung hatte ihn dorthin gebracht, wo er sich befand. Dabei hatte sich Glück in der Vergangenheit als egoistischer Partner erwiesen. *Zehn Millionen sind futsch. In einen zwielichtigen Deal investiert. Für Waffen!* Selbst jemand wie er erkannte darin einen Weckruf.

Arschbacken zusammenzukneifen und ran an in die Arbeit. Damit würde er den schwersten Weg wählen. *Keine Ausflüge nach Atlantik City. Schluss mit den Tabletten. Whisky nur selten. Sorry Jackie, keine teuren Geschenke mehr.* Er konnte nicht abschätzen, ob ihm so viel Verzicht gelingen würde. Die Partys konnte er am ehesten aufgeben. Melvin durchschaute, dass dies nur eine Seite der Medaille darstellte. Dass ein geregelter Tagesablauf dazu gehörte, schreckte ihn nicht weniger. Allein den Gedanken, morgens zu einer bestimmten Uhrzeit aufstehen zu müssen, empfand er als Zumutung.

Und wenn ich einfach ... Er führte diese Überlegung nicht zu Ende und doch spukte sie als ein Ausweg in seinem Kopf herum, der etwas Verlockendes in sich barg.

Melvin strich über das glatt polierte Holz des Schreibtisches. Das Wissen, dass ihm das alles faktisch nicht länger gehörte, schmerzte. Besonders weil er sich seinen Luxus erarbeitet hatte, hing er an jedem einzelnen Einrichtungsstück. Er konnte sich nicht mehr vorstellen, auf diesen Lebensstil zu verzichten.

In ihm erwachte der Wille, sich aus der momentanen Misere zu befreien. Am Anfang stand er tief in den Miesen bei Alan. Damals hielt er es für unmöglich, jemals so viel Geld aufzubringen. Heute summierten sich seine Schulden auf ein Vielfaches. Er wusste nicht einmal, wie viel genau. Aber inzwischen hatte er einen Namen. *Ich bin Melvin de Flame, der es aus eigener Kraft bis in dieses Penthouse am Central Park West gebracht hat. Melvin de Flame kann alles erreichen.* Seine Körperhaltung straffte sich.

Zaghaft klopfte es an die Tür.

»Kommen Sie rein, Paula«, rief er voller Elan.

»Ich bringe Ihnen eine Kleinigkeit zu essen. Sie sitzen schon so viele Stunden hier und müssen hungrig sein.«

»Danke. Wie spät ist es?«

»Kurz nach acht.« Mrs. White ließ ihn allein mit einem Tablett, auf dem sie Sandwiches, belegt mit Käse und frischen grünen Salatblättern, angerichtet hatte. Der Duft von Zitronen stieg ihm in die Nase und er griff nach dem Glas mit selbstgemachter Limonade.

Es war schon zu spät, um Alan anzurufen. Melvin hätte gern mit ihm über neue Konzerttermine gesprochen. Aber seit seiner Heirat verbrachte der Partner weitaus weniger Zeit in der Music Hall.

Ich sollte Jackie nach New York holen. Studieren kann sie auch hier. Ich wäre nicht immer allein. Das Penthouse ist groß genug. Sie kann in die Gästewohnung ziehen. Wir sind Bruder und Schwester. Melvin biss herzhaft in das Sandwich. Der Salat knackte. Er trank einen weiteren Schluck Limonade und verspürte genauso viel Genuss wie bei teuren Spezialitäten.

Als er Jackie anrief, antwortete abermals die Ansage vom Band. Melvin wurde sauer, hätte gern gewusst, was sie von seiner Idee hielt. »Ich habe es gestern schon versucht. Jackie, wo steckst du? Bitte melde dich!« Er knallte den Hörer auf.

Voller guter Vorsätze fuhr Melvin am frühen Morgen des 14. Novembers ins Büro. Er übersah den erstaunten Blick seiner Sekretärin wohlwollend und machte sich augenblicklich an die Arbeit. Als Alan eine Stunde später im Büro ankam, wollte er es mit eigenen Augen sehen.

»Komm rein.« Melvin klang wach und nüchtern.

Es gelang ihm, seinen Partner so weit davon zu überzeugen, dass er sich wieder im Griff hatte, dass Alan ihm trotz seiner Skepsis Konzertauftritte zusagte.

Später im Studio lief es holprig. Melvin war sicher, wenn er nur dranblieb, würden Ideen für neue Songs auftauchen.

Am Nachmittag kehrte er sichtlich abgespannt aber zufrieden in sein Büro zurück.

»Ich brauche Sie heute nicht mehr, Laura, machen Sie Feierabend.«

Als im Vorzimmer Ruhe einkehrte, rief er seinen Bankberater auf dessen Privatnummer an. Ein wenig grauste ihm vor diesem Gespräch. Deshalb konnte er auch nicht bis zu den normalen Öffnungszeiten am Montag warten.

»Melvin de Flame. Mr. Foreman?«

»Was kann ich für Sie tun Mr. de Flame?«

»Ich bräuchte eine kleine Finanzspritze.«

»Haben Sie nicht vor einer Woche sieben Millionen von uns bekommen?«

»Ja, aber ...«

»Ich kann hier Ihre Unterlagen nicht einsehen. Doch ich weiß, dass Sie weitere hohe Kredite bei uns haben.«

»Stimmt.«

»Alles in allem liegen wir damit weit über Ihrem Rahmen.«

»Ich brauche noch mal fünfhunderttausend.«

»Das sitzt nicht drin.«

»Echt jetzt?«

»Mr. de Flame, Ihr Kreditrahmen ist nicht unendlich.«

»Kommen Sie, Foreman, ich hatte gewisse Verluste und 'ne destruktive Phase. Das ist vorüber.«

»Wie stellen Sie sich das vor? Soweit ich mich erinnere, haben Sie als Sicherheiten Ihre Anteile an den Fabulous Firmen und Ihr Penthouse angegeben.«

»Richtig.«

»Diese Sicherheiten decken die Schulden nicht mehr ausreichend. Und jetzt sprechen Sie über weitere fünfhunderttausend Dollar, als sei es Kleingeld. Überlegen Sie, was geschieht, wenn man Ihnen die Kredite kündigt.«

»Das können Sie doch nicht tun, Foreman.« Melvins Stimme versagte. Zurück war die Erinnerung an jene Tage, wo er sich die Füße wundgelaufen hatte nach Geld für seine Music Hall.

»Bei einer Kreditprüfung sähe es schlecht aus. Sorgen Sie schnellstens dafür, dass hier ein Ausgleich stattfindet, wenn Sie nicht wollen, dass alles unter den Hammer kommt.«

Melvin blieb die Luft weg. Es kam ihm vor, als wäre er aus einem Traum erwacht und zurück in seinem erbärmlichen Zimmer in Brooklyn. »Behalten Sie Ihr Geld«, knurrte er und legte auf.

Verstört fuhr er nach Hause.

Der berühmte Melvin de Flame, dem alles gelingt, ist eine Illusion.

Am Ende des Tages bleibt der unbedeutende Melvin Caine.

Am Penthouse angekommen, fuhr er den Wagen in die Tiefgarage und ließ gedankenverloren den Schlüssel stecken.

Zuerst wunderte ihn die Stille in der Wohnung. Er erinnerte sich daran, dass Paula ein paar Tage freigenommen hatte, um ihre Schwester zu besuchen. Wie ein Schlafwandler taumelte er in sein Studio. Er schaltete das Licht ein und unwillkürlich fand sein Blick die Fotografien an der Wand. Da war er wieder, der tolle Melvin de Flame, dem die Fans zujubelten.

Jubeln sie noch, nachdem sie erfahren haben, welch ein Versager ihr Idol ist? Sie werden mich ausbuhen. Er setzte sich, verbarg das Gesicht in den Händen.

Sie nehmen mir alles, falls ich die Schulden nicht bezahlen kann. Erst gibt's kein Geld mehr und dann stürzen sie sich wie die Aasgeier auf das, was zu holen bleibt.

Ich kann nicht dabei sein, wenn das geschieht.

Ich ertrage die Schlagzeilen nicht, die meinen Bankrott erklären. Wie kann ich mich jemals wieder auf 'ne Bühne stellen und den Menschen in die Augen sehen?

Was, wenn ich auf der Bühne stehe und niemand mehr da ist, der mich hören will?

Mit Jess an der Seite könnte ich es durchstehen. Sie würde mich nicht verurteilen. Wir würden gemeinsam einen Weg finden.

Ob Jackie zu Hause ist?

Melvin griff zum Telefon. Wieder hatte er Pech. »Verdammt! Jackie! Echt jetzt? Was ist los? Ruf mich an! Bitte!« Er legte auf. »Mein Gott, Jackie, mein Leben geht in die Brüche«, schrie er in die Stille des Raumes.

Mit schweren Schritten verließ er das Studio und ging hinauf ins Badezimmer. Er ließ Wasser in die Wanne und verlor sich für einen Moment in dessen Rauschen. Aus der Bar im Schlafzimmer holte er eine Flasche. Der Whisky wärmte von innen, das Badewasser von außen. Der Trübsinn blieb.

Er stieg aus der Wanne und schlüpfte, ohne seinen Körper abzutrocknen, in einen Hausmantel. So trat er vor die Spiegelwand. Gestern hatte er noch eine Zukunft, doch gestern schien unendlich lange her.

Im Schlafzimmer ließ er den Morgenmantel zu Boden gleiten und kleidete sich an wie zu einem Konzert. Enge schwarze Lederhose, ein weißes Hemd, darüber eine figurbetonte Pailletten-besetzte mintgrüne Jacke. Er kämmte sorgfältig sein Haar und fixierte es mit diversen Sprays und Gels. Es sollte in keinem Fall durcheinanderfallen. Darauf hatte er schon immer viel Wert gelegt.

Endlich fertig, betrachtete er sich einige Minuten lang im gesprungenen Spiegel. Er goss einen letzten Whisky in das Glas und gab ein paar Eiswürfel hinzu. Diese Mühe hatte er sich sonst selten gemacht.

Er stieg die Treppe hinunter, blieb bei den Kupferstichen stehen. Mit dem Finger folgte er den rauen Linien der Jagdmotive. Unten prostete er Melvin de Flame zu. Den Mut durchzuziehen, was er plante, würde er nur im Studio finden.

Melvin setzte sich so, dass er auf die Bilder an der Wand schauen konnte, und steckte sich eine Zigarette an. Er hasste den Geruch von abgestandenem Zigarettenqualm, aber das spielte keine Rolle mehr.

Tief inhalierte er den Rauch. Fühlte eine sonderbare Ruhe.

Werde ich Jess wiedersehen?

Bestimmt! Sie wartet auf mich im Himmel.

Niemand wird uns wieder trennen.

Melvin leerte sein Glas.

Drückte die Zigarette aus.

Ein letzter Blick wanderte zu den Fotos.

Zu den Goldenen Schallplatten.

Er öffnete eine Lade.

Seine Hand fand Jessicas Beretta.

Ohne Eile nahm er sie heraus und entsicherte sie.

Setzte sie an die Schläfe.

In dem Moment klingelte es an der Tür.

Ende Teil 1

Wie es weitergeht ...

Band 2

Sehnsucht nach Liebe
Jackie

Seine Freunde und Fans trauern um Melvin de Flame. Allen voran Jackie, die einsehen muss, dass sie ihren Bruder kaum kannte und nun sein schweres Erbe antreten soll.

Eines Tages taucht der mysteriöse Thomas Brown bei ihr auf und behauptet, Melvin würde noch leben.
Wer ist er? Was hat er vor?
Und hat er möglicherweise recht?

Und dann ist da noch Jackies Sehnsucht nach Liebe. Aber wenn es um ihr Liebesleben geht, wird es kompliziert. Wird sie trotzdem finden, wonach sich ihr Herz so sehr sehnt?

Band 2 erscheint Anfang 2024

Liebe Leserin, lieber Leser,

Zu allererst möchte ich dir dafür danken, dass du dieses Buch gekauft hast. Ich hoffe, dir hat die Geschichte gefallen und es würde mich sehr freuen, wenn du auch beim nächsten Teil wieder dabei bist.

Danken möchte ich ebenso meinen Testleserinnen und allen, die mich dabei unterstützt haben, dieses Buch zu schreiben und zu veröffentlichen.

Liebe Grüße

Ava

PS: Weitere Informationen zu dieser Romanserie findest du auf meiner Website: www.avathompson.de

Printed in Poland
by Amazon Fulfillment
Poland Sp. z o.o., Wrocław

29220344R00246